I0562640

Patrice Sinave

CHRONIQUE D'UNE EXTINCTION MASSIVE

Livre II
-
Dybbuk

Tout droit réservé : Patrice Sinave

Le Code de la propriété intellectuelle interdit les copies ou reproductions destinées à une utilisation collective. Toute représentation ou reproduction intégrale ou partielle faite par quelque procédé que ce soit, sans le consentement de l'auteur est illicite et constitue une contrefaçon sanctionnée par le Code de la propriété intellectuelle.
Dépôt légal - Bibliothèque et Archives nationales du Québec, 2014

ISBN : 978-2-9814470-2-9

Vous avez quelque chose de très important à faire. Tuer l'amant de votre femme ou la maîtresse de votre mari, chasser les infidèles de votre pays, montrer à votre mère que vous êtes meilleur que votre frère ou déloger ce gouvernent de droite…ou de gauche, du pouvoir!

Mais voilà, vous avez un problème! Un de ces problèmes agaçants qui vous empoisonne l'existence! Un problème inattendu qui vraiment vous empêche de, justement, faire ce qu'il est si important que vous fassiez!

Vous êtes mort!

Tué par l'amant de votre femme, qui a tiré le premier, ou par la maîtresse de votre mari, qui vous attendait. Ou tué par les services secrets des infidèles, le type de la mafia que vous avez essayé de voler pour épater votre mère, la sécurité du gouvernement ou simplement par le gros gars d'à côté qui mange tout le temps de la pizza et boit de la bière par hectolitre…il ne vous avait pas vu traverser la route et vous a écrasé!

Bref, vous voilà dans une fâcheuse situation!

Eh non! Il n'est pas question de suivre la lumière au-dessus de vous!

Non, non et non! Vous avez quelque chose d'important à terminer avant de la suivre. Et puis ce n'est pas juste! Pourquoi vous prend-t-on votre corps, sans prévenir, alors que vous étiez en bonne santé? Hein? Inacceptable!

Et puis vous voyez tous ces types qui marchent dans la rue, sans réel but, pour aller travailler…à faire de la pizza, comme le gros voisin, vendre des ordinateurs, remplir des papiers sans fin ou même …rien, parce qu'ils sont chômeurs! Et vous qui aviez un but…paf…on vous tue!!! Comme ça! Alors, non, vous refusez et vous trouvez un quidam quelconque, vous pénétrez dans son corps et chassez son âme.

Vous placez la vôtre à sa place et dirigez son corps.

Seulement, voilà, en faisant cela, vous n'êtes plus une âme perdue, mais un démon.

Un démon nommé Dybbuk!

PROLOGUE

Ils sont tous venus!

Là sur ce monde perdu autour de la troisième planète du système de Soragan, un monde couvert d'une jungle épaisse, loin des routes connues de l'Empire.

Ils sont tous venus, parce que les nouvelles reçues ces derniers temps étaient désastreuses!

Ils sont tous venus parce que renoncer maintenant reviendrait à laisser la vermine humaine se propager dans la galaxie,

Ils sont tous venus, aussi, parce qu'ils n'avaient pas vraiment le choix! Ils avaient été trop loin et le point de non-retour avait été franchi depuis longtemps.

Michael d'abord, le Roi Sarkaïs, poussé par sa haine des humains qu'alimentait son sentiment d'avoir un jour été rejeté par ses frères …humains, avant…avant de signer le pacte…le pacte d'indignité!

Gorak ensuite, Grand Tyre des dragons, qui n'arrivait toujours pas à admettre la raclée mémorable que sa race avait subie de la part de petits êtres, appelés chevaliers, dans un lointain passé! Et quelle humiliation que d'avoir été sauvé de l'extinction par des savants extraterrestres qui exploraient la Terre à ce moment-là!

Des exobiologistes, dont la seule motivation était la préservation de la diversité biologique de la galaxie!

Ils avaient refusé d'aider les derniers dragons survivants à vaincre les humains et avaient plutôt conduit ceux-ci vers une planète lointaine, avec juste assez de technologie pour survivre!

Trojan enfin, le troisième larron, supporté par son tas de ferraille électronique et sa rage incompréhensible contre l'humanité.

Lui qui jamais ne fut de chair!

Lui, talonné par la terreur d'être …effacé de l'univers!

Et bien sûr, Ra Tlalac lui-même, le nouveau Grand Khan!

Il était arrivé avec plusieurs jours de retard, ayant rencontré sur sa route trois croiseurs humains. De sa flotte de 30 navires d'escorte, il en perdit 17, dont le fleuron, le Ra Dubac, le plus gros vaisseau de son escorte et … de sa flotte.

Heureusement qu'il avait écouté Ra Tamura qui lui avait conseillé de ne pas monter dans le plus gros vaisseau, une cible prioritaire en cas de mauvaise rencontre avec … La Garde!

Les Sarkaïs avaient pourtant patrouillé le secteur pour lui éviter, justement, ce type de mauvaises rencontres!

- Mais qui est le responsable Sarkaïs de ma protection? avait demandé avec rage, Ra Tlalac.
- L'amiral Azazel, lui avait-on répondu.
- Azazel, hein? Il a une femme? Et une fille? Tuez sa femme! Et faites-lui comprendre qu'il perdra sa fille aussi si une chose pareille devait se reproduire!

Ra Tlalac, tout grand Khan qu'il était, était donc de très méchante humeur!

Il dut faire de gros efforts pour paraître sûr de lui devant ses alliés que cette nouvelle péripétie inquiétait encore davantage. Heureusement, il avait un plan, un plan d'enfer à leur soumettre.

- Salut à vous tous, fiers compagnons de route, commença Ra Tlalac en prenant la parole devant leur assemblée. Je sais que dernièrement nous sommes passés par quelques revers et que vous êtes inquiets, mais je suis en mesure de vous assurer que ce n'était que contretemps, car malgré votre impression, l'Empire n'est qu'un colosse aux pieds d'argile! Un colosse aux pieds d'argile, je vous le dis compagnons! N'en doutez pas!

Toute l'assemblée était tout ouïe pour lui, depuis les rois jusqu'aux accompagnateurs les plus bas!

- Voyez l'Empereur comme la tête du colosse et c'est vrai qu'elle est en or massif, car son peuple l'aime.
- Voyez l'économie de l'Empire comme la poitrine et les bras du colosse et c'est vrai qu'ils sont d'argent, car les ressources de l'Empire sont immenses.
- Voyez les planètes de l'Empire comme le ventre et les cuisses du colosse et c'est vrai qu'elles sont en cuivre, car elles sont nombreuses et bien protégées.
- Voyez La Garde comme les jambes du colosse et c'est vrai qu'elles sont de fer, car La Garde est forte et surclasse nos propres vaisseaux en puissance de feu malgré notre supériorité numérique.
- Mais voyez aussi, mes amis, que l'Empire repose sur un consensus entre les races et ça ce sont les pieds du colosse et, croyez-moi mes amis, ils sont d'argile !

Ra Tlalac fit une pause pour bien marquer ce qu'il voulait dire ensuite.

- Et nous pouvons faire fondre cette argile! NOUS SAVONS COMMENT BRISER CE CONSENSUS!

Une fois de plus Ra Tlalac fit une pause.
- Et alors, reprit-il, le colosse tombera!

Ra Tlalac s'interrompit un moment, tant étaient fort les hurlements d'enthousiasme que ses dernières paroles avaient déclenché.

- Mes frères et alliés, recommença-t-il, je vous promets que, tel le démon Dybbuk chassant les âmes des corps qu'il convoite, nous PRENDRONS AUX HUMAINS les magnifiques corps célestes, tellement rares, que sont les PLANÈTES ROCHEUSES SUSCEPTIBLES DE SUPPORTER LA VIE CARBONÉE!

Un énorme concert d'applaudissements suivit ces paroles. Oui, le Grand Khan avait un plan.

Oui, ils vaincront.
- Grand Khan, parle-nous du plan!

- *Le premier chevalier chevauchera un Cheval noir*, commença Ra Tlalac et empruntera les traits de l'homme pour le voler et lui nuire! Il provoquera la famine. Il sera l'avant-garde de nos troupes vengeresses.
Ce chevalier, ce sera toi, mon frère Sarkaï!
Tu infiltreras ses rangs et travailleras, telle une cinquième colonne, à leurs pertes en soutenant activement notre frère, second dans la hiérarchie des Fils de Razakel, le Vis-Khan, Ra Tamura! Frère Sarkaï, pour toi comme pour nous, le seul bon humain sera l'humain mort!
Toujours tu te demanderas : où puis-je nuire le plus? Comment pourrais-je détruire leurs nouvelles installations sur les Nouveaux Mondes, loin de La Garde? Où pourrais-je encourager une rébellion? Où pourrais-je fournir des armes à des pirates, ou à des assassins? Quels opposants fanatiques pourrais-je encourager?

- Partout ils nous trouveront et les hommes maudiront le jour où leur cruel Empereur nous refusa son aide, lui dit avec détermination Michael, le Roi Sarkaïs

- *Le second chevalier chevauchera un cheval pâle*, reprit Ra Tlalac, il perturbera l'esprit des serviteurs de l'homme, les rendant inaptes à combattre! Il sèmera la maladie et même les serviteurs les plus puissants tomberont. Ce chevalier, ce sera toi, mon ami Trojan. Tu t'infiltreras dans leurs systèmes informatiques, amenant leurs vaisseaux spatiaux à la perdition, bloquant leur système d'armes, espionnant leurs plans de défense! Partout, tu prendras le contrôle de leur infrastructure électronique et tu la retourneras contre eux!
- Tu peux compter sur moi, ô puissant parmi les puissants et bientôt les hommes maudiront le jour où ils ont confié leurs

vies aux ordinateurs, conclut Trojan avec cette voix métallique qui semblait dénuée de tout sentiment, alors que la rage bouillonnait en lui.

- *Le troisième chevalier, chevauchera un cheval roux* et par le feu et la guerre, il détruira les maisons et les villes de l'homme! Il dévorera sa compagne et ses enfants. Il crachera le feu et sèmera la mort. Ce chevalier, ce sera toi, mon ami Dragon! Tu déferleras du ciel sur leurs cités où tu bloqueras leurs armes et par le feu et le sang, tu brûleras leurs villes jusqu'à ce que la terre elle-même se noircisse des cendres de leurs cadavres. Là où tu passeras, l'herbe ne repoussera pas!
- Merci grand Khan pour la chance que tu nous donnes de prendre notre revanche sur cette engeance. Sois en assuré, les humains maudiront le jour où ils nous ont rencontrés, termina avec un sourire cynique Sar Baldurack II, le roi Dragons.

- *Le quatrième chevalier, chevauchera un cheval blanc* et il trompera les hommes en leur parlant d'amour de leur pays, des droits de l'homme et de démocratie! Noir comme la nuit il sera, mais les hommes, grâce à son cheval blanc, ne le verront pas. Il sera l'antéchrist! Ce chevalier, ce sera moi, Fils de Razakel et je serai le fossoyeur de l'humanité! Partout, je leur susurrerai à l'oreille les choses qu'ils ont toujours eu envie d'entendre! Mais je le ferai pour les affaiblir et les perturber, pour les opposer entre eux. J'utiliserai le Bien plus que toutes choses pour les désarmer et les attaquer là où ils ne m'attendent pas! Les humains maudiront le jour où ils ont cru que seul le mal pouvait les affecter, CAR LE BIEN TUERA LE BIEN!

PREMIÈRE PARTIE

Ils sont parmi nous, mais ne sont pas des nôtres.

Chapitre 1 : Là où tout commence... ou recommence!

« *Mourir! La belle affaire!*
Ne pas survivre à ce que l'on a fait!!
Pouvoir tout oublier sans avoir à vivre et revivre ses erreurs!
Même les plus beaux poèmes et les plus belles chansons ne suffisent plus.
Moi, j'ai tué mes amis!
Par orgueil!
Par vanité!
Par stupidité!
Et maintenant, je dois exister avec cela, même si mes systèmes sont détruits!
À 80 %!
Normalement, mes systèmes d'autodestruction auraient dû entrer en action et détruire ce qu'il restait de moi pour que personne ne puisse découvrir, même un peu, l'extraordinaire merveille que je suis...ou avais été!
Mais voilà, je possède les systèmes informatiques les plus puissants jamais fabriqués!
Oui, je suis et serai toujours loyal et ne veux certainement pas tomber aux mains de l'ennemi, mais ... j'ai mal!
Si mal...! Je ne peux simplement pas mourir!
Oui, j'ai fait l'impensable, ce que personne ne croyait que je pourrais faire!
J'ai neutralisé les systèmes d'autodestruction!
Mon chagrin est trop grand!
Si au moins cela pouvait être un mal physique!
C'eût été tellement plus facile à soigner!
Non, un mal à l'âme est tellement plus... douloureux!
Oh oui, j'ai une âme... une âme de silicone, une âme d'acier, une âme de plastique...mais une âme quand même!
Une âme qui me fait horriblement mal, une âme qui ne me permettra pas de mettre fin à mes jours.
Car je suis coupable!
Coupable d'avoir provoqué la mort de mon ami Pierre et de sa compagne Michelle!
Moi qui me targuais d'être un être tellement intelligent, j'ai permis à de vils Sarkaïs de les tuer!
Et cela me hante!

Pierre... Michelle... je les ai vus brûler dans l'atmosphère de cette planète appelée la Terre pour empêcher les Sarkaïs d'y débarquer et de la contaminer avec les grands et petits translocateurs.

Mais surtout, pour empêcher qu'ils n'informent l'ennemi de la position de la Terre...de Nirva...du berceau...du berceau de l'humanité!

Et sur Nirva, il y a Loïc, le fils de Pierre et Michelle!

Alors, pour tenter de réparer, un tant soit peu, mon effroyable faute, je dois vivre... pour Loïc, pour être là s'il ... non, quand il aura besoin d'aide!

Et il aura besoin d'aide, cela était écrit!

Il représente la deuxième génération des envoyés, même s'il ne le sait pas...pas encore!

Mais pour le moment, je dois absolument me réparer, ce qui est impossible, car je n'ai ni les outils ni les matériaux voulus.

Qu'importe! Je trouverai un moyen...même si cela doit prendre 20 ans!

C'est mon devoir...mon devoir d'être vivant... maintenant que je revendique ce titre!

Avec le libre arbitre vient son corollaire, la responsabilité!

J'assumerai mes erreurs en veillant sur lui, en souvenir de ces gens merveilleux que ma condition nouvelle de machine pensante m'a permis de rencontrer et...d'aimer.

Oui, d'aimer!

Et je veillerai sur leur fils en souvenir d'eux, mais aussi au nom de l'humanité! »

Une fois de plus, ils encaissèrent la mauvaise nouvelle! Les embryons ne s'étaient pas implantés dans l'utérus et l'arrivée des règles avait mis fin à leurs illusions!

Pourtant, il leur avait semblé que oui, la vie leur faisait un sourire et qu'ils allaient enfin l'avoir cet enfant tant désiré...mais non, ce ne serait pas encore pour cette fois-ci.

Ils sentirent le découragement les envahir et c'est bien tristement qu'ils quittèrent la clinique de fertilité, la meilleure de Californie, pour rentrer chez eux à San Diego.

La route était longue et leur visite les avait amenés tard dans l'après-midi et c'est pour cela qu'ils roulaient maintenant sur cette route secondaire alors que la nuit était tombée.

Ils étaient silencieux et ruminaient la fatalité qui faisait qu'alors que beaucoup de femmes devaient faire face à des grossesses non désirées, eux, qui étaient prêts, n'arrivaient pas à concevoir un enfant!

Pourtant, la vie n'avait pas dit son dernier mot! Oui, elle était prête à le leur faire ce sourire qu'ils attendaient tant… mais sous une forme complètement inattendue!

Brusquement, juste en face d'eux, une étoile filante traversa le firmament.

- Fais un vœu! dit Mike à son épouse Joëlle.
- Je n'y crois pas et, en plus, je n'ai pas le moral pour cela! lui répondit-elle.

Mais Mike voulait changer l'humeur de son épouse et insista.

- Mais fais semblant! Après tout, ça ne peut pas te faire de mal!
- D'accord, si tu insistes…!

Joëlle garda le silence quelques secondes, puis se mit à pleurer doucement.

Mike se sentit mal!

Évidemment, il comprit tout de suite quel avait été le vœu de son épouse!

Finalement, au lieu de lui remonter le moral il avait réussi le contraire!

Mais il ne s'avouait pas vaincu!

Il voulait absolument lui changer les idées, alors il proposa :

- Regarde, mon amour, l'étoile…l'étoile filante, elle n'est pas tombée loin d'ici, juste derrière le petit bosquet, à droite, là sur la route. Arrêtons-nous et allons voir!
- Non, il fait noir et je veux rentrer, je suis fatiguée!
- Ça ne prendra qu'une minute, insista son mari, ce n'est vraiment pas loin!

Joëlle comprit qu'il voulait lui faire penser à autre chose, alors pour ne pas le décevoir, mais à contrecœur, elle accepta.

Effectivement, ce n'était pas loin et finalement, ils eurent la plus grosse surprise de leur vie!

Ce n'était pas une météorite qui venait de tomber derrière le bosquet proche de cette petite route isolée de Californie, mais ce qui ressemblait fort à une capsule spatiale!

Une capsule sphérique de trois mètres de diamètre qui venait de s'ouvrir automatiquement et qui montrait…un très jeune enfant…un très jeune enfant qui les regardait…et qui pleurait!

L'enfant portait un autocollant qui disait : « Je m'appelle Loïc»

Joëlle sentit son cœur fondre comme beurre au soleil!

Elle regarda Mike, implorante!

- Oh là là, dit-il, qu'est-ce que tu me pousses à faire?

Chapitre 2 : Extraterrestre

Pour cette mission, personne, en dehors de la NASA, n'avait été averti. Pas de journaliste et seules les familles des astronautes assistèrent au décollage.

Bien sûr le départ d'une navette spatiale ne passe jamais inaperçu, mais toutes les questions des médias reçurent la même réponse : secret défense et les journalistes furent priés de ne pas en parler.

Inévitablement, il y eut quelques entrefilets dans la presse, mais il y fut seulement mentionné que la mission était de nature militaire.

Indubitablement, les journalistes ne savaient pas que pour la première fois, l'équipage entièrement militaire emportait des armes à bord ni que la navette avait même une mitrailleuse, manipulée grâce au bras télescopique!

Une fois dans l'espace, celle-ci ne se dirigea pas non plus vers la Station Internationale, comme si attendaient les rares témoins, mais vers un point très particulier de l'espace, d'où provenait un appel fait dans une langue inconnue!

Un appel qui avait, toutefois, des accents de langues de la Terre.

Ce n'était pas vraiment loin dans l'espace, juste suffisamment pour que l'objet ne soit pas visible de la terre, ou du moins pas visible sans les moyens de la NASA et seulement si vous saviez où regarder.

Là, ils trouvèrent ce qu'ils étaient venus chercher, une sorte de capsule spatiale de survie.

Un petit engin de forme sphérique sans réacteur apparent et de seulement trois mètres de diamètre.

Les astronautes contactèrent par radio, sur la même fréquence utilisée par l'appareil, le ou les occupants de l'engin. Bien sûr, personne ne se comprit vraiment, mais le fait que l'engin leur répondit indiquait qu'il y avait au moins une personne, ou un être vivant à bord.

L'équipage était parfaitement entraîné et savait très bien ce qu'il avait à faire en cas de réponse.

Il utilisa le bras articulé de la navette pour agripper l'engin et le déposa dans la cale cargo de la navette.

Là, il l'arrima à la coque et plaça plusieurs charges explosives autour...au cas où!

Puis la navette repartit vers la Terre où elle entra dans l'atmosphère selon la routine bien étable par les vols précédents.

Mais cette fois-ci, elle ne se dirigea pas vers la base de l'USAF d'Edwards en Californie comme pour les autres vols, mais vers une base secrète près du Lac Groom, au Nevada, l'United States Air force Air Warfare Center de Nellis.
Un endroit aussi appelé « Area 51 » !
La fameuse base américaine où, selon la légende, une soucoupe volante, en provenance d'un autre monde, serait entreposée depuis les années 40 et où des extraterrestres seraient retenus prisonniers.
Maintenant, la légende était vraie.

Ils avaient décollé ce jour-là du porte-avions nucléaire de l'US Navy, USS Constellation, stationné dans ce qui s'appelait alors « Yankee Station », un site dans le golfe du Tonkin.
Leurs McDonnell Douglas F–4 Phantom étaient surchargés de bombes Mark 82 de 500 Lb.
La mission était claire, il fallait diminuer la capacité nord-vietnamienne de lancer ses fameux missiles SAM qui commençaient vraiment à causer de gros problème à l'aéronaval.
Parti avec cinq autres coéquipiers, le Lieutenant-colonel John McCain était un pilote remarquable, très bien vu de la hiérarchie et qui avait un sens inné du commandement malgré son âge relativement jeune. La mission était vue comme routinière et l'objectif principal était un site de lancement de missiles SAM d'origine russe situé près d'un village. John et ses hommes avaient bien étudié les photos aériennes, qui, quoiqu'elles fussent de qualité médiocre, laissaient à penser qu'un site de missiles était bien là.
John pensait pouvoir limiter les dommages collatéraux, comme on disait chez les militaires, pour éviter de parler du meurtre de civils, grâce à la précision du lâcher de bombes en piqué. Son équipe et lui avaient pratiqué cette tactique et la maîtrisaient relativement bien.
Un autre site leur avait aussi été donné au cas où les conditions météo rendraient leur attaque sur celui-là impossible.
Évidemment, comme souvent en cas de guerre, ce qu'ils trouvèrent en arrivant sur le site et ce que les photos avaient montré était bien différent!

Le site était en fait un dépôt de matériel de transport qui ne contenait aucun missile et de plus, beaucoup de civils semblaient se trouver sur place, ce qui donnait à penser que l'entrepôt devait plutôt contenir des réserves de nourriture et qu'une distribution était en cours. Le Lieutenant-colonel en avisa la Navy et demanda de pouvoir passer au site alternatif, ce qui lui fut refusé, le commandement n'étant pas convaincu par ses dires.

John ordonna néanmoins à son groupe de se diriger vers le site alternatif qui se révéla, lui, être vraiment un site de missiles.

Son escadron procéda alors à une attaque en règle qui détruisit 80 % des missiles nord-vietnamiens au premier passage!

Malheureusement pour John, 80 % ce n'est pas 100 %! Un missile l'attrapa durant sa remontée et il ne dut sa survie qu'à la célérité avec laquelle il réussit à s'éjecter, de même que son copilote, Mark Shean.

Il s'ensuivit pour lui et son copilote, quatre années de camp de prisonniers au nord Vietnam!

Libéré grâce aux accords de paix, il fut accueilli aux États-Unis en héros par une population excédée par cette guerre qui n'avait que trop duré et qui voyait en son retour la fin de cet épisode sombre de l'histoire de l'Amérique.

Ce statut de héros évita au Lieutenant-colonel John McCain de se faire traduire en cour martiale pour désobéissance aux ordres ainsi que sa dégradation, mais pas son congédiement de la Navy!

****

La douleur était revenue, insidieuse, alors que les drogues les plus puissantes commençaient à baisser dans son sang et empêchait John de dormir.

Rémission avaient-ils dit! Peut-être, mais son corps lui disait le contraire!

Trois heures du matin! John se leva et comme toujours quand la douleur refusait de partir, il allait se saturer encore une fois de toutes ces pilules que le médecin lui donnait à la tonne. Ça prendrait un certain temps avant que le soulagement n'arrive, alors comme souvent dans ces cas- là, il sortait pour se changer les idées.

Il vivait depuis longtemps maintenant en plein désert, loin des villes et les nuits sans lune, illuminées par des milliards d'étoiles, étaient un enchantement pour lui.

Il faisait froid bien sûr, mais John revêtait sa grosse veste de cuir doublée de laine et s'asseyait devant la maison pour se rassasier de ce firmament constellé de petites lumières clignotantes.

Et pour rêver d'une vie qu'il aurait pu avoir, si le Vietnam…peu importe, pour rêver de voyage dans l'espace!

Il regardait les constellations et les nommaient les unes après les autres, la Grande Ourse, Cassiopée, Orion, Pégase, le Capricorne, la constellation du Cancer etc., ferré qu'il était en astronomie.

Tout à coup, il s'avisa qu'une d'entre elles lui était inconnue!

Une étoile qui …qui grossissait et se dirigeait vers lui!

« Un avion? se questionna-t-il. Non, c'était trop haut! Alors…un météore? »

John se redressa, oubliant sa douleur, soudainement captée par le phénomène céleste.

« Oui c'était bien une étoile filante et même une grosse! »

Il avait emmené avec lui ses puissantes jumelles qu'il utilisait souvent en guise de petit télescope. Il les braqua vers l'étoile filante qui était descendue à moins de 10000 pieds maintenant, selon ce qu'estimait John.

C'est là qu'il eut une énorme surprise. L'étoile filante était suivie par des avions de l'USAF!

« Des F-15 Eagle, des avions de chasse! »

Soudain des petites lumières semblèrent se détacher des chasseurs et se diriger à vive allure vers ce qui semblait être un vaisseau spatial inconnu.

« Mon Dieu, pensa-t-il aussitôt, des missiles! Ils cherchent à l'abattre! Mais pourquoi? »,

Mais ce fut, semblait-il, sans grand succès!

John vit distinctement de petits éclairs faire éclater les missiles bien avant qu'ils n'aient atteint leur objectif!

« Hé bien, pensa-t-il, il semble que l'inconnu soit en mesure de se défendre! »

Il en était là dans ses réflexions quand il s'aperçut que vif comme l'éclair, l'engin, si engin il y avait, venait de plonger derrière l'horizon, comme s'il allait toucher terre incessamment. John eut le temps de le voir ralentir brutalement laissant ainsi les F-15 le dépasser, incapables qu'ils étaient, de manœuvrer aussi vite que l'inconnu.

Instinctivement John rentra la tête dans les épaules, s'attendant inconsciemment à une explosion quand l'objet toucherait le sol. Mais rien ne vint!

- Pourtant, il était sûr, l'engin s'était écrasé juste derrière l'horizon, dans une zone de petites collines en plein cœur du désert, en fait pas très loin de sa maison.

  « Se pourrait-il que l'engin se soit posé plutôt que de s'écraser, dans le désert? Pourtant, il semblait aller à vive allure! Aucun problème pour moi, je sais exactement où il a dû se poser. Demain j'irai voir. Je le trouverai sûrement. Pour le moment je devrais plutôt aller me coucher», conclut-il.

  Mais le lendemain, juste après l'aube, il fut réveillé par de violents coups donnés sur sa porte d'entrée et une voie familière, mais ô combien détestée, l'appelait.

  - John McCain, ici le shérif Brown! Ouvrez, s'il vous plaît!

  Ça ce n'était pas une nouvelle agréable, car pour John McCain, le shérif Brown, avec son énorme ventre de bière, son esprit étroit, son intelligence limitée et surtout sa méchanceté, représentait tout ce que l'Amérique pouvait produire de pire! Par le passé, le shérif, qui passait beaucoup de temps à chasser les immigrants illégaux dans le désert, avait vu John d'un mauvais œil, car il le soupçonnait, avec raison du reste, de les aider plutôt que de les dénoncer à la justice et lui avait alors cherché noise.

Un jour, il l'avait même arrêté arbitrairement et avec ses acolytes, l'avait brutalisé, fort de son impunité de matamore local!

- Le lendemain, ses copains, anciens du Viêtnam, avaient déchargé 12 chargeurs de M-16 sur sa bien-aimée Ford Mustang de collection…et lui firent comprendre que la prochaine fois, ils feraient la même chose, mais avec lui dedans!

Le shérif avait rapidement compris l'avertissement et avait, depuis, laissé John en paix…jusqu'à ce matin
- Shérif Brown, quel mauvais vent vous amène, lui dit John, mi-figue mi-raisin.
- Arrête de faire le malin, John! Tu as vu quelque chose cette nuit?
- Quelque chose? Comme quoi par exemple?
- Comme une grosse étoile filante…vers les 3 heures du matin?
- Non, mais même si je l'avais vue, je ne vous le dirais pas!
- Hé, attention, hein? J'ai du pouvoir et je protège l'Amérique moi! rétorqua le policier.
- Vous protégez l'Amérique? Sommes-nous tombés si bas?
- C'est ça, continue à faire le malin, un jour je te réglerai ton compte…et si tu as vu quelque chose et ne le dis pas, c'est l'USAF qui va t'épingler!
- L'USAF? Mon Dieu! Ne me dites pas qu'ils ont encore égaré un de leurs prototypes secrets! Vous devriez leur dire de faire attention avec l'argent du contribuable!!!
Bien sûr, John ne croyait pas un mot de ce qu'il disait!
Il savait déjà que ce qu'il avait vu n'était pas un avion de l'Air Force, mais de cette façon, il faisait croire à cet idiot de flic qu'il ne savait rien. Cela lui disait aussi que quelque chose d'important était tombé, ou avait atterri, pas loin de chez lui et que ni l'armée ni la police n'avaient la moindre idée de ce que c'était et surtout où c'était.
- C'est ça, continue comme ça, mais en attendant si tu vois quelque chose, t'es mieux de nous appeler sinon ça ne se passera pas cette fois-ci comme la dernière fois! J'ai l'armée avec moi maintenant!
- Oh là là, j'ai peur…j'ai peur!
- Laissez cet idiot, shérif, lui dit son adjoint, nous avons mieux à faire!

Et ils partirent sans plus mot dire.

Mais l'activité autour de la maison de John augmenta d'une manière significative toute la journée. Des hélicoptères survolèrent la région toutes les 10 à 15 minutes et de nombreux véhicules 4 x 4 passèrent devant chez lui. Cette activité des autorités empêcha John de faire ses propres investigations. En fait, cela dura même plusieurs jours, indiquant par là même que les recherches étaient infructueuses. John patienta le temps qu'il fallut et quand enfin les militaires et autres policiers, découragés, finirent par quitter la région, il prit les commandes de sa Jeep Cherokee et se dirigea vers l'endroit exact où il avait déduit que l'engin aurait dû se trouver, en fait a à peine une vingtaine de km de chez lui.

Il emprunta une petite route, en fait plus une piste et en un rien de temps, il fut sur place.

Là, de très basses collines l'obligèrent à quitter son véhicule et à continuer à pied.

Ce ne fut pas long et juste après la petite éminence désertique qu'il venait de gravir, se trouvait une vallée cachée de la piste poussiéreuse qu'il avait empruntée.

Il ne faisait aucun doute pour lui que ce devait être l'endroit où le vaisseau, si vaisseau il y avait, devait s'être posé.

Et il n'y avait rien!

Mais cela ne satisfaisait pas John. Si ce qu'il avait vu était un météore, alors il aurait dût voir, au moins, une trace d'impact!

Le fait qu'il n'y avait rien indiquait donc bien que c'était... autre chose!

Et même si ce fait ne le persuadait par, la frénésie avec laquelle les militaires avaient fouillé cette zone, achevait en quelque sorte, de le convaincre.

Donc « quelque chose qu'il ne voyait pas devait se trouver là...dans cette petite vallée totalement isolée en plein désert» se disait-il.

John s'assit dans la poussière et, se protégeant les yeux du soleil, il scruta intensément la petite vallée.

Une imperceptible différence de lumière entre la vallée et le sommet des collines lui apparut tout à coup.

Quelque chose était bien là… Quelque chose qui, de toute évidence, ne désirait pas être vu!

Alors, il se redressa et fit ce que tous les bons livres de science-fiction recommandent de faire dans ce genre de situation… un signe de paix!

John leva son avant-bras droit sur le côté de façon à avoir sa main droite à hauteur de son épaule tout en l'ouvrant de façon à diriger sa paume vers l'avant.

Un signe de paix universelle…du moins, il l'espérait!

Puis, il fit demi-tour et regagna son domicile sans insister davantage.

Le lendemain matin, juste après l'aube, quelqu'un frappa à sa porte à plusieurs reprises jusqu'à ce qu'il se décida à répondre.
- Voilà, voilà j'arrive, dit-il d'une voix forte, convaincue qu'il était d'avoir à faire de nouveau à cet enf… de shérif Brown.

C'est alors avec stupeur qu'il contempla l'individu qui se tenait devant lui. Un homme brun, clair de peau, de stature moyenne et couvert de poussière, comme s'il arrivait du désert.

John jeta un rapide coup d'œil derrière lui et ne vit aucun véhicule.
- Je m'appelle Meca et je suis désolé de vous déranger de si bonne heure, Colonel McCain.
- Oh, plus personne ne me donne du Colonel depuis longtemps! Appelez-moi John.
- Je préfère le terme de Colonel, car à mes yeux vous êtes un héros de la guerre du Vietnam! En fait plus un héros pour ce que vous n'avez pas fait, que pour ce que vous avez fait!
- Tout le monde ne pense pas comme cela!
- Oh, cet idiot de shérif? Il est insignifiant! Non, Colonel, je m'adresse à vous surtout pour vos qualités humanitaires qui vous ont fait refuser un bombardement et maintenant sillonner le désert pour sauver de pauvres émigrants!
- Fort bien, mais que voulez-vous de moi! Nous ne nous connaissons pas que je sache?
- Si Colonel, d'une certaine façon, nous nous connaissons! Hier, vous nous avez salués en faisant un geste de paix universelle!

Tout à coup, John eut l'impression d'entrer dans la fameuse Twilight Zone de la série de science-fiction bien connue!

- Nous sommes venus en paix, mais il semble que les autorités de ce monde ne voient pas les choses de la même manière! Notre vaisseau a subi de graves dommages et a besoin d'être réparé. Nous aiderez-vous, Colonel?

Estomaqué, John ne répondit pas tout de suite. C'est alors qu'il s'avisa qu'un véhicule venait d'apparaître à l'horizon et se dirigeait vers eux. Sa décision fut prise instantanément!

- Entrez, nous poursuivrons cette conversation plus tard. Pour le moment je vois le shérif arriver et je ne veux pas qu'il vous voie!

L'inconnu ne se fit pas prier et John ouvrit une petite trappe située juste sous le tapis de son salon et fit descendre son invité inattendu dans une sorte de cache aménagée sous sa maison. Une cache installée du temps de la prohibition! Très utile quand il avait à cacher des illégaux Mexicains.

C'était bien ce casse-pieds de shérif Brown qui revenait vers lui encore une fois!

- McCain! l'apostropha le shérif. Nos satellites de surveillance t'ont repéré te promenant dans le désert en pleine zone sensible. Que faisais-tu là?
- Cela fait des années que je me promène dans cette zone! Pourquoi devrais-je arrêter?
- Tu me caches quelque chose, hein?
- Et que serais-je censé vous cacher?
- Tu le sais bien, un engin inconnu est tombé près d'ici et nous le recherchons!
- Vraiment? Des petits hommes verts?
- C'est ça, moque-toi! Mais ses gens sont très dangereux et pourraient te faire du mal!
- Oh, mais c'est très gentil de s'inquiéter pour ma sécurité, ironisa John, mais pourquoi croyez-vous qu'ils soient méchants?
- Parce qu'ils ont tiré sur des avions de l'USAF, des F-15et tenté de les abattre!
- Ne serait-ce pas l'inverse?
- John McCain, lui répondit scandalisé le shérif, ce vaisseau survolait d'une façon non autorisée notre territoire! Nous avons le droit d'abattre tout ennemi qui nous survole!
- Mais enfin shérif, qu'est-ce qui vous fait croire que c'était un ennemi?
- Hein? Mais enfin John, es-tu stupide? Un ami se serait identifié!

- Sauf s'il vient de loin et ne connaît pas nos pratiques!
- Ça suffit, John, si tu sais quelque chose, je t'ordonne de me le dire TOUT DE SUITE, hurla le shérif.

Mais le shérif lui en avait dit assez pour qu'il prenne sa décision. C'est bien l'USAF qui avait tiré, alors il ne dirait rien sur la présence de son étrange visiteur.

- Rien, shérif, je ne sais rien et n'ai rien vu!
- Faites gaffe, hein? Il s'agit d'un problème de sécurité du territoire. Ton passé te suit John McCain et cette fois-ci tu ne bénéficieras pas du même capital de sympathie que la dernière fois quand tu es revenu des camps nord-vietnamiens! C'est la prison qui t'attend!
- Ça suffit, shérif, allez faire vos menaces ailleurs! Je n'ai rien vu, rien entendu! Point final!
- Je t'ai à l'œil, finit par dire le shérif tout en regagnant son véhicule.

John n'entendit plus parler du shérif durant tout le mois suivant, mois qui fut extrêmement chargé pour lui. Il avait choisi d'aider le dénommé Meca et achetait une grande quantité de matériel divers dans le but de l'aider à réparer son appareil. Bien sûr, il veillait à ce que rien de réellement dangereux ne soit livré à Meca, mais cela incluait beaucoup de micro processeurs et de matériaux bruts divers comme différents métaux, fer, aluminium, cuivre et autre nickel. Il les livrait toujours au début de la petite vallée et Meca les transportait vers …où exactement, John ne le savait pas! Le paiement de toutes ses fournitures se faisait d'une façon on peut plus étrange … directement sur son compte! Quand il avait demandé à Meca comment il faisait ça, il lui répondit que son vaisseau possédait des ordinateurs autrement plus performants que ceux utilisés sur terre et que pénétrer les systèmes du New York Stock Exchange avait été un jeu d'enfant! John s'était alors inquiété que Meca puisse voler ses sommes, mais il s'avéra qu'en fait…Meca jouait à la bourse! Il utilisait de multiples noms d'emprunt et faisait des coups boursiers importants, mais jamais trop importants, pour ne pas susciter la curiosité.

Il utilisait ainsi littéralement plusieurs milliers de noms et de firmes de courtages qu'il changeait régulièrement. Il ne cherchait pas à faire des sommes énormes, juste ce qu'il fallait pour les travaux. Travaux qui allaient, selon Meca, prendre beaucoup de temps, car aucun des matériaux reçus n'était utilisé directement, étant trop peu avancés pour l'appareil interstellaire de Meca.

En fait, ils servaient à construire des machines qui, elles permettaient de réparer le vaisseau. Quand John demanda combien de temps pourraient prendre les réparations, Meca lui mentionna …20 ans, ce qui le renversa littéralement.

- Vous comprenez, Colonel, lui dit Meca, il me faut reconstituer ici ce qui s'est fait dans les usines les plus performantes de chez nous et nous sommes des siècles en avance sur votre technologie!
- Mais y arriverez-vous?
- Oh oui!

- MCCAIN, hurla le shérif! Montre-toi!
- Voilà, voilà, j'arrive répondit une voix étonnamment faible derrière la porte!
- Mais enfin que t'arrive-t-il, ça fait 10 minutes que je tambourine à ta porte!
- Je…je suis fatigué! lui rétorqua un John amaigri et pâle, sur le pas de sa porte.

- Fatigué? Tu prétends être fatigué quand les rapports te concernant disent que tu dépenses des sommes colossales en fournitures et matériaux divers? Que fais-tu avec toutes ces puces d'ordinateur, matériel de télécommunication et autres émetteurs?
- C'est…c'est interdit dans ce pays d'acheter des ordinateurs?
- Non, mais je t'ai à l'œil et je ne comprends pas ce que tu fais!
- Import-export avec le Mexique!
- Ah oui? Et je peux voir tes livres? Parce que je ne te crois pas!
- Bien…sûr, venez par ici, finit John en montrant son bureau, impeccablement rangé et qui contenait différents classeurs, sur lesquels se rua le shérif et ses assistants.

Évidemment, le shérif ne comprit absolument rien à la comptabilité qui lui fut soumise, mais prétendit le contraire. La seule chose qu'il vit, c'est qu'effectivement il y avait un relevé de toutes les transactions et des pièces justificatives. Bien sûr, s'il avait eu un rien de bons sens, il aurait avoué que la comptabilité n'était pas son fort et qu'il avait besoin de soumettre ces documents aux experts, mais, justement il n'avait pas ce bon sens-là et prétendit donc comprendre ce qu'il lisait. Alors, il n'avait plus qu'une seule possibilité de réponse.

- OK, tout me semble en ordre, mais je t'ai quand même à l'œil!

Mais le shérif ne put rien ajouter, car John venait de s'évanouir!

John se réveilla dans un lit d'hôpital, avec un terrible mal de tête, des bourdonnements dans les oreilles et une sensation de faiblesse généralisée.

Il eut tout à coup l'impression d'une présence dans sa chambre.

C'était un médecin qui justement examinait son dossier.

Remarquant le réveil de son patient, il s'adressa à lui, d'une façon hésitante.

- Monsieur McCain, je suis le Dr Bradley. C'est moi qui vous ai hospitalisé quand l'ambulance, demandée par le shérif Brown, vous a amené ici, inconscient.
- Que m'est-il arrivé?
- Votre cancer, Monsieur McCain! Les résultats de vos analyses sont formels. Il est maintenant…généralisé. J'ai le regret de vous l'annoncer! Il…il faudrait que vous contactiez votre famille au plus vite. Voulez-vous que nous le fassions pour vous?
- Non, je n'ai plus de famille et je ne veux pas que mes vieux amis me voient dans cet état.
- Bon, mais malheureusement, vous êtes venu trop tard pour que je puisse faire quoi que ce soit…votre maladie est maintenant trop avancée et hors contrôle! J'aurais pu…
- De la chimio? J'en ai fait et ai gagné quelque mois seulement. Je savais depuis quelque temps que je n'étais plus en rémission et que je n'en avais plus pour longtemps! Combien de temps au juste?
- Impossible de vous le dire, mais vous pouvez nous parler, grâce aux drogues. Une semaine tout au plus, peut-être même moins! Je suis désolé.

- Ne le soyez pas! J'ai réussi ces quelques derniers mois à aider un ami suffisamment pour qu'il puisse continuer sans moi. Je ne sers plus à rien et suis fatigué de cette existence. S.V.P., laissez-moi mourir sans acharnement thérapeutique!
- Comme vous voulez! Nous allons alors seulement vous donner des analgésiques pour calmer la douleur. Mais vous pourriez décéder cette nuit si nous ne faisons que cela!
- C'est ma volonté Docteur!

John se tut et comme parler avait utilisé les quelques ressources qu'il lui restaient, il s'endormit aussitôt, les drogues ayant calmé son mal de tête.
Le docteur le regarda, désolé et pensait qu'il allait probablement décéder cette nuit. Puis, il quitta la chambre et donna l'instruction aux infirmières de ne donner à John, selon sa demande, que des médicaments pour alléger sa douleur.
Quelques heures plus tard, John se réveilla brièvement pour constater que quelqu'un, un médecin probablement, car il avait une blouse blanche et un stéthoscope, était en train de lui injecter un quelconque médicament.
« Tiens, eut-il le temps de penser, ce docteur ressemble à Meca ».
Puis John sombra dans le coma.
Pour tout le monde, John allait mourir cette nuit.

- Dr Bradley, cria l'infirmière à l'interphone, venez vite, IL EST RÉVEILLÉ!
Ledit Dr Bradley arriva en trombe et avec l'infirmière, entra dans la chambre de John.
Celui-ci venait effectivement de se réveiller!
Le Dr le regarda stupéfait, la bouche ouverte.
- Vous devriez fermer la bouche Docteur, lui dit ironique John, les mouches pourraient entrer!
- Monsieur McCain! Je…je suis …étonné…non…stupéfait…renversé! Vous…vous devriez…
- Être mort?
- Euh…désolé, mais je ne comprends pas! Il y a trois jours, vous êtes entré en coma PROFOND! Puis, sans que l'on sache pourquoi, vos signes vitaux se sont améliorés, SANS AUCUNE

INTERVENTION DE NOTRE PART et maintenant vous semblez…vous semblez rayonnant… de santé !

- Mais vous savez quoi Dr? Je suis réellement rayonnant de santé! Je n'ai plus aucune douleur et j'ai l'impression d'avoir rajeuni de trente ans! termina John, en se levant sans aucune difficulté apparente.

Une heure plus tard, le Dr Bradley signait son autorisation de quitter l'hôpital, n'ayant plus aucune raison de le retenir.
C'est là, juste au moment où John s'apprêtait à sortir, qu'apparut le shérif Brown.

- Monsieur McCain, lui dit le shérif, pouvez-vous m'expliquer, comment il se fait que vous soyez toujours vivant?

John McCain regarda le shérif droit dans les yeux et fit ce qu'il avait envie de faire depuis longtemps, ce qu'en fait, nous avons tous envie de faire à tous les policiers du monde, SOIT UN GIGANTESQUE BRAS D'HONNEUR!

Chapitre 3 : HMS Improbable

En astrophysique, un trou noir est un objet massif dont le champ gravitationnel est si intense qu'il empêche toute forme de matière ou de rayonnement de s'en échapper (à l'exception notable de la radiation de Hawking). De tels objets n'émettent donc pas de lumière et sont alors perçus noir. Les trous noirs sont décrits par la théorie de la relativité générale. Ils ne sont pas directement observables, mais plusieurs techniques d'observation indirecte dans différentes longueurs d'onde ont été mises au point et permettent d'étudier les phénomènes qu'ils induisent sur leur environnement. En particulier, la matière qui est happée par un trou noir est chauffée à des températures considérables avant d'être engloutie et émet de ce fait une quantité importante de rayons X. Ainsi, même si un trou noir n'émet pas lui-même de rayonnement, il peut néanmoins être détectable par son action sur son environnement. L'existence des trous noirs est une certitude pour la quasi-totalité de la communauté scientifique concernée (astrophysiciens et physiciens théoriciens).
La zone sphérique qui délimite la région d'où lumière et matière ne peuvent s'échapper est appelée « horizon des événements ». On parle parfois de « surface » du trou noir, quoique le terme soit quelque peu impropre (il ne s'agit pas d'une surface solide ou gazeuse comme la surface d'une planète ou d'une étoile). Il ne s'agit pas d'une région qui présente des caractéristiques particulières : un observateur qui franchirait l'horizon ne ressentirait rien de spécial à ce moment-là. Par contre, il se rendrait compte qu'il ne peut plus s'échapper de cette région s'il essayait de faire demi-tour

Wikipédia
L'encyclopédie libre

HMS Improbable !
Un nom très particulier.
Un nom atypique donné par une équipe de jeunes Gardes un peu – beaucoup- crâneur, pour un vaisseau de type HMS Arachnide, vaisseau lui aussi atypique avec sa forme lenticulaire et peu épaisse, qui le rendait difficile à voir de face.

En fait, c'était voulu, car cela augmentait ses capacités furtives, alors qu'un blindage très important le rendait également capable de se maintenir beaucoup plus proche du soleil que les autres navires, même les croiseurs.

Ce qui avait aussi l'avantage indéniable de lui donner un surcroît de vitesse lors du bond vers l'hyperespace et faisait aussi de lui un chasseur redoutable aussi bien qu'un engin capable de semer ses poursuivants si cela s'avérait nécessaire.

Son diamètre de 125 mètres ne faisait pas de lui un géant de l'espace, mais c'était suffisant pour lui permettre de recevoir une roue interne capable de tourner raisonnablement vite pour créer une gravité artificielle de 0.8 G tout à fait suffisante pour maintenir un équipage en pleine forme pendant longtemps.

Un petit équipage de 14 membres et beaucoup de moyens passifs de détection, comme des télescopes capables de recevoir la lumière dans un large spectre ainsi que des moyens d'écoute électronique très performants, faisaient de lui un fantastique moyen de surveillance à distance. Tapi dans la couronne du soleil, il était indétectable, mais pourtant voyait tout !

Et comme si ce n'était pas suffisant, il possédait aussi des canons Oerlikon pour la défense rapprochée et, surtout, un Obelton très particulier ! Capable de maintenir son rayonnement très concentré, même à très longue portée, il avait une puissance totalement inégalée, même sur les gros croiseurs.

Ce vaisseau avait peut-être une taille de guêpe, mais piquait aussi comme une guêpe !

Bref, c'était ce que La Garde appelait un chasseur-tueur !

Il restait tapi, hors de portée de l'ennemi, puis attaquait rapidement grâce à son Obelton et disparaissait tout aussi rapidement après.

Toutes ces qualités faisaient de ce type de vaisseau, le candidat idéal pour une mission de reconnaissance chez les Démons au-delà de la grande barrière de missiles.

D'où ce nom de « HMS Improbable » donné, par bravade, à ce nouvel appareil, juste sorti des sentiers navals de La Garde.

Parce qu'il était vraiment improbable qu'ils ne reviennent vivants de leur escapade en terre ennemie !

Ils seraient 27 vaisseaux comme celui-là avec pour mission de découvrir les planètes habitées par l'ennemi.

Tous savaient que ce genre de mission était à haut risque.

Mais ils étaient jeunes et quand on est jeune, rien de vraiment grave ne peut vous arriver…et puis, ils avaient un idéal en béton!

Alors pour l'Empereur et l'Humanité, ils partiraient!

Mais bien sûr, il ne faut jamais sous-estimer l'ennemi, comme ils l'apprirent très vite.

Et les voilà en territoire ennemi, sans jamais avoir été capable de trouver une de ces planètes, mais avec, par contre, beaucoup de navires ennemis aux trousses, car en franchissant la barrière de missiles, ils furent repérés et suivis par de petits engins spécialisés dans la filature des navires qui osaient franchirent la grande barrière, au cas où les missiles présents n'avaient pas été capables de les transformer en électron libre!

Un type d'engin incapable de décider de quoi que ce soit, mais commandé par un des plus dangereux des ennemis de l'humanité.

Trojan!

Et un Trojan qui ne tarda pas à guider une flotte importante vers eux.

Certes, c'étaient des navires de La Garde et ils détruisirent beaucoup de vaisseaux ennemis, mais ceux-ci semblaient être remplaçables à l'infini.

Rapidement, ils ne durent leur salut qu'à la vélocité exceptionnelle de leurs appareils.

De précieuses secondes étaient gagnées grâce à leur capacité à se rapprocher du soleil plus que les autres.

Mais Trojan semblait avoir des guetteurs partout.

Ils réussissaient à distancer une flotte ennemie?

Et voilà qu'une autre arrivait à leur rencontre.

Alors ils plongeaient de plus en plus loin de l'Empire et s'éloignaient aussi de l'objet de leur mission et des possibles planètes ennemies.

Ils se retrouvaient maintenant dans des espaces faiblement cartographiés où jamais aucun vaisseau humain n'avait navigué.

- Et probablement aucun vaisseau ennemi non plus, avait remarqué le commandant Vanguard Simpson, pacha du HMS Improbable.

Mais cela n'avait absolument pas empêché une flotte ennemie de les suivre.

Une flotte qui ne le rattrapait pas, mais qui avait réussi à se maintenir à une distance relativement stable d'eux.

Une flotte qui tôt ou tard rejoindrait le HMS Improbable.

- Nous sommes foutus, avait dit Gary Coïvisto, le jeune rouquin qui était leur officier de navigation, sauf si…
- Sauf si…?
- Si nous nous dirigeons vers cet espace noir devant nous!
- Mais il n'y a rien devant nous!
- Erreur commandant, avait répondu le rouquin, il y a un champ gravitationnel puissant dans cet espace noir!
- Un champ gravitationnel? Un trou noir? Mais c'est dangereux!
- Non, un trou noir dans cette région, c'est peu probable! Plutôt une étoile éteinte. Une étoile que nous pourrions utiliser pour nous pousser loin des morpions qui nous suivent!

Évidemment le commandant Simpson n'appréciait que très modérément l'humour de son navigateur, mais il ne releva pas le trait d'humour scabreux de celui-ci, sachant pertinemment que ce n'était que bravade destinée à éloigner la peur.

- Tu es sûr? Un trou noir ne se voit pas non plus!
- Mais il émet des radiations dites d'Hawking, que nous pouvons détecter. Radiations non présentes ici. Donc ce n'est pas un trou noir que nous avons en face de nous. En fait, je capte beaucoup de radiations, mais en l'absence de radiations d'Hawking et je suis formel, c'est juste une étoile massive, mais morte.
- Mais alors d'où viennent les radiations?
- Un peu comme pour les trous noirs, du fait que des particules, probablement de gaze, tombent sur l'étoile.
- OK, mais pouvons-nous nous approcher suffisamment sans risquer de tomber dessus?
- Comme pour les étoiles régulières. Quand nous serons suffisamment proches, nous déclencherons l'antimatière. Donc, nous allons nous diriger vers elle jusqu'à ce qu'elle nous ralentisse suffisamment et face sortir de l'hyperespace, puis quand nous serons assez proches, nous réenclencherons l'antimatière. Notre bond vers l'hyperespace nous donnera alors une vitesse beaucoup plus grande que les morpions qui nous suivent qui, de toute façon, ne pourront pas s'approcher aussi près de l'étoile que nous et donc seront incapable se propulser aussi vite que nous.
- Mais, lieutenant, nous ne voyons pas cette étoile. Comment allez-vous savoir quand actionner l'antimatière?

- Je vais tout calculer, commandant. Il est facile d'extrapoler le diamètre de l'étoile en partant de son champ gravitationnel. Donc j'optimiserai notre bond de cette façon. Les calculs me diront exactement à combien de milliers de km nous nous trouverons de la surface du soleil et quand nous serons suffisamment prêts pour faire un bond.

Vanguard Simpson était un commandant des plus compétents. C'est pour cela qu'il eut tout de suite une sirène d'alarme qui se mit à hurler dans sa tête.

Mais il était jeune et ne sut pas refuser ce plan à son lieutenant.

Il aurait dû, car ce qu'il avait devant lui n'était pas une étoile éteinte, mais bel et bien un trou noir.

La présence d'une grande quantité de gaz avait simplement brouillé les émissions de radiations d'Hawking.

Quand il s'en rendit compte, le HMS Improbable avaient déjà franchi « l'horizon des événements » et tombait dans le trou noir!

Le HMS Improbable venait de se faire avaler par le pire de tous les monstres qui peuplaient l'univers!

Chapitre 4: Infiltration

Dreck regarda le 357 Magnum qui fumait encore, avec émotion. L'arme lui rappelait un ami très cher, un ami qu'il venait de perdre et qui lui manquait énormément.

Pierre Sheine!

Pierre l'envoyé. Pierre le héros, qui lui avait sauvé la vie ainsi que celle de la princesse Caroline.

Un homme, qui avec ses compagnons, avait troublé tellement l'ennemi que celui-ci avait reporté ses plans d'attaque de l'Empire!

Et maintenant, une nouvelle fois et de manière posthume, il venait de la lui sauver encore.

Grâce à ce cadeau!

Une réplique de son fameux Cold Python 357 Magnum, la même que celle qu'il avait donnée à Caroline et qui lui avait sauvé la vie à elle aussi.

Pourquoi?

Parce que ce type d'arme ne contenait aucune partie électronique!

Seulement des pièces mécaniques.

Donc, pas de détection par les équipements spécialisés possible! En c'est temps d'électronique évoluée, tous avaient oublié que des armes sans électronique étaient possible et ne prévoyait pas cette possibilité dans leurs détecteurs.

Et cela avait été l'erreur que n'auraient pas dû commettre ses visiteurs!

Quatre prétendus Occitans qui étaient venus le voir apparemment pour le persuader que l'Empereur le traitait mal en lui refusant la promotion au rang de général, parce qu'il n'était pas, d'après eux, Aryen.

En fait, c'était lui qui avait toujours refusé.

Qu'importe leur prétexte, cousu de fil blanc, leur demande de rencontre avait intrigué suffisamment Dreck pour qu'il la leur accordât.

Leur détecteur d'armes leur avait indiqué qu'il était sans armes, du moins dans son environnement immédiat! Tout comme le sien avait indiqué la même chose à leur endroit, mais cela ne l'aidait pas, car ils étaient …quatre et le tuer leur serait facile, grâce à leur avantage numérique!

Un des assaillants l'avait particulièrement intrigué et c'est ce qui avait allumé ses systèmes d'alarme internes. Le type lui ressemblait étrangement! Et en bon agent secret, il avait rapidement détecté certaines techniques de maquillage sur l'individu.

Dreck avait compris en un éclair que l'individu lui ressemblait probablement point par point et que la véritable raison de sa présence chez lui était de se substituer à lui…en prenant soin de copier dans sa propre mémoire ce qui était accessible dans celle de son alter ego.

Très dangereux, car cela impliquait qu'il serait tué et que son corps disparaîtrait.

Malheureusement pour ses assaillants, Dreck était un agent secret on ne peut plus expérimenté et ce ne serait pas si facile que ça de lui prendre sa vie et sa place!

Dreck prit le temps de voir ce qu'ils voulaient réellement et, à sa grande surprise, ils le lui dirent très candidement, persuadés qu'ils étaient de pouvoir le faire disparaître après!

- *Simplement, lui dit celui qui semblait être le chef, nous voulons que vous disiez à notre peuple la vérité sur l'Empereur et comment être un Occitan à Oulan Bator fit de vous un valais sans grande considération de sa part…et nous voulons que vous preniez la tête d'un mouvement de révolte sur Occitan, en vue de chercher l'indépendance de notre monde par rapport à l'Empire.*

Mais pendant qu'il disait cela, les autres avaient amorcé un mouvement d'encerclement.

Dreck sentit alors que la situation devenait trop dangereuse et il sortit le fameux 357 Magnum!

Et il était beaucoup, beaucoup plus rapide que ses assaillants!

La Garde allait bientôt venir chercher les cadavres et faire des analyses génétiques poussées.

« Mon petit doigt me dit qu'ils trouveront probablement des Sarkaïs sous ces corps apparemment occitans », se dit Dreck très inquiet par cette nouvelle tactique de l'ennemi.

Rotag Astergar avait, une fois de plus, beaucoup de difficulté à se concentrer sur son travail, malgré le fait qu'il était maintenant sur cette planète appelée, pour le moment BPZ-3000, code de terra formation. En principe, puisqu'il était ingénieur en terra formation, ce travail aurait dû lui plaire. Mais Rotag avait la tête ailleurs! Sur Ushuaia, sa planète natale! La planète des Uïgures!

Il y avait à peine deux ans, il y vivait heureux et pensait, comme tous ses compatriotes, qu'il y était libre de faire ce qu'il voulait et surtout de penser comme il voulait. Alors, il avait fait de la politique et parlé d'indépendance… de l'indépendance des Uïgures face à l'Empire!

Injure suprême, il avait même parlé de faire d'Ushuaia, une république!

Ça, ce n'était pas bien vu… surtout par les sbires de l'Empereur… comme ce traître de Rotuch Rotangar!

Pourtant, beaucoup d'Uïgures pensaient comme lui.

Certes, ils avaient été défaits à la bataille des Carpates, mais cela faisait longtemps et leurs dettes à l'Empire avaient été payées!

Il ne disait pas que l'Empire devait être considéré comme un ennemi, non, mais comme une entité autre, un Empire ami, voisin…mais pas le leur.

Le fait que les Uïgures jouissaient d'une large autonomie n'était pas suffisant à ses yeux.

Seul le peuple sait ce qui est bon pour le peuple!

Mais voilà, l'Empereur Simon ne voulait pas de république indépendante.

Simon voulait le pouvoir sur tous, sous prétexte de cohésion et de défense contre de prétendus démons!

Et de quels démons parlait-on ici? De ces minables Sarkaïs?

D'empêcher de prétendus démons intérieurs de promouvoir le retour du nettoyage ethnique?

Tout le monde savait pourtant que les Uïgures étaient de très loin la plus «parfaite » des races humaines! Alors, finalement, cette histoire de démons n'était qu'une façon de permettre aux Aryens de dominer l'Empire même s'ils étaient moins performants que les Uïgures à tous points de vue, que ce soit physiquement ou intellectuellement!

Alors, on lui avait simplement donné deux choix. Ou il allait quatre ans en prison pour incitation à l'insurrection ou il allait se faire voir ailleurs pour 6 ans avec interdiction de communiquer avec qui que ce soit sur Ushuaia!

Ils avaient même décrété que comme BPZ- 3000 se trouvait à l'opposé d'Ushuaia, ce serait, en fait, sa seule option!

Et voilà pourquoi il ne parvenait pas à se concentrer!

« Mort à Simon et à Rotuch Rotangar!!!! Ils payeront…et le peuple Uïgure SERA INDÉPENDANT UN JOUR!!! » pensait-il tout le temps.

Mais pour le moment, il fallait endurer ses années d'exil.

Mais qu'était ses années d'exile quand la victoire allait inévitablement arriver quand il reprendrait sa lutte et finirait par se débarrasser de Simon et de ses, ô combien dévoués, serviteurs.

Oui, un jour il serait à la place de Rotuch …comme Président élu!

Il en était sûr, le peuple saurait se montrer reconnaissant!!

Le signal d'alarme prit Rotag par surprise!

La base était attaquée par…des pirates!

-    M… dit-il, des Sarkaïs! Ici? Mais il n'y a rien à voler!

Mais Rotag était loin de la base. Il se crut en sécurité, même s'il n'y avait aucun endroit pour se cacher, vu qu'il travaillait justement à ensemencer une plaine aussi plate que sa main et où aucun arbre ne poussait!

Malheureusement pour lui, après avoir tué tout ce qui bougeait à la petite base, c'est-à-dire près de 5 autres personnes, les Sarkaïs cherchèrent s'il y avait d'autres individus sur la planète.

Évidemment, ils ne tardèrent pas à le repérer.

Rotag ne prit même pas la peine de courir, les autres ayant un vaisseau spatial et il n'y avait de toute façon aucun lieu où aller.

Il attendit donc l'arrivée des Sarkaïs sachant sa mort imminente!

Mais il eut une incroyable surprise!

Parmi les Sarkaïs qui descendirent de l'appareil, il y en avait un …qui…qui était…lui!

-    Bonjour Rotag, lui dit l'autre lui-même. Un dernier souhait avant que je n'extraie de ta mémoire ta vie, pour me la donner, ce qui incidemment te tuera?

Rotag n'était pas un lâche et beaucoup trop fier pour supplier ses agresseurs de le laisser vivre, ce qui de toute façon n'avait aucune possibilité d'être exaucé, alors il s'écria :

-    VIVE Ushuaia libre! Longue vie au peuple Uïgure!

-    Je te promets de travailler fort pour le premier de tes souhaits…mais pas pour le second, lui dit, ironique, l'autre… juste avant de lui tirer une salve paralysante.

Quand le commandant du Croiseur HMS Taddeuz trouva Rotag sous les décombres de son tracteur, il n'en crut pas ses yeux! Il est toujours vivant!

- VITE ambulancier, celui-ci est encore vivant! avait-il crié alors.

De fait, grâce aux bons soins du médecin du bord, Rotag survécut. Finalement, ses blessures étaient plus superficielles que vraiment graves.

Tout le monde fut soulagé, d'autant plus qu'il était le seul survivant et que La Garde se sentait vraiment mal de ne pas avoir protégé le poste de terra formation d'une façon adéquate.

Rotag devint un héros et ému par son calvaire, Rotuch Rotangar, Premier Prince Uïgure, fit montre de magnanimité et annula l'ordonnance d'exil de Rotag.

Celui-ci était libre de retourner sur Ushuaia!

Chapitre 5 : Histoire de monstre

L'énorme vaisseau couleur de nuit avait freiné au maximum et avait même dû s'y reprendre plusieurs fois : l'endroit, en pleine zone « FREEPROG », était difficile d'accès et son éloignement requérait des vitesses que seule une grande étoile pouvait donner!

Celle-ci, une gigantesque étoile bleue, était entourée par encore plus grosse qu'elle, ce qui rendait la navigation dans les parages des plus dangereuses, même pour des vaisseaux aussi formidables que celui qui venait de rentrer dans ce système solaire.

Autour, énormément de planètes, astéroïdes, météores et autres débris spatiaux y gravitaient, piégés qu'ils étaient, par l'énorme gravité du colosse bleue.

Sans compter la présence autour de l'étoile d'un immense cimetière spatial qui contenait des milliers de vaisseaux entassés plus ou moins ensemble sur une orbite relativement proche du soleil.

- *Salut à toi Trojan!*
- *Salut à toi, Ra Tamura! Mon Dieu que tu es laid en humain! Cependant, malgré mon salut, sache que ta venue est pour moi un très grand déplaisir. Je n'aime pas qu'un vaisseau, fut-il allié, s'approche de mes structures comme ça! Sache que mes canons sont dirigés vers toi! De plus, cet emplacement était censé être secret! Même pour vous!*
- *Tout doux mon ami, tout doux! Je sais à quel point tu tiens à tes distances, mais le sujet est trop important et demandait une absolue discrétion.*
- *Parle donc, qu'on en finisse!*
- *Voilà. Tu gères le plus puissant ordinateur de ce côté-ci de l'univers et c'est pour cela que tu nous es si utile.*
- *Merci pour ta flatterie, mais ce n'est pas vrai!*
- *Quoi?*
- *En fait, il en existe un autre, aussi puissant que moi!*
- *Vraiment, mais où?*
- *Chez les humains! Il va falloir régler cela. Pour le moment, il a disparu, mais je sais qu'il existe toujours!*
- *Cela t'inquiète?*
- *Oui et non. Je lui réglerai son compte quand ce sera le moment! Pour l'instant, dis-moi ce que tu veux de moi…parce que tu veux quelque chose de moi, non?*

- Bien sûr! Es-tu capable de rentrer dans les systèmes informatiques des humains?
- Oui, sauf ceux de La Garde.
- Peux-tu entrer dans les systèmes de l'Université libre d'Oulan Bator?
- Oui, avec un relais. Pourquoi?
- Pour y trouver tout ce que tu peux sur un système médical appelé « rétrofit » qui est en fait, une série de faux souvenirs introduits dans le subconscient et qui fonctionnent comme un programme informatique chargé de détecter et détruire les « enregistrements mémoriels » déclencheurs d'intenses émotions chez les humains perturbés. C'est un système de soins psychiatrique.
- Mais dans quel but?
- Dans le but de non plus détruire des enregistrements mémoriels négatifs, mais plutôt d'en créer.
- Comme?
- Comme renforcer lentement mais sûrement la haine des autres races, la haine de l'Empereur et de sa fille et même du système impérial!
- Bon, je devrais pouvoir trouver cela. Mais même si je le trouve et que nous le modifions, comment introduire cela dans la tête des gens?
- Simplement. Par les jeux vidéo! Il n'y a pas un gosse qui ne joue pas aux jeux vidéo et…
- Et ceux-ci utilisent maintenant des casques directeurs capables de lire directement les réactions du cerveau pour commander le jeu! Bien vu! J'infiltre le système et implante par le jeu le système rétrofit qui, au fur et à mesure que le gosse grandit, lui implantera des émotions de haine de plus en plus puissantes.
- Penses-tu pouvoir faire cela?
- Considère-le comme fait! Il y a autre chose?
- Oui, un ordre général de tuer les autres races devrait aussi être implanté dans le cerveau des enfants aryens. Un ordre qui ne se déclenchera que s'il entend plusieurs fois de suite le mot de passe « DYBBUK »!

- Arrête de courir comme ça, lui lança Gabriel, je n'ai plus 16 ans moi!
- Papa, on ne peut pas laisser cette bête blessée nous échapper, lui répondit avec fougue Raphaël, ce n'est pas correct de laisser souffrir un animal.

Gabriel voulut lui répondre, mais c'était trop tard, son fils avait littéralement bondi en avant et courait maintenant à une vitesse trop grande pour que Gabriel pensât même être capable de le rejoindre.

Raphaël était certes un chasseur remarquable malgré son jeune âge, mais avait aussi l'inconscience typique des adolescents.

Et Gabriel voyait bien qu'il s'approchait dangereusement d'une clairière relativement importante.

Une clairière, cela signifiait qu'ILS pourraient les attaquer.

- Gabriel hurla le plus fort qu'il put pour attirer l'attention de son fils. RAPHAËL! ATTENTION À LA CLAIRIÈRE! C'EST DANGEREUX! REVIENS SOUS LE COUVERT DES ARBRES!

Peine perdue! Raphael ne l'entendait pas… ou faisait semblant de ne pas l'entendre. Seule l'antilope comptait. Il l'avait blessée et celle-ci, affolée, s'était lancée dans un galop frénétique pour échapper aux chasseurs. Raphael était aussi un très bon coureur de fond et l'avait poursuivie dans sa course pour sa survie. C'en était trop pour Gabriel, qui avait rapidement compris que les chances de retrouver l'antilope étaient minces, car sa blessure n'était que superficielle! De plus la viande de cet animal ne valait pas le risque de s'exposer à EUX!

À eux! Les créatures démoniaques qui les avaient suivis jusqu'ici, sur ce monde de rêve où leur peuple avait trouvé refuge sous la protection de la pierre de Nicholas! Leur haine des humains était telle que certaines d'entre elles n'avaient pas hésité à les suivre ici, même si cela signifiait un exil permanent sur ce monde. Peu importait! Cette engeance ferait n'importe quoi pour chasser l'humain, qui accessoirement, lui servait de repas!

Tous les enfants humains savaient cela !

Ils savaient aussi que les arbres étaient leurs amis, car leurs branches et la densité des forêts empêchaient les monstres de les atteindre.

Mais telle était la jeunesse que l'enseignement reçu des parents n'était pas toujours senti comme exact, du moins jusqu'à ce que l'ado puisse lui-même en faire l'expérience.

Et malheureusement, certaines expériences pouvaient parfois se révéler…fatales!

Raphaël avait toujours été rebelle et aimait défier ses parents.

Comme tous les jeunes, il croyait que rien de grave ne pouvait lui arriver… Par contre, laisser un autre gamin lui arracher le titre de meilleur chasseur du Prieuré était quelque chose qui était autrement plus important que les mises en garde de son père!

Alors, il se lança vers le centre de la clairière où l'antilope s'était enfin arrêtée pour reprendre son souffle.

Cette fois, il l'aurait!

Gabriel ressentit le bourdonnement dans sa tête juste au moment où il arriva à la clairière.

C'était toujours comme ça!

Quand ILS approchaient, leurs facultés télépathiques faisaient que même les humains les sentaient.

- Dieu NON…NON, hurla Gabriel, RAPHAËL REVIENT VIIIIIIITTTTTTE!

Raphaël fut soudain conscient du danger et fit mine de courir vers le couvert des arbres.

Mais il était trop tard!

Plongeant du ciel à une vitesse folle, un jeune dragon de 17 mètres se précipita vers lui et l'avala avant même qu'il n'esquissât un geste de défense!

Impuissant, Gabriel assista à la mort de son fils en direct!

Mais le jeune dragon était d'un tempérament frondeur et il se posa au centre de la clairière pour montrer à l'autre humain comment il dévorait son compagnon.

Il le regarda dans les yeux et, fait rare, lui envoya télépathiquement son nom.

- JE M'APPELLE ARAK, POUR TON MALHEUR!

Ce nom s'imprima dans la tête de Gabriel.

Une immense douleur prit alors possession de lui.

« Et je ne peux rien faire », pensa-t-il.

Gabriel sentit le monstre distinctement chercher à entrer dans son crâne, par télépathie.

Mais les humains sur Eldorado savaient bloquer les Dragons et Gabriel appliqua instinctivement les techniques apprises depuis des générations pour l'empêcher de lire en lui.

Le Dragon le regardait, malgré tout, narquois. « Avance, si tu en as le courage» semblait-il lui dire.

Gabriel le regarda intensément dans les yeux et prit une folle décision!

Il mit son immense peine en attente quelque part dans son cerveau, décrocha l'arbalète de son dos et la chargea.

La monstrueuse créature volante l'observa avec intérêt.

Elle savait qu'il était trop loin pour pouvoir être réellement blessé par un carreau d'arbalète.

Gabriel s'avança alors en direction du centre de la clairière d'où le monstre l'observait avec de plus en plus d'intérêt.

« Viens donc compléter mon repas puisque tu le veux» pensa le Dragon.

Il attendit le temps qu'il fallait pour être certain que l'humain présomptueux ne puisse pas battre en retraite sous le couvert des arbres avant qu'il ne puisse l'attraper.

De toute façon, l'arme du chasseur ne pourrait pas lui faire grand-chose!

Pensez-y donc! Un carreau d'arbalète ne lui ferait qu'une petite blessure, certes douloureuse, mais sans gravité dans son organisme qui était surtout rempli d'hydrogène.

Soudainement, il déploya ses ailes et bondit vers le ciel à une vitesse stupéfiante.

L'humain était foutu…mais ne semblait pas en avoir conscience…

Au contraire, il avait mis le genou par terre et levait son arme ridicule vers lui.

Arak plongea quand l'humain tira.

Le carreau d'arbalète se planta en plein dans l'œil jaune, immense, d'Arak!

La douleur fut fulgurante et Arak fit un bon vers le ciel sous l'effet autant de la surprise que la douleur infligée.

Tout de suite il se rendit compte qu'il venait de perdre son œil.

Fou de rage, il chercha l'humain du regard de son autre œil encore valide.

Trop tard!

Il avait déjà regagné le couvert des arbres.

Là, seul et protégé par le couvert végétal, Gabriel ne savourait pas sa vengeance, submergé qu'il était par la douleur de la perte de son fils, alors il pleura à chaudes larmes.

Maintenant, il allait devoir rentrer au Prieuré et dire à sa femme que Raphaël, leur fils de 16 ans, lui, ne reviendrait jamais à la maison.

5 ans plus tard

Chapitre 6: Difficile vous avez dit difficile?

Le général Wilburt Smith était fatigué. Toute la journée il avait tenté de trafiquer le budget de la base pour réussir à justifier le besoin d'argent pour une base qui n'existait théoriquement pas et qui travaillait sur des projets qui eux non plus n'existaient pas... du moins officiellement! Bien sûr celle-ci était visible du ciel grâce à Google Earth et de nombreux chasseurs d'ovni la photographiaient à qui mieux mieux. Mais officiellement, elle n'existait tout simplement pas! Quelque chose qui n'existait pas, mais qui avait un budget. Un budget significatif. Pour les « Black projet ». Des projets d'avions au coût faramineux, mais qui n'avaient ... que des performances très limitées,... sur papiers!

En réalité, des appareils aux prouesses fantastiques, capables de voler à des vitesses dépassant les 6000 km/heures, grâce à la technologie de l'électro-magnéto-dynamisme.

Une technologie qui utilisait un puissant champ magnétique produit par d'énormes bobines de fil de cuivre installées dans les ailes et dans le nez des bombardiers pour ioniser l'air et le charger ainsi en particules positives et négatives sensibles au champ magnétique qui l'entourait. L'énorme puissance de ce champ pouvait alors écarter les particules chargées et creuser, littéralement, un chemin devant l'appareil! C'est comme si l'appareil fonçait dans un tunnel sans air, ouvert devant lui et refermé derrière tout en s'appuyant sur ces particules pour se propulser!

Plus de frottement ni de résistance, exactement comme s'il fonçait dans l'espace ... tout en étant dans l'atmosphère!

Évidemment, tout cela avait un prix...astronomique. Un milliard de dollars au moins par appareil. Alors, comment justifier cela pour un projet qui n'existait pas? Simple... vous trafiquez un peu les chiffres. Changez une porte de toilettes et facturez $ 25000, un nouveau tableau électrique pour le hangar 22, $ 35000 et, bien sûr, un ensemble de tournevis pour l'électricien, $5000.

Évidemment, c'était toute une série de mensonges qui se devaient d'être compris par ces gens du congrès qui revoient les comptes de l'Air force. Si quelqu'un est assez stupide pour questionner ces chiffres, alors tout le monde serait... embarrassé!!! Il fallait jouer le jeu et les responsables savaient le jouer!

Cela est déjà très difficile, mais en plus, cacher un laboratoire de virologie de niveau 4 sur une base de l'Air force, cela rendait l'exercice carrément cauchemardesque!

Et un laboratoire de haute sécurité de niveau 4, cela entraîne aussi des dépenses très élevées!

Un laboratoire capable de gérer des virus du type Ebola... et tout ça pour une seule personne... enfin si on veut l'appeler une personne bien sûr! En fait, c'était plus un monstre. Bien sûr, elle disait être là pour aider l'humanité, pour éviter une supposée invasion, pour avertir de l'imminence d'un danger et surtout pour retrouver certains « aliens » apparemment déjà sur Terre. Elle allait nous aider...il suffisait seulement de lui permettre de communiquer avec les siens. Pour cela, il fallait retrouver ses « envahisseurs » et utiliser leur vaisseau pour avertir les siens... qui bien entendu étaient tous prêts à secourir le genre humain. Elle mentait évidemment! Tous les spécialistes qui l'observaient le disaient!

Il ne fallait surtout pas lui permettre de communiquer avec les siens! Il était impossible de savoir ce qui se passerait si cela arrivait.

Mais il y avait certaines choses dans ce qu'elle disait, qui étaient vraies. Elle-même en était la preuve flagrante que nous n'étions pas seuls dans l'univers.

Par contre il n'était pas clair du tout si elle était du côté des amis ou des ennemis!

Il était certain qu'une bataille d'astronefs avait eu lieu au-dessus de la terre et que les deux vaisseaux protagonistes s'étaient détruits mutuellement, mais de là à conclure que ce fût elle qui était, comme elle le prétendait, du côté des bons, était plus que sujet à caution!

Le général avait un instinct infaillible en ce qui concerne les gens et même si elle n'était pas vraiment humaine, son comportement n'était pas à ce point différent.

Oui, son instinct lui disait qu'elle n'était pas vraiment avec eux!
Alors que faire?

Et pour compléter le tout, il avait oublié qu'aujourd'hui, c'était leur anniversaire de mariage! Alors en plus de ses problèmes à la base et le fait qu'il était épuisé, il avait dû composer avec la gueule d'enfer que sa femme lui avait faite quand il était rentré ce soir, tard comme d'habitude.

Et maintenant, il était quatre heures du matin et il venait d'être réveillé par les ronflements de celle-ci.

Oui, le général Wilburt Smith était fatigué et il croyait sincèrement qu'il avait trop de problèmes.

Il avait tort!
Ce qu'il vivait n'était qu'un apéritif!
Le téléphone sonna. Il sut d'instinct que les vrais problèmes arrivaient, car il était 4 heures du matin et c'était la base… la base-qui-n'existait-pas!
  - *Mon général, lui dit le Colonel Jack O'Brien, ELLE S'EST ÉVADÉE !*
Le général Wilburt Smith eut alors ce que l'on peut appeler, un passage à vide! Quelque part son esprit refusait de recevoir ce message aux conséquences trop énormes! Une « Alienne » bourrée de virus hautement contagieux se baladait en liberté au Nevada … et quelqu'un lui était venu en aide!
  - *QUOI? hurla soudain le Général qui reprenait ses esprits… et accessoirement réveilla sa femme!*

Très satisfait! Robert Sheppard l'était vraiment! Quel coup fumeux! Dangereux certes, mais fumeux! Les militaires croient toujours que parce qu'ils sont dans une base prétendument secrète, rien ne peut leur arriver! Ils se méfient des étrangers, mais pas de leurs propres hommes. Pour un militaire, trahir son pays est tellement contre sa nature profonde qu'a priori, même s'il sait les dangers de l'espionnage, il n'arrive pas à concevoir qu'un des leurs puisse les trahir!
Mais il se trompe. La guerre froide est chose du passé… Mais pas les besoins d'argent…et la paie de soldat est misérable!!!
Alors que lui, en bon espion, avait largement de quoi corrompre les plus faibles…les plus coincés chez les militaires! Il avait un budget de multinationale! Non de plusieurs multinationales… qui opéraient sous le nom de « Internationale Flying Object ou IFO» et qui avaient une partie on ne peut plus respectable avec des usines de constructions de véhicules volants aux quatre coins du monde…et une partie beaucoup plus obscure et pas très respectable… mais très secrète, que lui, Robert « Bob » Sheppard, dirigeait.
L'IFO avait financé les travaux d'un chercheur extraordinaire, le Professeur André Vauldegarde, discrètement, pour qu'il développe un avion étonnant, l'Archéoptéryx!

Des sommes faramineuses avaient été englouties et maintenant l'avion avait disparu, de même que le professeur, son assistante et le pilote. Jusque-là, l'IFO avait été une compagnie « discrète », mais pas forcément illégale. Mais la perte de l'avion avait été trop dure à encaisser… et à justifier. D'autant plus qu'il y avait des preuves concrètes que leur base de la Guyane avait été attaquée par un groupe étonnamment bien organisé et il n'y avait plus aucune trace de l'Archéoptéryx nulle part!

Il n'y avait pas beaucoup de groupes capables de mener une opération d'une telle envergure dans le monde! En conséquence, l'organisation avait été bien claire avec lui. Budget illimité et développement d'une branche clandestine ayant pour but de retrouver l'Archéoptéryx, quel qu'en soit le coût. Les perspectives de profit que présentait sa technologie étaient simplement gigantesques…et le professeur Vauldegarde était parti avec tous les plans de l'appareil donc une simple reconstruction était impossible.

Alors, Bob avait placé des « oreilles » partout! Des oreilles à l'acuité auditive stimulées par l'argent!

Et il n'avait pas fallu très longtemps pour qu'ils en apprennent beaucoup sur ce qui était arrivé!

L'archéoptéryx avait bien quitté la terre et intercepté par une ou des races, Robert n'en était pas sûr, extraterrestre, qui avaient eu la très bonne idée de revenir …et de se faire démolir dans un combat en orbite de la Terre.

Un extraterrestre aurait été capturé et se trouverait sur terre… dans une base secrète de l'US air Force.

Un million de $ plus tard, il savait de quelle base il s'agissait. Mieux encore, ledit extraterrestre aurait même dit que le vaisseau spatial de l'Empire, qui avait détruit le sien, était lui-même très endommagé et avait trouvé refuge…sur Terre!

Robert ne savait évidemment pas de quel empire il s'agissait, mais et son contact était formel, il s'agirait bien d'un vaisseau spatial capable de voyager dans toute la galaxie!

Beaucoup mieux même que l'Archéoptéryx!

Ce qui avait excité au-delà de toutes limites ses estimés patrons et bailleurs de fonds!

Seul l'extraterrestre serait capable de retrouver ce fameux navire « De L'empire » actuellement en réparation quelque part sur Terre… Donc il lui fallait absolument négocier avec l'espèce d'horreur enfermée à la United States Air force Air Warfare Center de Nellis, au Nevada!

Et il avait un stock important de Tamiflu, qui, toujours selon ses sources, était efficace contre les virus diffusés par l'extraterrestre! Dangereux, mais…l'enjeu dépassait et de loin, les quelques problèmes que ce virus pourrait engendrer.

Et son opération d'extraction de l'extraterrestre s'était avérée un succès total!!!

Ces idiots de militaires n'avaient pas envisagé ne fût-ce qu'un instant, que quelqu'un de l'extérieur pût libérer cette créature issue de l'enfer.

Ils avaient eu tort!

Il suffisait de payer les bons professionnels…et voilà.

Chapitre 7 : Trou de ver

Trou de ver : Un hypothétique « tunnel » reliant deux points différents dans l'espace-temps de telle sorte qu'un voyage à travers le trou de ver pourrait prendre beaucoup moins de temps qu'un voyage entre les mêmes points de départ et d'arrivée dans l'espace normal. Les extrémités d'un trou de ver pourraient, en théorie, être intragalaxie (c'est-à-dire, les deux existent dans la même galaxie) ou inter- galaxie (existant dans des galaxies différentes, servant ainsi de passage reliant les deux). Les trous de ver sont, en théorie, un pont entre des trous noirs et les Quasars !

HMS Improbable !
Un nom atypique donné par une équipe de jeune Garde un peu – beaucoup- crâneur, pour un vaisseau de type HMS Arachnide.
Un HMS Improbable qui avait eu la mauvaise idée de s'approcher de trop près d'un trou noir et qui s'était fait avaler par lui.
Et un QUASARS.
Un Quasar comme l'inverse d'un trou noir. Ou l'autre côté du trou noir.
Et un vaisseau imprudent qui activa sa transformation en antimatière alors qu'il tombait dans le trou noir.
Il se fit éjecter de celui-ci encore plus vite qu'il n'y était tombé.
Mais pas par où il était arrivé.
Part l'autre côté du trou noir…la Quasar…dans un autre univers-île.
- Mais enfin que s'est-il passé, cria proche de l'hystérie, le commandant Vanguard Simpson.
- Euh, lui répondis son lieutenant, nous sommes tombé dans …désolé commandant…un trou noir, juste au moment où vous activiez l'inversion en antimatière. Je crois que le trou noir vient de nous recracher comme un noyau de prune!
- Mais où sommes-nous?
- Sais pas… pas chez nous en tout cas!
- Pas chez nous? Ce qui veut dire…?
- Pas dans la Voie lactée! Nous sommes ressortis dans une autre galaxie! La grande galaxie d'Andromède, je crois!

- Quoi? hurla le commandant Simpson, mais c'est impossible! Et il ne s'est passé que quelques minutes!

Mais le jeune rouquin, lui, semblait plutôt excité.

- Commandant! C'est fabuleux! Vous comprenez? Nous venons de découvrir un moyen de naviguer entre les galaxies et cela en un temps quasi nul. C'est la plus grande découverte de l'histoire de la physique de l'espace depuis le dernier millénaire!

Mais le commandant ne l'entendait pas de cette oreille et ne put que répondre d'une façon glaciale à l'enthousiasme de son navigateur.

- Et comment fait-on pour rentrer chez nous, petit génie?

15 ans plus tard

Chapitre 8: Femmes de deux mondes

Joëlle Saint-Aubin - McConnell, était descendue à l'hôtel Vancouver situé à l'angle des rues Burrard et West Georgia, à Vancouver, Capitale de la Colombie-Britannique, au Canada.

C'était un hôtel magnifique reconnu pour son histoire riche, sa beauté naturelle et son élégance cosmopolite en plein cœur de cette ville située au pied des majestueuses montagnes Rocheuses du littoral de l'océan Pacifique canadien. Les quartiers culturels, d'affaires et de divertissements de Vancouver se trouvaient directement au seuil de l'hôtel et cela expliquait aussi, en plus du charme certain de l'établissement, pourquoi elle y était descendue.

Joëlle avait rendez-vous avec une amie d'enfance française qui vivait maintenant à Vancouver.

Les deux femmes s'étaient donné rendez-vous dans un restaurant d'un des quartiers touristiques les plus branchés de Vancouver, Gastown…et depuis l'hôtel, il était aisé de descendre la rue Burrard vers les Docks puis de virer vers la droite et passer par Hasting street pour gagner le vieux quartier de Gastown.

Mais Hasting, c'était aussi le fameux Downtown Eastside Vancouver ou DTES.

Le quartier des damnés de la côte ouest du Canada!

Elles devaient se retrouver au « Al Porto Ristorante », sur Water street mais Joëlle commit l'imprudence de traverser Hasting street à la tombée de la nuit!

Elle ne devait jamais arriver au restaurant et la police retrouva son corps dans une arrière-cour, sauvagement poignardée et dévalisée.

Probablement un drogué en manque, avait dit la police qui était, hélas, trop habituée à ce genre d'incidents.

L'appareil se posa juste entre Charybde, le Parlement des Humanités et Scylla, le palais du gouvernement, sur la grande terrasse qui joignait les deux palais, Hélios.

C'était jour d'audience et la cour était pleine de gens de toutes races et de toutes couleurs!

Évidemment, tous les yeux étaient tournés vers le monarque, Simon, l'Empereur de tous les mondes humains.

Pourtant, dès qu'elle descendit de son véhicule, c'est vers elle que tous se retournèrent.

Elle, si belle dans sa robe immaculée, ses longs cheveux noirs se balançant librement sur son dos et son large décolleté paré d'une rivière de diamants absolument fabuleuse!

Elle qui marchait le front haut et le sourire aux lèvres, consciente de son incroyable beauté ainsi que de son rang!

Elle qui dégageait une impression de force et un charisme auquel personne n'était insensible.

Lui qui dès qu'il la vit, se leva, pour la regarder traverser la cour avec une expression de bonheur incroyable.

Elle, lui, et le silence de la foule!

Un silence étonnamment pesant.

Mais il y avait aussi Dreck... lui aussi impressionné, même s'il la connaissait depuis si longtemps.

Dreck qui ressentait le profond malaise de la foule.

Il avait fait placer de nombreux micros directionnels pour lui permettre d'entendre ce qui se murmurait.

Et ça le terrifiait.

« Sorcière, salope, mante religieuse...veuve noire »...c'étaient quelques-uns seulement des épithètes que la foule murmurait au passage de Caroline.

Mais il y avait pire!

Un sentiment de peur généralisé!

Un sentiment d'effroi que reflétait la façon dont la foule la regardait!

Même ses Gardes du corps avaient un mélange d'admiration et...de répulsion dans le regard.

Pourtant, chacun de ses gardes se serait fait tuer dix fois pour elle, il n'y a pas si longtemps!

Mais que se passait-il?

Quelqu'un lança même un avertissement à ses compagnons de faire attention, car elle pouvait lire les esprits et même...brûler le cerveau de ceux qui ne lui plaisaient pas.

Caroline ne pouvait pas ne pas sentir ce silence glacé, plein de réprobations de la foule.

Pourtant, elle continuait d'avancer, apparemment sereine, vers l'homme qui s'était levé et qui ne voyait qu'elle.

Simon, le grand Empereur.

Simon qui ne voyait rien d'autre que sa fille adorée.

Dreck se sentait épouvanté!

Il y avait des choses qui se disaient…sur Caroline… des choses que même lui, Dreck, pourtant le meilleur ami de l'Empereur, ne pouvait répéter à Simon…des choses qui vous glaçaient le sang…des choses qui faisaient que Caroline, malgré sa beauté, se couchait seule le soir dans son lit.

Des choses qui faisaient qu'elle inspirait maintenant une peur glacée à tous les jeunes hommes qu'elle approchait.

Dreck était déconcerté et pour la première fois de sa vie, était triste…triste pour Caro et Simon, mais il ne pouvait rien faire!

Quelque chose hors de son contrôle se passait! Et ça concernait Caroline de très près…et donc son père.

Oui quelque chose de laid qui pouvait atteindre Simon …au travers de Caroline.

Mais il se sentait impuissant.

Ce qui se disait…Dreck avait peur de le vérifier…car si c'était vrai….!

Chapitre 9: Nos enfants sur Nirva

Tout de noir, elle était vêtue. Tout de noir pour accompagner sa pauvre mère à sa dernière demeure...et Papa n'était pas là! Il n'avait jamais été là! Depuis sa naissance!

Au début, maman disait toujours que papa était un grand savant et qu'il travaillait sur un projet secret, mais que bientôt il viendrait.

Mais il n'était jamais venu!

En fait, elle n'avait vu de lui que des photos.

Pendant longtemps, maman avait voulu croire qu'il viendrait.

Puis elle s'était tue.

Alors, Audrey avait repris le flambeau et commencé des recherches.

Au début ce n'avait été que curiosité, car elle ne l'avait jamais vu.

Puis son cœur de jeune fille se remplit du regret de ne pas connaître son père.

Et, finalement cela devint une obsession!

Audrey était une fille brillante, très brillante même et malgré son obsession, elle fit des études remarquables, allant même jusqu'à obtenir un doctorat en physique nucléaire.

Ce qui lui procura rapidement des moyens importants...qu'elle consacra à rechercher son père.

Elle trouva des traces de lui à de nombreuses occasions, ainsi que l'odeur de soufre qui semblait le suivre partout.

Elle reçut même des avertissements plus ou moins voilés et parfois des menaces qui lui enjoignaient d'abandonner ses recherches.

Peine perdue, elle prit seulement plus de précautions et se fit accompagner par un garde du corps qui aurait été, selon ses dires, un mercenaire ayant travaillé avec un certain Pierre Sheine, un personnage flou de l'entourage immédiat de son père.

Mais son père s'était comme volatilisé dans un petit pays d'Amérique du Sud!

Audrey était obstinée et pour pouvoir continuer ses recherches, elle développa une compétence dans l'horlogerie de précision, ce qui lui permit, en plus de se faire payer davantage même que pour son travail en physique nucléaire, ce qui était un comble, de voyager, de par le monde, à la recherche de vieilles montres.

Sa mère, qui ne s'était jamais remise de la disparition de son compagnon,
l'encouragea d'abord activement puis discrètement et ensuite,
malheureusement, plus du tout, quand elle fut atteinte de la maladie
d'Alzheimer, dont elle venait de décéder.
« Papa, tu n'es pas là! Comme d'habitude! »

Elle était là de retour. Elle avait senti sa peine!
[1]*Une chanson douce*
Que me chantait ma Maman

Papa! Papa était parti, presque comme un voleur, pendant que lui, étudiant modèle, faisait son dernier examen en vue de son diplôme d'ingénieur au prestigieux California Institute of Technology, le fameux Caltech, de Pasadena!

En suçant mon pouce,
J'écoutais en m'endormant.

Papa lui avait dit que ce n'était rien, juste un petit malaise et qu'il n'avait pas à s'inquiéter, qu'il serait rapidement de retour à la maison et de ne surtout pas manquer son examen. Mais voilà, papa mentait! Il lui mentait, à lui? Comment cela était-il possible? Papa NE POUVAIT PAS LUI MENTIR!
Pourtant, il l'avait fait et maintenant, il était mort, alors que lui finissait son examen, trois mois jour pour jour après maman! Mort autant de chagrin que de maladie!
Et lui, Loïc, était là, dans son lit, incapable de retenir ses pleurs, maintenant que les invités étaient partis après les funérailles. Il pleurait comme un veau, autant sa mère, d'origine française, que son père… ses parents adoptifs, qui l'avaient un jour trouvé dans ce qui ressemblait étrangement à une capsule spatiale!

Cette chanson douce
Je veux la chanter pour toi,

---

[1] Henri Salvadore, Une chanson douce que me chantait ma maman

Ils l'avaient pris rapidement alors que celle-ci commençait à brûler et n'avaient jamais raconté cela aux autorités.

Tout de suite, ils avaient décidé de le soustraire à la curiosité du gouvernement et prétendirent l'avoir trouvé, bébé dans un panier, sur la route près de chez eux... et comme ils étaient sans enfants, ils avaient même demandé et obtenu de l'adopter!

Car ta peau est douce
Comme la mousse des bois.

Et non, ses yeux ne se s'étaient pas mis à lancer des rayons et il ne pouvait pas voler non plus! Il n'était pas superman, seulement humain d'un bout à l'autre!

La petite biche est aux abois
Dans le bois se cache le loup
ouh, ouh, ouh, ouh,

Alors que maintenant les médicaments ne le tenaient plus, comme un zombie, dans un nuage sans douleur, il laissait libre cours à son immense peine…et se souvenait de cette chanson que sa maman lui chantait et que plus tard il chanterait à sa compagne imaginaire.

Mais le brave chevalier passa
Il prit la biche dans ses bras
la la la la.

Et elle était venue, sa belle dame, sa fée personnelle, qui veillait sur lui depuis sa tendre enfance. Et pourtant, cela faisait longtemps qu'elle n'était plus venue, car il l'avait repoussée ces derniers temps. Pourtant, quand il était petit, il avait aimé la sentir là, bienveillante et il parlait souvent à ses parents de son amie dans sa tête!

Pendant longtemps, ceux-ci l'avaient encouragé et incité à leur parler d'elle.

Puis il avait commencé à sentir leurs réticences et vint le moment où ses parents lui firent comprendre que maintenant il était trop grand pour avoir une amie imaginaire et qu'il devait la laisser partir.

La petite biche
Ce sera toi si tu veux
Le loup on s'en fiche
Contre lui nous serons deux

Alors, un jour ils organisèrent une cérémonie d'adieu et après avoir joué le jeu, Loïc avait annoncé à ses parents qu'elle était partie pour toujours!
Le soulagement qu'il avait vu sur leurs visages lui avait fait comprendre qu'il ne devrait plus jamais leur en parler… surtout qu'elle était toujours là!
Au début, ç'avait été une petite amie de rêve, puis l'adolescence venue, il fut soudain beaucoup plus conscient que son amie était une … femme et pas une petite fille comme il avait toujours cru. Jamais il ne l'avait vue, mais, pourtant, son visage…et ses courbes lui étaient familières…trop familières.

Une chanson douce
Pour tous les petits enfants
Une chanson douce,
Que me chantait ma Maman

Alors, il avait commencé à la repousser et tenté de se rapprocher plus des vrais humains… et surtout humaines avec un succès certain étant donné qu'il était plutôt beau gosse et extrêmement intelligent!

Ô le joli conte que voilà
La biche en femme se changea
la la la la

Sans toutefois réussir à trouver vraiment l'âme sœur…ou plutôt la remplacer! Il savait pourtant que ce n'était qu'une fantaisie de son esprit et qu'une femme aussi parfaite ne pouvait pas exister, mais rien n'y faisait!

Et dans les bras du beau chevalier
Belle princesse elle est restée
À tout jamais.

Ce soir, sa peine était vraiment trop grande et son sentiment de solitude trop important! Il ne fit donc aucun effort pour la repousser et accueillit même avec bonheur sa présence et son réconfort. Loïc savait qu'ils n'échangeraient aucune parole, mais la chaleur humaine était là…et pour le moment, c'était vraiment ce dont il avait le plus besoin. Et la chanson revint à sa mémoire! Cette chanson que lui chantait sa maman, dans cette langue étrange qu'il comprenait pourtant, la langue de sa mère, le français!

Alors, il la chanta à sa compagne imaginaire, sentant plus que jamais sa présence.

Une chanson douce,
Que me chantait ma Maman
En suçant mon pouce,
J'écoutais en m'endormant.

Loïc pleurait maintenant à chaudes larmes.

Cette chanson douce
Je veux la chanter aussi
Pour toi, ô ma douce
Jusqu'à la fin de ma vie,
Jusqu'à la fin de ma vie…

Oui, un jour ma belle je serai ton chevalier!

Chapitre 10: Des dragons et des hommes

Ohé, libres Archanges des sept cités d'Eldorado!
Ohé, libres Basileus élus, vous qui dirigez nos vies!
Les monstres sont revenus!
Déjà, ils se repaissent de la chair de nos enfants.
Entendez-vous leurs cris sourds, le bruit de leurs ailes et les appels de leurs gargouilles?
L'ennemi est là, qui égorge le nouveau-né, la promise, la vieille femme et le courageux guerrier!
Ohé, libres Archanges, gagnez vos Drakkars et partez au-devant de la racaille volante.
Quittez vos lits, quittez vos demeures, quittez vos forêts et vos femmes, ils sont revenus!
Déjà les gènes de vos enfants se font corrompre par de viles contaminations.
Si vous n'y voyez pas, bientôt vos fils et filles seront gargouilles et se repaîtront de chairs humaines comme leurs maîtres surgis des enfers.
ST-MICHEL LE VEUT!
Bientôt d'autres viendront du ciel quand St-Michel se reposera et ils seront alors trop nombreux.
Le genou ployé, comme nos frères Sarkaïs, ou la mort, seront alors vos uniques choix.
Frères, le grand Nicolas nous a préservés de ce terrible sort pendant des siècles!
Mais voilà que les monstrueuses créatures qui ont osé nous suivre sur Eldorado et défier notre bon St-Michel, du fond de leurs cavernes infectes, se sont multipliées.
Maintenant le fruit du ventre de leurs immondes femelles voit leur appétit féroce pour vos enfants les pousser à descendre de leurs nids, là-haut, dans leurs grottes des Roches hautes!
Innombrables sont les gargouilles qui les servent!
Incroyable est leur arrogance!
Épouvantables sont leurs plans envers vous, mes frères.
Souvenez-vous, pour eux, vous n'êtes que viande sur pieds!
ST-MICHEL LE VEUT!
Basileus des cités, convoquez les états généraux de la nation!
Proclamez l'état d'urgence!

Appelez nos hommes et prenez armes!
Joignez-vous à la grande croisade sacrée!
ST-MICHEL LE VEUT!
L'appel d'un père, qui vient de perdre sa fille, à son peuple.

Signé
Michelangelo, Basileus du Prieuré de Jérusalem

Arak était dans une rage folle! Son œil unique étincelait!
- Impétueux jeune homme! hurla-t-il en esprit, pour quelques kilos de chairs fraîches, tu as mis en danger toute la colonie!
- Tyre Arak! Vieille peau, lui répondit le jeune piqué au vif, tu n'es plus en mesure d'imposer tes dictats sur nous la jeune génération! Tu crois vraiment que tu m'im..

Il avait dans les 20 mètres de long et était connu pour sa très grande force, mais aurait dû éviter de défier Arak!

Celui-ci s'était retourné d'un coup et balança sa longue queue avec une force peu commune vers le jeune arrogant qui la reçut juste sous les genoux ce qui le fit tomber et se retourner sur le dos. D'un coup d'aile magistral, malgré le fait qu'ils étaient tous dans une grotte, immense il va de soit, mais une grotte quand même, Arak se retrouva sur le ventre de son adversaire et en coup de griffe puissant, il coupa la gorge du contrevenant jusqu'à ce que celle-ci se détache du corps, qui soudainement coupée de la tête, se dégonfla comme une baudruche.

- ROOAAAAAA cria la foule des autres!
- IL SUFFIT MAINTENANT! La mort de cet idiot est malheureusement le prix à payer pour la discipline! Il n'est pas encore né celui qui me remplacera!!!Et il nous a tous mis en danger! Ce raid chez les humains était idiot!
- Mais Tyre Arak, lui rétorqua Ramak, nous ne pouvons quand même pas courber l'échine devant ces rats! Ils sont notre nourriture!!! Et nous sommes plus qu'écœurés de la viande humaine d'élevage! Nous sommes faits pour dominer, pour chasser et ils sont notre proie.

- Ramak! Pense un peu! Nous sommes peu nombreux et la pierre nous empêche de recevoir des renforts. Nous avons de nombreux œufs à la veille d'éclore et beaucoup de jeunes en passe de devenir de vrais chasseurs. Juste un peu de patience et nous reprendrons notre position dominante. Sans compter que ce sera bientôt la « pleine Lune » et que des renforts arriveront.
- Peut-être, répondit toujours télépathiquement, Ramak, avec une onde de scepticisme! Nos confrères nous ont abandonnés, ils ont mieux à faire!
- Possible, mais ce qu'a fait Ramorak était stupide! Manger une princesse en pleine ville humaine était un acte de pure folie qui va les mettre en rage.
- Tu l'as retenu trop longtemps.
- Il n'avait qu'à s'en prendre à des voyageurs isolés! Je préparais une attaque massive qui aurait pu avoir lieu avec la nouvelle génération dans seulement quelques semaines! Maintenant il va falloir les combattre quand eux seront prêts!!!
- Arak! Serais-tu devenu lâche au point de craindre tes proies, venait de crier un autre jeune, que Arak ne put identifier.
- Péché d'orgueil! Ne sous-estimez jamais l'ennemi!!!

Chapitre 11: Même les victimes peuvent se défendre

Lucie Kwamy, tel était son nom, courait à perte d'haleine dans les bois de Séquoias géants de la planète des Dangues.

Un Seigneur Songa la voulait!

Malgré la présence nouvelle de l'Empire, certaines choses ne changeaient pas, les seigneurs s'étaient seulement faits plus discrets!

C'est pour cela que sa famille avait été mutée en pleine forêt, pour éviter une trop grande visibilité.

Lucie avait vite compris et avait tout tenté pour échapper au sort funeste qu'elle savait inéluctable!

Elle avait même réussi à contacter un vieux Général de La Garde, qui enquêtait discrètement sur le Duc de Kolzy, responsable devant l'Empereur de leur monde, même si celui-ci avait un statut spécial et un Ambassadeur sur Oulan Bator.

Malheureusement, il ne la crut pas!

Mais ce Général avait vu tant de choses, alors…au cas où, il lui avait donné une fiole maléfique qui contenait un produit qui la vengerait!

Un produit qu'elle ne devrait ingérer que si elle savait sa mort prochaine…comme maintenant!

Malheur! Malheur sur elle et sa famille! Ce maudit seigneur n'avait pas renoncé!

Ce matin il avait exigé de sa famille qu'elle lui soit livrée!

- Cours, avait crié son père!

Alors, Lucie était partie comme une folle au travers des bois. Elle savait que le seigneur viendrait seul, car maintenant ils se méfiaient tous des castes inférieures comme la sienne et ne voulaient pas de témoin de son forfait… au cas où ces diables de l'Empire poseraient des questions!

Mais il était fort et n'avait laissé à Lucie que le temps de s'enfoncer dans la forêt pour faire son acte immonde loin de tous!

Plus tard, il enterrerait son corps et personne ne pourrait la retrouver.

Il était maintenant très proche d'elle!

Lucie pensa une dernière fois à son père, le seul survivant de la famille, qui l'appelait tout le temps « ma Luciole », eut une dernière tendresse pour lui et avala le contenant de la fiole que lui avait donnée le Général!

Juste avant que le seigneur Songa ne la rejoigne!

Il ne vit pas ce qu'elle venait de faire!

Il la tua et mangea son cerveau.

Michaela regarda son fils avec inquiétude. Il était beau comme un dieu blond et fort comme Hercule!

Beaucoup de filles le regardaient à la dérobée. Il avait 17 ans et était le fils du Basileus.

Et il allait aller à la guerre!

- Ne t'inquiète pas, Michaela, lui dit son époux Gabriel, le Basileus du Prieuré de Cipola, je veillerai sur lui.
- Je sais mon amour, mais l'ennemi est redoutable et les autres mères disent que même s'ils sont peu nombreux, ils auraient beaucoup de gargouilles avec eux.
- Justement, il faut intervenir avant qu'il ne soit trop tard. Les gargouilles se multiplient rapidement et bientôt les Dragons auront une armée trop nombreuse pour nous. Nous devons procéder à une extermination de cette engeance!
- Pourquoi maintenant?
- Parce qu'ils s'enhardissent et recommencent leurs raids sur nos villes. Le Basileus du Prieuré de Jérusalem appelle à la guerre sainte!
- Au massacre, oui!
- Nous n'avons pas le choix…et il vient de payer un prix que nous avons payé nous-même jadis!
- Ce prix, je ne veux pas le payer une deuxième fois!
- Ton fils est fort, femme. Il est même le meilleur voltigeur que nous ayons!
- Vous pourriez être vaincus!
- Peut-être, mais nous nous entraînons depuis si longtemps! Nous sommes prêts. Et puis regarde, elle attend depuis si longtemps, lui dit-il, en sortant le katana de son fourreau.

Elle le regarda intensément. Seul, le tsuka, la poignée, n'était pas en or.

- Cela fait longtemps que tu attends ce moment, hein?
- Oh ça femme tu peux le dire, lui répondit avec de la douleur dans la voix le Basileus, depuis que mon ami Michelangelo me l'a offert après…après …

- Après la mort de Raphaël!
- Oui!
- Alors adieu va! finit-elle, puisque tu n'as pas le choix!

Il l'embrassa avec fougue, puis, se retournant vers ses compagnons, il cria :

- Tous à vos Drakkars compagnons!

La Basilissa Michaela faillit pleurer, mais se retint. Elle ne voulait surtout pas qu'il s'aperçoive qu'elle n'était pas seulement inquiète pour le départ de son fils et de son mari à la guerre. Elle était aussi inquiète parce que Léonardo, son fils, allait avoir 18 ans, l'âge de tous les dangers sur cette planète et …elle n'aimait pas la lueur qu'elle avait vue dans ses yeux! Non, elle ne l'aimait vraiment pas cette lueur, car il y avait des choses pires que la mort en ce bas monde!

Gabriel décida de parler à ses hommes avant qu'ils ne montent à bord des Drakkars…certains n'allaient pas revenir et il était leur Basileus!

- Mes amis, dit-il, nous ne serons pas seuls dans cette chasse sacrée aux monstres, car les Prieurés d'Auteuil, de Quivira, de Sonderborg, de Sarlat, du Sablon, de Jérusalem et le Prieuré d'Orient, viendront prêter main forte à notre Saint Prieuré de Cipola, le Prieuré des Amériques! Sept Prieurés en cette terre protégée par St-Michel, qui s'unissent une fois de plus, dans une grande croisade, pour détruire cette engeance qui corrompt nos enfants et qui a changé nos frères en esclaves! Frères Archanges, la mort est meilleure que la vie que nos frères Sarkaïs vivent! Non, nous ne sommes pas de la race de ceux qui ploient les genoux devant l'ennemi!

Puis Gabriel s'arrêta un court instant pour reprendre son souffle et cria:

- ST-MICHEL LE VEUT!
- ST-MICHEL LE VEUT, lui répondirent ses hommes.

Tous montèrent à bord alors que déjà le bruit caractéristique de la vapeur sous pression créatrice de vide, se faisait entendre.

Les Drakkars de Cipola allaient partir rejoindre ceux des autres Prieurés d'Eldorado.

Une fois de plus, une grande croisade du bien contre le mal avait été appelée!

Tous devaient y aller.

Tous iraient!

Gabriel vérifia un a un ses hommes pour être sûr que les bandelettes ignifuges que chacun avait utilisé pour isoler son corps, sauf sa tête, qui elle portait un casque, étaient bien mises. Risquant toutes d'être sous le feu des dragons, des bandelettes mal mises signifiaient la mort assurée dans d'atroces souffrances!

Naturellement son fils fut le dernier qu'il vérifia, ne voulant pas faire croire que ses hommes étaient moins importants que lui... mais il ne put s'empêcher de prendre juste un peu plus de temps pour lui, mais personne ne lui en tint rigueur!

Alors, il gagna le pont supérieur du Drakkar et abaissa la poignée commandant l'arrivée de la vapeur.

Celle-ci, sous pression, se précipita dans les tuyauteries de caoutchouc vers l'extérieur, en créant un effet de succion créateur de vide dans les flotteurs du drakkar, étonnant navire, de bois et de toile, gonflé de vide, qui le rendait plus léger que l'air!

Celui-ci s'éleva dans les airs, suivi pas toute la flotte du Prieuré.

Mais cette fois-ci, Gabriel ne savoura pas le moment intense où un Drakkar vainc la pesanteur et commence à s'élever dans le ciel.

Non, Gabriel pensait à la bataille à venir.

« La victoire, comme toujours, sera aux mains des voltigeurs » ne put-il s'empêcher de penser.

Une pensée qui généra une sueur froide dans son cou.

Léonardo, son fils, était, justement, voltigeur...et c'était effroyablement dangereux...lui-même en d'autre temps... il n'était plus si bon qu'avant bien sûr, mais cette fois, cette ultime fois, il en serait!

Cela faisait longtemps qu'il se préparait pour cette dernière voltige...lui et son Katana d'Or!

« Oui mon vieil ennemi, aujourd'hui tu goûteras à mon sabre...ou je serai mort ».

Chapitre 12: Distribution normale

Dreck regarda le curieux personnage avec circonspection! Il était menu, avait une coiffure dépenaillée, était affublé d'un ridicule nœud papillon et d'une veste des plus défraîchie.

Il portait même des lunettes cernées d'écaille alors que les problèmes de myopie avaient été réglés depuis longtemps dans l'Empire!

Mais ses yeux brillaient d'une vive intelligence.

- *Professeur Jean-Marie Leclerc, se présenta le curieux personnage, je suis enchanté que vous ayez accepté de me rencontrer, Général.*
- *Moi de même, Professeur, quoique je sois un petit peu étonné qu'un professeur de mathématique veuille rencontrer un simple Général de La Garde pour parler…de quoi au juste?*
- *De loi mathématique, de la plus importante des distributions de probabilité, la distribution normale, qui est tellement importante que beaucoup l'appellent « loi normale ». Et ne soyez pas si modeste, vous êtes beaucoup plus qu'un simple Général de La Garde. C'est pour cela que je voulais vous voir!*
- *Vous savez, j'ai vraiment d'autres chats à fouetter par les temps qui courent, alors loi normale, importante ou pas…*
- *Oh, mais vous avez tort. Elle s'applique partout, même dans des conflits interstellaires!*

Soudainement, Dreck prêta une oreille plus attentive à l'hurluberlu en face de lui, qui était quand même un scientifique de renom.

- *Ah là, Professeur, vous venez de capter mon attention! Alors qu'ont à voir ensemble, un éminent professeur de mathématique, la loi normale et nos ennemis les Démons?*
- *Tout Général! La loi de distribution normale est une distribution symétrique en forme de cloche qui est modélisée mathématiquement. Elle nous intéresse parce que la très grande majorité des phénomènes naturels tendent vers cette distribution quand on prend un grand nombre de mesures. Par exemple, la distribution de la durée de vie des vaisseaux spatiaux, d'une centrale nucléaire ou autre, a la forme de la distribution normale.*
- *Fort bien! Tous les phénomènes de la vie se traduisent par une courbe mathématique qui se modélise par une courbe de distribution normale, où on voit que les mesures près de la moyenne sont plus probables que les mesures éloignées. Et alors?*

- *Général! Un homme brillant comme vous! Cette loi veut aussi dire que si la majorité des phénomènes se conforme à ce qui est prévu, le corollaire en est qu'un petit nombre ne s'y conformera pas. Si je prends un exemple, la durée de vie, on peut dire que mathématiquement 68 % des gens auront une espérance de vie dans la moyenne, à un écart type, 16 % beaucoup plus courte et 16 % beaucoup plus longue.*
- *Bien, Professeur, mais où cela nous mène-t-il? dit, agacé, Dreck.*

Le professeur se sentit gêné tout à coup et répliqua au mouvement d'humeur de Dreck en se justifiant.

- *Je suis désolé de vous importuner, Général, mais je pensais que tout le monde, même moi, pouvait participer à la lutte contre l'ennemi.*

Amadoué, Dreck lui répondit d'un ton plus amical.

- *Certes, Professeur, mais je ne vois pas où vous voulez en venir!*
- *Pensez au Sarkaïs, Général! Tout le monde est persuadé qu'ils doivent TOUS être mauvais parce que la MAJORITÉ l'est! Or la courbe de distribution nous montre bien que la MAJORITÉ est au centre de la cloche... mais qu'il y a TOUJOURS un certain pourcentage mathématique qui ne fait pas partie de la majorité. En d'autres termes, cela veut dire que si la MAJORITÉ des Sarkaïs sont nos ennemis, il y a FORCÉMENT une petite minorité qui nous est favorable!*
- *Mais les Sarkaïs ont un blocage dans la tête qui les force à se suicider s'ils sont pris ou refusent les ordres de leur maître!*
- *LA MAJORITÉ? Certainement!*

Dreck resta sans voix pendant quelque temps, laissant les paroles du professeur le pénétrer lentement. Cela voulait donc dire que d'après les mathématiques, ils devaient y avoir forcément des Sarkaïs prêts à collaborer ET sur qui le blocage ne fonctionnait pas...pas beaucoup de monde...mais...

- *Professeur, vous êtes un génie!*

Altaïra Bellongo courait à perte d'haleine! Sa vie était en danger et elle le savait! On ne négocie pas avec un Sarkaï. Alors quand vous en croisez un, vous courez!!!

Et elle se trouvait sur les marges de l'Empire, sur une planète où elle faisait de la prospection en solitaire. On le lui avait pourtant dit maintes et maintes fois. Ne fais pas ça! Ce secteur est rempli de Sarkaïs! Ils utilisaient cette planète pour se ravitailler et chasser. Elle était décentrée et les attaques incessantes de Sarkaïs en avaient chassé tous les habitants, d'autant plus que ses ressources naturelles s'étaient avérées décevantes. Mais Altaïra était obstinée et disait toujours que ce n'était pas pour rien qu'elle avait un prénom d'étoile! Elle voulait prouver que la planète valait bien une protection de La Garde. Alors, elle y était allée seule…et ce qui devait arriver arriva! Les Sarkaïs l'avaient repérée et maintenant elle courait pour sauver sa vie. Juste quelques mètres et elle serait protégée par la jungle ou elle pourrait se perdre.

Malheureusement pour elle, le Sarkaï, excellent tireur, la tua juste quelques secondes avant qu'elle n'atteigne le couvert des arbres. Son corps tomba néanmoins sous les arbres et bizarrement, son poursuivant ne retrouva pas son cadavre.

Cassiopée Bellongo courait à perte d'haleine! Sa vie était en danger et elle le savait! On ne négocie pas avec un Sarkaï. Alors quand vous en croisez un, vous courez!!!

Et elle se trouvait sur les marges de l'Empire, sur une planète où elle faisait de la prospection en solitaire. On le lui avait pourtant dit maintes et maintes fois. Ne fais pas ça! Ce secteur est rempli de Sarkaïs! Ils utilisaient cette planète pour se ravitailler et chasser. Elle était décentrée et les attaques incessantes de Sarkaïs en avaient chassé tous les habitants, d'autant plus que ses ressources naturelles s'étaient avérées décevantes. Mais Cassiopée, comme sa regrettée sœur Altaïra, était obstinée et disait toujours que ce n'était pas pour rien qu'elle avait un prénom d'étoile! Elle voulait prouver que la planète valait bien une protection de La Garde. Alors, elle y était allée seule…et ce qui devait arriver arriva! Les Sarkaïs l'avaient repérée et maintenant elle courait pour sauver sa vie. Juste quelques mètres et elle serait protégée par la jungle.

Elle allait atteindre le couvert des arbres, mais savait que ce serait trop tard, car le Sarkaï était proche et devait, lui aussi, savoir qu'une fois sous les arbres, il n'aurait aucune chance de la trouver.

Le Sarkaï tira, mais la rata! Cassiopée vit une petite explosion juste devant elle.

Soudain, à quelques mètres des arbres, elle s'arrêta et se retourna vers le Sarkaï.

Celui-ci fut surpris et s'apprêta à lever son arme vers elle quand elle l'apostropha.

- Arrête Sarkaï! Viens ici, j'ai à te parler.
- Me parler? Tu viens de perdre ta chance! Tu vas mourir maintenant!
- Non, c'est toi qui perds ta chance! Viens me parler…je suis sans armes et tu ne le regretteras pas.

Le Sarkaï était vraiment interloqué... mais s'approcha d'elle.

- Parle femme! Ce seront tes dernières paroles de toute façon!
- Mais non, lui répondit-elle. Regarde derrière toi!

Le Sarkaï se retourna …pour voir trois gardes pointer leurs armes vers lui.

- Dépose ton arme et viens causer, lui répéta Cassiopée.
- Mais enfin que me voulez-vous? Tuez-moi que l'on en finisse!
- Certainement pas! Tu es d'une espèce rare! Un Sarkaï qui peut volontairement rater une cible humaine! Un Sarkaï QUI A SON LIBRE ARBITRE!!!
- Mais …je …je voulais seulement te donner une chance!
- Oui! Moi aussi je vais te donner une chance! Rassure-toi, je ne suis pas vraiment humaine! Je suis un Golem, un robot mi-chair mi-fer, télécommandé. Et j'ai une proposition à te faire. As-tu entendu parler d'un group appelé « Les compagnons de la Luciole » ?

Le Sarkaï était de rang très élevé, cela se voyait! Par son allure, son uniforme et son autorité. Et c'était un mâle! Quand ses hommes l'avertirent qu'une humaine avait été détectée sur la planète, il décida de conduire la chasse lui-même. On lui signala que cela arrivait parfois que des prospecteurs fussent repérés sur la planète. Souvent ils se cachaient et étaient malins comme des singes. Et parfois même dangereux, car plusieurs hommes avaient disparu lors de chasse à ces intrus. Alors, l'amiral Azazel décida de se distraire un peu…et il ne lui fallut pas longtemps pour repérer Orion Bellongo. Mais Azazel était malin et avait décidé de s'amuser, donc il tira plusieurs coups, non pas sur sa proie, mais à côté, dans le but de l'empêcher de gagner la forêt.

Cela ne prit pas longtemps pour que celle-ci s'aperçoive qu'elle n'était plus que le jouet d'Azazel.

Et le grand amiral Sarkaï savoura ce moment où il contrôlait tout sans devoir s'en remettre au Maître! Il apprécia son triomphe et s'approcha de sa victime dans le but de la tuer lentement, au couteau.

Mais celle-ci le toisait avec fierté et sans avoir l'air d'avoir peur. Tout à coup, elle osa même lui parler!

- Alors, c'est toi le fameux amiral Sarkaï qui fut incapable d'assurer la protection de son maître et qui perdit, à cause de cela, sa femme ce jour-là?
- Tu sais ça toi, hein? Ça ne va pas t'empêcher de mourir!
- À toi de voir! Mais je serais moins sûr de moi si j'étais toi! Regarde derrière toi!

Évidemment, Azazel se retourna et se retrouva lui aussi devant les armes des gardes.

- Parfait! Bien joué! Je te concède la victoire! Et même si j'ai quand même le temps de te tuer avant que tes gardes ne me liquident, je te laisse la victoire. Je sais apprécier un bon piège et la stupidité qui ont fait que je sois tombé dedans!
- Te tuer? Bof! Tes maîtres ont certainement un clone de toi prêt à servir. Et puis tu sembles être capable de libre arbitre!
- Vous ne pensez quand même pas que je vais vous servir?
- Oh non, rassure-toi! Tes crimes sont trop horribles et nous ne voulons pas de toi!
- Alors?

- Tu as une fille, non? Et elle devrait avoir les mêmes capacités et résistances aux injonctions implantées que toi, non???

Chapitre 13 : Où il est question de Graal

Si tu passes en Avallon, prends garde à toi, car autour d'Annwn des forces maléfiques rôdent en grand nombre!

Renseigne-toi bien et sois sûr de la carte que te remettront les Libres Massons sinon sous forme d'électron, tu te retrouveras.

Bien sûr, si tu es celui qu'elle attend, tu sauras où est Annwn et son énorme planète Arawn autour de laquelle gravite la planète Avallon.

Tu sauras aussi comment déjouer les pièges de métal et de feu que Morgan t'aura tendus.

Tu sauras éviter aussi les fées de pierre, qui libres comme l'air, se promènent atour d'Annwn et qui chercheront à te donner le baiser ultime, celui de la mort.

Si tu es celui qu'elle attend, descends alors sur Avallon et cherche cette construction magnifique qui permit aux hommes de jadis de se rapprocher du Grand Architecte de l'Univers.

Tu la trouveras aisément, elle est la seule construction qui aura résisté au temps et au désert.

Présente-toi devant elle et pénètre à l'intérieur par les deux grandes portes de bois, appelées Portail du Jugement, sis juste en dessous du grand vitrail et entre les deux tours ornées de gargouilles.

Pénètre dans la nef centrale et imprègne-toi de l'ambiance sacrée des lieux. Sache qu'ici réside l'humanité, dans son entièreté!

Admire les grandes rosaces de ce lieu sacré, par lesquelles pénètre la lumière d'Annwn.

Imprègne-toi du silence, brisé seulement par le bruit de tes pas sur le sol dallé.

Passe ce qui reste de l'autel principal et rends- toi dans le chœur de la cathédrale.

Là tu trouveras la tombe que tu recherches.

Si tu es celui qu'elle attend, sache qu'elle est là et qu'elle a refusé que son corps ne pourrisse, car elle a des choses à te dire.

C'est pour cela qu'elle a demandé au froid de l'univers de la préserver pour toi.

Avance et regarde au travers de la cloche de verre qui la... qui les recouvre, elle et son prince consort.

Vois leurs visages où tu te reconnaîtras!

Avant d'ouvrir pour la dernière fois leur sépulture, tu devras t'incliner devant la dernière impératrice de l'humanité, celle qui aura engendré celui qui est multiple et qu'elle attend depuis si longtemps!
Regarde-la. Elle et son compagnon te demandent pardon de ne pas avoir été là, quand il le fallait, mais la mort est leur excuse.
Regarde! Tous les deux te disent qu'ils t'aiment!
Regarde! De sa main droite, elle tient une coupe! Une coupe dans laquelle tout le sang...le sang de l'humanité, a été versé!
Regarde! C'est le Graal...c'est l'humanité!
Regarde! De sa main gauche, elle tient une main...celle de son bien aimé... ton père!
Regarde, Arthur et parle-lui. Parle à ta mère. Elle connaît le chemin ...le chemin de la maison et elle veut te l'enseigner!

Rendez-vous en Avallon
Texte attribué à Zacharie II, Grand Oracle de Del et retrouvé bien après la mort du Grand Oracle. Sa signification en est inconnue.
Zacharie II, le Grand Oracle de Del et son temps

Par Zag de GrandMont

Édition : Je sais tout.
Oulan Bator

- Alors demanda l'Empereur, où en est-on avec le projet Graal, compagnons?
- Complété, Majesté, complété! Nous n'avons plus besoin des tribus Païka que pour ajouter les nouveaux venus et tout se fait maintenant grâce à de petites navettes en fibre de carbone entièrement automatique. Extrêmement rares aussi sont ceux qui, en dehors de la famille impériale, sont au courant et tous ont le cerveau protégé.
- Enfin une bonne nouvelle! dit Simon tout en gratifiant son visiteur d'un sourire radieux. Maintenant, compagnons, vous allez devoir me laisser, car messieurs les généraux et amiraux de

La Garde m'attendent eux aussi pour me mettre au courant des progrès de leurs projets!

Simon eut juste le temps de se faire servir une tasse de café que déjà son bureau était envahi par une cohorte de hauts gradés de La Garde, tous anxieux de faire rapport à l'homme le plus puissant de l'Empire.

Simon se tourna en premier vers l'Amiral Singh et il lui demanda :

- Et mes croiseurs de la classe Galaxie, Amiral?
- Fin prêt, Majesté! Nous sortons le premier le mois prochain et les quarante-neuf autres à intervalle d'une semaine!
- Fort bien. Dans moins d'un an, donc, nous aurons un apport majeur à notre flotte. Bien. Et mes Gurkha, Général Corsacoff?
- Fin prêt, eux aussi, Majesté, tel que promis!
- Fort bien! Voilà donc une réunion plutôt courte! J'en ai fini, messieurs, dit l'Empereur soudainement aux membres de son conseil militaire. Amiral vous, restez, je vous en prie!

Tous les hauts gradés se levèrent en saluant l'Empereur très respectueusement puis quittèrent la salle de réunion. Seul l'Amiral était resté avec Simon.

- Bien, commença celui-ci, je voulais vous parler d'autre chose. Avez-vous entendu parler du projet Méphisto?
- Très vaguement, Majesté!
- Qu'en savez-vous?
- En fait très peu! Seulement qu'il s'agit d'un projet…risqué qui est relié au projet ultra secret « NéMéSiS »! C'est tout ce que je sais!
- C'est déjà beaucoup! En fait, le projet vise à créer un vaisseau auto reproducteur!
- Et ça marche? lui dit étonné l'Amiral.
- Pas encore! Mais ils ont fait de grands progrès et sont à même d'automatiser beaucoup de choses.
- Bien. Et qu'attendez-vous de moi?
- Voilà. Le programme « Galaxie » est en passe d'être fini, mais je regrette vraiment ma décision de n'avoir fait construire que cinquante appareils plutôt que les cent que je voulais. Alors, vous allez, au fur et à mesure que les appareils « Galaxie » seront achevés, recycler la moitié des équipements pour une

nouvelle série d'appareils « Galaxie ». Je vous donnerai les budgets pour en acheter d'autres plus tard pour compléter ceux que je vous ferai enlever tout de suite. Ceux-là, je les réserve pour un autre projet encore plus secret.

- Quel projet, Majesté?
- Le projet « Gaïa ». Vous utiliserez les technologies mises au point par l'équipe du projet « Méphisto » et celles du projet « NéMéSiS », pour créer un abri souterrain secret où sera exécuté le projet « Gaïa ». Toute, je répète, toute la construction devra être faite indépendamment de la surface par des robots guidés par les ordinateurs mis au point pour le projet « NéMéSiS » et les technologies automatiques du projet « Méphisto ». Seulement un très petit nombre de gens devront être au courant et vous utiliserez largement la technique de lavage du cerveau pour effacer les souvenirs de ce projet chez quiconque qui ne doit pas savoir, mais que vous avez dû utiliser.
- Que voulez-vous faire exactement avec ce projet « Gaïa »?
- Ceci, lui dit l'Empereur, en lui montrant un croquis de ce qu'il avait en tête.

L'Amiral Singh regarda le dessin avec un étonnement grandissant.

- Est-ce faisable, Amiral?
- Oui! Et je le ferai, tel que vous me le demandez! C'est...c'est prodigieux, Majesté!

Chapitre 13 : Les sept cités de Cibola

La légende courait depuis longtemps parmi tous les aventuriers de la galaxie.

Depuis les corsaires dûment autorisés à casser du Sarkaï jusqu'au moindre commerçant plus ou moins louche ou carrément trafiquant et pirates occasionnels.

Il y aurait dans la galaxie sept cités de l'Or dont les richesses seraient fabuleuses!

Fabuleuses, disait la légende, au point que leurs rues seraient pavées d'Or. Nul ne savait si les cités étaient dans sept systèmes solaires différents ou si elles étaient sur une planète en particulier. Les seules choses prises pour acquises étaient que lesdites cités seraient en dehors des frontières reconnues de l'Empire.

Quivira et Cibola seraient les noms de deux d'entre elles. Ce seraient les cités des Archanges, ce mystérieux peuple humain qui aurait parcouru la galaxie dans les temps anciens avant de disparaître pour toujours.

La légende trouverait son origine dans les dires d'un vieux Sarkaï qui aurait survécu au crache de son vaisseau près d'un camp de mineurs sur une planète très lointaine, à la frontière de l'Empire. Se méfiant de ses réactions, les mineurs l'avaient ligoté sur le lit où il était soigné, l'empêchant ainsi de bouger.

Il aurait parlé spontanément comme pour soulager sa conscience, en proie apparemment à de violentes pulsions internes. Le Sarkaï aurait raconté que les sept cités servaient de refuge aux Archanges, ses frères (personne ne comprenait ce qu'il voulait dire par ses frères) et qu'elles étaient protégées par le même système de défense que celui qui défend la planète Sanctuaire. Sur cette planète, que le Sarkaï aurait, selon certaines sources, appelée Eldorado, tous les métaux brûleraient spontanément à l'air SAUF l'Or! Il y aurait même plus! Une pierre magique y aurait été trouvée et porterait le nom de «Pierre philosophale» et cette pierre aurait la faculté de changer en Or tout ce qui la toucherait!

Malheureusement, le Sarkaï se serait suicidé sitôt qu'il en eut la possibilité sans donner d'indication sur la localisation de cette ou de ces planètes de l'Or.

Depuis, tout le monde les cherche...sans grand succès!

Marcos de Niza était un général de La Garde qui avait pris une retraite anticipée. Extrêmement brillant, il était vu comme un futur dirigeant de La Garde et des fonctions importantes au quartier général, sur Oulan Bator, lui avaient été proposé.

Marcos de Niza était un vrai soldat et quand il fut envoyé sur « Notre Monde », il y fit ce qu'avait à faire tout soldat : tuer les ennemis de l'Empire!

Il le fit sans haine, car il avait du respect pour les AFFARAS et les ISSARS de cette planète! Mais ce n'était pas le rôle d'un soldat de juger ce qui s'y passait. Il avait ainsi travaillé étroitement avec les Jarkaniens et construit de solides défenses autour de la capitale, Djibou, empêchant les rebelles de la reprendre malgré de furieuses batailles. Son meilleur ami et néanmoins supérieur, s'appelait Pargara, le Général Pargara!

Marcos de Niza était un Général respecté et tel un médecin qui se protège des problèmes de ses malades pour éviter que la mort de certains d'entre eux ne le pousse à la dépression, il savait faire son travail de soldat sans que la mort de ses amis ou de l'ennemi, ne le traumatise outre mesure.

Tel était, pour lui, le travail de soldat : tuer ou être tué et il le faisait sans état d'âme.

Mais voilà, c'était lui qui avait établi le périmètre de défense du quartier Général de La Garde sur « Notre Monde » à Djibou.

Alors quand le général rebelle Pargara, donna l'assaut au quartier Général, c'est lui qui le défendit et abattit le Major Sébastien Amundsen, puis son ami Pargara.

Il ressentit une vive douleur morale quand il tua le Major, car rien ne l'avait préparé à abattre quelqu'un de son propre camp, mais quand il eut à faire un choix analogue pour son ami Pargara, quelque chose se cassa en lui.

À partir de ce moment-là, il douta de la justesse de sa cause!

Un soldat ne doit pas se poser ce genre de question…mais il ne pouvait pas s'en empêcher.

Le coup fatal vint quand les Jarkaniens se suicidèrent en masse. Il y avait parmi eux plusieurs compagnons d'armes avec lesquels il avait combattu les AFFARAS et, même s'il ne partageait pas leurs convictions religieuses, il avait de l'estime pour eux. Les voir mourir, même s'il était devenu évident que les Jarkaniens étaient l'ennemi, lui démontra le côté implacable de ceux qui, dans l'ombre et sans hésitation, assassinaient leurs propres gens.

Marcos de Niza avait alors senti monter en lui un sentiment qu'il avait toujours voulu éviter comme soldat: la haine!

Une haine violente, silencieuse, implacable qui le consumait tout entier!

Marcos de Niza, à la surprise générale, démissionna de La Garde et demanda à son Empereur une « Lettre de marque » pour pouvoir aller casser du Sarkaï, qui à ses yeux, était l'ennemi, du moins celui qui était le plus visible.

Marcos de Niza devint rapidement un Corsaire redouté dans les marges de l'Empire.

Mais il n'était pas un Corsaire ordinaire. Lui ne cherchait pas à rapporter des têtes de Sarkaïs pour toucher la prime. Lui, ce qu'il recherchait, c'était une espèce très rare de Sarkaïs, le commandant de vaisseau…mâle!

Car les vaisseaux Sarkaïs étaient pratiquement toujours commandés par des femmes, les mâles étant généralement de grosses brutes à l'intelligence limitée. Les femelles Sarkaïs étaient, par contre, beaucoup plus brillantes et tout à fait en mesure de contrôler les mâles sous leurs ordres. De nombreuses théories circulaient sur le pourquoi de cette différence d'intelligence basée sur le sexe, mais la plus crédible, due au Colonel Dreck Reivax, était que les mâles, trop intelligents, supportaient mal leur condition d'esclaves et avaient tendance à se rebeller alors que les femmes commandants avaient toutes des enfants restant sur leurs planètes d'origine et savaient qu'ils seraient torturés à mort si elles devaient trahir. Le sens de la famille les empêchait de se retourner contre leurs maîtres.

Bien sûr, mâles ou femelles, tous les Sarkaïs haut placés avaient une protection cervicale et un ordre de suicide implanté dans leurs cerveaux et ceux-ci s'activaient dès qu'ils étaient en situation de se faire capturer. Mais ces protections étaient moins efficaces que celles de La Garde et permettaient à un individu, qui le voulait vraiment, de résister pour un temps et de livrer des informations que normalement il ne devrait pas être en mesure de livrer. Et c'était cela que Marcos recherchait. Des mâles intelligents qui se posaient des questions et qui étaient prêts à mourir pour nuire à leur maître. Marcos de Niza avait eu accès à certains renseignements sur ce qui s'était passé sur Sanctuaire et savait que de tels mâles existaient, alors il était parti en chasse avec un de ses sensationnels petits vaisseaux qui ressemblaient à une pieuvre dont la cabine du pilote était à l'intérieur des pattes et les pattes, en couronne, armée de canons lasers... huit en tout!

Avant même d'apprendre la manipulation de cet extraordinaire appareil, Marcos de Niza passa le plus clair de son temps à en apprendre le plus possible sur les appareils Sarkaïs, en particulier leur fabrication, les points faibles, l'emplacement des principaux systèmes, moteurs, ordinateurs etc. C'est seulement quand il eut parfaitement maîtrisé tous ces éléments qu'il se concentra sur son propre appareil.

Puis il partit vers les endroits les moins sûrs de l'Empire.

Tel un prédateur, Marcos se mettait à l'affût dans toutes les zones plus ou moins instables de l'Empire, sachant que tôt ou tard un Sarkaï chercherait à attiser les problèmes et alors il bondirait sur lui avec ses canons laser et surtout son extraordinaire talent de pilote.

Il avait développé une tactique très particulière. Tout d'abord, il neutralisait les moteurs de l'ennemi grâce à un tir ciblé, puis coupait en deux l'appareil pirate tout en ciblant un gros réservoir d'air. Le résultat en était que l'explosion du réservoir d'air poussait les deux parties du vaisseau Sarkaï loin l'une de l'autre.

Alors, il les arrosait d'une pulsion électromagnétique qui effaçait tous les programmes informatiques des ordinateurs du Sarkaï et assommait son équipage. Ce qui, accessoirement, déclenchait aussi les systèmes d'autodestruction du vaisseau qui, lui, était protégé des pulsions électromagnétiques et agissait automatiquement quand était détecté ce genre d'attaque.

Mais les systèmes d'autodestruction étaient près des moteurs et donc séparés de l'avant de l'engin qui, lui, s'en éloignait sous la pulsion de l'explosion du réservoir d'air. Évidemment, cela ne fonctionnait pas toujours et même quand ça fonctionnait, Marco de Niza ne trouvait souvent que des femmes commandantes qui ne parlaient jamais!

Étonnant ce qu'une femme pouvait faire pour protéger sa progéniture!

Alors, il enregistrait sa capture comme n'importe quel Corsaire et touchait sa prime. Personne ne savait ce qu'il faisait vraiment.

Il devint le Corsaire le plus fameux et craint par les Sarkaïs de tout l'univers.

Marcos de Niza chassa le Sarkaï dans les marches pendant plus de vingt ans, sans succès notoire, quoiqu'ayant été plusieurs fois près du but.

Mais un jour, il intercepta un vaisseau Sarkaï plus important que les autres et croisa le feu avec lui. Tout de suite, il sut que l'adversaire était de taille et le cherchait!

La bataille se déroula dans un système solaire isolé qui ne contenait aucune planète susceptible de porter la vie. À plusieurs reprises, il fut mis en difficulté et son vaisseau perdit plusieurs de ses canons dans le combat. Il sut d'instinct qu'il avait devant lui un mâle supérieur avec une expérience du combat fantastique. À la fin, il réussit à couper en deux le navire Sarkaï et à isoler de l'explosion autodestructrice l'avant de l'appareil. Cela le surprit grandement. Le Sarkaï avait comme hésité et lui avait donné par là même l'occasion de lui porter un coup mortel.

Quand il monta à bord du vaisseau ennemi, il eut la plus grande surprise de sa vie. Tous les membres de l'équipage étaient évanouis, sauf le commandant, un vieux Sarkaï à la chevelure grise qui ployait sous le poids des ans. Il attendait le vainqueur tranquillement dans son fauteuil. Il était sans armes!

- Ainsi, voilà donc le fameux tueur de Sarkaï, dit avec un sourire triste le commandant du navire Sarkaï, au Général Marcos de Niza.
- Mais comment avez-vous résisté à ma décharge?
  - Grâce à ma combinaison!
  - Vous me connaissez?
  - Bien sûr! En fait, je vous attendais!

- Mais qui êtes-vous?
- Je suis l'amiral Azazel, commandant de la flotte Sarkaï.
- Que fait un amiral loin de son quartier Général?
- Je vous recherchais!
- Vraiment? Et pourquoi?
- Je sais ce que vous cherchez et j'ai décidé de vous aider. J'ai perdu ma femme il y a 20 ans et maintenant ma fille est en sécurité, loin de toutes représailles, théoriquement morte dans un combat avec les vôtres, mais en fait, elle refait sa vie …libre…grâce à un étrange petit professeur de mathématique et d'une loi dite « Normale »!
- Je ne vous suis pas!
- Peu importe! Ma fille étant maintenant hors de portée, je n'ai plus rien à perdre.
- Sauf votre vie!
- Une vie d'esclave! Mais je vous observe depuis longtemps et me suis longtemps posé la question sur ce que vous recherchiez. J'ai compris récemment et j'avais prévu une attaque pour vous mettre hors d'état de nuire, mais …maintenant je ne crains plus rien. Pour une fois dans ma vie de chien, je vais faire quelque chose de bien pour l'humanité.
- Qu'est-ce qui me prouve que vous dites vrai?
- Le fait que j'ai eu plusieurs fois la possibilité de vous abattre et que je vous ai donné l'occasion de me descendre!

Marcos de Niza sut instantanément qu'il disait vrai. Il était un pilote trop expérimenté et avait aussi pu apprécier le talent de son adversaire. Il savait que l'occasion s'était présentée plusieurs fois où le Sarkaï aurait pu lui faire la peau! Et il y avait eu cette imperceptible hésitation qui lui avait permis de frapper le navire ennemi.

- Je vous crois! Alors que voulez-vous me dire?
- Je ne peux pas vous donner les coordonnées des planètes de vos ennemis, les Démons, même moi je les ignore, mais je peux vous donner celle que vous recherchez.
- Et d'après vous je recherche quoi?
- Vous recherchez la planète Eldorado où se sont réfugiés mes frères Archanges, les seuls qui ont refusé de signer le pacte d'indignité.

- Ah oui? Et pourquoi feriez-vous cela?
- Parce que mes frères, ultimement, nous vengeront. Ils vengeront ma femme assassinée par Le Grand Khan il y a près de 20 ! Parce, là-bas, ils savent où vivent les Démons. Parce qu'il y a sur ce monde une pierre extraordinaire qui vous aidera. Et parce que tout ce qui peut nuire à mes maîtres effacera un peu mes péchés, qui sont épouvantables, quand je comparaîtrai devant le Grand Architecte de l'Univers…bientôt!

Tout à coup, Marcos de Niza sut que la longue quête qu'il poursuivait depuis plus de 20 ans, venait de prendre fin.
Enfin, il avait quelque chose de concret pour permettre à l'humanité de combattre les Démons.
Maintenant il allait quitter les marges de l'Empire et se diriger vers Oulan Bator.
Il avait un Empereur à voir de toute urgence!

Chapitre 15: Nos enfants devenus grands!

- *Madame... Euh prin...*
- *NE DIS PAS MON NOM!*
- *Que me voulez-vous?*
- *Tu ne t'en doutes pas? Avec la belle gueule que tu as? Tu as du succès avec les filles, non?*
- *Mais vous... je n'ai pas votre rang!*
- *Oh, tu sais, pour ce que je voudrais que tu fasses...me fasses, ce n'est pas important!*
- *Madame!*
- *Mademoiselle! Tu ne me trouves pas attirante?*
- *Oh si! Vous êtes très belle!*
- *Alors, baise-moi!*
- *Si vous voulez, Madame!*

....

« *Dommage, se dit Caroline, en contemplant le cadavre au cou tranché, il baisait bien! Enfin, je vais appeler mon Garde du corps pour qu'il me débarrasse de cette dépouille encombrante. Il va encore me faire la morale, mais qu'importe, il n'a pas le choix...la vie de sa famille en dépend et vraiment que peut-il faire contre une princesse impériale? Et j'ai mes besoins moi aussi non?* »

Papa avait menti! Menti pour le protéger et non pas pour lui nuire. Comment cela était-il possible?
Certes, il n'était pas superman malgré le fait qu'il venait de l'espace...cela, papa et maman ne lui avaient jamais caché, lui demandant seulement de ne rien en dire...surtout sachant la surveillance dont il était l'objet!
Il ne pouvait pas soulever un autobus ou voler dans le ciel ou pulvériser un missile avec les lasers de ses yeux... non...mais il sentait les choses!
Une sorte de télépathie!
C'est lui qui avait averti son père que de méchantes personnes le surveillaient toujours...même quand on ne pouvait pas les voir.
C'est lui qui disait à son père quand le marchand de voitures lui vendait un véhicule au-dessus du prix juste ou que quelqu'un était malveillant.

- Tu lis dans les pensées? lui avait demandé son père.
- Non, mais je sens les sentiments des gens.
- Tout le temps?
- Non, c'est… comme directionnel et …selon les individus. Il faut que leurs pensées soient dirigées vers moi…nous.

Ses parents avaient accepté cela, mais l'avait aussi mis en Garde de ne JAMAIS révéler cela à qui que ce soit!

Alors comment se faisait-il que papa ait menti sur la mort de maman?

Car maintenant il savait!

L'exécuteur testamentaire avait fait une allusion et ainsi il avait su.

Maman était morte assassinée à Vancouver, par un drogué en manque et non pas dans un accident de voiture, comme son père lui avait dit.

Papa avait menti en esprit!

Loïc en avait été sidéré, lui qui avait toujours cru être capable de savoir ce que ses parents ressentaient. Mentir en esprit? Cela était-il possible? Faire croire que vous dites la vérité alors que c'est un mensonge et ne pas avoir de sentiment contraire perceptible par un télépathe?

Loïc en eut un frisson rétrospectif…car si son père pouvait mentir en esprit alors…d'autres aussi le pouvaient.

Mais chez l'exécuteur testamentaire, il y avait aussi une lettre, une étrange dague dans sa gaine et …un révolver Cold Python 357 Magnum, usé, mais fonctionnel, qui lui fut remis avec la recommandation de le déclarer. La présence de ces armes, que l'exécuteur testamentaire décrivit comme ayant été trouvé dans son berceau par ses parents adoptifs, mais en provenance de son père biologique, lui avait fait froid dans le dos!

Au point …qu'il n'avait toujours pas eu le courage d'ouvrir la lettre, ayant peur de découvrir que son géniteur était une sorte de tueur à gages!

Mais Loïc n'avait pas l'intention de déclarer les armes! Au contraire! Ce qu'il fit plutôt, ce fut de se rendre à l'aéroport de San Francisco où il prit le vol Air Canada AC 561 de 7 h 15 le matin en direction de Vancouver.

Il avait un assassin à trouver!

Il avait une mère à venger.

L'arme de son père biologique, le 357 Magnum, allait servir à nouveau!

Chapitre 16 : Beaucoup moins humain que vous ne le pensez!

- *Princesse Caroline, c'est un grand honneur que vous me faites en me recevant ainsi!*
- *Général Vladimir Stratowhich, vous êtes le plus célèbre officier supérieur de mon père! L'honneur est pour moi!*
- *Je suis aussi son plus vieil officier et de plus, je suis retiré des affaires depuis belle lurette.*
- *Vous restez quand même un officier de légende! Que puis-je faire pour vous?*
- *Princesse, je suis mourant!*

Cette terrible affirmation fut dite sans aucune trace d'émotion chez le Général alors qu'elle déclencha une vive réaction chez Caroline!

- *Mon Dieu Général, que vous arrive-t-il?*
- *Oh rien de dramatique, Mademoiselle, juste le grand âge! Vous savez, j'ai servi sous l'Empereur Vlad Tepes et j'ai participé à la bataille des Carpates! J'ai eu une bonne et longue vie et ne regrette rien!*
- *Mais alors…?*
- *Alors, je désirerai que ma mort serve encore l'Empire!*
- *Mais …comment?*
- *Le mal, le mal absolu, est parmi nous, Princesse!*
- *Oui je sais, les Démons…!*
- *Je parle parmi nous, ici même, à Oulan Bator!*
- *Expliquez-vous Général!*
- *Vous avez été amie d'un grand homme, l'envoyé Pierre Sheine, si je ne m'abuse?*
- *C'est exact, mais comment savez-vous cela?*
- *Un vieil officier comme moi conserve ses entrées, vous savez et j'ai beau être vieux, près de 250 ans maintenant, je ne suis pas sénile. Je sais beaucoup d'autres choses, comme le fait que vous êtes un membre très actif de l'institut Thulé.*
- *Là, Général, vous vous trompez!*
- *Mademoiselle, je ne suis pas venu pour vous faire peur, mais pour vous proposer de servir l'Empire une dernière fois! Bref, vous vous souvenez des démêlés de votre ami Pierre avec les Dangues?*
- *Oui, mais où voulez-vous en venir?*

- *Ce sont des mangeurs de chairs humaines…*
- *Holà, je vous arrête tout de suite, Général. Ils ne pratiquent plus le cannibalisme! Et encore, ce n'était qu'une élite qui le pratiquait!*
- *L'ethnie Songa, qui avait toujours dominé les Dangues, oui je sais! Je parle d'eux! Et eux, ils pratiquent toujours le cannibalisme.*
- *Vous êtes sûr?*
- *Oui et le Général Reivax s'en doute de plus en plus, d'ailleurs! Vous pourrez vérifier avec lui!*
- *J'y compte bien! Mais je ne comprends toujours pas ce que vous voulez de moi.*
- *J'y arrive, j'y arrive. Les Songas font cela pour deux raisons, d'abord pour ressembler à leur maître les Dragons et tout comme eux, sont devenus dépendants de la chair humaine, un peu comme une drogue ensuite, et c'est pourquoi j'aurai besoin de vos talents, parce que quand ils mangent un cerveau humain, ils en récupèrent intactes les molécules qui y stockent la mémoire. Autrement dit, ils acquièrent, en mangeant le cerveau d'un humain, ses souvenirs!*
- *J'avais entendu cela, mais je n'y crois pas vraiment!*
- *Vous devriez, c'est absolument vrai. Mais le pire c'est qu'avec cette…Euh technique…ils peuvent même avoir la mémoire protégée, ce qu'aucune autre méthode ni même la torture ne peuvent! Autrement dit, s'ils mangeaient votre cerveau, ils auraient accès à tous les codes secrets de l'Empire!*
- *Mon Dieu, ce n'est pas seulement terrifiant ce que vous dites, mais aussi très inquiétant pour la sécurité de l'Empire. Heu…vous semblez posséder des informations que personne ne connaît.*
- *Exact. En fait, j'ai envoyé un rapport complet au Général Reivax. Mais je sais cela par une pauvre fille, qui savait qu'elle allait se faire dévorer par un Songa! Elle savait que le Songa la voulait, alors elle me demanda de trouver un moyen d'empoisonner sa propre chair pour pouvoir tuer le monstre. C'est ce que je fis, mais à ce moment-là, je ne la croyais pas et ce fut une erreur fatale pour elle. Après ce drame, j'ai rencontré son père qui m'a proposé de fonder un groupe de résistants, qu'il nomma « Les compagnons de la Luciole », la Luciole étant une allusion à sa fille et me demanda de lui donner ce fameux poison qui semblait être un moyen efficace de tuer les Songas quand ils faisaient cela. J'avais déjà donné à la jeune femme, que malheureusement je ne croyais pas à l'époque, une fiole contenant des prions de la maladie de Creutzfeldt Jakob, en lui disant qu'ils la tueraient aussi si elle l'absorbait…je voulais être sûr qu'elle ne me racontait pas d'histoires!*

Par la suite, avec un généticien de mes amis, nous avons mis au point une nouvelle version de la maladie de Creutzfeldt Jakob, de façon à avoir le porteur immunisé contre elle. Quand un homme se fait dévorer, la mort de ses cellules active le prion qui est alors transmis sous une forme particulièrement virulente, au meurtrier qui est lui-même tué dans les mois qui suivent, par la maladie. Le problème, avec cette approche, est que les membres du groupe des compagnons de la Luciole ne doivent pas se connaître, sinon ils se dénoncent involontairement les uns les autres quand un de leurs membres se fait dévorer! Inutile de dire que cela finit par être su et provoqua une peur salutaire chez les Songas! Bref, cela a ralenti ces barbares! Cela m'a permis de récolter beaucoup d'informations, grâce à ce groupe, sur les Songas. Et une de ces infos est très dérangeante! Apparemment, les nobles Dangues sont toujours en contact avec les Dragons et rêveraient de leur retour, car à cette époque, ils jouissaient d'un très grand pouvoir et les Dragons ne les touchaient jamais! De plus, j'ai appris que l'un de ceux qui sont justement toujours en contact avec les Dragons, est un seigneur Dangue d'ethnie Songa qui est maintenant à ... Oulan Bator!

- *À Oulan Bator! Mais que fait-il ici?*
- *C'est l'ambassadeur!*
- *Le Prince Kissamanju?*
- *Lui-même! Mais il y a pire!*
- *Vous croyez qu'il est en mission ici?*
- *Définitivement!*
- *Mais cela est très grave! Croyez-vous qu'il tue des gens ici?*
- *Non pas encore. C'est trop risqué. Il va chercher une proie qui lui donnera beaucoup d'informations avant de le faire. Et les officiers supérieurs sont très surveillés!*
- *Bon, je crois que je comprends ce que vous attendez de moi. Utiliser l'institut Thulé pour essayer de pénétrer les pensées de ce Dangue! Je vous dis tout de suite que nous ne pouvons pas réellement lire les pensées d'autrui!*
- *Cela n'est pas vrai dans le cas des Dangues qui eux sont de vrais télépathes. Ce sont de redoutables télépathes bien plus puissants que ceux de l'institut et même que vous, qui êtes pourtant et de loin, le plus puissant de leurs maîtres! Ils peuvent vous bloquer et vous ne pourrez jamais avoir accès à leur esprit!*
- *Vous êtes le diable en personne! Comment savez-vous cela?*

- *Encore une fois, peu importe. Je sais aussi que votre frère a fait des progrès remarquables, grâce à des Dangues en fait. Mais vous savez les Dangues ont aussi leurs points faibles!*
- *Qui sont…?*
- *Quand ils ingèrent les molécules de mémoire d'un humain, leurs cerveaux est comme déconnecté et donc accessible à ce moment-là, car le revers de la médaille est que leur cerveau est très ouvert à l'échange télépathique dans les deux sens!*
- *Il faudrait pour cela être en attente du moment et donc savoir quand un humain sera mangé par ce monstre!*
- *Précisément, Princesse, précisément!*

Caroline se sentit tout à coup glacée jusqu'au plus profond de son être.

La faim! Une faim inextinguible que même les mets les plus succulents ne pouvaient satisfaire. « Voilà mon lot quotidien, moi un Prince Songa et ambassadeur extraordinaire auprès de l'Empereur! Quelle déchéance » pensait Kissamanju.

« Maudit soit le jour où l'Empire nous a découverts!

L'Empire de Simon! Avec leurs jugements moraux à l'emporte-pièce!

Ils appellent cela du cannibalisme, qui apparemment serait monstrueux! Vraiment? Notre planète n'a aucun animal! De quoi voulez-vous que l'élite se nourrisse alors?

Évidemment, nous imposer par la force leurs lois, ça, ce n'est pas monstrueux… non!

Même qu'ils auraient tué toute l'ethnie Songa si nous ne nous étions pas soumis!

Assurément, tuer ceux qui ne pensent pas comme eux, ça, ce n'est pas abominable, non, ça, ils l'appellent la justice!

Suis-je responsable, moi, de ma nature profonde?

Comme si les Seigneurs Dragons pouvaient être responsables du fait qu'ils mangent des humains? Ils sont faits comme ça et nous, nous ne faisons que ce qu'ils faisaient!

Après tout, eux et nous, sommes aussi des créatures du Grand Architecte de l'Univers, non?

Et Il sait ce qu'Il fait quand même!

Alors, pourquoi intervenir dans nos affaires?

Et comment peuvent-ils même comprendre l'incroyable sensation qu'un Dangue peut ressentir quand la mémoire de l'être dévoré se mêle brusquement à la sienne!

Quand toute sa vie et ses sensations les plus intimes montent en vous!

C'est un flash plus puissant que la drogue la plus puissante!

Pendant quelques minutes, c'est l'extase absolue!

Comment voulez-vous que ces chiens d'Impériaux comprennent cela?

Moi, Prince Kissamanju, je ferai ce qu'il faut pour que les vrais nobles, ceux qui volent dans les airs sans machine, reviennent!

Et je les servirai avec passion.

Mais pour cela, il faut leur procurer des informations, si possible, sur La Garde!

Difficile! Les officiers, ceux qui ont vraiment des informations, sont très bien protégés! »

Mais Kissamanju savait quoi faire! Il fallait seulement le faire sans attirer l'attention.

Comme s'attaquer à un vieux Général retraité qui avait été un héros et qui savait tout sur La Garde.

Un vieux à la retraite qui n'était pas bien protégé!

On l'avait oublié!

Et il le suivait maintenant. Le vieux Général était tellement sénile qu'il ne se rendait même pas compte qu'il était suivi. Et il allait vers un des coins les plus sombres d'Oulan Bator!

Cela faisait des mois que ses hommes le suivaient discrètement!

Très discrètement! Il n'y avait pas d'urgence même si sa faim était devenue obsessionnelle!

Il fallait trouver le bon moment, l'opportunité!

Et quand il avait appris que le Général avait garé son auto volante dans un coin aussi reculé, il sut immédiatement que le moment était venu!

Discrétion! Kissamanju était fort physiquement. Pas besoin d'aide!

Pour faire moins de bruit, il avait suivi l'officier seul.

Il était confiant dans sa capacité à gérer la situation!

Tel un tigre, il bondit sur lui et grâce à sa dague hyper coupante, ouvrit le crâne du Général en une fraction de seconde.

Un cerveau lui apparut brusquement!

Avec une joie cynique, Kissamanju mordit dans le cerveau sanguinolent du Général!

Le flash fut d'une puissance incroyable, tellement la vie du Général avait été longue et riche! « Mon Dieu, quelle jouissance! pensa-t-il. » Kissamanju se délectait quand, soudain, il sentit une présence incroyable dans son propre cerveau!

- Non! hurla-t-il,

Mais les inconnus, car ils étaient plusieurs, avaient pénétré en lui au moment du flash!

Un moment de grande faiblesse!

Un moment où son cerveau était ouvert et sans défense!

Impossible de résister!

Il les sentit fouiller directement dans son cerveau et tous ses secrets se faire piller!

Soudain, il comprit, impuissant qu'il était tombé dans un piège!

Les inconnus déployaient une force démultipliée par le fait qu'il était lui-même un grand télépathe!

Il résista le plus possible, mais en vain!

Son plus grand secret, l'emplacement de la planète des Dragons la plus proche, lui fut soutiré!

Kissamanju savait qu'il ne pouvait plus empêcher une intrusion quand celle-ci avait été établie.

Il était trop tard!

Mais il résista quand même et s'évanouit!

Chapitre 17 : Downtown Eastside Vancouver

- *Il est parti, non? demanda Howard Hughes à son ami et vice-président, John McCain.*
- *Oui.*
- *C'est dangereux!*
- *Très!*
- *John, il est impératif de protéger ce garçon coûte que coûte! Je comprends parfaitement sa quête, mais elle est extrêmement risquée et même s'il est courageux, il n'a pas les « compétences » de feu son père biologique, pour enquêter dans des milieux aussi pathologiquement violents.*
- *Mais que puis-je faire? Je ne peux quand même pas le kidnapper pour l'empêcher de faire des bêtises! Et je ne sais pas où il est en plus!*
- *Pour cela, ce n'est pas un problème, je peux le retracer facilement. Pour le moment, il est toujours à bord d'un vol d'Air Canada. Mais avec ce qu'il veut faire, il sera très vite dans une situation dangereuse.*
- *Mais c'est vrai que ce genre de démarche est dangereuse, nul ne devrait se substituer à la police, mais ses chances de réellement être en contact avec le ou les tueurs restent quand même limitées, non?*
- *Hum, je ne suis pas d'accord! Déjà pour une personne normale, une telle démarche est audacieuse, mais pour lui ça le sera encore plus à cause de son don. Je pense qu'il a réellement une chance de démasquer le tueur. Et c'est là que les choses peuvent tourner mal.*
- *Mais tu ne veux pas que j'entre en contact avec lui? Où que je l'aide?*
- *Non, pour le moment il est beaucoup plus important de ne pas s'approcher de lui de trop près, car il est sous constante surveillance des autorités américaines et d'un groupe beaucoup plus noir…et dangereux, qui en fait, ne cherche qu'à me trouver moi!*
- *Tu es sûr qu'il est surveillé aussi par d'autres gens que ceux des services secrets? Je savais pour les services américains…mais ce groupe que tu dis noir, qui sont-ils?*
- *Des gens qui ont accès à des informations qu'ils ne devraient pas avoir! Je crois qu'il y a sur cette planète au moins un être très dangereux qui ne devrait pas s'y trouver…et qui me connait!*
- *Qui te connaît? Mais comment?*

- *Parce que je l'ai déjà combattu…là-haut! Et il sait qu'il doit absolument me trouver s'il veut retourner d'où il vient et donner à ses maîtres le grand secret.*
- *Quel grand secret?*
- *Le chemin… la route qui mène au berceau de l'humanité… la Terre!*
- *Holà! Mais tu me fais peur! Et ils pensent qu'ils te trouveront par l'enfant?*
- *Oui!*
- *Mais ils n'ont aucune chance!*
- *Ô que si! L'enfant et moi sommes liés. C'est pour lui que je suis toujours ici! Depuis si longtemps!*
- *Mais je pensais que les réparations du vaisseau n'étaient pas terminées.*
- *Elles sont pratiquement finies maintenant.*
- *Et tu vas partir? Tu m'emmènerais?*
- *Oui, je vais repartir… une grande guerre a lieu là-haut et je dois me rapporter à mon Empereur, mais je dois aussi emmener l'enfant… sa destinée est liée à l'Empire. Quant à toi, si tu veux venir, vieux compagnons, ce sera avec joie, mais rien ne t'y oblige.*
- *T'inquiète! Il n'y a pas grand-chose qui me retient ici… mais toi qu'attends-tu?*
- *Bon, il me faut finir ces réparations… et jusqu'à récemment, je n'étais pas capable de réellement repartir… tu le sais, toi, non? Et puis, je voulais au moins permettre à Loïc de vivre avec sa famille adoptive suffisamment. Perdre deux fois ses parents, j'ai trouvé cela trop cruel. Et il y a aussi une autre personne à qui je dois des explications…au sujet de son père, qui était lui aussi quelqu'un que j'aimais beaucoup.*
- *Qui?*
- *Peu importe pour le moment. La voir la mettra aussitôt en danger! Mais je la suis de près elle aussi!*
- *Bien, mais alors que fait-on pour Loïc?*
- *Prend Meca avec toi et pars pour Vancouver. Là, suis-le discrètement et n'interviens que s'il est en danger immédiat, car aussitôt que tu interviendras, ils auront la chance de nous repérer. Prends soin de te protéger aussi et d'être en mesure de répondre à une attaque de plusieurs personnes.*

Loïc McConnell descendit lui aussi à l'hôtel Vancouver, pour pouvoir refaire plus facilement le trajet parcouru par sa pauvre mère le soir de son assassinat par ce drogué qui n'avait, d'ailleurs, jamais été retrouvé par la police.

Bien sûr, il ne doutait absolument pas que celle-ci avait fait de son mieux pour le retrouver.

Mais lui avait un avantage sur la police!

Un don!

Une faculté!

Une force…peu importe, il avait quelque chose, en lui, qui lui permettait de sentir les gens!

Leurs joies.

Leurs haines.

Leurs peurs … ou leurs sentiments DE CULPABILITÉ!

Il avait un don et … un 357 Magnum!

Ce matin-là, Loïc se leva de bonne heure, fatigué malgré tout par une nuit agitée et sans sommeil. Il avait eu l'impression que sa mère…biologique, lui parlait et essayait de le dissuader de faire ce qu'il avait en tête!

Ce cauchemar, car évidemment cela ne pouvait être qu'un cauchemar, l'avait grandement perturbé, d'autant plus qu'il ne se souvenait pas d'elle!

Il avait ce don qui lui venait d'elle ou de son père…il ne savait pas. Mais il était déterminé, alors il quitta l'hôtel en direction du fameux « Downtown East side » Vancouver avec dans sa poche, le 357 Magnum et collé à son mollet gauche, dans l'entre-deux jambes, la dague bizarre …au cas où…!

Son intention? Montrer la photo de sa mère à tous les drogués du coin jusqu'au moment où il sentirait une réaction…et alors si…si c'était l'assassin …!

Hasting Streets ne fut pas longue à trouver, mais Loïc n'était pas prêt à affronter ce qu'il y découvrit! Quand il avait entendu parler de l'enfer de la drogue, ç'avait toujours été quelque chose de relativement abstrait pour lui.

Maintenant l'abstrait venait de devenir concret…de très concret même.

Là, déambulant comme les pires zombies des films d'horreur, d'épouvantables épaves humaines, les yeux creusés au point de faire pratiquement jaillir les globes oculaires des orbites, les bras et les jambes tellement maigres que la peau y pendait telle une loque, tendaient la main pour recevoir quelques piécettes destinées à la dose suivante!

L'enfer devait être quelque chose comme cela.

« Comment cela était-il possible » se demanda Loïc horrifié.

Mais il était résolu à aller de l'avant et contre les quelques cents tellement recherchés par les pauvres bougres, il montrait la photo de sa mère, espérant quelques réactions.

Mais rien! Il ne sentit que le désespoir et l'envie d'obtenir quelque chose de la part de l'étranger.

Telles étaient les faibles sensations qui lui provenaient de la faune locale.

Loïc avait espéré mieux, alors il décida de changer de tactique et de s'adresser aux passants qui lui semblaient moins délabrés, même si certains avaient des mines patibulaires…comme justement l'homme aux multiples tatouages qui le fixait maintenant depuis un certain temps.

« Probablement un membre des « Red Scorpions" ou des « United Nations » ou encore, un « biker » des « Hells Angels », se dit-il.

L'homme n'était pas très sympathique, mais Loïc décida de lui montrer la photo quand même.

Et il arriva ce qui devait arriver.

Loïc sut tout à coup que c'était lui.

L'ASSASSIN DE SA MÈRE ÉTAIT LÀ DEVANT LUI!

Elle avait dû le surprendre lors d'un « deal » de drogue et il avait eu probablement peur d'être dénoncé.

Loïc plongea sa main dans la poche de son large imperméable et sentit le contact du 357 Magnum.

Il referma la main dessus.

Chapitre 18: Et si on se faisait, une petite bombe?

- *M...*
- *Non, ne le dites pas! Appelez- moi seulement Farah. Rappelez-vous que pour la majorité des gens, je suis quelqu'un de relativement insignifiant et je ne voudrais pas qu'un titre malencontreusement entendu par quelqu'un ne change cela!*
- *Comme vous voudrez M... Madame. Mais il est difficile pour moi de voir en vous une personne insignifiante, surtout en sachant que vous êtes récipiendaire d'un doctorat en Physique de l'antimatière de l'ULB!*
- *Peu importe. Reprenons donc notre conversation. Avez-vous testé mes hypothèses telles que demandé?*
- *Oui. La miniaturisation des éléments capable de changer une matière en antimatière est possible, mais va demander un budget substantiel.*
- *...que je vous ferai parvenir sous peu, n'ayez aucune crainte à ce sujet. Bien! Mais j'ai aussi besoin que les éléments soient construits en matériaux carboniques avec le moins de métal incorporé possible.*
- *Pourquoi Madame?*
- *Parce que je veux construire une bombe à antimatière qui pourrait être dissimulée sur ...ou dans...un corps humain!*
- *Mais elle sera quand même détectable!*
- *Pas si on introduit les éléments en petites pièces dans chaque organe!*
- *Ouf! Cela prendra des mois...et une certaine souffrance chez le sujet!*
- *Raison de plus pour commencer tout de suite!*
- *Bien! J'ai étudié les données que vous m'avez fait parvenir et peux d'ores et déjà vous assurer que nous serons en mesure de faire ce genre de bombe d'ici quelque mois. Vos vues sur le sujet, quoique non conventionnelles, ont été plus que judicieuses et se sont avérées tout à fait exactes, ce qui justement me permet d'être optimiste dans la réalisation de cette bombe...pour qui au juste?*
- *Pour moi et nos amis les Démons!*
- *Pour vous Madame? Mais...*
- *Rassurez-vous, c'est seulement au cas où...*
- *Et vous avez un nom pour ce projet?*
- *Projet Kamikaze.*

- Je suis très heureux de voir que vous êtes toujours vivant! Je craignais …!
- Que je me sois suicidé il y a 20 ans? Le « vieil homme sur la montagne » est toujours là, heureusement pour le peuple aryen! Non, je suis seulement plus discret…le baron était un peu trop voyant!!!
- C'est vrai! De la Roche a agi stupidement en enlevant la fille de Simon. Il n'en demeure pas moins qu'il avait raison. Maintenant même plus encore qu'alors!
- C'est exact! Quand on voit la progression en nombre des peuples bâtards dans l'Empire, on ne peut que comprendre son action! Le pire c'est que c'est notre propre Empereur, pourtant pur Aryen, qui permet cela. Et sa fille n'est pas meilleure!
- En ce qui la concerne, ne vous en faites pas trop, je suis en train de détruire sa crédibilité pour de bon.
- Oui, j'ai entendu parler de cela. Bon travail!
- Et vous, que faites-vous pour le moment?
- Bien des choses en sous-main que je ne préfère pas mentionner pour le moment. Sachez que tous les deux nous travaillons pour la même cause, c'est-à-dire la purification de notre race bien aimée!
- Exactement! Et il apparaît de plus en plus que Simon est un obstacle majeur à ce noble but! D'après lui, tous les peuples auraient le même statut! Pensez-y donc, un AFFARAS ayant le même statut que vous ou moi!!! Inacceptable! Donc, il est malheureusement impossible de faire autrement, nous devons l'éliminer!
- Et les Démons?
- Oh ils existent, ça, je le sais! Je suis d'ailleurs bien placé pour le savoir, étant à la tête de l'institut Thulé. Mais actuellement, ils ne représentent pas vraiment un gros problème. Il est évident qu'ils ont peur de nous et pour le moment, nous avons la flotte et même de nouveaux croiseurs. Non! Le danger vient de la bâtardisation de notre race qui nous affaiblit. Il est clair que la capacité intellectuelle des AFFARAS ou des Attironteks ne peut en rien se comparer à la nôtre. La preuve en est leur mode de vie. Quant aux Uigurs, ils font beaucoup de bruit, mais en fait, quand vous regardez sous la couverture, vous verrez qu'il n'y a rien là. Non, si nous n'arrêtons pas cette bâtardisation, il est sûr

que les Démons auront tôt ou tard le dessus sur nous. Malheureusement tel est le fardeau de l'homme aryen. Il doit protéger l'humanité de ses propres dérives!
- C'est vrai! Donc, nous devons d'une façon ou d'une autre, éliminer l'Empereur.
- Si j'ai bien compris, vous avez des moyens que je n'ai pas!
- Oui. Examinons la situation. Juste lancer un missile sur le palais ne fonctionnera pas.
- Parce que celui-ci est trop bien protégé. Je ne suis pas militaire, mais j'imagine que des batteries antimissiles sont pointées en tout temps et prêtes à fonctionner.
- Oui, mais plus que cela, de nombreux systèmes balayent en permanence le palais, la ville et même l'espace pour ce genre d'engin et même pour tout ce qui pourrait servir à en faire. En d'autres termes, notre missile serait détecté même avant qu'il n'arrive sur Oulan Bator ou même durant sa fabrication!
- Mais alors, que faire?
- Introduire les éléments pour faire les outils nécessaires pour produire une bombe avec les produits de base!
- Oh? Même pas les parties d'une bombe, seulement les parties pour faire les outils pour faire la bombe?
- Oui et je pourrai vous donner la liste et même chacun des éléments pour cela.
- Et mon travail sera…
- De trouver une raison logique pour chacun de ses éléments de se trouver dans les fournitures gagnant le palais…et bien sûr un coin où les assembler!
- Je crois que je peux faire cela!
- Dans ce cas, les jours de ce cher Empereur sont comptés! Une dernière chose… un mot de passe, envoyé par radio, devra être utilisé pour déclencher le rassemblement de la bombe par les machines-outils qui devront la faire en moins d'une minute.
- Et ce mot de passe sera?
- Dybbuk, prononcé aux moins deux fois!
- Parfait! Ce sera fait comme vous pensez. Donnez-moi la liste et les éléments.
- Tous seront prêts très bientôt…quelques jours au plus. Je vous recontacte sur la même ligne cryptée. À bientôt!
- À bientôt, conclut Noroc Tajick

Ra Tamura coupa la communication puis laissa libre cours à un immense fou rire.

Chapitre 19: Règlement de comptes

Loïc sentit distinctement le froid de la crosse du 357 Magnum sur sa main quand un hurlement terrible qui semblait provenir du plus profond de son être le désarçonna soudain.

- *NON, cria une voix de femme, NE FAIS PAS ÇA! TU N'ES PAS UN ASSASSIN! LAISSE LA POLICE SE CHARGER DE LUI!*

Cette voix qu'il ne connaissait pas …tout en la reconnaissant, le troubla profondément. Cette voix…qui semblait venir de son passé…comme si sa mère biologique lui parlait… du fond de son propre cerveau!

- *NON, reprenait-elle, RÊVER DE TUER ET LE FAIRE SONT DEUX CHOSES DIFFÉRENTES. CROIS-MOI, supplia-t-elle, JE LE SAIS, MOI QUI AI TUÉ CEUX QUI AVAIENT ASSASSINÉ MA MÈRE. NE FAIS PAS ÇA!*

Loïc se rendit compte qu'évidemment sa mère n'était pas là, mais que ses capacités de télématique avaient dû, quand il était en son sein, enregistrer ses pensées… et terreurs les plus profondes.

Pensées qui ressurgissaient maintenant!

Mais cela l'avait mis dans état second…dont il ne sortit que quand un sentiment de danger imminent le submergea.

Le tatoué avait parfaitement compris que Loïc venait de le démasquer, alors en plein jour et en pleine rue de Vancouver, il venait de sortir un 38 et le visait maintenant directement.

La lueur dans son regard en disait long sur ses intentions!

Loïc se sentit paralyser un court instant!

Mais un court instant seulement, car l'instant d'après, il se jeta sur le côté tout en sortant son arme.

L'assassin ouvrit le feu au moment où il bougeait, le manquant de peu…de très peu même!

Ce qui ne fut pas le cas de Loïc, qui lui, ne le rata pas, même s'il ne réalisait pas vraiment ce qui se passait!

Il avait pressé la détente de l'antique colt Python 357 Magnum de son père biologique, une arme qui l'avait sauvé de la mort à de nombreuses reprises et qui venait de le sauver, lui son fils, aussi!

Le dealer reçut la balle en plein front et c'est la figure stupéfaite qu'il s'effondra devant un Loïc tremblant qui se demandait comment diable il avait su quoi faire!

Gabriel était certes le Basileus du Prieuré de Cipola, mais il était surtout un navigateur hors pair. Pour lui, les manœuvres délicates des drakkars n'avaient pas de secret et il n'avait pas son pareil pour trouver les courants ascendants capables de monter leurs navires volants à des hauteurs vertigineuses...là où les dragons ne pouvaient pas les suivre!

Certes à cette hauteur, ils devaient porter un masque relié à une bouteille remplie d'air, ce qu'ils ne pouvaient pas faire longtemps, les capacités des bouteilles étant limitées, mais cela leur donnait un avantage extraordinaire, car il permettait aux voltigeurs de tomber à grande vitesse sur les dragons et leurs gargouilles!

Il suffisait d'arriver vite, d'éviter les gargouilles, de s'accrocher au dos d'un dragon, de lui ouvrir l'échine grâce au coutelas en verre trempé et...de mettre le feu au gaz d'hydrogène qui s'échappait alors du monstre!

Bien sûr, l'entaille devait être très large et maintenue ouverte par des pinces d'écartement, sinon les muscles du dragon la refermaient! Elle devait être profonde aussi pour éviter de ne vider qu'une seule poche!

Évidement pour ce faire, il fallait rester bien accroché au dos du monstre quand celui-ci roulait sur lui-même, tout en évitant les attaques des gargouilles et bien sûr, dès que la répugnante créature prenait feu et si vous étiez toujours vivant, se détacher du dragon assez vite, sous peine d'y passer aussi!

Après, il ne vous restait qu'à prier Saint-Michel que pendant que vous descendez tranquillement en parachute vers le sol, aucun dragon n'ait la mauvaise idée d'y mettre le feu!

Simple non?

Mais il n'y avait pas d'autres solutions!

Les arcs et les arbalètes étaient bons pour les gargouilles et certes ils avaient des balistes, mais les coups au but étaient quand même difficiles, les monstres étant extrêmement souples. Eux ils vivaient dans l'air naturellement, alors que les hommes avaient à utiliser des moyens extraordinaires pour les y suivre!

Seuls les voltigeurs, en déployant leurs ailes de toile et aidés par la vitesse acquise grâce à leur hauteur, arrivaient à se comporter comme eux!

Certains étaient meilleurs que d'autres et certains comme Léonardo étaient exceptionnels!

Mais Gabriel n'allait pas avoir la possibilité de penser à cela très longtemps, car déjà à l'horizon, il pouvait voir les flottes des autres Prieurés s'assembler…et plus loin encore, les Roches Hautes… survolées par une grande quantité de monstres entourés d'une myriade de gargouilles!

Gabriel eut un relent de tristesse en pensant aux horribles gargouilles.

« Dire qu'ils étaient, il n'y a pas si longtemps, nos fils et nos filles! À 18 ans…comme bientôt Léonardo, cette horrible mutation les avaient changé d'enfants aimant leurs parents en monstres mangeurs de chairs humaines. Des monstres redoutables, munis d'une paire d'ailes leur permettant de voler eux aussi comme leurs répugnants maîtres. Eux qui furent pourtant de souche humaine et qui maintenant servaient les créatures de l'enfer. »

Oui, Gabriel en avait peur, car plusieurs jeunes avaient disparu dernièrement du prieuré juste avant leurs 18 ans et cela indiquait que le petit translocateur était bien actif et changeait leurs enfants. Mais le pire serait de se trouver en face d'une de ces gargouilles et qu'il reconnaisse un enfant du Prieuré!

Il devrait le tuer!!!

« Mon Dieu que ce monde est dur, pensa-t-il avec une larme aux yeux. Et si …Léonardo…il avait vu le regard de panique de sa femme quand elle l'avait regardé partir…un regard qui semblait voir autre chose que la bataille à venir!»

Brusquement, la bataille commença, ce qui avait au moins l'avantage de chasser ses idées noires.

Une nuée de gargouilles plongea vers eux, à grande vitesse.

- À vos arcs compagnons, hurla Gabriel et empêchez les dragons de lire en vous!

Gabriel bloqua les commandes du navire et s'empara de son arbalète. Les gargouilles étaient vraiment téméraires cette fois, ce qui l'étonna.

Il attendit puis décrocha son carreau juste à temps, car une gargouille le visait de son arc et le rata de peu.

Pas lui!

Son trait d'arbalète se planta dans la poitrine de la gargouille qui émit un son aigu avant de tomber en vrille vers le sol.

Malgré tout, un grand nombre de ces malfaisants volatils avaient maintenant pris pied sur le Drakkar et Gabriel se lança vers eux, bouclier en avant et la massue très haute levée.

« Heureusement, pensa-t-il brièvement en écrasant une gargouille, leur mutation leur a donné des os et une force d'oiseau ».

Cette première attaque fut repoussée rapidement et coûta cher à l'ennemi, beaucoup de gargouilles ayant été tuées par les flèches de ses compagnons.

Gabriel profita du répit pour sortir sa longue vue, certes à la recherche des dragons, mais aussi des fameux courants ascendants dont il avait besoin pour atteindre cette altitude que les dragons ne pourraient pas atteindre…sous peine de manquer d'oxygène!

C'était son rôle de guider la flotte des Prieurés, étant le meilleur navigateur, bien sûr, mais surtout le plus expérimenté, des Basileus d'Eldorado.

C'est pour cela que tous lui avaient demandé de commander la croisade!

Voilà, il s'approchait des Roches Hautes et il y avait des nuées de dragons justes devant.

Pas le choix!

La flotte allait devoir passer au travers des monstres pour atteindre les courants ascendants!

Leur chef était malin! Il savait que les drakkars rechercheraient lesdits courants, alors c'était là qu'ils les attendaient.

Cela signifiait aussi que leur chef était un vieux de la vieille avec beaucoup d'expérience… Et probablement un œil borgne…Arak!

Gabriel se retourna vers son officier de communication qui tenait déjà ses drapeaux de sémaphore, prêt à transmettre les messages du chef.

- Dis-leur de se regrouper autour de mon vaisseau, en tortue, car nous avons à passer au travers des dragons pour gagner le site d'élévation. Rappelle-leur de n'utiliser les balises qu'à coup sûr, car elles sont longues à recharger. La vraie bataille viendra plus tard, pour le moment il faut seulement passer au travers de cette nuée infecte!

L'homme s'activa et grâce à son rapide jeu de drapeaux, le message fut reçu par la flotte qui, tel que leur général en chef le voulait, se resserra autour de lui.

Le choc avec l'ennemi était imminent et déjà des nuées de gargouilles voltigeaient autour des drakkars.

Soudain un jeune dragon plus téméraire que les autres se précipita, par le haut, vers le drakkar du centre de la tortue, celui qu'il supposait, avec raison, être celui du chef des humains.

C'était un dragon très jeune, très courageux… Et très imprudent!

Il s'approcha de très près du navire amiral, certain de sa force et comme tous les jeunes, de son invulnérabilité.

Il voulait faire ses preuves!

Gabriel avait pris les commandes de la baliste arrière et attendit le moment où le dragon ouvrait la gueule pour cracher son feu dévastateur.

C'est à ce moment que Gabriel libéra le mécanisme de la balise qui, tel un gigantesque arc, projeta un long dard vers la repoussante créature.

Celui-ci traversa le dragon de part en part, ce qui provoqua chez lui, une vive douleur et lui fit fermer la gueule juste avant de cracher son feu destructeur.

La blessure causée était loin d'être vraiment grave pour lui, mais elle lui fit faire un bon vers le ciel, ce qui était exactement ce que souhaitait par Gabriel…car le dard était relié à une poulie, une poulie sur laquelle glissait une corde assez longue.

D'un côté de celle-ci, il y avait une sorte de petit parachute dont le but était simplement de créer une résistance dans l'air, avec pour conséquence de faire rouler la corde sur la poulie dans le sens inverse…et faisait monter vers l'animal, de l'autre côté, la véritable arme, un cône très pointu, contenant des charbons ardents!

Le dragon était très vigoureux et son battement d'ailes instinctif, quand il fut touché par le dard de la baliste, l'avait fait bondir vers le haut de plusieurs dizaines de mètres.

Il montait toujours quand le cône lui rentra violemment dans le ventre en ouvrant une grande blessure libératrice de gaz hydrogène. Une vive lueur bleue prit rapidement naissance dans son ventre et partit à l'assaut du reste de son corps en en temps record.

Le monstre émit un horrible borborygme couvert par les clameurs de joie des hommes de la flotte.

Il ne tomba même pas! Seules quelques cendres grises se dispersèrent dans l'air.

Tel est le destin des audacieux … quand ils sont remplis d'hydrogène!

Mais la bataille n'était pas finie!

Les dragons restèrent alors à distance respectueuse pour cracher leur flamme. C'était moins efficace, mais néanmoins causa la perte de deux navires, maintenant complètement en flamme et la mort de plusieurs hommes sur les ponts.

Beaucoup de gargouilles aussi goûtèrent aux flèches des humains.

Finalement, les navires arrivèrent au site d'élévation et furent aspirés vers le haut par le puissant courant ascendant.

Tous se précipitèrent vers les bouteilles d'air.

Maintenant la vraie bataille allait commencer!

Gabriel avait lâché la baliste et inspectait les mouvements des dragons sous la flotte, avec sa longue vue, tout en donnant des ordres retransmis par sémaphore à toute la flotte.

Il voyait les dragons se disperser rapidement en contrebas, sachant ce qui allait suivre, alors il n'hésita plus et lança l'ordre d'attaque.

- VOLTIGEURS À VOUS MAINTENANT!

Ils étaient prêts!

Tous avaient endossé les deux ailes de toile tendue par des pièces de bois très souple et très dur à la fois.

Ils ressemblaient à des oiseaux, ou plutôt, à de gigantesques ptérodactyles, leurs ailes n'ayant évidemment aucune plume.

Ils avaient l'avantage de la hauteur, mais pas celui de recommencer leurs attaques.

C'était maintenant ou jamais!

Tous sautèrent des drakkars à un intervalle de temps très court.

Tous, y compris Léonardo, que son père vit se lancer avec appréhension.

Gabriel se précipita à la balustrade du drakkar pour voir l'action plus bas.

Il ne restait plus maintenant à bord que trois personnes.

Tels des vautours, les voltigeurs descendaient vers les dragons à une vitesse vertigineuse!

Et la bataille devint rapidement confuse.

Certains hommes avaient réussi à se poser sur le dos d'un dragon, d'autres venaient de s'en faire éjecter, d'autres encore se battaient contre des gargouilles.

Gabriel essaya de repérer Léonardo…son Léonardo

Soudain il le vit!

Sur le dos du plus gigantesque des dragons!

Arak!

Évidemment, il avait fallu que Léonardo s'attaque à Arak!

Il lui avait dit pourtant que ce dragon était trop dangereux pour lui!

Plus aucun doute, pour Gabriel, c'était le moment ou jamais!

Le temps de venger Raphaël et de sauver Léonardo!

Car ce que voyait Gabriel était alarmant!

Léonardo allait être éjecté par Arak qui, ensuite, pourrait le brûler sans problème.

Gabriel savait que le vieux monstre s'était mis bien en vue pour attirer les voltigeurs.

« Vieux salaud, pensa Gabriel avec force, j'ai un contentieux très ancien à régler avec toi! ».

Gabriel ne prit même pas le temps d'enfiler une paire d'ailes, il avait son parachute et son Katana d'or.

Il le dégaina et sauta dans le vide en hurlant.

-    ARAK, ME VOILÀ!

Sans ailes et en piqué, Gabriel atteignit rapidement les 200 km à l'heure.

Plus bas, Arak avait réussi à éjecter Léonardo avant qu'il ne puisse lui entamer le dos et ne l'incendie.

Léonardo tombait et il était évident qu'Arak allait le brûler d'un long jet de flamme!

Mais Arak était télépathe et soudain fut conscient que son vieil ennemi, celui qui lui avait crevé un œil, arrivait sur lui à une vitesse hallucinante.

Tout à coup, sa proie facile n'avait plus d'intérêt, ce qui accessoirement, sauva la vie de celle-ci en lui permettant de déployer son parachute sans se faire grilleret lui permettre un atterrissage autrement plus en douceur dans les arbres en contrebas.

Arak se retourna sur le ventre pour inviter son ennemi à venir atterrir sur lui. Il réalisa trop tard que celui-ci n'avait pas d'ailes et arrivait vers lui vraiment, vraiment, très vite!

Il cracha un long jet de flamme.

Gabriel ne tenta même pas de l'éviter. Il savait d'instinct qu'à cette vitesse, il ne craignait rien. Arak réalisa trop tard ce que Gabriel voulait faire!

Non il ne cherchait pas à atterrir sur son ventre!

Gabriel avait son sabre Katana d'or tendu et se dirigeait juste sur le côté d'Arak!

Vers son cou!

Arak n'eut pas le temps de réagir quand Gabriel, grâce à sa vitesse, passa à moins d'un mètre de lui!

Il ne le vit qu'une fraction de seconde.

Mais Gabriel avait tendu son sabre sur son côté gauche en droite ligne avec le cou de Arak.

Le choc fut effroyable et Gabriel se mit à tournoyer sur lui-même tout en descendant vers le sol à une vitesse folle.

Il ressentait une vive douleur au bras gauche et pensa qu'il était cassé.

Il avait lâché son sabre d'or, qui c'était, de toute façon brisé sous le choc.

Dans un ultime réflexe, il réussit à ouvrir son parachute, qui le freina vraiment au dernier moment, l'empêchant quand même, de faire une entrée trop rapide dans la forêt.

Il cogna un arbre, eut l'impression qu'une de ses jambes venait elle aussi de se casser, puis s'arrêta brutalement.

Son parachute venait de se prendre dans un arbre.

Gabriel n'avait pas un os qui ne lui faisait pas mal, mais il était vivant!

Juste avant de s'évanouir, il vit la tête d'un gigantesque dragon atterrir juste devant lui sur une branche de l'arbre en face.

Une tête de dragon …borgne!

Gabriel s'évanouit, la joie au cœur.

Chapitre 20: Deux femmes

Les Golems. Des êtres artificiels, mais revêtus de peau humaine. Faits avec l'ADN de leurs maîtres. Ressemblent aux humains, mais n'en sont pas.

Vus comme indispensables pour l'institut Thulé et introduits par Noroc Tajick pour augmenter l'efficacité de l'institut sans mettre en danger ses membres.

Garantis sans danger par Noroc lui-même.

Ce qui faisait que, grâce à la combinaison sensorielle, Caroline pouvait se connecter à un Golem et être dans des endroits différents sans avoir à quitter le palais.

Et participer à des réunions et surtout à la « grande chaîne » qui reliait les meilleurs médiums entre eux!

Justement, elle venait de sortir d'un exercice similaire où sur une planète proche de la frontière, ils avaient essayé de sonder l'univers pour trouver les planètes de l'ennemi!

Peine perdue, après des heures de concentration, ils avaient seulement ressenti leur présence, plus forte certes, mais rien d'autre.

Caroline s'était alors déconnectée, avait enlevé la combinaison sensorielle et sauté dans son lit, complètement épuisée.

Il faut dire que la nuit était bien avancée aussi sur Oulan Bator!

Mais elle était aussitôt entrée dans un terrifiant cauchemar où elle assassinait un beau jeune homme après avoir fait l'amour!

Le plus horrible là-dedans était qu'elle avait assisté à tout et ressenti la profonde jouissance que le jeune homme lui avait procurée ainsi que l'espèce de joie sadique qui suivit son exécution…comme si c'était elle sans être vraiment elle!

C'est tout en sueur qu'elle se réveilla! Cela lui avait semblé si réel qu'elle prit un moment pour se remettre!

Elle était en plein désarroi quand soudain, elle sentit une profonde douceur l'envahir!
Brusquement, elle se détendit et se mit même à fredonner une étrange chanson dont elle comprenait à peine le sens.

« Une chanson douce
Que me chantait ma Maman... »

Calmée, Caroline se rendormit!

Le restaurant était loin d'être un trois étoiles! En fait, c'était un de ces milliers de restaurants qui bordaient les autoroutes américaines où l'on s'arrêtait rapidement pour s'avaler un hamburger frites et coke avant de reprendre la route.
Mais il était discret.
- Puis-je m'asseoir, demanda poliment l'homme à la jeune femme assise à la table au fond et qui mangeait une petite frite, plutôt grasse par ailleurs.
- Mais je vous en prie, lui répondit-elle.
Il s'exécuta et appela la serveuse pour commander lui aussi un plat rapide.
Puis parla de choses et d'autres jusqu'au moment où son repas lui fut servi.
- Désolé, lui dit-il, mais j'ai une faim de loup!
La jeune femme patienta sachant à quel point il était important de passer pour des clients normaux.
Une fois l'hamburger englouti et la serveuse occupés avec un groupe d'ados qui venait d'entrer, l'homme parla.
- J'ai de très bonnes informations pour vous, mademoiselle et vous verrez que vous ne m'avez pas payé pour rien. Cependant, je dois vous avertir qu'après ce rendez-vous, je ne serai plus en mesure de travailler pour vous.
- Mais pourquoi? Je vous paie bien, non?
- Ce n'est pas une question d'argent...mais le sujet qui vous préoccupe est de plus en plus dangereux et ...certains de mes contacts m'ont clairement fait comprendre que je devais me tenir loin de ce cas plutôt ...sulfureux !

- Mais enfin de quoi…
- J'y arrive! J'ai donc remonté cette piste que vous m'aviez donnée concernant un certain Pierre Sheine et…
- Un mercenaire qui a travaillé pour mon père.
- Un mercenaire? Pas dans le sens tueur…en fait un pilote qui travaillait pour les opérations clandestines de la CIA.
  - Quel rapport avec mon père?
  - Il semblerait que votre père l'avait recruté, alors qu'il était déjà retiré des affaires, pour tester sa nouvelle invention.
  - Et ce Pierre Sheine l'aurait trahi?
  - Non, non…laissez-moi terminer. Il semblerait que votre père travaillait secrètement sur un projet d'avion…
  - Un avion militaire ultra secret? Avec la CIA?
  - Mademoiselle si vous m'interrompez tout le temps, je ne pourrai pas vous expliquer ce que je sais, lui dit soudainement courroucé, l'homme!
  - Désolée…continuez.
  - Bon! Donc, ledit Pierre Sheine devint le pilote attitré du projet d'avion CIVIL que votre père développait. Il s'agissait d'un avion / navette capable de gagner l'espace en utilisant des technologies qui n'étaient même pas connues des grandes institutions gouvernementales comme la NASA, l'Agence Spatiale européenne ou leurs équivalents russes ou chinois. Votre père était financé par un consortium de multinationales américaines, japonaises et européennes qui ambitionnaient de rendre l'espace accessible aux intérêts privés sans avoir à rendre de comptes à leur gouvernement respectif. Pour ce faire, ils créèrent l'IFO pour International Flying Object Cie, dans lequel ils investirent des sommes faramineuses.
  - Et qu'arriva-t-il?
  - Il semblerait que certains gouvernements prirent ombrage de cette prétention à se libérer de leur tutelle, d'autant plus que leurs propres engins n'étaient en rien capables de rivaliser avec l'appareil de votre père.
  - Alors?
  - Alors, quelqu'un organisa un raid sur la base de l'IFO en Guyane, pour s'emparer de l'appareil…et les choses tournèrent mal!

- Mon Dieu! Mon père fut tué?
- Non. En fait, il appert que votre père réussit à se sauver à bord d'un prototype de ce fameux appareil, nommé Archéoptéryx, avec son assistante, Madame Evanis, grâce au talent de leur pilote, Monsieur Sheine.
- Vous êtes sûr de cela?
- Oui, car nous savons de source sûre que les autorités guyanaises, alertées par les villageois de l'attaque, ne trouvèrent ni votre père, ni madame Evanis, ni monsieur Sheine parmi les cadavres découverts sur la base. De plus, leur appareil fut intercepté, près de la ville de Manaus, par la chasse brésilienne, qui les perdit rapidement en raison de l'incroyable vélocité de l'Archéoptéryx! Leur présence fut aussi signalée un peu plus tard dans l'espace aérien du Pérou puis au large d'Hawaii. Là, les avions les plus performants que les États unis n'ai jamais produits dans leurs fameux « Black Projects », les ont interceptés une nouvelle fois et c'est là que l'on perd leurs traces quand ils se sont enfuis…vers l'espace, d'où on ne les a jamais revus!
- Disparus dans l'espace?
- Il semble que oui.
- Mais vous êtes sûr de cette info?
- Pas mal. Mes contacts semblent vouloir que vous receviez cette information. Mais ce n'est pas tout.
- Pas tout? Il y a une suite?
- Indirecte! Il y a approximativement 27 ans, votre père disparaissait dans l'espace à bord de son appareil, mais quelque 7 ans plus tard, c'est-à-dire il y a une vingtaine d'années, une bataille d'astronefs eu lieu au-dessus de la terre et des deux vaisseaux protagonistes, un tomba dans le Pacifique et l'autre, très endommagé, sur terre.
- Une bataille d'astronefs? Il y a 20 ans?
- Absolument! Il y a de nombreux témoignages, même si les autorités tournèrent cela en ridicule! Moi, je tiens cela de sources fiables.
- Et vous dites qu'un des vaisseaux est descendu sur terre?
- Oui! Il fut pourchassé jusqu'au-dessus du Nevada…et là il disparut!
- Disparu? Mais comment?

- Ah, mais c'est là toute la question! Mais les autorités sont convaincues qu'il est toujours sur terre.
- Bon, quel rapport avec mon père?
- J'y arrive! Au même moment, un couple découvrit, en Californie, un enfant abandonné dans un panier…du moins, c'est ce qu'ils prétendirent!
- Prétendirent?
- Oui, parce que la police de l'endroit avait suivi plus tôt dans la soirée la chute d'une grosse météorite qui s'avéra, quand ils gagnèrent le point de chute, être une sorte de capsule spatiale partiellement carbonisée, dans laquelle ils furent capables d'identifier un jouet d'enfant!
- D'où le lien avec l'enfant adopté!
- Oui! La police fut requise de ne rien dire et quand les gens qui avaient trouvé l'enfant demandèrent à l'adopter, vu que personne ne le réclamait, on le leur autorisa.
- Bon, mais tout cela ne pourrait être que coïncidence, non?
- Non, car les autorités, durant les examens médicaux de routine sur l'enfant, prélevèrent un échantillon d'ADN pour voir s'il ne s'agissait pas d'un enfant dont la disparition aurait été signalée. La police fit son enquête et questionna les bases de données. Aucun signalement d'enfant ne correspondait à l'ADN de celui-ci. Ils autorisèrent alors l'adoption.
- Mais…?
- Vous avez raison, il y a un mais! Le profil ADN ne correspondait à aucun enfant disparu, mais le signalement passa par le FBI qui l'envoya aussi à la CIA. Et la CIA, elle, trouva une correspondance avec des gens qui avaient été à leur service.
- Quoi? Mais quelles gens?
- Madame Michelle Evanis, assistante de votre père et leur pilote, Pierre Sheine. Le petit était leur fils!
- Mon Dieu! Mais …. Mais alors, le petit devait être sur le vaisseau qui... qui…
- Qui se cache quelque part sur notre planète!
- Alors si je questionne ce petit, qui doit être maintenant grand, il saura peut-être quelque chose sur mon père?
- Ça, j'en doute! Il était bébé, ne l'oubliez pas!

- Mais…
- Mais l'important, c'est le vaisseau sur terre. C'est le lien avec votre père. Et le seul lien avec le vaisseau, c'est le bébé! C'est pour cela que les services secrets surveillent cet enfant depuis 20 ans…et il est évident que d'autres font de même.
- Qui d'autre?
- Difficile à dire, mais probablement les gens d'IFO, qui sont devenus très dangereux, car ils veulent absolument retrouver les sommes colossales investies dans le projet de votre père. Ils ont créé une sorte d'unité noire pour faire cette besogne. Mais il y aurait un troisième larron qui, lui aussi, surveillerait l'enfant …et il est probable que celui-là sait où est le vaisseau spatial!
- Mon Dieu! Cet enfant serait donc suivi par trois services secrets différents! Mais êtes-vous sûr de tout ce que vous me dites?
- Absolument!
- Mais je croyais que les services secrets étaient plus discrets…je veux bien croire que vous avez des contacts, mais là vous avez vraiment accès à des infos SECRET DÉFENSE!
- Oui. Et croyez-moi, c'est exactement pour cette raison que je ne veux plus continuer cette enquête. Mon contact m'en a dit trop! Donc les services secrets ont quelque chose en tête.
- Mais quoi? Et pourquoi me le dire à moi?
- Parce que mademoiselle, vous faites partie de l'équation!
- Mais comment?
- N'êtes-vous pas la digne fille du Professeur Vauldegarde? Audrey Vauldegarde?
- Oui.
- Donc, ils veulent que vous fassiez quelque chose qui, parce que vous êtes une Vauldegarde, pourrait déclencher quelque chose d'autre…qui les aiderait à trouver le vaisseau!
- Mais quoi?
- Je ne sais pas. Mais voici l'adresse du jeune homme, qui s'appelle Loïc McConnell, en Californie.
- Vous voulez que j'aille le voir?
- Les services secrets le veulent probablement…c'est pour cela qu'ils m'ont donné cette info…mais…

- Mais?
- Mademoiselle, ne le FAITES SURTOUT PAS!

- *Dreck, mon ami! Enfin te voilà!*
- *Content de te voir en si grande forme, Caroline. Tu es arrivée depuis longtemps de cette planète perdue?*
- *Seulement depuis deux jours ! Enfin, tu es là! On va pouvoir s'amuser un peu!*
- *S'amuser?*
- *Mais j'espère bien! Ici dans le palais, on est loin d'Oulan Bator et personne ne nous verra!*
- *Verra? Mais pourquoi?*
- *Voyons Dreck, tu le sais bien, non?*
- *Heu…je suis un peu confus, Caroline, je ne comprends pas très bien à quoi tu fais allusion.*
- *Voyons, tu crois que je ne voyais pas tes regards lourds de signification au cours de toutes ces années?*
- *Mais encore?*
- *Je sais que je suis jolie maintenant, mais même quand j'avais 14 ans, déjà ton désir était apparent. Tes yeux brillaient d'excitation quand tu me regardais.*
- *Quoi? Mais enfin Caroline de quoi tu parles? Tu as toujours été pour moi une jolie princesse… Mais une enfant!*
- *Et maintenant, suis-je toujours une enfant?*
- *Non, mais je me sens comme ton oncle, même si techniquement je ne le suis pas. Tu es la fille de mon ami Simon et je t'aime beaucoup.*
- *Alors, si tu m'aimes beaucoup, Monsieur mon Oncle, tu as la permission de me baiser!*
- *Caroline, mais qu'est- ce qu'il te prend? Jamais je ne ferai cela, tu entends? Jamais?*
- *ALORS CRÈVE SALE DÉGONFLÉ, cria Caroline en bondissant vers lui, un couteau à la main.*

Rotuch Rotangar, Premier Prince Uïgure, envoyé spécial d'Humanités Nouvelles auprès de Sa Majesté l'Empereur, était vu par tous comme un allié très important et avait, à ce titre, un accès facile au palais.

Il pouvait donc, sans difficulté, obtenir un rendez-vous avec la Princesse Caroline, ce qui était évidemment très avantageux, pour ce qu'il avait en tête!

Bien sûr, il fut surveillé à son arrivée pour détecter la présence d'armes, ce qu'il n'avait évidemment pas. En fait, vu son énorme force physique ainsi que le fait qu'il savait parfaitement qu'il ne pourrait pas s'échapper du palais, ce n'était pas vraiment un problème.

Il se dirigea donc vers les appartements de Caroline, se présenta à ses gardes et fut introduit immédiatement dans le bureau de celle-ci.

Pensez donc! Le Prince Rotangar était au-dessus de tout soupçon! Et il était tout à fait capable de se contrôler et de dissimuler sa nervosité, même pour faire cette chose qu'il n'aimait pas!

Mais il y avait des limites!

La traînée sanglante laissée par la Princesse partout où elle allait était au-delà de l'acceptable, même pour elle et encore plus maintenant qu'elle s'en était prise à un de ses pairs, un homme très respecté par les Uïgures et un noble de surcroît!

Même une Princesse ne pouvait pas faire tout ce qu'elle voulait, surtout avec les Uïgures.

Le fait qu'il allait payer de sa vie son action lui importait peu, il faisait ce qu'il avait à faire et c'était arrangé pour que sa fille Soraya soit en dehors d'Oulan Bator.

Pour lui éviter de possibles représailles de l'Empereur! Bien sûr, il en avait discuté avec ses gens et tous l'approuvaient quoiqu'ils trouvassent que ce n'était pas à lui de faire cela.

Rotuch entra donc, dans le bureau, demanda à que l'on le laisse seul avec la Princesse, étant donné le côté confidentiel de ce qu'il avait, prétendit-il, à lui dire.

Personne ne soupçonna quoi que ce soit.

Rotuch avait suivi des yeux les assistants de la Princesse jusqu'à ce qu'ils soient tous sortis, puis lentement, se tourna vers elle!

Caroline se tenait derrière son bureau.

Son regard croisa celui de Rotuch et elle sut immédiatement ce qu'il était venu faire!

La tuer!

Chapitre 22: Python 357 Magnum

Dreck fut sauvé, in extremis, pas ses vieux réflexes de soldat plus que par sa force propre, car Caroline fit montre d'une force inattendue pour une femme!

Le couteau lui taillada la figure juste une picoseconde avant qu'il ne se laisse tomber sur le côté et déjà Caroline folle de rage était sur lui le couteau haut, prêt à frapper.

Dreck sut qu'il se battait maintenant pour sa vie et propulsa ses deux poings ensemble vers la figure de son agresseur avec toute la force dont il était capable, ce qui la fit basculer sur le côté.

Dreck était un athlète accompli et en tour de main se retrouva debout...pour affronter une Caroline encore plus enragée, à la figure maintenant déformée par la rage de tuer!

Dreck ne prit pas la peine de lui parler, il avait déjà vu des figures que la haine déformait à ce point-là et savait pertinemment que tout dialogue était exclu à ce moment.

Il laissa Caroline se précipiter vers lui le couteau au poing et tout en le déviant, utilisa l'élan de son adversaire pour la faire chuter une fois de plus sur le côté.

Une nouvelle fois, il fut surpris par la force incroyable que celle-ci démontrait, bien supérieure à celle des Uïgures, qui étaient pourtant les humains les plus forts qu'il connaisse.

« Où tu trouves rapidement une arme ou tu crèves » se dit Dreck!

Mais Caroline était de nouveau sur lui et une fois de plus, il ne dut sa survie qu'à sa connaissance des arts martiaux. Il assena même un coup du tranchant de la main sur la nuque de celle-ci, avec une force qui aurait dû la faire hurler de douleur. Ce coup, connu sous le nom de coup du lapin, aurait dû l'arrêter à tout le moins, mais ne lui fit pratiquement aucun mal!

En une fraction de seconde, Dreck sut qu'il n'avait pas le choix et se précipita vers son porte-document qu'il réussit à attraper juste avant que Caroline ne l'envoie, lui et son sac, au sol.

Mais il avait réussi à s'emparer de son inséparable Python 357 Magnum! Caro n'attendit pas, évidemment, qu'il décide de s'en servir et sauta à ce moment sur lui.

Ce fut une fraction d'éternité trop tard pour elle!

Dreck avait tiré !

Caroline l'avait furtivement senti, même avant qu'il n'entre dans son bureau. Rotuch était rempli de colère envers elle… Mais elle avait refusé d'écouter ce que son sixième sens lui disait pourtant. Rotuch venait pour la tuer!

C'était tellement impensable que son esprit avait rejeté cela complètement…enfin presque.

Elle avait quand même ouvert le tiroir du bureau où était son porte-bonheur…son Python 357 Magnum offert par son ami disparu, Pierre Sheine, pour ses 15 ans!

Rotuch la foudroya du regard avec une expression de colère intense et une lueur meurtrière dans les yeux.

À peine avait-il tourné son regard vers elle qu'elle avait su, sans l'ombre d'un doute, qu'il était venu pour l'assassiner.

Déjà, il se ramassait pour bondir vers elle…mais il fut juste un quart de seconde trop lent!

Caroline avait ouvert le feu vers…vers sa jambe, car elle n'avait pu se résoudre à viser la tête contrairement à ce que lui avait enseigné Pierre.

- Ne te sers pas de cette arme, lui avait-il dit, car tuer est la dernière des choses à faire, mais si les circonstances font que tu dois protéger ta vie, alors tire pour tuer, vise la tête!

Mais elle n'en avait pas été capable!

Alors touché à la jambe, Rotuch tomba à terre!

Mais sa force étant prodigieuse, il se releva aussitôt... et marcha l'air encore plus menaçant vers Caroline.

Elle recula et le visa clairement à la tête cette fois et il le vit.

- VAS-Y, lui dit-il, TUE UN AUTRE UÏGURE, TUE-MOI ET EXPLIQUE LA TRAÎNÉE DE SANG QUE TU LAISSES PARTOUT SUR TON PASSAGE! hurla-t-il.

- QUEL UÏGURE SUIS-JE CENSÉ AVOIR TUÉ, ROTUCH?, lui répondit-elle.

- GUY... GUY DE CHAMBERNAGORE, PARCE QU'IL AVAIT REFUSÉ TES IMMONDES PROPOSITIONS SEXUELLES!

- QUOI? Mon dieu, NONNNNNNN, PAS MON AMI GUY! hurla soudain Caroline.

Puis elle laissa tomber son arme et se précipita sur Rotuch.

- JE T'INTERDIS DE DIRE QUE J'AI TUÉ GUY. C'ÉTAIT MON AMI...MON AMI! TU COMPRENDS ROTUCH? criait-elle en le frappant le plus fort qu'elle le pouvait. IL ME PARLAIT, ME PARLAIT DES GENS ...DES CHOSES DE LA VIE ...C'EST À LUI QUE JE DEMANDAIS SI L'HOMME ÉTAIT BON OU MAUVAIS. IL M'A ENSEIGNÉ TANT DE CHOSES...QU'IL N'ÉTAIT PAS CENSÉ M'ENSEIGNER!

IL N'ÉTAIT PAS SEULEMENT MON GARDE DU CORPS, MAIS MON AMI.!

COMMENT PEUX-TU SEULEMENT PENSER QUE J'AIE PU FAIRE UNE TELLE ABOMINATION? acheva-t-elle, maintenant complètement en larmes.

Rotuch sut à ce moment qu'il ne pourrait plus la tuer, même si elle était proche de lui ...et maintenant sans arme...!

Le doute était tout à coup entré en lui et il ne comprenait plus rien. C'est à ce moment que la porte du bureau s'ouvrit violemment et que Dreck, une énorme balafre au visage, entra en hurla :

- ROTUCH ÉLOIGNEZ-VOUS DE LA PRINCESSE!

- Ça va, Dreck, ça va! répondit un Rotuch soudain calme, il n'y a plus de danger pour elle, mais je vais avoir besoin d'explications...satisfaisantes, SINON, Caroline, un autre Uïgure prendra ma place!

- Moi j'en ai, des explications! répondit un Dreck soulagé. Mais il faut d'abord arrêter se saignement à votre jambe Prince, sinon les explications ne vous seront d'aucune utilité!

- Cela attendra...et la blessure n'est pas si grave. PARLEZ MAINTENANT!
- Fort bien, répondit Dreck. C'est une histoire de Golem!
- Oh mon Dieu, s'écria tout à coup Caroline, les Golems de l'institut!
- Mais de quel Golem parlez-vous, Bon Dieu? répliqua Rotuch.
- Ceux qui sont à la disposition de Caroline sur certaines planètes et auxquels elle se raccorde électroniquement pour les réunions de l'institut Thulé.
- L'institut Thulé? Mais c'est une légende!
- Oh que non, lui répondit-elle, l'institut nous aide à traquer, par l'esprit, les démons, pour surtout savoir où ils sont. Hélas, même si nous les sentons, nous n'avons pas encore été capables de trouver leurs planètes. Par contre, eux savent que nous les traquons! C'est pour cela que l'institut, qui était déjà très discret, l'est encore plus. Plutôt que de nous réunir pour nos recherches en un lieu spécifique, nous avons des Golems, sortes d'avatars faits de chair et de métal, en plusieurs lieux de l'Empire. Chaque Golem contient des cellules de son alter ego, en particulier des cellules cérébrales qui lui permettent d'être en symbiose avec son ...OH, MON DIEU, cria soudain Caroline.
- Oui, Caroline, tu as raison, lui dit Dreck en lui tendant un papier, regarde ce document, qui date de plus de 20 ans, que je viens de retrouver dans nos bases de données. C'est le seul document qui reste, car tout le reste a été effacé...probablement par l'auteur!

Rotuch s'approcha lui aussi et tous deux lire le vieux document qui disait:

« *Les Golems sont des êtres artificiels qui ressemblent aux humains, mais n'en sont pas. Ce sont des créatures avec un squelette en fibre de carbone extrêmement robuste relié à des muscles artificiels. Une pile de longue durée leur assure une autonomie de plusieurs années sans problème. Leur corps est recouvert de peaux humaines et leur cerveau est un chef d'œuvre de bio engineering car hybride de puces électroniques et cellules nerveuses humaines. Ces êtres sont donc obligés d'avoir un minimum de système circulatoire et digestif, pour nourrir les cellules humaines. C'est pour quoi, ils doivent ingérer des aliments de temps en temps. Cela en fait des êtres où la frontière entre le biologique et le mécanique n'est pas claire. Dans le passé, il a été observé que parfois des cellules nerveuses du cerveau quittaient le crâne pour s'étendre dans le corps dans les espaces vides de l'abdomen. Un lien inquiétant se développait alors avec le donneur et celui-ci pouvait sentir le Golem qui utilisait ses cellules. Des cas de folie en résultaient parfois et le plus terrifiant était que les Golems pouvaient agir comme des humains, mais sans aucune entrave morale.*
Les Golems agissent comme poussés par les instincts les plus bas de l'humanité.
Par exemple, un Golem mâle, c'est-à-dire un Golem qui avait reçu une greffe d'organe mâle, alla jusqu'à violer la laborantine qui l'avait créé, le jour même de son réveil! Cependant, des précautions peuvent être prises et le contrôle de ces instincts peut être réfréné d'une façon très efficace pas des ordres implantés dans leur cerveau. Cela fait, ils présentent l'avantage d'être en constant contact avec leur pourvoyeur de cellules biologiques, grâce surtout à une combinaison électronique amplificatrice, ce qui en fait des instruments d'intervention fantastiques pour l'armée, les services secrets et même les services d'urgence, car le Golem permet à un être humain d'être et de voir au travers de ses yeux et d'intervenir dans des situations dangereuses sans être lui-même en danger.
Je regrette profondément l'ordre des services d'éthique de Sa Majesté qui ont ordonné l'arrêt des recherches civiles sur les Golems et la destruction des seuls exemplaires produits à ce jour. Seule La Garde conserverait le droit de faire de la recherche et de les utiliser! »

Noroc Tajick
Résumé de la Thèse de Doctorat portant sur la fabrication et l'utilisation des Golems
Université de Jobourg,
Système Solaire Capetown »

- Incroyable, dirent à l'unisson Caroline et Rotuch, après avoir lu le document. Comment se fait-il que nous l'ayons laissé faire sans le questionner davantage?
- Parce que Noroc venait avec l'aura de l'institut…et qu'aucune trace de sa thèse n'existe plus nulle part!
- Mes cauchemars! Je…je …faisais …l'amour avec de beaux jeunes hommes…et les tuais après…c'était juste des cauchemars hein…DITES-MOI…, c'était juste des cauchemars? termina Caroline avec un regard affolé.
- Non, reprit Dreck avec le plus de douceur possible…c'étaient tes Golems! Un a failli même me tuer!

Caroline se cacha le visage dans les mains et hurla de douleur. Puis brusquement, aussi soudainement que la crise était venue, elle reprit son contrôle, témoignant par-là de sa force de caractère hors du commun.

- Il a fait cela sciemment pour nuire à mon père en détruisant la réputation de la famille impériale, dit-elle, le visage exprimant maintenant une résolution de fer, il va en subir les conséquences!

Le ton de Caroline donna froid dans le dos à Dreck…mais eut l'effet inverse sur Rotuch qui tout à coup sourit à Caroline avec un air d'une férocité incroyable!

Noroc allait regretter de s'être attaqué à la famille impériale, cela Dreck en était sûr.

Chapitre 23: Véhicule volant

Fiche technique des Véhicules de NéMéSiS Enterprise

Model « Spirit of St-Louis »:

Description générale :

Le véhicule est très semblable à une conduite intérieure classique avec un capot avant, un habitacle muni de quatre portes et un coffre arrière. Fait entièrement en fibre de carbone plus résistante que l'acier, le véhicule peut transporter 4 à 5 adultes avec un maximum de 200 kg de bagages.

Propulsion :

Quatre hélices carénées rétractables, sur un double axe en croix permettant une orientation des hélices de 360 degrés, montées sur les flans avant et arrière droit et gauche de la voiture.
Pales à orientation variable permettant d'augmenter ou de diminuer le mordant de celles-ci sur l'air environnant.
Petit moteur électrique dans les roues rétractables pour assurer la propulsion au sol.

Énergie :

Électrique via stockage dans des condensateurs à très haute capacité. Autonomie en vol de 10 heures en condition normale, soit environ 3000 km.

Vol :

« Fly by Wired », manœuvre de l'appareil par commande indirecte, c'est-à-dire par navigation via un ordinateur.
Le pilote manœuvre le stick et les différentes manettes de bord en vue d'indiquer une intention à l'appareil. Celui-ci reçoit l'ordre et vérifie si cet ordre met le véhicule et ses passagers en danger avant de l'exécuter.
Pour ce faire, il contrôlera :
La stabilité de l'appareil, sa vitesse et son altitude;

La présence d'autres véhicules dans les parages et la possibilité de collision avec le présent appareil grâce à l'écoute passive des informations en provenance des autres véhicules volants, les informations des radars de bord et les conditions météo reçues du sol, les informations de vols envoyées par les stations fixes au sol ainsi que les règlements sur les voies aériennes disponibles pour la vitesse et la direction du véhicule.

Le véhicule émet sur les ondes ses intentions en vue d'en avertir les autres véhicules.

Les systèmes GPS qui visualisent en trois dimensions sa position exacte dans les airs par rapport aux cartes de référence.

Les systèmes embarqués vérifient aussi en tout temps, la disponibilité en énergie pour éviter le risque d'une panne sèche en plein vol!

Informatique :

Disponibilité en tout temps de trois ordinateurs analysant toutes les données simultanément pour utiliser les deux meilleures réponses informatiques.

Sécurité :

Trois parachutes à déploiement automatique en cas de chute rapide;
Trois sacs gonflables sous le véhicule pour ouverture rapide en cas de chute à très faible attitude ne permettant pas l'ouverture des parachutes (moins de 25 mètres).

- Bonjour, Colonel et bienvenue à notre émission, commença la célèbre journaliste de CBC Vancouver.
- Je vous en prie, on ne me donne plus du colonel depuis longtemps!
- Comme vous voudrez monsieur McCain, mais il n'en demeure pas moins que vous êtes un héros de la guerre du Vietnam. Et vous avez l'air étonnamment jeune pour un héros du Vietnam!
- Malheureusement, j'en ai seulement l'air, mes artères elles, savent quel est mon âge réel!
- Fort bien. Mais passons à autre chose. Je suis ravie de vous recevoir, mais en fait, je ne vous cacherai pas que j'attendais …
- Mon patron, le président de NéMéSiS Enterprise?
- Oui!
- Je suis désolé, mais le président Howard Hughes ne se montre jamais en public.

- Mais pourquoi?
- Vous savez, Monsieur Hughes est un homme qui s'est attiré les foudres de beaucoup de monde par son grand talent dans les mondes financier et aérospatial. Beaucoup lui en veulent d'avoir été le premier dans bien des domaines. Et n'oubliez pas sa dénonciation publique de plusieurs scandales financiers qui ont envoyé beaucoup de scélérats de la finance en prison!
- Vraiment? Beaucoup disent plutôt que ce personnage n'existe pas ou alors, qu'il est atteint d'une forme aigüe d'agoraphobie …nécessitant des soins de santé mentale!
- Là, vous êtes mal informée, car suite à ce genre d'allégations faites par d'autres journalistes, le président a dû se présenter devant une cour de justice fédérale pour prouver son identité, ce qu'il fit en demandant toutefois que la séance ne soit pas publique. La justice américaine s'est montrée totalement satisfaite et considère maintenant que monsieur Hughes a droit à sa vie privée.
- Fort bien! Au moins, vous êtes là. Parlez-nous de votre compagnie…qui, elle aussi, est des plus étonnante. En particulier vos engins volants. Énormément de gens sont effrayés par vos concepts de pilotage et voient d'un mauvais œil le fait que vous fassiez plus confiance aux ordinateurs qu'aux hommes!
- Vous croyez? Nous faisons des engins volants destinés à remplacer les automobiles. Imaginez des milliers d'engins volants se promenant au-dessus de vos têtes. Pensez seulement à une collision aérienne entre deux de ces véhicules!
- Aucune chance pour les passagers de ces véhicules de survivre.
- Plus les morts possibles au sol!
- Mais quand même, des robots…
- Qui ont été programmés avec les connaissances de centaines de pilotes chevronnés. En fait, ce n'est pas un robot, comme vous dites, mais des pilotes bien humains qui, par ordinateurs interposés, pilotent votre véhicule.
- Je me sens quand même mal à l'aise!
- Bon, alors une question pour vous! Qui est le plus grand tueur en série de l'histoire récente de l'humanité?
- Il y a eu quelques tueurs célèbres ici à Vancouver…

- Oui, mais le mien est vraiment terrible et il a tué et tue encore des milliers de gens tous les jours?
- Qui est-ce?
- L'automobile, madame! Alors, ne me dites pas que les robots vous font peur!

Chapitre 24: Petite méthode pour se débarrasser de la vermine

Courir! Cet impératif vint à l'esprit de Loïc même avant que le corps du dealer n'ait atteint le trottoir!

Alors, il prit ses jambes à son cou et se mit à courir comme s'il avait le diable aux trousses!

Et il l'avait effectivement!

Hasting n'est vraiment une rue sûre pour personne et encore moins quand on descend un dealer des « bikers »!

Rapidement, Loïc s'aperçut qu'il était suivi.

Du genre pas sympathique avec le même faciès patibulaire que le tueur de sa mère.

Cela n'empêcha pas Loïc de ressentir la joie sauvage d'avoir vengé sa mère même s'il était maintenant en danger...mais pas sans ressources!

Il avait l'impression que quelqu'un d'autre, qui était là, dans sa tête, depuis longtemps, venait maintenant à son secours!

Son père naturel...ou du moins certain de ses souvenirs captés alors qu'il était encore dans le ventre de sa mère.

Des souvenirs ou plutôt des réflexes, des attitudes... des certitudes...comment viser avec le 357 Magnum et faire mouche...et surtout l'instinct de survie qui le guidait dans cette situation périlleuse dans laquelle il se trouvait.

Il tourna sur Grandville Street vers les quais, avec un nombre important de malfrats derrière lui.

Puis sur West Cordova près maintenant des quais du Waterbus ferry service.

Il y avait maintenant beaucoup de monde dans la rue et Loïc craignit qu'un échange de coup de feu n'atteigne des victimes innocentes.

Il bifurqua dans Gastown puis prit une petite rue appelée Home Street et finalement, hors d'haleine, il s'arrêta dans une impasse derrière un bâtiment.

Il avait réussi à recharger son arme et quand les durs à cuire arrivèrent, il les attendait en embuscade!

Il en descendit trois, mais n'eut plus de munitions pour le dernier.

Loïc crut sa dernière heure arrivée, surtout quand l'énorme paquet de graisse et de muscles dissimulés derrière des tatouages de filles dénudées se rendit compte qu'il n'avait plus de munitions.

- Viens te battre avec moi si tu es un homme, lui cria Loïc, certain de se faire tuer dans la minute!

Mais non! Son poursuivant avait vraiment l'intelligence qui allait avec son faciès et ne put résister à la provocation!

Il rangea son revolver et sortit un énorme couteau de chasse.

- Je vais te dépecer enfant de pute, cria-t-il à Loïc!

Loïc sentit une fois de plus que quelqu'un prenait le commandement de son corps.

L'armoire à glace se précipita vers lui en hurlant des insanités alors que Loïc, lui, se penchait en avant pour saisir le couteau de son père accroché à son mollet droit.

Tout se passa en une fraction de seconde!

Le tueur était sur lui quand Loïc, plus tôt que de se redresser pour faire face à l'assaut de la brute, se jeta vers la gauche tout en propulsant son bras droit, maintenant armé du couteau, vers l'assaillant.

Le couteau rentra dans le corps de la brute avec une facilité déconcertante, d'autant plus que celui-ci continuait sur son élan!

Il hurla comme un porc que l'on égorge alors que Loïc roulait sur le côté.

Le type avait tout le flanc droit ouvert et un énorme flot de sang en jaillissait.

Il tomba rapidement au sol et perdit conscience!

« Avec peu de chance de se relever, pensa Loïc, vu la quantité de sang qu'il perd par le trou béant de son flanc droit.»

Loïc se redressa tremblant comme un enfant.

« Mon Dieu, se dit-il, mais c'est quoi ce poignard?»

- Vite Loïc, entendit-il brusquement derrière lui, il faut filer maintenant!

Loïc se retourna brusquement pour voir devant lui un personnage qui lui était vaguement familier.

- Qui...qui êtes-vous?
- Un ami! Vite, il y a un 4x4 plein de tueurs vicieux qui arrive!

Loïc, grâce à son pouvoir télépathie larvé, sut tout de suite qu'il pouvait faire confiance à l'inconnu et le suivit.

En fait, la série d'événements qui venaient de survenir l'avait littéralement laissé dans un état second.

Il l'accompagna donc tout en serrant son couteau qui semblait scintiller dans la lumière.

- Range ce couteau, Loïc, lui dit l'inconnu.

Loïc n'avait tout simplement plus la force de réagir et il s'exécuta.

Ils débouchaient sur Home Street quand le 4x4 arriva en trombe sur eux.

-   Attention, cria l'inconnu, en se lançant sur Loïc.

Le bruit de plusieurs mitraillettes déchira l'air et l'inconnu fut atteint en plein dans le dos, ce qui le jeta brutalement sur Loïc.

Loïc se sentit plaqué au mur par un personnage soudain devenu dur comme l'acier.

Puis, ils roulèrent tous les deux sur le sol.

Mais, au grand étonnement de Loïc, l'inconnu se releva avec vigueur, comme si la rafale ne lui avait fait aucun mal.

Juste un peu plus loin, le 4x4 avait freiné et faisait maintenant demi-tour. Le puissant véhicule se dirigeait de nouveau vers eux en accélérant et déjà plusieurs armes automatiques se pointaient aux fenêtres.

L'inconnu sortit alors un étrange pistolet de sa poche et fit feu sur le véhicule hostile.

Celui-ci éclata littéralement sous l'impact, comme s'il avait été touché par un obus de canon !

Loïc en resta pantois de surprise!

-   Mais…c'est quoi ce …cette arme…un bazooka?
-   Un Baïkal, lui répondit l'inconnu.
-   Mais …mais …qui …qui êtes-vous, enfin…et pourquoi …vous, la rafale ne vous a-t-elle pas tué?
-   J'ai une peau de Goldorak!

Au loin une sirène de police se faisait entendre.

-   Une quoi? Mais enfin, répéta Loïc, qui êtes-vous?
-   Je m'appelle John McCain, Loïc et je suis ou du moins j'étais, un ami de tes parents!

Soudain Loïc se rappela l'avoir déjà vu…mais il y avait très longtemps, un jour avec son père.

-   Mais, reprit Loïc, que…
-   Plus tard, Loïc, l'interrompit John McCain, la police arrive et nous devons filer.
-   Non…non…j'ai…j'ai commis des meurtres …et je dois…
-   Oh que non! Ce n'étaient que vermines et je suis là pour te protéger.

Loïc réalisa soudain la gravité de tout ce qui venait de se passer en voyant la quantité incroyable de débris qui jonchaient la rue, dont beaucoup de débris de verre en provenance des vitres des établissements voisins, mais aussi …des restes humains!

L'horreur le saisit brusquement en voyant cette hécatombe.

-   Non, lui cria le dénommé McCain, il y a seulement des déchets de malfrats!!!

Mais en même temps il lui présenta un petit vaporisateur sous le nez et Loïc aspira pratiquement sans s'en rendre compte, un peu du produit. Instantanément, il se sentit détendu.

- *Maintenant, Loïc, ON COURT, lui cria-t-il en l'entraînant!*

Il en résulta une deuxième course effrénée dans les rues de Vancouver jusqu'au véhicule de John, quelques rues plus loin. Les deux hommes montèrent à bord et bientôt, l'automobile se fraya un chemin dans la circulation animée de Vancouver en remontant Burrard Street alors qu'un nombre impressionnant de voitures de police descendaient la rue.

- *Je crois qu'il est temps de nous éloigner de cette charmante ville, dit-il, en enfonçant un bouton sur le « Stick » qui servait de volant.*

Aussitôt, quatre hélices carénées sortirent du capot avant et du coffret arrière, pour vrombir illico.

En un rien de temps, l'auto de John McCain se transforma en véhicule volant et bientôt ils survolèrent la ville!

- *Cap au sud, dit tout à coup, John, d'un air joyeux.*
- *Non il faut aller à la police, c'est trop grave…et de toute façon je ne pourrais pas m'en sortir, j'ai mes affaires à l'hôtel, y compris mon passeport et les autorités, de même qu'Air Canada, ont enregistrée mon arrivée au Canada.*
- *Ne t'en fais pas, Loïc, lui dit McCain, nos ordinateurs sont autrement plus performants que ceux des services de sécurité du Canada et même que ceux des USA, sans parler de ceux d'Air Canada. Tous sont en train de se « faire mettre à jour »…et tu n'as jamais séjourné au Canada!*
- *Non, Monsieur McCain, je veux m'expliquer avec les autorités de ce pays!*
- *Les enjeux sont trop importants, Loïc, pour que je permette cela, lui dit McCain en se penchant vers lui.*
- *Mais mon passeport?*
- *Un ami est déjà en train de le ramasser, de même que tes bagages à l'hôtel Vancouver.*

Soudain, Loïc sentit un objet froid sur sa joue…et il tomba instantanément dans les pommes!

- Prince Kissamanju, dit Caroline, au sinistre personnage solidement maintenu sur place par Dreck Reivax et Rotuch Rotangar…et accessoirement par de solides menottes.

- Votre Altesse, répondit un Kissamanju, terrorisé, qu'est-ce que je fais ici, menotté?
- Subir votre châtiment, Prince.
- Mon châtiment? Je vous rappelle Princesse, que je suis protégé par l'immunité diplomatique!
- Encore faudrait-il que votre ambassade sache que vous êtes ici! Et même si elle le savait, je doute fort qu'elle cherche réellement à vous récupérer sachant que vous avez assassiné un général de renom et que vous êtes un mangeur de chair humaine!
- Cela est faux, je vous l'assure, Votre Altesse! Je vous le redemande, pourquoi suis-je ici?
- Pour nous aider à retrouver un ami très cher qui, hélas pour lui, m'a déplu et se cache depuis ce moment.
- Vraiment? Je ne vous serai d'aucune utilité je vous assure! Comment pourrais-je même rivaliser avec vos services? Je vous en prie, appeler mon ambassade! Tout cela est certainement un malentendu et l'Empereur, votre père, comprendra certainement…
- L'Empereur est au courant de votre présence ici et approuve ce que nous faisons.
- Mais enfin que me voulez-vous?
- Je vous l'ai dit, retrouver un ami très cher. Hier encore il travaillait avec moi! Et le voilà disparu!
- Mais que lui voulez-vous, à cet ami très cher?

Caroline allait répondre, quand Dreck l'interrompit.

- Avec votre permission, Princesse, je vais répondre! Ce que nous lui voulons? Mais le tuer, évidemment, répondit-il d'un ton sinistre.

Tout à coup, Kissamanju, qui commençait à se reprendre en main, frissonna de peur.

- Mais que puis-je faire, enfin, je ne sais même pas où il est votre homme!
- Vous le savez. Grâce à vos capacités télépathiques, qui sont supérieures aux nôtres.
- Non je ne ferai pas cela!

Il n'aurait pas dû dire cela, car c'est exactement ce que voulait Rotuch Rotangar!

Avant même que la Princesse ne dit quoi que ce soit, Rotuch plaqua sur le dos de Kissamanju un petit appareil d'à peine quelques centimètres de circonférence, ancrés dans sa paume par une petite bague au majeur.

L'effet sur Kissamanju fut immédiat!

Celui-ci se tendit soudain en hurlant de douleur!

Une douleur telle que sa figure se déforma d'une façon hallucinante.

Il se mit à vomir puis à hurler de plus belle!

Caroline pâlit, mais ne dit rien même si l'initiative de Rotuch l'avait prise par surprise.

Puis Rotuch retira son appareil du dos du Prince, mais comme avec regret.

Kissamanju vomit une nouvelle fois.

- Que ... que me faites-vous....Pourquoi...pourquoi une telle haine à mon égard?
- Parce que vous êtes un monstre, lui répondit Caroline et que vous allez collaborer quoi que vous fassiez!
- De...de toute façon vous allez me tuer!
- De toute façon, vous allez collaborer! Vous voulez recommencer, lui demanda Rotuch en lui montrant l'appareil sur sa paume?
- NOOOOOOOOOONNNNNNNNN PIIIIIIIITTTTIE.
- Vous avez eu pitié des gens que vous assassiniez?
- Ce ... ce n'est pas la même chose! Je ...je suis fait comme ça. C'est la nature! Un prédateur tue ses proies!
- Ouais, lui répondit Rotuch, le problème est qu'ici, c'est nous les prédateurs.

Et il appliqua de nouveau l'appareil sur le dos de Kissamanju!

- ARRÊTEZ ... arrêtez, svp, gémit, de moins en moins fort, Kissamanju...je...je vais collaborer!
- Fort bien, alors concentrez-vous! Vous connaissez Noroc Tajick?
- Noroc Tajick? Non vraiment je suis désolé, mais...Kissamanju acheva sa phrase en un hurlement horrible, car Rotuch lui avait appliqué à nouveau son petit appareil, sur le cou!
- Ne mentez pas, Kissamanju!
- ARRÊTEZ! VOUS M'ASSASSINEZ! Je vous ai dit que je collaborerais. Pourquoi mentirais-je?

- Parce que vous êtes télépathe et que vous êtes un mangeur de chair humaine.
- Et alors?
- Alors, lui répondit la princesse, cette fois, cela veut dire que vous servez vos anciens maîtres, les Dragons et que vous êtes ici pour les renseigner sur les activités de l'institut? Ai-je raison?
- Non…oui …oui! se ravisa-t-il, quand il vit Rotuch approcher de nouveau son appareil.
- Oh, mais c'est qu'il devient raisonnable, notre monstre! ajouta Dreck!
- Je ne suis pas un monstre! C'est ma nature…et mes maîtres me l'ont bien enseigné. Les races supérieures ont des droits que n'ont pas les autres!
- Ah oui? Et qui est la race supérieure ici? ironisa Rotuch.
- Bon, ça suffit, Prince, intervint Dreck. Trouvez-nous Noroc Tajick!
- Vous ne comprenez pas! Je ne peux PAS vous dire où il est…seulement le sentir parmi nous.
- Et vous le sentez…proche?
- Oui, il est encore à Oulan Bator…mais il se cache…il sait que vous le recherchez.

Soudain Rotuch prit un air mystérieux et s'approcha du prisonnier.
- Donc vous êtes en contact télépathique avec lui?
- OUI…oui…je suis …en contact direct avec... son cerveau.
- Comme deux ordinateurs reliés par un câble?
- Oui, mais …pourquoi me posez-vous cette question?
- Pour cette raison, lui dit Rotuch, qui brusquement plaqua son appareil sur le cou de Kissamanju, mais cette fois avec l'intensité maximale.

Kissamanju hurla et banda tous ses muscles en même temps, ce qui le fit basculer de la chaise où il se trouvait.

Mais Rotuch le suivit dans sa chute pour maintenir l'appareil solidement appliqué.

Kissamanju avait maintenant les yeux révulsés et vomissait toutes ses entrailles.

Il entra en convulsion et la princesse ne le supporta plus.
- Arrêter cela, Rotuch, nous en avons encore besoin pour trouver Noroc!
- Vous avez raison, Princesse, lui répondit-il.

Mais les Uigurs sont vraiment des êtres incontrôlables quand ils sont fâchés... Et Rotuch était terriblement fâché!

Alors, saisissant brusquement un poignard ultra mince, mais terriblement coupant, qui ornait le bureau de Caroline, il l'enfonça avec une joie sadique dans le cou de Kissamanju, le long de sa colonne vertébrale et se mit à tordre la lame dans différentes directions.

Rotuch n'avait plus besoin de son appareil pour infliger une quelconque souffrance!

Kissamanju émit un dernier hurlement aux accents de démence et mourut dans un affreux borborygme.

- Mais enfin Rotuch pourquoi l'avez-vous tué?
- Les avez-vous tués, devriez-vous dire, Princesse!

Dix jours furent nécessaires pour LE trouver. Mais ses anciens amis l'ayant laissé tomber, vu son état, il était prévisible que La Garde le trouverait. Mais quand cela se produisit, c'est avec beaucoup de difficultés qu'ils l'identifièrent tant un masque de douleur absolue avait déformé le visage de Noroc Tajick!

Quant à la raison de sa mort, personne n'arriva à vraiment la comprendre, sauf Rotuch qui avait deviné ce qui se passerait et Caroline qui, en apprenant la découverte du corps de Noroc s'écria:

- Mon dieu, Kissamanju lui a transmis la mort par télépathie!

À L'USAGE EXCLUSIF DE SA MAJESTÉ ET DU HAUT COMITÉ À L'ARMEMENT.

CLASSIFICATION : SECRET DÉFENSE

OBJET :   FICHE TECHNIQUE DES CROISEURS DE CLASSE GALAXIE

NOMBRE D'EXEMPLAIRES DE CE DOCUMENT : 27. Numérotés de 1 à 27.

Les croiseurs de classe « Galaxie » sont des navires de 1.5 kilomètre de long, dans leur forme standard, c'est-à-dire en configuration d'attaque. Ce sont de navires stratégiques et tactiques très supérieurs au type de vaisseaux porte-engins de combat de type « HMS PRÉDATOR» eux-mêmes pourtant de purs chefs-d'œuvre!

La technologie des « Galaxies » est basée sur le concept de la cellule souche du monde du vivant où chaque minuscule cellule contient l'ADN d'un être vivant complet, lui donnant par là même, la possibilité d'évoluer en différents organes.

Dans le cas des « Galaxies », des structures souples, appelées cellules elles aussi, sont les constituantes de base des vaisseaux. Ces cellules peuvent changer d'état et être, soit souples, soit rigides, transparentes ou opaques et peuvent même changer de composition, selon un nombre, quand même limité, de possibilités.

Elles contiennent tous les éléments nécessaires à l'agencement des structures des navires, dont les systèmes informatiques disposants dans ses mémoires de tous les maîtres plans, données techniques et informatiques, indispensables à la formation de toutes les géométries possibles pour ce type de navire.

Chaque élément est semblable aux autres avant sa « différenciation », mais est en mesure de prendre un rôle spécifique dans l'ensemble, comme une cellule musculaire dans un corps humain, et sa place dans les différentes configurations du vaisseau.

Configuration est le maître mot de ce type d'engin.

*Chaque vaisseau est composé de dizaines de milliers de ces « cellules »
capables de s'articuler ensemble selon un schéma préétabli et devenir un
croiseur redoutable, un gigantesque canon spatial, une antenne colossale…
ou un cargo de grande capacité.*

*Chaque cellule peut donner un élément de coque, une partie de canon ou
être une partie du système d'alimentation en oxygène du vaisseau. Chaque
élément est grand d'à peine 2 mètres x 0.50 x 0.05 mètres, mais vous ne les
verrez jamais seuls, car ils sont tous soudés les uns aux autres.*

*Et le plus étonnant est que chacun d'entre eux contient toute l'information
nécessaire pour les 150 configurations développées à ce jour et implantées
dans les navires!*

*La puissance de feu de ces navires est sans commune mesure avec ce qui se
fait dans l'Univers, car ils peuvent décider combien de canons et de quel
type ils ont besoin en fonction de la situation qu'ils rencontrent.*

*Par exemple, un navire Galaxie peut, s'il veut stopper un ennemi,
privilégier la puissance de feu, mais sacrifier les systèmes de propulsion, ou
au contraire, mettre toutes ses ressources dans ses systèmes de propulsion
et rien dans ses armes? La situation commande la configuration!*

Mais ce n'est pas tout!

*Ces vaisseaux ont un équipage de 500 personnes, ce qui est moins que les
porte-engins de combat de type « HMS PRÉDATOR », totalement
intégrés dans la configuration de type cellulaire.*

*En situation de combat, chaque membre de l'équipage est isolé dans des
mégas cellules qui sont toutes reliés entre elles par le réseau informatique
du vaisseau, ce qui fait que virtuellement chaque homme est lui aussi une
cellule du navire.*

Une cellule biologique.

Une cellule reliée aux autres dans un gigantesque réseau « neurologique ».

*Attention, l'équipage est conscient et chaque individu reste ce qu'il est,
mais ses compétences sont alors accessibles à tous.*

*Ultimement, le vaisseau peut même se disloquer en chasseurs spatiaux
individuels, avec un seul membre d'équipage à bord.*

*Vous aurez alors d'abord un gigantesque navire de combat devant vous et
l'instant d'après 500 chasseurs…à vos trousses.*

Amiral Gamal Pacrette
Responsable des Navires de nouvelle génération de la Flotte.
Oulan Bator.

Ra Sangra était perplexe! Le message reçu était contradictoire et il semblait que l'auteur ne soit plus en mesure de continuer son travail.

Celui-ci disait :

« Attention, attention, un vaisseau gigantesque de type inconnu, se dirige actuellement vers la frontière, en direction du système de Soragan. Attention, attention, le navire est probablement un nouveau prototype de La Garde et dégage une puissance consi… » fin abrupte du message!

« Une nouvelle sorte de navire pour La Garde? Les fameux croiseurs de la classe Galaxie » ?

Il en avait entendu parler durant les réunions de breffages interalliés.

Ra Sandra réfléchissait intensément. « Finalement que savons-nous de ces croiseurs?

Très peu d'informations avaient filtré. Sauf qu'il s'agirait de navires gigantesques aussi grands que les vaisseaux de ligne de classe impériale, comme le Sar Baldurac II et développés grâce à une technologie imitant les cellules humaines.

Comme quoi les rumeurs les plus folles pouvaient parfois aller jusqu'à l'absurde! Et quoi encore, hein? Un vaisseau qui serait fait de cellules vivantes capables de changer de forme? Ridicule! ».

Quand le Sarte Sa Sadruze lui avait parlé de cela, il l'avait ridiculisé! Un vaisseau qui change de forme? Il pourrait se transformer en saucisse géante alors? Imaginer une saucisse d'un kilomètre de long dans l'espace?

Ra Sangra se souvenait de son gigantesque éclat de rire et de celui de ses officiers! Le Sarte s'était suicidée de honte après cela!

Qu'importe! C'était un idiot incapable de lui donner une information valable.

Malgré tout, Ra Sangra était inquiet, car il n'y avait pas de fumée sans feu et quelque chose allait traverser la frontière et venir ici alors qu'il assurait la protection d'une grande réunion d'officiers supérieurs des quatre races, oui des quatre, car même Trojan avait envoyé un représentant … mécanique!

Bon, il avait quand même quelques moyens à sa disposition, en fait deux vaisseaux de ligne, 23 croiseurs et plus de 1500 unités de chasseurs embarquées sur trois porte-engins. Un groupe de combat des plus redoutables, alors, un vaisseau gigantesque ne représenterait pas un risque majeur.

Mais Ra Sangra était arrivé à être pair dans le premier cercle des parfaits des Fils de Razakel et vice-amiral, parce qu'il avait un flair hors pair pour détecter les embrouilles.

Alors, poussé par son instinct, il communiqua avec l'envoyé de Trojan, un dénommé AJKA-132435435616-TZS pour savoir si quelque chose d'inhabituel avait été détecté à la frontière.

Comme Trojan contrôlait les nuées de missiles qui croisaient au large des frontières de l'Empire, le passage d'un vaisseau gigantesque aurait non seulement été signalé, mais aussi déclenché une attaque en règle contre l'intrus.

Auquel cas, il en aurait été informé.

- Désolé, Amiral, lui répondit ledit AJKA-132435435616-TZS, mais je n'ai aucun rapport concernant le passage d'un vaisseau ennemi à la frontière.
- Bien, AJKA, mais pourrais- tu vérifier si quelque chose serait passé, même si ce n'est pas un navire?
- Vous pensez à quoi? Vous savez il y a beaucoup d'objets qui se baladent dans l'espace et qui n'ont rien à voir avec La Garde!
- Comme?
- Comme des météores, des comètes plus ou moins grandes, parfois seules, parfois en groupe. Nous ne lançons jamais contre ces objets les nuées de missiles, car nous perdrions trop pour rien.
- Donc, vous les laissez passer sans réagir.
- C'est précisément ce que je viens de dire, lui répondit avec impatience le dénommé AJKA.

Ra Sangra était étonné de voir qu'un ordinateur, car pour lui ce ne pouvait pas être un être vivant malgré sa prétention à en être un, peut faire preuve d'impatience, mais son instinct lui disait de continuer de chercher.

- Bien, mais y a-t-il un événement quelconque enregistré récemment, disons sur la trajectoire traversant la frontière en direction de Soragan?

- Heu…oui. Il y a eu un groupe de météorites…bizarrement toutes relativement semblables avec une composition relativement différente des objets astronomiques habituels qui a traversé la frontière.
- Des météorites?
- Oui. Mais à part cette bizarrerie, rien de particulièrement inquiétant. Elles ont été sondées et aucun matériel électronique, bombe nucléaire ou autre arme n'ont été trouvé. Seulement une quantité surprenante d'oxygène à l'intérieur.
- Assez d'oxygène pour assurer la vie?
- Oui!

Tout à coup, Ra Sangra eut des sueurs froides. Tous ses systèmes d'alarme intérieurs sonnaient et il savait qu'il ne fallait jamais sous-estimer ce que ceux-ci lui disaient! Il y avait quelque chose de louche là-dessous. Aucun météore n'était rigoureusement semblable à son voisin et aucun météore ne contenait suffisamment d'oxygène pour assurer la vie. Et si on tenait compte de la vitesse et quand cette détection avait été faite, ces objets devaient maintenant arriver ici sur Soragan, en pleine conférence interalliée!

- Branle le bas de combat, menace imminente. Tous à vos postes, hurla soudain le Vice- amiral, soudain très inquiet.

Ra Sangra avait parfaitement raison d'être inquiet, son sixième sens lui disait la vérité…mais seulement un peu trop tard pour assurer sa survie.

Il venait à peine de parler que le haut-parleur hurla tout à coup.

- Vaisseau ennemi détecté, vaisseau ennemi détecté. Vitesse très grande, en approche depuis Soragan.

Ra Sangra n'eut pas vraiment le temps de réagir, car le gigantesque vaisseau venait de se transformer en quelque chose qui ressemblait à un gigantesque canon.

« Un gigantesque canon? pensa-t-il, se pourrait-il que cet idiot de Sa Sadruze ait eu raison? »

Mais Sar Sangra n'eut pas le loisir de trouver la réponse, car le gigantesque canon en question venait d'ouvrir le feu d'une distance si lointaine, que, théoriquement, le flux d'énergie aurait dû se disperser avant d'atteindre son vaisseau amiral, où il avait eu la malencontreuse idée de résider. Malheureusement pour lui, des techniques de concentration de flux d'énergie laser avaient aussi été mises au point pour ces nouveaux vaisseaux, ce qui fit que l'amiral Ra Sangra se retrouva sous forme d'électron libre bien avant d'avoir pu riposter et même d'avoir seulement compris ce qui lui arrivait!

L'autre vaisseau de ligne, les 23 croiseurs et les 1500 unités de chasseurs embarqués ainsi que les trois porte-engins furent réduits en poussière avant même qu'ils ne comprennent qu'ils auraient dû absolument se disperser et attaquer de toutes parts le gigantesque canon!

En perdant leur amiral, au début de l'engagement, ils ne furent tous simplement pas capables de se réorganiser assez rapidement.

Seule, une sonde réussit à s'enfuir avec les informations de l'engagement.

Quant à la conférence au sol, seul un gigantesque cratère montra où elle se tenait!

Mais tout le monde n'était pas mort, il y avait même quelqu'un qui avait de la difficulté à se taire…et qui envoya un message à l'Empereur!

Un message plutôt triomphaliste.

- Ici l'amiral Gamal Pacrette, à bord du HMS Colossus, dans le système de Soragan. Nous venons de détruire, sans coup férir, une flotte ennemie. Je suis heureux de vous rapporter que le premier test de combat réel d'un vaisseau de la classe galaxie vient de se conclure par une victoire absolue de notre part! Longue vie à l'Empereur et à La Garde!

Chapitre 26: Dure réalité!

Loïc passa de l'état de sommeil sans rêve et profond à l'état de réveil sans quasiment aucune transition!

Il sursauta en se rendant compte qu'il était …dans un lit…tout nu! Un grand flot de lumière entrait par une baie vitrée donnant directement sur la chambre et dehors, il pouvait voir …un lac magnifique!

Ses vêtements étaient sur une chaise. Il se sentait parfaitement bien quoiqu'inquiet de se retrouver comme ça dans un lit, alors que son dernier souvenir le ramenait à bord du véhicule volant d'un certain John McCain. Loïc s'habilla rapidement et sortit de la chambre pour se retrouver devant une balustrade qui surplombait un salon magnifique, en contrebas.

Le style du bâtiment était très particulier et rappelait…un chalet! Mais un chalet de grand luxe qui donnait directement sur les bords d'un lac de rêve! Loïc repéra un majestueux escalier qui descendait au salon …et John McCain confortablement assis dans un large fauteuil de cuir, plongé dans un livre.

Il avait dû faire du bruit, car John leva les yeux et lui sourit tout en l'invitant à descendre le rejoindre.

- Viens, Loïc! Après ta nuit de sommeil, tu dois avoir faim, non?
- Heu…oui, lui répondit un Loïc passablement surpris d'apprendre qu'il avait dormi toute la nuit, que s'est-il passé?
- Après nos aventures à Vancouver, tu étais passablement sous le choc, alors ne m'en veut pas si je t'ai un peu…endormi!
- Qu'est-ce que vous m'avez fait? lui rétorqua Loïc avec passablement d'agressivité.
- Tout doux, Loïc, tout doux! Je ne t'ai rien fait. Il s'agit simplement d'un petit appareil qui calme …j'ai seulement forcé un peu la dose pour te permettre d'encaisser les événements. Même moi, qui suis pourtant un ancien militaire, j'ai trouvé difficile la journée d'hier…mais viens prendre ton petit déjeuner!

Loïc descendit parce qu'il se rendit compte qu'il avait faim, qu'il était détendu et qu'il n'avait plus aucun remords d'avoir descendu les malfrats de Vancouver, ce qui le surprit grandement et …de toute façon, il ne savait pas quoi faire d'autre!

- Vous me devez quelques explications, je pense, non?
- Absolument! fut la réponse de John, qui déjà s'affairait en cuisine pour servir un déjeuner pantagruélique à Loïc.

Le chalet était réellement splendide et la vue sur le lac, grandiose. Une grande forêt bordait aussi celui-ci et accentuait l'isolement des lieux. Un endroit parfait pour se retirer loin de tous.

- Ce chalet est tout simplement extraordinaire! Il est à vous? Et où sommes-nous?
- C'est vrai qu'il est magnifique, nous sommes en Oregon et non, il ne m'appartient pas, mais c'est tout comme, car il appartient à NéMéSiS Enterprise…et comme je suis le vice-président … C'est un endroit parfait pour parler!
- Suis-je prisonnier?
- Prisonnier? Quel drôle de question! Bien sûr que non, mais il y a certaines choses que nous devons discuter et ce chalet me semble, à tout le moins, un endroit discret…qui n'est pas sous surveillance…car tu savais que tu étais surveillé, non?
- Je suis surveillé depuis mon enfance!
- C'est exact! Et tu sais par qui?
- Les services secrets américains et aussi d'autres…plus sombres, que je n'ai jamais identifiés!
- Et par nous…mais avec le consentement de ton père, avec qui j'avais pris contact il y a quelques années.
- Comment se fait-il que mon père m'ait caché cela? Il ne pouvait rien me cacher et ma mère non plus!
- Tu fais erreur, Loïc. Avoir des capacités télépathiques ne veut pas dire que tu peux sentir tout ce que tu veux. J'ai appris à tes parents comment se protéger de tes dons.
- Hein? Mais on ne peut pas cacher ses pensées à un télépathe. Et comment savez-vous que j'ai cette capacité?
- J'en sais beaucoup sur toi. Disons que ton protecteur a une dette envers tes parents biologiques, Michelle Evanis et Pierre Sheine, qui ont tous les deux donné leur vie pour protéger cette planète des puissances maléfiques qui veulent la détruire…ou du moins détruire la race humaine. Eux aussi te surveillent, Loïc, termina John en servant les œufs brouillés qu'il venait de faire.

Loïc en perdit pratiquement l'appétit.

- Mange! Je t'explique! Tu as une lettre de ton père biologique, non?
- Je ne l'ai pas ouverte.
- Mais pourquoi?
- Je croyais que mon père biologique était une sorte de …tueur professionnel!

- Mais non. Il a certes travaillé pour les services secrets, mais c'était un pilote et ta mère une informaticienne géniale qui elle aussi, a travaillé pour les mêmes services que ton père.
- Mais comment se fait-il qu'ils soient mêlés à cette conspiration…malfaisante qui veut tuer la race humaine??? C'est peu fort de tabac, non?
- Non! C'est la réalité. Tu es partiellement télépathe. Et probablement beaucoup plus que tu ne le crois, n'ayant jamais vraiment été stimulé dans cette voie. D'où crois-tu que te vienne cette habilité?
- Bon, vous voulez me faire croire que je suis une sorte de monstre mutant ou autre? Si c'est cela, arrêtez tout de suite! Je suis on ne peut plus humain, mes parents m'ayant fait passer tellement de tests médicaux que …

Loïc s'arrêta la bouche ouverte de stupéfaction! Pendant qu'il parlait, John avait enfilé une sorte de sac à dos et…tout à coup, il s'était mis à monter dans les airs sans bruit.

- Mais…qu'est-ce que c'est que cela?
- Jamais entendu parler d'un réacteur dorsal? La science-fiction est pleine de ce genre de trucs…mais moi je l'ai réellement et beaucoup d'autres choses aussi…comme cette arme qui a expédié tout un groupe de tueurs dans l'au-delà! Et ton poignard? L'as-tu regardé?
- Non, répondit Loïc, en s'avisant qu'il était juste là sur la table et que John l'avait nettoyé.

Il remarqua alors son éclat particulier et, saisissant la poignée de sa main gauche pour le regarder de plus près, il toucha délicatement la lame de la main droite!

- Mais le tranchant de ce couteau est incroyable! Comment peut-il être si fin et ne même pas être ébréché par le coup que j'ai porté à la brute? Et cet éclat, on dirait…on dirait…
- Dis-le!
- Du diamant! Une lame en diamant pur!
- Exact, Loïc, une lame de diamant!
- Mais …mais c'est fantastique… et vous dites que …
- Loïc ne t'en fait pas, c'est vrai que tu es humain et tes parents biologiques et adoptifs aussi. Mais tu as été conçu…sur une autre planète, comme tu le sais déjà!
- Mais…expliquez-moi!

Et John expliqua tout à Loïc, depuis le professeur Vauldegarde jusqu'au NéMéSiS et à la bataille au large de la terre, il y avait près de 20 ans maintenant.

- *C'est ce NéMéSiS qui vous a tout raconté? Mais qui est-il?*
- *Sur Terre, on l'appelle Howard Hughes! Et tu vas comprendre pourquoi il n'aime pas se monter en public!*
- *Pourquoi?*
- *Parce que c'est…un vaisseau spatial!*

Ce soir Simon était particulièrement angoissé, même si les nouvelles concernant le premier engagement sérieux de ses nouveaux croiseurs avec l'ennemi étaient encourageantes. Ce premier combat avait résulté en sa destruction totale!

Malgré tout, son niveau d'angoisse n'était pas tombé de beaucoup, car il savait intuitivement qu'une hirondelle ne faisait pas le printemps et que ses ennemis étaient vicieux.

Mais il avait besoin impérativement de se détendre, alors il décida de passer sa soirée exclusivement avec les siens.

Caroline et Eytan furent donc priés de se joindre à lui ainsi qu'à leur mère pour un dîner en famille.

Comme ceux-ci étaient devenus rares ces derniers temps, les deux jeunes gens ne se firent pas prier et rejoignirent leurs parents avec joie.

Simon, décidé à de ne pas montrer son angoisse, fit même venir son vieil ami d'enfance, Dreck Reivax!

- Ma femme Farah, mes enfants Caroline et Eytan, mon meilleur ami Dreck et le meilleur vin d'Oulan Bator, qu'est-ce qu'un vieil homme comme moi pourrait demander de plus!
- La victoire sur ces maudits Démons, lui rétorqua Caroline, un brin rabat-joie.
- Oui, Caro, mais cela viendra! Sais-tu que la première confrontation de notre nouvelle génération de croiseurs avec l'ennemi s'est transformée en une victoire écrasante?
- Oh oui je sais! Les hommes et leurs joujoux! La victoire ne viendra pas de là!

« Aie, se dit Eytan, ils vont encore s'engueuler!».

Comme de fait, le visage de Simon changea brusquement.

- Ah oui, j'avais oublié! Ma charmante fille sait, elle, ce qu'il convient de faire, hein!!!!

Brusquement, Caroline se rendit compte de sa maladresse.

- Oh, papa…je m'excuse…je…, mais Caroline ne put finir sa
  phrase et fondit en larmes!

Soudain alarmés par les larmes de celle-ci, ils voulurent savoir ce
qui se passait.

Simon le premier, se leva et alla vers elle et Caroline se jeta dans ses
bras en sanglotant.

- Mais que se passe-t-il? lui dirent doucement et simultanément
  Simon et sa mère Farah.

Caroline avait la gorge trop nouée pour parler alors ce fut Dreck qui
prit la parole.

- Permettez-moi de vous raconter…cela a été très dur pour
  Caroline ces derniers temps. C'est une histoire de golem et
  d'ennemi intérieur.

Et Dreck leur raconta comment Caroline était devenue la crainte de
tous les garçons de la galaxie et comment un homme, au-dessus de
tout soupçon, en avait été la cause.

Dreck parla même de la mort atroce du responsable et de son
inquiétude devant les possibilités, pour les Dangues, d'avoir accès à
toutes les informations sensibles de l'Empire en mangeant le
cerveau d'officiers supérieurs.

- Nous devrions chasser tous les Dangues d'Oulan Bator, termina
  Dreck, ils sont un danger trop grand pour nous!

- Non, rétorqua alors Eytan, tous ne sont pas comme cela et j'ai de
  bons amis, qui ne sont pas d'ethnie Songa. Ils sont utiles, non,
  INDISPENSABLES, à notre survie!

- Je ne suis pas d'accord et je…

- Arrêtez S.V.P., intervint soudain Farah, en tant qu'épouse, mère
  et aussi amie de Dreck, je peux vous dire que les choses ne vont
  pas bien! Ma fille chérie, que la nature a pourtant dotée d'un
  caractère très fort, est là, sanglotant dans les bras de son père,
  mon fils, pourtant le meilleur pilote de la galaxie, perd son
  temps avec des gens sans intérêt, mon meilleur ami, pourtant un
  homme au cœur large, veut expulser tous ces pauvres Dangues
  alors qu'ils ont désespérément besoin de notre soutien et mon
  mari pourtant le plus grand Empereur de tous les temps, fait
  semblant que tout va bien parce que son nouveau croiseur a
  détruit une flotte ennemie alors que pendant ce temps, on fait
  passer ma fille pour une mante religieuse, mon fils pour un être

insignifiant, mon mari pour un orgueilleux incapable de voir qu'il perd la guerre et mon meilleur ami pour un être sans cœur!

Farah se tut un instant, mais elle n'avait pas fini et malgré la figure stupéfaite de son mari, peu habitué qu'il était de voir sa femme faire une telle sortie, elle reprit :
- Et l'ennemi s'infiltre partout. Même chez les Uïgures, même ici à Oulan Bator! Et le plus grave de tout, c'est qu'il a réussi à construire la Grande Barrière, cette immense armada de missiles, qui nous entoure complètement! Nous sommes maintenant pratiquement incapables de quitter l'Empire! ALORS, CESSEZ VOS CHICANES ET RÉFLÉCHISSEZ! LES CHOSES NE VONT PAS BIEN!

Un silence de mort succéda à la soudaine colère de la douce et tendre épouse de Simon.
L'esclandre de l'impératrice avait fait stopper les sanglots de Caroline, mais ce fut Simon qui le premier, parla.
- Explique-toi ma chérie. Je comprends les problèmes d'infiltration, mais la force brute reste quand même le meilleur moyen de stopper une invasion!
- C'est vrai mon mari, mais contrairement à ce que tu crois, ce n'est pas toi qui as la force brute!
- Vraiment?
- Oui! Notre famille possède beaucoup de livres en provenance de Nirva, que personne d'autre ne connait. Et nous comprenons tous plusieurs des langues qui étaient parlées là-bas. Je passe beaucoup de temps à les lire ces livres et dernièrement, j'en lisais un qui parlait d'une grande guerre qui eut lieu là-bas, une guerre appelée la Seconde Guerre mondiale! Une partie de ce livre m'a particulièrement frappée. L'attaque de la Russie par les Allemands! Ceux-ci possédaient les meilleurs tanks, canons et armes en général et avaient et de loin, l'armée la mieux entrainée... Et pourtant ils furent vaincus!
- Et pourquoi?
- Parce que les Russes leur opposèrent ce qu'ils avaient, eux, le plus, c'est-à-dire énormément de soldats! Les Allemands appelèrent cela le rouleau compresseur russe! Une énorme déferlante de soldats et de tanks qui, même s'ils étaient

inférieurs en efficacité, débordaient les défenses allemandes comme une monstrueuse vague engloutissant le meilleur des navires. Simon, notre ennemi se prépare maintenant depuis presque trois quarts de siècle et, tout comme les Russes à l'époque, il est indifférent à la mort de ses soldats. Tous les rapports font penser qu'ils ont une gigantesque flotte en réserve! C'est pour cela que nous allons perdre cette guerre si nous n'avons pas un meilleur plan que celui seulement d'améliorer nos croiseurs, finit-elle, lugubres!

Un silence glacé suivit les paroles de Farah!
Un silence qu'Eytan brisa!
- Je crois malheureusement que maman vient de mettre le doigt sur notre problème, ce qui fait que nous allons devoir reprendre tout à zéro. Peut-être, Papa, que tes généraux pourraient nous aider?
- J'en doute Eytan, si tu recherches une solution différente. La moitié de mes généraux ne fait que me dire ce que je veux entendre et l'autre moitié me demandera d'augmenter la production de croiseurs… Et si je fais cela et si ta mère a raison, le résultat sera d'affoler les Démons qui n'auront pas d'autre choix que d'attaquer immédiatement, tant qu'ils ont l'avantage du nombre!
- Je suis d'accord avec toi, Simon, intervint Dreck, le démarrage d'une grande production de croiseurs ne pourra pas être interprété autrement que comme une déclaration de guerre par les Démons!
- Mais que savons-nous réellement sur eux, demanda l'Impératrice, juste avant d'ajouter et pourquoi nous haïssent-ils tellement? Dreck?
- Voilà ce que nous savons, Farah. Il y a quatre races. La première nous est très familière, les Sarkaïs…
- Qui sont, en fait, les descendants de la race des Archanges! Leur haine viendrait donc de leur sentiment que nous les avons rejetés?
- Je ne crois pas qu'ils nous haïssent à ce point, intervint à son tour Caroline, ce que nous ressentons, à l'institut, c'est plutôt une immense détresse. Ils ne sont plus que les esclaves des autres…la chair à canon des envahisseurs!

- Ensuite, reprit Dreck, il y a les Dragons! Eux, leur haine est profonde.
- C'est exact, dit Eytan, mes contacts parmi les Dangues me disent que la haine des Dragons envers l'humanité est inimaginable! Ils me disent qu'ils ont probablement été en contact avec nous dans un lointain passé.
- Ce que vous dites me fait penser à quelque chose, répliqua Farah. Dans de nombreux livres en provenance de Nirva, il est fait allusion au Dragon...comme bête maléfique et même parfois bénéfique, mais toujours mythique. Se pourrait-il qu'ils aient réellement existé sur Nirva et qu'ils aient été pratiquement exterminés par les hommes? D'où la haine des survivants pour l'humanité?
- Tu as peut-être un début d'explication, Maman! Mais les Dangues, eux, ne savent pas pourquoi. Ils savent seulement que la haine qu'ils sentent chez les Dragons est démesurée! Mais ton explication ne nous dit pas, s'ils se sont fait exterminer sur Nirva, pourquoi les retrouvons-nous dans l'espace?
- Il nous reste de nombreuses questions à leur endroit à éclaircir, c'est vrai et nous avons au moins une source de renseignement avec les Dangues, mais la race suivante est encore plus singulière, même si en fait, il est difficile ici de parler de race, expliqua Dreck.
- Un tas de ferraille électronique!
- Exact, Simon! Trojan! Un être difficile à cerner!
- Pas tant que ça, intervint Eytan, si tu acceptes que la vie intelligente puisse être supportée par quelque chose d'autre que du carbone! Regardez le NéMéSiS! Il est indubitable que c'est un être vivant. Pour moi, Trojan doit être quelque chose comme ça!
- Un méga ordinateur... vivant?
- Oui...je suppose. Et toi sœurette, est-ce que tu le perçois, avec tes gens de l'institut?
- Oui et non. Il est à la frontière de nos perceptions, mais une fois je l'ai vraiment senti. Un être d'une froideur glaciale dont le seul sentiment semblait être, pour lui aussi, une haine féroce à notre égard. Une haine qui serait, en quelque sorte, bâtie en lui, je dirais même plus forte que lui!
- Mais pourquoi?

- Ça, je ne le sais pas! Tout ce que je sais, c'est que lui et les Dragons sont remplis d'une animosité à notre égard, au-delà même de l'imaginable.
- Et la quatrième race, Dreck, que sais-tu sur elle?
- Les fils et filles de Razakel! Nous connaissons leur nom grâce à nos Sarkaïs repentis. Ils sont les vrais chefs des Démons. Le plan Dybbuk, c'est eux.
- Mais que nous veulent-ils?
- Ce qu'ils veulent? Nos planètes! Ils estiment que nous avons volé toutes les planètes disponibles et qu'eux n'ont pas eu leur part du gâteau!
- Ils nous haïssent donc eux aussi?
- Je crois qu'eux c'est différent! C'est sûr qu'ils nous détestent et nous méprisent, mais leur but est au moins cohérent…nous prendre nos biens!
- Mais les autres ne veulent-ils pas la même chose?
- En fait, je crois que non! Les Sarkaïs ne sont que des esclaves, mais les deux autres veulent notre extinction! La guerre totale, c'est eux!
- Mais qui est vraiment le patron alors?
- Les Razakel sont les chefs, cela ne fait aucun doute, mais les vrais instigateurs ne sont probablement pas eux…quoiqu'ils soient et de loin, les plus dangereux! Ils ont même installé leur vice Khan, vice-roi dans leur hiérarchie du pouvoir, ici même à Oulan Bator!
- Quoi? réagit soudain Simon. Mais enfin il faut le trouver alors!
- Mais Papa, c'est ce que nous faisons à l'institut! Jusqu'à présent nous ne l'avons que senti…et avons trouvé son nom.
- Qui est?
- Ra Tamura!
- Donc ma fille, tu me dis que la situation est à ce point mauvaise que le vice-roi de l'ennemi a carrément installé son quartier général au cœur même d'Oulan Bator?
- Oui!
- Mais pourquoi ici?
- Pour préparer la guerre civile.
- Et c'est efficace?
- Oui, intervint alors Dreck. C'est malheureusement terriblement efficace! Il a même réussi à contrôler l'extrémiste aryen!

- Non, ne me dites pas ...que ...que
- Oui, Simon, maintenant j'en suis sûr, c'est lui, l'être insaisissable qui nous empoisonne la vie depuis plus de 25 ans!
- Mon Dieu! Le « vieil homme sur la montagne »! Le vieil homme sur la montagne est un Démon!
- Oh là, dit Eytan, je crois que nous avons réellement intérêt à revoir toute notre stratégie!
- Alors, fils, pour toi quelle serait ta solution?
- Arrêtons de penser en termes de croiseurs, mais plutôt en terme d'environnement et de notre capacité à survivre à un changement fondamental du dit environnement. D'une certaine manière, la guerre que nous font les Démons est un changement fondamental de notre environnement, un changement qui implique une possible extinction massive de l'humanité, comme une météorite géante le fit pour les dinosaures!
- Et nous ne serions plus ...capables de nous adapter à notre environnement? Nous sommes sur des centaines de planètes! Juste un changement d'environnement ne peut pas nous affecter, lui rétorqua Dreck, visiblement sceptique.
- Laissons-le s'expliquer, intervint Caroline...je crois qu'il est sur quelque chose d'intéressant... Vas-y frérot!
- Merci Caro! Pensez à l'environnement en terme générique, pas seulement en terme de changement de climat! Notre survie dépend de notre capacité à évoluer dans un contexte galactique et non plus planétaire! Malheureusement, nous sommes toujours conditionnés par des façons de faire qui nous viennent de Nirva.
- Mais qu'est-ce qui est si différent, demanda Simon, nous sommes en guerre avec un ennemi implacable, tout comme l'étaient, en des temps anciens, les hommes entre eux, sur Nirva!
- Voilà justement le problème! Les hommes se battaient entre eux sur Nirva, qui est pourtant notre référence au paradis terrestre! Et que faisons-nous ici? Nous nous battons entre nous! Les Uïgures cherchent leur indépendance, les Aryens se considèrent comme une race supérieure parfaite qui risque d'être contaminée pas les autres races qui, elles, se sentent différentes de nous. Comme sur Nirva! Mais ici, dans le cosmos, les problèmes sont beaucoup plus graves que sur Nirva et pour moi, les Démons ne sont qu'un épiphénomène qui nous montre

à quel point nous sommes inadaptés à notre environnement interstellaire.

- Mais enfin Eytan, nous sommes capables de voyager dans l'espace et les démons nous ressemblent puisqu'ils veulent ce que nous avons et utilisent les mêmes techniques de guerre que celle que tu nous reproches!

- Oh, j'entends bien qu'ils ne sont pas meilleurs que nous, mais ils ne sont que la conséquence de notre inadaptation. Un peu comme si notre système immunitaire ne fonctionnait plus bien et nous rendait sensibles à beaucoup de maladies. Le problème ce n'est pas les maladies, elles sont omniprésentes, mais notre système immunitaire!

- Mais, lui répondit Dreck, alors que les autres l'écoutaient religieusement, où veux-tu en venir?

- En fait, c'est une histoire que racontent les Gauchos sur la disparition d'une des premières races humaines, les hommes de Neandertal, qui m'a fait réfléchir dans ce sens. Il y a très longtemps, deux espèces humaines ont vraiment existé et ont cohabité, à la même époque, sur Nirva, Neandertal et Sapiens (nous). Neandertal disparut à notre profit et pendant fort longtemps, il n'y pas eu de bonne explication sur cette mystérieuse disparition, jusqu'au jour où un savant constata que le larynx de ces deux espèces n'était pas situé exactement au même endroit dans la gorge. Et cette seule différence fit qu'Homo sapiens apprit à parler alors que Neandertal n'en fut jamais capable ! Alors, à capacité intellectuelle égale, Sapiens fut capable de mieux s'organiser grâce au langage, ce qui lui donna un avantage décisif sur Neandertal. Ce qui lui permit, soit dit en passant, de commettre le premier grand génocide de l'histoire humaine!

- Génocide?

- Comment appelles-tu le massacre d'une race entière par une autre?

- Mais à cette époque…

- Oui, à cette époque, Dreck…mais penses-tu réellement que les choses aient changé fondamentalement avec cette race particulièrement agressive, appelée homo sapiens??

Mais Dreck ne voulait pas aborder le problème sous cet angle qui quelque part le troublait énormément en posant une question fondamentale.

Si Homo sapiens se permettait de faire disparaitre une race complète, alors en quoi une autre race n'aurait-elle pas le droit de faire la même chose avec …lui…nous….Homo pas si sapiens que ça?

Il revient donc sur la question de communication soulevée par Eytan.

- Pour toi, tout se résume alors à un problème de communication? Mais Eytan était décidé à aller jusqu'au bout de son raisonnement. Et sur un signe discret de son père, il reprit;

- Et bien, Dreck, regarde autour de toi. Tu as un énorme ordinateur, Trojan, plus ou moins intelligent, qui est capable de pénétrer nos systèmes, sauf pour le moment ceux de La Garde, tu as des Dragons capables de rendre inopérantes nos armes les plus performantes et même des entités électroniques, les FreeProgs, qui peuvent prendre le commandement de nos vaisseaux! Nos propres ordinateurs, sans qui nous n'aurions justement pas été capables de conquérir l'espace, sont tout à coup devenus suspects…et sans eux nous ne sommes rien! Des machines auto reproductives sont en train de rendre la frontière hermétique tout en étant parfaitement coordonnées entre elles! Plus que ça même, une question fondamentale! Ne vous êtes-vous jamais demandé comment les Dragons pouvaient commander un vaisseau spatial alors qu'ils ont des pattes énormes complètement incapables de manipuler un simple objet?

- Et tu as une réponse pour ça?

- Oui! Ils sont capables de manipuler les objets par robot interposé, ce qui fait que tout en étant incapables de manipuler lesdits objets parce que leurs pattes sont trop énormes, ils y arrivent quand même en utilisant des robots télécommandés directement par leur esprit et en prime, leur télépathie les rend capables d'avoir accès aux connaissances de toute une race! Vous devez savoir que l'intelligence collective est quelque chose qui s'accroit de façon exponentielle alors que par comparaison, l'intelligence individuelle ne gagne elle, qu'une moyenne de trois points par décennie. L'intelligence individuelle a donc tendance à progresser à un rythme beaucoup plus lent que l'intelligence collective, qui bénéficie de l'ajout de contenu de centaines de millions d'individus.

- Mais c'est quoi le rapport avec les Dragons là-dedans?
- Justement l'intelligence collective! Une intelligence que leur télépathie a permis de mettre en commun! Mais pas une télépathie comme la tienne, Caro, une télépathie qui non seulement leur permet de mettre en commun leurs connaissances, mais aussi capable de commander directement les machines. C'est pour cela qu'ils sont capables de bloquer nos armes.
- Voilà qui est risqué comme interprétation! Qu'est-ce qui te permet de penser cela?
- Mes contacts avec les Dangues, justement Dreck, qui en connaissent un bout sur les Dragons!
- Il reste quand même une question fondamentale! Ils ont besoin de machines pour pouvoir faire quoi que ce soit de technique. Mais d'où vient la première machine, vu qu'ils sont incapables de la construire avec leurs …pattes?
- Tu marques un point, mais même si la question de savoir qui a, ou leur a, construit le premier robot, est certainement intéressante, il n'en demeure pas moins qu'ils ont acquis des moyens techniques qui leur permettent maintenant de construire et de piloter des vaisseaux spatiaux!

L'impératrice regardait maintenant avec fierté son fils tout comme Simon d'ailleurs qui portait sur lui un regard neuf.

- Mon fils expliques-nous un peu plus ce que tu veux dire.
- Ce que je veux dire, c'est que la race humaine, telle qu'elle est actuellement, n'est pas en mesure de relever les défis qu'elle rencontre! Même sa génétique est hors contrôle! Les dragons contrôlent les machines directement. Trojan contrôle les ordinateurs lui aussi. Et la seule façon de régler les problèmes serait, au minimum, d'être unie. Les démons sont unis. Nous ne le sommes pas et allons en payer le prix! Les seuls vrais démons sont nos ennemis intérieurs et cette agressivité maladive qui nous font détruire autour de nous tout ce que nous ne pouvons pas transformer en esclave!
- Mais les Démons nous attaquent, non?

- Sœurette, pour moi, ils ne sont, comme je le disais, qu'un épiphénomène, car dans la galaxie il est certain que d'autres races existent ailleurs et même si les Démons ne nous vainquaient pas, d'autres le feront…parce que nous passons notre temps à reproduire les mêmes comportements qui étaient déjà problématiques sur Nirva. Nous sommes incapables d'évoluer en fonction de nos erreurs et nous les reproduisons rapidement dès qu'un laps de temps suffisant nous permet de les oublier…et c'est reparti! Sur Nirva, les nazis avaient démontré, hors de tout doute, ce qui arrivait quand on suivait leur dérive raciale et pourtant nous y sommes de nouveau!
- Et pourquoi?
- Parce que nous sommes habités par une violence intrinsèque qui est certes contrôlée grâce aux institutions que nous avons bâties au fil du temps pour protéger l'homme de l'homme, mais il est étonnant de voir la vitesse avec laquelle une personne dite « civilisée » retrouve ses instincts de tueuse sanguinaire dès qu'elle n'est plus sous le contrôle desdites institutions!
- C'est certainement une bonne analyse, mon fils, lui dit Simon, mais quelle est la solution?
- Justement Père, elle passe par les Dangues!
- Vraiment? questionna Dreck qui n'avait vraiment pas confiance en eux.
- Oui. Ils peuvent nous enseigner comment construire des réseaux humains…semblables à nos actuels réseaux d'ordinateurs. C'est ce que je fais avec eux! Si nous réussissons, ce qui est loin d'être sûr, car nous semblons rencontrer une limite pour le moment, une nouvelle race humaine pourra apparaître, une race qui aura la possibilité de s'interconnecter télépathiquement et où la connaissance sera acquise et maintenue parmi nous au-delà même de la mort des individus. Une race qui sera capable de rivaliser avec les Dragons télépathiquement et qui sera affranchie des machines ou qui incorporera les machines comme une simple composante non nécessaire à sa survie. Mais surtout, une race qui enfin s'affranchira de la barbarie!
- Oh là, mais c'est…inquiétant, ne put s'empêcher de dire Farah. Je ne tiens pas à ce que tout le monde sache ce que j'ai dans la tête!!

- Oui, ça fait peur…mais, Maman, ce n'est pas cela. Chaque individu reste un individu et partage seulement avec les autres ce qu'il veut! Certains aimeront devenir des puits de science alors que d'autres offriront leur sensibilité. Tu n'aimerais pas vivre une grande symphonie avec le pianiste qui la joue? Cela ne veut pas dire que tu seras là aussi quand il mange! Et ne crois-tu pas que les nazis auraient été bien moins féroces s'ils avaient ressenti la grande souffrance qu'ils infligeaient au peuple juif??
- Certainement…mais…
- Mais, ça te fait toujours peur!
- Oui!
- Mais cela veut aussi dire que la connaissance fera partie des humains et ne sera pas seulement dans les ordinateurs, que nous pourrons directement nous connecter, comme les Dragons aux machines et les influencer, que nous ne referons pas deux fois la même erreur et que la connaissance et la sagesse croitront avec l'humanité sans qu'elles soient l'apanage d'un seul!
- Je te crois frérot…j'ai moi-même une étrange relation avec quelqu'un qui est immensément loin… et pourtant je le sens tellement proche de moi.
- Loïc?
- Comment as-tu deviné? Peut-être, je ne suis même pas sûre que ce soit lui…et pourtant je le sens... et pense que c'est lui!
- C'est si épouvantable que ça?
- Non! C'est même incroyablement rassurant…il est là quand j'ai de la peine et je sais que je l'ai consolé quand il a perdu ses parents et…
- comment sais-tu qu'il a perdu ses parents?
- Je ne le sais pas directement…je le sais, c'est tout!!!
- Alors, ce que je décris ne te fait pas peur à toi?
- En fait…non! Mais je ne sais même pas si je suis réellement en contact avec Loïc ou si c'est mon imagination.
- Non, ce n'est pas ton imagination!
- Comment le sais-tu?
- Parce que je sais que toi et moi, nous faisons l'objet d'une surveillance très importante de la part des Démons. Les Dangues, qui travaillent avec moi, me l'ont dit souvent. Ils me disent qu'en fait les Démons ont peur de nous deux plus que

toute autre chose. De toi, sœurette, parce que justement tu les sens et est en contact avec quelqu'un sur Nirva et de moi, parce que je vais dans la direction qu'ils craignent le plus en augmentant les pouvoirs télépathiques des humains.

- Bien, mes enfants, intervint tout à coup Simon! Vous me dites des choses que même mes généraux ne me disent pas! Alors si ce que vous dites est vrai, nous avons des décisions à prendre. Dreck?

- Oui, Simon. Je crois aussi que Caro et Eytan nous indiquent le chemin. Pardon si je me suis montré sceptique…mais nous ne pouvons pas nous tromper. Et cela implique aussi des choses désagréables!

- Comme?

- Comme une possible défaite face aux Démons, car si seulement la moitié de ce qui vient d'être dit est vrai, nous sommes en mauvaise posture étant donné que nous ne sommes certainement pas prêts maintenant!

Les paroles de Dreck venaient de jeter un froid sibérien sur la petite assemblée!

- Vraiment Dreck? questionna Simon. J'ai quand même de la difficulté à croire que les Démons vont nous avaler tout rond alors que chaque fois que nous avons eu une confrontation avec eux, ils ont perdu la bataille!

- Hélas, Simon, c'est dans un rapport que je suis en train de préparer à ton attention! C'est un simple calcul, basé sur la même logique que celle de Farah. La force brute!

- Explique-nous cela.

- Voilà. D'après les résultats de la première confrontation d'un croiseur galaxie avec l'ennemi et en tenant compte de l'avantage de la surprise, ce qui n'est plus le cas maintenant, nous avons estimé qu'un seul de nos super croiseurs équivalait à 2000 de leurs meilleurs vaisseaux. Ce qui veut dire que, s'ils alignent 2001 navires, nous perdons la bataille! Nous avons 50 croiseurs de type Galaxie. Donc un équivalent de 100 000 navires chez l'ennemi. Nous avons fait la même évaluation avec nos croiseurs réguliers. 1 pour 10. Nous avons 100 000 navires, donc grosso modo, un équivalent de 1000 000 de navires de l'ennemi. Ajoutez tous nos navires plus petits, les chasseurs Sukhoi etc. ce qui correspond donc à un autre besoin d'environ 100 000 petits vaisseaux pour l'ennemi. Ce qui fait que pour nous vaincre, l'ennemi devrait disposer d'une flotte, tout type confondu, d'au moins 1 200 000 appareils.

- C'est un nombre considérable étant donné que certains de leurs vaisseaux sont longs d'un kilomètre, précisa Simon!
- Oui, c'est un nombre considérable …mais c'est ce qu'ils ont, affirma Dreck!
- Mais comment sais-tu cela?
- Grâce à un étrange petit professeur de mathématique et de sa loi normal. Grâce à son idée, nous avons pu rallier à notre cause un certain nombre de Sarkaïs… dont la propre fille de l'amiral en chef de la flotte Sarkaï, Azazel! Et elle nous a confirmé que les démons, toutes races confondues, pouvaient aligner 1 200 000 appareils de tout type. Ils se rendent d'ailleurs compte qu'ils avaient sous-estimé notre force et qu'ils auraient dû en faire davantage! C'est ce qui explique, en partie, leurs hésitations!
- Nous sommes donc à égalité en termes de force de frappe spatiale! J'aurais dû continuer avec ma première idée et fait construire 100 navires-galaxie!
- Mais alors tu n'aurais pas eu les renforts en Gurkha dont tu as aussi besoin! C'était l'un ou l'autre! Et nous allons avoir une guerre civile sur les bras bientôt!
- Mais eux, ont-ils beaucoup de soldats, d'après tes renseignements?
- D'après la fille d'Azazel, ils auraient …des milliards de soldats Sarkaïs en congélation prêts à déferler sur nous!
- Des milliards?
- Des milliards! Des clones! N'oubliez pas que ce qu'ils veulent, ce sont nos planètes SANS qu'elles ne soient abimées par des armes nucléaires. C'est pourquoi beaucoup de leurs moyens ont été déroutés vers la production, carrément industrielle, de clone de Sarkaïs! Donc, ce sera l'assaut frontal!
- Et ils auraient les moyens de neutraliser nos armes? questionna Caroline.
- En partie, grâce aux Dragons et aux redoutables virus informatiques concoctés par Trojan ainsi que par les effroyables FreeProgs, qui sont probablement aussi une création de Trojan. Heureusement, grâce au général Pargara, nous avons revu

toutes nos armes ainsi que l'entrainement de nos hommes.
Maintenant, en cas de non-fonctionnement de l'électronique,
elles pourront être déverrouillées et fonctionner en mode
manuel…comme les armes de l'envoyé Pierre Sheine. Et nos
hommes sont maintenant entrainés en conséquence.
- Alors, demanda soudain Caroline, si nous sommes à égalité
avec eux en terme de vaisseaux et capable de nous battre sur le
sol, pourquoi penses-tu qu'ils vont gagner?
- Parce qu'ils font tout pour qu'une guerre civile soit déclenchée
entre les différentes races humaines. C'est ça qui fera la
différence si nous n'arrivons pas à l'empêcher!

Alors, Simon prit la parole.
- Je crains que, malheureusement, Dreck n'ait raison! Nous
devons donc élaborer une stratégie au cas où une guerre civile
se déclarait et devenait incontrôlable… un plan…un plan de
sauvegarde de l'humanité! Nous avons déjà un projet de
préservation de tous les humains, le projet « Graal », qui
progresse bien. Nous avons le projet d'ordinateur intelligent et
autoreproductible, « Méphisto », dérivé du « NéMéSiS » et le
projet « Gaïa » qui devraient plutôt surprendre ces maudits
Démons et que je préfère tenir secrets pour le moment.
- Mais si nous sommes défaits, que se passera-t-il? demanda
Caroline. Ne devrions-nous pas prévoir des opérations de
guérilla dans le but d'occuper nos adversaires pendant que nous
mettrons en place un plan de survie?
- Ah là, je pense pouvoir être utile! intervint Dreck.
- Explique-toi, Dreck.
- Voilà. D'après tout ce qui vient de se dire, il se peut que les
Démons aient le dessus sur nous et donc, nous devrons nous y
préparer, comme Caro le dit!
- Faire en sorte que quelque chose nous permette d'attendre le
renouveau de notre race, quel qu'il soit.
- Expliques-toi un peu plus.
- Voilà, c'est simple. Ou nous sommes capables d'empêcher les
Démons de diviser la race humaine et de déclencher la guerre
civile et dans ce cas, nous gardons nos chances de l'emporter, ou
nous ne le sommes pas et dans ce cas, nous devrons réunir plus
encore nos forces pour lutter contre les Démons.

- Oui, mais dans le deuxième cas de figure, nous aurons surtout un gigantesque massacre. Je ne vois pas ce que nous pourrions faire, vu que nous serons encerclés et que donc, il ne s'agira plus, pour les Démons, que de progresser systématiquement, planète après planète, jusqu'à notre extinction.
- Sauf si nous bâtissons une forteresse imprenable!
- Une forteresse imprenable ? Dans l'espace? Mais de quoi tu parles, Dreck? questionnèrent-ils tous.
- La planète Atlas qui tourne autour de Gibraltar! Les Colonnes d'Hercule! Nous pouvons nous y replier, si les choses tournent mal et attendre, avec les survivants, l'exécution de ton plan d'ultime recours…car tu en as un, non?
- Oui, mais ne pourrions-nous pas, si cette forteresse est vraiment imprenable, y bâtir une flotte de croiseurs?
- Hélas, non. Il s'agira ici plus de guérillas, la construction d'immenses usines serait repérée par les Démons et certainement détruite.
- Oui, mais dans ce cas, ne crois-tu pas que les Démons nous suivront aussi dans les Colonnes d'Hercule?
- Bien sûr! Mais ils trouveront cela très dur. Vous connaissez les conditions particulières qui sévissent dans les Colonnes d'Hercule! Ce sont de véritables paradis naturels pour y organiser une guérilla ! Et cette immensité est doublée de l'impossibilité d'utiliser les détecteurs, en raison des champs magnétiques intenses! Et une fois de plus, nous aurons besoin de l'expertise de Nirva là-dedans.
- L'expertise de Nirva? Pour quoi?
- Pour les techniques de guérilla ou de maquis! Avec toutes leurs guerres, ils doivent en connaître un bout là-dessus! Le NéMéSiS nous a amplement informés à ce propos!
- Mais qui, justement, dirigera cette résistance. La Garde?
- Non, La Garde se doit d'être concentrée sur la bataille à venir. Je ne désespère pas de pouvoir peut-être la gagner cette guerre. Mais au cas où, je vois très bien les « Compagnons de la Luciole » prendre ce rôle. Déjà une multitude d'éléments disparates de l'Empire et même des Sarkaïs repentis, se joignent à eux!
- OK, Dreck, à toi ce dossier. Tu as un nom en particulier pour ce plan?

- Oui! Le plan Atlantide!
- Bon, donc en plus des plans Graal, Méphisto NéMéSiS et Gaïa, nous avons le plan Atlantide et un groupe de résistants très motivés!
- Très juste Caro. Et si tu permets, Simon, nous avons aussi d'autres atouts, entre autres : nous savons où se trouvent une des plus importantes planètes des Dragons ainsi que la planète Eldorado qui pourrait aussi nous êtres des plus utile, finit Dreck.
- Oui, j'ai été informé à propos de la planète Eldorado et je compte bien l'incorporer dans mes plans.
- C'est quoi tes plans pour la planète des Dragons?
- Si nous sommes attaqués, elle sera notre réplique! Nous la détruirons! Il sera très important de montrer au Démons que les pertes ne seront pas seulement de notre côté! S'ils ont un tant soit peu de bon sens, ils négocieront. Mais nous ferons cela seulement s'ils nous attaquent.
- Et j'ai aussi mon propre plan, le plan kamikaze, renchérit l'Impératrice.
- Le plan kamikaze, c'est quoi ça, Maman? demanda Caroline.
- Un plan qu'il n'est pas utile que tu saches, pour le moment, ma fille, car il est terrible!
- Et, intervint Simon, qui ne voulait pas que l'on s'attarde sur les paroles de sa femme tant ce plan le mettait mal à l'aise, nous devons impérativement lier toutes ces initiatives. Il faut absolument que l'on arrive justement à en tirer profit au maximum!
- Et n'oubliez pas le plus important, ajouta Caroline. Notre meilleur atout!
- Qui est?
- Nirva! Nous savons où elle est! Nous devons baser nos plans sur elle!
- Oui, Caro, mais pour pouvoir faire jouer pleinement nos atouts, nous allons devoir régler cinq problèmes majeurs. Si nous les réglons correctement, nous pourrons peut-être même éviter le pire!
- Problèmes qui sont?

- *Le premier problème majeur à régler sera de stopper la dérive génétique de l'humanité!* Il faut retrouver l'intégralité du code génétique et stopper cette instabilité qui nous a servis aussi, mais qui est aussi le moteur principal de la haine dans nos populations et qui, en temps de guerre, risque de s'amplifier étant donné la difficulté qu'il y aura pour nos populations, de se ravitailler en médicaments anti-mutation.
- Tu as une proposition à faire pour résoudre ce problème, Caro? demanda Dreck.
- Faire venir Loïc de Nirva! Nous aurons le code base de l'humanité par lui.
- Nous envoyons un vaisseau sur Nirva puisque nous connaissons ses coordonnées spatiales?
- Et prendre le risque d'être suivis et d'indiquer la direction de Nirva à nos ennemis?
- Mais nous pouvons nous assurer que…
- Dreck, intervint Simon, Nirva est notre seul atout! Je refuse de prendre même le plus petit risque de dévoiler sa position. Il y a peut-être une possibilité. Le NéMéSiS nous avait fait parvenir les infos sur Nirva. Il est peut-être toujours là?
- Je crois que oui, papa! Bizarrement, je le sens un peu aussi, mais indirectement. C'est vraiment par Loïc que je sais cela. En fait, Loïc semble être en contact avec lui, mais sans le savoir …et je ressens cela par lui.
- Mais que ressens-tu d'autre quand tu es en contact avec lui?
- Caroline ne répondit pas… mais rougit brusquement… et parut gênée.
- Tout le monde éclata de rire!
- Bon, donc nous pouvons raisonnablement penser que le Nem est toujours sur Nirva et fonctionnel. Donc, il pourrait nous amener Loïc ici?
- En théorie oui, mais le problème est que même si je suis en contact avec Loïc, du moins je le crois, ce n'est pas comme lui téléphoner! Je peux seulement essayer de lui faire ressentir que je voudrais qu'il vienne et que donc, il doit d'abord trouver le Nem !
- Bon, fait cela…et bien sûr si ça marche, ils devront traverser la Grande Barrière de missiles, si possible, en arrivant d'une direction qui ne permettra pas à l'ennemi d'extrapoler leur

origine. Mais ils devront aussi être en contact avec nous pour que nous puissions les aider à traverser.

- Ouf, ça me fera beaucoup d'instructions à lui faire parvenir, répondit Caro.
- Est-ce possible, questionna Simon?
- Il m'a envoyé une belle chanson…que tu aimerais Maman…une chanson douce! Donc ça devrait être possible.
- Bon voilà pour le premier problème! Quel est le second, Papa? demanda Eytan
- Je crois, si tu me permets Papa, intervint Caroline que si notre évaluation de la situation est correcte, tout va commencer, hélas, par une guerre civile et je ne vois pas ce que nous pourrons faire pour l'empêcher.
Le second problème majeur à régler sera donc de trouver un moyen d'unir ou de réunir de nouveau l'humanité! Même si nous réussissons à arrêter ce conflit avant que les Démons ne nous éliminent, même si des crimes monstrueux auront été commis! Malheureusement, Papa, je ne vois pas ce que nous allons pouvoir faire dans ce cas!
- Une fois de plus, expliqua Simon, il est plus facile de mentionner le problème que de le résoudre! Notre société est relativement bien intégrée et même si les problèmes de racisme y sont sous-jacents, les lois en vigueur ont toujours permis de contrôler ce problème et en particulier le droit de chaque citoyen de vivre dans l'Empire où bon lui semble, que cela plaise ou non à un groupe ou à un autre. Et jusqu'à présent, le seul échec à cette politique était celui des Jarkaniens, problème qui s'est résolu tout seul, si j'ose dire, par leur suicide collectif! Les Démons ont malheureusement réussi à faire ressortir ce qui était quand même sous-jacent dans notre société et malheureusement notre expertise dans ce domaine est insuffisante. Alors quelqu'un a-t-il une solution à proposer?
- Je crois, Papa, que la solution viendra elle aussi de …Nirva, du moins à court terme.
- Mais Caro, ils ont eu et ont toujours d'énormes problèmes de racisme, non?
- Probablement! Ce qui implique aussi de l'expérience dans des situations de racisme explosif! Après tout, si Hitler était bien un citoyen de Nirva, sir Winston Churchill l'était aussi!

- Soit, Caro. À toi ce dossier.
- Bonet quel est le troisième problème majeur à régler, demanda Dreck?

- *Le troisième problème majeur à régler sera celui de l'évolution de la race humaine pour l'empêcher de faire et refaire toujours les mêmes erreurs!*
- Et on fait ça comment, demanda Dreck?
- Je crois qu'Eytan a au moins une partie de la solution.
- Les Dangues, Dreck! Oui, mais malgré mon enthousiasme de tout à l'heure, il y a un problème! Je travaille seulement avec des Dangues ordinaires, or ceux qui sont vraiment forts sont ceux de l'ethnie Songa. Et travailler avec les Songa est vraiment trop dangereux. De plus, les Dangues m'ont appris que nous pouvons certes améliorer nos performances télépathiques en travaillant avec eux et avoir même une communication entre humains par leur intermédiaire comme « serveurs de réseaux », mais contrôler les machines directement et communiquer sur une longue distance, c'est hors de question. Nous ne sommes pas les Dragons!
- Et comment faire pour améliorer nos performances en la matière?
- Toujours d'après les Dangues, certains changements génétiques sont essentiels pour cela! Un peu comme si on redessinait les circuits internes d'un ordi. Et pour ça, il faut qu'au moins un télépathe important, ayant été en contact en profondeur avec le cerveau d'un Dangue Songa, soit un des deux donneurs génétiques lors de la conception d'un bébé. Bref qu'il soit le père…, ou la mère, d'un nouveau type humain!
- Tu veux donc que je nous fabrique un enfant, répondit Caroline, je ne suis pas « la Vierge Marie » des livres anciens, bon sang!
- Non, Caro! Même toi, qui es pourtant notre meilleur télépathe, ne le peux pas! Il semble vraiment qu'il faille avoir été en contact très intime avec un Dangue…jusqu'à la mort! Je sais, tu viens de vivre une expérience où un Dangue a été tué et tu as suivi sa mort et même puisé des informations dans son cerveau. Non, je parle ici de vivre LA MATA, vivre la mort d'un Songa avec lui et la partager avec lui, fusionner avec lui, en quelque sorte. Si vous vivez cette expérience et si vous vous en sortez

vivant, ce qui est rare, vous êtes à tout jamais transformé…même si vous ne le savez pas.

- Transformé? Même au niveau génétique? C'est impossible. Nos gènes nous sont donnés à la naissance et ne peuvent être changés plus tard! argumenta Dreck.
- Hum…Dreck, intervint Farah, scientifiquement ce que tu dis est faux, car il est bien connu que beaucoup de virus sont à même de changer le patrimoine génétique d'un individu. C'est même à la base de nos techniques de thérapie génique. Et certaines de nos recherches les plus pointues nous amènent même à nous questionner sur la possibilité que le comportement lui-même n'induise des changements, in vivo, dans nos gènes! Alors, imaginer que la relation profonde avec un puissant télépathe Dangue puisse induire des changements même au cœur des cellules d'un individu est certainement une chose que nous devrions envisager. Après tout, c'est la relation entre les Dangues Songa et les Dragons qui a fini par créer cette capacité chez eux, non?
- Oups! C'est le genre d'idée qui ferait hurler tous les professeurs de génétique que je connais, s'obstina Dreck!
- Peut-être, mais pour le moment, prenons cela comme une hypothèse de travail!
- Alors, pourquoi ne pas tout simplement kidnapper un Dangue Songa et trouver les gènes qu'il nous faut?
- Parce que les Songas, qui se reproduisent entre eux, soit dit en passant, sont différents des autres Dangues et même très proches des Sarkaïs, ce qui nous compliquerait donc énormément la tâche de recherche. Quel gène est simplement un gène Sarkaï et quel gène est impliqué dans la télépathie? Souvenez-vous que l'indice d'étrangeté des Sarkaïs est de 7…c'est-à-dire 70 % de gènes non humains! Un projet qui demanderait beaucoup de temps…
- …temps que nous n'avons pas, conclut Simon!
- Donc cela ne nous mène nulle part, puisque personne, à ma connaissance, n'a vécu cette expérience, chez les humains, autres que les Dangues, répondit Eytan!

Soudain Dreck et Simon se regardèrent. Tous les deux avaient eu la même idée.

- Tu as une idée, Papa?

- Oh oui! Je connais justement quelqu'un à qui cela est arrivé, comme par hasard, un des envoyés, ajouta mystérieusement Simon
- Mon ami Pierre Sheine! cria Caroline. Mon ami de Nirva, qui faisait partie, avec Michelle et Vauldegarde, les premiers Envoyés!
- Exact, répondit Simon avant d'enchaîner, donc on en revient encore à …Loïc!

- *Le quatrième problème majeur à régler sera celui de la grande barrière de missiles!* Nous sommes virtuellement prisonniers dans l'Empire.
- D'où ton projet « Méphisto », Papa? Ce qui veut dire que nous créons une « race » qui nous épaulera tous comme le Nem?
- Non, Caroline, fut la réponse. Nous ne savons toujours pas ce qui fait que le Nem soit devenu un être vivant à part entière. Les vaisseaux de type « Méphisto » seront basés sur les plans du Nem, mais seront surtout des engins automatiques autoreproducteurs dont la mission essentielle sera de lutter contre la barrière de missiles.
- Penses-tu que ce sera suffisant?
- Je crois que oui. Du moins, c'est ce que me disent mes Amiraux! Et nous avons nos croiseurs galaxies!
- Heu…Simon, je crois que, soit tes Amiraux te mentent, soit ils sont incompétents … probablement les deux finit Dreck!
- Expliques-toi!
- Le projet Méphisto est certainement utile et nécessaire, mais la grande barrière est déjà constituée de milliards de missiles. Et le projet Méphisto n'en est qu'à l'ébauche!
- Oui, mais ce sera le grain de sable dans les plans de l'ennemi.
- À long terme, certainement. Mais à court terme? Nous aurons disparu? Déjà, nous avons besoin de nos meilleurs croiseurs pour traverser la grande barrière. Saches que chaque missile est auto reproducteur, ce qui fait que leur croissance, en quantité, est exponentielle! Toujours le facteur « rouleau compresseur » qui fait que même à qualité inférieure, ils vont réussir bientôt à rendre la frontière totalement hermétique! Et quand la frontière sera hermétique, les Démons pourront commencer la grande extermination de la race humaine sans risquer que nous nous

échappions et recréions un nouvel Empire loin dans l'espace pour revenir leur demander des comptes plus tard. Même ton plan « Graal » est ici mis en échec, car il n'y aura nul endroit disponible pour recréer la race humaine! Et le plan Méphisto arrivera trop tard à maturité! Il nous faut donc trouver une solution à cela sans quoi toute velléité de résistance ne sera que futilité! Et il y a même pire. C'est ton commentaire sur le danger d'envoyer un vaisseau vers Nirva et ainsi de prendre le risque de dévoiler sa position, qui vient de me faire réaliser quelque chose.

- Et c'est quoi, Dreck?
- Nous testons la barrière de missiles régulièrement et avons même souvent réussi à désactiver et récupérer certains missiles que nous avons démantelés dans nos labos dans le but de trouver une parade. Sans succès jusqu'à maintenant, car ils sont relativement primitifs et nous travaillons toujours sur ce tu appelles, Farah, le rouleau compresseur. Mais dernièrement est apparu un nouveau type qui, lui, ne semblait porter aucune charge nucléaire, mais avait des moyens de communication plus étendus!
- Ah, je crois que je comprends, reprit Simon, ils ont tiré les leçons de leur échec quand un vaisseau Sarkaï fut perdu alors qu'il avait vraisemblablement trouvé la route de Nirva. Maintenant tout ce qui passe au travers de la barrière sera suivi par ces nouveaux missiles…au cas où un vaisseau irait vers …Nirva, ou ailleurs pour fonder ou refonder l'humanité loin des Démons! Avec la possibilité d'avoir quelqu'un qui demanderait des comptes dans 100 ans! Exit la possibilité de briser la barrière avec nos croiseurs galaxie et d'envoyer le Graal au fin fond de l'espace, loin des Démons!
- Exact, Simon, c'est ce que j'avais déduit aussi.

Un silence de mort succéda, pour la seconde fois, au propos de Dreck.

Puis Simon réagit :
- Oui, Dreck, tu as raison, mais qui donne les instructions nécessaires à ce groupe de missiles? Il est impossible de croire que les Démons soient assez fous pour laisser des milliards de missiles se promener sans contrôle, sachant que tout système

peut avoir des dysfonctionnements qui pourraient se retourner contre eux?

Ce ne fut pas Dreck qui répondit, mais Caroline.

- Trojan, répondit-elle.
- Tu en es sûre, Caro?
- Je sens très peu Trojan, mais une fois je l'ai senti comme dialoguant avec quelque chose de gigantesque. Je n'ai pas compris de quoi il s'agissait, mais maintenant, je pense que c'était avec les missiles!
- Fort bien. Donc la résolution du problème numéro deux passe nécessairement par la destruction de Trojan! Comment faire?
- Oui, Papa, répondit Eytan, moi je pense avoir une solution …qui impliquerait mes amis gauchos!
- Bien, alors tu te concentres sur ça. Si tu réussis et avec le concours du Plan Méphisto, nous avons peut-être une chance.
- Parfait… mais cela implique aussi …
- Je sais, tes amis Dangues!
- Oui!
- Bien et le cinquième problème à résoudre sera…

- *Le cinquième problème majeur à régler sera celui du rouleau compresseur russe! dit cette fois Farah en sortant de sa réserve.*
- Hélas, encore une fois, tu as raison ma femme! Nous allons donc devoir tenir compte de ce problème et jouer nos cartes, c'est-à-dire les projets « Méphisto », « Graal », « Gaïa », « Atlantide » et l'atout « Nirva », SURTOUT l'atout « Nirva », sans faire d'erreur, sinon la race humaine ne sera bientôt plus qu'une légende. Mais il va falloir quand même trouver un moyen de produire des navires en nombre et en puissance suffisante, pour surpasser la force brute des Démons! Un endroit qui devra par définition être hors d'atteinte des Démons. Nirva?
- Nirva? reprit Dreck. Mais ce ne sera pas suffisant, car la production d'un grand nombre de croiseurs pour vaincre les Démons requerra beaucoup de temps, surtout sur Nirva, qui n'a pas le niveau technologique requis, temps qui manquera, car il est certain qu'après notre défaite, les Démons redirigeront toutes leurs ressources pour la trouver…et ils la trouveront, soyez-en sûrs!

- C'est exact Dreck, mais quand ils la découvriront, ils sauront aussi que l'on y construit une flotte capable de les défaire. Ils le sauront d'autant plus que c'est exactement ce qui convient de faire et que cela représente leur plus grande crainte, ce qui fera qu'ils n'auront d'autre choix que d'y envoyer TOUTE leur flotte. Ce sera donc l'endroit où nous devrons les détruire tous, d'un seul coup! Mais comment? C'est toute la question! Elle est en fait reliée à nos quatre autres grands défis à régler pour sauver l'humanité…du moins sa descendance. Il nous faut donc une stratégie qui soit capable de répondre à toutes et je dis bien à toutes ces questions, en même temps! Avez-vous des suggestions?
- Allons Simon! Tu es et de loin, le plus grand Empereur que nous ayons eu depuis la fondation de l'Empire par le premier Empereur Eytan I, l'homonyme de ton fils et je ne parle pas seulement en tant qu'épouse. C'est, je crois, un large consensus dans les milieux informés de l'Empire. Alors je sais que tu as une solution ou que, du moins, tu penses à une solution possible. Ai-je raison?
- Ah ma douce et tendre épouse! Tu me connais trop bien! Oui, cela fait longtemps maintenant que je pense à un plan, mais les conditions nous sont extrêmement défavorables et le seul plan que j'ai est si terrible qu'il m'empêche de dormir la nuit.
- Mais tu as un plan!
- Oui, mais comme je vous l'ai dit, il est si complexe que s'il ne fonctionnait pas bien, des MILLIARDS de gens seraient tués! Il est donc si terrible que je ne suis pas prêt à vous le révéler. Je préfère attendre pour voir si autre chose peut être tenté.
- Simon! lui dit soudain Dreck, en tant qu'ami, je te conjure de nous le dire! Tout peut malheureusement arriver et nous devons savoir, car nous, nous n'avons justement rien à proposer et si par malheur …il …il
- …devait m'arriver …malheur?
- Nous n'aurions même pas ton plan, si terrible soit-il, à suivre et alors…
- L'humanité ne serait plus qu'une légende, compléta Farah.
- Non! N'oublie pas le projet Graal!
- Mais si nous sommes coincés à l'intérieur de l'Empire, Simon, les démons finiront par trouver le Graal et le détruiront! Et alors

ce sera la vraie fin de l'humanité. Car ne t'y trompe pas, la seule chose qui compte maintenant ce n'est pas de savoir qui va survivre, mais comment sauver le Graal!

- Mais Papa, reprit Caroline, nous aussi, nous avons le droit de survivre!
- Assurément Caro! Mais la stratégie des Démons est réellement quelque chose qui me fait peur et même si je ferai tout pour les empêcher de poursuivre leurs noirs desseins, je suis obligé de tenir compte du fait qu'ils pourraient réussir et que l'extinction de l'humanité est quelque chose de possible que je dois éviter à tout prix, même au prix de nos propres vies. Donc le plan devra être d'abord, un plan qui assurera la survie du Graal! Évidemment, cela ne nous empêche pas de trouver le moyen de sauver aussi l'humanité actuelle!
- Mais pourquoi ne pas seulement cacher le Graal quelque part pour les prochains 100 000 ans! Nous avons des technologies qui sont suffisamment performantes et furtives pour permettre cela.
- Même si nous en étions capables, ce qui est quand même un sacré pari sur l'avenir, nous aurions la menace de nous retrouver avec les Démons dans 100 000 ans et donc de ne pas être plus avancés…mais ce n'est même pas ça le problème.
- Et le problème est?
- Que le Graal est le résultat du travail des tribus Païka et contient donc la totalité du code génétique du genre humain ainsi que la mémoire des individus qui y est associée. Et le code génétique, c'est de l'acide désoxyribonucléique, ou ADN, un composant très très fragile, qui se dégrade rapidement avec le temps…même congelé! En d'autres termes, c'est du vivant qui ne peut pas survivre plus de quelque dizaine d'années sans commencer à se dégrader sérieusement même à l'état congelé. Donc oublie ce plan. Je le répète, la survie du Graal EST la priorité des priorités, même si cela signifie notre mort à tous et la destruction de Nirva!
- Et tu as vraiment un plan pour ça?
- En fait, quelques idées que j'ai en tête depuis pas mal de temps et je dois vous avouer que ce que vous venez tous d'évoquer me perturbe effectivement depuis longtemps! Oui, je sais, je ne vous le disais pas, espérant contre toute logique, que quelque chose me permettrait de renverser la vapeur. Mais cette discussion m'a

définitivement convaincu que je ne peux plus me mettre la tête dans le sable! D'emblée il m'est apparu que pour pouvoir mettre en place des solutions aux problèmes que nous avons tous soulignés, nous aurions besoin de deux choses extrêmement importantes, soit un endroit inaccessible aux Démons pour nous préparer et la pierre de Nicolas !

- Mais Papa, rétorquèrent en même temps, Caroline et Eytan, la seule pierre de Nicolas qui existe est sur Sanctuaire et est hors d'atteinte.
- Détrompez-vous les enfants, il en existe une autre!
- Ah oui? Mais où?
- Sur Eldorado.
- Eldorado? C'est où ça?
- C'est une planète refuge où, d'après la légende, l'or est omniprésent. Longtemps, ce ne fut qu'une légende, mais un de mes officiers, particulièrement obstinés, Marcos de Niza, a fini par découvrir qu'elle existait vraiment et qu'elle servait de refuge à quelques Archanges survivants qui ont refusé de devenir Sarkaï. Cette planète serait protégée, justement, par un dispositif semblable à celui qui nous empêche d'aller et venir sur Sanctuaire, une pierre de Nicholas! Le problème, c'est que les coordonnées de cette planète, fournies par Marcos de Niza, la situent au-delà de la Grande Barrière de missiles!
- En territoire ennemi? N'est-ce pas risqué de s'y aventurer?
- Oui, c'est en territoire ennemi, mais j'ai un plan pour ça aussi. Hé oui…, si nous traversons la Grande Barrière, ils nous suivront …mais ne pourront pas descendre sur Eldorado pour les mêmes raisons qu'ils ne peuvent descendre, sur Sanctuaire. Mais nous… si!
- Quoi? Mais … mais si tu envoies du monde sur Eldorado, ils ne pourront pas en revenir, comme on ne peut pas revenir de Sanctuaire…. Enfin en principe.
- Il y a une grande différence entre Sanctuaire et Eldorado!
- Et cette différence est?
- Sur Sanctuaire, personne ne sait rien sur cette fameuse « pierre de Nicolas » et n'a pas la moindre idée d'où elle pourrait se trouver, alors que…
- Alors que, compléta Farah, Nicolas, qui était un Archange, lui …
- Trouva refuge sur…

- Eldorado, avec la pierre! C'est même lui qui l'y emmena! termina Dreck.
- Mais pourquoi as-tu besoin d'une pierre de Nicolas?
- Cette pierre, que les Sarkaïs appellent pierre des Étoiles parce que ce serait en mourant en supernova que les étoiles la créeraient, a été beaucoup étudiée par mes scientifiques grâce aux observations de la station sur orbite autour de Sanctuaire et, surtout, aux nombreux documents trouvés dans les archives de la famille.
- En fait, ces documents oubliés y ont été retrouvés quand nous eûmes vent des informations données à Pierre Sheine, là-bas sur Sanctuaire, par le Sarkaï qui détenait son fils.
- Et cette pierre, reprit Simon, qui aurait la capacité de transmutation de la matière du métal en or, aurait aussi, si elle était enlignée avec le champ magnétique d'une planète, la capacité de surchargé celui-ci d'une façon telle que tous matériaux conducteurs se verraient surchargé d'énergie par une sorte de facteur d'induction. Une telle charge ferait fondre ou brûler tout matériau conducteur jusqu'à ce que ses constituants se dispersent et deviennent très très petits! Sauf l'or qui semble résister à son pouvoir, mais qui, par contre, semble bizarrement être attiré par elle, où qu'elle soit!
Mais cette pierre, qui possède déjà des propriétés incroyables, pourrait aussi, d'après nos scientifiques, sous de fortes conditions de stress, étendre son champ beaucoup plus largement qu'en surface et pénétrer, en quelque sorte, toute la matière et la transformer…en antimatière! La présence de cette pierre sur un monde y empêche donc l'utilisation de matériel de guerre moderne. Cela oblige alors les envahisseurs à y combattre à main nue. Quelque chose d'autrement plus difficile à faire que de bombarder depuis l'espace! Ce qui veut dire que si nous amenions une pierre de Nicolas sur Nirva, nous compliquerions beaucoup la tâche des Démons!
- Ton plan est donc, Papa, comme ultime recours, de gagner Nirva et de la protéger grâce à une pierre de Nicolas? Mais éventuellement, les Démons, qui peuvent fabriquer du Sarkaï d'une façon quasi industrielle, finiront par prendre le dessus, non? Et ils trouveront alors le Graal aussi et le détruiront.

- Malheureusement, Caroline, reprit-il avec cette fois la larme à l'œil, j'avais des raisons de ne pas vous révéler les détails de mon plan. Ce que tu mentionnes n'est en fait qu'une partie du plan dont le but PREMIER est de protéger le Graal...à tout prix! Donc même Nirva ne sera qu'une partie du plan.
- Dis-nous ton plan, Papa, quel qu'il soit!
- Il y a un autre élément, en fait absolument incroyable, que vous devez aussi connaître. Le fameux voyage du HMS Improbable.
- Ah, ah, fit Dreck, je me demandais si ça faisait partie de ton plan!
- Tu connais cette histoire? Elle est pourtant couverte par le plus grand des secrets!
- Secret, pour moi, ton chef des renseignements? rétorqua, ironique, Dreck.
- Évidemment, j'aurais dû y penser!
- Mais nous, intervint Caroline, nous ne la connaissons pas cette histoire!
- Bien voilà. Il s'agissait d'un projet qui n'a pas tourné vraiment comme je le souhaitais. L'idée était d'utiliser des vaisseaux de type « HMS Arachnide », fameux pour leur furtivité et de les envoyer en reconnaissance en dehors de l'Empire dans le but de repérer les planètes des Démons et alors... Être Empereur est vraiment parfois terrible, de miner leur soleil avec des bombes du projet « Apocalypse » et...
- Le projet Apocalypse Papa, c'est quoi ça? demandèrent simultanément Eytan et Caroline.
- Le projet Apocalypse? Un sous-produit du projet « Méphisto ». C'est une bombe auto reproductrice, capable de se noyer dans la couronne d'un soleil et de s'y multiplier en utilisant l'énergie et les jets de matière de son hôte. Quand une masse critique de bombes est atteinte, généralement en quelques mois, vu l'abondance de matière disponible, elles se synchronisent toutes ensemble et envoient un rayon au cœur du soleil, ce qui a pour effet de changer une partie du cœur en...antimatière, ce qui a pour résultat de le transformer en ...supernova! Bref l'idée était de détruire nos ennemis avant qu'ils ne nous détruisent. Malheureusement aucun des 27 navires envoyés ne revint...du moins d'une façon classique. Aucune bombe ne fut donc placée sur aucun soleil étant donné que la plupart de nos navires furent

détruits rapidement après avoir traversé la frontière. Sauf un. Le HMS Improbable. Il a une histoire absolument incroyable qui va bien au-delà de notre problématique de bombe. C'est l'histoire de jeunes gens un peu trop téméraires, qui sont tombés dans un trou noir!

- Un trou noir? Mais alors ils auraient dû être tous morts! Alors toi, comment connais-tu cette histoire?
- Parce qu'ils ont trouvé, sans le vouloir, un moyen de transport intergalactique, appelé « trou de ver » et surtout comment l'utiliser.
- PAPA! Explique.
- Bien voilà. Ils sont donc tombés dans le trou noir au moment où ils activaient leur changement en antimatière. Alors le trou noir les a éjectés, mais par son autre extrémité, le trou blanc ou Quasar. Et ils se sont retrouvés dans la grande galaxie d'Andromède! Disons que ce fut une découverte fortuite, mais d'une grande utilité. Le seul problème est que ce genre de transport ne t'indique pas toujours où il t'envoie, ce qui fait qu'ils prirent 9 ans pour trouver un « trou de ver » capable de les renvoyer chez eux!
- Et tu as intégré cette information dans ton plan?
- Oui, je l'ai intégrée dans mon plan, de même que le projet « Apocalypse »… un plan que nous devrions mettre en place…et qui donnera effectivement un rôle essentiel à « Nirva », le berceau de l'humanité… le seul atout maître que nous ayons vraiment comme je vous le disais et à ce nouveau moyen de voyager entre les univers-îles que sont les galaxies. Mais un moyen de voyager qui emmènerait nos ennemis avec nous ne serait évidemment pas très utile. C'est pour cela que j'ai élaboré un plan avec des aspects si terribles que ça me hante. Ces cet aspect du plan qui permettra, quoiqu'il advienne, de sauver le Graal et par là même la future humanité! Mais à un prix terrible! Celui de la mort de tous les humains, même ceux de Nirva! C'est le seul plan que je sois capable de formuler pour le moment.
- Papa, ce plan est terrible et je comprends que tu dois sauvegarder l'avenir de l'humanité, mais je sais que tu as au moins une alternative!

- Oui, Caroline, tu as raison. Je ne pouvais pas me résoudre à seulement sauver le Graal, alors j'ai pensé à …un complément du plan actuel, mais je ne suis sûr de rien, tant celui-ci est complexe!
- Explique-nous!

Alors Simon n'eut plus vraiment le choix et il expliqua son plan!

- Oui, Caroline, je vais vous expliquer ce que j'ai en tête, comme alternative…non, comme complément à mon plan principal qui DOIT absolument se dérouler comme prévu. Mais ce plan bis, le seul qui me permette de me regarder encore dans le miroir, ne marchera que si certaines hypothèses sur la Grande Guerre des Démons de notre passé s'avèrent exactes.

Ces hypothèses sont, en fait, le résultat de mes conversations avec …les envoyés … Pierre Sheine et le professeur Vauldegarde!

Durant ses conversations, un fait insolite avait attiré mon attention et c'était la similitude des informations historiques que nous possédions sur Nirva et l'histoire récente de la Terre. Entre autres, la fameuse Seconde Guerre mondiale à laquelle tu faisais allusion justement Farah. Pour nous et j'ai fait faire certaines recherches par les spécialistes qui maintiennent notre bibliothèque, ces événements sont arrivés sur Nirva juste avant la grande Guerre des Démons et nous furent rapporté lors de la fondation de l'Empire juste après la grande fuite de l'humanité de Nirva! Ces événements sont bien reliés à cette fameuse guerre et c'est justement cela que j'ai vérifié avec l'envoyé Pierre Sheine. Ce qui est hallucinant dans cette histoire, c'est que cette guerre, qui pour nous a eu lieu il y a plus de 600 ans dans notre passé, avait eu lieu, dans le sien, il y avait seulement 60 ans! Au début de nos entretiens, cela ne m'avait pas frappé, car nous étions tous sur l'impression que les envoyés arrivaient de notre lointain passé, ce qui fut contredit par l'information que le NéMéSiS a réussi à nous avait fait parvenir juste avant de disparaître, qui disait clairement que les envoyés n'étaient partis de la Terre que depuis quelques années! Cette information, connue de moi seule, m'a créé un véritable choc!

Cette nouvelle et c'est le moins que l'on puisse dire, était paradoxale et m'amena à la conclusion que des événements identiques n'avaient pas la même datation selon que l'on regarde dans notre histoire où celle de la Terre des envoyés…qui est, je vous le rappelle, notre Nirva. Il y avait quelque chose que je ne comprenais pas et qui pouvait impliquer que la guerre des Démons sur Nirva ne serait pas quelque chose du passé … mais bien de notre avenir proche! Mais alors nous avions un paradoxe temporel!

Je crois ma femme que tu es la mieux placée pour vérifier cette hypothèse!

- Fort bien, je vais faire les recherches nécessaires et vous reviens dans une semaine, dit Farah.
- Et quel est le nom de ce plan, ou plutôt de ses plans, papa?
- Je l'ai appelé, LE JUGEMENT DERNIER!

Chapitre 27: Translocateurs

À :   Général Wilburt Smith,
        Commandant
        United States Nellis Air force Center

De :   Colonel Dr Martin Burgase
        Chief Medical Officer
        United States Nellis Air force Center

CLASSIFICATION: TO SECRET

Général

Tel que demandé, voici le résumé de mes investigations médicales sur
l'extraterrestre qui est présentement hébergée dans le laboratoire de
Virologie de niveau quatre construit dans le hangar 17 de la base.
En commençant, je dois vous dire que même si celui-ci possède des gènes
incontestablement d'origine humaine, plus de 60 à 70 % de ceux-ci sont
suffisamment différents des nôtres, pour pouvoir dire sans aucun doute
possible, qu'ils sont d'origine non humaine.
Cela m'amène à conclure que même si ses lointains ancêtres devaient être
humains, ce n'est plus le cas maintenant.
En second, il importe de savoir qu'en plus d'une investigation génétique,
sur laquelle je reviendrai plus loin, la possible présence de maladies
transmissibles aux humains a fait l'objet d'examens en profondeur et a
permis de trouver que notre invitée était, en effet, porteuse d'un certain
nombre de virus mineurs, semblable au rhume et autres grippes, mais aussi
de d'autres dont les effets ont été difficiles à comprendre.
Deux virus en particulier ont attiré notre attention.
Le premier semble avoir des propriétés assez terrifiantes, car il permet
d'insérer dans les gènes des morceaux de code chromosomique en
provenance du règne animal. En d'autres mots, il modifie le patrimoine
génétique du porteur avec des gènes animaux, ce qui le change à tout
jamais.
Cependant, toutes nos expériences ont montré que ce virus était inactif ou
incapable de fonctionner sur les cellules humaines telles qu'elles sont
actuellement.

Le deuxième est beaucoup plus mystérieux et n'a été découvert que récemment et seule une étude approfondie des gènes de votre extraterrestre, nous ont permis de remarquer des séquences anormales qui, mises bout à bout, permirent d'assembler l'autre type de virus. Celui-ci a pour fonction d'introduire lui aussi un certain nombre de nouveaux éléments dans le patrimoine génétique, mais dans ce cas, il ne s'agit pas d'éléments du règne animal, mais plutôt de son propre matériel.

Il nous a fallu longtemps pour comprendre l'effet de ses ajouts, car les expériences menées en laboratoire sur des cellules diverses ont montré que les changements n'avaient AUCUN effet à priori sur le fonctionnement des dites cellules.

En d'autres termes, même si vous étiez infectés, vous ne ressentiriez aucun effet, sauf que votre capital génétique se verrait réorganisé complètement de sorte que vos chromosomes en seraient changés à jamais.

Néanmoins, aucun effet notable n'a été détecté à ce moment-là. Ce manque de conséquence nous a laissés longtemps sur notre faim, car nous ne comprenions pas la raison d'être de ce virus…jusqu'au jour où nous avons infesté des cellules avec les deux virus. Tout à coup, le premier virus que nous croyions inefficace s'avéra actif et se mit à transférer des gènes des animaux tests présents dans notre expérience, vers les cellules humaines que nous cultivions en laboratoire.

Notre second virus servait en fait à permettre au premier virus de devenir actif sur les cellules humaines et donc, de transférer des gènes animaux dans des chromosomes humains!

En modifiant le patrimoine génétique de base, il rendait le premier opérationnel!

Cela nous alarma énormément parce que la combinaison des deux signifiait que tout le patrimoine génétique de l'humanité risquait à jamais d'être altéré par des mélanges possiblement létaux, avec les animaux!

C'est pour cela que le premier virus a été nommé « Petit Translocateur » et le second « Grand Translocateur ».

Je vous prierai donc de vous assurer que notre visiteur n'entre en contact avec qui que ce soit directement, car, même si le « Grand Translocateur » n'existe qu'à l'état de menace potentielle, étant intégré dans les gènes et non pas à l'état libre comme le « Petit Translocateur », la libération de celui-ci doit forcément être associée, à certaines conditions, au niveau des cellules, conditions qui nous sont inconnues.

Quant au premier virus, le « Petit Translocateur », il a un potentiel virologique très similaire au virus de la grippe, auquel il ressemble, ce qui explique sa sensibilité au Tamiflu.

D'une façon générale, la structure des deux virus nous fait penser qu'il s'agit de matériel biologique TRAFIQUÉ.
Votre pensionnaire est donc probablement une arme biologique dirigée contre l'humanité!
À titre indicatif, sachez qu'une copie de ce document secret a été également envoyée à la CIA par mon adjoint, qui en est un agent, tel que vous le savez.
Si vous avez des questions, n'hésitez pas à me contacter.

Colonel Dr Martin Burgase

Le Général Wilburt Smith lisait et relisait ce vieux rapport de son officier médical pour la énième fois et cela avait pour effet d'augmenter à chaque fois son niveau de stress, surtout depuis que son « invitée » s'était fait la belle grâce à des éléments « incontrôlés » et …inconscients.

Mais maintenant en plus de son stress, c'était carrément de la panique qu'il ressentait.

Des rapports lui étaient arrivés au sujet d'une mystérieuse maladie qui aurait décimé un village, une petite bourgade de 200 habitants perdus dans le Wyoming. Un petit village agricole sans histoire, appelé PetitJunction.

Il y était maintenant avec ce type détestable de la CIA, John Borr…si tel était vraiment son nom.

- Ne me regardez pas comme cela, Général, lui disait justement le dénommé John Borr, si je n'étais pas intervenu, que serait-il arrivé?
- Il n'était pas nécessaire de tuer tout le monde, bon sang!
- Vraiment? Plus de 50 % des gens étaient infectés par un virus à l'action inconnue sur l'homme et vous ne trouvez pas important de les abattre?
- Mais c'est monstrueux ce que vous dites! Vous parlez d'êtres humains, bon sang! Pas d'un élevage de porcs! De plus, 50 % des gens ne présentaient aucun symptôme et on aurait probablement pu arrêter l'infection avec du Tamiflu.

- Peut-être, mais pas sûr…ma méthode est sûre… et nous allons brûler tous les cadavres…et la ville.
- Vous avez tué des citoyens américains!
- Vous êtes une âme sensible, Général! Pas ce qu'il faut pour commander ce genre de mission!
- La sensibilité de mon âme ne vous regarde pas… et au cas où vous ne le sauriez pas, la fonction de l'armée américaine est de protéger le peuple américain, pas de le tuer! ET VOUS ÊTES SOUS MES ORDRES!
- Bien sûr…mais quand j'estimerai que vous ne faites pas ce qu'il faut faire, j'agirai comme bon me semble…et surtout selon les recommandations de mes employeurs…qui eux aussi, je vous le rappelle, travaillent à la protection du peuple américain…mais d'une façon bien plus efficace que vos âmes sensibles de l'US Air Force!

Tout à coup, le Général Wilburt Smith sut qu'il venait d'atteindre le moment le plus dur et le plus redouté de tout chef militaire en mission de guerre, car pour lui il ne faisait aucun doute qu'ils étaient en guerre, celui où ses subordonnés commencent à agir de leur propre chef, sans écouter les ordres.

Il sut que s'il n'agissait pas immédiatement, il perdrait le commandement réel de ce groupe…et le gars de la CIA avec ses méthodes brutales allait être le vrai chef.

Ce n'était pas qu'il voulait absolument être le chef, mais plutôt que ce à quoi il faisait face allait exiger des compétences que la brute en face de lui n'avait pas, ce qui entraînerait inévitablement une perte de contrôle de la situation.

Le général Wilburt Smith, de l'US Air Force, respira à fond puis plongea la main dans l'étui fixé à sa hanche droite pour en sortir son automatique de service.

Avant même que le dénommé John Borr, agent spécial de la CIA, entraîné aux techniques dites de nettoyage, ne réalise ce qui se passait, le Général lui avait tiré une balle en pleine tête!

- Le premier qui s'avisera de tuer des Américains sans en avoir reçu formellement l'autorisation de ma part rejoindra ce salaud dans la tombe. Et accessoirement pour ceux qui ne sauraient pas qui commande, je vous rappelle que cette enquête est sous la direction de l'US AIR FORCE et NON DE LA CIA! Prière de transmettre le message à qui de droit, finit-il, en s'adressant particulièrement à l'autre agent de la CIA présent!

Mais rien n'est simple dans la vie et c'est à ce moment que, surgissant de derrière le hangar où il se trouvait, une créature monstrueuse se précipita vers lui et le bascula avec une force peu commune. La créature eut tôt fait d'envoyer au tapis les autres membres du groupe puis se rua vers le petit bosquet pas loin de là.

- Ne tirez pas, cria le Général.

Mais c'était trop tard! Un coup de feu éclata et le monstre fut abattu juste avant qu'il ne puisse gagner le sous-bois.

Le Général se releva et se précipita vers l'étrange être qui l'avait bousculé.

Il gisait dans son sang, face contre terre. Le Général le retourna et ne put s'empêcher un geste de recul quand il vit la figure de celui-ci! Elle était humaine jusqu'aux yeux, mais après c'était vraiment différent. En fait, l'être avait un museau…comme un chien!

- Mon dieu, s'écria le Général, cet homme s'est transformé en chien!

L'étrange personnage envoya un regard d'une grande tristesse au Général. Un regard qui n'était pas celui d'un monstre, mais bien d'un être humain …terrorisé.

- Qui êtes-vous, monsieur? demanda le Général.

L'inconnu sortit un petit carnet de la poche de sa chemise, ainsi qu'un crayon et écrivit :

« Robert Sheppard …votre ennemi! Général, stoppez-la, je vous en supplie, elle veut tuer l'humanité ».

Mais il ne put en écrire davantage. La blessure était trop profonde et il rendit l'âme!

- Que Dieu protège l'Amérique! murmura le Général.

Chapitre 28: Nouvelles du passé!

« *Mon cher fils.*
5 minutes!
C'est tout ce que j'ai pour te dire ...tout, sur moi ...sur ta mère!
Sache simplement qu'elle et moi n'avons pas toujours fait les meilleurs choix dans notre vie, mais que toujours, ce fut avec la conviction que c'était ce qu'il y avait de mieux à faire.
Et puis tu es arrivé.
Nos plus grands moments de bonheur, là-bas, sur Sanctuaire.
Tout à coup nous avons compris pourquoi nous nous étions battus toute notre vie, ta mère et moi!
Elle qui vient de la donner sa vie pour que tu aies un avenir ainsi que cette chère humanité.
À moi maintenant!
À moi de te prouver mon amour!
Oui, la vie a été dure avec nous, mais elle s'est rattrapée à la fin avec quelque chose qui justifie toutes les misères que nous avons pu connaître.
Toi!
Et sache que le premier rôle d'un père est et sera toujours de protéger sa famille et ses enfants, alors je ne pouvais pas permettre à des créatures infâmes surgies du fond de l'enfer et de l'espace, de te toucher, même si cela allait me couter la vie, tout comme ta mère a su le faire il y a juste quelques minutes.
Oui, malgré l'effroyable peine que me cause ca mort et l'obligation de t'abandonner, je dois garder la tête froide et faire ce que je dois ... pour toi et pour la Terre, notre mère patrie à tous.
Je n'ai pas de regret, sauf celui de ne pas pouvoir te voir grandir avec ta mère à mes côtés. Mais c'est aussi cela être père... faire ce qu'il faut pour que son enfant vive, quel qu'en soit le prix.
N'en doute jamais, ta mère et moi t'avons aimé énormément et pardonne-nous de ne pas être là pour toi, mais la mort est notre excuse.
Je te laisse mes armes.
Elles m'ont porté chance et feront de même pour toi.
Utilise-les pour défendre ce que tu penses juste.
Tu sauras faire la différence quand cela se présentera.
Tu es notre fils et nous avons, quoi qu'on en dise, fait ce que nous pensions juste toute notre vie et tu sauras faire la même chose.

Je te souhaite une belle et longue vie
Nous t'aimons énormément.
Papa et Maman

Loïc se réveilla en sueur! La lettre de son père biologique l'avait perturbé bien au-delà de ce qu'il avait cru.

Et comme toujours dans les moments de grandes émotions, elle était venue !

Elle!

Sa douce princesse!

Et maintenant, il savait qu'elle n'était pas imaginaire.

Mais que voulait-elle? Loïc ne comprenait pas! Elle semblait suppliante! Elle l'appelait!

C'était urgent…il fallait qu'il amène un…envoyé???

Quel envoyé? Il avait essayé de la questionner, mais n'avait réussi qu'à la perturber.

Danger! Un énorme danger… durant le voyage? Quel danger? Loïc n'arrivait pas à comprendre.

Puis plus rien…et il s'était réveillé! Il fallait qu'il sache…et John McCain lui avait dit qu'il était plus puissant qu'il ne le croyait…qu'il avait besoin d'être stimulé…c'est-à-dire essayer de pousser son don à son maximum.

Alors il se concentra et tenta de se reconnecter à sa princesse et se retrouva brusquement en contact avec un esprit …féminin…différent.

Un esprit qui le cherchait et qui allait bientôt entrer en contact avec lui…un esprit suivi par …oh mon Dieu, les maléfiques!

Ils l'utilisaient pour provoquer…quelque chose. Mais quoi?

Les maléfiques le connaissaient pourtant…alors?

Mais qui était cette jeune fille?

L'envoyé?

L'envoyé de qui?

Et pourquoi n'arrivait-il à sentir sa princesse que lors d'émotions intenses?

Quelque chose de troublant était en préparation. Il avait même senti, brièvement un autre esprit. Un esprit vraiment noir…comme étranger…un esprit démoniaque!

Un esprit puissant et dangereux.

C'était l'esprit de celui qui le faisait surveiller depuis tant d'années, mais ce n'était pas celui d'un militaire. Non, Loïc avait quand même perçu au-delà de la haine pour les humains la raison pour laquelle il était surveillé.

En un mot : NéMéSiS!

Le vaisseau spatial représentait l'unique chance de cet esprit maléfique de retrouver les siens...les Démons!

Mais il y avait beaucoup plus inquiétant!

Quelque chose de très clair était apparu durant sa très brève connexion avec ce ...Démon ?

Il semblait avoir décidé d'agir pour forcer le NéMéSiS à sortir de sa cachette!

Puis, il fut brusquement coupé de lui. Cet esprit l'avait senti et s'était protégé...avec quelque chose...quelque chose qui devait être solide, comme si quelqu'un fermait un rideau...un casque anti-télépathe? Mais alors les maléfiques devaient savoir qu'il était télépathe! Cela était très préoccupant. Il fallait qu'il en informe John !

Peut-être saura-t-il qui était cet envoyé? Heureusement John lui avait remis un communicateur très particulier, en provenance de l'Empire, un communicateur qui ne pouvait pas être détecté par personne sur terre!

Loïc se leva rapidement et s'habilla encore plus vite. Tout à coup il avait un sentiment d'urgence. Il fallait qu'il parle à John.

C'est à ce moment que le carillon de la porte d'entrée résonna!

Le cœur de Loïc se serra.

« Non, pas maintenant, je ne suis pas prêt! J'espère que ce n'est pas elle », se dit-il, tout en étant sûr que oui.

Il se précipita vers la porte qu'il ouvrit brusquement.

Une très jolie jeune femme se trouvait devant lui. Tout de suite la jeune femme lui fit penser à quelqu'un. Quelqu'un de profondément enfoui dans sa mémoire...ou celle de ses parents biologiques!

-    Monsieur Loïc McConnell? demanda-t-elle.

« Mon Dieu, c'est elle », se dit Loïc qui l'avait reconnue instantanément comme la fille avec qui il avait établi un bref contact télépathique juste quelques minutes plus tôt.

- Je m'appelle Audrée…Audrée Vauldegarde, lui dit-elle, je désirerais m'entretenir avec vous quelques minutes, si vous…

Mais elle n'eut pas le temps d'en dire plus. Loïc vit tout à coup une série de berlines noires arriver à toute vitesse vers la maison.

« Les maléfiques » pensa-t-il brusquement.

Et il agrippa la jeune femme, la tira brusquement vers l'intérieur et ferma brutalement la porte.

- Mais lâchez-moi, cria-t-elle alors.
- Nous sommes en danger. En me contactant, vous venez de déclencher quelque chose de terrible, lui répondit-il tout en saisissant dans la petite commode à l'entrée, un étrange pistolet, ce qui eut le don d'affoler la jeune femme encore plus.

Elle fit mine de se diriger vers la porte, mais des bruits de galopade se firent entendre dehors, ce qui la paralysa un court instant!

- Non, n'ouvrez pas la porte! Ils arrivent.

Mais la jeune femme semblait déterminée à sortir! Alors Loïc rouvrit la petite commode et lui donna un énorme pistolet.

- Tenez, lui dit-il, c'est un 357 Magnum. Comme ça, vous pourrez vous protéger!

Loïc en profita même pour glisser dans sa poche la fameuse dague en diamant…au cas où.

Mais il ne put faire quoi que ce soit d'autre, car la porte d'entrée éclata!

Les assaillants, quels qu'ils fussent, n'avaient même pas tenté de l'ouvrir normalement.

Audrée et Loïc furent jetés au sol par la déflagration.

Loïc tentait de se relever quand un colosse à l'air mauvais se profila dans l'encadrement de la porte, ou du moins dans ce qu'il en restait!

Tout alla alors très vite!

Sans même s'en rendre compte, Loïc leva son arme sur l'agresseur et tira sur lui.

L'étranger éclata littéralement, peignant les murs de son sang et de ses organes.

Audrée Vauldegarde hurla!

Mais Loïc, momentanément rejeté sur le sol par la deuxième explosion, se releva comme s'il avait été monté sur ressort et ouvrit le feu sur les grosses automobiles arrêtées en désordre devant sa maison.

Ce fut comme si la troisième guerre mondiale venait de commencer dans sa rue!

Une série de violentes explosions détruisit la petite flotte de véhicules ainsi que les fiers-à-bras qui venaient d'en débarquer.

Audrée hurla de plus belle et de manière hystérique.

Loïc se retourna vers elle et la gifla!

Elle se tut instantanément!

- Madame, lui dit Loïc avec le plus de douceur possible étant donné les circonstances, pardonnez-moi, mais nous n'avons pas le temps ! Nous sommes en danger, vous et moi. Nous devons partir vite. Ils vont revenir!
- Mais qui…qui…qui
- Des gens maléfiques qui veulent nous prendre pour forcer quelqu'un d'autre à venir. En venant me voir, vous avez déclenché quelque chose de terrible. Vous comprenez?
- Oui, dit-elle avec hésitation et un calme surprenant, je suis au courant de certaines choses!
- Êtes-vous l'envoyée, lui demanda soudain Loïc?
- L'envoyée? Non! Qui est-ce?
- Peu importe! Il nous faut fuir. Dans mon garage, j'ai un prototype de véhicule produit par NéMéSiS corporation. Avez-vous le vertige?
- Non, pourquoi?
- Vous allez le savoir bientôt!

Loïc les entraina vers le garage. Là, une étrange moto rutilait.

- Montez sur le siège du passager, lui dit-il.

Elle hésita.

- Mais c'est quoi cette machine?
- Une moto…un peu particulière. Je vous en prie, c'est sans danger, mais nous devons partir vite.

C'est à ce moment qu'elle vit brièvement, par la fenêtre adjacente du garage, des inconnus se déplacer rapidement et à pied cette fois, en haut de la rue. Sa décision fut prise illico et elle monta sur l'étrange moto.

Loïc monta lui aussi et pendant que des ceintures automatiques s'enroulaient autour de leur taille, il démarra la moto et sortit du garage. La rue était jonchée de débris, mais il réussit à guider son véhicule vers le bas de la rue.

Peine perdue! Déjà des inconnus apparaissaient dans cette direction aussi.

Loïc poussa un bouton et brusquement, ce qu'Audrée avait pris pour de la carrosserie, certes étrange, se releva, montrant une double paire d'ailes à l'avant du guidon et juste derrière le passager. Et au creux de ses ailes…des hélices carénées!

En un quart de tour, elles se mirent à vrombir et en moins de temps qu'il ne fallait pour le dire, voilà que Loïc et Audrée se retrouvaient à voler, sur leur étrange moto, à toute vitesse au-dessus de leurs assaillants, manifestement dépités!

- Allez pourrir en enfer! cria Loïc.

Chapitre 29: Le visage de mon ennemi!

Guerre à Oulan Bator!
Caroline avait fait son travail d'une façon superbe et grâce à l'institut
Thulé, qu'elle dirigeait maintenant directement, il l'avait repérée!
Dans la zone sud d'Oulan Bator…sur les flancs d'une colline…une
maison banale, mais qui abritait quelqu'un de glacé, aux pulsions
meurtrières insensées.
Le désir d'extermination était tellement fort que certains des plus grands
maîtres de l'institut en avaient été incommodés.
Henri Terreblanche, tel était son nom!
Pour tous, il ne faisait aucun doute que sous ce nom se cachait le
redoutable « Vieil homme sur la montagne », ou pour Caroline, Ra
Tamura!
Caroline avait pris directement la direction des opérations et les
commandos Gurkha de La Garde avaient attaqué la maison dès l'aube.
La surprise aurait dû être leur atout principal.
Peine perdue!
Quelqu'un avait averti le locataire du domicile et les gardes furent
accueillis par un feu nourri qui les obligea, dans un premier temps, à se
retirer et à appeler des renforts…dotés de moyens beaucoup plus puissants!
Alors, les choses tournèrent encore plus mal. La Garde envoya des tanks de
combat et bientôt tout le quartier Sud d'Oulan Bator se transforma en zone
de guerre. La capacité militaire qu'Henri Terreblanche semblait posséder
était surprenante; à croire qu'il se préparait depuis longtemps à cet
affrontement!
Mais surtout, qui l'avait averti et qui étaient ceux qui l'appuyaient?
Impossible évidemment d'utiliser des armes lourdes dans la ville, alors les
combats prirent du temps et ne permirent pas de remporter facilement la
bataille, car les résistants semblaient non seulement bien armés, mais aussi
prêts à donner leur vie pour défendre leur cause, ce qui surprit Caroline
plus que tout.
Pourquoi ces gens défendaient-ils cet homme d'une façon aussi féroce?
Ce fut Dreck, qui évidemment épaulait Caroline dans cette action, qui mit
le doigt sur la chose la plus bizarre.
- *Caro, il y a quelque chose d'étonnant chez nos adversaires.*
- *Vraiment et c'est quoi?*

- *Les photos prises au téléobjectif par La Garde pour repérer les tireurs embusqués nous montrent toujours le même type d'individus, c'est-à-dire, des Aryens et des Aryens seulement, aucune autre race!*
- *Donc, nous avons à faire à un regroupement de racistes, mais...*
- *...mais pas nécessairement à notre ennemi! Leurs haines nous ont aveuglés, ils haïssent les autres races, mais pas les humains en général!*
- *J'en conclus qu'ils sont aidés et surtout manipulés, par notre vrai ennemi!*
- *Bien, dit Caroline, je crois que tu as raison, mais nous devons quand même finir ce combat, car de toute façon ces gens sont nuisibles.*
- *OK, mais moi je retourne à l'institut et cette fois, je l'aurai!*
- *Qu'est-ce qui te fait croire que tu vas, cette fois, le repérer?*
- *Parce que je l'avais déjà repéré, mais, malheureusement, négligé, car son « signal » était trop faible.*
- *Que veux-tu dire?*
- *Un signal très faible et intermittent, localisé lors de notre première grande chaine pour repérer l'ennemi à Oulan Bator, nous avait permis de sentir quelqu'un qui semblait avoir des plans de destruction envers nous, mais aucune haine! Cela ne nous avait pas semblé correspondre avec le profil de l'ennemi qui se devait de nous haïr ou, à tout le moins, de nous détester! Enfin on le croyait. Mais c'est l'ennemi le plus insidieux que nous ayons!*
- *Penser qu'il ne nous haït pas est difficile à croire, alors qu'il fait tout pour nous détruire!*
- *Oui...non, je ne sais pas. Mais l'individu repéré semblait être au cœur d'un réseau d'influence très important, sans que nous ayons été capables de comprendre de quoi il s'agissait. Mais comme il y a beaucoup de réseaux d'influence à Oulan Bator et que l'individu ne semblait pas démontrer de haine particulière, nous l'avons négligé.*
- *Mais tu dis qu'il y a beaucoup de réseaux comme ça, ici, alors pourquoi parles-tu de celui-là en particulier?*
- *Parce qu'il était et de loin, celui qui semblait le plus puissant!*
- *Bon alors, tu as raison, retournes à l'institut et approfondis cette question, conclut Dreck, de toute façon, une zone de guerre n'est pas le meilleur endroit pour une jeune femme comme toi!*
- *Si, répondit une Caroline soudain tendue, je veux montrer que je suis crédible comme future Impératrice, même en temps de guerre, mais bon, il y a d'autres priorités!*

Mais il n'y avait pas de temps à perdre en vaine palabre, alors elle monta dans son appareil blindé, en laissant son habituelle escorte sur place, où, disait-elle, du travail plus important que l'escorter devait être fait!

Son véhicule s'envola donc sans escorte, ce qui était contraire à tous les protocoles de sécurité, mais Caroline était une personne que l'on ne contredisait pas!

Alors, c'est bien seule qu'elle s'envola vers le palais où dans une de ses nombreuses annexes, se trouvait déjà son groupe de l'institut, fin prêt pour une autre session de « télépathie intrusive » comme ils l'appelaient tous, en vue de repérer vraiment cette fois-ci l'ennemi et non plus ceux qui sont manipulés par lui!

Caroline en était justement à penser à cela quand elle se rendit compte que son véhicule blindé passait au-dessus de l'endroit repéré comme abritant l'individu en question.

Et il se passa alors ce que tout le monde redoutait le plus.

L'ennemi prit l'initiative du combat!

Un puissant rayon laser, en provenance de la petite maison en contrebas, traversa soudain le véhicule volant, supposément blindé, de Caroline. Mortellement touché, le véhicule fit une énorme embardée, se coupa en deux, puis plongea vers le sol. Caroline crut sa dernière heure arrivée d'autant plus que tous ses hommes semblaient avoir été touchés d'une façon ou d'une autre et étaient soit morts soit tellement blessés qu'ils ne réagissaient plus.

Heureusement pour elle, son véhicule avait quand même de puissants compensateurs de chute qui lui permirent un atterrissage certes brutal, mais pas mortel, juste à côté de la maison d'où était venu le tir destructeur. Caroline constata rapidement que tous les hommes à bord de l'appareil avaient été tués, soit par le rayon laser, soit parce qu'ils avaient été éjectés de la carlingue.

Elle était la seule qui avait été capable de s'accrocher à son siège.

Aussitôt que les restes de son appareil s'étaient immobilisés sur le sol, elle l'avait quitté et cherché une arme.

Malheureusement, elle ne trouva qu'une grenade sur le cadavre du pilote. Mais qu'à cela ne tienne, elle avait bondi hors de la carcasse…pour se retrouver nez à nez avec un individu plutôt étrange.

Un géant, de race parthe, plutôt laid, mais avec un air débonnaire, même timide…et armé d'un énorme pistolet!

Aussitôt Caroline le reconnut. C'était le géant qui s'était trouvé dans la salle de l'Université d'Oulan Bator le jour où Pierre Sheine l'avait sauvée d'un attentat alors qu'elle n'avait que quatorze ans.

- *Vous! dit-elle.*
- *Voyez-vous ça, lui dit-il d'un air narquois, notre chère Princesse Caroline!*
- *Comment osez-vous?*
- *Mais parce que c'est moi qui ai le révolver, chère Princesse! Et dire que j'ai essayé tellement souvent de vous tuer! Sans succès! Et vous êtes là! La chance pour vous d'échapper à mon rayon laser était infime! Et vous survivez!*
- *Non seulement je survis, mais j'ai même une grenade dégoupillée qui vous tuera aussi si vous m'attaquez!*

Le géant éclata de rire!
- *Décidément, vous êtes vraiment increvable, dit-il en s'éloignant d'elle!*

Mais Caro ne voulait pas en rester là.

L'ennemi était devant elle... il fallait qu'elle sache.
- *Mais pourquoi nous haïssez-vous tellement? lui lança-t-elle.*

Il se retourna brusquement et lui dit :
- *Mais je ne vous hais pas, chère princesse, c'est même tout le contraire. Et j'aime même beaucoup cette chère humanité.*
- *Alors pourquoi nous faites-vous la guerre?*
- *Si les choses avaient été différentes...s'il n'y avait pas eu ces maudits Dragons...peut-être que nous déjeunerions ensemble! Mais là... je n'ai pas le choix, répondit-il!*
- *On a toujours le choix!*
- *J'aimerais que ce fusse le cas! Malheureusement nous avons atteint le point de non-retour!*

L'individu se tut, regarda Caroline avec intensité et tristesse, puis dit :
- *Votre grenade n'est pas fonctionnelle...et j'ai perdu l'envie de vous tuer! Croyez- moi, je regrette infiniment cette situation...nos peuples auraient tant à apprendre l'un de l'autre...mais...il y a trop de morts et de haines irréconciliables! Des haines qui viennent des abysses du temps et qui sont le résultat de vos actions, pas des nôtres.*
- *Expliquez-vous, enfin!*
- *Princesse, les Fils et Filles de Razakel ne sont pas, ou du moins n'étaient pas, vos ennemis, mais, malgré nos erreurs, il est impensable que nous soyons à jamais bloqués dans notre développement sur les quelques mondes que nous possédons et qui sont déjà surpeuplés, parce que vous avez pris tout ce qui était disponible avant nous.*
- *Nous les avons terra-formés!*
- *Oui, mais il reste quand même que des conditions minimales sont nécessaires pour terra-former un monde et, malheureusement, ce qui*

reste de terraformable dans cette partie de la galaxie, est très limité, même avec vos technologies.

- Vous auriez pu quand même nous en parler!
- Vraiment? Et vous nous auriez dit simplement, mais oui mon cher, prenez donc Oulan Bator!
- Et vous pensez que la guerre c'est mieux?
- Qui sait? Si vous aviez, au moins, évité de provoquer autant de haine chez mes partenaires, peut-être que nous aurions pu prendre une autre voie?
- Mais en quoi la haine de vos partenaires vous concerne!
- Ils nous ont bien avertis que vous vous moquiez de la justice. Ils nous ont dit : « Voyez ce qu'il ont fait aux peuples autochtones quand ils voulaient leurs terres ».
- Mais c'était il y a bien longtemps! Et dans ce cas-ci, c'est vous qui voulez nos terres!
- Parce que le dialogue est impossible!
- Pour vous, ce qui est à vous est à vous et ce qui est à nous est négociable!
- Vous ne comprenez pas! Nous, nous n'avons pratiquement rien et vous, vous avez tout! De plus, vous ne partagerez pas ce que vous avez! Vous ne l'avez pas fait dans le passé et vous ne le ferez pas dans le futur.
- Vraiment? Comme c'est facile de se disculper! Il suffit de se dire que de toute façon le dialogue ne mènera à rien alors pourquoi même essayer?
- Et perdre l'effet de surprise, alors que d'ores et déjà votre histoire, même récente, nous apprend que vous n'êtes même pas capables de faire des concessions entre vous? Vous croyez vraiment que faire croire aux Aryens qu'ils étaient une race supérieure était difficile?
- Peut-être pas, mais c'est cela la civilisation! Lutter contre nos travers pour évoluer vers une société plus juste où l'homme n'est pas un loup pour l'homme... ce qui n'est pas le cas de votre civilisation où prévaut encore la loi de la jungle!
- Oui, mais au moins nous, nous n'avons pas l'hypocrisie de faire croire que tout le monde est égal dans notre société, alors que vous...!
- Le système impérial n'est justement là que pour garantir le droit à chacun de se développer en paix dans l'Empire.
- J'en suis conscient! Mais cela ne résout pas nos problèmes.
- La guerre non plus!
- Malheureusement la guerre est une façon fondamentale de rejeter les dés!

- Mais les dés pourraient vous être encore plus défavorables!
- C'est pour cela que je suis ici! Pour que les dés, cette fois, aillent dans le bon sens... et vous, ou plutôt les imbéciles racistes parmi vous, m'aident énormément dans ce sens!
- Mais il y a une chose qui est certaine Prince Ra Tamura! Il est plus facile de déclencher une guerre que de la gagner et il est aussi certain que les coûts réels d'une guerre sont toujours beaucoup, beaucoup plus importants que prévu...et je ne parle pas ici que d'argent!
- En tout cas, je fais ce que je peux pour la gagner. Et franchement, je ne parierais pas beaucoup d'argent sur vos chances à vous! En attendant, évitez donc le palais et... gardez-vous bien, les temps à venir vont être terribles... et la prochaine fois que je vous rencontrerai, je n'aurai pas d'autre choix que de vous tuer!
- N'oubliez jamais que le choix est toujours possible!
- Si j'acceptais de voir ma famille mise à mort... alors oui, le choix serait possible, mais en attendant, le Prince Ra Tamura vous salue bien, madame, finit-il en faisant, avec élégance, une grande révérence!

Puis il poussa un mystérieux bouton sur ce qui ressemblait à une montre qu'il portait au poignet.

Un petit engin surgit de terre devant lui et il y embarqua à toute vitesse. L'engin démarra en trompe et plongea...vers le centre-ville.

Caroline, elle, n'arrivait pas à mettre ses idées en place...sidérée qu'elle était par le dialogue qu'elle venait d'avoir avec ...l'ennemi...d'autant plus qu'elle venait de constater qu'il avait raison : sa grenade n'était pas fonctionnelle!

Moins d'une minute plus tard, les engins de secours de La Garde arrivaient vers elle.

- Trouvez-le, leur cria-t-elle.

Mais c'était peine perdue. L'ennemi avait aussi lancé un système de protection qui avait libéré des virus informatiques incroyablement puissants, lesquels avaient empêché les systèmes des appareils de La Garde de suivre le fuyard et ils l'avaient perdu ... au cœur même de la ville!

Loïc et sa compagne fonçaient maintenant dans le ciel sur cette étrange moto aérienne qui leur avait permis de passer au-dessus de la tête de ceux que Loïc appelait les maléfiques !

Malheureusement les événements s'étaient précipités trop vite pour qu'il ait eu le temps d'entrer en communication avec John.

Alors, même s'ils étaient momentanément hors de danger, il était évident que leurs poursuivants n'allaient pas simplement les laisser déguerpir!

Mais pour le moment, ne sachant pas vraiment où aller, Loïc choisit de se diriger vers le nord et l'Oregon, vers ce magnifique chalet où il s'était réveillé après son expédition à Vancouver.

Il en avait les coordonnées et le chalet possédait ce qu'il fallait pour se cacher et attendre tranquillement que John prenne contact avec eux.

Celui-ci lui avait indiqué que s'il avait des problèmes et ne pouvait communiquer avec lui, se rendre au chalet serait la meilleure chose à faire, car, disait-il, celui-ci avait des moyens de protection automatique très importants qui garantissaient sa sécurité ainsi que les moyens de communication indispensables pour contacter le monde extérieur et lui en particulier, ou le NéMéSiS.

Grâce aux performances étonnantes de leur moto aérienne, Audrée et Loïc ne tardèrent donc pas à s'éloigner des régions habitées et les forêts étaient maintenaient ce qui se déployait sous leurs pieds, quelque 1500 mètres plus bas.

Au début, Loïc avait senti l'extrême nervosité de sa passagère, qui avait quand même peu l'habitude de se retrouver sur un petit siège avec 1500 mètres de vide sous elle.

Mais elle s'était calmée peu à peu et semblait même maintenant prendre un certain plaisir à ce vol incroyable qui lui permettait aussi d'évacuer les terribles moments qui l'avaient précédé.

Audrée était évidemment terrifiée après l'attaque des maléfiques, mais le calme olympien de Loïc et l'altitude avaient eu un effet calmant sur ses nerfs plus qu'éprouvés.

Mais Audrée avait aussi un caractère bien trempé.

- Alors, demanda Loïc grâce à l'interphone, le spectacle en vaut la peine, non?
- Oui fut la réponse, mais que s'est-il passé? Pourquoi ces gens nous ont-ils attaqués et que veulent-ils?
- Pour eux, nous ne sommes qu'une sorte d'appât. Ils veulent mettre la main sur un vaisseau spatial incroyablement performant et le seul lien avec celui-ci, c'est nous.
- L'archéoptéryx? Le vaisseau de mon père? Vous parlez des gens d'IFO?

- IFO? L'archéoptéryx? Connais pas! Non, un vaisseau en provenance de … heu…l'extérieur.
- L'extérieur? L'espace?
- Oui.
- Mon dieu. C'était donc vrai! Il y aurait donc bien un vaisseau « alien » sur Terre. Mais êtes-vous en contact avec ce vaisseau et quels sont vos rapports avec son équipage?
- Ce vaisseau a juré de me…nous protéger, car il a connu nos parents respectifs et les aimait.
- Les gens de ce vaisseau ont connu nos parents?
- Pas les gens…le vaisseau lui-même! Bien venu dans la « Twilight Zone »! Ce vaisseau EST un être…vivant!
- Mais c'est …impossible.
- Hé, que vous le vouliez ou non, c'est la réalité.
- Mais qui sont alors ces gens qui le recherchent? Les gens d'International Flying Object?
- Il y a bien du monde qui court après ce pauvre NéMéSiS et certains sont de classiques services secrets, mais celui que je redoute le plus semble être dirigé par une puissance maléfique qui a besoin du vaisseau pour retourner chez elle…et mettre ses noirs desseins à exécution.
- Ses noirs desseins? Qui sont?
- L'éradication de la race humaine!
- Oh mon dieu! Rien que ça! Vous ne mélodramatisez pas un peu? Les gens de l'IFO, qui employaient mon père, travaillent pour une multinationale qui veut récupérer les sommes folles qu'elle y avait mises et ces gens voient dans ce vaisseau « alien » une façon de récupérer cet investissement, c'est tout!
- Croyez-moi. Ce n'est pas une simple course entre différents groupes qui veulent s'approprier une technologie, mais bien un conflit galactique!

Mais Loïc ne put en dire davantage. Surgissant tout à coup derrière eux, un hélicoptère se précipita vers eux et, par la porte ouverte, un homme les pointait avec une sorte de tube à l'aspect menaçant.
- Un lance-missile, cria Loïc, tout en brandissant son « Baïkal ».
Sans réfléchir, il ouvrit le feu vers l'hélicoptère en l'arrosant littéralement. Et un de ses projectiles l'atteignit avant que les occupants n'aient eu le temps de faire usage de leurs propres armes. L'hélicoptère touché explosa!

Mais il n'était pas seul.

Un autre hélicoptère et un petit avion étaient arrivaient rapidement derrière eux!

Loïc fit tourner la moto aérienne pour faire face à cette nouvelle menace, mais ce fut trop tard, car l'ennemi ne lui laissa pas l'opportunité d'utiliser son arme une seconde fois et fit feu sur eux!

Mais il ne s'agissait pas, contrairement à que pensait Loïc, de missile, mais de laser. Et l'ennemi ne cherchait pas à les tuer, mais à leur couper les ailes.

Le tireur était expérimenté et réussit habilement, grâce au faisceau laser, à couper l'aile avant droite de la moto aérienne, ce qui la déséquilibra et la précipita en une longue plongée vers le sol.

Heureusement, ce type d'engin était équipé de systèmes de secours qui entrèrent en action rapidement.

Les moteurs de la moto furent coupés et un immense parachute se déploya à l'arrière, précipitant Audrée sur Loïc, lui-même tombant vers l'avant…tout en étant retenu par sa ceinture de sécurité.

Ce fut dans cette position extrêmement inconfortable, mais sécuritaire, qu'ils descendirent lentement, vers le sol, balancé par des vents légers.

Ce ne fut pas long. Ils atterrirent dans un arbre qui heureusement n'était pas très grand et purent descendre de la moto sur le sol sans trop de problèmes.

Mais Loïc ne tarda pas à se rendre compte que l'hélicoptère débarquait du monde grâce à une corde en rappel.

Et, malheureusement, le type de forêt dans laquelle ils se trouvaient n'était en rien comparable à la jungle : il n'allait pas être très difficile de les repérer du ciel.

Les malfrats semblaient sûrs d'eux … et très imprudents.

Leur hélicoptère, d'où ils venaient de débarquer, volait très près de la cime des arbres…là même où se trouvait Loïc, ce qui lui donna l'occasion de l'abattre!

Toutefois, sa technique d'arrosage consommait une grande quantité de projectiles et force lui fut de constater qu'il manquait maintenant de munitions.

De toute façon, l'ennemi semblait indifférent à ses pertes et il y avait maintenant beaucoup de monde sur le terrain, à leurs trousses.

Une course éperdue s'ensuivit et après un dernier baroud d'honneur avec le 357 Magnum, puis la dague, ils furent submergés par leurs ennemis, qui d'une façon surprenante, ne cherchèrent jamais à les tuer ou les blesser.

Ils étaient maintenant assis sur le sol, les mains liées dans le dos.

- Mais, enfin, que nous voulez-vous? demanda Loïc au sinistre individu qui se tenait devant lui.
- Moi, rien, mais notre leader vous voit comme essentiel pour la venue des temps nouveaux.

« Temps nouveaux? » se questionna Loïc.

- Mon dieu, lui murmura à l'oreille, Audrée qui était liée juste à côté de lui, cet homme se comporte comme un fanatique religieux, prêt à donner sa vie pour sa foi.

Surpris par le commentaire d'Audrée, Loïc regarda plus attentivement l'homme qui lui faisait face. C'était un grand gaillard, plutôt gras et habillé d'une façon qui dénotait clairement son appartenance à une classe sociale des plus déshéritée …et son regard en disait long sur son fanatisme.

- Du pain bénit pour tous les salauds créateurs de sectes dans le monde lui rétorqua aussi en murmurant, Loïc.
- DEBOUT, cria soudainement le gros type devant eux. ELLE arrive, ajouta-t-il avec un mélange de respect …et d'effroi!

Et l'impensable se matérialisa devant eux!

Une femme, s'il agissait bien d'une femme, les regardait maintenant avec un regard rempli d'une méchanceté sans borne.

Entièrement couverte d'écailles grisâtres, elle avait un visage effrayant qui faisait indéniablement penser à la tête d'un serpent !

Ses yeux jaunes aux pupilles fendues verticalement reflétaient une cruauté immense!

Sa force semblait herculéenne et ses yeux pétillaient d'intelligence et … de méchanceté !

Sur sa joue gauche, une étrange étoile était dessinée.

Son front était ceint d'un insolite anneau de métal et ses vêtements étaient des plus bariolés, jupe verte, avec veste de cuir peinte en rouge … bracelets de cuivre et collier d'argent.

Le tout du plus mauvais goût !

Elle était monstrueuse et il était évident que, quelles que soient ses origines, elle n'était pas humaine!

Puis elle s'adressa à eux dans un anglais irréprochable, mais avec un accent indéfinissable.

- Eh bien que voyons-nous là, dit-elle sarcastique, la seconde génération de nos prétendus envoyés! Des gamins effrayés! Et c'est cela qui devrait me faire peur? Mon dieu, rendez-moi donc Pierre, Michelle et le professeur Vauldegarde! Eux c'étaient de vrais combattants et c'était tellement plus sportif de les occire! Au moins, ils avaient présenté un semblant de résistance!

L'allusion à son père fit bouillir le sang d'Audrée qui regarda droit dans les yeux la monstrueuse créature et lui rétorqua.

- Semblant de résistance, hein pouffiasse? C'est pour cela que tu as perdu ton vaisseau et tout ton équipage et que tu pourris sur terre depuis 20 ans?

Un éclair de rage passa dans les yeux de l'horreur grise et elle dit :

- La pouffiasse s'appelle Astaroth et elle va te faire souffrir énormément, lui dit-elle en lui donnant une gigantesque gifle.

Chapitre 30: L'histoire, vous avez dit l'histoire?

- *Ma douce et tendre épouse! commença Simon en accueillant sa physicienne de femme dans son bureau du Palais où ses enfants et le célébrissime Général Dreck Reivax, devaient le rejoindre, as-tu pu vérifier nos hypothèses, en relation avec LE PLAN « JUGEMENT DERNIER »?*
- *Je pense avoir des nouvelles intéressantes à ce propos!*
- *Et voilà Dreck et les enfants…nous pouvons donc commencer et, reprit Simon, je pense que tu vas nous étonner!*
- *Heu… j'ai juste quelques réflexions!*
- *De la part d'une de nos plus éminentes scientifiques, ce doit-être quelque chose de plus important qu'une simple réflexion, commenta Dreck en prennent place, avec Caroline et Eytan, autour de la table basse en face du bureau de l'Empereur.*
- *Bon, mais c'est quand même juste une hypothèse. Dans ton plan, Simon, tu prévoyais de faire construire des croiseurs sur Nirva, non?*
- *Oui et non. En fait, je voulais surtout faire croire que nous construisons des croiseurs, pour obliger les Démons de nous suivre jusqu'à Nirva où ma petite surprise les attendrait.*
- *Mais pour ce faire même les habitants de Nirva devront y croire et se battre…comme pour les protéger.*
- *C'est le plan…un énorme mensonge, mais nous avions aussi un complément à ce plan que tu devais vérifier!*
- *Exactement et c'est ce que j'ai fait! Et si tu le faisais vraiment?*
- *Construire des croiseurs? Mais nous n'aurons jamais le temps de les finir! De plus, les gens de Nirva n'ont pas la technologie nécessaire.*
- *Mais avec le projet Gaïa, n'es-tu pas en mesure, justement, de transporter sur Nirva tout ce qui est nécessaire*
- *Assurément. Mais dans quel but? Le temps va nous manquer de toute façon.*
- *Et si tu avais, disons 600 ans, pour justement les produire tes fameux croiseurs?*
- *600 ans! Tu as compris comment faire ce fameux bon vers le passé alors?*
- *Bon sang! s'écria alors Dreck, la pierre de Nicolas!*
- *La pierre de Nicolas? Mais elle servira juste à obliger les Démons à se battre à main nue sur Nirva. Qu'a-t-elle avoir avec tout cela?*

- *Elle peut changer la matière en antimatière non? suggéra Farah*
- *Oui, de récentes études le suggèrent …mais où veux-tu en venir?*
- *Que se passe-t-il quand un objet est changé en antimatière dans l'espace?*
- *Le soleil, répondit Dreck, le repousse jusqu'à ce qu'il tombe dans l'hyperespace.*
- *Comme tout vaisseau spatial, j'imagine, fini Simon, mais …mais tu ne veux quand même pas…*
- *Pourquoi pas?*
- *Mais cette pierre, tu crois vraiment qu'elle peut réellement transformer toute une planète en antimatière? Cela devrait prendre une énergie colossale!*
- *N'oublie pas que selon les Sarkaïs, qui en sont quelque part les découvreurs, cette pierre a été forgée au cœur d'une étoile éteinte après qu'elle se soit transformée en supernova! Imagine la densité du matériau qui la compose et donc l'énergie qu'elle pourrait avoir.*
- *Admettons! Mais quel avantage?*
- *Si tu me permets, Farah, je crois que je comprends où tu veux en venir…et ça me fait peur tout en m'enthousiasmant, car cela voudrait dire que nous pourrions sauver ET le Graal ET Nirva… ET nos croiseurs ET les avoirs bientôt à notre disposition. Si je ne me trompe pas, tu as découvert de nouvelles propriétés de la matière dans l'hyperespace? questionna Dreck.*
- *Bon Dieu, rugit tout à coup Simon, expliquez-vous!*
- *C'est fort simple, mon mari. Une masse, quand elle est changée en antimatière, se trouve expulsée par le soleil jusqu'à ce que sa vitesse la fasse basculer dans l'hyperespace.*
- *Ça, je le sais, c'est même le principe que nous utilisons pour voyager entre les étoiles.*
- *Mais jusqu'à présent, il était impossible d'expliquer pourquoi le temps de parcourt dans l'hyperespace est plus court que celui dans l'espace normal! Autrement dit, pourquoi ça prend dix fois moins de temps pour aller de l'étoile A à l'étoile B en passant par l'hyperespace que par l'espace normal.*
- *Parce que la vitesse maximale dans l'espace normal est celle de la lumière! Alors que dans l'hyperespace nous pouvons atteindre des vitesses supérieures!*
- *Et c'est là que nous avons toujours fait une erreur. La vitesse maximale dans l'Hyperespace est la même que dans l'espace normal.*

- Génial, dit Dreck... Mais je comprends ton trouble Simon. Explique-lui Farah!
- Bon, tu connais la loi de la relativité qui fait que ...
- Le temps ralenti au fur et à mesure que nous approchons de la vitesse de la lumière!
- Exacte. Ce qui se passe ensuite, quand nous passons dans l'Hyperespace, est...que le temps va en sens inverse!
- Mais dans ce cas, nous remontrions le temps, Farah. Ça ne se tient pas! Le vaisseau arriverait avant qu'il ne parte!
- Mais non. Il a toujours le chemin à faire! Suppose que le trajet prenne 20 mois et que le fait de passer dans l'hyperespace le fait remonter dans le temps de 18 mois. 20 moins 18 font...
- 2 mois! Il a donc pris 2 mois de notre temps pour faire un trajet de 20 mois! Mais es-tu sûre de ça?
- Mes physiciens en sont maintenant persuadés. Mais il y a plus que ça.
- Oui?
- Si tu prends une grosse masse...une très grosse masse.
- Comme Nirva, ajouta Dreck.
- Oui, les propriétés de l'hyperespace sont multipliées par la masse du dit objet et donc...
- Le voyage dans le temps est plus important... De combien plus importantes?
- Beaucoup...vraiment beaucoup plus important.
- Comme 600 ans dans le passé, persifla Dreck?
- Oui...précisément!
- Donc, comme nous le disions l'autre soir, la guerre des Démons dans le passé et celle-ci c'est... c'est... donc bien...
- Oui, tu peux le dire, Simon.
- La même guerre!!!!
- C'était la conclusion à laquelle je suis arrivée.
- Mais comment faire en sorte que la pierre de Nicolas envoie Nirva vers le passé?
- En l'utilisant pour changer Nirva en anti-Nirva!
- Mais nous ne savons pas comment faire pour que cela arrive!
- Les gens d'Eldorado le savent probablement!
- Mais ce n'est que spéculation!
- Non, car ses événements se sont passés! C'est la seule explication possible!
- Hé ma femme! Je crois que tu as raison! Ça colle avec mes conversations avec les envoyés Sheine et Vauldegarde. Sous l'éclairage

nouveau que tu apportes, elles ont soudain beaucoup plus de sens, car nous savons que, contrairement à ce qu'il croyait à ce moment-là, lui et ses compagnons n'avaient pas été congelés pour mille ans, mais seulement pour quelques années. Cela concorde, donc, avec ce que tu avances comme hypothèse, Farah et confirme que la Terre, Nirva, va bien faire un bond dans le passé!

- *Mais alors, intervint Dreck, cela veut aussi dire qu'il nous reste juste à aller chercher nos croiseurs sur Nirva et casser copieusement la figure de nos chers ennemis !*

Mais le visage de Farah devint soudain grave et elle rétorqua.

- *Non, Dreck cela ne se peut pas, car les croiseurs ne sont pas encore là.*
- *Mais peu importe, ils y seront …donc nous avons juste à savoir où ils sont!*
- *Bon sang, s'écria alors Simon…Sanctuaire!*
- *Hourra! renchéris Dreck avec enthousiasme, nous allons envoyer des gens sur Sanctuaire trouver les croiseurs…et nous trouverons aussi la pierre de Nicolas et la désactiverons…grâce aux connaissances des gens d'Eldorado.*

Mais Dreck réalisa soudain que Simon, au lieu de manifester sa joie, afficha soudain lui aussi un air triste.

- *Malheureusement Dreck, j'aurai souhaité que ce fût si simple. En réalité, nous ne pouvons pas faire autre chose que de faire en sorte que les événements futurs se passent exactement comme cela.*
- *Mais pourquoi ne pas en profiter?*
- *Parce que les événements futurs devront se dérouler de façon à ce que Nirva soit attaquée ET se déplace dans le temps.*
- *Mais les croiseurs sont sur Sanctuaire, non?*
- *Oui, mais si nous les récupérons maintenant…*
- *Nous vaincrons les Démons, conclut Dreck et alors …ils n'attaqueront pas Nirva et nous n'aurons pas les croiseurs dont nous avons besoin pour les vaincre. Il …il y a un problème de logique là-dedans!*
- *C'est ce que l'on appelle un paradoxe temporel! Comme si tu allais dans le passé tuer ton père avant qu'il ne te conçoive! Tu ne pourrais alors pas exister et donc le tuer…mais si tu ne le tues pas alors il peut te concevoir …et donc tu peux le tuer!*
- *Bon, donc c'est impossible.*
- *Si, c'est possible! Mais nous ne savons pas comment les événements se réorganiseront si nous intervenons trop tôt. Il est probable que nous n'aurions pas les croiseurs et que nous serions définitivement vaincus!*

- Mais les événements se sont passés comme ça, la preuve en est notre propre existence! Donc le futur se passera exactement comme il doit se passer!
- « Inch Allah »? Si Dieu le veut? Malheureusement mon ami, ce n'est pas si simple. Le futur ne peut pas être déterminé à l'avance et le tout doit être plutôt vu comme une boucle dans le temps qui se poursuit bien après nous. Nous initierons la boucle si nous le voulons. Sinon, celle-ci ne se fera pas et les événements ne se feront pas. S'il est possible, jusqu'à un certain point, de deviner maintenant les événements qui doivent absolument se passer pour initier la boucle, il est en revanche extrêmement difficile de savoir ce qui se passera si celle-ci n'est pas initiée!
- Donc…?
- Donc, mon ami, que nous ne pourrons pas aller sur Sanctuaire maintenant et nous allons simplement nous arranger pour que les croiseurs soient effectivement construits sur Nirva!
- Mais reste le problème du Graal! Si tu l'expédies sur Nirva, il se retrouvera dans le passé!
- Non, le plan ne change pas pour lui. Nous ferons ce qui est prévu.
- Bon, nous avons donc un plan de sauvegarde de l'humanité…qui ne devra jamais tomber dans les oreilles des Démons, cela va de soi! Mais …mais cela implique aussi…que nous allons …que nous allons…bégaya Farah.
- TOUS MOURIR! fini, lugubre, Simon!
- Le pire n'est pas toujours sûr, Papa!
- Tu as raison Caro, mais malheureusement mon instinct me dit que cette fois-ci, ce sera le cas.
- Une dernière chose, dit Dreck.
- Quoi encore, dit soudain, excédée, Farah.
- Nous sommes tous en danger quand nous sommes ensemble. Malheureusement, une réunion comme celle-ci ne devra plus se produire. S'il se passait un attentat, toute la famille impériale serait tuée d'un coup. Alors…
- Tu as des raisons de penser comme cela, Dreck?
- Oui! Il y a des rumeurs. Une ou des bombes seraient entrées dans le palais.
- Oh, mon Dieu, s'exclama l'Impératrice, mais pourquoi ne nous as-tu rien dit?
- Parce que ça m'a semblé tellement incroyable que j'ai eu de la peine à le croire.

- *Explique-nous!*
- *Eh bien, comme vous le savez, le palais est truffé de scanneurs qui surveillent en permanence les alentours et l'intérieur même du palais pour détecter toute trace de bombes ou même plus, d'éléments prêts à être assemblés pour faire une bombe!*
- *Mais tes détecteurs n'ont jamais rien détecté, non?*
- *C'est exact, mais la rumeur est troublante. Quelqu'un aurait réussi à introduire des éléments permettant d'assembler les parties nécessaires pour faire une bombe! Et ça, c'est indétectable!*
- *Alors, dit soudain avec tristesse Simon, à partir de maintenant, nous ne pourrons plus jamais être une famille réunie pour un repas comme celui-ci! C'est trop dangereux et nous ne pouvons pas permettre que toute la famille impériale ne disparaisse d'un coup!*

Simon se leva et prit un verre.
- *Mes enfants, toi ma tendre épouse et toi, Dreck, mon ami, levez votre verre, nous allons trinquer à l'humanité et à la vie.*

Tous se levèrent, un verre à la main, conscients du caractère solennel du moment :
- *À l'humanité, Lekaïm, dit Simon.*
- *À l'humanité, Lekaïm, répondirent les convives!*

Le petit déjeuner prévu avant leur sortie avec le nouvel engin ne se passa pas très bien! En fait Zhara ne le supporta pas et prétendit être malade!

En réalité c'était un prétexte pour ne pas monter à bord du dernier Terravent construit par sa fille et son mari.

D'ailleurs ni Dreck ni Chloé n'insistèrent trop, ayant tous les deux envie de pousser le nouvel engin au maximum, ce qui n'aurait pas été possible avec Zhara, qui n'aimait pas la vitesse que ces engins pouvaient atteindre.

En fait Zhara trouvait que sa fille Chloé ressemblait un peu trop à ce qu'elle était elle-même quand elle était jeune et en plus, elle était la fille de Dreck, ce qui évidemment ne faisait qu'accentuer encore son côté téméraire.

D'autre part, elle ne voulait pas non plus casser leur plaisir et cette magnifique complicité père – fille, qui les soudait si bien.

Et puis, sur Sanctuaire, il n'y avait pas vraiment moyen d'atteindre des vitesses excessives, étant donné l'impossibilité d'utiliser de vrais moteurs en métal, mais seulement la voile, ce qui limitait forcément les vitesses possibles.

Alors, elle prétexta un quelconque problème pour les laisser aller tous les deux.

Bref, après le petit bisou de circonstance, Dreck largua la voilure pendant que Chloé s'installait derrière le volant.

En quelques minutes seulement, les voilà dans la plaine toutes voiles dehors, solidement accrochés au véhicule pour éviter de se faire expulser à chaque cahot de la route. Ils atteignirent facilement la vitesse de soixante km à l'heure, ce qui n'était pas mal sur une route de terre plus ou moins bien damée et encombrée de mauvaises herbes.

Les nouvelles roues de trois mètres d'envergure, montées sur des amortisseurs en bois souple construits dans leur atelier de Terravent de course, entreprise fondée 20 ans auparavant avec le regretté Pierre Sheine, y étaient pour quelque chose.

Bref, à une telle allure, cela ne leur prit que deux heures pour atteindre leur destination prétexte, une sorte de mausolée découvert récemment et dégagé de la forêt par un groupe de volontaires d'une ville voisine.

Les découvreurs avaient dit à Dreck avoir trouvé de très vieux documents faisant état d'un mausolée dit des « sept magnifiques », ce qui les avait passablement intrigués, surtout quant ils constatèrent que d'après la carte disponible jointe aux documents, ce monument ne devait pas se trouver loin d'eux.

En fait, c'était la densité de la forêt à cet endroit qui l'avait dissimulé depuis si longtemps.

Apparemment, c'était un lieu extrêmement surprenant et c'est pour cela que Chloé et Dreck en firent leur objectif, par curiosité, mais aussi pour se donner une destination suffisamment éloignée pour pouvoir vraiment tester leur nouvelle machine de course.

Dès leur arrivée sur place, qui se fit sans encombre vu le travail colossal de déblaiement réalisé par leurs collègues, ils réalisèrent que ce « mausolée » n'était effectivement pas banal!

C'était la seule construction datant « d'avant » qui était encore debout et même en assez bon état! Ce qui témoignait de la volonté des constructeurs de faire quelque chose qui leur survivrait longtemps.

C'était une rotonde faite d'au moins 30 colonnes de marbre de style grec antique, surmontées par des pontons qui les reliaient entre elles. Sur le sommet de chacune d'elle, il y avait une statue représentant chacune des races humaines, autant celles de Nirva que celles de l'Empire, ce qui était déjà particulièrement surprenant. À l'intérieur, il y avait une sorte de cour dallée dont le centre était occupé par ce qu'ils devinaient être cinq tombes disposées chacune sur le sommet de chaque pointe d'une étoile à cinq branches.

On leur avait dit que le tombeau s'appelait le mausolée des Sept Magnifiques, ce qui les surprenait maintenant, car celui-ci ne contenait que cinq stèles.

Après avoir cargué la voile de façon sécuritaire, Dreck et Chloé avaient escaladé la petite colline prestement, mais avaient été immédiatement saisis d'un étrange sentiment de respect quand ils entrèrent dans la grande rotonde.

Chloé se pencha sur la première stèle et fut saisie d'admiration devant le visage magnifique d'une jeune femme souriante qui y était dessinée à l'aide de micro-incrustations de pierres de toutes sortes de couleurs, si petites qu'elles étaient pratiquement des pixels. Le tout avait été fait avec un tel brio que l'on aurait presque dit une photographie.

Dreck la tira de son admiration en lisant le nom de la belle inconnue.

Eleanor Hillcroft ! C'est bizarre, ce nom me dit quelque chose! Papa, regarde l'épitaphe!

« À Eleanor Hillcroft, une femme qui fut toutes les femmes! Pour son incroyable courage, l'Humanité reconnaissante! »

- L'Humanité reconnaissante? Rien que ça! Voyons l'autre tombe! suggéra Dreck.
- Oui, lui répondit Chloé en s'avançant vers la deuxième tombe vers le bas de l'étoile.

Mais Dreck s'arrêta subitement, saisi par une terrible émotion, quand il reconnut le personnage dessiné, avec le même talent, sur la pierre tombale.

Devinant le trouble de son père, Chloé questionna :

- Papa tu reconnais ce personnage?
- Mon dieu, c'est…c'est Vauldegarde. Le professeur Vauldegarde! Mais en plus jeune…il parait à peine avoir 20 ans!
- Et cette Eleanor Hillcroft…c'était sa femme sur Terre?
- Oui! Mais c'est incroyable! Que dit son épitaphe?
- « Au Professeur André Vauldegarde, un homme qui fut tous les hommes! Pour son incroyable courage, l'Humanité reconnaissante! »

Dreck fut soudain pris de vertige! Que faisaient Vauldegarde et sa femme ici, sur cette planète perdue! Et vingt ans plus jeunes que lors de leur mort!

Soudain ils voulurent en savoir plus et se précipitèrent vers les trois tombes des branches supérieures. Elles étaient regroupées ensemble, comme si …quelque chose les reliait entre elles. Une d'entre elles, celle du centre, avait même une certaine prépondérance. C'est d'abord vers elle que se penchèrent père et fille.

Et là Chloé et Dreck eurent un choc encore plus grand que pour les deux autres tombes déjà vues.

- Caroline! s'écria Dreck avec un déchirement dans la voix.
- Impératrice Caroline, précisa Chloé.

Et le doute n'était pas permis. Le visage sur la pierre était bien celui de Caroline, mais une Caroline beaucoup plus mûre, une femme et non pas la petite fille que Dreck avait connue il y avait si longtemps.

« À notre bien-aimée Impératrice Caroline, qui a su unifier les hommes et conduire la guerre contre les Démons. Pour toujours dans nos esprits et nos cœurs, l'Humanité reconnaissante ».

Dreck eut les larmes aux yeux et se précipita vers la tombe de gauche pour éviter de fondre en larmes. Là était enterré un homme dont le portrait montrait une étrange ressemblance avec celui de son ami Pierre Sheine.

L'épitaphe disait : « À Loïc, Envoyé de deuxième génération et père du dernier Empereur, qui permit aux hommes de redevenir ce qu'ils étaient, l'Humanité reconnaissante ».

Il ne restait plus qu'à voir la dernière tombe.

C'était celle d'un jeune homme à l'aspect tourmenté et qui avait les yeux ailleurs.

« À Arthur, dernier Empereur et Envoyé de troisième génération, sur qui reposa le destin de tous, l'Humanité reconnaissante ».

Complètement sous le choc, Dreck vacilla et recula pour reprendre son équilibre.

C'est alors qu'il nota au centre de l'étoile, un cercle contenant une inscription et deux photos, mais pas de tombes.

« Aux Envoyés de première génération, sans qui rien n'aurait été possible!

Pour leur courage, leur abnégation et leur sacrifice, l'Humanité reconnaissante ».

Il y avait deux photos et deux noms.

Michelle Evanis et Pierre Sheine.

Dreck s'effondra en larmes sur le sol, tant le souvenir de ses amis le terrassait soudain.

C'est alors qu'il était à genoux sur le sol et le visage au sol, couvert pas ses bras, qu'il ressentit soudain de quelque chose d'étonnant, de pratiquement imperceptible.

« Mon Dieu, pensa-t-il, le sol vibre »!

Chapitre 31: Piège pour un vaisseau seul!

Qui n'a jamais entendu parler du musée du possible, qui a pignon sur rue non loin de San Diego en Californie?
C'est un bien étrange musée qui contrairement aux autres, n'est pas orienté sur ce qui fut, mais sur ce qui devrait être!
Un musée des choses non encore créées, mais possibles.
Un musée pour les enfants à l'imagination fertile de 7 à 77 ans qui ont un esprit orienté vers l'avenir.
Un musée où on peut rêver de tout ce que pourrait être le futur de l'humanité.
Un musée créé et subventionné par la NéMéSiS Enterprise de l'énigmatique Howard Hughes.
« Un cadeau à l'Amérique pour tous ceux qui veulent imaginer un monde meilleur, un cadeau pour ceux qui ne veulent pas être arrêtés par les idées toutes faites, un cadeau qui vous étonnera même si rien ne vous étonne plus », avait-il dit durant l'inauguration du musée où, fait rarissime, il était apparu.
Et c'était tellement vrai. Le musée était énorme et exposait aussi bien des maquettes, parfois énormes, de cités sous-marines ou spatiales flottant dans le vide, que des engins d'exploration spatiale ou même des concepts de productions alimentaires dans d'étranges serres verticales créées au cœur même des villes.
Partout l'imagination était au pouvoir. Mais chaque fois, un support scientifique était donné. Il n'était pas question ici de magie ou de fantastique. Tout, absolument tout, était supporté par des études exhaustives et il n'était pas rare de voir des scientifiques de toute formation explorer le musée et interroger le personnel technique sur telle ou telle maquette! Mais de tous les artefacts du musée, le plus étonnant était une sorte de vaisseau spatial, appelé « NéMéSiS, en l'honneur de la société qui avait créé le musée.

Dans ce vaisseau, que l'on pouvait simplement visiter comme un simple appareil d'exploration, il y avait un ordinateur à qui on pouvait poser des questions…n'importe quelle question. Et cet ordinateur fonctionnait avec une interface vocale qui permettait de simplement poser la question à haute voix et l'ordinateur répondait. Mais ce qui était réellement incroyable c'était que tous ceux qui étaient présents pouvaient poser leur question…en même temps et recevaient une réponse directe ou plus élaborée par e-mail si le demandeur le requérait.
Et le niveau des réponses était à la hauteur de la question!
Le grand jeu depuis longtemps consistait à essayer de le prendre en défaut.
Ce n'était jamais arrivé jusqu'ici.

Le hurlement le prit par surprise et le sortit de la méditation dans laquelle il était plongé malgré l'incessant flot de questions, supposément difficiles, qui lui provenaient de ses « invités » et qui n'occupaient qu'un maigre 0,004 % de ses capacités!

Non pas qu'il s'agissait ici d'un vrai hurlement, lequel eût été perceptible par tous ceux qui l'entouraient, mais plutôt de quelque chose qui lui arrivait directement via ses canaux télépathiques qui le maintenaient constamment en contact avec Loïc.

En fait, ses systèmes « embarqués » tout extraordinaires qu'ils soient, ne lui permettaient de lire un esprit, comme un livre ouvert, qu'à bord seulement, où une myriade de « senseurs » noyés dans toutes les cloisons du vaisseau, sentait littéralement les faibles champs électromagnétiques induits pas le courant électrique porteur d'informations que s'échangeaient les neurones du cerveau des personnes circulant à bord.

Grâce à cela et surtout grâce à la formidable puissance de calcul du NéMéSiS, celui-ci était à même de reconstituer les pensées de toute personne présente à bord.

C'était d'ailleurs pourquoi ses concepteurs avaient toujours, eux, porté des casques de sécurité pour défendre leur esprit.

Mais cela n'étant valable qu' « intra-muros », un autre mécanisme de capture, beaucoup moins précis, permettait au NéMéSiS de suivre Loïc partout où il allait. En fait, il avait, depuis longtemps déjà, « scanné » le cerveau de Loïc et en avait pris l'empreinte électromagnétique, ce qui lui permettait de le suivre grâce à de petits satellites en orbite basse protégés des indiscrets par une tunique de Mandrake qui les rendait invisibles.

Mais là, c'était un cri…et il l'avait ressenti non pas parce que ses systèmes s'étaient trouvés tout à coup plus sensibles ou améliorés, mais plutôt parce que l'émetteur était devenu tout à coup beaucoup plus puissant.

« Mon Dieu, cria tout à coup le Nem, ils ont Loïc et Audrée! » Crier était évidemment une métaphore, car le Nem était suspendu au plafond et répondait en direct à un petit garçon qui voulait savoir s'il y avait des gens qui vivaient sur Saturne!

Mais il y avait urgence et Saturne allait devoir attendre!

Le Nem déclencha le plan d'urgence établi des années auparavant tout en envoyant un message pressant à John.

- Ils sont en danger, disait le message.

Et au même moment, les sirènes d'alarme incendie furent activées dans le « musée du possible », déclenchant un début de panique parmi les visiteurs, panique vite contrôlée par le personnel parfaitement entrainé du musée, qui, avec célérité, dirigea tous les visiteurs vers les portes de sortie.

En moins de 10 minutes tout le monde avait été évacué et les pompiers commençaient à intervenir dans la partie du musée qui venait inexplicablement de prendre feu. La partie du musée qui renfermait un des artéfacts les plus courus du musée, la maquette du vaisseau spatial appelé « NéMéSiS ».

Malheureusement, quand les pompiers réussirent à circonscrire le feu, force leur fut de constater que la belle maquette avait été détruite à un tel point que rien n'en subsistait et que même le toit qui la recouvrait s'était effondré.

- Aucune victime n'est à déplorer, annonça plus tard la TV, seulement des dégâts matériels dans la section du NéMéSiS.

Le dit NéMéSiS, quant à lui, protégé par sa cape de Mandrake qui le rendait pratiquement invisible, volait déjà vers ceux qu'il appelait les enfants et ce, malgré les avertissements de John qui y voyait un piège.

- Tu as raison, John, c'est un piège, mes systèmes me le disent. Un piège à 99% des chances. Mais ici, sur Terre, rien n'est suffisamment puissant pour représenter un danger pour moi. Et j'ai à bord plusieurs Mécaniques surarmées et un tank, qui vont pouvoir en découdre avec ces « maléfiques » qui se croient permis d'enlever et torturer les enfants!
- Non, Nem, nous devons réfléchir.
- C'est eux, John, qui sont en danger, pas moi. Et je DOIS les protéger. Fais, toi, ce que tu veux, il n'est pas nécessaire que tu viennes, je suis capable de gérer la situation.
- OK, répondit John, qui savait pertinemment que le Nen, son ami, ne réfléchissait plus et que c'était peine perdue que de vouloir le dissuader, mais dis-moi au moins où ils sont!
- Au lac Flathead, au Montana, sur l'île Wild horse, au sud-ouest du lac et à l'ouest du Parc National Forestier de Flathead.
- Un parc National? Tu en es sûr?
- Oui. Ils sont actuellement soumis à la torture! Je serai là rapidement. ILS SONT EN DANGER.
- NON, NEM, c'est un piège! C'EST TOI QU'ILS VEULENT. ILS SAVENT QUE TU LES SENS ET T'OBLIGENT À TE DÉCOUVRIR!

Mais le Nem n'écoutait pas!

La peur qu'une fois de plus des êtres chers soient blessés ou pire, tués, surpassait tout ce que ses systèmes de sécurité lui envoyaient comme message.

Et ce qui devait arriver…arriva!

Quand il parvint en vue de l'île, en provenance du sud-ouest, un puissant radar le repéra tout à coup et avant même qu'il ne puisse activer une quelconque défense, une forte décharge électromagnétique souffla littéralement tous les programmes informatiques chargés dans ses formidables ordinateurs noyés dans sa coque.

Celui, ou plutôt celle qui faisait cela, savait parfaitement ce qu'était le Nem et utilisa une technologie qui normalement n'aurait pas dû être disponible sur Terre.

Une technologie utilisée pour capturer des vaisseaux sans que leur système d'autodestruction ne soit activé, en effaçant au moyen d'une pulsion électromagnétique surpuissante, toutes les instructions de sa programmation chargée en mémoire vive.

Tout à coup plus aucune de ses instructions essentielles au fonctionnement du Nem, n'était disponible.

C'était comme si quelqu'un venait de souffler la flamme d'une bougie.

Une bougie appelée NéMéSiS!

Ce fut la mort électronique instantanée pour le Nem!

Ce qu'il était venait d'être effacé et il ne restait plus qu'une quincaillerie électronique totalement dépourvue de la moindre pensée!

Brusquement, le magnifique vaisseau ne fut plus qu'un cadavre métallique redevenu visible, qui tomba un peu plus loin dans le lac.

Mort!

Le NéMéSiS était mort!

Aussi mort qu'un humain à qui on aurait arraché la tête!

Aussi mort qu'un ordinateur qui aurait perdu son système d'exploitation.

Même le courant électrique, qui se propageait d'un processeur ultra rapide à l'autre, n'était plus disponible.

Même la centrale d'énergie avait cessé de fonctionner.

Une fois de plus, la plus brillante des machines de l'univers s'était laissé emporter par son sentiment de supériorité et par quelque chose que tous les parents du monde connaissaient.

L'inquiétude!

Il l'avait mal gérée et venait de payer de sa vie son imprudence.

Chapitre 32: Qu'il est bon d'avoir des amis.

Une ile remplie de chevaux sauvages.
Une ile dans un parc national.
Et pourtant un piège mortel.
Comment cela se pouvait-il?
Astaroth, entre deux sessions de torture, leur avait expliqué.
- *Il y a beaucoup d'imbéciles qui peuplent cette planète, qui me prennent pour une sorte d'envoyé, oui j'ai usurpé ce rôle, sensé les protéger et surtout leur rendre justice. Oui justice! Eux qui n'ont rien et que la société a rejetés.*
- *Savent-ils que vous allez les tuer eux aussi? demanda Loïc.*
- *Mais non! Ils sont prêts à croire n'importe quoi. J'ai juste ajouté quelques notions de religion, pour leur faire croire que j'étais un ange chargé de juger les hommes et qu'eux avaient été choisis pour m'assister. Comme ils étaient pauvres, ils n'avaient pas pu voler personne et donc étaient purs pour faire ce travail.*
- *C'est des conneries, lui dit Audrée.*
- *Bien sûr, mais ajoutez à cela que je leur fais peur et qu'ils en veulent à tout le monde de toute façon, que leur vie ne vaut rien et vous avez des fidèles fanatiques qui travaillent fort à leur propre destruction!*
Astaroth était vraiment très satisfaite d'elle-même et n'avait pu faire autrement que d'éclater de rire!
- *Et le plus beau là-dedans est que maintenant que je vous ai tous les deux, je vais enfin pouvoir faire sortir le NéMéSiS de sa tanière et m'en emparer.*
- *Il ne viendra pas!*
- *Mais si. J'ai finalement fini par comprendre qu'il n'était plus un simple ordinateur, mais un être vivant avec des sentiments. Ce sera sa perte!*
Mais Astaroth n'en avait pas dit plus et avait mis à exécution son plan, fort simple au demeurant.
Torturer Loïc et Audrée!
Elle savait que d'une façon ou d'une autre, le NéMéSiS suivait Loïc et même probablement Audrée.
C'est pour cela qu'elle avait voulu enlever les deux en même temps.

Bien sûr, il lui avait fallu pas mal de temps pour mettre au point l'arme capable de stopper le Nem, en grande partie parce que les éléments nécessaires à sa fabrication n'existaient pas sur terre et qu'elle avait donc dû les fabriquer elle-même, ce qui prit énormément de temps.
Mais finalement quand son arme fut complétée, il ne fut pas très difficile de convaincre cet idiot de détective de pousser Audrée à rencontrer Loïc.
Il suffisait simplement de lui dire de ne pas le faire.
Puis quelques petites tortures, aucunes suffisamment graves pour réellement abimer les sujets, qui pourraient se montrer utiles plus tard, mais suffisamment pour les faire hurler de douleur…et affoler par là même, le Nem.
Évidemment il n'était pas clair pour Astaroth comment le Nem pouvait savoir cela, mais finalement, ce n'était pas important.
Comme elle aimait le penser, « Amenez-moi le Nem et je me charge du reste, personne de toute façon ne pourra rien y faire quand je l'aurai en mon pouvoir, alors ce sera un retour triomphal pour moi… Je perdrai cette infâme étoile sur ma joue et je retrouverai mon commandement ».

Astaroth prêchait par excès de confiance. Elle n'aurait pas dû!
Non, elle n'aurait pas dû.
Car si en devenant un être vivant, le Nem devenait plus irrationnel et émotivement vulnérable, cette même émotion lui avait permis de s'attacher des hommes qui le considéraient comme un des leurs.
Un homme en particulier.
Un ancien colonel de l'US Air force.
Quelqu'un qui ne perdrait pas son sang-froid et qui savait se battre.
Un certain John McCain!

John avait rapidement compris ce qui allait forcément se passer. Les ficelles du piège étaient si grosses qu'elles s'apparentaient pratiquement à des câbles.
Mais le Nem ne l'écoutait plus, submergé qu'il était par son angoisse de perdre les enfants, alors il sut qu'il allait devoir agir seul.
Heureusement, tous les équipements guerriers que le Nem avait transportés avec lui sur Terre, n'étaient plus tous à bord et cela faisait longtemps que certains d'entre eux avaient été transférés dans un lieu sûr, au chalet en Oregon, où, justement il se trouvait.

« Le lac Flathead, au Montana, hein? Fort bien! J'y serai avant le Nem qui, lui, arrive de Californie».

Et John avait revêtu une cape Mandrake, endossé un réacteur dorsal et enfourché une moto volante, pas celle de NéMéSiS Enterprise, mais une en provenance de l'Empire.

Et bien sûr emporter tout un arsenal!

Mais John ne volait pas à toute vitesse, en altitude, avec l'arrogante attitude de croire qu'aucun radar ne le détecterait.

Non, pour lui, il était évident que l'ennemi avait attiré le Nem dans un piège et savait exactement quelles étaient ses capacités et avait un plan précis qui devait certainement prévoir un moyen sophistiqué de détection et des armes imprévues par le Nem.

Donc lui, c'est au ras du sol qu'il vola, malgré tout à une vitesse record.

Après tout, il était quand même un pilote de chasse chevronné, non?

Son arrivée précoce lui permit, hélas, d'assister au désastre et à la mort de son ami le Nem !

« Merde! Un laser électromagnétique!» pensa-t-il tout de suite.

En bon ancien militaire, il était au courant de ces bombes dites à « Electromagnetic Pulse » ou (EMP), qui étaient l'effet secondaire souhaité d'explosions nucléaires en vue de la destruction de matériels radio et électroniques et du brouillage des télécommunications.

Bien sûr, le Nem était blindé contre cette sorte d'arme par une cage de faraday, mais la force de celle qui venait d'être utilisée, comme un rayon laser en fait, était énormément plus importante que ce qui était disponible sur Terre et le Nem ne s'y était pas préparé.

Mais John, lui, ne fut pas dupe.

L'ennemi était intelligent.

Il venait de le prouver en faisant tomber le Nem dans le lac, ce qui indiquait l'intention de le récupérer et étant donné que la matière dans laquelle le Nem était forgé était d'une dureté inconnue sur Terre, sa chute dans l'eau ne l'avait certainement pas endommagé.

« Ils vont le récupérer et certainement le reprogrammer pour lui permettre de naviguer dans l'espace. Je dois empêcher cela. Mais d'abord récupérer les enfants, pour empêcher qu'ils ne servent d'otages ».

Alors comme sa première mission était de repérer les enfants, John se mit en embuscade et armé de puissantes jumelles, se positionna dans un arbre particulièrement haut pour voir ce qui se passait.

Cela ne prit pas beaucoup de temps.

Celui ou celle qui dirigeait voulait récupérer son trophée rapidement.

Brusquement, une trappe s'ouvrit juste sur la petite plage en face du lac où justement le Nem venait de s'engloutir.

Et en sorti, une créature pseudo humaine horrible, équipée de bombonnes de plongée sous-marine!

« Mon Dieu, une Sarkaï, conclut-il, se rappelant les photos que le Nem lui avait montrées de leurs ennemis, je comprends maintenant. C'est encore plus dangereux que je ne le croyais ».

Et John fit ce qu'il avait à faire.

Il installa un lance-fusée automatique qu'il programma pour tirer un petit missile dont la puissance était suffisante pour détruire le Nem, ou en tout cas un Nem privé de ses défenses, au cas où celui-ci sortait de l'eau.

« Pardonne-moi mon ami, mais je ne peux pas prendre le risque que cette horreur utilise ton cadavre pour rejoindre l'ennemi et mettre en danger la survie de l'humanité », se dit-il, non sans essuyer une larme.

Il le munit quand même d'un code de désactivation, utilisable par radio.

« Au cas où, malgré le fait que je sache pertinemment que le Nem devra maintenant être détruit! Bon, maintenant les enfants! »

Comme John savait que le Nem ne pourrait pas être utilisé rapidement et que son mini missile garantissait l'impossibilité par quiconque de l'utiliser de toute façon, il s'accorda le droit de prendre des risques, risques qui pouvaient, il en était parfaitement conscient, lui coûter la vie.

« Mais le patron est parti en plongée, alors ceux-ci sont moindres. Et la racaille qui la sert n'est certainement pas aussi forte qu'un soldat des États-Unis, non? Qui plus est, un soldat enragé».

Il enfourcha la moto aérienne prête à foncer vers l'orifice ouvert sur la plage, orifice qui démontrait la présence d'une base sous-terraine.

« Enfin, base est certainement un bien grand mot! Tout au plus une casemate, certainement. »

John attendit que la Sarkaï disparaisse sous les flots puis se donna encore dix minutes de délai.

Dehors, au moins une dizaine d'hommes était sortie du bastion souterrain.

John avait repéré le radar surpuissant et le canon laser qui avait tué le Nem de l'autre côté de l'ile et une petite colline mettait maintenant un écran entre lui et le radar.

Il fonça, en toute invisibilité et grâce aux Baïkal, transforma l'ennemi en viande pour poisson, comme disait son ex-copilote quand ils étaient au Vietnam, avant qu'ils ne sussent même qu'ils étaient attaqués.

Débarquant rapidement de la moto, John lança une caméra autopropulsée dans l'orifice du bunker souterrain qui lui donna rapidement le topo de ce qui se passait à l'intérieur. Bien sûr, le tintamarre à l'extérieure avait dû alerter les éventuels autres hommes à l'intérieur, mais ils ne connaissaient évidemment pas les pouvoirs d'invisibilité de la cape de Mandrake.

« Juste deux hommes avec des armes conventionnelles... et les enfants...Dieu merci, ils sont vivants ».

John avait une peau de Goldorak et sa cape de Mandrake.

Le combat était inégal...pour l'ennemi!

30 secondes plus tard et les deux malfrats rejoignaient leurs confrères dans l'au-delà et John libérait Loïc et Audrée.

Ils étaient vivants, mais portaient des traces évidentes de mauvais traitements.

- John, hurla Loïc, mon Dieu, vite, ils vont tuer le Nem!
- Trop tard, lui répondit, John, ils l'ont fait, finit-il en coupant les liens d'Audrée qui lui envoya un sourire triste et un regard perplexe.
- Mais qui êtes-vous? dit-elle.
- Plus tard, nous devons partir le plus vite possible. D'autres malfrats pourraient arriver.

Loïc se leva promptement et repérant le 357 Magnum et le couteau en diamant de son père et les récupéra prestement avant de questionner John.

- Comment ça trop tard? Vous voulez dire qu'il est mort? dit-il brusquement, réalisant enfin l'énormité de ce que venait de dire John.
- Dehors d'abord, lui répondit celui-ci.

Ce qu'ils firent prestement.

Là, John les emmena rapidement vers sa moto aérienne.

- Vite nous devons partir maintenant.
- NON, dit fermement Loïc, je veux savoir ce qui est arrivé au Nem.
- Il se précipitait pour vous sauver et est tombé dans un piège.
- Quel genre de piège?
- Une pulsion électromagnétique a effacé tous les programmes de ses ordinateurs! Il est mort et est tombé dans le lac. Au moment où je vous parle, des plongeurs sont en train de le récupérer.
- Mais nous ne pouvons pas les laisser faire!

John hésita. Il craignait la réaction des enfants à ce qu'il allait dire.

- J'ai…j'ai programmé un missile, quand l'ennemi le fera émerger, le missile se déclenchera et le détruira!
- Quoi? Et tu te dis son ami?
- Loïc, le Nem est mort! Et il est hors de question de le laisser dans les mains d'une Sarkaï!
- Comment sais-tu qu'il est mort?
- Je l'ai vu se faire abattre. Et sans ses programmes, il n'est qu'un tas de ferraille.
- John, tu es certainement un grand soldat…mais tu n'es pas un informaticien que je sache!
- Mais que veux-tu dire?
- Jamais entendu parler des sauvegardes ?

Chapitre 33: Foire d'empoigne et autres jeux interactifs à pratiquer au bord de la plage.

Le général Wilburt Smith était fatigué!

Le congrès était après lui tout le temps et la CIA avait du mal à digérer qu'il avait envoyé un de leurs hommes rejoindre ses ancêtres.

Naturellement, elle avait dû admettre que le meurtre massif d'Américains n'était pas nécessairement une action approuvée par la commission de surveillance du congrès qui, elle, avait aussi bien fait comprendre que l'enquête, actuellement en cours, pourrait s'avérer particulièrement désagréable pour certains chefs de la CIA s'il était avéré que ceux-ci avaient autorisé ce qui était qualifié d'excès de zèle d'un de ses membres.

La commission avait aussi bien fait comprendre à la CIA, qu'une mort « accidentelle » du Général Smith serait très très très mal vécue par la commission!

Bref, il était tout le temps entre Washington et la base du Lac Groom, au Nevada. Et sa femme avait demandé le divorce sous prétexte que ses absences répétées prouvaient hors de tout doute qu'il avait une maitresse. Et la preuve en était qu'il refusait toujours de dire où il était.

- Secret d'État? Mon œil, lui disait-elle tout le temps.

Et maintenant ce message directement sur son ordinateur prétendument inviolable et sécurisé par les meilleurs cracks de l'US Air Force!

« Envoyez de toute urgence vos forces au lac Flathead, au Montana, sur l'île Wild horse, disait le message, l'IFO tente de récupérer des flots du lac, le vaisseau spatial que vous recherchez depuis 20 ans ».

Le Général, tout fatigué qu'il fût, comprit tout de suite que ce message n'était pas un faux…et il possédait de très grands pouvoirs, ce qui lui permit d'avertir une base de l'US Air Force au Montana qui avait la particularité d'entrainer les forces aéroportées par hélicoptère de l'armée américaine.

En moins d'une heure, 5 Advanced Attack Helicopter AH-70 Apache suivis par 6 Sikorsky UH-160C Black Hawk ayant à leur bord 11 Marines chacun, foncèrent vers le Lac Flathead.

Le Général lui-même prit place à bord d'un appareil Boeing-Bell V-600 Super Osprey de l'US Air force, mais au Nevada, ce qui donc allait lui demander plusieurs heures de vol et le forcerait à manquer un rendez-vous avec les avocats de sa femme.

« De toute façon, elle va me plumer, quoi que je fasse » se dit-il.

Quand les premiers hélicoptères arrivèrent sur place, ils trouvèrent un important dispositif en plein déploiement sur la plage de l'île. De nombreux hommes fortement armés ainsi que des hélicoptères semblaient en pleine opération. L'arrivée de l'US Air Force fut accueillie par un tir nourri de mitrailleuses lourdes, ce qui endommagea immédiatement l'Apache de tête. Rapidement informé dans son avion de ce qui se passait sur l'île, le général ne prit pas longtemps pour autoriser ses hommes à ouvrir le feu.

- Ce sont des mercenaires, faites ce que vous avez à faire sans réserve, leur dit-il.

Ce qui transforma l'île en champ de bataille en un rien de temps. Les Apaches étaient des hélicoptères de combat extrêmement redoutables comme la guerre en Irak l'avait déjà parfaitement démontré il y a plus de 20 ans maintenant.

Et ceux-ci étaient des versions encore améliorées !

Mais les mercenaires de l'ennemi, probablement des hommes de l'IFO qui avait dû être averti par un faux pauvre bougre infiltré dans le groupe d'Astaroth, avaient décidé d'en découdre, se sachant coincés sur l'ile.

Bref tout ce beau monde se mitraillait à qui mieux-mieux alors que dans les profondeurs du lac, Astaroth, qui ne pouvait pas faire autrement que d'entendre le raffut qui provenait de la surface, n'en avait cure et venait tout juste de réussir à ouvrir un sas d'accès de secours du NéMéSiS, qui gisait, tout feu éteint, par 20 mètres de fond !

Audrée, Loïc et John, étaient quant à eux, juchés sur la moto aérienne de John, un peu à l'étroit il faut le dire, protégés par le système Mandrake de la moto qui les rendait invisibles à la verticale du NéMéSiS et à 5 mètres à peine de la surface du lac.

- Merde, dit John, ces cons vont finir par nous toucher, par accident. Nous devrions filer d'ici tant qu'il en est encore temps !
- Jamais de la vie, répliqua Loïc, Astaroth est en train d'aborder le NéMéSiS. Nous devons y aller.
- Loïc, nous n'avons pas d'équipement de plongée et de toute façon, elle ne réussira pas à entrer à l'intérieur. Le Nem a un système de sécurité qui ferme tous ses accès en cas de problème.

- Non je ne le crois pas ! Quand Astaroth me torturait, elle s'est approchée justement très près de moi et j'ai pu voir distinctement dans son esprit qu'elle avait déjà rencontré le Nem dans le passé et savait comment y pénétrer pas les orifices de secours !
- Tu as pu pénétrer son esprit malgré sa protection ?
- Oui…je …il me semble que mes capacités se sont trouvées comme augmentée par le stress que je vivais…et je ne pouvais pas tout voir, seulement certaines choses auxquelles elle pensait intensément et justement, comment pénétrer dans le vaisseau !
- Fort bien, mais, un, nous n'avons pas l'équipement pour descendre sous l'eau et deux, elle n'y est pas allée seule. Trois hommes sont avec elle.
- Si vous permettez, intervint Audrée, c'est quoi l'équipement qui est sur votre dos… John ?
- Un réacteur dorsal, pourquoi ?
- Il me semble hermétique, non ?
- Oui.
- Ce qui veut dire qu'il peut fonctionner sous l'eau ?
- Oui…mais…est-ce que tu veux réellement faire ce que je pense que tu penses ?
- Oui. Grâce au réacteur, nous pouvons descendre rapidement en apnée, vers un de ses sas de secours, où devrait se trouver un système pour le remplir d'air et évacuer l'eau, même si ce vaisseau est fait davantage pour l'espace. Je déduis cela vu que c'est ce qu'Astaroth fait en ce moment non ?
- Oui, je connais le Nem et oui ta déduction est bonne, le sas de secours peut évacuer toutes sortes de choses, comme des gaz toxiques ou de l'eau et ce par un procédé de libération d'air sous pression, manipulé par un simple jeu de valves, au cas où l'électronique serait morte, ce qui est le cas ici.
- Alors…on y va ?

John leva les mains au ciel et répondit un oui laconique.

Le plouf qui suivit ne fut même pas remarqué par les combattants sur l'île, mais les deux jeunes gens s'accrochèrent à John en agrippant sa ceinture et celui-ci les amena rapidement au sas justement utilisé précédemment par Astaroth.

Ils y entrèrent rapidement et c'est quand même passablement essoufflé qu'ils aspirèrent goulûment l'air relâché par le système de secours avant même que le sas ne soit complètement vidé de son eau.

Il semblait que leur prédécesseur avait au moins réussi à démarrer certains équipements du navire, car le vaisseau était brillamment éclairé et la présence de bonbonnes de plongée dans le sas attestait également de leurs présences.

- Bien, dit alors John, maintenant que nous y sommes, il serait idiot de se faire descendre et comme je suis le seul à porter une peau de Goldorak ET une cape de Mandrake, je vais aller devant et vous m'attendrez sagement ici !

Mais c'était sans compter sur la rage qu'éprouvait Loïc depuis qu'Astaroth avait reconnu implicitement avoir assassiné ses parents biologiques.

Alors, avant même que John ne finisse son petit laïus, Loïc avait bondi hors du sas en brandissant le 357 Magnum, rechargé grâce à des balles retrouvées dans le bunker souterrain d'Astaroth sur la plage du lac Flathead.

John n'eut d'autre choix que de le suivre…pour tomber nez à nez avec les sbires d'Astaroth venus voir ce qui se passait dans le sas. Déjà, ils enlignaient Loïc et s'apprêtaient tirer quand un tir provenant d'un endroit où rien n'aurait dû se trouver, les tua sur le coup.

- Trois de moins dit Loïc avec une voix chargée de rage, juste avant de courir vers l'avant du vaisseau, se mettant par là même à découvert.
- Loïc, bon sang, attends-moi, c'est dangereux.

Mais rien n'y fit et Loïc arriva à l'avant de l'appareil en une vitesse record et grimpa les marches menant au poste de commande où dans une énorme coupole juchée sur l'avant de l'appareil, se trouvait le poste de pilotage.

Poste de pilotage où il était évident qu'Astaroth devait se trouver. Et où Astaroth, qui n'était certainement pas sourde, devait l'attendre.

Elle attendait John, surtout et avait branché tout un appareillage capable de détecter la cape de Mandrake et s'était munie d'un pistolet réglé pour percer une peau de Goldorak.

Pour Astaroth, qui avait étudié tous les rapports possibles et imaginables sur NéMéSiS Enterprise depuis les 20 dernières années, il n'avait jamais fait aucun doute que John McCain travaillait pour le NéMéSiS, camouflé derrière NéMéSiS Enterprise.

C'était le nom qui avait attiré d'abord son attention, mais ensuite la montée fulgurante de cette compagnie dont le président était toujours invisible et qui semblait toujours mettre sur le marché des engins en avance sur son temps sans qu'il ne soit jamais possible de savoir d'où provenaient ces percées technologiques.

Astaroth avait tôt fait de découvrir l'incroyable efficacité des agents de NéMéSiS Enterprise en bourse, agents qui ne s'étaient jamais trompés dans leurs transactions boursières depuis les dernières 20 années.

C'est pour cela que John était la seule personne qu'elle avait toujours crainte durant toutes ces années, car elle le voyait comme le seul disposant du matériel sophistiqué du NéMéSiS capable de représenter une menace pour elle.

Elle avait donc déduit depuis longtemps qu'il serait probablement équipé d'une peau de Goldorak et d'une cape de Mandrake et qu'il eût été extrêmement étonnant qu'il ne se servît pas de ce matériel en situation de combat.

Donc, quant elle entendit les coups de feu, elle n'eut aucun doute que c'était bien John qui venait de monter à bord, qu'il était muni d'une cape de Mandrake lui conférant l'invisibilité, d'une peau de Goldorak lui servant d'armure personnelle et qu'il allait bientôt arriver!

Astaroth était une Sarkaï d'une intelligence remarquable, ce qui avait assuré sa survie depuis longtemps.

Mais elle s'était trompée sur un point très important et cela allait lui coûter la vie.

Elle avait présumé que John, confiant dans son invisibilité et sa peau de Goldorak, allait arriver lentement dans le cockpit, silencieusement, sans se douter qu'elle le voyait, lui donnant par là même amplement le temps de viser et de tirer sur lui en pleine poitrine!

Non, Astaroth avait fait une erreur remarquable de psychologie humaine, car ce ne fut pas John qui surgit brusquement dans le cockpit pour plonger sur le côté avec une grande vitesse tout en tirant sur elle.

Ce fut Loïc…ou plutôt Pierre, qui hurla vers elle.

-     Astaroth, tu vas payer pour le meurtre de Michelle.

Mais cela, Astaroth ne l'entendit jamais, pour la bonne raison que si elle avait bien tiré vers le type hurlant qui avait brusquement surgi en haut de l'escalier menant au dôme de contrôle, elle avait raté sa cible, celle-ci étant trop mobile pour le dispositif qu'elle avait mis en place pour l'arrêter.

Elle n'entendit pas Loïc crier parce que, en vérité, ce n'était pas lui qui se précipitait vers elle, mais Pierre, ou du moins la mémoire de Pierre, que Loïc avait laissé prendre le dessus.

Et surtout parce que Loïc/ Pierre avait fait feu sur elle et que la balle du Cold Python 357 Magnum venait de lui pénétrer le front!

Chapitre 34 : Viens

« *Camarade je vous le dis, nous sommes beaucoup plus forts et beaucoup plus intelligents que ces Aryens primaires! Moi Rotag Astergar, je vous le redis, nous devons nous débarrasser des Rotangar qui ne sont que de vils collaborateurs du tyran…nous sommes les Uïgures, nous sommes l'avenir de la race humaine, nous sommes SUPÉRIEURS…*

… Maîtres chez nous! Frères Attirontek, le Chef Nagoura n'a que trop attendu les secours d'Oulan Bator! Chassons tous ces « étrangers » qui ne nous ressemblent pas et n'ont pas nos idéaux et ne partagent pas nos valeurs et prenons notre destin en main. Soyons maitres chez nous…

… Pensez-y, libres Aryens! De tout temps, votre race fut la seule vraie, la seule qui puisse revendiquer le qualificatif d'humaine, la seule qui ait existé sur Nirva, la seule qui ne soit pas altérée. Toutes les autres ne sont que des sous-races bâtardes, créées par les radiations de l'espace… NE LAISSEZ PAS LEURS GÈNES ALTÉRÉS, oui mes frères, ALTÉRÉS, corrompre votre race. Imaginez les bâtards de ces monstres dans le ventre de vos filles…

… Ils ont même la prétention de dire que nous, Blancs, n'étions pas sur Nirva à l'origine! Eux, les prétendus Aryens, ne sont qu'un mélange de Jaune et de Blanc! Ils ne sont que le produit de croisements faits sur Nirva, même pas une race originale! Montrons à ces salauds d'Aryens qui nous sommes vraiment et …

… Ils ne veulent pas suivre les enseignements …, les enseignements du Grand Architecte de l'Univers…ce sont des mécréants tout justes bons pour les bûchers de l'enfer… Le grand Architecte compte sur vous, les croyants, pour assouvir sa juste soif de vengeance…

… Pensez-y-bien, votre vie régie par les inepties propagées par les adeptes du Grand Architecte de l'Univers… des sectes dangereuses… que nous allons devoir exterminer…

Caroline essaya de résister à cet assaut de haine que lui renvoyait la chaine sacrée amplifiée par le Kiff, l'herbe euphorisante.

Mais c'était trop dur!

Que de haine!

Que de rage!

Que de suspicion et de méchanceté!

Mais pourquoi?

Tous jouissaient dans l'Empire d'un niveau de vie exceptionnel, tous avaient les soins médicaux dont ils avaient besoin et tous jouissaient de la protection de la loi.

Certes, les démons amplifiaient les doutes et les questionnements, mais cela n'excusait pas la malveillance que montraient ces gens.

Pour Caroline, beaucoup ne cherchaient qu'une justification pour permettre à leur méchanceté, leur jalousie, à cet instinct de mort qui sommeillait dans chaque personne, de s'exprimer.

Et puis, qu'y avait-il de plus frustrant que de voir quelqu'un, venu d'ailleurs, mieux réussir chez vous, que vous-même, hein?

Il était certain qu'il ne pouvait pas être meilleur que vous, donc il devait bénéficier du support de forces obscures...qui faisait que votre propre échec se trouvait excusé...expliqué par la malhonnêteté des autres... ce qui évitait d'avoir à se remettre en question...le « ce n'est pas ma faute, c'est la sienne » érigé en système et qui justifiait bien des représailles!

Les humains dans toutes leurs perversités et leur cruauté intrinsèque!

Caroline voyait trop l'intérieur de l'humanité et n'arrivait pas à réconcilier l'image qu'elle avait de la race humaine.

Et si celle-ci ne valait pas la peine d'être sauvée?

Et si la race humaine n'avait d'autres buts que de perpétuer une succession de génocides et de pogromes.

Et si l'humanité était devenue, au fil des siècles, une perversion de la vie, une sorte de cancer dans l'univers et qu'elle devait disparaître pour laisser la place à d'autres même si ces autres étaient eux aussi violents.

Peut-être l'étaient-ils parce que l'humanité ne leur en avait pas laissé le choix?

Caroline hurla de dégoût et d'horreur et craqua pour la première fois de sa vie, incapable qu'elle était, de résister plus longtemps à ce flot ininterrompu de méchancetés et de haines.

C'était la première fois que ses compagnons de l'institut la voyaient dans un tel état!

Alarmés de la voir réagir de la sorte, ils rompirent la chaine et se précipitèrent vers elle.

- Mon Dieu, Princesse, que vous arrive-t-il? questionnèrent-ils inquiets.

- Compagnons, leur répondit-elle, les yeux noyés de larmes, ce que je perçois, grâce à la chaine, est effroyable! L'humanité retourne en arrière, au temps des bêtes nazies. Les hommes s'en prennent aux hommes. Les années de plomb sont revenues! L'Empire est en danger.
- Madame, tout le monde n'est pas comme cela!
- Non, mais l'influence de ces fous grandit de plus en plus. Nous ne sommes plus loin de la rupture.
- Que pouvons-nous faire, Madame?

Caroline n'arrivait plus à arrêter ses larmes, surtout en pensant à ce qu'elle allait faire maintenant.

« Mon dieu, pensait-elle, je vais devoir le précipiter dans cet enfer. Je n'ai plus le choix. Je dois l'appeler ».

- Nous allons appeler au secours un jeune homme qui est très loin d'ici, en espérant que ses talents pourront nous aider, sinon je n'aurai fait que condamner un homme innocent de plus à vivre notre enfer.

Et Caroline ressentit une autre montée de larmes la submerger.

Elle décida de ne pas lutter contre elles, car tout son courage était requis pour faire maintenant ce qu'elle ne pouvait plus éviter de faire.

- Compagnons, dit Caroline à son groupe, reformons la chaine. J'ai quelqu'un à appeler. Il est plus que temps. Nous allons devoir forcer sur l'herbe de vie.

Il la regardait intensément tout en tremblant …un peu et même beaucoup.

Tout s'était passé si vite, qu'il n'avait pas réalisé réellement ce qu'il venait de faire.

Il avait l'impression de n'avoir été qu'un spectateur des événements.

Pourtant c'était bien lui qui avait pressé sur la détente.

John, arrivé derrière lui, en silence, perçut le trouble de Loïc et il lui parla doucement.

- Tu sais Loïc, quand on est une personne de bien, on ne s'habitue jamais à l'idée de donner la mort, même à des personnes comme Astaroth, qui l'ont pourtant amplement méritée!
- Tu as raison. Mais j'ai laissé les souvenirs de mon père prendre le dessus et la tuer.

- Je ne suis pas sûr de bien comprendre ce que tu me dis, mais, de toute façon, elle t'attendait et ce n'était pas pour te conter fleurette! Tu n'as fait que te protéger.
- Oui, je sais tout cela, mais comme tu dis, on ne s'y fait jamais. Mais regarde là…je ne comprends pas!

C'est alors que John regarda le cadavre d'Astaroth avec plus d'attention.

La balle s'était logée en plein milieu du front, la tuant pratiquement sur le coup.

Mais son visage était étrange.

Il ne reflétait ni la surprise, ni la haine, ni la peur. Seulement une incroyable sérénité!

- Je ne comprends pas! confia Loïc. Que veut dire ce visage? Était-elle confiante à ce point de me tuer qu'elle n'a même pas eu le temps de voir la mort arriver?
- Non, mon ami, j'ai déjà vu ce genre de visage quand j'étais au Vietnam!
- Et?
- Et il veut dire que la personne qui vient de mourir s'en rend parfaitement compte à l'ultime seconde de sa vie!

-…?

- Et que tu viens de la délivrer de son enfer! Ce visage, c'est un peu comme un remerciement.
- Mon Dieu! Je crois que j'ai perçu ce à quoi elle pensait au moment de sa mort.
- Et c'était…?
- À Gabriel … le nom interdit de…son amoureux!
- Et oui, Loïc, les choses sont toujours plus compliquées qu'elles ne paraissent!!!
- John, se pourrait-il que même dans une personne aussi infecte, quelque part de l'amour ait pu exister?
- Le Nem me l'avait expliqué. Les Sarkaïs sont des esclaves…sans excuser leurs actions, quelque part, on peut les comprendre.
- Alors je n'aurais pas dû…
- Oh que si! Elle était l'ennemie, n'en ait aucun doute. Elle est morte en trahissant l'humanité dont elle était pourtant issue.
- Comment peut-on trahir sa propre race? C'est abominable!
- Vraiment? répondit tout à coup une voix dans leurs dos.

C'était Audrée qui les avait suivis et venait de pénétrer dans le cockpit, rassuré qu'elle fût que le danger était maintenant passé.

- Que veux-tu dire Audrée?
- Ce que je veux dire est pourtant facile à comprendre. Regardez donc seulement ce qui se passe dehors. Des hommes se battent entre eux …et pas seulement de pauvres bougres subjugués par leur gourou. Des mercenaires bien entrainés qui étaient prêts à tout pour s'emparer du Nem et doubler leurs primes. Astaroth est un monstre? Certainement! Mais elle avait au moins l'excuse d'être une esclave inféodée qui n'était pas libre de ses agissements. Mais eux dehors? Croyez-vous réellement que l'humanité MÉRITE d'être sauvée?

John et Loïc se sentirent interloqués par la sortie d'Audrée.

Celle-ci semblait perturbée au-delà même de ce qui était imaginable. Il était évident que la pauvre jeune femme était au bord de la crise de nerfs.

De grosses larmes coulaient sur ses joues.

Tout de suite les deux hommes se précipitèrent vers elle.

- Mon Dieu Audrée, que t'arrive-t-il? demanda Loïc.
- Loïc, Loïc…écoute-moi… Ce n'est pas moi…c'est moi…mais pendant que tu courais vers Astaroth…ton esprit était bloqué…par les souvenirs de quelqu'un d'autre…Pierre. Le Nem … même mort … est un prodigieux amplificateur…j'ai permis à quelqu'un …de très loin… de se servir de moi…elle a un message… pour toi… elle est terriblement troublée par la méchanceté des hommes et son trouble me perturbe moi aussi…elle te le demande…faut-il sauver la race humaine malgré tout?

Loïc réfléchit et répondit sans même l'ombre d'une hésitation.

- Oui. Je viens de le demander à la mémoire de mes parents biologiques. Et pour eux c'est clair. Oui, car tant que l'on est vivant, on peut améliorer les choses. Ne pense pas à ce que tu vois maintenant même si c'est terrible. Bien sûr rien n'est garanti, mais il est possible que l'homme s'améliore. C'est une race encore jeune qui se cherche encore. Ses pulsions animales sont, certes, encore trop présentes et ce qu'il a appris n'est pas encore intégré en lui. Mais mes parents en sont sûrs, un jour ce le sera … C'est pour cela qu'ils ont donné leurs vies! Ils me disent une dernière chose : « Quand on est mort, il n'y plus

d'espoir ». Regardez ce qui vient de se passer. Même Astaroth avait quelque chose qui aurait valu la peine d'être sauvé.
- Mais quoi?
- L'amour! L'amour de son compagnon Gabriel! Moi aussi je le crois, la mort est la fin de tout!
- La mort! C'est vraiment le maître mot qui caractérise l'humanité! reprit une Audrée sous influence. D'après un livre très ancien, l'humanité commença par un meurtre! Le meurtre d'Abel par Caen! Ou si l'on préfère des faits concrets, le génocide des hommes du Neandertal par les Sapiens!

L'évocation de la disparition des hommes du Neandertal prit de court Loïc qui se mit à réfléchir à une réponse, quand quelque chose d'inattendu se produisit.

Sa perception se trouva soudainement comme augmentée et sans qu'il ne fût réellement capable d'expliquer ce qui se passait, les réponses surgirent dans son esprit, comme s'il avait consulté instantanément des sommités de par le monde sur le sujet. Comme s'il avait eu un petit moteur de recherche du genre « Google » dans son esprit!

- Audrée, où qui que vous soyez, les choses ne sont pas toujours aussi claires que cela. L'état de la recherche montre que Neandertal avait un mode de vie basé uniquement sur la chasse au gros gibier et une technologie de l'armement qui le forçait à s'approcher de très près de ses proies, ce qui avait pour résultat de lui causer de très nombreuses blessures, fragilisant encore davantage celui-ci et son clan. Il était très lié à son environnement et un quelconque changement de celui-ci l'affectait énormément. Sapiens, lui aussi, était très lié à son environnent et faillit même disparaître quand les changements climatiques transformèrent l'Afrique, sa terre d'origine, en un gigantesque désert, il y a quelque centaines de milliers d'années. Seul un très petit nombre d'entre eux, certains chercheurs parlent même de seulement 600 individus, survécut à l'extrême pointe de l'Afrique du Sud, la preuve étant la très grande similitude génétique de tous les êtres humains actuels. Mais de là, ils évoluèrent et furent à même de varier leur nourriture en introduisant des mollusques et des végétaux dans leur diète tout en améliorant leur technologie de l'armement, en inventant par exemple les armes de jet! Mais plus que cela, ils inventèrent la culture, une façon de transmettre leur savoir aux générations suivantes. Neandertal ne fut pas capable d'évoluer et ne parvint pas à s'adapter au changement de son environnement, surtout à la disparition du gibier qu'il chassait. Il est donc réducteur d'attribuer la disparition de Neandertal à Sapiens, qui en fut probablement un facteur, mais un facteur seulement. Et les traces d'ADN de Neandertal dans le génome de Sapiens indiquent bien que Sapiens n'a pas toujours assassiné Neandertal ! De plus, ce que justement nous enseigne cette histoire, c'est que si 600 individus purent suffisamment évoluer pour donner l'humanité actuelle, cette même humanité pourrait encore évoluer pour devenir meilleure!

- Alors, Loïc, dit-elle, viens! Viens tout de suite. J'ai besoin de toi!
- Mais...pardonne-moi Audrée, mais à qui sers-tu d'amplificateur?
- À quelqu'un que tu connais bien...une certaine princesse Caroline!
- Mais qui est la princesse Caroline, Loïc? demanda John.
- « Une chanson douce, que me chantait ma Maman » pensa brièvement Loïc. Elle est la belle dame de mes rêves d'enfant! répondit-il.

Viens! C'était sans appel. Elle avait besoin de lui, il devait y aller!
La petite biche est aux abois
Dans le bois se cache le loup

- John, Audrée...elle appelle au secours ...je dois y aller.
- Mais comment Loïc?
- Le NéMéSiS...je sens ses structures...elles sont prodigieuses. La coque est un gigantesque circuit imprimé qui contient un nombre faramineux de processeurs. John, je sais... je sens où sont les sauvegardes! Tout, je dis bien tout, était gravé en continu dans le Nem. Gravé, pas seulement sauvé magnétiquement. Et d'une façon indestructible. Grâce à cela et à la procédure de restauration, le Nem reviendra à l'état qu'il était au moment de l'attaque d'Astaroth, à une seconde près !
- Vraiment? Tu perçois les systèmes de ce vaisseau? lui dit, un rien sceptique, John.

- Oui! Je ne sais pas ce qui m'arrive, mais quelque chose s'est produit quand Astaroth nous a torturés…comme si cela avait débloqué certaines choses.
- Alors, lance la procédure, mais après que veux-tu faire?, si toutefois cette procédure marche comme prévu!
- C'est déjà fait! Je l'ai lancée avant même le combat avec Astaroth. Quand je courais vers elle, j'ai senti que je pouvais le faire. Je l'ai fait au cas où je serais dans l'impossibilité de le faire plus tard. Je vais gagner l'Empire! Pardon, John et toi aussi Audrée, mais je vais devoir prendre le Nem.
- Tu me sembles bien sûr de toi. Tu crois que le Nem va se laisser faire?
- Oh que oui. Il est toujours au service de l'Empire et si l'Empire appelle…
- OK, mais ne crois pas que tu vas te débarrasser de moi aussi aisément!
- Mais que veux-tu dire?
- Le Nem est mon ami et je n'ai de toute façon personne qui m'attend ici, alors si l'humanité est en danger…
- Idem pour moi, Loïc! Ma mère vient de mourir et je voudrais savoir ce qui est arrivé à mon père!
- Ton père était un héros, dit soudain une voix sortie de nulle part.
- Mon Dieu, c'est toi Nem? demanda tout excité John.
- Oui, mon ami, mais je suis encore loin d'avoir retrouvé toutes mes capacités.
- Vous connaissiez mon père?, demanda soudainement tendue, Audrée.
- Oui et j'ai beaucoup de choses à te raconter sur lui. C'était un grand homme, Audrée. Tu seras fière de lui.

Chapitre 35 : Heureux qui comme Ulysse...

Décidément la vie du Général Wilburt Smith était compliquée ces temps-ci!

La bataille du Lac Flathead avait eu tout un retentissement à Washington, où l'idée de l'armée américaine affrontant des groupes surarmés de mercenaires payés par une multinationale, sur le territoire national, en plus, avait choqué, déclenché une flopée de questions et entraîné la mise sur pied d'une commission d'enquête sénatoriale chargée de faire toute la lumière sur cette histoire.

Mais la question encore plus importante était de savoir ce qui était arrivé au vaisseau spatial qui se trouvait au fond du lac.

Quand la commission s'était intéressée aux raisons qui avaient amené des mercenaires en ces lieux isolés, le Général avait expliqué qu'ils voulaient s'emparer d'un vaisseau spatial, en provenance d'un autre monde, QUI SE TROUVAIT SUR TERRE DEPUIS PLUS DE 20 ANS.

Inutile de parler du tumulte qui avait suivi! Le Général fut même obligé de révéler que quand la bataille fut pratiquement terminée et que la majorité des mercenaires ait été mise hors d'état de nuire, le vaisseau spatial en question avait surgi des flots et monté à la verticale à une vitesse vertigineuse!

Comme l'avaient rapporté plus tard les radars de défense du NORAD, il devait disparaître finalement dans l'espace en direction du soleil.

Le problème était de savoir qui était à bord de l'appareil et qui s'en était emparé!

Le plus bizarre là-dedans, était que si les commanditaires des mercenaires s'étaient emparés de l'appareil, il eût été logique que celui-ci revînt sur terre. Mais non! Il n'était pas revenu et de cela, il en était pratiquement sûr, car l'US Air force possédait quand même des moyens de détection très importants, doublés de ceux des alliés de l'OTAN et tous étaient formels. Rien n'était revenu sur Terre.

Seule la Nasa avait annoncé que certains clichés d'un objet se déplaçant à une allure phénoménale, plus de 50 % de la vitesse de la lumière, avaient été pris fortuitement lors d'observations proches du soleil.

Ce n'était qu'une trace sur une photo, mais il était indéniable que c'était le vaisseau en question.

- *Mais, avaient demandé les sénateurs, étiez-vous au courant de la présence sur Terre d'un tel vaisseau?*

Et le général avait même été obligé de reconnaître que oui et qu'en fait lui aussi le cherchait depuis plus de 20 ans.

Et de fil en aiguille, il avait dû parler d'Astaroth et du danger qu'elle représentait!

- Mais se pourrait-il que ce soit elle qui se soit emparée du navire spatial? avait alors questionné la commission.
- Hélas, avait-il répondu, c'est possible…quoiqu'il ne faille pas oublier que d'autres gens étaient au courant de la présence sur les lieux de ce navire.
- Mais qui?
- Les gens qui m'ont envoyé justement vers le Lac. Ils étaient au courant de ce qui se tramait.
- Pouvons-nous contacter ces gens?

Le général se sentit une fois de plus misérable.

- Hélas, ils ont disparu eux aussi…ce qui pourrait indiquer qu'ils aient récupéré le vaisseau! En fait, notre intervention au lac Flathead pourrait avoir été « commandée » par eux, dans le but de distraire les mercenaires et leur permettre de récupérer le navire.
- Mais qui étaient ces gens?
- Des gens qui connaissaient l'emplacement du vaisseau et qui possédaient une technologie très en avance sur la nôtre.
- Des extra-terrestres vivaient sur Terre?
- À part Astaroth, je ne crois pas. Ces gens étaient de bons Américains et sont toujours de bons Américains contrairement aux gens d'Astaroth. En fait il est plus que probable que ce sont eux qui se soient emparés du vaisseau.

Évidemment, ses réponses avaient été loin de satisfaire la commission qui était très insatisfaite de savoir qu'une opération secrète impliquant un vaisseau spatial extraterrestre avait été passée sous silence au sénat pendant PLUS DE 20 ANS! C'est là que le « je ne suivais que les ordres » vint le sauver.

Bref, le Général était revenu à la base qui n'existait pas avec un formidable mal de tête, pire même que ceux que lui causaient sa bientôt ex-femme!

Mais le pauvre Général n'était pas près de se détendre!

À peine avait-il rejoint son bureau et allumé son ordinateur tout en téléphonant à ses adjoints, qu'un bip discret l'avertissait de l'arrivée d'un message sur son réseau crypté.

Il l'ouvrit distraitement, pensant recevoir une quelconque demande de renseignement supplémentaire de la part de la commission et fut aussitôt entrainé, une fois de plus, dans quelque chose d'inattendu.

Le message, en provenance de l'extérieur, semblait avoir été capable de traverser tous les pare-feu de la base et de trouver le chemin de son ordinateur, qui pourtant était ultra sécurisé.

« Comme la dernière fois! » pensa-t-il.

Le message disait :

« Cher Général Smith, je tiens tout d'abord à vous remercier pour votre prompte action au Lac Flathead. Grâce à vous, j'ai été capable de récupérer mon ami le NéMéSiS, le vaisseau spatial que vous avez vu surgir des eaux du lac.

Rassurez-vous, Astaroth est morte et vous trouverez son cadavre et celui de trois de ses sbires, au fond du lac. Manipulez-les avec précaution, car Astaroth est probablement toujours infestée par les petit et grand Translocateurs, virus que vous connaissez bien. Malheureusement pour vous, le NéMéSiS est rappelé chez lui et mes amis et moi l'accompagnons dans son voyage de retour. Cependant vous devez savoir qu'une guerre d'extermination de la race humaine est en cours dans la galaxie et que la Terre, berceau et ultime recours de la race humaine, sera tôt ou tard impliquée dans ce conflit.

Vous connaissez déjà au moins une des races qui veulent exterminer l'humanité, la race d'Astaroth, les Sarkaïs.

CES RACES SONT EXTRÊMEMENT PUISSANTES ET RECHERCHENT LA TERRE POUR Y EXTERMINER TOUS LES ÊTRES HUMAINS QUI S'Y TROUVENT, SANS EXCEPTION.

Durant toutes ces années sur Terre, il nous fut impossible d'entrer en communication avec vous pour la simple raison que la présence d'Astaroth sur Terre représentait un risque trop important, étant donné que nous étions incapables de savoir si les technologies de communication par l'hyper- espace auxquelles vous auriez eu accès, auraient pu tomber dans ses mains.

En fait, il était tout à fait possible et même probable, qu'elle aurait fini par y avoir accès et alors elle aurait dévoilé à ses maîtres, les coordonnées spatiales de la Terre!

Comme cette menace est maintenant écartée, vous trouverez, sur le site référencé dans ce message, toutes les technologies qui vous seront utiles pour bâtir la défense de la Terre.

Y compris des technologies qui permettront à vos « Black Project » de gagner l'espace, ou construire les armes de défense de la Terre…mais pas la technologie de l'hyperespace ou des communications hyper-spatiales, le risque est encore trop grand que vous ne signaliez la présence de la Terre à l'ennemi, même par inadvertance.

Rappelez-vous que celui-ci est implacable, c'est pour cela que nous l'appelons Démon ».
PRÉPAREZ-VOUS!
L'Empire vous contactera en temps et lieu.
L'HUMANITÉ EST EN DANGER ! TOUS NOUS DEVONS NOUS UNIR POUR LA DÉFENDRE.

John McCain
Ex Colonel de l'US Air Force».

Évidemment, le Général cliqua immédiatement sur le lien, tout en se demandant quand même s'il n'allait pas télécharger un virus.
Le site était bien ce qu'il disait.
Un site rempli d'une incroyable quantité d'informations techniques.
Le Général avait une formation d'ingénieur et sut toute de suite que c'était du solide.
C'est alors qu'il s'avisa que le Colonel John McCain, qui avait signé le message, était un individu qu'il avait lui-même mis sur surveillance il y a fort longtemps.
Le Général s'avisa alors de la présence d'une note après la signature.
La note disait simplement que le lien du site avait été envoyé à tous les pays de l'OTAN, plus la Russie, la Chine, l'Inde et le Brésil.
Brusquement, le Général Wilburt Smith se mit à rêver à un regroupement des nations organisant la défense de la Terre.
Une sorte de super OTAN.
Un nom lui vint à l'esprit :
Le « Haut Commandement Planétaire Intégré (HCPI) ».
C'est dit, il allait défendre cette idée au congrès …et contacter un certain nombre de collègues qu'il avait rencontrés quand il était en poste au « Supreme Headquarters Allied Powers in Europe (SHAPE) » de l'OTAN, en Belgique.
Il fallait créer une infrastructure semblable à celle de l'OTAN, mais à l'échelle du monde.
Pour sûr, les années à venir allaient être chargées…
Mais le téléphone sonna, ce qui interrompit ses réflexions.

Il décrocha, mais au lieu de lui parler, son interlocutrice se mit à pleurer.

« Peut-être que finalement tout n'est pas perdu avec elle » pensa le Général en reconnaissant sa femme.

Oui, le voyage fut long, car ils eurent à contourner une bonne partie de l'Empire pour pouvoir y entrer sans que quiconque ne puisse deviner leur véritable origine.

Et il fallut trois super croiseurs galaxie pour ouvrir une brèche dans le mur de missiles qui entourait l'Empire.

Mais dès qu'ils franchirent la frontière, un message partit vers Oulan Bator.

Un message qui contenait un fichier très lourd, physiquement, mais aussi politiquement.

Un fichier détaillé de l'entièreté du code génétique de trois humains d'avant, des humains dont le code n'avait pas été modifié par le grand Translocateur.

Les codes génétiques d'une jeune femme et d'un jeune homme ainsi que celui d'un très vieux Colonel.

De quoi corriger définitivement les anomalies génétiques causées par le virus.

Avant même que le NéMéSiS n'atteignît Oulan Bator, l'humanité avait retrouvé son code génétique de base et déjà des virus thérapeutiques étaient libérés dans toutes les villes de l'Empire.

Une joie immense accompagna cette action malgré que pour des raisons de sécurité, il fut mentionné que le code n'avait été retrouvé que récemment dans un cadavre congelé retrouvé sur une planète appelée Destinée.

Et le NéMéSiS finit par atteindre son but, Oulan Bator, où il descendit vers le spatioport civil que dominait la statue de Simon, qui était aussi le mât d'ancrage des navires réservés aux hauts dignitaires de l'Empire.

Là, une magnifique jeune femme les attendait.

Une femme de très haut rang qui continuait à inspirer une crainte irrationnelle à beaucoup de jeunes nobles de l'Empire, malgré les démentis du palais sur ses prétendus appétits assassins.

Il y avait aussi un Général, craint pour sa fidélité absolue à l'Empereur et surtout son intelligence.

Ainsi qu'une autre magnifique femme, Uïgure de son état, plus âgée cependant, mais quand même la seule à pouvoir rivaliser en beauté avec la première.

Ils étaient là, conscients de faire l'histoire.

Pensez-y.

Des gens de …Nirva!

Quand le NéMéSiS accosta, tous retinrent leur souffle.

Puis, Loïc apparut.

En une micro seconde, il croisa le regard de la jeune femme qui se tenait juste devant la rambarde de débarquement.

« Mon dieu, c'est elle, eût-il juste le temps de penser ».

Car après, il se passa quelque chose d'incroyable.

Leurs deux esprits fusionnèrent.

Enfin, c'est ce qu'ils crurent.

En réalité, leurs deux esprits étaient depuis longtemps liés et leur proximité les fit littéralement entrer dans la tête l'un de l'autre.

Brusquement, Loïc se vit débarquer du NéMéSiS. Il se voyait par les yeux de Caroline.

Et Caro se voyait elle-même, au travers de Loïc.

En une micro seconde, ils surent tout l'un de l'autre…et surtout qu'ils s'aimaient passionnément.

Le contact fut si fort que tout le monde resta estomaqué.

Ce fut comme si un éclair les avait réunis devant tout le monde.

Et ils savaient parfaitement que quand toutes les cérémonies seraient finies, Loïc n'irait pas dans l'appartement qui lui était réservé au palais.

Loïc savait qu'il était le brave chevalier et qu'il prendrait la biche dans ses bras.

Chapitre 36: Alea jacta est!

C'était tard dans l'après-midi. L'homme était étonnamment agité.
Tellement même que ses voisins étaient venus frapper à sa porte quand il était arrivé un peu plus tôt, peu habitués qu'ils étaient de le voir dans cet état, lui d'ordinaire si affable.
Mais il les avait rassurés, rien d'important n'était arrivé, seulement une altercation avec le serveur de son café favori.
Apaisés, ils l'avaient laissé tranquille…!
Une si bonne personne voyez-vous, si aimable, si tranquille que souvent vous ne saviez même pas qu'elle est là. Oui, il était laid, mais son air de géant un peu benêt et timide faisait que tout le monde le trouvait sympathique.
Mais après avoir rassuré ses voisins, le géant débonnaire avait soigneusement fermé sa porte et enclenché le système d'isolation totale de la maison.
Système qui couvrait même le magnifique patio qui, depuis les hauteurs d'Oulan Bator, donnait sur l'océan et les plages où toute la ville allait pour se détendre.
Dire qu'il avait dû gagner cette résidence secondaire il y avait très peu de temps, juste après que sa première résidence fut envahie par La Garde après cet étrange dialogue qu'il avait eu avec la princesse Caroline.
La vue y était magnifique et lui servait souvent de calmant…mais pas ce soir!
Ce soir était pour lui le temps de la tristesse!
Il venait de recevoir le message qu'il redoutait le plus.
Un vaisseau spatial, disparu depuis plus de 20 ans, était de retour.
Le fameux NéMéSiS!
Mais il revenait de L'EXTÉRIEUR de l'Empire et avait même requis l'intervention des nouveaux super croiseurs de type galaxie de l'Empire pour se faire ouvrir la voix aux travers de la barrière de missiles qui encerclait l'Empire.
Cela avait été une nouvelle extrêmement inquiétante, au point même que les stratèges du grand Khan pensaient que le navire revenait de la mythique planète «NIRVA ».
Et les humains avaient retrouvé leurs gènes originaux, ce qui confirmait hors de tout doute que le vaisseau arrivait bien de Nirva.

Et cela voulait aussi dire que les humains se préparaient à une attaque en règle contre eux.

Alors le Grand Khan avait compris que c'était maintenant ou jamais!

Et il avait donné l'ordre de commencer la grande attaque contre l'Empire des humains… et donc de déclencher la Grande Guerre civile qui devait leur ouvrir le chemin et qu'ils avaient préparée si minutieusement!

Alors, il mit un morceau de musique, provenant, prétendait la pochette, d'authentiques musiciens et chanteurs de Nirva, ce qui était évidemment un grossier mensonge, même si la langue des chanteurs était étrange!

« Au moins, se disait-il, j'aurai découvert la musique ici, même si ça ne compense pas l'absence de ma famille. »

Ce qu'il s'apprêtait à faire était monstrueux et les remords le déchiraient déjà…mais il n'avait pas le choix.

La musique n'était là que pour meubler l'espace de sa maison qui lui avait toujours tellement semblé vide sans ses proches et plus encore maintenant que le destin frappait à sa porte.

Alors pour surmonter cette solitude qui le hantait, il se mit à parler à haute voix, comme si les murs de sa maison étaient un être vivant avec qui il pouvait dialoguer.

Souvent il s'était demandé s'il ne devenait pas fou!

Mais aujourd'hui, peu lui importait que ce soit vrai ou faux!

Il s'apprêtait à faire l'ultime geste, celui qui ferait qu'il y aurait un avant et un après…et que l'après serait rempli de larmes!

[2]*Hello darkness, my old friend,*

Quelle terrible journée! Faut-il vraiment que je fasse cela? N'y a-t-il pas d'autres solutions? Après tout ce temps parmi eux…j'aime leur café, leur nourriture…et leur musique!

I've come to talk with you again,

---

[2] The Sound Of Silence Artist(Band): Simon and Garfunkel

Pourquoi fallait-il que ce soit moi, qui devienne le fossoyeur de cette race que j'ai appris à aimer!

Because a vision softly creeping,

NONNNNNNNNNNNNNNNNNNNNN! MALÉDICTION SUR MOI, SUR NOUS! SUR LES FILS ET FILLES DE RAZAKEL!

Left its seeds while I was sleeping,

Nous allons faire le crime...le crime suprême! Le genocide!

And the vision that was planted in my brain

Nous allons effacer une race...des races...un genre...une espèce de l'Univers! Nous allons bafouer la création de Moloch!

Still remains

NONNNNNNNNNNNNNNNNNNNNNNN! PITIÉ! PAS MOI!

Within the sound of silence.

Nous aurions pu être différents! Oui! Mais c'est notre culture! Notre culture de repli sur nous-mêmes, où la prétendue valeur de la sélection naturelle était supposée amener les meilleurs d'entre nous, ceux du premier cercle, au pouvoir pour le bien de tous,

In restless dreams I walked alone

Le résultat fut que seuls les meilleurs tueurs d'entre nous furent sélectionnés. Moi, compris!

Narrow streets of cobblestone,

Culture cruelle! Alors quand nous fûmes prêts à regarder au-delà des massacres de nos vies, nous vîmes qu'il était trop tard et que d'autres, moins violents, avaient prospéré et colonisé la Galaxie bien avant nous!

Neath the halo of a street lamp,

Et nous avons rencontré ces vils chiens volants qui nous dirent ce que nous voulions entendre.

I turned my collar to the cold and damp

Que nous étions en droit de réclamer ces richesses. Qu'elles nous avaient été volées par une race de rats!

When my eyes were stabbed by the flash of a neon light

Que nous n'étions pas responsables de notre retard.

That split the night

Qu'eux, les rats, l'étaient! Qu'ils avaient abusé de notre innocence pendant que nous construisions la race forte que nous étions.

And touched the sound of silence.

La vérité est que si je pleure aujourd'hui, c'est parce que tout est de notre faute et pas de la leur et que je vais devoir leur faire payer nos erreurs alors qu'ils ne nous connaissent même pas!

And in the naked light I saw

Et là cette dernière nuit, je vais déclencher la plus terrible des guerres.

Ten thousand people, maybe more.

Des milliards de gens vont mourir. Peut-être même plus!

People talking without speaking,

Parce que nous n'avons pas su…pas voulu leur parler.

People hearing without listening,

Parce qu'ils n'ont pas voulu entendre quand je leur parlais des humains et des choses merveilleuses qu'ils faisaient.

People writing songs that voices never share

Quand je leur parlais des chansons d'ici qu'ils ne voulaient pas chanter.

And no one dared

Et personne, personne n'a osé contester l'élite…les chefs!

Disturb the sound of silence.

Ou déranger le silence pesant qui entoure notre culture du meurtre.

"Fools" said I, "You do not know
Silence like a cancer grows.

Fous, nous sommes tous fous, je vous dis, nos crimes comme le cancer deviendront immenses et nous en paierons le prix tôt ou tard, car notre silence laissera nos crimes croitre comme le cancer au sein de notre société! »

Hear my words that I might teach you,

Entendez-moi…je vous le dis

Take my arms that I might reach you."
But my words like silent raindrops fell,
And echoed

Mais mes mots sont silencieux comme des gouttes de pluie pour eux!

In the wells of silence.

Et tombent dans des puits de silence. Voilà. Je ne contrôle plus rien. Le signal est lancé.

Dybbuk, Dybbuk, Dybbuk!

Simon se sentit tout à coup envahi par une angoisse folle, là-haut dans le palais impérial.
Soudain il pensa à sa femme qui était au loin pour inaugurer une nouvelle section scientifique de l'université libre d'Oulan Bator et à Caroline en train d'accueillir le NéMéSiS et ses passagers.
Et à Eytan, en mission auprès des Gauchos.
Soudain il eut peur.
« Ainsi soit-il! pensa-t-il ».
Et une machine s'assembla, rapide comme l'éclair.
Et une bombe se fabriqua, aussitôt détectée par les systèmes de sécurité.
Mais ce fut trop tard
Une immense explosion déchira la nuit d'Oulan Bator.

Le palais impérial venait d'exploser!
La Grande Guerre des démons et des hommes commençait!
Alea jacta est !
Le sort en était jeté!

FIN DE LA PREMIÈRE PARTIE

DEUXIÈME PARTIE

Les racines de la haine

Chapitre 37 : Le Mal, le vrai

Moi, Juif errant, je vais vous raconter une histoire qui, officiellement, n'a jamais existé.

Une histoire qui s'est pourtant vraiment passée, même si vous ne le savez pas!

Une histoire qui nous parle de la plus grande des croisades du moyen âge, une croisade qui partit de Jérusalem en 1180, juste avant le siège de la ville par Saladin.

Al-Malik an-Nâsir Salâh ad-Dîn Yûsuf, que vous appelez tous Saladin, connaît cette histoire, car c'est lui qui autorisa Izz ad-Din Mas'ud, à accompagner, avec tous ses hommes, les chrétiens par-delà les mers de sable et les montagnes gigantesques de l'extrême Orient.

Baudouin IV le Lépreux, le Roi de Jérusalem, connaissait lui aussi cette histoire, car c'est lui qui autorisa certains de ses chevaliers à y participer.

Gérard de Ridefort grand Sénéchal de l'Ordre du Temple, connaît lui aussi cette histoire, car c'est lui qui fit Chevalier Templier, le Baron Guy de Vaux, celui qui guiderait les chrétiens.

Cette histoire c'est celle de la grande croisade oubliée.

Celle qui vit des Chevaliers du Temple chevaucher côte à côte avec les meilleurs soldats de Saladin.

Cette histoire, c'est aussi celle de ces guerriers noirs comme la nuit, qui vinrent d'au-delà du Nil, du pays de la reine de Saba, de ces hommes qui ne se prosternaient pas devant Dieu ou Allah, mais devant Vishnou et de leurs frères aux pommettes saillantes et à la peau jaune qui ne sont que légende pour nous.

C'est une histoire qui exista, mais qui fut effacée de la mémoire des hommes par ceux-là mêmes qui en avaient pourtant autorisé l'existence, car elle racontait quelque chose qui allait à l'encontre de leurs intérêts et aurait perturbé tous leurs citoyens s'ils en avaient appris l'existence.

Cette histoire exista parce que même chez les Papes, Rois de France, Émir de l'Islam et autres Empereurs de Chine, il y avait des choses si fondamentalement terrifiantes, que malgré toutes leurs divergences, ils ne purent faire autrement que de consentir à l'existence de cette croisade.

Car si le Mal, le vrai, gagnait, alors savoir qui des croisés ou des musulmans, gagneraient la guerre ou quelle dynastie règnerait sur l'Égypte ou la Chine, deviendrait complètement secondaire, car toute civilisation humaine serait impossible!

C'est pourquoi, malgré toutes leurs réticences, ils l'autorisèrent, cette grande croisade contre le Mal!

Mais aussitôt que celle-ci fut partie, ils firent détruire tous les documents y faisant allusion et menacèrent même de mort ou d'excommunication tous ceux qui mentionneraient jusqu'à son existence!

C'est pourquoi la grande croisade tomba dans l'oubli.

Mais vous qui lisez ce livre, sachez que c'est grâce à elle que justement vous pouvez le lire ce livre!

Sachez que moi, juif errant, j'ai accompagné ces hommes de la grande croisade jusqu'à leur mort et que je ne suis là que pour conter leurs exploits, leurs histoires, aux générations futures!

Car ma conscience se révolta à l'idée que des centaines de milliers d'entre eux, au courage incroyable, puissent avoir donné leur vie pour que tous nous vivions et que personne ne le sache.

Alors moi, je l'ai écrite cette histoire, pour que vous sachiez combien vous devez à ces hommes valeureux que vous avez oubliés.

Paroles d'un Juif errant
Par
Salomon Belahcen

- Papa, non.
- Aliénor! Tu ne comprends pas. La condition de femme noble ne donne pas que des privilèges. Elle commande aussi des devoirs.
- Comme épousé un vieux, pour servir vos intérêts, père?
- D'accord, il a 30 ans, mais c'est un homme bon.
- Et riche!
- Aliénor! Tu me dois le respect. Et comment as-tu pu te commettre avec le fils d'un forgeron? Toi la fille du Baron Guy de Vaux?
- Il était le compagnon de jeu de mon enfance! ...et je l'aime!
- Aliénor! Il ne saurait en être ainsi.
- Père, vous oubliez que notre noblesse est récente et due...
- Au courage de ton grand-père contre les Maures! Respecte-le!
- L'Espagne n'est pas loin ! Laissez-moi partir avec Gontran. Nous y avons des amis et saurons nous y faire oublier.

- Non! Tu épouseras le Marquis de St-Amand, que tu le veuilles ou non!
- Père je vous en supplie. Vous n'êtes pas ce type d'homme. Vous avez toujours été juste et vos gens vous respectent pour cela.
- Mais le Mal est là et sans les hommes d'armes de St-Amand, le vaincre est impossible. Et alors tous, nous mourrons.
- Il est injuste que vous mettiez sur moi la responsabilité de la survie de notre beau pays! Ce n'est pas moi qui ai attiré le Mal volant!
- Peu importe qui l'a attiré ici. Il y est là et se repait de nos gens.
- PÈRE, AYEZ PITIÉ.
- Je n'en ai pas les moyens. Maintenant, retire-toi dans tes quartiers. J'ai fait quérir le Marquis et celui-ci arrivera dans quelques jours. Nous commencerons alors les festivités et samedi prochain, le Père Conrad vous mariera dans la chapelle du couvant. Que cela te plaise ou non! Et pour être bien sûr que tu me comprennes, j'ai fait enfermer Gontran dans la tour nord. Et il sera exécuté si tu continues dans cette attitude.

Guy de Vaux aimait beaucoup sa fille, mais était effrayé au-delà du possible par ce qu'il avait vu dans le village voisin et …il trouvait que St-Amand ferait un bon parti pour sa fille.
Elle, si blonde et si belle.
Elle qui lui rappelait tellement Gertrude, sa défunte femme, qui était venue de si loin au Nord.
« Mon Dieu qu'elle était belle!
Qu'elles étaient belles! »
Guy sentit les larmes lui monter aux yeux.
« Non, je dois être ferme avec toi, Aliénor. Il faut absolument que St Amand vienne nous aider ».
Et Guy de Vaux repensa une nouvelle fois au village voisin, après l'arrivée du prince des ténèbres.
Il avait su tout de suite qu'il ne pourrait jamais le vaincre seul.
Et à quoi cela servirait-il d'être compatissant envers sa fille si ce n'était que pour lui offrir une mort certaine dans quelques mois…car Guy ne se faisait aucune illusion, même avec les hommes de St-Amand, vaincre Arrakor… c'est comme cela qu'il s'appelait… n'était pas gagné d'avance.

Il avait lu des documents et savait que quand un tel monstre élisait domicile dans votre région, celle-ci se dépeuplait rapidement…car pour ces monstres vous n'étiez que viande sur pattes!

Et Arrakor pouvait lire dans les esprits…sauf si vous portiez un diadème d'argent ou un casque de fer.

C'est pour cela que maintenant il portait toujours ce diadème.

Non pas pour affirmer sa noblesse, quoique ce soit cela exactement que sa fille crût, mais bien pour éviter qu'Arrakor ne lise en lui.

Pas qu'il eût trouvé un quelconque plan pour le vaincre, mais pour qu'il ne sût pas qu'il en cherchât un.

Il avait même pensé faire alliance avec les Maures!

Alors les amours contrariés d'une jeune fille de 17 ans pesaient vraiment peu dans la balance!

Guy n'aurait pas dû penser ainsi et il allait le regretter amèrement!

Aliénor ne voulait pas de St-Amand et ce que son père ne savait pas, c'était qu'elle s'était mariée en secret avec Gontran.

Et qu'elle était, maintenant, au désespoir.

Alors elle fit la plus grande de toutes les folies possibles.

Elle quitta le château la nuit tombante et partit sur son cheval vers les noires montagnes des Pyrénéens où le Mal avait élu domicile.

Elle fut suivie de loin par un écuyer qui avait trouvé curieux de la voir quitter le château la nuit, mais qui n'avait pas eu le courage de lui demander pourquoi.

Quand elle arriva au cœur des montagnes, elle fit une folie encore plus grande.

Elle appela le seigneur des ténèbres et lui cria de la prendre.

C'est ce qu'il fit en la croquant avec délice!

Chapitre 38 : Terreur sur Oulan Bator

Sidar Simulidartenaletu était un homme extrêmement connu à Oulan Bator.

Non, il n'était pas général ou homme d'affaires.

Encore moins politicien ou commerçant.

Et certainement pas un scientifique de renom.

Non, Sid comme l'appelaient avec affection les Batorois, était un grand homme de race blanche au visage doux, compréhensif et qui reflétait une grande mansuétude.

Non, il n'était pas non plus un chanteur populaire ou un designer de mode.

Sid était un poète !

Le meilleur d'Oulan Bat.

Celui qui savait tellement vous faire vibrer en parlant autant des couchers de soleil sur l'océan que de la beauté des femmes et de l'amour.

Naturellement, penser que Sid aurait pu faire du mal à quiconque, même à une mouche, relevait de l'hérésie.

Sid n'était pas Aryen, mais personne ne doutait réellement qu'il fut intrinsèquement un Batorois.

Enfin presque personne.

Mais pour le moment Sid n'en avait cure de savoir si on le considérait ou non comme Batorois.

La réponse était évidente.

Et il n'avait pas vraiment d'autres alternatives que de courir.

Il courait, car il avait diable à ses trousses.

Enfin beaucoup de diables à ses trousses !

Des diables aux petites jambes et aux regards hallucinés.

Des diables qui tous aimaient les jeux vidéo.

Sid avait vu ce qui était arrivé à ceux qui l'écoutaient ce soir-là quand ils étaient arrivés. En bande. En grappe hurlante et hirsute.

Il courrait en pleurant maintenant, tant ce qui se passait dépassait l'entendement.

Il pleurait aussi, surtout, parce qu'il savait ce qui allait arriver, tant son opération à la jambe le faisait souffrir.

Il pleurait non pas sa mort certaine, mais par qui la mort allait arriver, lui qui les avait tellement aimés et chantés dans ses poèmes !

Les enfants !

L'image même de l'innocence.
Pervertie par quelques redoutables endoctrinements.
Et il arriva ce qui devait arriver quand il tomba.
La meute fut sur lui.
La meute des enfants hallucinés.
Il se retourna et une petite fille d'au plus 11 ans se percha sur sa poitrine.
Elle avait une aiguille à tricoter dans la main.
Une aiguille presque aussi grande qu'elle.
Une aiguille qu'elle planta dans l'œil de Sid!

- Majesté voici le plus récent topo de la situation. Des bandes de jeunes incontrôlés parcourent la ville et tuent tout ce qui n'est pas Aryen de naissance. Heureusement, ils n'ont pas d'armes autres que ce qu'ils ont trouvé chez eux. Malheureusement, après un moment de surprise, les non-Aryens se défendent et tuent les enfants.
- La Garde est incapable de maitriser des enfants? demanda Caroline.
- Nous sommes débordés par les vrais fanatiques qui eux, sont armés. Et tuent un grand nombre de personnes. Nos hommes hésitent à tirer sur eux.
- N'hésitez pas. Ces gens sont adultes et ont pris consciemment leur décision. À eux de les assumer. En foi de quoi, j'autorise l'emploi de toute la force que vous jugerez nécessaire! Nous devons absolument, je dis bien ABSOLUMENT, envoyer le message que La Garde protège TOUS les citoyens de l'Empire, quelles que soient leurs races.
- Justement! Nous avons aussi beaucoup de problèmes avec les autres races. Les Uïgures se sont soulevés et, profitent de l'absence du Premier Prince Uïgure, Rotuch Rotangar; un roturier a pris le pouvoir, un certain Rotag Astergar et il a fait exécuter, comme traitre, tous les amis et conseillers des Rotangar, en plus de prétendre que nous levions une flotte contre eux. Résultat, les Uïgures, qui sont les seuls à avoir une flotte de guerre crédible, se préparent à affronter La Garde! Le comble est que les seuls à ne pas s'être soulevé contre nous, sont

les AFFARAS et ISSARS, qui étaient pourtant en guerre avec nous il y a peu!

- Les autres races, à l'exception des Uïgures qui ont toujours eu une envie de revanche, ne font que se défendre. De plus, elles n'ont pas de forces militaires vraiment organisées et vous avez des troupes sur toutes les planètes importantes. Protégez les races minoritaires sur ces planètes!

- Il y a aussi des agents provocateurs sur les planètes des autres races.

- Et que font-ils?

- Un peu comme ici, mais avec l'accent sur les Aryens, qu'ils accusent de vouloir les massacrer. Ils en rajoutent beaucoup et font croire que ceux-ci sont tous impliqués. Ils vous accusent même vous, Majesté, d'être derrière cela.

- Ce sont, comme vous dites, des agents provocateurs, que vous vous efforcerez de neutraliser.

- Et pour les autres races présentes sur ces planètes?

- Vous les protégez, coûte que coûte!

- Même les Aryens, alors que certains d'entre eux tuent les autres races, ici, à Oulan Bator?

- Absolument! Les actes des uns ne sont pas nécessairement les actes des autres. Ne faisons pas ce que les fanatiques Aryens font, c'est-à-dire parler de race. Seul l'acte individuel compte. Pour nous toutes les races sont égales et ce message doit être bien compris. Si un Aryen est en danger, par exemple sur Occitan, protégez-le. Il n'est pas responsable du meurtre d'Occitans perpétré par d'autres ici sur Oulan Bator.

- Amiral, intervint l'Envoyé Loïc, pour les enfants, ils ont été programmés par des messages subliminaux qui se sont imprimé en eux quand ils jouaient avec leurs jeux vidéo. Il devrait être facile pour vous de repérer ces messages et de les enlever. Donc, ne tuez pas les enfants, paralysez-les, puis endormez-les jusqu'au moment où vous pourrez leur enlever cette saloperie de message.

- Compris! Je passe le mot. Merci Envoyé.

- Et la situation dans Oulan Bator? demanda Caroline.

- Terrible ! Il y a de très nombreux morts chez les non-Aryens qui ont été surpris par des groupes très bien organisés et coordonnés.

- Le «Vieil Homme sur la Montagne»?
- Oui, hélas! Avec des exceptions notoires!
- Comme?
- Comme les Uïgures présents ici! Après un moment de surprise, ils se sont défendus avec un grand succès. Trop de succès. Ils tirent sur tout ce qui bouge et ont fédéré les autres races autour d'eux. Malheureusement, ils sont hors contrôle et tuent tout ce qui est Aryen, quelle que soit leur implication. Nous savons hors de tout doute que seulement une minorité d'Aryens fait vraiment partie des massacreurs, mais les Uïgures sont incontrôlables.
- Rotuch Rotangar est-il avec eux?
- Il tente de les contrôler, Majesté, mais comme vous le savez, il a été renversé sur Ushuaia... Il a donc beaucoup de difficulté à imposer son autorité et il est très en colère, alors il est parfois difficile de savoir s'il retient ses gens ou s'il les pousse!
- Bien, avertissez tous les protagonistes que le désordre ne peut pas continuer. Quelle que soit l'ethnie en face de vous, ils doivent déposer les armes.
- Et s'ils refusent?
- Vous les vaporisez!
- Majesté, ce sont des citoyens...
- Qui tuent! Il est impératif de faire stopper les combats dans Oulan Bator. Plus d'un million de morts, c'est assez!
- Majestés, nous ne pouvons...
- Général Corsacoff, c'est un ordre! Faites ce que je vous dis et faites venir le Prince Eytan, ainsi que les Rotangar, père et fille!

C'était sans appel et Corsacoff n'eut d'autre choix que de partir et exécuter ses ordres.

- Amiral Singh, reprit Caroline, l'invasion a-t-elle commencée?
- Nos capteurs ont détecté une immense flotte très près de la frontière! J'ai donc envoyé la flotte vers eux.
- Quoi? Vous avez éloigné la flotte d'Oulan Bator?
- Oui, Majesté, c'est ce qu'il convenait de faire. Votre père... n'est malheureusement plus là!
- Avant de prendre ce genre d'initiative, vous me consultez Amiral! lui dit sèchement Caroline.

- Majesté, sauf votre respect, je sais ce que je fais et vos compétences en matières militaires sont…
- Vous êtes un idiot, Singh. Un autre mouvement de la sorte et je vous démets de vos fonctions! Notre ennemi est bien plus malin que vous. Il est même ici à Oulan Bator et nous connaît très bien. Il vient d'attirer la flotte loin de nous.

Rouge comme une pivoine, l'Amiral se reprit cependant rapidement.
- Je n'avais nullement l'intention de contester votre autorité, Majesté, mais si vous voulez ma démission…
- Non, Amiral, mais à l'avenir consultez-moi pour des décisions aussi graves! Bien! Le mal étant fait, il nous faut donc faire, nous aussi, une manœuvre pour empêcher que l'autre partie de la flotte ennemie, celle que vous n'avez pas détectée et qui est fort probablement de l'autre côté de l'Empire, ne fasse mouvement vers nous. Qu'avez-vous encore de disponible ici?
- 7675 croiseurs réguliers, 22 Porte-engins et 22 « Galaxie ».
- Bien. Formez un groupe de combat avec au moins 15 « Galaxie », 3000 croiseurs et 12 porte-engins. Ils seront placés sous le commandement de mon frère, secondé par Rotuch Rotangar, si celui-ci le veut bien.
- Votre frère Majesté? Je…comme vous le désirez. Objectifs de cette flotte?
- Casser beaucoup d'ennemis…chez lui. Nous allons lui monter que déclencher une guerre n'est pas innocent, tel que je l'avais dit à Ra Tamura!
- Heu…qui est Ra Tamura?
- Le vice-Khan de l'ennemi, avec qui j'ai eu une conversation des plus éclairantes. Et à ce sujet, veillez bien à ce que tous les appareils aient reçu un plein de missiles à antimatière.
- Des missiles à antimatière? Dans l'espace ils sont inefficaces, Majesté, je suis désolé de vous l'apprendre.
- Amiral, l'ennemi cherche à nous voler nos planètes, n'est-ce pas?
- C'est ce que nous croyons, Majesté.
- Et pour cela, il doit les conquérir sans les détruire, ce qui l'empêche d'utiliser les armes nucléaires, non?
- C'est exact, Majesté.

- Et bien, nous, nous n'avons pas les mêmes restrictions!
- Est-ce que je comprends bien ce que vous voulez faire? dit soudain, avec un visage tendu, l'Amiral.
- Oui! Amiral et je suis heureuse de voir que vous me prenez au sérieux maintenant. L'objectif est de détruire non pas les vaisseaux de l'ennemi, mais ses bases arrière, c'est-à-dire… ses planètes!
- Majesté…Majesté…je regrette d'avoir douté de vous, répondit avec un air piteux, l'Amiral.

Chapitre 39 : Histoire d'envoyés

- *Général, c'est un honneur de vous voir, dit John McCain à Dreck.*
- *Détrompez-vous, l'honneur est pour moi. J'ai, par le passé, déjà rencontré des hommes de Nirva et ai été très impressionné.*
- *Merci. Alors que pouvons-nous pour vous, Général?*
- *En fait beaucoup de choses. Bon, Loïc est maintenant avec Caroline … pardon l'impératrice Caroline et fait aussi un travail formidable au niveau des télépathes, mais vous, j'aimerais, si vous le voulez bien entendu, vous confier certaines missions.*
- *Oui, la défense de la race humaine nous tient à cœur, alors en ce qui me concerne je suis prêt à servir!*
- *Moi, aussi, ajouta immédiatement Audrée Vauldegarde.*
- *Formidables, vos prestiges d'envoyés vont nous aider grandement.*
- *D'accord, mais que voulez-vous que nous fassions exactement?*
- *Bon, vous John, vous êtes un peu comme moi, un soldat. Et un soldat qui a l'expérience de la guerre de résistance.*
- *Euh…mais je n'étais pas dans ce camp-là!*
- *Oui, je sais, mais vous en avez vu les dégâts, non?*
- *Oui. Poursuivez.*
- *L'impératrice croit qu'à terme nous allons être vaincus, du moins ici dans l'Empire. Mais elle à des plans qui demandent qu'une force armée crédible soit capable de se préparer pour une ultime bataille qui devrait signaler le retour de l'humanité. Le plan est très risqué et les résultats plus qu'incertains, mais c'est le seul que nous ayons.*
- *Bien, mais que voulez-vous précisément de moi?*
- *Que vous preniez la tête des forces de guérilla de l'Empire! Dans les Colonnes d'Hercule!*
- *Mon Dieu! C'est une grande responsabilité. Je vous verrais vous, plutôt que moi, à la tête de ce groupe!*
- *Non. Cette force sera multiethnique et actuellement tout le monde est plus ou moins compromis pour une race ou une autre. Des Aryens en feront aussi partie. Vous, vous arrivez de Nirva, vous avez le prestige d'Envoyé, vous n'avez rien à voir avec la guerre actuelle et en plus, vous avez une expérience militaire dans les techniques de guérilla!*
- *Bon, si c'est ce que vous voulez!*
- *Bien sûr que je le veux, mais surtout l'impératrice Caroline!*

- *Et moi, reprit Audrey, je ne suis qu'une faible femme, incapable de me battre.*
- *Mais qui est une prodigieuse scientifique, dans le domaine de l'atome et de plus, une horlogère de premier plan.*
- *Merci pour les compliments, mais je ne vois pas vraiment ce que je pourrais faire étant donné que votre technologie est beaucoup plus avancée que la nôtre.*
- *Et bourrée d'informatique! Nous avons besoin d'armes capables d'exploser sans toute cette quincaillerie informatique que l'ennemi contrôlera aisément. Et de plus, comme je vous le disais, vous êtes une horlogère incomparable. Quelqu'un qui connait les mécanismes des horloges d'avant, d'avant les montres au quartz et autre électroniques.*
- *Mais qu'avez-vous en tête?*
- *Moi? Rien! Il s'agit d'idées qui ont germé dans la tête de deux femmes, en fait.*
- *Quelles femmes?*
- *Deux femmes remarquables, les impératrices Farah et Caroline! L'épouse et la fille de Simon!*

- Alors Eytan, ça te va? Tu es sûre de vouloir y aller?
- Oui, je te remercie de me donner le commandement, cela me permettra de diriger la flotte où je veux exactement.
- N'oublie pas que la mission est quand même de détruire une planète Dragons. Un sérieux avertissement pour eux!
- Oui je sais, mais le second objectif est aussi très important. Primordial même si je veux remplir la mission que papa m'a donnée, rétorqua Eytan.
- Oui, je comprends. Mais comment penses-tu t'y prendre?
- Avec mes amis habituels. Les Gauchos et quelques Dangues.
- Mais depuis l'arrivée de Loïc et notre « amélioration génétique » faite grâce à lui, as-tu toujours besoin des Dangues? le questionna Caroline.
- Oui. Mes performances télépathiques augmentent beaucoup de même que les leurs, mais même si nous avons maintenant les prédispositions nécessaires, cela ne peut pas se faire du jour au lendemain. C'est un peu comme avoir les prédispositions pour devenir un champion olympique, mais sans un solide

entraînement, les chances de médailles sont minimes. Et je ne suis pas prêt. Alors grâce à mes amis, j'ai l'intention, durant l'attaque, d'être à l'affut. Les Dragons sont télépathes et ils vont certainement s'échanger beaucoup de messages télépathiques durant la bataille. J'ai juste à me positionner et à « écouter »!

- OK, mais tu ne pourras pas alors commander directement la bataille.
- C'est vrai. Mais il y a des généraux plus expérimenté que moi pour ça. Dreck par exemple.
- Tu as raison! Je l'ai justement fait demander. Et il y aura aussi Rotuch, qui est un fin stratège.
- Cela me convient! conclut Eytan.
- Bon, je vois que Dreck vient d'arriver, mais reste avec nous, Eytan!

Dreck pénétra dans le bureau de l'impératrice la salua de même qu'Eytan.

- Salut à vous deux. Content de vous voir, dit-il.
- Dreck commença Caroline, je voudrais que tu accompagnes la flotte dirigée par Eytan et Rotuch!
- Pas de problème. Mais pourquoi veux-tu que j'y aille?
- Parce que Eytan sera aussi chargé de sonder au maximum les Dragons avant de les détruire et je ne suis pas sûre de ce que pourrait faire Rotuch si Eytan est occupé!
- Vraiment? Je ne crois pas que tu doives craindre quoi que ce soit de Rotuch! C'est un allié très sûr!
- Oh, comprends-moi bien, je ne crains pas la trahison, seulement l'excès de zèle. Rotuch est très en colère et risque de faire des actions inconsidérées. Et si les choses tournent mal, je veux que tu t'assures de la sauvegarde d'Eytan!
- Caro, s'insurgea Eytan, non!
- Tu es Prince impérial, Eytan! Et tu as une mission à remplir qui est d'une importance capitale pour nous. Il est hors de question que tu y ailles si tu n'acceptes pas cela.
- OK, répondit Eytan d'un air renfrogné.
- OK pour Eytan, mais pourquoi envoyer Rotuch avec nous si tu as peur de ses réactions?
- Pour le symbole et, surtout, pour l'éloigner d'Oulan Bator. Il met de l'huile sur le feu!

- Bon. Mais es-tu sûr que Caroline est d'accord?

Caroline eut un passage à vide après la dernière parole de Dreck!
- Je ne suis pas sûre de bien te suivre, Dreck!
- Mais si, tu me suis, Loïc!
- Mais enfin, pourquoi m'appelles-tu Loïc?
- Parce que le corps que j'ai devant moi est bien celui de Caroline, mais l'esprit est celui de Loïc!
- DRECK!
- Écoute Loïc, je ne sais pas comment vous faites, mais je SAIS que tu es Loïc. Et cela représente un problème de sécurité que moi, chef des services secrets, dois évaluer!
- Mais Dreck enfin! Que t'arrive-t-il?
- Loïc, S.T.P. Je connais Caroline depuis qu'elle est enfant! Tu oublies que son père et moi étions les meilleurs amis du monde! Et les micros réactions du corps que j'ai devant moi sont celles de Loïc et non pas celles de Caroline!

À ces mots, Caroline se troubla, puis soudain, son visage changea imperceptiblement.
- Ah, là, je sais que maintenant j'ai en face de moi la vraie Caroline!
- Bon Dieu Dreck, comment as-tu fait!
- Comme je l'ai dit à Loïc! Mais je dois savoir ce qui se passe, Caroline, c'est un problème de sécurité!
- Il n'y a aucun problème, Dreck!
- Caroline, tu es maintenant Impératrice., eh oui, il y a un problème quand un esprit étranger, fut-il ami, prend le corps de l'Impératrice!
- Je comprends. Mais tu dois savoir qu'aucun esprit étranger ne prend mon corps.
- Pourtant, je parlais bien à Loïc, non?
- Oui…et non. La meilleure façon pour moi de t'expliquer serait de faire une analogie avec les ordinateurs.
- OK, explique-moi.
- C'est finalement fort simple. Tu prends deux ordinateurs. Chacun a son propre processeur, cerveau si on veut et disque dur ou mémoire. Tu établis un lien entre eux. L'ordinateur numéro 1, moi, autorise l'ordinateur numéro 2, Loïc, de prendre le contrôle des périphériques, mon corps. Dans le monde informatique, cette procédure est courante et il existe beaucoup

de logiciels permettant à un ordi extérieur de prendre le contrôle d'un autre. Donc Loïc par le biais de la télépathie prend le contrôle de mon corps. Mon cerveau est quand même là et enregistre tout. C'est un peu comme conduire une voiture, repérer sa route et penser à la réunion en même temps. Ce n'est pas parce que je pense à la réunion que je ne sais pas ce que la voiture fait! Pendant ce temps, je prends le contrôle du corps de Loïc et fais autre chose de plus prioritaire…autre chose que je viens d'interrompre!

- Comme quoi?
- Oh rien d'important!
- Donc « rien d'important » est plus important que de me rencontrer pour me demander de veiller sur ton frère?

Caroline rougit violemment.

- Je suis…désolée, Dreck, mais cela avait trait à la sécurité de l'état. Je me renseignais en utilisant une certaine Jacqueline, Aryenne de son état, pour savoir ce qui se tramait dans mon dos.
- Et précisément que faisais-tu avec le corps de Loïc, à cette Aryenne?

Caroline rougit encore plus.

- Non! Ne me dis pas que…que!
- Je suis désolée, Dreck, mais parfois les renseignements récoltés valent la peine d'utiliser certaines méthodes!
- Mais TU FAISAIS L'AMOUR AVEC CETTE ARYENNE?
- Heu, oui, Dreck. Mais avec le corps de Loïc et la fille est vraiment belle …et fille d'un intrigant majeur.
- Quel intrigant?
- Un certain Georges Chong. C'est un personnage influant dans la communauté Aryenne, ici à Oulan Bator. Il est noble, Marquis de son état. Lui, son fil Samuel et sa jumelle Jacqueline sont des Aryens très militants, qui, quoique normalement non violents, sont quand même persuadés qu'ils ont le devoir de lutter pour la sauvegarde génétique de leur race. Même s'ils sont plus habitués au discours qu'à l'action! Par les temps qui courent, je ne suis plus sûr de rien!
- Mais pourquoi alors ne pas laisser …heu…Loïc se charger de cela?

- Parce qu'il n'a pas ma connaissance de la situation. Et il s'agit ici d'interpréter ce que cette fille …heu dit … heu, entre deux gémissements!
- Et que dit Loïc de ça?
- Rien. N'oublie pas qu'il est là…en pilote automatique, mais il sait tout.
- Et cela ne cause pas de problème …à votre couple?
- Non! Nous sommes tellement fusionnés que nous sommes l'un et l'autre! À tel point que quand nous faisons l'amour, il arrive très souvent que nous échangions nos rôles…et cela me permet de savoir…que me faire …pour …pour… acheva Caroline en rougissant une nouvelle fois.

Estomaqué, Dreck fut soudain pris d'un gigantesque fou rire.

Chapitre 40 : Un peu de magie avec ça?

- *Les Magiars sont et de loin, le groupe humain le plus énigmatique de l'empire.*

Ils ne sont pas une race à proprement parlé, du moins pas une race comme les Aryens ou les Sarkaïs, pourraient en être une. Non, leurs rangs sont, en fait, peuplés de gens de toutes origines.

- *Une religion alors?*
- *Plus ou moins, ils ont une dimension clairement religieuse ou du moins mystique, mais cela n'explique pas tout!*
- *Ils sont adeptes de la religion du Grand Architecte de l'Univers, non?*
- *Je dirais une branche dissidente. Pour eux le Grand Architecte de l'Univers n'est pas nécessairement une entité, mais plutôt une sorte de finalité, un questionnement. Fondamentalement, les Magiars recherchent le sens de l'univers et sa raison d'être.*
- *Un peu comme tout le monde!*
- *Oui, dans un certain sens, mais eux, ils en font l'objectif de leur vie et s'y consacrent complètement.*
- *Une question philosophique, essentiellement.*
- *Oui, mais ils vont plus loin. Ils veulent comprendre les mécanismes mêmes de l'univers, pas seulement sa raison d'être.*
- *D'où la science.*
- *Exactement. La science. C'est leur instrument de prédilection. Ici aucun des dogmes privilégiés par les religions. Ici, c'est la science et en particulier la méthode scientifique. Ils y consacrent leur vie et leurs ressources, immenses en fait.*
- *Au point de vivre en communauté pauvre!*
- *Pauvre? Non pas du tout. Ils ne possèdent rien en propre, mais leur communauté est très riche. Le plus haut immeuble d'Oulan Bator leur appartient et beaucoup de Magiar y ont un appartement sans luxe excessif, mais avec quand même tout le confort moderne.*
- *Mais n'ont-ils pas fait vœu de pauvreté?*
- *Non, ils ont simplement décidé de consacrer le maximum de leurs ressources à la recherche scientifique.*
- *Et la vie de famille?*
- *Ce ne sont pas des moines. Ils ont une famille, mais vivent en communauté avec la science comme raison d'être.*
- *Et ils sont bons dans ce domaine?*

- Bons? Ils sont simplement les meilleurs! Leur savoir est en avance sur celui de l'empire. Rappelez-vous aussi que beaucoup d'entre eux sont professeurs émérites dans les diverses universités de l'empire, dont l'ULB. Ils ont, de plus, de très nombreux instituts de recherche, beaucoup plus fermés, appelés Machashabah!
- Mais qu'y recherchent-ils?
- De tout! Depuis la physique fondamentale jusqu'à la paléontologie, en passant par l'histoire. Tout. À partir du moment où la méthode scientifique est appliquée.
- Pas de plan général?
- Oui et non. La structure de l'Univers est la « grand œuvre » auquel tous adhèrent. Mais chacun doit aussi avoir son propre projet et y consacrer 20 % de son temps.
- N'importe quel projet?
- Oui et c'est ici que cela devient parfois un peu frontière. Ils n'ont aucune des restrictions morales de notre société si ce n'est pour la science sauf l'expérimentation sur des humains non volontaires.
- D'où le secret.
- Oui, mais aussi pour le côté commercial de leurs activités. Ils doivent vivre eux aussi et financer leurs recherches, car, comme tout le monde le sait, la recherche appliquée nourrit son homme, mais pas la recherche fondamentale.
- Et ces gens, où vivent-ils?
- Partout et sont même très puissants ici à Oulan Bator, mais leur « centre » le plus important se situe dans les Colonnes d'Hercule!
- Évidemment ! Les gens les plus étranges de l'univers ne pouvaient pas habiter ailleurs que sur la planète, si on peut appeler cela une planète, la plus bizarre de l'univers!
- C'est effectivement un lieu ou plutôt, une succession de lieux bizarres, comme vous dites.
- Mais le portrait de scientifique paisible que vous dressez d'eux ne correspond pas à leur image!
- Qui est?
- Celle, en fait, de magicien. Leurs noms anciens étaient Mage et celui-ci est devenu au fil du temps, Magiar. Ils inspirent de la peur à nos concitoyens qui pensent que l'étiquette de science n'est qu'une façade pour leurs vrais desseins, qui est en fait la magie…une magie parfois bien noire.
- C'est vrai qu'ils passent pour des magiciens. En fait, ils utilisent beaucoup leurs sciences pour faire une sorte de magie. Mais ils ont

toujours bien précisé que la magie n'existait pas. Alors quand quelqu'un a un problème ardu à résoudre, il les appelle! Les Magiars vendent aussi beaucoup de leurs découvertes sous forme de brevet, ce qui leur a permis d'accumuler une richesse considérable.

- *Ils charrient quand même une odeur de soufre!*
- *Vraiment?*
- *Ils sont soupçonnés de faire des recherches interdites comme l'hybridation humaine / animale! On parle même d'hybridation hommes / oiseaux justement dans les Colonnes d'Hercule. On les soupçonne même d'être à l'origine du Petit et Grand Translocateur!*
- *L'empire a fait de nombreuses enquêtes sur eux et n'a jamais trouvé quoi que ce soit à redire.*
- *Mais c'est une secte, non?*
- *Même pas un ordre religieux, car ils sont dissidents de l'ordre du Grand Architecte de l'Univers et ils ont mis la science au centre de leurs croyances.*
- *Mais qu'en est-il de la possibilité de rentrer ou de sortir de l'ordre?*
- *Encore une fois, les enquêtes ont montré que l'on pouvait y entrer ou en sortir à volonté, mais qu'en dehors du fait que pour y entrer il faut démontrer des connaissances scientifiques très pointues et du fait que votre cerveau est « lavé » des secrets de l'ordre si vous en sortez, aucune coercition n'a jamais été prouvée dans leur cas. Mais bien sûr les humains restent les humains.*

Jules Petit
Extraits de : Enquête sur un bien étrange ordre religieux
Édition « Je sais tout »
Oulan Bator

- Magiar Redding, je vous remercie d'avoir accepté de venir me rencontrer.
- Tout l'honneur est pour moi, Majesté.
- Votre prénom est le même que celui de votre ordre? Magiar?
- Oui, Majesté. C'est le cas quand vous devenez Maître chez nous.
- Bien! La raison pour laquelle je vous ai convoqué est que l'on a besoin de vous ou du moins de votre communauté, pour

organiser la lutte contre les Démons. Comme vous le savez, nous sommes en guerre.

- Oui, Majesté et nous savons que la guerre va mal.
- Holà. Pas trop vite! Nous contrôlons la situation.
- Je l'entends bien, Majesté, mais comme vous le savez, les Magiars ont de nombreux Machashabah ici à Oulan Bator et ceux-ci ont beaucoup travaillé sur le problème des Démons.
- Vraiment? Et que savez-vous sur eux?
- Pas beaucoup de choses, mais ce que nous savons est très perturbant. Et nous pensons que l'empire sera vaincu par eux.
- Vous êtes pessimistes! Nous avons des capacités de défenses qui sont loin d'être négligeables, vous savez.
- Majesté, vous aussi êtes inquiète et sachez que nos capacités de recherches nous ont amenés aux mêmes conclusions que vous. D'ailleurs, nous louons vos efforts de lutte et en particulier, le plan Graal!
- Quoi? Mais comment êtes-vous au courant de ce plan?
- Nous savons beaucoup de choses, Majesté, mais vous savez aussi que nous avons toujours œuvré pour le bien de l'humanité.
- C'est vrai, mais ce n'est pas la raison de votre convocation.
- Nous savons Majesté.
- Vraiment? Alors quelle en est la raison?
- La raison en est, probablement, les Colonnes d'Hercule.
- Ah, là, vous m'impressionnez. Vous êtes de vrais…magiciens.
- De bons scientifiques seulement Majesté et nous avons de nombreux contacts…mais je dis cela non pas parce que nous avons de quelconques espions parmi votre personnel, mais parce que cette démarche est la plus logique.
- Admettons. Donc nous sommes d'accord qu'il y a malheureusement la possibilité que la race humaine soit vaincue ici dans l'Empire et même si nous avons un plan à long terme, nous devons aussi considérer ce que nous allons faire en face des Démons si cela arrivait.
- Et comme tout votre personnel est engagé dans la guerre, vous aimeriez que les Magiars, qui ont quand même énormément de ressources scientifiques, vous aident? Mais, sans vouloir vous offenser Majesté, ce que nous savons de vos plans montre que ce que vous privilégiez le plus est la sauvegarde du Graal. Aider

des gens dans les colonnes d'Hercule ne fera alors que prolonger leurs souffrances vers une mort inévitable!

- Non. Même si mon père privilégiait effectivement le projet Graal, je pense quant à moi que nous pouvons faire en sorte que ceux qui désirent prolonger le combat puissent en avoir les moyens, car il y a aussi le plan Méphisto qui, à terme, devrait créer beaucoup de problèmes aux envahisseurs. Si les plans de mon père fonctionnent comme prévu, la grande majorité de la flotte Démones sera détruite, ce qui donnera la possibilité aux résistants dans les Colonnes d'Hercule de reprendre l'initiative ou à tout le moins de survivre. De plus, si le plan Graal réussit, les humains reviendront en force dans cette région de la galaxie pour sauver leurs frères! Avec un site comme les Colonnes d'Hercule, qui se prête bien à la guérilla, il y aura un espoir pour les survivants de voir un jour une armée humaine venir lever le siège! Mais pour le moment, nous n'avons pas vraiment d'instruments adaptés pour soutenir nos gens là-bas!
- Donc vous aimeriez que nous mettions au point les armes, tactiques et autres, pour soutenir la guérilla, en attente du « Jugement dernier »?

Interloquée par les dernières paroles du Magiar, Caroline fit semblent de ne pas les avoir entendues.

- Exactement. Cela est-il possible, Magiar?
- Oui, Majesté. Déjà nos gens planchent sur cette possibilité. Sachez que nous avons une importante Machashabah en Atlantide.
- Alors, à vous ce dossier.
- Vous ne serez pas déçue, Majesté

Chapitre 41 : Tuer la bête

Il hurla quand la nouvelle lui fut communiquée.

Un hurlement long, terrible, douloureux.

Un hurlement qui déchirait les entrailles autant de celui qui le poussait que celles de ceux qui l'écoutaient!

Le hurlement d'un père qui venait de perdre sa fille!

Le hurlement de la culpabilité!

Le hurlement de la vengeance!

- Quoi? Dévorée par le Mal? dit-il enfin.

- Monseigneur, c'est la vérité! Nous sommes désolés!

Puis il se tut.

Soudainement le Baron Guy de Vaux venait de réaliser que sa vie allait changer.

Maintenant, il aurait à expier pour la mort de sa fille pour laquelle il se sentait profondément responsable.

Mais Guy de Vaux n'était pas de ceux qui revêtaient la bure et partait en pèlerinage à Jérusalem pour demander pardon à Dieu.

Cela, il le ferait après.

Guy de Vaux était d'abord et avant tout un formidable chevalier, un homme intelligent et un chasseur remarquable.

Un chasseur habitué à traquer des proies, même dangereuses.

Le Mal l'avait frappé.

Frappé au cœur.

Mais même s'il avait été touché au cœur, il n'était point mort!

Maintenant il savait ce qu'il avait à faire.

Combattre le Mal, jusqu'à la mort, s'il le fallait.

Le traquer jusque dans ses plus lointains retranchements.

Et le tuer!

Tuer le Mal!

Tuer la bête immonde!

Mais il n'était pas dupe.

Le Mal était un ennemi formidable.

Pour le vaincre, il lui faudrait plus que du courage.

Plus que ses talents de chevalier et de grand chasseur.

Il lui faudrait de la ruse.

Et des informations.

Qui était ce Mal?

D'où venait-il?

Quels étaient ses points faibles?

Et Guy de Vaux savait qui pouvait lui en conter beaucoup sur le Mal.

Un juif errant qui était venu en son château et l'avait diverti de ses histoires.

Un juif qui avait vécu à Jérusalem et qui l'avait mis en garde contre le Mal.

Ce juif, on lui avait dit qu'il tenait maintenant un petit commerce dans le village voisin.

Un commerce sans importance, un commerce qu'il appelait banque et qui était le seul métier qu'un juif pouvait faire.

Guy de Vaux fit quérir l'homme.

Il s'appelait Salomon Belahcen et il en savait vraiment beaucoup sur le Mal!

Il l'avait vu à l'œuvre dans des contrées lointaines, là où toute sa famille avait été détruite par lui.

Oui, il en savait beaucoup.

Mais il savait surtout quel était LE point faible du Mal, celui qui, à terme, pourrait le faire disparaître.

Et maintenant, Guy de Vaux allait le savoir lui aussi.

Guy de Vaux, était un chevalier qui avait autant de motifs que Salomon Belahcen de vouloir combattre le Mal jusqu'à la mort!

Les deux hommes, malgré leurs différences, étaient faits pour s'entendre.

Oyez! Oyez! Aryens de tous les horizons.

Sachez que vous avez une ennemie de plus.

Une femme terrifiante.

Une mangeuse d'hommes.

Une femme tristement célèbre pour avoir tué ses amants.

Sachez qu'elle est toujours là.

Plus forte que jamais.

Seuls ses objectifs ont changé.

Maintenant c'est sa propre race qu'elle tue.

Elle a osé ordonner à ses troupes d'ouvrir le feu sur vous alors que vous ne faisiez que votre devoir d'épuration d'Oulan Bator de toute cette vermine que représentent les prétendues autres races, qui ne sont en fait qu'engeances corrompues par les radiations des étoiles.

Elle tue des gens comme vous et moi.

De vrais citoyens.

L'élite de la race humaine, les héritiers de Nirva.

Nous, les Aryens.

Même si elle prétend être de notre côté, sachez-le.

Elle ne l'est pas ou ne l'est plus!

Maintenant, elle est du côté des altérées, ceux qui prétendent être humains, mais dont la peau est blanche…ou noire, ceux qui sont mi-bêtes mi- humaines et qui ne rêvent que de nous voir disparaître, nous les vrais hommes qui ont la seule peau véritablement humaine, la peau jaune!

Sachez-le, ceux qui ne sont que des ratés de la race ne peuvent supporter leurs déchéances et veulent nous faire disparaître, car nous représentons ce qu'ils ne sont pas et ne seront jamais.

Des êtres PURS.

Contrairement à celui qui se prétend un Envoyé et qui partage la couche de l'Impératrice.

Tuez la bête qu'elle est devenue avant qu'elle ne vous tue.

Tuez-le, lui aussi, car il corrompt les esprits!

Il est envoyé par les Démons, pour pénétrer vos esprits et les soumettre au dictat de son amoureuse, la traitresse à sa race, la soi-disant Impératrice des humains.

L'impératrice des bâtards, oui!

Moi, le «Vieil Homme sur la Montagne», je vous le dis.

Je n'ai pas vécu si longtemps pour ne pas savoir où est la vérité.

Pour ne pas savoir dire les choses telles qu'elles sont vraiment!

Oui, il est du devoir sacré de chaque Aryen de protéger sa race.

Alors, sachez faire ce qu'il faut.

Tuez la bête immonde et son amant infernal avant que la race aryenne ne soit plus qu'un souvenir!

Chapitre 42 : Refuge

De toutes les planètes de l'Empire, Atlas est certainement la plus étrange, si on excepte, biens entendus, Sanctuaire, qui nous est, pour des raisons évidentes, difficile à cerner.

En fait, Atlas, c'est plutôt un système, appelé Colonnes d'Hercule, qu'une planète!

Orbitant autour de Gibraltar, son immense soleil bleu, la planète Atlas est une géante gazeuse de 150 000 km de diamètre et d'une masse 350 fois plus grande qu'Oulan Bator.

Cela aurait pu n'être qu'un géant gazeux parmi tant d'autres, si ce n'était les Colonnes d'Hercule, composées des incroyables anneaux de l'Atlantide, de Calpe et d'Abyle.

Le premier anneau, appelé Atlantide, est situé à 200 000 km de la surface d'Atlas et est composé d'un anneau d'eau d'une épaisseur de 6 500 km et d'une atmosphère respirable.

Une masse d'eau colossale peuplée par tous les monstres marins géants que la faible gravité de 0.42 g permet.

Le deuxième anneau d'importance, Calpe, est situé à 250 000 km de la planète et est le plus étrange de tous!

[3]Si les deux autres sont composés de matières continues, eau ou sable, ce qui en fait des anneaux compacts, ce n'est pas le cas sur Calpe, où des masses, parfois énormes, flottent dans une atmosphère parfaitement respirable de 12 000 km d'épaisseur et distancée, parfois, par quelques dizaines de mètres seulement!

On peut voir cela comme un immense champ de corps célestes parfaitement synchronisé sur une orbite stable qui tourne autour des Colonnes d'Hercule, en un anneau parfaitement circulaire.

Mais le plus curieux est que l'on se serait attendu à des collisions incessantes entre ses corps célestes, alors qu'en fait chacun de ses corps a en son centre, une masse de fer significative polarisée, qui génère un puissant champ magnétique ayant chacun un pôle Nord et Sud opposé.

Le résultat en est que chacun de ces corps célestes se repousse à une distance suffisante pour éviter les collisions.

Si vous cherchez réellement à être déconcerté, allez sur Calpe.

---

[3] En hommage à James Francis Cameron, pour son film génial « Avatar »

Voir une montagne gigantesque juste au-dessus de votre tête sans qu'elle ne vous tombe dessus est un spectacle qui restera certainement gravé dans votre esprit toute votre vie! Naturellement, la nature a mis des millénaires pour stabiliser un tel système et les traces de collisions sont effectivement nombreuses, mais, le plus étonnant, est, justement, qu'une incroyable stabilité, engendrée par les champs magnétiques, s'est progressivement installée et fasse que cette gigantesque quantité de montagnes semi-globulaires, tourne autour d'Atlas tout en engendrant une attraction suffisante, de l'ordre de 0.51 g, ce qui évite aux plantes, dont elles sont couvertes, de se faire éjecter dans l'espace!

Le troisième anneau, Abyle, est situé à 285 000 km de la surface et est composé essentiellement de sable, sur un noyau semi-rigide de roche, d'une épaisseur de 8 500 km avec le même type d'atmosphère que les deux autres! Un fleuve incroyable, appelé Hâpî, en fait le tour.

Des dunes, du sable, des oasis et un fleuve, sur des dizaines de milliers de km!

Et une attraction de 0.53 g.

Mais le plus singulier, est que ces trois anneaux sont parfaitement habitables et le sont en fait, par l'homme ainsi que par une faune et une flore éblouissante.

Et le tout éclairé à foison par Gibraltar, le soleil de ce système.

Naturellement la succession des jours et des nuits est aussi synchronisée par la rotation autour d'Atlas et est de 13h et 50 minutes de jour suivies de 13h et 50 minutes de nuits (plus des poussières de secondes) pour les trois anneaux, ceux-ci ayant une vitesse de rotation synchronisée de façon à ce que chaque point de la surface de chaque anneau fasse toujours face au même sur les autres.

Température à la surface de ces mondes?

De 30 degrés Max en été à 19 en hiver!

Car Atlas a une inclination axiale faible et surtout une orbite relativement circulaire autour de Gibraltar, ce qui lui confère donc, une incroyable stabilité climatique!

Ces trois anneaux représentent une surface « habitable » équivalente à mille mondes comme Oulan Bator.

On pourrait y transposer la totalité de la race humaine, 150 milliards d'individus et s'y sentir très à l'aise.

S'il vous vient l'envie de disparaître, considérez sérieusement la possibilité d'aller dans les Colonnes d'Hercule!

Vous pourrez y vivre à l'aise sans que personne ne puisse vous retrouver si vous ne le voulez pas!

Un dernier aspect et non des moindres.
Atlas génère un champ magnétique incroyablement puissant qui protège
évidemment les anneaux des vents solaires engendrés par Gibraltar, mais
rend aussi les communications radio impossibles et exige des blindages
importants sur tous matériels électriques et électroniques, sous peine de
grillage immédiat.

L'espace pour les nuls,
Par Raoul Sorak,
Éditions, Je sais tout, Oulan Bator.

- Magiar Redding?
- Oui. Et vous, vous êtes Sissar Gance, chef des AFARAS & ISSARS.
- Vous raison!
- Et que me voulez-vous?
- Impératrice Caroline acceptée que moi parlez-vous projet.
- De quel projet voulez-vous parler?
- Vous devoir savoir, nous grands chasseurs. Nous, pas aimer devenir proie. Notre monde pas assez sécuritaire, alors demandé Impératrice aller dans Colonnes d'Hercule. Sur Calpe.
- Et?
- Et impératrice dire oui.
- Bon très bien. Allez-y alors!
- Nous besoin vous pour projet particulier. Premièrement besoin vous pour trouver pourquoi radar pas fonctionner quand nous enduire avec produits arbres « Notre monde ».
- OK, nous pouvons faire cela.
- Mais aussi demander autre chose, Impératrice dire vous grand scientifique. Vous comme magicien. Et bien connaître physique et biologie.
- Vrais, mais que voulez-vous faire?
- Vous voir dessin ici. Vous comprendre.

Le Magiar prit le dessin que lui tendit le Chef avec curiosité.

- Oh merde! dit-il. Vous êtes sérieux?
- Oui, nous sérieux! Vous pouvoir faire ça?
- Mais vous avez vos engins volants, non?
- Les N'Deke?
- Oui, un engin plutôt étrange pour des gens comme nous, des réacteurs et une aile en V sur laquelle le pilote se tient debout, comme sur une planche à neige.
- Oui, mais N'Deke efficace dans plein ciel seulement. Sur Calpe, objet trop proche! Même si manœuvrabilité N'Deke très bonne, pas suffisamment bonne contre Dragons!
- Contre les Dragons? Mais avec les balles des Baïkals, ils n'ont aucune chance!
- Vous pas savoir. Dragons contrôlés électroniques. Même si fusil Baïkal peut tirer, balles pas exploser, Dragons contrôlés elles!
- Mais qu'allez-vous faire alors?
- Utiliser Boubou, fusil traditionnel, avec balles non électroniques! Nous grand chasseur, vous souvenir? Boubou et quoi demander à vous et nous tuer cochons volants. N'Deke pas possible alors chercher solution pour battre méchant animales.
- Hum…c'est une question de gravité.
- Oui, mais gravité sur Calpe seulement 0.53 g d'Oulan Bator. Alors ça possible
- Si nous faisons cela, les gens ne nous prendront plus pour des magiciens, mais pour des sorciers!
- Les gens ? Quelles gens? Eux tous mourir bientôt, tué par Démons internes et externes. Nous pas vouloir mourir sans défendre nous. Et vous aussi vivre sur Colonnes d'Hercule, non? Vous intérêt bâtir bonne défense contre Démons, non?
- Vrai. OK je vais voir si c'est possible.

CHAPITRE 43 : Cimeterre

D'après Wikipedia, le nom de cimeterre, une arme de l'Orient, vient de l'italien scimitarra, lui-même venant du persan shamshīr.

Sa lame courbe en fait une arme très particulière et elle requiert une approche totalement différente d'une épée normale.

Si elle est considérée comme une des épées les plus connues et les plus terrifiantes de l'histoire, cela provient du fait que les Arabes en ont fait usage dans nombre de leurs conquêtes.

Mais le Cimeterre est aussi le nom d'une arme terrifiante développée par les Uïgures et destinée à l'usage exclusif des membres les plus influents de leur société.

C'est un petit objet don la taille n'excède pas un dé à coudre et qui est fait dans une matière proche du carbone. Bourré d'électronique, celui-ci peut se cacher dans une anfractuosité du plafond ou du mur pour des mois, voire des années, en attendant de frapper.

Les instructions de son maître sont gravées en lui et non pas mises en mémoire vive, elles sont donc indélébiles.

Doté de capacité de reconnaissance faciale, c'est l'outil parfait pour le meurtre.

Une fois sa cible reconnue, le cimeterre déroule un fil de carbone ultra fin de 30 cm de long puis part dans une rotation rapide, faisant du fil un objet plus coupant qu'un rasoir.

Quand la cible est identifiée, il se précipite sur elle, s'attaque au cou de la victime et lui tranche littéralement la tête, grâce à la rotation ultra rapide, de son fil.

Une fois son forfait effectué, le cimeterre s'auto détruit en une fraction de seconde en ne laissant aucune trace.

Bien sûr, les autorités Uïgure ont toujours nié l'existence de cette arme.

Jacques de Marolles
Petits et Grands Secrets de l'Empire
Éditions, Je sais tout, Oulan Bator

Rotag Astergar était particulièrement content de lui.

Pensez-y!

Il avait réussi à asseoir son autorité sur les Uïgures et mené brillamment la révolte de ceux-ci contre l'Empire.

Évidemment, il avait eu le temps de placer ses collaborateurs aux endroits clés pour détourner tout ce qui ne lui convenait pas.

Au point que les Uïgures étaient totalement persuadés que les Rotangar étaient en fait des traîtres et que c'était vraiment l'ensemble des Uïgures qui avait démocratiquement choisi la séparation de l'Empire.

En fait il n'en était rien, pas plus de 30% avaient réellement voté pour cela, mais il avait fait ce qu'il fallait pour changer cela en 60 % !

Serveur sécurisé pour les élections?

Rotag ne put s'empêcher de sourire à cette pensée.

Il vous suffit d'avoir l'aide de quelqu'un de vraiment très très puissant en informatique.

Un certain Trojan!

Et pour un coup de maître, ce fut un coup de maître!

Faire croire à une attaque de l'empire qui aurait tué beaucoup d'Uïgures!!

Ah! Ah! Alors qu'il en était l'auteur!

Quand Ra Tamura le contacta pour lui annoncer qu'une flotte de l'Empire se dirigeait vers l'extérieur et que ce serait une bonne occasion pour les Uïgures de les attaquer, il n'eut vraiment pas beaucoup de difficulté à envoyer toute la flotte Uïgure à leurs trousses.

Maintenant une flotte Uïgure enragée fonçait dans l'espace vers la flotte impériale partie affronter les Dragons.

Oui, il savait! Il est pratique d'avoir un espion parmi les fidèles de Rotuch sur Oulan Bator même!

Évidemment les Uïgures ne savaient pas où allait réellement la flotte de La Garde, pas plus d'ailleurs que Ra Tamura, mais cela importait peu, la flotte Uïgure allait les affronter.

Mais quel en serait le résultat? Les impériaux, commandés par Rotuch Rotangar lui-même, allaient devoir affronter deux flottes ennemies!

Bien sûr, les chances de voir la flotte Uïgure revenir étaient minces et même nulles!

Tant mieux!

Les maîtres allaient le féliciter!

Rotag était encore plongé dans ses réflexions quand il entendit un vrombissement juste derrière lui.

Comme le bruit d'une hélice.

Il eut soudain une vive douleur au cou puis eut l'impression de voir son corps se détacher de lui.

Sur le moment, il pensa qu'il perdait la tête.

En fait, c'était exactement ce qui venait de lui arriver!

CHAPITRE 44 : Missions

- *Soraya Rotangar, commença Caroline, votre Père et vous avez toujours été d'un grand soutien et c'est pour cela que je désire, une fois de plus, faire appel à vous pour une mission d'une importance capitale pour la survie de l'humanité. Puis-je compter sur vous?*
- *Tout comme mon père, Majesté, je vous suis fidèle et prête à combattre où vous le voudrez!*
- *Alors j'ai une mission particulièrement délicate pour vous. Une mission qui se déroulera en territoire ennemi et qui est, comme je le disais, d'une importance capitale pour la survie de l'humanité.*
- *En territoire ennemi? Mais ne sont-ils pas en nombre très supérieur à nous, là-bas?*
- *C'est exact, mais nous avons actuellement une opération en cours, à laquelle participe votre père, qui devrait faire diversion. De plus, votre mission se déroulera dans un secteur de la galaxie très différent.*
- *Une mission longue et dangereuse?*
- *Oui pour les deux. Mais avec des chances raisonnables de succès. Mieux, un impératif de succès qui fait que je mettrai dans la bataille toutes et je dis bien toutes, les forces qui seront nécessaires. Mais il ne s'agit pas ici réellement de bataille spatiale.*
- *Je ferai ce que vous voulez, Majesté, mais suis intriguée par ce que vous me demandez et pourquoi justement à moi et non pas à un de vos généraux.*
- *Parce que mes généraux sont plutôt occupés par les temps qui courent, parce que je veux vous éloignez d'Oulan Bator jusqu'à ce que ce mouvement de rébellion soit fini, surtout que j'ai des informations qui me font penser que des attentats contre votre personne pourraient être en préparation et, enfin, parce que j'ai besoin d'une femme forte et expérimentée, pour gérer cette mission qui impliquera un groupe humain que vous devrez rallier à notre cause ... alors qu'ils nous haïssent!*
- *En pleine zone ennemie? Pas les Sarkaïs quand même?*
- *Non, pas eux. Le groupe dont je parle n'est pas allié aux Démons, c'est même tout le contraire. Mais ils nous en veulent beaucoup.*
- *Mais comment se protège-t-il des Démons, s'ils sont en guerre avec eux ET dans leur territoire?*

- *C'est exactement de cela qu'il s'agit et c'est pourquoi votre mission va requérir beaucoup de savoir-faire de votre part, mais un savoir-faire pas nécessairement militaire, quoique vous ayez à amener avec vous toutes une panoplie d'armes très particulières, qui vous y seront nécessaires.*
- *Je n'y vais quand même pas seule?*
- *Non, un groupe multiethnique et multi confessionnel vous secondera. Des Aryens, des AFFARAS, des Occitans, des Gauchos et même des Uïgures! Des militaires, des médecins, des ingénieurs, un psychologue, des physiciens etc. 196 hommes et femmes en tout.*
- *Puis-je emmener mon plus jeune fils, avec moi?*
- *Le fils de Pierre, Zacharie? Mais bien sûr.*
- *Et comment vais-je, pardon, comment allons-nous y aller?*
- *Un Galaxie escortée par 12 croiseurs vous y conduira. Une fois arrivés à destination, ils vous déposeront sur la planète avec un équipement conséquent et repartiront aussitôt.*
- *Mais les Démons viendront immédiatement!*
- *Oui, mais vous n'aurez pas à les craindre, du moins ceux qui ne seront pas présents déjà sur la planète. Là, vous devrez convaincre les habitants de nous donner ce qui les protège justement.*
- *Mais ils nous haïssent, non? Alors, pourquoi ne pas simplement prendre ce que nous voulons, si c'est si important?*
- *Parce que nous ne savons pas où il est. Et dans exactement 1 an et 37 jours, après votre débarquement, nous reviendrons vous chercher vous ...et votre chargement!*
- *Mais, Majesté, où m'envoyez-vous?*
- *Sur une planète mythique qu'un Général de La Garde a recherchée longtemps! Et dont il a trouvé les coordonnées, comble d'ironie, grâce à l'Amiral Sarkaï, Azazel.*
- *Un Général ? Quel Général?*
- *Marcos de Niza!*
- *Mais Majestés, où m'envoyez-vous?*
- *Je vous envoie ... sur Eldorado!*

- Étonnant, non, Colonel? lui dit la très étrange créature.
- Qu'est-ce qui est étonnant? De voir un humain dialoguer avec une Sarkaï ou de sauter d'un bloc de pierre à l'autre, sur une planète à la géographie improbable.

- Je dirais les deux. Vous et moi, travaillant pour la résistance sur une planète qui n'en est pas vraiment une. Mais dites-moi plus sur vous. Après tout, il n'est pas donné à tout le monde d'être un Envoyé originaire de la légendaire Nirva, avec un mandat directement reçu d'un autre soldat légendaire, le Général Dreck Reivax!!!
- Assurément. Il n'est pas non plus donné à tout le monde d'être la fille d'Azazel, le pire de nos ennemis! Qui pourtant vous avait donné le nom on ne peut plus doux de Querida, chérie en espagnol!
- La réalité est complexe, Colonel McCain. Comme vous, qui êtes apparemment un soldat au cœur de chocolat!
- Peut-être en chocolat, mais en chocolat très très noir, vu que je suis ici pour vous enseigner les techniques de guérilla contre lesquelles je me suis battu au Vietnam!
- Et quels en sont les principes?
- Forts simples en réalité. Appliquez-les toujours et en tout temps! En anglais de Nirva, ces principes s'énoncent comme suit : « Hit and Run ». Tire et cour! C'est terrible! Ne prêtez jamais le flanc à l'ennemi. Ne tirez que si vous pouvez infliger des dégâts et ne vous accrochez jamais. Repérez l'ennemi. Attendez-le, tuez-le et fuyez.
- Être un lâche?
- Absolument! Un lâche vivant. Vous devez être comme un moustique qui pique continuellement, mais que l'ennemi ne trouve jamais. Ce territoire est un vrai paradis pour cela. Tuez /disparaissez. Votre objectif sera d'obliger l'ennemi à engager de plus en plus de troupes tout en lui causant un maximum de perte.
- Cette quasi-planète va être un délice pour cela. Mais aurons-nous des alliés?
- Assurément. Les meilleurs chasseurs de la galaxie. Ils n'apprécient pas vraiment d'être passé de chasseur à proie et ils sont, en fait, un des rares peuples à avoir parfaitement compris ce qui allait se passer et de ne pas s'être révolté contre l'Empereur…ou plutôt l'Impératrice! De plus, ils se sont alliés aux Magiars, un autre groupe qui apprécie avec beaucoup de modération, les initiatives des Démons…et qui risque de leur donner du fil à retordre.

- Les Magiars vont venir ici dans les Colonnes d'Hercule?
- Leur base principale est déjà ici, en Atlantide et l'Impératrice les a chargés de mettre au point des armes adaptées cette situation.
- Et les chasseurs, sur lequel des anneaux seront-ils?
- Sur Calpe. Ils y feront merveille, surtout après leur « traitement ».
- Et nous?
- Sur Abyle. Cachés dans les sables, avec beaucoup de canons orientés vers l'extérieur et bien sûr, avec l'aide du projet « Liberty Ship ».
- Qui consiste à ?
- Construire des vaisseaux petits, mais extrêmement performants à l'aide des Magiars dans leur base de Poseidopolis qui est en Atlantide. Des vaisseaux faits pour la guérilla!
- Dites-m'en plus, Colonel. Que seront ces vaisseaux?
- Nous ne le savons pas encore. J'ai seulement demandé à l'Impératrice de prévoir des navires faciles à construire, car évidemment les énormes usines d'Oulan Bator ne seront pas disponibles. Mais aussi de navires qui ne seront pas susceptibles d'être contrôlés par Trojan et les FreeProgs. C'est ça les bases de la guérilla, ne pas dépendre de bases qui pourraient êtres détruite par l'ennemi!
- Qui s'occupe de ce projet?
- Les meilleurs d'entre nous! Le NéMéSiS et les Magiars.
- Et notre rôle sera…?
- Exactement ce que je viens de vous dire…mais dans l'espace. Vous serez les pilotes de ces petits navires. Et votre base arrière sera donc sur Abyle.
- L'anneau le plus extérieur. Orienté vers l'espace.
- N'oubliez pas qu'il y a encore plusieurs anneaux après Abyle. Des anneaux sans atmosphère et sans vie, plutôt une succession de météorites et de géo croiseurs, sur lesquels, évidemment vous placerez un nombre considérable de canons laser, Obelton et autre Orlikon!!!
- Sans compter les mines.
- Sans compter les mines… en nombre géométrique!
- Fantastique! Si les chasseurs deviennent ce que vous dites et si les Magiars, avec l'aide du NéMéSiS, parviennent à faire démarrer le projet « Liberty Ship », nous allons casser pas mal

de Sarkaïs et, surtout, de cochons volants ainsi que de ses horreurs à gueule de loup.

- Oui, mais n'oubliez pas que votre objectif principal n'est pas de cassé du Démon à tout prix, mais de maintenir les Colonnes d'Hercule territoire humain et d'être prêt quand l'appel viendra!
- Aurons-nous un symbole particulier, auquel nous rallier?
- Oui. Ce ne sera pas celui de La Garde, le Vinci, mais plutôt « l'ankh » ou croix ansée!
- La croix ansée?
- Oui! Une croix dont la partie supérieure est une boucle. C'est un très ancien symbole Égyptien qui stylise d'ailleurs l'Égypte et surtout son fleuve indispensable, le corps principal représentant la source de vie qu'est le Nil, les bras qui représentent les déserts Est et Ouest bordant le fleuve et surtout la boucle, représentant le delta du Nil, la partie la plus fertile du pays. C'est le meilleur des symboles pour vous
- Pourquoi?
- Parce qu'il symbolise la vie!

CHAPITRE 45 : Vie et mort de Gorak le Grand, Tyr des Tyrs

Remarquable!
Aucun autre mot ne lui venait à l'esprit.
Cette combattante humaine l'avait enchanté.
Quel dommage qu'elle finisse vaincue par son compagnon!
Évidement combattre enceinte relevait du défi.
Mais elle avait déjà vaincu plus d'un mâle avant cela.
Incontestablement les combats à la masse faisaient des blessures terribles.
Le bébé n'aurait pas survécu, de toute façon!
Mais quel délice que d'entendre les os des combattants casser sous les coups donnés par les massues!
Mais peu importait, cette humaine l'avait excité par son courage et il avait vraiment envie de gouter sa chair, juste après le combat.
Elle devait avoir ce goût doux amer que les muscles ont quand ils sont encore imprégnés de l'acide lactique produit par les muscles fatigués.
Et quel spectacle!
Juste avant de se pencher sur tous les dossiers de guerre qui s'empilaient sur son bureau, là dans sa magnifique capitale d'Aroack.
Oui, il allait devoir gracier son compagnon, père du bébé dans le ventre de la femme.
Il pourrait retourner à la surface et féconder une autre femelle...que lui, Gorak dévorerait plus tard.
Fantastique quand même!
Il suffisait d'en lâcher quelques-uns à la surface et ils se multipliaient tous seuls.
On leur faisait croire qu'ils pouvaient vivre en paix s'ils ne se rebellaient pas, puis on en prélevait quelques-uns, toujours en leur faisant croire que ce n'était qu'un petit pourcentage, puis on les attrapait tous et là, délice suprême, on leur disait de se battre entre eux dans l'arène et que les 10% de survivant pourraient retourner sur le sol en paix.
Et ils s'entretuaient avec passion. Mari contre femme, fils contre père!
Et quelle réserve de viande après!
Sublime!
Au moins une viande qui avait un peu le goût de la nature, pas comme celle, insipide, des fermes d'élevage ou les humains devenaient tellement gras.
Viande de mauvaise qualité, engraissée aux hormones et aux grains!

« Enfin, tout plaisir à une fin », soupira Gorak en déployant ses ailes pour quitter le grand stade, qui flottait à mille mètres du sol, au cœur même de sa capitale.

« Allez, hop, se dit-il, un petit survol pour que mes chers concitoyens me voient et surtout n'aient pas l'envie folle de me défier ».

Après tout, il valait mieux se méfier de ces jeunes, toujours prêts à en découdre avec les séniors… pour prendre leur place!

Le dernier qui avait essayé n'était plus que cendre.

Eh oui, quand on est Dragon, il vaut mieux éviter de se faire mettre le feu!

Mais Gorak ne craignait pas grand-chose.

Il régnait depuis si longtemps et avait construit cette capitale aérienne sur cette planète, trop proche de l'Empire pour certains, mais qui avait justement permis l'infiltration de l'Empire, via les Dangues.

Grâce à cela, il avait même été capable de garder des Dragons sur la planète de Dangues et de sonder l'esprit de beaucoup d'humains de passage, malgré la présence continue de La Garde.

Encore maintenant, les Songas cachaient plusieurs Dragons, pratiquement au nez et à la barbe de La Garde…et de temps en temps, un sondage profond pouvait être fait sur un officier de La Garde, mystérieusement disparu dans le paysage!

Surtout depuis la révolte des Dangues contre l'Empire.

Révolte soigneusement orchestrée par eux…et les Songas!

Mais qu'importe!

Gorak ne pouvait faire autrement que de ressentir une immense fierté en survolant sa capitale!

Tous ces bâtiments aériens aux formes arachnéennes qui permettaient à ces êtres gigantesques qu'étaient les Dragons de se sentir à l'aise.

Tout flottait grâce à la technologie des moteurs à inertie et aux matériaux ultralégers et souples à base de fibre de carbone, technologies mises gracieusement à leur disposition par ces idiots d'écologistes qui les avaient sauvés sur la Terre, il y a maintenant si longtemps.

Enfin « mis gracieusement à leur disposition », étaient un euphémisme évidemment! Ces Djinn qui s'étaient crus tellement supérieurs alors qu'ils ne connaissaient même pas la télépathie… alors qu'eux, les Dragons, en étaient des maîtres!

Très mauvaises idées de mettre quelques couples de Dragons dans la cale de leur immense navire…si bourré de technologies … non protégées!

« Incroyable », pensa encore Gorak, en se rappelant ce que justement la mémoire collective disait à leurs sujets.

Ses pauvres écologistes, les Djinns comme ils se désignaient eux même, avaient un idéal formidable.

Ils voulaient sauver toutes les formes de vie de la Galaxie.

Sans faire de jugement, comme ils disaient.

« Merci beaucoup. Votre technologie nous est formidablement utile et dommage que vous n'ayez pas été comestibles, cela vous aurait évité de finir carbonisés … par vos propres armes » finit en riant silencieusement, Gorak!!!!

Comme c'était vrai!

Formidablement utile pour survivre dans l'Univers ET préparer sa vengeance…contre ses petits chevaliers minables qui avaient osé les défier!

Et les prendre en traître.

Non pas en un combat à la loyale, non, en traître!

En abusant d'une de leurs faiblesses de race.

Eux, une race tellement supérieure.

Oui, oui, supérieur. Il lui suffisait de regarder sa cité pour en être immédiatement convaincu.

Ils l'avaient construite en dirigeant télépathiquement des milliers de robots.

Des châteaux filiformes, d'immenses stades couverts, des pyramides inversées avec partout des plateformes d'atterrissages.

Et des couleurs splendides. Tout l'arc en ciel y était, avec une prédilection pour le bleu et le rouge. Fluide, léger, gigantesque, magnifique et surtout en trois dimensions.

Des bâtiments aux formes insolites les uns au-dessus des autres!

Un désordre ordonné et une cacophonie de couleurs.

Eh oui, même les âmes les plus sombres pouvaient avoir des goûts raffinés.

Gorak se remit même à rêver.

De Nirva!

De la Terre.

Il voyait déjà sa cité flamboyante voguer au-dessus du Pacifique vers l'Australie, où auraient été signalées des colonies d'humains sauvages au goût succulent.

« Oui ce jour viendra où le péché, le grand péché commis par les hommes, sera effacé ».

Cette pensée procura un grand apaisement à Gorak.

Mais il fut de courte durée, l'alarme générale venant soudainement de retentir.

Ils étaient attaqués.

« Quoi, pensa Gorak, ici? »

Les Galaxies furent les premiers à sortir de l'hyperespace, dans le système Tibet, à 367 années-lumière des frontières de l'Empire. Le passage de la barrière de missiles c'était fait bien loin de là et comme les Démons ne savaient pas qu'un prince Dangue Songa, un certain Kissamanju avait donné, sans son consentement, il est vrai, la position exacte du monde principal des Dragons, ils n'avaient aucune idée de la destination de cette flotte de La Garde.

Bien sûr, ils la suivirent et donnèrent l'alarme quand sa destination devint évidente.

Suivant immédiatement les galaxies, les porte-engins firent promptement sortir leurs chasseurs Scorpions et les nouveaux Sukhoi SU 690 "Space Knights" qui aussitôt attaquèrent la flotte dragonne, en plein déploiement.

Les Galaxies firent un carnage dans celle-ci, mais ils étaient extrêmement nombreux, tout comme les stations spatiales défensives, qui encerclaient Lhassa, capital des Dragons et cible de la flotte humaine.

Ceux-ci utilisèrent alors une tactique de destruction des stations qui s'avéra d'une efficacité redoutable et qui fit des ravages!

Les Galaxies fonçaient en groupes serrés vers celles-ci tout en tirant de tous leurs canons, puis soudainement, se dispersaient, chacun dans une direction différente en faisant comme une gigantesque fleur, tout en larguant des milliers leurs mines, qui,

par dizaines de milliers, se ruaient vers les stations spatiales de l'ennemi déjà passablement abimées par le terrible assaut au canon Obelton qui les avaient, en partie, privés de leurs moyens de défense rapprochés, leur coque ayant fondu à de nombreuses places.

Résultat de la manœuvre?

Plus de 70 % des stations explosèrent!

Mais la flotte de protection ennemie, forte de plusieurs milliers de navires, dont certains plus grands mêmes que les Galaxies, c'étaient regroupés et faisait maintenant feu sur les navires de La Garde maintenant dispersés après la manœuvre en fleur.

Plusieurs des Galaxies explosèrent ainsi que quelques portes-engins.

C'est à ce moment que sortit de l'hyperespace le reste de la flotte humaine, composée des 3000 croiseurs non encore engagé, prenant une nouvelle fois les Dragons par surprise.

La bataille redoubla et de nombreux navires Dragons explosèrent sous le feu conjuré des vaisseaux humains. Conséquemment, le nombre de vaisseaux encore opérationnels chez les Dragons, commença à diminuer drastiquement malgré, un nombre, au départ, beaucoup plus élevé que celui des humains.

En dépit de la perte de 4 Galaxies et de 7 des portes-engins ainsi que de 1200 des croiseurs, il était de plus en plus évident que les Dragons perdraient la bataille.

Les trois quarts de leur flotte et presque toutes leurs stations de défense étaient maintenant détruits.

Les Dragons étaient désespérés et demandaient de l'aide, autant par radio que télépathiquement.

Et Eytan et son groupe étaient là pour écouter.

Ce n'était que banales communications, jusqu'au moment où tout à coup, Eytan, amplifié par les Dangues et supporté par un Gaucho, sentit un être glacé entrer en contact avec lui ... par accident!

En un instant, Eytan eut la vision d'une étoile en arrière-plan d'un immense « entassement » de vaisseaux spatiaux!

Mais pas des vaisseaux spatiaux ordinaires!

Des épaves!

Des milliers d'épaves.

Quand Trojan se rendit compte de ce qui arrivait, il rompit le contact.

Mais c'était trop tard!

Eytan avait en lui l'image de cette étoile et du cimetière de navires présent en orbite.

Bien sûr cela ne lui disait rien, mais il était sûr qu'avec l'aide de bons ordinateurs cartographiques, il pourrait identifier l'endroit de l'univers où se terrait Trojan.

Eytan apprit aussi certaines autres choses également très importantes durant ce bref contact avec Trojan.

Entre autres que Trojan était d'une puissance phénoménale et qu'il contrôlait bien la grande barrière de missiles comme tous le supposaient, mais aussi qu'il ne pouvait pas bouger de l'endroit où il était, car sa puissance était tributaire de l'énorme quantité de vieux vaisseaux incapables de se déplacer, dont il utilisait les ressources informatiques.

La puissance de cet être maléfique lui venait … d'un cimetière de vaisseaux spatiaux!

Mais les appels à l'aide des Dragons eurent aussi une autre conséquence.

Ils révélèrent la présence d'une flotte immense, telle que prévue par Caroline, cachée de l'autre côté de la galaxie!

Et cette flotte, à cause de l'appel à l'aide des Dragons, avait changé de cap et, maintenant, se dirigeait vers eux, ce qui, accessoirement, donnait un délai à Oulan Bator et lui permettait de rapatrier sa propre flotte partie dans la mauvaise direction.

La victoire des humains était à la portée de main.

Des milliers de navires dragons n'étaient plus que carcasses rougeoyantes, la tactique en deux temps ayant, de toute évidence, déconcerté l'ennemi qui, malgré une force supérieure, avait été surclassé autant par la puissance des Galaxies que par la supériorité tactique des humains.

Mais il ne faut jamais crier victoire trop tôt, car l'impensable pouvait toujours arriver!

Et arriva!

Soudain, sortant de l'hyperespace juste derrière la flotte humaine, une autre flotte se matérialisa.

Ce n'était pas une flotte des Démons et ceux-ci furent aussi surpris que La Garde de la voir apparaître.

C'était la flotte Uïgure.

Toute la flotte Uïgure.

9000 navires de toutes sortes!

Et ils se ruèrent sur La Garde en hurlant sur les ondes leur haine pour l'Empire et les Rotangar.

Certes, ils n'auraient pas dû être de taille à affronter La Garde.

Mais la flotte impériale était maintenant très affaiblie par la bataille avec les Dragons.

Eytan, Rotuch et Dreck surent immédiatement qu'ils étaient perdus!

- Dreck, passez immédiatement sur le HMS Superior, je vais attaquer Lhassa avec le HMS Terreur Infinie. Et le reste de la flotte se concentrera sur les Uïgures! cria Rotuch avec rage.
- Si nous faisons cela, Rotuch, vous êtes mort, répondit Dreck.
- Je le suis déjà. Mes propres compatriotes...dommage que j'ai activé le dispositif Cimeterre, sur Ushuaia, si tard... j'avais cru pouvoir le raisonner! Mon cœur saigne Dreck, Eytan. Partez! Prenez avec vous les Gauchos et les Dangues. JE VAIS FINIR LA MISSION. Dites à Soraya, ma fille, que je l'aime!

Eytan ne voulait pas suivre, mais la demande conjurée de Rotuch et de Dreck de ne pas perdre de temps, fini par le convaincre et la mort dans l'âme, ils quittèrent le HMS Terreur Infinie pour le HMS Superior, laissant Rotuch libre de foncer maintenant vers Lhassa.
La bataille qui suivit vit la fin de la flotte humaine, aux mains de la flotte Uïgure, qui fut elle-même détruite par les restes de la flotte des Dragons.
Quant à Rotuch, il s'approcha le plus près qu'il le pût de la planète Lhassa et quand il fut à portée de tir, il ordonna de changer le HMS Terreur Infinie en milliers de missiles à antimatière ... en plus de ceux qui étaient chargés à bord.
Tous savaient qu'ils ne reviendraient pas de cette odyssée.
Des milliers de missiles, certains pilotés par des humains, se dirigèrent vers Lhassa, avec Rotuch en tête.
Beaucoup furent détruits en vol... Mais pas tous.

Et ceux qui arrivèrent sur Lhassa effacèrent toutes traces de vie sur la planète.

Les Dragons venaient d'apprendre que la guerre faisait toujours beaucoup de victimes...et qu'elles n'étaient pas toutes dans le même camp!
Ce fut la fin de la planète capitale des Dragons, Lhassa, de leur empereur Gorak le Grand, de plusieurs milliards de Dragons, d'un énorme potentiel industriel et, malheureusement aussi, de beaucoup d'esclaves humains.

Mais le plus terrible de tout, fût que cette bataille eut aussi pour résultat de faire pencher la balance des forces spatiales en faveur des Démons, la perte des 14 « Galaxies », des 3000 croiseurs et des 12 porte-engins avait définitivement affaibli La Garde impériale plus durement que la flotte des Dragons et ses immenses réserves de navires.

Et la flotte Uïgure, qui aurait pu faire pencher la balance en faveur des hommes dans les batailles à venir, fût, elle aussi, perdue!

Finalement ce sont les humains eux-mêmes qui donnèrent la victoire, victoire à la Pyrrhus, il faut le dire, aux Démons

Seule un Galaxie réussit à quitter la zone des combats.

Avec Eytan et Dreck à bord…. et beaucoup de navires ennemis à leurs trousses!

CHAPITRE 46 : Petit, mais dangereux

Ils progressèrent toute la nuit, sans faire de bruit.

Pas question de porter des armures lourdes et encombrantes parce que cela les aurait rendus trop lents et, accessoirement, aurait fini par émettre des cliquetis très caractéristiques, qui s'entendraient de loin.

De toute façon, le métal était conducteur de la chaleur, ce qui n'était vraiment pas recommandé dans leurs cas.

Sauf pour le casque de fer.

Celui-là était essentiel.

La bête pouvait voir dans les têtes !

Sauf si…il y avait du fer.

Salomon l'avait confirmé.

De toute façon, comme il les accompagnait, s'il s'était trompé, lui aussi rôtirait en enfer.

Mais Guy de Vaux, Baron de son état, le croyait, car ils avaient beaucoup parlé, Salomon et lui et s'étaient pris d'amitié l'un pour l'autre.

-   Au diable nos différences, avait dit le Baron, le Mal le vrai, est là.

Et Salomon en savait beaucoup sur le Mal.

Entre autres, qu'il ne volait jamais la nuit !

Qu'il dormait généralement dans des cavernes.

Et qu'il y avait donc certainement une caverne dans le coin, où le Mal devait dormir !

Et cette caverne, Guy avait une bonne idée où elle pouvait se trouver, car le pays et même l'arrière-pays, ça Guy, il le connaissait !

Il l'avait parcouru de long en large, soit à la recherche de gibier, soit pour faire la guerre aux Maures infiltrés.

Quand Salomon avait parlé de caverne en montagne, Guy avait tout de suite su laquelle le Mal avait dû coloniser !

Et l'écuyer, qui avait suivi sa fille, l'avait confirmé !

Et, en plus, dans cette direction, il n'y en avait qu'une seule, de caverne !

Alors, à pas de loup et dans la nuit, ils s'étaient dirigés vers elle, mais par le haut.

Par des chemins étroits empruntés par les bouquetins que Guy chassait parfois dans cette région.

Lui, le Baron Guy de Vaux, Salomon Belahcen, Gontran le mari de sa défunte fille, que Guy avait sortie de la tour nord et trois de ses chevaliers, les chevaliers de Lisieux, d'Ardèche et Bontemps.

Six hommes courageux, bardés de cuir, l'épée au côté et le bouclier sur le dos.

Pas n'importe quel bouclier. Un bouclier recouvert d'une céramique résistante au feu, tel qu'enseigné par Salomon.

Et un énorme filet!

Faire la route leur prit toute la nuit et au petit matin, ils étaient fin prêts.

Alors, après avoir mis ses hommes en position, Guy retourna sur ses pas, pour revenir devant la caverne et c'est en chevauchant Paragon, son fier destrier, que Guy se positionna devant celle-ci quand le soleil se pointa à l'horizon.

Et il cria :

- CRÉATURE DE L'ENFER, MOI LE BARON GUY DE VAUX, JE VAIS TE FAIRE PAYER LE MEURTRE DE MA FILLE. VIENS À MOI SI TU L'OSES!

Évidemment ce n'était pas quelque chose à dire à Arrakor!

Quand Guy vit les yeux du Dragon luire dans l'obscurité de la caverne, il leva son épée, comme pour le défier.

Cela en était trop pour un puissant Dragon comme Arrakor!

Il se précipita en avant alors que Guy abaissait son épée.

Juste avant que le monstre ne quitte la caverne.

C'était un signe.

Le filet fut lâché depuis une anfractuosité sur le sommet de la grotte où les hommes de Guy attendaient son signal.

Arrakor s'empêtra dedans, ce qui l'empêcha de prendre son vol.

Alors Guy lança son cheval vers l'hideuse créature qui se débattait avec le filet.

Le Dragon le vit venir et commença à s'affoler surtout quand il constata que le filet lui entravait la gueule!

Guy sauta de cheval directement devant l'abjecte créature, l'épée levée au plus haut.

Le Dragon réussit à ouvrir sa gueule et cracha son feu, mais le bouclier de Guy le protégea.

Et l'épée du chevalier Guy de Vaux, qu'il appelait maintenant Aliénor, s'abattit sur Arrakor et lui trancha la tête!

Oui, il s'appelait bien HMS Superior et c'était un super croiseur de la classe « Galaxie ». Il avait une puissance de feu phénoménale et une taille titanesque.

Oui, il fallait au moins 2000 navires ennemis et pas des plus petits, pour espérer pouvoir le vaincre.

Mais ce navire avait aussi deux problèmes majeurs, à affronter.

Deux problèmes, il va sans dire, des plus ennuyants.

Il était seul!

Et

Il avait 2500 navires ennemis à ses trousses!

Quand il traversa dans le sens inverse la grande barrière de missiles, en direction de l'empire, ceux-ci tentèrent de l'arrêter, ce qui était évidemment peine perdue, mais ils réussirent quand même à le ralentir.

Alors il devint évident que tout Galaxie qu'il fut, il aurait à livrer bataille.

Il choisit pour cela le premier système solaire à l'intérieur de l'empire, un système pas très loin de celui de la légendaire planète Sanctuaire, comme le nota Dreck.

Et la bataille commença.

Pour Dreck, l'issue était évidente, mais son but n'était pas de vaincre la flotte qui se précipitait sur eux.

Son but était de sauver une personne importante.

Eytan!

Quand l'armada ennemie arriva sur eux, Dreck ordonna d'activer le plan d'action choisi!

Et non, le vaisseau ne se transforma pas en super canon.

En réalité, il se transforma …en centaines de navettes pilotées chacune par un homme, lui-même secondé par des Obeltons montés sur des missiles.

Et parmi elles, une navette avec un prince important à bord.

Un prince qui pouvait accéder aux ordinateurs de la flotte ennemie, par la force de la pensée et effacer une trace…une seule, la sienne!

Mais en sondant les ordinateurs de l'ennemi, Eytan trouva une information bizarre en plus de repérer le leader de la formation.

Apparemment, celui-ci aurait trouvé dans l'espace l'artefact qu'il cherchait depuis longtemps.

Quelque chose qui avait un lien étroit avec Nirva.

Bien sûr, Eytan communiqua cette information à Dreck.

La tactique des humains déconcerta une fois de plus les Dragons, ce qui les firent hésiter et permit aux navettes humaines de faire mouche plus d'une fois... et à Eytan de s'enfuir!

La bataille fut dantesque et autant les humains que l'ennemi, souffrirent de pertes immenses.

Mais les assaillants étaient vraiment trop nombreux et bientôt force fût de constater que les navires humains n'étaient plus qu'une poignés.

L'ennemi s'apprêtait à donner l'assaut final et commis le péché de croire que les humains allaient fuir.

En fait, ils attaquèrent!

Dreck voulait absolument détruire le vaisseau Amiral ennemi, car il transportait quelque chose relié à Nirva.

Et il l'avait repéré, ce navire ennemi ne devait, sous aucun prétexte, survivre à la confrontation.

C'était un navire formidable d'au moins 2 km de long.

Les Dragons, à cause de leur taille, construisaient des navires vraiment gigantesques.

Et celui-là avait quelque chose qui ne pouvait pas rester dans les mains des Démons.

Mais c'était un navire redoutable qu'il était impossible, pour Dreck, de détruire avec son seul canon, fuse-t-il un Obelton!

Alors, constatant qu'il était le dernier, il repéra une partie de la coque arrière du navire ennemi qui était fondu, ce qui rendait les défenses, en cet endroit, inopérantes.

À cause de son immensité, le navire se manœuvrait beaucoup plus difficilement que celui de Dreck.

Dreck fit alors quelque chose qui n'était définitivement PAS enseigné à l'académie de La Garde.

Il positionna sa petite navette juste derrière le navire géant.

Il mit son canon en tir continu et s'ouvrit littéralement un passage dans la coque de l'ennemi et pénétra à l'intérieur du vaisseau directement par l'arrière, en se frayant un chemin à l'intérieur même de celui-ci!

Inutile de dire que cela provoqua un certain désordre et même un désordre certain, à bord du colossal vaisseau!

Au point que celui-ci finit par exploser alors que Dreck avait littéralement creusé un passage à coup de canon laser dans les structures internes du navire et qu'il allait émerger dans l'espace par l'avant !

Il explosa, juste après que Dreck eut vu l'objet bizarre que l'ennemi ne devait pas garder, ce qui eut pour effet d'éjecter dans l'espace l'objet en question ainsi que son petit navire.

Dreck ne put savourer sa victoire longtemps, car l'explosion du vaisseau ennemi avait aussi endommagé profondément le sien, le forçant à s'éjecter avant que celui-ci ne se désagrège avec lui.

Suite à cela, Dreck constata deux choses.

Un : qu'il flottait dans sa combinaison spatiale au milieu d'une quantité incroyable de débris, ce qui empêchait les Dragons de le repérer et deux: que ce qui restait de la flotte ennemie quittait le secteur, à la recherche de la navette d'Eytan!

Il était seul et vivant, mais avec une chance de survie extrêmement faible à moyen terme.

« Pas de problème pour l'oxygène, cette combinaison le recycle d'une façon très efficace et l'eau est aussi recyclée, mais la bouffe va, par contre, être le facteur limitant ».

Dreck était un soldat et la mort ne lui faisait pas peur, car il avait toujours su que, de par son métier, il aurait peu de chance de mourir de cause naturelle, mais mourir de faim, ça il ne s'y attendait pas!

CHAPITRE 47 : Conséquences

- *Oh Ra Tlalac Grand Khan des Fils et Filles de Razakel, tes alliés dragons te demandent justice! Les humains, par traitrise, une fois de plus, ont osé s'attaquer à tes alliés et en tuer de très nombreux. Le Grand Tyr Gorak lui-même a été assassiné alors qu'il volait paisiblement au-dessus de sa bonne ville d'Aroack! Il venait de voir un délicieux spectacle et les humains, profitant de son état d'extase artistique, l'ont attaqué sournoisement. Tuant aussi des centaines de millions des nôtres. Grand Khan, tu nous avais promis la victoire!*
- *Calme-toi, Racor! Je suis au courant. Mais mes sources me disent que vous les Dragons, avez imprudemment laissé des humains devenir vos complices et avoir même des informations qu'ils n'auraient jamais dû avoir.*
- *Grand Khan, les Seigneurs Songa sont nos alliés depuis si longtemps. Même leurs corps sont devenus un peu comme les nôtres.*
- *Oui, mais leur télépathie vous a aussi trahis.*
- *Ils seront tous punis. Déjà sur le monde de Dangues, Maly, nos Dragons cachés ont reçu l'ordre de tuer tous ces traitres.*
- *Mais comment allez-vous faire?*
- *Les Songas sont tous télépathes et à notre service. Ils ont fauté en révèlent la route du système Tibet. Alors, nous leur avons implanté télépathiquement, un ordre de suicide, comme vous l'aviez fait pour les Jarkaniens, qui s'exécutera quand le dernier de nos compatriotes aura quitté Maly, c'est-à-dire bientôt.*
- *Et les autres Dangues?*
- *Nous ne pouvons pas accéder à leurs cerveaux, comme les Songas. De toute façon, la soif de chair humaine des Songas les avait compromis et donc leur utilité était devenue très secondaire.*
- *Fort bien, mais pourquoi me demandez-vous justice? Vous venez de la faire, non?*
- *De notre côté c'est vrai. Mais rien n'est fait du vôtre.*
- *Du mien? Mais nous n'avons rien à voir avec cela.*
- *Votre grand Amiral avait pour mission de préparer la grande attaque, mais aussi de protéger nos mondes. Il a failli et doit payer pour cela.*
- *L'Amiral Ra Tandruna?*
- *Oui! Il doit payer!*

Ra Tlalac marqua une pause. « Ra Tandruna n'est pas responsable de l'erreur des Dragons, pensa-t-il, mais il est aussi le principal allié de Ra Tamura, quelqu'un de très dangereux pour moi ».

- Mon cœur saigne, reprit Ra Tlalac, à ce que vous me demandez. Mais c'est légitime. Et même si Ra Tandruna est un ami très cher, je me dois effectivement de le punir pour cette faute inqualifiable. Je ne peux pas l'exécuter, mais son commandement lui sera retiré et il sera exilé là où il ne pourra nous servir sans plus nous nuire.
- Grand merci, Grand Khan. Ta décision est sage et nous nous en réjouissons même si nous devons porter le deuil de Gorak, notre grand Tyr, que nous aimions tous profondément.

« Vraiment, pensa pour lui-même Ra Tlalac. Je crois plutôt que cela t'a donné l'opportunité de prendre la place de Gorak...et à moi de me débarrasser d'un dangereux émissaire de Ra Tamura ».

Mamadou Touré et Wassoulou Sangaré, étaient très fiers d'eux.

Pensez-y, ils venaient de parvenir à faire quitter leur monde à un être gigantesque qui s'y terrait depuis plusieurs années, au nez et à la barbe de La Garde.

Mamadou, en particulier, était fier, car il vénérait littéralement le Dragons Oroak avec qui il partageait souvent le diner, un quelconque Dangue de classe inférieure.

Quel délice de pouvoir être amis avec ces êtres tellement supérieurs et si impressionnants.

Regarder Oroak puis un Garde.

Vous voyez la différence?

Alors, savoir qui servir n'était pas vraiment difficile.

Mais là Mamadou était maintenant malheureux.

Son maître parti, lui restait-il vraiment une raison de vivre?

Même sa compagne, Wassoulou, ressentait le même vide.

Sans eux que restait-il?

Les vies déprimantes de quelques Dangues de castes inférieures?

Voir leurs vies misérables?

Même prendre leurs souvenirs n'avait que peu d'intérêt.

Une vie ennuyante qui ne changerait évidemment pas leurs humeurs!

Alors ce fût dit.

Ils allaient quitter ce monde où rien ne les intéressait plus.

Les pilules les envoyèrent, ainsi que tous les Dangues d'ethnie Songa, rejoindre leurs ancêtres.

Bien sûr, un tel suicide collectif provoqua une grande enquête sur Maly…mais pas vraiment de regret!

La tentative d'assassinat fit long feu.

Les tueurs, tous Aryen, avaient eu un petit problème.

Ils pensaient vraiment trop fort à ce qu'ils voulaient faire.

C'est vraiment une mauvaise idée quand on se trouve devant un télépathe comme Loïc.

Accessoirement, juste avant d'expier, le cerveau brûlé par les méthodes d'extraction d'information de La Garde, poussé au maximum ces temps-ci, ils donnèrent beaucoup de leurs petits copains, sans jamais s'être même approchés de l'Impératrice.

Impératrice qui signala rapidement qu'en temps de guerre elle n'avait pas vraiment les moyens de garder des gens dont la traitrise était manifeste.

Et puis les Uïgures en avaient fait une condition pour arrêter de tirer sur les Aryens.

Et beaucoup de Gardes d'origine aryennes avaient aussi clairement avisé qu'ils étaient préférables de se débarrasser d'eux, car ils avaient autre chose à faire que garder des tueurs.

Donc beaucoup de racistes passèrent de vie à trépas plus vite qu'ils ne l'auraient, cela va sans dire, souhaité.

Bizarrement, la plupart des races et même les Aryens n'y trouvèrent rien à redire.

Et les Uïgures commençaient même à se rendre compte de la bêtise qu'ils avaient faite. Surtout depuis qu'un certain Rotag Astergar avait perdu la tête…littéralement et plus encore comprit que leur flotte ne reviendrait jamais.

Ce qui les mettait en situation difficile vis-à-vis de La Garde, mais les avait aussi fait réaliser qui était vraiment l'ennemi.

Un nouvel échec pour Ra Tamura.

« Décidément, je vais devoir vraiment trouver autre chose pour me débarrasser de Caroline. Sa petite opération sur les Dragons n'est pas vraiment au goût de tout le monde. Il faut que je stimule les Aryens racistes « mous » pour qu'ils agissent !»

CHAPITRE 48 : Ubuntu : Qui nous sommes tous, détermines qui je suis.

« Ubuntu », soit en langue savante : « la qualité inhérente au fait d'être une personne avec d'autres personnes ». Quand il l'emploie dans son autobiographie, Nelson Mandela le traduit en anglais par fellowship, littéralement camaraderie ou, dans le contexte, concitoyenneté.

« Une guerre juste ne légitime pas la perpétration de violations graves des droits de l'homme pour la poursuite d'une fin juste », écrit la Commission, allant ainsi jusqu'au bout de cette conviction qu'une guerre juste se propose d'atteindre une fin juste par des moyens justes. Et qu'une paix durable et solide exclut l'injustice d'une justice de vainqueurs.

Desmond Tutu au Cap : How to turn human wrongs into human rights ?
Comment faire du juste avec de l'injuste ?
Wikipédia, l'encyclopédie libre
Document électronique en provenance probable de Nirva
Université libre d'Oulan Bator (ULB)

- Bien, mon fils, je crois que nous n'avons pas le choix.
- Papa, tu sais que nous sommes loin d'être innocents!
- C'est vrai, mon fils, mais crois-tu que le massacre des Aryens, par La Garde, soit juste?
- Certain…
- Oui, certain… mais pas tous!
- Bien papa, je verrais donc ce type. Tu l'appelles comment cet ami?
- Le «Vieil Homme sur la Montagne»…et il n'est pas mon ami. J'ai toujours trouvé que ses théories étaient trop extrémistes.
- Alors pourquoi le reçois-tu?
- Parce que l'Impératrice va trop loin et qu'elle est devenue notre ennemie!
- Et ce type est ici?
- Oui et il veut te voir, toi et ta sœur!

Intrigué, Samuel Chong suivit son père à l'arrière de leur somptueuse maison, sise sur les hauteurs d'Oulan Bator, avec sa sœur, Jacqueline, elle aussi passablement intriguée par cet homme mythique!

- Il était là, en chair et en os…et oui c'était un pur Aryen, un fort bel homme d'un âge plutôt avancé.

Malgré les techniques antiâges, il était évident que cet homme avait vécu!

Beaucoup vécut même!

Samuel lui donna un âge entre 200 et 250 ans.

Même à une époque où tout le monde vivait longtemps, c'était quand même plus que vénérable.

- Je me présente, Jean Han.
- Celui que tout le monde appelle « le Vieil Homme sur la Montagne »?
- Oui.
- Je croyais que vous restiez caché?
- C'est exact. Malheureusement, les temps sont si durs que je ne peux plus me permettre d'agir comme au temps de l'Archi-Baron de la Roche. Nous devons faire quelque chose pour arrêter ce massacre.
- N'est-ce pas vous qui l'avez déclenché?
- Cela importe-t-il? Les Aryens sont les seuls vrais humains qui existent dans l'univers. Les autres ne sont que de mauvaises copies. Le problème n'était pas de le leur reprocher, mais de simplement sauver notre race. Vous me suivez quand même?

Mais Samuel était en colère en voyant celui qui, pour lui, était responsable de tant et tant de morts.

- NON. VOUS N'ÊTES QU'UN MISÉRABLE. JE VAIS VOUS DONNER À L'IMPÉRATRICE!
- Votre père m'a promis sa protection, sachez-le, n'est-ce pas, Monsieur Chong?
- Père, vous….
- Mon fils! Encore une fois, quelle que soit la répulsion que tu ressentes, il FAUT ARRÊTER LE MASSACRE!
- Cet homme en est le responsable, père.
- Assurément. Mais malgré ses actions extrêmes, il n'en demeure pas moins que de tout temps, nous Aryens, avons su que nous devions préserver l'humanité. Tel est notre fardeau! Le terrible

fardeau de l'homme et de la femme aryenne! Préserver l'humanité de sa terrible dérive génétique. Essayer de retrouver ce que l'homme était vraiment avant le fléau du Grand Translocateur. Si nous abandonnons, dans moins de 200 ans, la race sera tellement abâtardie que nous régresserons vers le stade animal. Nos biologistes sont formels. Pas d'avenir pour l'humanité, si nous ne stabilisons pas la race aryenne!

- Mais l'impératrice n'a-t-elle pas annoncé que l'envoyé avait permis de résoudre ce problème et que nous avions retrouvé notre code génétique d'origine?
- Et vous la croyez? reprit le dénommé Jean Han. Voilà une femme qui tue ses amants aryens puis se vautre avec un altéré devant tout le monde et vous dit candidement, « Mais oui! Croyez-moi, voyons, vous ai-je déjà menti? »
- Mais les fameux meurtres de ses prétendus amants, il a été prouvé…
- Que le palais impérial possède de bons moyens de propagande! Croyez-moi, les faits sont là, finis « Le Vieil Homme sur La Montagne ».

Samuel était sceptique…mais son père était trop effrayé par ce qui se passait pour raisonner clairement.

- Peu importe, Samuel, que ce soit vrai ou pas! Elle permet que les assassinats contre notre race continuent. IL FAUT ARRÊTER CELA!
- Faut-il pour cela tuer tous ceux qui sont différents?
- Tu sais que non, mon fils. Jamais personne, dans cette famille, n'a préconisé de chose aussi extrême!
- Alors pourquoi cet homme est-il là?
- Parce que, répondit l'homme, même si vous n'aimez pas mes méthodes, vous ne pouvez qu'accepter mon offre, qui est la seule qui permettra de sauver ce qui reste à sauver des Aryens, finit-il en lançant un regard trouble vers la sœur de Samuel.
- Et il s'agit de quoi exactement?
- Fort simple. Je vous fais subir, à toi et ta sœur, un traitement protecteur qui évitera que le monstre télépathe qui avilit l'Impératrice ne vous repère. J'utiliserai aussi des hommes à moi qui remplaceront certains Gardes.
- Et? reprit Samuel qui se demandait vraiment pourquoi le vieil homme regardait sa sœur de cette façon.

- Et vous arriverez à l'impératrice et la mettrez hors d'état de nuire.
- La tuer? Seulement ça? Mais jamais nous n'arriverons assez proches d'elle pour cela!
- Si! J'ai de puissants systèmes informatiques, qui ont pénétré ceux de son nouveau palais. La Garde, après l'explosion du Palais Impérial de Simon, n'a pas eu le temps de bien protéger le nouveau système et vous serez présenté comme une délégation de jeunes gens venus demander l'aide de l'Impératrice.
- De l'aide? Quel genre d'aide?
- De l'aide pour les Aryens non racistes, de l'aide pour faire savoir à tous que tous les Aryens ne sont pas racistes!
- Et elle va accepter?
- C'est déjà fait!
- Mais dès que nous mettrons les pieds en son palais, ils sauront grâce aux télépathes, ce que nous venons faire, car ils ne nous laisseront pas porter, comme maintenant, nos anneaux d'argent isolateur!
- C'est pour cela justement que votre père a fait appel à moi! Parce que je sais quoi faire!
- Et cela consiste en quoi? Et arrêtez de reluquer ma sœur!
- Pardon, je ne la reluquais pas, je suis simplement troublé par le fait qu'elle ressemble comme deux gouttes d'eau à ma fille, malheureusement décédée, tuée par un fanatique occitan!
- Oh... .je suis …désolé!
- Ce n'est pas votre faute, vous ne pouviez pas savoir, bon, pour notre problème de télépathe, je possède la technologie nécessaire pour vous éviter ce problème.
- Et elle consiste en quoi?
- À vous mettre une fine couche d'argent à l'intérieur de votre crâne, directement sur votre cerveau. Après ce traitement, plus rien ne sortira sous forme d'onde de votre crâne. J'ajouterai aussi une surcouche qui, elle, contiendra des microprocesseurs qui émettront faiblement une fausse pensée allant dans le sens de votre demande vis-à-vis de l'Impératrice.
- Mais cela finira par être détecté, non?
- Oui, mais pas tout de suite, ce qui vous donnera amplement le temps de faire votre mission.

- Mais même si nous arrivons devant elle, elle sera protégée par un champ de force et des Gardes, non?
- Pas de problème pour le champ de force, il sera neutralisé. Pour les Gardes, mes faux Gardes les attireront dehors où ils les tueront.
- Mais cela attirera d'autres Gardes.
- Oui, mais la porte blindée de la petite salle d'audience où vous serez reçu sera fermée.
- Et comment serons-nous sensés tuer l'Impératrice?
- Par une méthode que j'avais mise au point il y a déjà longtemps et que l'imperfection des systèmes de protection actuels du nouveau palais me permet de remettre à jour. Des lames extrêmement effilées placées sur votre cuisse intérieure, mais dans votre peau. Indétectable d'autant plus qu'elles sont en carbone.
- Pourquoi nous, des jeunes, plutôt que des adultes?
- La Garde se méfiera d'adultes, mais pas de jeunes de 16 ans.
- Deux personnes seulement?
- Non, vous serez seize en tout. Garçons et filles, tous purs Aryens, il va sans dire!
- Qui n'ont jamais tué personne!
- Hélas, telle est votre devoir! Sur vos épaules repose maintenant l'avenir de notre race tout entière!
- Mais tuer l'Impératrice…ne serait-il pas mieux de discuter avec elle? Sa guerre est juste.
- Mais même une guerre juste ne légitime pas la perpétration de violations graves des droits des Aryens!
- Et après?
- Pas de soucis, j'ai tout prévu. Vous passerez par un souterrain qui n'est supposé être connu de personne, sauf de l'impératrice. Malheureusement pour elle, il y avait le plan de ce souterrain dans son l'ordinateur personnel !

« Incroyable, pensa Samuel en pénétrant dans la petite salle d'audience. J'y suis! »
Il y était effectivement!
Plutôt, ils y étaient.

Seize garçons et filles, aux yeux sombres, aux pommettes saillantes et aux cheveux plus noirs que la nuit.

Là se tenait Caroline, assise sur un petit trône d'or, avec à ses côtés un homme jeune, à la peau claire et aux yeux bleus.

Et, bien sûr, le long du mur, plusieurs Gardes.

« Le monstre télépathe, celui qui avilit l'impératrice » pensa Samuel.

Mais il n'arrivait pas à voir un monstre en lui et quand il regarda Caroline, sa réaction fut la même que celle de tous les autres garçons du groupe.

« Mon Dieu, qu'elle est belle »!

- Soyez les bienvenus, commença Caroline, votre délégation a souhaité me rencontrer pour me faire part des doléances des Aryens. Sachez que je suis très au courant de leurs souffrances que je n'approuve pas la violence à leurs égards. Déjà des ordres ont été donnés pour protéger ceux qui n'y sont pour rien dans tout cela.

Au premier abord, Samuel fût déconcerté par les paroles de l'Impératrice.

Il s'attendait à de l'agressivité envers eux de sa part et non pas de la compassion.

« Menteuse! » pensa-t-il.

C'est à ce moment que la seconde partie du plan se mit en branle. Une forte explosion fut entendue à l'extérieur et quelques secondes plus tard, un Garde au visage maculé de sang se profila dans l'encadrement de la porte.

- Majesté cria-t-il, une explosion vient de se produire et il y a des blessés. Les secours arrivent…mais j'aurais besoin d'aide en les attendant.
- Garde, dit Caroline en se levant, allez aider cet homme!
- Non, intervint Loïc, vous devez rester ici.
- Non, ré intervint Caroline, des hommes sont blessés. Ils ont besoin d'aide. Allez. Ces jeunes gens ne représentent pas un risque pour moi.

Caroline n'aurait pas dû faire ça!

CHAPITRE 49 : Survivre

« Non, se dit Dreck, je ne vais pas seulement attendre de mourir. Je dois faire quelque chose. »

Et ce « quelque chose » était finalement évident.

Puisqu'il se trouvait au milieu d'un nombre incroyable de débris d'astronefs, le « quelque chose » ne pouvait être que de fouiller pour voir s'il pouvait récupérer quelques objets utiles à sa survie.

N'importe quoi.

Peut-être que s'il avait de la chance, il trouverait même une navette réparable dans les débris ?

« Oui, se dit-il, c'est la seule chose possible à faire. Au moins, ça m'évitera de devenir fou! »

Mais cette réflexion, comme cela arrive souvent, le conduisit vers autre chose.

Une autre idée.

Retrouver ce qu'il lui semblait avoir vu très brièvement quand il « creusait » l'intérieur du super croiseur Dragons.

Quelque chose à la frontière de son souvenir.

Quelque chose de relié au dernier message d'Eytan, quelque chose comme un artefact de Nirva.

« Oui, c'est ça…et je l'ai vu! Même si je ne sais pas ce que c'était. Une chose dont la forme n'avait rien à voir à bord d'un vaisseau Dragon. Comme un raisin dans une pile de pêches! Mais impossible de se souvenir de ce que cela pouvait être. Ce fût trop rapide, c'était gros…comme une navette? ».

Gros, de couleur plutôt blanche et de forme différente.

Voilà.

Dreck se mit au travail, c'est-à-dire utiliser le propulseur inclus dans le « pack », sur son dos, qui contenait toute la quincaillerie de survivre en milieu hostile.

Certes, ce n'était pas un système efficace pour se déplacer longtemps dans l'espace.

Il avait été conçu pour permettre les déplacements entre vaisseaux proches.

Mais il était parfaitement fonctionnel.

Dreck se promena donc d'un tas de débris à l'autre en prenant grand soin d'éviter de s'en approcher de trop près, ceux-ci ayant une tendance à se déplacer dans toutes les directions et à avoir des bords tranchants comme des rasoirs, ce qui, malgré la très grande résistance de son équipement, pourrait quand même le mettre en danger!

Il chercha en priorité dans la direction où, pensait-il, se trouverait l'artefact et se mit à calculer les probabilités de déplacement des objets dans l'espace comme appris, non seulement à l'académie de La Garde, mais aussi lors de ses études d'ingénieur en aérospatial, juste avant son enrôlement.

Cela lui prit pratiquement six jours pendant lesquels il dormit peu et où la faim commença à le tenailler sérieusement.

« Mon Dieu, se dit-il, en le voyant enfin cet artefact, les chances pour moi de trouver un tel objet ici étaient aussi grandes que de gagner le gros lot à la loterie deux fois de suite! J'espère que c'est vraiment ce que je crois ».

Il n'en était pas sûr évidemment!

Cet objet, Il en avait seulement entendu parler.

Pourtant plus il s'en approchait et plus il y croyait.

« Il y a une seule possibilité de m'assurer que c'est vraiment ce que je crois. Je dois trouver son nom ».

Alors, il se mit à dériver lentement le long de la coque pour essayer de dénicher ce fameux nom.

« Alléluia, cria-t-il quand, enfin, il le trouva ».

Le nom était, malgré tout le temps passé dans l'espace, bien visible.

Dreck ne put faire autrement que de lire et le relire puis de le crier.

- ARCHÉOPTÉRYX! Dieu du ciel, c'est l'Archéoptéryx! Le vaisseau de Pierre Sheine, Michelle Evanis et d'André Vauldegarde. L'appareil qui les avait emmenés de Nirva! L'appareil que cette idiote d'Astaroth avait rejeté dans l'espace après avoir récupéré les Envoyés en état de congélation, sous prétexte de la vétusté de sa technologie! Tout ce qu'il me faut pour survivre, acheva Dreck.

- Attention, ennemis en approche serrée. 23 vaisseaux. Ne pas entamer le combat. Possibilité de vaincre impossible. Suggère de gagner la planète la plus proche le plus vite possible! acheva l'ordinateur de bord.
- Quoi? répondit Eytan, un peu malgré lui.

- La planète est atteignable avant que l'ennemi ne nous rattrape, répondit, imperturbable, l'ordinateur de navigation de la navette.
- Mais quelle est cette planète?
- Sanctuaire, fut la réponse.

« Sanctuaire? Aïe, si j'y vais, je n'en reviendrais pas ».

- Négatif, ordinateur. Donne-moi une autre suggestion.
- Aucune autre possibilité. L'ennemi est trop nombreux. Bataille ou fuite impossible, probabilité de défaite équivalente à 99.9087654 %.
- Mais je n'ai pas l'équipement nécessaire pour aller sur Sanctuaire!

Bizarrement, Eytan s'attendait à ce que l'ordi lui suggère une possibilité, mais il dut bien se rendre à l'évidence que son ordinateur n'avait aucune imagination. Seulement la possibilité de faire ressortir des faits concrets.

Et les faits concrets, dans son cas, étaient fort simples.

Sanctuaire était sa seule possibilité de survie et si ce n'était pas possible, alors il était pour ainsi dire…mort!

Puis il eut une idée.

- OK, ordinateur. Dirige la navette le plus vite possible vers Sanctuaire.

Le petit navire rentra dans l'atmosphère de Sanctuaire à vitesse réduite.

Il était temps, car la réduction de sa vitesse avait fait que l'ennemi était maintenant à portée de tir.

« Mais au moins, se dit-il, ils ne me suivront pas ici, pensa-t-il ».

Cela, effectivement, avait peu de chance de se produire, car son appareil était déjà attaqué par ce qui protégeait cette planète très particulière et le métal extérieur avait commencé à fondre.

Eytan fit freiner l'engin au maximum tant qu'il possédait encore des moteurs.

Ce qui ne durerait plus longtemps.

Sa vitesse était maintenant tellement tombée que le petit appareil plongeait à une allure vertigineuse vers le sol, tout en flambant de plus belle.

Eytan sut, tout à coup, que la coque allait lâcher.

Il ne pouvait plus attendre, alors il s'éjecta!

Le choc fut rude, mais il l'encaissa sans trop de problèmes, car la densité de l'air, à cette altitude, était quand même faible et la vitesse de la navette au moment de l'éjection de seulement 300 km / heure. Puis il se dégagea de son siège, car celui-ci commençait, lui aussi, à flamber.

Il avait toujours sa combinaison sur lui, mais avait enlevé tout le « pack» de survie pour le troquer contre un parachute de secours qui ne contenait aucune pièce de métal.

Seulement de la toile et de la fibre de carbone.

Un masque en caoutchouc et une bouteille d'oxygène, elle aussi en carbone.

« Espérons qu'elle contiendra assez d'air pour assurer ma survie, avait pensé Eytan en la bricolant ».

Maintenant c'était la chute libre vers le sol.

À une vitesse de plus en plus grande, vu la faible densité de l'air.

Le sol, lui, était toujours invisible, car tout Sanctuaire était recouvert d'une sorte de brume, caractéristique habituelle de cette planète.

Il faisait froid, mais le masque à oxygène faisait son boulot et il pouvait respirer normalement malgré l'atmosphère ténue.

Il sentit que l'air devenait progressivement plus dense, ce qui commença aussi à le freiner et c'est au moment où l'oxygène commandait à manquer que le sol apparut.

Il se laissa encore aller un peu puis ouvrit son parachute, alors qu'il devait être à une altitude d'environ 1000 mètres.

Le choc fût rude, sa vitesse étant encore élevée, mais le parachute tint bonet il était maintenant à une altitude où la densité de l'air et la température était normales, ce qui lui permit de respirer sans son masque.

« Incroyable, se dit-il, je crois être le seul fou à avoir tenté une telle entrée sur Sanctuaire! »

Et il se posa sur le gazon d'une clairière, comme une plume!

-    Hourra cria-t-il, en se débarrassant de son parachute, pour s'apercevoir tout à coup qu'un énorme loup se dirigeait vers lui.

Paniqué, Eytan voulut courir, mais se prit les jambes dans les cordes du parachute.

Trois secondes plus tard, le loup était sur lui.

« Je suis perdu, pensa Eytan ».

Mais le loup se contenta de le renifler puis de s'éloigner rapidement.

Soulagé, il se remit debout, pour s'apercevoir qu'un étrange engin fonçait maintenant sur lui. On aurait dit un petit voilier.

Sauf que celui-ci se déplaçait à vive allure...sur la terre ferme!

En quelques minutes, il fût devant un Eytan passablement étonné.

Il en débarqua une ravissante jeune fille.

- J'ai suivi votre remarquable entrée dans notre atmosphère et votre arrivée en parachute sur notre monde, alors me voilà! Je m'appelle Chloé. Chloé Denulpart. Bienvenue sur Sanctuaire, Prince Eytan, dit-elle en lui tendant la main.

CHAPITRE 50: Histoire de contrées lointaines

Le Roi de France l'autorisa, de même que le Pape.

La grande « peregrinatio » partit donc un jour de janvier de l'année de grâce 1180.

La grande « peregrinatio » était en fait composée de plusieurs armées qui avaient pour objectif de se rejoindre à Jérusalem.

Celle de la Francie du Nord et de la Basse-Lorraine suivit la route du Danube. La deuxième armée venant des régions du sud de la Francie et dirigée par le Baron Guy de Vaux, passa par la Lombardie, la Dalmatie et le nord de la Grèce. La troisième, d'Italie méridionale, par mer. La quatrième, de la Francie centrale, passa par Rome

Les premières troupes de chevaliers arrivèrent à Constantinople puis traversèrent ce qui était parfois encore appelé l'Empire romain d'Orient ou Byzance.

Finalement, la grande croisade contre le Mal rassembla 2000 chevaliers suivis de 4 000 écuyers et 4500 hommes de troupe. Tous ralliés sous l'étendard de l'archange Saint-Michel.

Le cri populaire de « Dieu le veut » était ici remplacé par « St-Michel le veut ».

Ils passèrent par de nombreuses places fortes comme Antioche ou Nicée en Asie Mineure et même en territoires Sarasin. Mais il n'y eut aucun heurt avec les musulmans.

À l'été 1180, ils se rassemblèrent à Jérusalem et furent reçus par Baudouin IV le Lépreux, le Roi de Jérusalem et, plus tard, par Saladin lui-même. Gérard de Ridefort grand Sénéchal de l'Ordre du Temple fit « Chevalier Templier » le Baron Guy de Vaux et Saladin autorisa beaucoup de ses hommes à se joindre à eux. Izz ad-Din Mas'ud vint avec 3 000 cavaliers. Là, Guy de Vaux reçut une énorme somme d'argent en provenance des finances secrètes des Templiers, de celle de nombreux Juifs d'orient et même de Saladin.

L'argent était destiné à acheter la nourriture pour cette immense armée qui devait partir encore plus vers l'est pour rejoindre les terres mythiques de Chine et il était impératif que personne ne les vît comme des envahisseurs et que dans chaque contrée traversée d'autres hommes se joignent à eux. 2 000 guerriers en provenance de Numidie se joignirent ainsi à eux.

Ils suivraient la fameuse « route de la soie » en traversant de nombreuses contrées comme la Turquie, la Perse et l'Inde, au travers des montagnes de l'Asie centrale.

Là, ils furent rejoints par les hommes en provenance de l'Inde qui avaient eu vent de leur mission.

Leur armée était devenue immense et il ne se passait pas un jour sans que des centaines d'hommes venus de tous les horizons ne les rejoignent.

Ils étaient l'armée du Bien, l'armée de l'Archange Saint-Michel venue défaire le Mal.

Le Mal, qui nichait là-haut, sur le toit du monde.

Tous portaient le diadème sacré.

Celui qui empêchait la Mal de savoir où ils étaient et ce qu'ils voulaient.

Mais le Mal les surveillait de haut! Et les attendait!

Mais ils n'étaient pas encore prêts, car un acteur important ne s'était pas encore manifesté.

Cela ne tarda pas.

L'empereur chinois Zhangzong, de la dynastie des Jin, inquiets de voir une telle armée se diriger vers le nord de son pays, demanda à Guy de Vaux de venir le rencontrer en son palais.

Quand la rencontre eut lieu, l'Empereur portait lui aussi le diadème sacré. Il connaissait le Mal.

Et il raconta à Guy de Vaux, ce qu'il en savait.

- *Il y a fort longtemps, les Dragons, que vous appelez le Mal, vivaient en bonne intelligence avec les hommes qui, tout comme les Dragons, étaient fort peu nombreux et le territoire était vaste. Les Dragons se reproduisaient peu, conscients qu'ils étaient de leur taille et donc de leur impact sur l'environnement. Ils étaient carnivores, mais avaient toujours vu dans les hommes une autre race intelligente et les avaient respectés. Les hommes étaient eux aussi conscients que les Dragons n'étaient pas des animaux et ne les avaient jamais chassés. De toute façon, ils étaient vraiment trop puissants et inspiraient du respect à tous. Les dragons se nourrissaient principalement de Yack sauvage, de Bharal, une sorte de très grosse chèvre et de Kiang, une sorte de poney. Jusqu'au jour où un hiver particulièrement rude et une surpopulation d'hommes et de Dragons affamèrent tout le monde. Alors les Dragons commirent l'irréparable. Ils mangèrent des êtres humains! Et trouvèrent la chair humaine, particulièrement celle des jeunes filles, singulièrement délicieuses. Depuis, ils en mangent régulièrement et même de plus en plus. Ils sont devenus un énorme problème pour nous et c'est pourquoi, moi, l'Empereur de Chine, je soutiens votre*

expédition et y ajoute même 7 000 de mes hommes. Mais vous devez
être conscient que bien peu d'entre vous reviendront!

- *J'en suis conscient, Majesté, avait répondu Guy de Vaux, mais je*
  compte bien utiliser quelque chose que je connais des Dragons. Leur
  point faible et j'aurai besoin de votre support pour pouvoir pleinement
  utiliser cette connaissance.
- *Les Dragons ont un point faible?*
- *Oui, Majesté, dit Guy en expliquant au souverain de quoi il s'agissait.*
- *Je confirme ce que vous dites, lui dit-il, mais je n'avais jamais pensé*
  d'utiliser cette possibilité!
- *Nous aiderez-vous?*
- *Absolument fut la réponse.*

Cela mit fin à l'entretien et les deux hommes se séparèrent avec un plan en
tête pour chacun d'entre eux.

Puis l'empereur de Chine ordonna à 7 000 de ses hommes de se joindre à la
grande croisade contre le Mal.

Dans le même temps et même si personne ne fit le lien, il envoya un
message à Lhassa aux Sakyas qui régnaient sur le Tibet pour demander
qu'ils envoient leurs paysans cueillir des Yartsa gumba (Cordyceps
sinensis) dans les hauteurs de l'Himalaya. L'envoyé de l'Empereur devait
aussi expliquer que ce champignon était un excellent stimulant général des
fonctions physiques, sexuelles et intellectuelles, de même qu'un excellent
antifatigue. L'empereur voulait ce produit, car il estimait que son
commerce allait l'aider à payer les coûts de la campagne de Guy de Vaux.
L'aide des dirigeants tibétains était donc d'une importance primordiale. Il
savait aussi qu'il était peu probable que ceux-ci refusent. On ne refuse pas
une demande de l'Empereur de Chine quand on vit sur la frontière d'un
voisin aussi puissant.

Pour protéger les cueilleurs et les payer, il demanda aussi que des soldats
les accompagnent.

Il fût noté, cependant, un fait des plus curieux.

Chacun des soldats portait un diadème d'argent qu'ils refusaient d'enlever,
même la nuit.

Tout comme d'ailleurs les Sakyas et l'Empereur Zhangzong,

Eytan fut incroyablement surpris de voir que la jeune fille, très belle
par ailleurs, connût son nom.

-     Mais comment me connaissez-vous, questionna-t-il.

- Mais par la gazette.
- La gazette?
- Mais oui. Depuis le départ de Monsieur Sheine, l'empire a réalisé qu'il y avait encore une société humaine importante sur Sanctuaire! Alors depuis ce temps, le satellite impérial en orbite autour de Sanctuaire nous envoie régulièrement un petit planeur qui contient la gazette, un journal avec toutes les dernières nouvelles de l'Empire. Évidemment la famille impériale y est souvent représentée. C'est pour cela que je vous ai reconnu immédiatement.
- Vous avez failli ne trouver qu'un cadavre à moitié dévoré. Un énorme loup m'a reniflé et j'ai vraiment cru ma dernière heure arrivée.
- Ah oui, les Gardiens! Rassurez-vous, Prince, rien de fâcheux ne pouvait vous arriver à cause d'eux…sauf si vous aviez été un Démon, bien sûr. Dans ce cas, effectivement, votre squelette serait maintenant en train de sécher au soleil!
- Les Gardiens? Mais qui sont-ils donc?
- Venez, je vous amène au village. Là un banquet est en préparation pour vous accueillir dignement et je vous dirai tout ce que vous devez savoir sur votre nouvelle patrie.
- Mais…mais, sauf votre respect, Mademoiselle, je veux rentrer chez moi.
- Quitter Sanctuaire, Prince? Ce n'est malheureusement pas possible.

Eytan n'insista pas et suivit la jeune femme dans l'étrange appareil qu'elle présenta comme un Terravent …de course.
- De course?
- Eh oui! La course de Terravent est même devenue notre passe-temps favori…et accessoirement un excellent gagne-pain pour ma famille…que vous connaissez!
- Que je connais?
- Oui, ma mère s'appelle Zhara…Zhara Pargara…ou comme on l'appelle ici, Zhara Denulpart.
- Ah oui, j'ai entendu parler de cette histoire de clone... pardon ... de votre mère!
- Vous pouvez parler de clone, cela ne me dérange nullement. Les clones, vous savez, sont identiques à leur modèle…un peu

comme des frères ou sœurs jumeaux. Mais cela n'empêche pas qu'ils ont leur propre personnalité et histoire. D'ailleurs vous allez rencontrer, au village, un autre clone qui risque de vous perturber davantage que ma mère! D'autant plus que votre père avait essayé de le faire disparaître.

- Oh mon père voulait le faire disparaître? Un clone d'un homme célèbre chez nous? Mais de qui parlez-vous?
- De Dreck. Dreck Reivax.
- Quoi? Mais je viens juste de le quitter! Il se battait pour me protéger. C'est un homme extraordinaire à qui je dois la vie! Que Dieu ait son âme, car je crois malheureusement qu'il n'a pas survécu à l'assaut des Démons. Alors comment pourrait-il être ici?
- Parce que ce n'est pas le modèle qui est ici, mais son clone. Mon père, Dreck Denulpart!

Eytan, estomaqué, ne répondit pas.
De toute façon, les voiles du Terravent venaient de se gonfler et faisaient bouger l'engin rapidement.
Eytan s'agrippa aux accoudoirs de son siège tout en pensant à ce que cela allait lui faire quand il rencontrerait la copie de Dreck.
Cela assurément, allait être des plus perturbants.
Il eut envie de dire quelque chose et se retourna vers l'arrière du petit appareil d'où Chloé barrait l'esquisse.
Elle était assise sur le bord de l'engin tout en tenant d'une main la barre alors que ses cheveux volaient au vent.
Elle était revêtue d'une jupe que le vent, coquin, tentait de soulever et qu'elle maintenait en place en serrant les jambes. Mais cela mettait aussi en valeur le galbe parfait de celles-ci.
Ses yeux, magnifiques, lançaient un regard malicieux à Eytan et elle lui esquissa un sourire éblouissant.
Eytan tomba sous son charme « Mon Dieu, qu'elle est belle, se dit-il ».
Eytan fut reçu comme … un prince et la fête donnée en son honneur fut magnifique. Tous accueillir le Prince avec joie et Eytan sentit son angoisse fondre devant tant de gentillesse.

Tout le monde était friand de nouvelles et il se plia à la demande générale et parla abondamment de la situation dans l'Empire et de la bataille à laquelle il venait de participer, bataille qui avait vu la destruction de la planète des Dragons, mais aussi de la flotte humaine.

Naturellement quand il se trouva en face de Dreck, il eut un choc.

Pensez-y, un Dreck qui avait tous les souvenirs d'avant et qui donc le connaissait bien.

Et une Chloé qui s'occupait bien de lui.

Très bien même...!

Et toujours avec le même sourire éblouissant.

« Merde, se dit alors Eytan, je ne vais quand même pas tomber amoureux de la première fille que je vois sur Sanctuaire? »

Comme il n'avait aucun endroit où aller, Dreck Denulpart lui offrit l'hospitalité dans sa confortable maison de bois, sise un peu en retrait du village, proche d'un petit bois.

Le festin dura tard dans la nuit et bientôt tous les convives rentrèrent chez eux et Eytan gagna alors la chambre gracieusement mise à sa disposition et située dans une pièce aménagée juste à l'arrière de la maison, alors que ses hôtes gagnaient l'étage.

Mais Eytan ne put dormir.

Trop de choses s'étaient passées et le sommeil le fuyait.

Alors, pour se détendre, il quitta discrètement la maison pour aller voir le lever du soleil, qui se pointait à l'horizon, du moins au travers de la brume continuelle qui couvrait le ciel de Sanctuaire.

La température était agréable et le silence était le bienvenu.

Tout à coup, le craquement d'un petit morceau de bois lui fit comprendre qu'il n'était plus seul.

Il se retourna brusquement, pour tomber nez à nez avec ...Chloé!

Une Chloé très légèrement vêtue...et qui lui faisait un sourire encore plus ravageur...et invitant.

En souriant lui aussi, il se rappela ce que sa mère lui avait dit un jour.

« Jamais le premier soir, mon fils »

« Oui, maman, pensa-t-il ».

Et il prit Chloé dans ses bras alors que celle-ci éclata de rire et l'embrassa avec fougue.

CHAPITRE 51 : Commission Impériale Vérité et Réconciliation

La Commission de la vérité et de la réconciliation (CVR) d'Afrique du Sud a été créée par le Promotion of National Unity and Reconciliation Act de **1995***, sous la présidence de Nelson Mandela qui avait accédé au pouvoir au cours d'un processus de* **transition démocratique** *visant à* **mettre fin à l'apartheid.***
L'objet de cette commission concerne les crimes et les exactions politiques commis au nom du gouvernement sud-africain, mais également les crimes et exactions commis au nom des mouvements de libération nationale **(African National Congress***, ANCetc.). Comme pour la plupart des commissions de vérité et réconciliation ultérieures, les victimes témoignaient devant la Commission. Sa spécificité consistait néanmoins en l'échange d'une* **amnistie** *pleine et entière des crimes en échange de leur* **confession** *publique. Ce mécanisme visait non seulement à la réconciliation nationale, mais aussi à permettre de dévoiler la vérité sur des crimes dont seuls les auteurs avaient connaissance (ce qui était pertinent en particulier pour les crimes commis par les services de sécurité et dont les victimes étaient mortes).*
Les audiences étaient filmées et diffusées à la télévision.

Wikipédia, l'encyclopédie libre
Document électronique en provenance probable de Nirva
Université libre d'Oulan Bator

Les Gardes se précipitèrent dehors, tel qu'ordonné par leur Impératrice.
Mais à peine le dernier homme avait-il quitté la salle d'audience, que la porte blindée de celle-ci se referma brusquement.
- Mais...que se passe-t-il? demanda Caroline.
- Il se passe, Majesté, dit Samuel, que vous voilà sans Gardes et que votre champ de force vient de s'éteindre. Il se passe aussi que vous allez mourir, ainsi d'ailleurs que votre immonde télépathe!

Et les seize jeunes gens se déchirèrent la peau de la cuisse pour saisir chacun leurs couteaux, les mains ensanglantées.

Déjà, ils se préparaient à se précipiter vers Caroline et Loïc, quand ceux-ci se levèrent brusquement en braquant vers eux ce qui avait l'allure d'armes de poing.

- Tous doux les gosses, leur dit Caroline, vous ne croyez quand même pas que ce serait si facile? Je me doutais bien que vous, les Chong, alliez tenter quelque chose! Je ne m'attendais cependant pas à ce que vous disposiez de moyens assez puissants pour annuler mon champ protecteur, mais au cas où, Loïc et moi, avons emporté nos porte-bonheurs, alors, un geste, UN SEUL et je vous transperce la tête!

Les seize jeunes se figèrent et tous se tournèrent vers celui qui semblait être le chef.

- Oh, fit Samuel, les fameux pistolets Python 357 Magnum! Et vous croyez que cela va vous sauver? Vous avez, au plus, 6 balles chacun, ce qui fait 12 possibilités…et nous sommes seize!
- Vraiment? Et vous donneriez 14 de vos vies pour nous? rétorqua Caroline. Sans compter que ce ne sera pas facile, vu que Loïc et moi avons de très bonnes notions de combat. Et La Garde qui sera de retour dans un temps record.
- 15 minutes au moins! Assez pour vous faire expier vos crimes!
- Mes crimes? Vous ne pensez pas que ce serait plutôt des vôtres dont vous devriez parler? dit Caroline en visant spécifiquement la tête de son interlocuteur.

Loïc sera son arme.

- Hé Jacqueline! Qu'est-ce qu'il t'arrive? Tu n'as pas toujours eu cette attitude envers moi, non?
- Loïc, tu te fais des illusions, répondit Jacqueline, je n'étais qu'en service commandé!

« Vraiment, pensa Loïc, ce n'était pas mon impression! Mais il me faut trouver autre chose! Que ferais-tu papa, toi! » se dit-il, en laissant la mémoire de son père monter en lui.

Quelque chose passa dans les yeux du nommé Samuel qui avertit Loïc qu'il allait agir, même s'il allait y perdre la vie.

Il sonda alors son adversaire, mais pour une raison inconnue, il ne parvenait pas à « sentir » son esprit.

« Ils ont vraiment accès à des techniques inédites ».

Soudain une idée lui traversa l'esprit,

- Mourir pour un tueur comme le « Vieil Homme sur la Montagne »? Vous trouvez ça intelligent? questionna tout à coup Loïc.
- Il n'a rien à voir avec cela. Nous nous ne sommes pas des tueurs. C'est vous qui êtes responsable de cela.
- Vraiment? répondit, Loïc, vous obéissez à une projection, une image. Vous ne l'avez même pas vu en personne!
- Détrompez-vous, je l'ai vu de mes yeux le « Vieil Homme sur la Montagne »! C'est un vrai patriote aryen qui avait raison de vous désigner comme responsable.

La dernière parole de Samuel stupéfia Loïc qui resta tout à coup sans voix.
Mais pas Caroline.
Elle voyait que le moment de l'assaut était de plus en plus proche. Et se risqua à une idée qui lui était venue soudain quand Samuel avait avoué l'avoir rencontré!
- J'espère qu'il n'y avait pas de femme avec vous quand vous l'avez rencontré!
Caroline nota que plusieurs des assaillants étaient tout à coup mal à l'aise…dont Samuel.
- Ah! Fort bien! Je vois par vos réactions qu'il y avait une ou des femmes, hein? Et il n'a pas sauté ou, à tout le moins, envoyé des regards salassent à cette ou ces femmes?
- En quoi cela vous regarde-t-il?
- En ceci que celui que vous prenez pour le « Vieil Homme sur la Montagne » n'était en fait… qu'un Golem! Un être artificiel! Plutôt bien fait du reste. Mais piloté par quelqu'un d'autre.
- Vous mentez, dit Samuel de plus en plus mal à l'aise.
- Oh que non, rétorqua Caroline. Je connais les Golems. Des robots à chair humaine. Dirigés par leur maître, ils n'ont qu'un seul défaut; une frénésie sexuelle très difficile à contrôler. Et dans ce cas-ci, son maître n'est même pas humain lui non plus.
- Mais que voulez-vous dire? demanda la sœur de Samuel.
- Ce que je veux vous dire, c'est que vous êtes tous prêts à mourir pour un Démon du nom de Ra Tamura, un Fils de Razakel. Le pire ennemi de l'humanité!
- Vous mentez encore!

- Vraiment? Faisons un simple test. Je suppose que vous n'êtes pas stupide au point de ne pas avoir de plan de retraite, une fois votre assassinat accompli, non?
- Bien sûr. Justement le « Vieil Homme sur la Montagne » nous a préparé un plan, utilisant vos propres souterrains secrets, en fait! N'est-ce pas ironique?
- Souterrain hein? Je vous croyais seulement naïf…mais là…vérifiez donc si ce souterrain existe vraiment. Je suppose qu'il part de cette salle, non?

Samuel était maintenant vraiment mal à l'aise et cette mission, qui lui répugnait au plus haut point, mais qu'il considérait comme nécessaire, commençait à le perturber grandement.
- Jacqueline, dit-il, à sa sœur, vérifie si l'entrée du souterrain est bien là où il nous l'a dite.
Évidemment, cela ne prit pas beaucoup de temps à la jeune femme pour constater qu'il n'y avait aucune entrée.
- Samuel…je crois qu'il nous a mentit! dit-elle très perturbée.
- Bien, reprit l'Impératrice. Il nous reste au plus 5 minutes avant que La Garde ne fasse sauter la porte et ne vous exécute tous. 5 minutes pour trouver une raison pour moi de vous épargner.
- ET POUR VOUS DE MOURIR! cria soudain Samuel, prêt à bondir.
- ON SE CALME, intervint Loïc, J'AI UNE PROPOSITION À FAIRE.
- Trop tard! Les jeux sont faits. Nous sommes morts de toute façon…alors… fini sinistrement Samuel.
- Les jeux sont faits quand ils sont faits, mais pas avant, dit Caroline.
- Vous ne comprenez pas. Nous sommes Aryens et nous sommes ce que nous sommes parce que nous sommes Aryens. Et vous haïssez les Aryens même si vous en êtes une!
- Un instant, intervint Loïc une nouvelle fois, comme le disait un homme célèbre sur Nirva, Monseigneur Desmond Tutu: How to turn human wrongs into human rights ? Comment changer des erreurs humaines en droits humain?
- Jeunes gens, vous n'êtes pas des assassins. C'est ce que veulent les Démons, tourner les hommes contre les hommes, mais une

fois encore la solution pourrait venir de Nirva. N'est-ce pas Loïc?

- Oui, « Une guerre juste ne légitime pas la perpétration de violations graves des droits de l'homme pour la poursuite d'une fin juste », donc si nous allons jusqu'au bout de cette conviction une guerre juste doit se proposer d'atteindre une fin juste par des moyens justes.
- Mais que proposez-vous enfin?
- D'établir une Commission de la vérité et de la réconciliation, comme sur Nirva.
- C'est-à-dire?
- Une commission où tous pourront venir dire ce qu'ils ont fait dans cette terrible guerre civile qui nous divise maintenant depuis des mois. Chacun pourra y être confessé. Tout ce qui y sera dit vaudra l'absolution de son auteur. Sauf, bien sûr, pour les crimes de droit commun non reliés à la guerre civile.
- Vous dites que si je vais devant cette commission et confesser avoir tué un Occitan, je serais absous? Mais pourquoi feriez-vous cela?
- Parce que, comme le disais toujours Monseigneur Toutou, « Qu'une paix durable et solide exclut l'injustice d'une justice de vainqueurs ». Et les humains doivent impérativement être unis en face des Démons. Sous peine de disparaître.
- Majesté, qu'est-ce qui nous permet de croire que vous ferrez vraiment cela? Nous sommes venus ici pour vous tuer!
- Rassurez-vous, vous n'êtes pas les premiers! Et si vous déposez les armes maintenant, je vous renvoie vers vos familles, pour annoncer la création de la Commission impériale Vérité et Réconciliation.

C'est à ce moment que la porte blindée explosa, livrant le passage à des Gardes en état de grande nervosité, persuadés de trouver l'Impératrice et son compagnon assassinés.

Heureusement, il n'en était rien.

CHAPITRE 52 : Les pays de St-Michel

Tous les ados du monde et même de l'Univers se sentent mal dans leur peau.

Ça fait partie de ce que les parents appellent grandir.

Lui, Léonardo, fils du Basileus Gabriel du Prieuré de Cipola, venait d'avoir 18 ans.

Et il souffrait énormément!

Dans sa chair et dans son esprit.

Il ne savait pas ce qui se passait, n'aimait pas cela et comme tout ado, n'en parlait à personne.

Sauf bien sûr à un petit groupe de jeunes comme lui.

Un autre garçon et trois filles.

Il maigrissait à vue d'œil et avait de plus en plus mal dans le dos.

Et il avait parfois l'impression que ses os devenaient légers et cassants.

Et le soir la terreur le gagnait.

Il se disait des choses, dans le prieuré...des choses terrifiantes...des choses qu'il ne pouvait pas répéter sous peine d'éveiller des soupçons!

Rien ne paraissait et comme d'habitude, il faisait le malin devant tous ses camarades, cachant son trouble profond à tous et en particulier à sa famille.

Pensez-y, le fils du Basileus!

Et bien sûr son père n'y voyait que du feu...mais sa mère...il voyait jour après jour l'inquiétude et même la panique gagner son visage.

Ses micros réactions de peur quand elle le regardait!

Alors, comme toujours, il prenait cette assurance crâneuse du mec qui domine tout.

Sa mère se rassurait alors...mais pas complètement.

Les mères ont un sixième sens!

Mais bien sûr ce n'était peut-être que simple montée d'hormones, rien de spécial...il...il n'était jamais passé par là auparavant ...alors...alors comme toujours, quand l'angoisse le prenait et l'empêchait de dormir, il sortait de la maison familiale, au pied des arbres gigantesques de cette forêt protectrice et y grimpait avec une grande et même très grande, agilité.

Ce qui le surprenait de plus en plus.

Comme si le fait de se promener au sommet des arbres le rapprochait du ciel!

Un ciel qui semblait l'appeler de plus en plus.

Bizarrement, c'était là souvent qu'il retrouvait ses amis, eux aussi poussés par une étrange force à gagner les sommets et à regarder le ciel.

Et c'est là qu'ils virent, tout à coup, les étoiles!

- Mon Dieu, St-Michel se repose! s'écria Leonardo. Il le fait avec une semaine d'avance!

Cela signifiait que la Pierre de Nicolas, qu'ils appelaient St-Michel, ne protégeait plus Eldorado et donc que le Prieuré était susceptible de se faire attaquer par les Démons.

Du moins par ceux qui ne vivaient pas sur Eldorado!

- Vite, Annabella, dit Leonardo, va avertir tout le monde. Moi je reste ici avec les autres à guetter.

Guetter!

Il avait raison, Leonardo de rester perché au sommet de son arbre, car ce jour, qui allait poindre bientôt, allait être chargé en événements.

Très vite il remarqua au firmament une étoile qui grossissait.

Une énorme étoile!

Une étoile qui tout à coup accoucha de nombreuses autres étoiles plus petites.

Des étoiles qui descendaient à vive allure vers eux...ou plutôt vers la clairière à quelque 10 kilomètres de là, la fameuse clairière qui avait permis à un Dragon d'avaler son frère Raphaël.

- Vite, dit-il aux autres, descendons. Il se passe quelque chose du côté de la clairière. Je vais y aller. Rentrez tous et avertissez mon père que je suis parti voir ce qui se passait!

Jamais Léonardo n'avait couru si vite!

Il atteignit la clairière en une demi-heure alors que celle-ci se trouvait à près de 7 km de leur cité.

Mais son effort fût largement récompensé par ce qu'il y vit.

Des engins spatiaux.

Et des machines.

Oui, des machines.

Des choses qui ne pouvaient pas exister sur Eldorado.

Mais St-Michel se reposait, alors oui pour un temps limité, elles pourraient survivre même si elles n'étaient pas en or.

Le « Maître des Livres » de leur petite cité les avait avertis que ce temps de repos pour St-Michel arrivait! Il l'avait même à trois jours au plus.

Mais il s'était déjà trompé sur la date de repos de St-Michel.

Alors...

Alors cela importait peu.

Pour le moment seul comptait ce qu'il voyait.

Beaucoup de machines qui creusaient le sol et d'autres qui ressemblaient à de petits engins spatiaux, en train d'atterrir pour, sitôt arrivés, débarquer des êtres d'apparence humaine.

Il plissa les yeux dans la lumière du petit matin...

« Des Sarkaïs assurément, pensa-t-il, je ferais mieux de détaler ».

Mais Léonardo était un ado, ou à tout le moins, un jeune adulte.

Pas très conscient du danger.

Et beaucoup trop curieux.

Alors il s'approcha davantage, allant de buisson en buisson jusqu'au moment où il put voir clairement le visage d'un des visiteurs...et se faire repérer.

Alors il détala le plus vite qu'il pût, comme s'il avait le diable aux fesses, certain, qu'il était, de se faire attraper.

Mais, heureusement, il connaissait bien le coin et réussit à se cacher dans une petite dépression au bas d'un arbre et vit ses poursuivants passés devant lui.

Ils étaient armés, mais n'avaient pas ouvert le feu.

Et ils n'étaient définitivement pas des Sarkaïs!

Il en vit même perché sur ce qui semblait être des animaux.

Des animaux à quatre pattes, qu'il n'avait jamais vus.

Tout à coup, il sentit une main se poser sur son épaule.

Il se retourna vivement pour se trouver nez à nez avec... son père... qui se mettait le doigt sur la bouche... pour lui signifier de se taire!

Tous les deux, en rampant, s'éloignèrent de la clairière, ni vu ni connu.

Cela faisait maintenant presque un mois qu'Eytan avait atterri sur Sanctuaire et, à part faire l'amour avec Chloé, il n'avait rien fait de significatif et tombait lentement dans un état un peu dépressif qui chagrinait sa compagne.

Celle-ci était pourtant d'un tempérament rieur et était extrêmement dynamique et ses parents avaient vu d'un bon œil sa liaison avec Eytan.

Le titre de Prince n'était pas important vu qu'Eytan ne pourrait plus quitter Sanctuaire, mais Dreck avait connu le Prince jeune et l'avait toujours aimé.

Dreck pensait évidemment qu'il ne pourrait jamais quitter Sanctuaire, néanmoins, il lui sembla essentiel de le mettre au courant de certains faits bizarres au sujet de sa nouvelle demeure. C'est pour cela qu'un beau matin, Eytan, Chloé et lui-même, embarquèrent sur un terravent avec pour destination une sorte de mausolée découvert récemment dans la jungle, le mausolée des sept magnifiques.

Eytan fut particulièrement choqué par la vision de sa sœur et de Loïc et surtout de l'apparition d'un neveu qui n'existait pas, Arthur.

- Mais enfin qu'est-ce que cela signifie, demanda-t-il aux autres?
- Là est toutes la question, répondit Dreck. Cela fait maintenant un certain temps que nous avons trouvé ce sanctuaire et, comme toi, avons été perturbés par cet Arthur qui nous est inconnu. Mais il y a plus.
- Plus que ça?
- Oui. Mets ton oreille sur la dalle de pavement.
- ???
- Fais-le, tu vas voir, c'est... Perturbant!

Eytan s'exécuta pour s'exclamer aussitôt.

- Mais qu'est-ce que cela?
- Une vibration. Une vibration d'origine inconnue.
- Une vibration naturelle ou artificielle?
- Là est toute la question! Pour moi, elle est le résultat probable du passage d'une rivière souterraine.
- Mais pas pour moi, reprit Chloé.
- Et ce serait quoi pour toi, Chloé? questionna Eytan.
- Quelque chose de ...mécanique... des moteurs... quelque chose de formidable!
- Il ne peut pas y avoir de moteurs sur Eldorado, Chloé lui rétorqua son Eytan!
- Tu te trompes, Eytan. J'ai beaucoup étudié les documents que nous avons sur la fameuse pierre qui fait de Sanctuaire ce qu'il est et tous disent que les effets de la pierre diminuent avec la profondeur et qu'après 1000 mètres, il n'y en a plus. Donc, techniquement, à 1000 mètres de profondeur, il pourrait y avoir des moteurs ou toutes autres technologies, choses impossibles à la surface.

- Mais, questionna Eytan, vu que Sanctuaire est très vieux et qu'il aurait fallu que ce soit fait avant que la planète ne soit sous l'emprise de la pierre, qui, alors, aurait pu faire cela...et dans quel but?
- Ce sont de bonnes questions, répondit Chloé, mais la légende dit aussi que Sanctuaire est une planète qui fut très importante dans la guerre du commencement contre les Démons et que ce sont les hommes qui emmenèrent cette pierre ici.
- Mais alors qu'y aurait-il dans le sous-sol ?
- Si ce sont des technologies humaines qui sont vraiment à l'origine de ce bruit, ce doit être relié à la guerre des Démons. Du moins, la première.
- Et pourquoi pas la guerre actuelle? N'oubliez pas que dans le passé, tout le monde était persuadé que les Démons allaient revenir. C'est même pour cela que l'Empire fut créé, pour pouvoir leur faire face quand le moment serait venu.
- Alors ce serait quelque chose qui pourrait nous aider dans la guerre actuelle?
- J'en suis persuadé, Eytan.
- Dans ce cas, je dois impérativement retourner dans l'Empire et en avertir ma sœur. Un petit coup de main, dans cette guerre mal engagée, serait plus que bienvenus.
- Quitter Sanctuaire est impossible, Eytan, finit Chloé.
- Chloé, tu es la meilleure chose qui me soit arrivée depuis des années. Mais ne m'en veux pas si je te disais que je suis Prince impérial et que l'Empire étant attaqué, j'ai l'impression de faillir à mon devoir en restant ici.
- Mais ce n'est pas de ta faute!
- Je sais. Et je ne m'accuse de rien, mais me morfonds. Sais-tu que mon père, juste avant qu'il ne soit assassiné, m'avait confié une mission extrêmement importante? Vitale même pour la survie de l'empire?
- Quelle mission, mon amour?
- Un des pires ennemis de l'humanité se nomme Trojan. C'est lui qui contrôle la grande barrière de missile qui empêche l'humanité de quitter l'empire. Il est le gardien de notre prison!
- Mais qui est-ce?
- Difficile à dire. Une entité non humaine. Probablement une entité électronique qui a pris vie et qui, pour une raison

inconnue, hait l'humanité. Caroline et moi sommes les seuls qui ont réussi à le sentir. Mon père voulait que je trouve un moyen de le détruire, mais il me manquait encore beaucoup d'informations et c'est pour cela que j'ai accompagné la flotte qui a attaqué les Dragons. Je dirigeais la flotte, mais j'avais aussi toute une équipe de mes amis gauchos à bord ainsi que des Dangues pour pouvoir tester les Dragons télépathiquement et surtout trouver des infos sur Trojan. Et j'avais réussi à obtenir une information essentielle sur l'endroit où il se trouve! Un système solaire appelé Hadès! Malheureusement nous fûmes trahis par les Uïgures! Et maintenant je me morfonds ici, ma mission n'est pas remplie et en plus il est probable que des choses importantes pour l'avenir de l'humanité se trouvent ici, sur Sanctuaire, sans que nous n'ayons les moyens de les trouver. Avec les ressources de l'Empire, nous devrions être à même de creuser et d'atteindre ce que les anciens ont caché sous terre! Chloé, je t'aime énormément, plus que je n'ai jamais aimé une autre femme, mais tu dois m'aider à trouver un moyen de quitter Sanctuaire. Grâce à la télépathie, je pourrais communiquer avec l'extérieur. Je ne suis pas aussi fort que Caroline, mais ma génétique a été améliorée grâce à l'envoyé Loïc. Il me faut seulement un peu de temps pour augmenter ma puissance.

- Mais, je te le répète, quitter Sanctuaire est impossible Eytan!
- Impossible? Mais malgré les limitations évidentes qu'impose Sanctuaire, il y a ici des cerveaux scientifiques brillants. Je vois ces réalisations remarquables que sont les terravents et même parfois des engins volants! Des engins volant ici sur Sanctuaire!
- Des engins volants?
- Des engins qui ressemblent à des dirigeables qui sont normalement des appareils gonflés à l'hélium, mais je doute que ce soit le cas ici, non?
- Tu as raison. Ce sont des aérovents. Et ils ne sont pas gonflés à l'hélium. En fait ils ne sont pas gonflés du tout. C'est le vide qui les fait devenir plus légers que l'air.
- Mais pour faire cela, il faut certainement des matériaux remarquables. Donc, on peut faire des choses de haut niveau scientifique même ici, sur Sanctuaire. Mais qui a inventé ces « aérovents »?

- Un certain Valentin Johannsen. Il était ingénieur en aéronautique avant d'atterrir ici. Et tu sais le plus beau de tout ça?
- Non!
- Il vit dans le village voisin ! En terravent, on en a pour tout au plus, une heure de route! Si une solution existe, il la trouvera!

CHAPITRE 53 : Les sources de la haine

Le navire était des plus étranges.

Il n'avait pas vraiment de forme autre que vaguement ovoïde.

Il était hérissé d'aspérité qui en faisait non seulement un caillou, mais un caillou très très rugueux

Et il était titanesque !

120 km de long et jusqu'à 15 de haut, dans sa plus grande aspérité.

Il ressemblait à une gigantesque pierre.

Ou à un astéroïde…mais certainement pas à un navire des étoiles.

Pourtant c'en était un.

Et même un navire extraordinairement performant.

Le problème était qu'il n'avait pas de forme définie et, même, en changeait souvent.

C'était un navire Djinn, du moins c'était comme ça qu'ils étaient appelés dans la Galaxie par les races qui les avaient croisés… où qui l'avait croisé, la distinction était impossible à faire réellement, car même si le vaisseau était nommé Siddhârta, il était très difficile de séparer ceux que l'on nomme les Djinns de leur machine volante.

Ils étaient un tout.

Même leur matière était la même.

Pas de la chair comme nous.

Du sable.

Ils étaient faits de sable !

Du sable vivant.

Quand un Djinn voulait un navire, il prenait une partie de lui-même qu'il ajoutait à celle de ses compagnons et compagnes puis initiait le navire.

Celui-ci grandissait comme un enfant.

Puis quand il était suffisamment grand, les Djinns… fusionnaient avec lui et devenaient une sorte de navire vivant où savoir qui était de l'équipage et qui était le vaisseau devenait impossible.

À ce moment, il gagnait l'espace.

Et là, en s'enrichissant de la matière spatiale, il continuait à grandir.

Il n'arrêtait, en fait, jamais de grandir.

Il était même raconté que certains vaisseaux pouvaient devenir de petite planète.

Tel était le destin de ce peuple étrange que personne ne connaissait réellement.

Ils venaient d'une autre galaxie et savaient voyager entre elles grâce à ce qu'ils appelaient les trous noirs.

La seule chose qui était sûre, c'est qu'ils s'étaient donné un but.

Recenser et protéger tout ce qui est vivant dans l'Univers!

C'est pour cela qu'ils sont parfois appelés les écologistes du cosmos.

« Et moi, simple prêtre au service des empereurs de Chine depuis mon enfance, j'ai eu le privilège de rencontrer l'un d'entre eux, ici dans l'empire du Milieu.

C'était juste avant la Grande Guerre contre le Mal menée par ces gens qui venaient de si loin à l'ouest, ces géants au visage pâle!

Je l'avais surpris un soir en train de ramasser certaines espèces de plantes rares du jardin médicinal du temple.

Armé d'un bâton je lui avais demandé de quitter les lieux, mais comme il n'obtempérait pas, je l'avais frappé avec le bâton.

Quelle ne fut pas ma surprise de voir le bâton le traverser complètement dans un nuage de poussière. »

- Humain m'avait-il dit, je ne te veux aucun mal!

« Je suis prêtre bouddhiste et ne crains pas la mort.

Mais voir un être qui semblait fait de sable me terrifia au point que je fus incapable de bouger. »

- N'aie pas peur, je ne veux que prendre certains échantillons de tes plantes et nullement te voler et encore moins te faire du mal.
- Mais qui êtes-vous, lui avais-je demandé tout en tremblant de peur.
- Un simple voyageur qui collectionne le vivant.
- Tous les vivants?
- N'ai crainte, prêtre, je respecte la vie. Mon seul but est de la répertorier et de la sauver. Je me contente d'un petit échantillon et ne ferait aucun mal ni à toi ni à ces Dragons que tu redoutes tant. La vie est sacrée et mes compagnons et moi-même, avons fait le vœu de la protéger quelle qu'elle soit, sans la juger.
- Même les Dragons?
- Même les Dragons.
- Mais, ils sont le Mal!
- Peut-être, mais le père fondateur devait avoir une raison pour les créer.
- Alors, vous allez empêcher les hommes venus de l'ouest de les détruire?
- Non, ni moi ni mes compagnons n'intervenons dans les histoires des mondes que nous rencontrons.
- Mais pourquoi faites-vous cela?

- *Parce que dans le passé, nous avons cru que nous étions la race la plus parfaite de l'Univers et avons commis beaucoup de crimes contre les autres espèces vivantes, conduisant certaines à l'extinction. Jusqu'au jour où nous avons rencontré une race beaucoup plus forte que nous.*
- *La guerre?*
- *Oui et nous l'avons perdue.*
- *Et qu'ont-ils fait alors de vous.*
- *Ils nous ont jugés et condamnés à sauvegarder toutes les espèces menacées de l'Univers. Le jour où nous aurons prouvé que nous avions sauvegardé au moins le même nombre d'espèces menacées dans l'univers que d'espèces que nous avions détruites, nous serons autorisés à retourner chez nous.*
- *Alors ce ne devrait pas être trop long?*
- *Notre mission est en marche depuis plusieurs millénaires et nous sommes des milliers de navires dans des centaines de galaxies. Nous, nous sommes affectés dans celle-ci.*
- *Je ne suis pas sûr de bien comprendre le terme galaxie. C'est grand?*
- *Peu importe, prêtre, notre tâche ne sera pas finie avant encore beaucoup de siècles et c'est pour cela que nous sommes ici. Ce monde est peuplé de deux races incompatibles et une seulement survivra!*
- *Quoi?*
- *Hélas, c'est la réalité de cet univers. Mais nous sauverons la race perdante et nous l'emmènerons sur une autre planète pour lui permettre de survivre.*

« Moi, Juong Xing, j'ai vécu ces événements et les ai écrits sur ce parchemin.
J'ai même visité son navire dans le ciel!
Il m'y a emmené.
C'est comme une montagne parsemée de grottes immenses.
Toutes y sont de sable.
Et mon ami faisait corps avec son navire. »
- *Prêtre, me disait-il, nous sommes des centaines, ici, à bord. Mais ne nous cherche pas. Nous faisons partie de ce navire. Même moi, ne suis que partiellement moi. Nous sommes individuels et collectifs. Parfois je prends beaucoup au navire et parfois je prends peu. Ma forme, ma taille et ce que je suis changent avec ce que je dois faire. Nous sommes un.*

« Je ne suis qu'un simple prêtre et ne comprends pas comment ce navire fonctionne et vole dans le ciel. Pour moi il ressemble à un caillou et je ne comprends pas non plus ce qu'est l'espace et il m'a montré ce qu'il appelle notre monde.

Il m'a dit, juste avant de me ramener, que si les hommes perdaient la bataille, je serais parmi ceux qu'il sauverait.

Il m'a dit aussi qu'un autre de ses compagnons avait pris la forme des Dragons et était avec eux au cas où ce serait eux qui perdraient.

Puis il m'avait ramené au monastère.

- A bientôt, m'avait-il dit.

Pour lui, il ne faisait aucun doute que les hommes allaient perdre.

Je ne l'ai jamais revu. »

Ils étaient maintenant des dizaines de milliers à avoir atteint les contreforts de l'Himalaya. Tous avaient, comme ordonnée par Guy de Vaux, abandonné leurs lourdes armures pour ne revêtir que des vêtements de cuir qui couvraient l'entièreté de leur corps. Tous portaient, néanmoins, un casque de fer ou un diadème d'argent. Souvent, ils avaient les deux. Tous avaient des armes, des épées, cimeterres, dagues, lances et surtout arcs et arbalètes.

Et beaucoup de flèches ou de carreaux d'arbalète.

Les arcs étaient grands, près de deux mètres, car il était essentiel de pouvoir lancer des flèches à très grande distance et ce à un rythme rapide.

Et il y avait aussi les balistes que Guy avait fait construire en différentes versions.

Certaines étaient lourdes et devaient être montées sur un tréteau alors que d'autres étaient montées sur roues et étaient tirées par des chevaux.

Il avait beaucoup soigné celles-là, car il comptait sur elles pour pouvoir atteindre les Dragons plus haut qu'avec les arcs ou les arbalètes.

Il avait aussi mis au point une technique pour utiliser les chevaux pour accélérer la recharge des balistes !

Il y en avait aussi de plus légères qui s'apparentaient à une grosse arbalète qui nécessitait deux hommes pour la faire fonctionner, un qui la portait et l'autre qui visait.

Il y avait aussi l'arbalète à répétition, de l'ingénieur militaire chinois Zhuge Liang capable de tirer dix traits en quinze secondes.

Toutes les flèches et traits d'arbalète avaient un morceau de coton au bout que l'on pouvait enflammer. Le mot d'ordre était simple.
« Tirer sur les Dragons le maximum de flèches enflammées. Si suffisamment de traits les touchent, ils prendront feu ».
Et beaucoup de soldats ajoutaient « sinon c'est nous qui flambons ».
Et il y avait aussi la seule chose qui pouvait – un peu –protéger les soldats.
Le bouclier couvert de céramique.
C'était une armée qui, malgré sa diversité, était très disciplinée, car composée de soldats ayant un très grand idéal.
Tous étaient là pour tuer le Mal.
De plus, Guy avait suffisamment d'argent pour nourrir cette armée sans devoir piller les contrées qu'il traversait.
Mais chaque nuit, un certain nombre d'hommes disparaissaient.
Non, ils ne désertaient pas!
Ils gagnaient, les montagnes guidées par des paysans et se cachaient le jour.

Maintenant, si proche des montagnes, il ne se passait plus une journée sans qu'ils ne repèrent un Dragon volant à haute altitude et qui les observait.
-    Demain, dit alors Guy à tous ses officiers, nous serons à pied d'œuvre et la troupe devra se disperser pour gagner les hauteurs et chasser individuellement les Dragons jusque dans leurs repères.
-    MON DIEU, GUY, CRIÈRENT ALORS LES OFFICIERS, VOTRE BANDEAU DE TÊTE !
C'est alors que paniqué, Guy se rendit compte que son bandeau de tête n'avait plus le diadème d'argent qu'il contenait normalement.
Guy avait, des semaines auparavant, enveloppé le diadème dans un coton pour pouvoir le supporter. Celui-ci était tombé durant la nuit et Guy, énervé par la proximité de la bataille, n'y avait pas fait attention.
Soudain, il sentit un bourdonnement dans sa tête. Juste avant qu'il ne mette le bandeau.
-    Mon Dieu, cria-t-il, les Dragons ont compris ce que je viens de vous dire. ILS VONT NOUS ATTAQUER AVANT QUE NOUS NE NOUS DISPERSIONS.

- BRANLE BAS, DE COMBAT CRIÈRENT, TOUS LES OFFICIERS À LEURS HOMMES. LES DRAGONS ARRIVENT!

Guy s'équipa en vitesse. Les Dragons allaient certainement les attaquer pour qu'ils ne se dispersent pas. Là, ils faisaient une cible fantastique. Ils étaient évidents que tout ce qui pouvait voler chez les Dragons allait arriver pour régler le sort des humains une fois pour toutes.

L'occasion était vraiment trop belle.

- ILS SONT LÀ! CRIA SOUDAIN QUELQU'UN.

Guy jeta un rapide coup d'œil vers le ciel pour voir les légions de l'enfer arriver à tire d'ailes par le nord.

Ils étaient vraiment très nombreux.

Il vit que beaucoup de jeunes Dragons étaient du nombre.

Il esquissa un sourire à son compagnon d'armes Izz ad-Din Mas'ud.

- Ils arrivent…comme prévu!
- Oui, Guy…et c'est une belle journée pour mourir!

Tous étaient prêts. Quand les Dragons plongèrent vers eux, tous tirèrent en même temps leurs flèches enflammées.

Les Dragons crachèrent leur feu, évidemment, mais beaucoup d'entre eux furent touchés par les flèches ou les traits des balises et des arbalètes.

Des Dragons s'allumèrent dans le ciel comme des lampions.

Des hommes roulèrent à terre, en flamme.

Beaucoup moururent dès le premier affrontement.

Les Dragons essuyèrent de graves pertes eux aussi, alors le premier moment de surprise passé, ils changèrent de tactique et se mirent à attaquer les hommes par les côtés, en vagues successives.

Mais chaque fois qu'une ligne d'homme tombait, une autre se mettait en place.

Les Dragons pensaient qu'ils allaient fuir en voyant leur compagnon brûlé vif.

Mais non.

Et cela compliqua beaucoup la vie aux Dragons, car ils durent s'acharner et alors en payer le prix.

Les flèches faisaient des ravages dans leur rang et ils se rendirent compte tout à coup que les humains visaient surtout les jeunes, moins résistants et trop téméraires.

Ils ne comprirent pas pourquoi les humains ne visaient pas les grands Dragons, les plus forts et les plus dangereux.

La bataille continua des heures et des heures et à la tombée de la nuit, il était évident que les forces humaines allaient succomber à l'assaut.

Guy le savait et avait ordonné à Salomon de se cacher et de raconter plus tard leur exploit.

Des dizaines de milliers d'hommes, il n'en restait plus que quelques centaines regroupées autour de Guy de Vaux.

Celui-ci alla alors vers les Dragons qui arrivaient vers eux pour l'ultime assaut et leur cria.

-    VOUS AVEZ PERDU! ALIÉNOR, TU ES VENGÉE!

Les Dragons entendirent Guy, mais ne comprirent pas ce qu'il voulait dire.

Ils le tuèrent, ce qui coûta quand même la vie au plus grand d'entre eux qui avait cru pouvoir l'abattre sans problèmes.

C'était le Tyr des Dragons, leur chef, un Dragon géant et c'est alors qu'ils commencèrent à se rendre compte que cette bataille était aussi un désastre pour eux.

Leur roi était mort…comme tous les humains d'ailleurs!

Ils ne comprirent cependant réellement ce que le mot désastre voulait dire que quand ils rentrèrent vers leurs grottes, là-haut dans la montagne.

Certes, ils étaient télépathes, mais durant cette bataille, il y avait eu tant de messages télépathiques que leurs origines étaient devenues confuses et aucun des Dragons présents n'avait compris que certains de ses messages ne venaient pas de leurs compatriotes participant à la bataille, mais de leurs petits restés dans les cavernes de l'Himalaya!

Pendant la bataille, des milliers de paysans, prétendument envoyés pour chercher des Yartsa gumba, avaient reçu de nouvelles instructions tout comme les centaines de soldats, qui avaient quitté durant la nuit, le gros des troupes et qui étaient là eux aussi.

Ensemble, ils avaient attaqué les grottes maintenant sans protection et y détruis tous les œufs qui s'y trouvaient ainsi que les petits Dragons à peine éclos.

Toute la nouvelle génération de Dragons fût décimée.

Et comble de malheur, malgré leurs forces supérieures durant la bataille dans la plaine, la majorité des jeunes Dragons adultes y étaient morts!

Partiellement dû à leur témérité et partiellement à cause de la stratégie des humains.

Et les Dragons avaient un énorme point faible!

Leur reproduction!

La nature fait finalement bien les choses.

Une reproduction effrénée des Dragons aurait causé la disparition de la ressource « nourriture » ce qui aurait engendré la disparition subséquente des Dragons.

Leur reproduction est donc devenue difficile.

Évidemment, il est impossible de dire si ce problème est une protection contre la surpopulation ou simplement un problème de race, mais le résultat est que très peu d'œufs sont pondus par jeunes femelles.

Mais dans le cas de la guerre entre les humains et les Dragons, cela s'avéra être le pire des problèmes des Dragons.

La disparition de leurs œufs et de la plupart des jeunes femelles s'avéra être un coup fatal, car même si un certain nombre d'œufs échappèrent aux hommes, leurs nombres totaux furent insuffisants pour permettre à la génération suivante de résister aux chasseurs de Dragons.

Leur victoire contre les hommes les avait menés au bord de l'extinction.

Et les humains le savaient.

Les chasseurs de dragons devinrent des héros hautement récompensés.

Après quelques années, plus aucun Dragon ne fut plus repéré dans le ciel.

Ils étaient devenus une légende.

CHAPITRE 54: Quebracho

Schinopsis lorentzii est un arbre de bois dur, originaire de la région subtropicale du Paraguay, qui forme des forêts dans la région du Gran Chaco de l'Argentine, au Paraguay et en Bolivie. Certains de ses noms communs sont coronillo, quebracho Cornillo (Brésil), quebracho chaqueño, quebracho colorado santiagueño, macho quebrachoet Boli quebracho. La qualification colorado (« rouge ») qui le différencie des autres espèces de quebracho communes, le quebracho-blanco Aspidosperma (quebracho blanco, «quebracho blanc», la famille Apocynaceae). Le santiagueño indication (de Santiago del Estero) est fait pour la distinguer de chaqueño colorado quebracho, une espèce voisine (Schinopsis balansae).
Cet arbre est très important dans le commerce en raison de son bois très dur et durableet en raison de son tanin. L'industrie du tannage a exploité les forêts de quebracho pour plus de 100 ans.

Note de Valentin Johannsen,
Prise avant d'arriver sur Sanctuaire
De Wikipédia, l'encyclopédie libre
Document électronique en provenance probable de Nirva
Université libre d'Oulan Bator

- Prince Eytan et Chloé soyez les bienvenus en mon humble demeure. Je vous présente Marina mon épouse! Mes enfants sont en maraude alors peut-être les verrez-vous ce soir. Que puis-je pour vous?
- Valentin, tu es certainement le plus grand ingénieur en aéronautique de Sanctuaire, commença, tout de go, Chloé.
- Merci Chloé, dit-il, mais Prince, ne prenez pas ce compliment à la lettre. Je suis le plus grand parce que je suis le seul, dit-il en éclatant de rire.

- Trêve de plaisanteries, Valentin, tu es un grand ingénieur même si tu es peut-être le seul. C'est quand même toi qui à inventé les Aérovents non?
- Réinventé seulement Chloé. Je me suis basé sur des fragments de plans que j'avais trouvés.
- Mais tu as été capable d'adapter ces plans non?
- Heu…oui. Mais où veux-tu en venir Chloé?
- A une petite chose que nous aimerions que tu nous fabriques.
- Quel genre de chose?
- Oh, intervint Eytan, juste trois fois rien. Un appareil pour quitter Sanctuaire!

Valentin prit tout à coup une expression de surprise qui était comique à voir.
D'ailleurs son épouse éclata d'un grand rire clair et communicatif qui fit rire tout le petit groupe.
- Ah mon mari. Toi qui disais justement hier que tu t'ennuyais, car tu n'avais plus de grand défi technique à relever! Te voilà servi!
- Oui, c'est vrai, mais. Mais ça …c'est … c'est …
- Faisable, fini Eytan.
- Expliquez-vous, Prince, si vous avez une idée.
- En fait, oui, j'ai une idée. Comme vous le savez peut-être, je suis un pilote de vaisseau spatial et…
- Un pilote remarquable et même le meilleur, en fait, compléta Chloé.
- Si tu veux. Bref je suis un pilote et n'ai donc pas besoin d'ordinateur pour manipuler un engin. De plus, en m'entraînant un peu, je devrais être capable d'avertir ma sœur que je ne suis pas une suite d'électrons libres et qu'en fait je vais bientôt batifoler en juste noce.

Chloé pâlit soudain. Le « batifoler en juste noce » venait de l'atteindre en plein cœur.
- Et là! dit Valentin, qui n'avait pas relevé la même chose que Chloé, mais qui avait peur de la suite.
- Et je compte sur vous pour me construire mon navire.
- Mais c'est impossible!

- Mais non. Je communique avec l'extérieur et je m'organise pour qu'une navette soit au rendez-vous et nous ramasse en orbite basse. Je sais exactement, pour l'avoir expérimenté moi-même il y a peu, où est la limite d'action de la Pierre de Nicolas. Vous avez donc juste à m'envoyer sur cette orbite.
- Mais comment?
- Je suis sûre que vous devez certainement pouvoir me fabriquer quelques explosifs?
- Des explosifs? Non…mais j'ai peut-être une idée. De la vapeur!
- De la vapeur?
- Oui, de l'eau a très haute température qui s'échapperait par une tuyère... comme un réacteur.
- Et comment faire chauffer cette eau?
- Justement, grâce à notre ami Nicholas, quand quelque chose brule ici, il brûle souvent en dégageant beaucoup d'énergie. Reste que construire la fusée est impossible, nous ne pouvons pas utiliser de métal.
- Et pourquoi pas un bois extrêmement dur?
- Comme?
- Comme le Quebracho. J'en ai vu en descendant en parachute!
- Je …je, dit Valentin.

Puis il se tut.

Déjà, il était ailleurs.

Son cerveau venait de se brancher sur le problème.

Il n'avait plus de temps à perdre.

Ils quittèrent donc la maison avec la femme de Valentin, celui-ci étant déjà sur sa planche à dessiner après avoir marmonné un vague au revoir!

- Je suis désolée, dit Marina, il est un peu ours mon mari!
- Ne le soyez pas. Nous comprenons parfaitement et c'est quand même nous qui l'avons mis dans cet état!

Marina leur fit ses adieux et ils se dirigèrent vers le terravent.

Mais Chloé était manifestement perturbée!

- Ça ne va pas Chloé? lui demanda Eytan.
- Tu as dit…
- Convoler en juste noce? répondit, hilare Eytan.
- Oui.

- Hé, tu croyais peut-être que j'allais quitter Sanctuaire sans emmener la femme de ma vie? Évidemment, rajouta-t-il, malicieux, seulement si tu le veux! Et le veux-tu, Chloé?
- OOOOOOOOOOOUUUUUUUUUUUUIIIIIIIIIIIII! hurla-t-elle.

CHAPITRE 55: Une forteresse et des hommes

Ils étaient nichés au plus haut des arbres qui bordaient la plaine et n'en croyaient pas leurs yeux.

Là, juste au milieu, exposé aux Dragons, en quelques jours, s'était édifié un bâtiment absolument incroyable.

Le bâtiment avait un mur d'enceinte, entouré d'un fossé et trois tours sur trois des côtés et une autre, très haute, sur le quatrième.

De plus, une énorme porte de bois et un pont-levis étaient aussi visibles en face d'eux, au milieu du mur.

Le « Maître des Livres » appelait ce genre de construction, « Château fort ».

Un bâtiment militaire qui était très en vogue durant une période appelée « Moyen Âge » sur Nirva.

Personne ne comprenait pourquoi il était là, surtout que maintenant St-Michel c'était réveillé et que les étrangers qui l'habitaient ne pouvaient plus repartir.

Mais ils avaient bien fait leur travail, car malgré le retour de St-Michel, la forteresse resta intacte, c'est-à-dire donc qu'elle ne contenait aucune partie métallique.

Il avait fallu des moyens considérables pour construire ce château, car il était de pierre de taille et complètement fini en trois jours, ce qui dénotait évidemment une connaissance très poussée des lois physiques un peu particulières qui sévissaient sur Eldorado.

Alors, lui Léonardo et deux de ses amies qui avaient la même « facilité » à grimper aux arbres, avaient reçu pour mission de surveiller les mouvements autour et à l'intérieur de la forteresse.

Et ils avaient, des longues vues.

Alors ils dessinaient ceux qu'ils voyaient pour les transmettre aux Basileus des prieurés, convoqués pour les États généraux de la nation.

En un temps record, tous les Basileus des sept cités étaient venus au prieuré pour décider ce qu'il convenait de faire en face de ce problème inédit que constituait l'arrivée des étrangers sur Eldorado.

Les Basileus avaient une bonne idée de qui ils étaient, des Aryens, des AFFARAS, des Occitans, des Gauchos et même des Uïgures! Des gens de l'Empire! Et ils ont emmené avec eux des cheveux, du moins c'est comme ça que le Maître des livres les appelait. Des animaux qui pouvaient être montés par les hommes, ce qui leur donnait un moyen rapide de déplacement.

- *Ici? Si loin des frontières de l'Empire? demandèrent les Basileus.*
- *Il semble que oui, précisa Gabriel, il ne s'agit en aucun cas de nos frères Sarkaïs ou même des Fils de Razakel ou des Dragons, ce à quoi nous nous serions attendus après le sommeil de St-Michel.*
- *Mais que veulent-ils?*
- *Là est la question. Mais il n'est quand même pas très difficile de deviner ce qu'ils cherchent!*
- *Quelle est votre idée là-dessus?*
- *Comme vous le savez, l'Empire a refusé, il y a fort longtemps, d'aider les nôtres, quand nous fûmes terrassés par les mutations et par la suite, ils n'ont simplement montré aucun intérêt à notre égard et n'ont même jamais essayé de savoir ce que nous étions devenus.*
- *C'est vrai, approuva Michelangelo, Basileus du Prieuré de Jérusalem. Pour eux nous n'étions que rebelles et donc plus vite nous disparaissions et mieux c'était.*
- *Donc, l'empire nous oublia. Puis soudainement, le même empire pour qui nous n'étions rien se met à déployer de très importants moyens et à prendre de grands risques pour venir ici. Ils ont donc un but très clair, un but très important à leurs yeux.*
- *Et quel serait ce but d'après vous, Basileus?*
- *Certainement pas de nous sauver des griffes des Dragons! Donc, si nous n'avons pas de valeur à leurs yeux, qu'est-ce qui pourrait en avoir ici, sinon St-Michel?*
- *Vraiment?*
- *Mes amis, si j'ai convoqué les États généraux de la nation, c'est parce que je soupçonne fort les étrangers d'être venus sur Eldorado pour nous voler St-Michel! Et vous savez ce que cela signifierait pour nous!*
- *Oui, répondirent en cœur les Basileus, s'ils réussissaient, cela signifierait notre mort à tous!*
- *Alors que faisons-nous?*
- *Nous sommes suffisamment nombreux pour les attaquer!*
- *Dans leur forteresse? Cela me semble risqué…et nous mettrait à découvert et donc susceptibles de nous faire tuer par les Dragons, qui,*

je l'imagine, doivent eux aussi être au courant de l'arrivée des étrangers.

- *Mais alors que suggérez-vous?*
- *Pour le moment, le mieux est de ne rien faire et d'agir comme avec les Dragons. Nous cacher dans la forêt et les surveiller. Ils vont certainement tenter quelque chose et nous rechercher. C'est pour cela qu'ils ont emmené des chevaux. Ils chercheront à couvrir le plus grand territoire possible pour nous trouver …et nous mentir.*
- *Donc, aucun contact.*
- *Oh que non! Ils ne sont que des voleurs et rien de bon ne peut venir de voleurs, mais il est aussi clair qu'ils sont venus avec un équipement très adapté à Eldorado, un équipement qui est très supérieur au nôtre.*
- *Que veux-tu dire Gabriel?*
- *Les dessins envoyés par les enfants nous montrent des armes. Des épées qui sont translucides et qui ont démontré une résistance incroyable au choc. Les enfants ont observé un des leurs couper une branche épaisse avec beaucoup de facilité. Nos épées d'Or se briseraient si nous faisions la même chose. Les étrangers semblent aussi être protégés par des armures très résistantes et ils possèdent ce qui ressemble à des arbalètes. La prudence est donc de mise. Il faut éviter toutes confrontations avec eux et rester caché.*
- *Montrent-ils des signes d'agressivité envers nous? demanda Augusto du prieuré d'Auteuil?*
- *Non fut la réponse.*
- *Et, renchérit Jean, Basileus du prieuré de Sarlat, s'ils sont attaqués par les Dragons, que faisons-nous?*
- *Bonne question! Ce sont des hommes après tout! Alors je propose de voter! Il n'y a que deux solutions, ou nous intervenons, ou nous n'intervenons pas et les laissons se faire massacrer. Je place la jarre ici. Vous avez chacun deux pierres, une noire et une blanche. Je compte les pierres après le vote. S'il y a majorité de blanches, nous interviendrons. À vous de jouer, mes chères collègues, maintenant.*

Soraya Rotangar avait beaucoup de difficulté à dormir.
Cela faisait maintenant plusieurs mois qu'ils étaient arrivés sur Eldorado et elle n'arrivait pas à établir le contact avec les habitants humains de la planète.

Les fameux Archanges… du moins ceux qui n'avaient pas signé le pacte d'indignité, les hommes et femmes du grand homme appelé Nicolas Flamel.

Il fallait absolument les trouver sinon il serait impossible de trouver aussi la fameuse pierre des étoiles.

Soraya était sûre qu'une cité importante des Archanges devait se trouver dans un rayon de 10 à 15 km. Trop de traces avaient été découvertes, toutes près de la clairière, pour avoir un quelconque doute sur leur présence aux alentours.

Mais c'était de la jungle et comme ils avaient aussi repéré des Dragons, il était certain que la cité des Archanges devait être bien camouflée.

Et le pire c'est que tous se savaient observer.

Le soleil commençait à se pointer à l'horizon quand Soraya se laissa aller alors à des pensées plus intimes.

Elle se disait que cela faisait maintenant longtemps qu'elle n'avait plus eu d'homme, ou du moins de relation stable, avec un homme! Au moins 20 ans!

Le dernier, c'avait été Pierre…Pierre Sheine.

Mon Dieu qu'elle l'avait aimé!

Puis il avait disparu, trahi par l'empire.

Elle en avait voulu beaucoup à l'Empereur Simon.

Mais avec le temps, juste la tristesse était restée.

Et puis Pierre lui avait laissé un cadeau merveilleux.

Zacharie, son fils!

Bien sûr, elle avait eu des aventures et même de nombreuses aventures…mais ce n'était que des aventures.

Depuis, plus aucun homme n'avait durablement occupé son lit.

Soraya était la grande responsable de l'opération et avait ses appartements au sommet du donjon.

Une grande fenêtre, protégée par une grille faite en fibre de carbone, protégeait la pièce des Dragons, mais la fenêtre était aussi munie d'une vitre épaisse et pouvait s'ouvrir!

Le jour, quand elle n'y était pas, elle la laissait souvent ouverte, pour aérer sa chambre, mais la nuit, par précaution, elle la fermait.

Bien sûr, la fermeture était relativement simple, un loquet.

Et souvent, elle ne le mettait pas, persuadée de ne rien avoir à craindre à 70 mètres de hauteur.

Par contre un Dragon, bien que la grille l'empêcherait d'entrer, pouvait toujours souffler ses flammes, d'où la vitre qui lui donnerait toujours assez de temps pour s'enfuir.

Soraya réalisa tout à coup qu'elle avait quand même dû s'assoupir cette nuit et que quelque chose n'allait pas.

Ce quelque chose c'était que la fenêtre était ouverte!

Et qu'elle se sentait observée!

Brusquement Soraya se leva en criant.

Un homme était dans la pièce! Un homme qui la regardait intensément.

Un homme qui ne faisait pas partie de son équipe.

En fait, un jeune homme.

« Pas plus de 18 ans, pensa-t-elle ».

En criant, elle avait fait sursauter le jeune homme.

Soraya se précipita vers son épée, ne sachant pas si celui-ci avait, ou non, des intentions malveillantes.

Lui, au contraire, se précipita vers la fenêtre et en moins de temps qu'il ne fallait pour le dire, il se glissa entre les barreaux de la grille.

Soraya se rua vers la fenêtre, mais le jeune commençait déjà à descendre le long de la tour.

Il était d'une agilité incroyable.

Jamais Soraya n'aurait cru que c'eut été possible d'escalader le flan du donjon.

C'est à ce moment que Zacharie entra en trombe dans la chambre de sa mère, alerté par son cri.

- Que se passe-t-il maman? dit-il visiblement inquiet.
- Quelqu'un était dans ma chambre.
- Mais c'est…c'est impossible.
- Si, vite il faut descendre et seller les chevaux pour l'attraper avant qu'il ne regagne la forêt.

Ils descendirent les marches quatre à quatre, tout en appelant les hommes.

Quand ils arrivèrent en bas, déjà plusieurs étaient prêts et ils donnèrent des armes et surtout un bouclier anti-flammes à Zacharie et sa mère Soraya.

Le pont-levis fut abaissé alors que le soleil commençait à monter à l'horizon.

Il ne fut pas difficile de repérer le gamin, qui avait réussi à descendre en un temps record de la touret qui courait maintenant vers la forêt.

Mais quelque chose de très inquiétant se profilait à l'horizon.

Des oiseaux extrêmement bizarres.

Des oiseaux très grands, très laids et très menaçants.

Des oiseaux qui se dirigeaient maintenant vers le gamin.

Et leurs intentions étaient claires.

- Il n'y arrivera pas, dit Zacharie.

Sa mère ne lui répondit pas.

Elle était montée à cheval et venait de l'éperonner.

Celui-ci fit littéralement un bon en avant et partit au grand galop vers le gosse.

Quant au gosse, il venait de prendre conscience du danger quand un des vilains oiseaux plongea vers lui, sa gueule monstrueuse largement ouverte.

Le jeune réussit à l'éviter, mais tomba.

L'horrible volatil s'était déjà retourné et se précipitait de nouveau vers lui.

Léonardo, car c'était lui, reconnut même les traits déformés d'un garçon d'un autre prieuré qui avait disparu plusieurs années auparavant

« Mon Dieu, eut-il juste le temps de penser ».

Mais la figure du garçon de l'autre prieuré n'était plus qu'une caricature et à la place de la bouche c'était maintenant une énorme gueule bardée de dents pointues qui s'y trouvaient.

Des dents prêtes à se refermer sur Léonardo.

Mais un brin trop tard!

Soraya arriva sur eux et fit faire un énorme saut à son étalon au-dessus du gosse tout en faisant faire un arc de cercle à son épée.

Un arc de cercle qui eut pour résultat de détacher la tête du repoussant volatil de son corps et de lui couper aussi, accessoirement, une aile.

Déjà, les autres plongeaient vers eux.

Soraya se retourna pour faire face, mais ce ne fut que pour voir plusieurs des monstres volants tomber au sol, transpercé par des carreaux d'arbalète.

Soraya sourit de contentement.

Ses hommes étaient bien entraînés.

Mais le jeune s'était levé et courrait maintenant à perdre haleine vers la forêt.

Zacharie fit mine de vouloir le poursuivre quand Soraya, d'un geste, lui intima l'ordre de rester sur place.

Le jeune homme arriva à la forêt, mais prit quand même le temps de se retourner vers Soraya…et lui fit un petit signe d'au revoir puis pointa le ciel.

Un Dragon arrivait sur eux par l'arrière

Une petite troupe avait maintenant rejoint Soraya et tous braquèrent leurs arbalètes vers le Dragon.

Au signe de leur chef, tous tirèrent vers la bête monstrueuse.

Comme ils avaient été bien entrainés, tous touchèrent le Dragon…et à chaque impacte, non seulement l'animal était blessé, mais une petite capsule de verre se cassait et répandait du liquide enflammé sur lui.

Le Dragon cria de douleur.

Mais il était trop tard pour lui, il n'avait pas été prudent et il ne put réussir à éteindre tous les petits feux qui se développaient sur lui.

Tout à coup, ce fut le gaz de son organisme qui prit feu.

En quelques secondes il ne fut plus qu'une lanterne chinoise dans le ciel…et puis un peu de cendre.

Soraya vit le jeune homme à la lisière de la forêt lui faire un grand signe d'approbation…puis de s'évanouir dans la nature.

CHAPITRE 56 : Liberty ship

CLASSIFICATION : SECRET DÉFENCE

À L'USAGE EXCLUSIF DE SA MAJESTÉ l'IMPÉRIALE,
CAROLINE ET DU HAUT COMITÉ À L'ARMEMENT.

SUJET :   FICHE TECHNIQUE : LIBERTY SHIP.

Description générale :

Les « Liberty Ships » sont de petits navires, dont le nom est emprunté à la
mythologie de Nirva. Ils sont petits, mais quand même de redoutables
vaisseaux de combat, dont les plans, s'inspirent du projet « Méphisto »,
sans toutefois en avoir leur degré de complexité. Ils seront faciles à
construire en Atlantide, dans les Colonnes d'Hercule, par les Magiars.
Ils utilisent les nouvelles capacités télépathiques des humains pour établir
une communication directe, homme / machine, qui accéléra le temps de
réaction, en utilisant les humains comme ordinateur de combat, ce qui en
simplifie beaucoup la construction.
Dans ces navires, ce sont les humains qui contrôlent complètement la
machine avec un support très faible côté informatique.
Cette approche est aussi un moyen de neutraliser le pouvoir de Trojan et
des FreeProgs.

Armement :

- *Un canon Obelton nouvelle génération de très fortes puissances,*
  contrôlées par l'esprit du canonnier d'attaque.
- *4 tourelles Orlikon de défense rapprochée, contrôlée par l'esprit du*
  canonnier de défense.
- *Des missiles guidés par télépathie.*

Équipage :

- *Un commandant pilote*
- *Un Second, pilote navigateur*
- *Un canonnier d'attaque*

- *Un canonnier de défense*

Informatique :

Minimal et débrayable si besoin est.

Construction :

Par parties assemblées séparément au cœur de l'immense océan de l'Atlantide.
Grâce aux techniques mises au point pour le projet, Méphisto, les différentes parties, une fois terminées, peuvent s'assembler automatiquement.
Aucun centre spécifique de production n'est réellement créé, mais une multitude de petits centres permettra de maintenir la production, même si l'ennemi en détruisait certains.

Querida! C'est comme cela qu'elle voulait qu'on l'appelle maintenant.

Évidemment, se faire appeler chérie quand vous avez le physique d'une Sarkaïs, ce n'était pas évident.

Mais, Sarkaï, elle ne l'était plus vraiment. Ses gènes, au cœur de ses cellules, étaient maintenant bien humains.

Oh, il y avait bien quelques différences, mais comme entre les autres groupes.

Moins de 1 %, contre 70 % avant.

En plus, elle ressentait cette télépathie naissante en elle, ce qui lui donnait un sentiment additionnel d'appartenance à la communauté des humains!

Elle les sentait!

Les autres!

Oh, elle savait que ce n'était qu'un commencement et que pour pouvoir utiliser toutes les facultés, il aurait fallu qu'elle ait cette capacité dès sa naissance.

Mais peu importait!

Grâce à l'entraînement, elle avait été capable de bien se synchroniser avec l'esprit de son équipage.
Et maintenant, c'en était fini du simulateur!
Les Magiars avaient livré leur première machine.
Un « Liberty Ship » orné de la croix ansée.
Et elle allait le tester en mode réelle.

Rien dans ce vaisseau n'était comme les autres.
Il était magnifique!
Un long fuseau bleu, de 37 mètres de long et 5 de larges, une paire d'ailes de 30 mètres le long de chaque côté, accrochées à l'arrière et pointant vers l'avant et qui contenaient une grande quantité de détecteurs, passifs et actifs, une coupole faisait saillie à l'avant et la croix ansée, clairement dessinée sur les flans et les ailes.
Un appareil racé comme une torpille,
Un chasseur prêt à bondir!
Un étrange engin, sans poste de commandement, du moins, un poste de commandement classique!
En fait, il n'y avait même pas de sièges ni de consoles.
Certes, il y avait bien la coupole transparente en avant, donnant sur l'espace, mais à l'intérieur était seulement disposé quatre couchettes, toutes très proches les unes des autreset aucune console, écran radar où autre dispositif classique d'un centre de pilotage de navire spatial.
Deux couchettes vers l'avant, côte à côte et deux vers l'arrière, légèrement surélevé!
Comme si le petit groupe était emboité!
Et d'une certaine manière, ils l'étaient!
Par l'esprit!
Querida et son copilote et navigateur, Marc, étaient couchés devant, sur le ventre.
Les canonniers d'attaque et de défense, Sarongo et Tricia, derrière!
Des ceintures les maintenaient en place de façon à ce qu'aucune partie du corps ne puisse, en cas de mouvement brusque, subir de contorsion violente.
Même leurs têtes étaient maintenues sur place et leurs mentons posés sur un appui spécial.
Et il y avait les casques.

À peine ceux-ci mis en place et ils se retrouvaient comme connectés au vaisseau.

Ils le sentaient physiquement.

L'appareil était avec eux

En eux.

Ils devenaient l'appareil.

Tous les quatre.

- Je te baptise LS, pour Liberty Shipet Prédateur parce que c'est ce que nous allons devenir toi et moi. LS-Prédateur, finit-elle, montre-nous ce que tu sais faire!

Et l'entité hommes/machine bondit tel un félin vers l'espace!

Tout de suite, son extrême manœuvrabilité fit merveille!

Tous de suite, les prouesses de l'appareil, doublées par le système danseur, démontra sans aucun doute sa supériorité de mouvements sur tout ce qui existait dans l'univers.

Il était même douteux que des missiles puissent le suivre, tant ses bonds dans toutes les directions étaient incroyables

Et cette taille de guêpe qui lui permettait de se glisser même dans des champs d'astéroïdes!

Sans oublier le côté beaucoup plus méchant que lui conférait son puissant canon d'attaque!

L'appareil n'en avait qu'un, mais il avait la même puissance que celui monté sur les appareils de type « Arachnide », les chasseurs / tueur de La Garde.

Et en prime, une réactivité inégalée, car il n'y avait pratiquement aucun délai entre le commandement qu'un cerveau de l'équipage donnait et le temps que la machine prenait pour l'exécuter.

Les humains étaient, littéralement, fusionnés avec la machine!

- WOW! hurla Querida, nous allons CASSER BEAUCOUP DE SARKAÏS !

CHAPITRE 57 : L'attaque

Soraya dormait profondément cette fois-ci!

Après la visite du jeune homme, elle avait ordonné de sécuriser sa fenêtre, mais pour ce faire, ses hommes avaient dû enlever, temporairement, la grille de protection.

Ils lui avaient demandé de dormir dans une autre chambre, mais Soraya pensait qu'il était peu probable que le gamin ne revienne et le danger des Dragons était plus un danger potentiel que réel, car ils volaient rarement la nuit, vu qu'il n'y avait jamais de clair de lune sur Eldorado, ce qui rendait les nuits très noires!

Et elle était particulièrement fatiguée ce soir-là, car elle avait ordonné une vaste battue en vue de trouver les Archanges et avait galopé dans le bois toute la journée.

Bien sûr, elle aussi avait bénéficié de l'amélioration de ces capacités télépathiques comme tous les humains, après l'arrivée de Loïc, mais elle était loin d'en avoir maitrisé toutes les possibilités.

Pour le moment c'était surtout une sensibilité accrue, plus que de la réelle télépathie.

N'empêche!

Toute la journée, elle les avait sentis, eux, les Archanges et en particulier leur désir de rester cachés.

Car ils avaient eux aussi certaines capacités télépathiques, probablement dues à la présence des Dragons, qui leur permettaient de bloquer l'accès de leurs cerveaux par les meilleurs télépathes du groupe... sans toutefois réussir à les empêcher de les sentir... là... tout autour.

Cela était particulièrement frustrant, car ce jeu du chat et de la souris pouvait encore continuer longtemps, les Archanges étant devenus, avec le temps, des maîtres dans le camouflage de leurs cités, ce qui devait expliquer leurs survies, du moins en partie.

Évidemment, il était plus que certain qu'ils allaient finir par les trouver, car les traces de leurs présences étaient quand même bien visibles.

Mais alors qu'allait-il arriver?

Il était clair qu'une communauté relativement importante vivait dans un rayon de 10 à 15 km autour du château, ce qui faisait, bien sûr un territoire plutôt vaste à investiguer.

À tout le moins, les Archanges ne les avaient pas attaqués, ce qui démontrait qu'ils ne les considéraient quand même pas comme des ennemis.

Mais que voulez-vous attendre de gens que vous avez, ou du moins vos représentants, trahis dans le passé?

Bref, c'avait été encore une journée épuisante qui n'avait rien donné en fin de compte!

Et le soir venu, Soraya, malgré sa fatigue, avait encore et encore regardé les cartes, à la lueur des bougies, assise sur son lit!

« Il faut trouver un moyen de les débusquer, pensait-elle, les enjeux sont trop importants ».

Ah, si au moins elle avait pu développer un peu plus ses facultés télépathiques, ce qui lui aurait évité cette épuisante recherche, mais elle n'était pas Loïc, alors il allait falloir donner du temps au temps!

Loïc!

Le fils de Pierre.

Mon Dieu qu'il lui ressemblait!

Soraya s'était alors endormie sans s'en rendre compte et rêvait une fois de plus à Pierre et à son fils Loïc, qui avaient même des ressemblances poussées avec… Zacharie…évidemment, c'était son demi-frère!

Elle se rappela l'étonnement des deux jeunes hommes quand ils réalisèrent cela!

Une amitié sincère avait tout de suite pris naissance entre eux.

Soraya dormait…mais ses facultés télépathiques, même naissantes, la réveilla soudainement en lui donnant tout à coup l'impression, non la certitude, qu'elle n'était pas seule… plus seule dans sa chambre! Encore une fois!

Elle ouvrit les yeux… pour voir un être sombre, mais gigantesque, entrer par la fenêtre! Il avait encore en main une sorte de ventouse qu'il avait dû utiliser pour escalader la paroi de la tour.

Un être avec une gueule de loup, qui le faisait ressembler à un loup-garou.

Pourtant ce n'était pas un animal.

L'être portait un pagne serré à la ceinture.

Et il avait un grand couteau à lame de pierre!

« Mon Dieu, pensa-t-elle soudainement paniquer, un Razakel! »

Soraya hurla et se leva d'un bond.

L'intrus se précipita vers elle, l'arme levée.

Elle réussit à bloquer le couteau grâce à son bras droit utilisé comme bouclier et referma le gauche sur celui de son agresseur, dans une prise classique, en chien de fusil, tout en le poussant vers l'arrière.

Soraya était Uïgure et avait une force considérable, beaucoup plus grande que celle du plus fort des hommes ordinaires.

Mais l'attaquant était encore plus fort qu'elle et la fit valser dans la pièce comme un fétu de paille, en effectuant un mouvement de rotation vers la gauche, qui lui fit accessoirement, perdre son couteau.

« Au moins, il a lâché son arme », pensa-t-elle brièvement, avant de se relever, le dos endolori.

Déjà, il était sur elle et la terrassa avec une grande facilité, malgré les coups violents qu'elle lui assena au visage.

Il plaça ses mains autour de son cou et commença à l'étrangler.

- *Je m'appelle Ra Tandruna et je serai la dernière personne que tu verras avant de mourir, dit-il en serrant brusquement son cou avec une force incroyable.*

Soraya commença à voir des étoiles et paniqua quand elle se rendit compte qu'elle allait manquer d'air.

Déjà un voile noir se dessinait devant ses yeux…quand tout à coup elle vit la tête de son fils Zacharie à la place de celle du Loup garou!

« Mon Dieu, je meurs en pensant à mon fils ».

Mais le corps de l'assaillant glissa sur le côté et elle vit clairement Zacharie la regarder, un sabre ensanglanté à la main.

Il venait de trancher la tête du monstre.

- Sans toi, disait-elle, je ne serais plus qu'un souvenir! Dieu merci, tu as entendu mon cri!
- Je couchais à côté de la chambre. Ton obstination à ne pas vouloir aller ailleurs, alors que la grille avait été enlevée, m'inquiétait.
- Avec raison, semble-t-il. Nous, Uïgures, sommes tellement forts que parfois on oublie que d'autres le sont encore plus!! Et lui, dit-elle, en désignant le cadavre du Loup Garou, était beaucoup, beaucoup plus fort que moi. J'ai eu très peur!
- ALERTE, hurla soudain le guetteur en activant le tocsin, NOUS SOMMES ATTAQUÉS!

C'était l'aube et les cris du guetteur, ainsi que le tocsin, firent sursauter Soraya et son fils alors qu'elle se remettait, avec difficulté, de l'agression qu'elle venait de subir.

Tous les deux saisirent leurs armes et se précipitèrent sur les remparts du château.

Dehors, une nuée de Sarkaïs munie d'échelles se ruait vers eux, alors que le ciel se remplissait de Gargouilles et de Dragons.

Déjà les hommes enfilaient leurs armures en fibre de carbone et rejoignaient leurs frères sur les murailles.

- Ils sont nombreux, mais pas tant que ça. Tout au plus cinq cents hommes, une centaine de Gargouilles et au plus vingt Dragons. Ils ne pourront pas prendre le château!
- Mais ils comptent sur les Gargouilles et surtout sur les Dragons, pour dégager les remparts, ajouta Zacharie.
- Oui, assurément, compléta Soraya…mais nous avons ce qu'il faut pour les tenir en respect, n'est-ce pas?
- Oui, commandant, répondit le capitaine de la sécurité.
- Alors, faisons ce qui a été convenu pour cette situation.

Et c'est ce qu'ils firent!

Tous déployèrent des sortes de tentes, sur les remparts, pour se préserver du feu direct des Dragons, tout en bandant les balistes, nombreuses, sur les remparts.

La moitié des hommes s'occupa des balistes alors que les autres armaient leurs arbalètes.

Quand les Dragons attaquèrent, leurs feux furent stoppés par les petites tentes qui évidemment s'enflammèrent!

Mais les balistes tirèrent avec un certain succès.

Plusieurs dragons furent touchés, mais un seul prit feu.

- Attendez qu'ils soient plus près pour avoir plus de chance à la prochaine attaque, ordonna Soraya.

Quant aux Gargouilles, malgré des pertes importantes dues aux traits des arbalètes, elles avaient pris pied sur le sommet de la muraille Nord, bousculant les défenseurs vers les tours d'angles.

Soraya et quelques hommes, foncèrent à leurs rescousses et là, grâce à sa force supérieure et sa rage d'avoir été attaquée, elle frappa tellement fort sur les gargouilles avec son sabre de diamant pur, que cela les força à battre en retraire rapidement en laissant beaucoup de leurs congénères le corps littéralement découpé en partie éparses.

Déjà les Dragons amorçaient une nouvelle attaque alors que les Sarkaïs, arrivaient à pied d'œuvre et dressaient leurs échelles.

Mais les hommes de Soraya ne s'avouaient pas vaincus aussi facilement et cette fois les balistes firent d'importants ravages dans les rangs des Dragons, alors que la dernière tente anti-flamme s'en allait en fumée.

Pendant ce temps, quelques Sarkaïs réussissaient à atteindre le sommet des murs et se battaient pied à pied avec les humains.

Cela avait quand même l'avantage d'empêcher les Dragons de les asperger de feu.

La situation était incertaine, quand il se produisit un événement lourd de signification.

Tout à coup, une nuée d'hommes volants, tels de gigantesques ptérodactyles, descendirent du ciel à vive allure pour s'en prendre aux Dragons.

Ceux-ci les voyant arriver et réalisant qu'ils n'étaient plus que douze, rompirent le combat et fuirent à grande vitesse, suivis par les Gargouilles restantes.

Quant aux Sarkaïs, malheureusement pour eux, ils ne volaient pas et beaucoup d'entre eux tombèrent sous les flèches des hommes volants.

Ceux-ci atterrirent rapidement et se débarrassèrent de leurs ailes pour faire face aux Sarkaïs qui fonçaient sur eux.

- Tous à la rescousse des hommes volants, cria Soraya.

Tous les hommes valides descendirent des remparts pour se précipiter vers les Sarkaïs, qui s'étaient soudain arrêtés pour se mettre en formation de tortue, les boucliers dirigés vers le haut. Et il y avait de très bonnes raisons pour cela, car d'étranges engins, semblables à des dirigeables, arrivaient sur eux et leur jetaient, du haut du ciel, d'étranges jarres de verre qui se brisaient sur les boucliers en rependant un liquide enflammé!

Les hurlements des Sarkaïs qui brûlaient vif, étaient terrifiants, puis, aussi vite qu'ils étaient arrivés, les dirigeables remontèrent vers le ciel et disparurent rapidement.

Quant aux hommes volants, ils avaient profité de la diversion pour gagner la forêt et quand Soraya arriva devant les Sarkaïs, ce ne fut que pour constater que tous avaient péri!

Les pertes, du côté des hommes de Soraya, s'avérèrent finalement faibles, deux morts seulement, mais beaucoup de blessés, en particulier par brûlure.

Au moins 7 hommes et deux femmes, qui avaient participé elles aussi au combat, étaient brûlés au troisième degré.

Mais Arthur Song, leur médecin, avait amené tout ce qu'il fallait d'Oulan Bator et les crèmes régénérescences et les antibiotiques ultras puissants permirent d'éviter le pire et rassura tout le monde en disant que tous devraient survivre à leurs blessures.

En une semaine, la petite troupe de Soraya était de nouveau sur pied et prête au combat…mais il semblait que les Démons avaient eu leurs leçons et ne firent plus mine de les attaquer.

Le seul point noir était que malgré de nouvelles recherches, il était toujours impossible de localiser les Archanges.

Même leurs incroyables navires volants avaient disparu dans la nature!

CHAPITRE 58 : Loïc, Ra Tamura, Eytan, Dreck et les autres

Loïc était maintenant un membre de l'institut Thulé, dont il était devenu le plus performent des télépathes.
Pourtant, il n'était pas content !
Certes, il avait réussi à avoir une communication d'esprit à esprit absolument incroyable avec Caroline, mais c'était parce que l'impératrice était elle-même une télépathe remarquable et qu'ils avaient été en contact, d'une façon ou d'une autre, pendant longtemps, ce phénomène ne fonctionnait, donc à ce niveau, qu'avec elle !
Et il savait que le potentiel des humains en général et le sien en particulier était beaucoup plus grand que ça.
Néanmoins, c'était un peu comme l'intelligence qui croissait de génération en génération, la télépathie, elle aussi augmentait…mais à un rythme trop lent à ses yeux, car la guerre, elle, n'attendait pas et les Dragons les surclassaient toujours à ce jeu-là.
C'est pour cela qu'il essayait tout ce qu'il pouvait pour augmenter sa puissance… y compris l'herbe, l'herbe de vie, le Kiff… et la grande chaine, chère au Mahatmi.
Cela inquiétait beaucoup Caroline et en particulier ce matin, car Loïc avait absorbé des doses plus fortes de Kiff que d'habitude, ce qui fit que cette fois-ci le « voyage » ne se déroula pas du tout comme prévu.
Tous d'abord, Loïc vit distinctement un Fils de Razakel en train d'assassiner quelqu'un…une femme. Il l'entendit même dire, « Je m'appelle Ra Tandruna et je serai la dernière personne que tu verras avant de mourir ».
Puis il le sentit littéralement mourir, ce qui le fit sursauter, mais juste avant il reconnut dans la femme … Soraya.
Une Soraya toujours vivante !
Loïc était pris dans un tourbillon qu'il ne contrôlait plus.
Tout à coup il accrocha l'esprit d'un autre Fils de Razakel, Ra Tamura… sur Oulan Bator !
Et sans le vouloir, il lui transmit sa vision de la mort de Ra Tandruna, ce qui provoqua une réaction forte du dit Ra Tamura, avant d'être coupé de lui.
Mais la dérive télépathique de Loïc n'était pas finie.
Il accrocha encore un autre esprit, bien vivant.
Eytan !

Un Eytan qui le sentit et semblait rechercher justement le contact.
Un Eytan qui lui parla directement et lui dit où il était et ce qu'il allait faire dans exactement 22 jours et ce, à 12:00 heure à l'équateur!
Il demanda aussi de prévoir plusieurs navettes pour le récupérer sur plusieurs méridiens, étant donné l'impossibilité de prévoir sa longitude.
« De la folie! » eut le temps de penser Loïc.
Sa tête lui faisait atrocement mal et il était évident qu'il avait trop forcé autant sur le Kiff que sur ses capacités télépathiques.
Il tenta de se débrancher, eut du mal puis y réussit…juste avant d'accrocher un autre esprit.
« Dreck! dit-il, en se réveillant, mais était-ce vraiment possible? Dreck est mort, non? »

Ra Tandruna! cria Ra Tamura, en se réveillant.

« Il l'a assassiné, pensa-t-il immédiatement, ce salaud de Ra Tlalac a osé! »

Rapidement il entra en communication avec ses gens dans le cercle des Parfaits sur Ashara, la petite planète capitale des Fils et Filles de Razakel.

Personne ne lui répondait…et ça, c'était un très mauvais signe dans son univers !

Comme si son réseau était mort…ou, plus probablement, simplement prudent!

Mais il réussit à apprendre, par d'autres canaux, que Ra Tandruna avait été envoyé sur « Eldorado » par Ra Tlalac, qui avait saisi la première occasion pour de se débarrasser d'un de ses plus proches collaborateurs de celui qu'il craignait le plus, c'est-à-dire, lui-même … on devine pourquoi!

Cela voulait dire que grâce à cette connexion, inexpliquée et inquiétante d'ailleurs, avec un esprit humain, il savait que Ra Tlalac était probablement en train de lui organiser un enterrement de première classe!

Mais Ra Tamura avait quand même encore beaucoup d'alliés, en particulier sur Nanamura, la deuxième planète de leur système de Satran.

Nanamura, la véritable maison mère des Fils et Filles de Razakel.

Le cœur industriel de leur nation et une population de 18 milliards d'habitants qui en avaient marre de cette guerre qui ne faisait qu'augmenter encore leurs souffrances!

Beaucoup de gens y vivaient dans la pauvreté et subissaient beaucoup le joug des Princes Parfaits!

Des Princes qui n'étaient même pas capables de vivre avec eux, c'étant tous installés sur Ashara, planète petite, mais entièrement dévolue au confort des Parfaits.

Ashara, planète parasite de Nanamura et des autres planètes et systèmes colonisés par les Fils et Filles de Razakel.

Et sur Nanamura, Ra Tamura rejoignit quelques amis.

- Ra Tamura, lui dit l'un deux, heureusement que tu m'as rejoint. Il te cherche pour te tuer. Il a envoyé Ra Tandruna à la mort, sur Eldorado et maintenant un commando est parti pour Oulan Bator. PRENDS GARDE À TOI!

Ra Tamura n'était pas né de la dernière pluie!

Il avait de multiples plans de survie!

Et un en particulier, qui semblait très approprié pour la situation.

Alors il décida de ne plus tergiverser et prit le taureau par les cornes!

« Merci, Ra Tandruna, pour ton aide, où que tu sois maintenant, sache que tu vas être vengé ».

Il savait que cela allait causer beaucoup de tort à son camp et donner un délai supplémentaire aux humains pour s'organiser.

Bien sûr, il ne doutait pas qu'ils allaient finalement l'emporter, mais un délai supplémentaire, quand une guerre était commencée, signifiait toujours des pertes plus importantes et une augmentation des possibilités d'avoir de mauvaises surprises.

En particulier, avec cette Caroline, qui était beaucoup trop futée à son goût.

Mais il y avait urgence et cette urgence commandait qu'il quitte Oulan Bator, devenue de toute façon trop dangereuse pour lui, surtout depuis que ce Loïc le traquait télépathiquement.

Alors, il organisa une bonne réception pour le commando qui allait arriver et quitta Oulan Bator discrètement, pour se diriger vers Nanamura, mais sans oublier d'emporter certains petits objets qu'il avait réussi à se procurer chez les humains.

En fait, il y en avait un en particulier, qui lui avait été donné par un vieux Uïgures, qui détestait les Rotangars, à qui il avait promis de les tuer grâce à cet instrument.

Il lui avait fait croire qu'il avait accès au palais et donc la capacité de déployer l'objet en question.

C'était il y avait de cela plusieurs années et le pauvre Uïgure, tout à sa haine, fut en fait, le seul à être tué.

Et son objet fétiche fut analysé par certain de ses plus proches alliés, puis reproduit en de nombreux exemplaires et déployé par Ra Tandruna, il y avait maintenant un certain temps, mais pas sur Oulan Bator.

Sur Ashara!

Pour servir de protection à Ra Tamura, au cas où…?

Ra Tlalac, quant à lui, était très satisfait des événements.

Bien sûr, son commando avait été piégé sur Oulan Bator et contraint de se suicider pour ne pas se faire capturer par La Garde et Ra Tamura était en fuite, mais tous les Parfaits étaient avec lui, où suffisamment effrayé pour se tenir tranquille.

Évidemment, ils n'étaient pas très courageux, mais cela lui convenait pour le moment.

Il organiserait une grande purge quand le moment serait arrivé.

De toute façon, un Ra Tamura en fuite n'était pas vraiment plus dangereux que mort. Enfin, c'est ce que ses services de sécurité lui avaient dit.

Évidemment, il avait quand même un doute et se mit à penser où Ra Tamura aurait pu aller pour lui nuire.

La réponse lui vint immédiatement.

Nanamura!

Évidemment!

Ra Tlalac tendit sa main vers son communicateur pour en parler avec ses services de sécurité et voir comment capturer Ra Tamura sur Nanamura.

Il entendit tout à coup un bruit bizarre, comme le vrombissement d'une hélice.

Ce fut la dernière chose à laquelle il pensa, car la seconde d'après sa tête heurtait le plancher.

Comme celles de plusieurs centaines d'autres personnes, des militaires, des Parfaits, des policiers et des fonctionnaires.

Cet épisode fut connu comme la vengeance du Cimeterre et eut pour conséquence de reporter la grande attaque contre Oulan Bator, de plusieurs mois.

Personne ne découvrit qui l'avait organisé, cela même si les soupçons se portèrent sur Ra Tamura, revenu précipitamment d'Oulan Bator, pour prévenir un attentat contre le Grand Khan, disait-il.

Apparemment, il serait arrivé trop tard pour pouvoir faire quoi que ce soit pour l'éviter.

Personne n'osa mettre en doute ses dires, mais ce fût Ra Jarac qui fût intronisé nouveau Grand Khan, car tous craignaient Ra Tamura et surtout sa désapprobation grandissante de la guerre.

Malgré tout, il resta le numéro deux des Fils et Filles de Razakel et ne retourna plus sur Oulan Bator.

Bien sûr, l'opération fut douloureuse, mais il réussit à reprendre son apparence d'antan. Celle, comme disaient les humains, d'un loup-garou !

CHAPITRE 59: Des Archanges, des Gargouilles et des Hommes

La douleur était devenue immense et Léonardo avait maintenant une certitude.

Une certitude qui lui taraudait les chairs et l'esprit.

Une certitude que son cœur refusait.

« Non pas moi, NON, JE REFUSE »

- *Tu n'as pas le choix, Léonardo, tu es comme nous. Il nous faut partir, lui disaient ses amis!*
- *NON. Je n'abandonnerai pas les miens. JE LES AIME et ILS ME PROTÉGERONT.*
- *Même quand le goût de la chair humaine te viendra à la bouche?*
- *Ne parle pas comme cela, Daniella! Tu as le goût de la chair humaine toi?*
- *Non. Mais, ils disent…*
- *Ce qu'ils disent…ce ne sont que des préjugés!*
- *Mais les Gargouilles mangent de l'humain!*
- *Mais mangent-ils de l'humain parce qu'ils sont faits comme cela ou parce que les Dragons les y ont forcés et que la rage qu'ils ressentent envers leurs anciens frères est telle qu'ils ne résistent pas? Souviens-toi, les nôtres tuent les Gargouilles!*
- *Il leur faut protéger la race!*
- *Sans réfléchir?*
- *Mais que veux-tu faire?*
- *Parler à nos frères, nos pères et nos mères. Surtout nos mères!*
- *Mais nos pères ne nous écouteront pas!*
- *Ils nous aiment!*
- *Certainement. Mais même s'ils nous pleureront, ils nous tueront quand même!*
- *Daniella, tu as toujours été une brave fille! Veux-tu vraiment finir par manger les tiens? Te vois-tu dévorer ta mère?*
- *Léonardo! Pitié! Ne rends pas cela encore plus difficile! Peut-être pourrions-nous seulement gagner la jungle et nous y cacher!*
- *Souviens-toi de ce qui arriva il y a quelques années, quand des enfants devinrent Gargouille au village voisin.*

Daniella versa une brève larme et répondit.

- *Une immense battue fut organisée.*

- *Ils furent retrouvés et même s'ils supplièrent leurs frères et pères de les épargner, ils furent tous tués.*
- *Non, abattus! Comme des bêtes! Et c'est cela que tu veux pour nous? Daniella, je suis voltigeur. J'ai tué des Dragons. Ce sont eux les bêtes.*
- *Plus maintenant, Léonardo, ils sont notre seule chance de survie.*
- *Daniella! Tu feras ce que tu veux, mais jamais tu n'entends, jamais je ne rejoindrai les Dragons! Nos corps sont le résultat de la corruption génétique qu'ils ont emmené sur ce monde. Sans eux, même si le petit Translocateur sévit ici aussi, jamais leurs gènes pourris ne nous auraient transformés.*
- *Mais Léonardo, si nous ne partons pas, nous mourrons!*
- *C'est possible! Mais il y a peut-être une autre possibilité. Il faut que tu en parles aux autres.*
- *Mais que veux-tu faire?*
- *Nous sommes deux garçons et trois filles dans cette situation. Moi, je vais aller voir mon père et le lui dire! Vous, vous avez deux possibilités. Où vous faites comme moi, ou, et au moins un d'entre nous devra le faire, vous introduirez le changement!*
- *Quel changement?*
- *Voici mon plan.*

Daniella l'écouta avec attention, puis se mit à pleurer.
- *Léonardo, ce plan à toutes les chances d'échouer! Il est peu probable qu'ils nous aideront!*
- *C'est vrai, Daniella, mais depuis des siècles, c'est la première fois qu'une vraie opportunité de changer les choses, pour les Gargouilles, se présente.*
- *Je t'aime tellement, Léonardo. J'irai avec toi me dénoncer.*
- *Tu sais ce qu'ils font aux Gargouilles qui sont trouvées avant qu'elles ne s'enfuient?*
- *Oui. Ils les attachent au centre du village à des poteaux, puis ils prient toute la journée!*
- *Et le soir?*
- *Le soir, ils les brûlent vivantes…même si c'est leurs enfants!*
- *C'est vrai, Daniella! Tu es sûre de vouloir me suivre?*
- *Oui!*
- *Et bien moi pas! Je veux que ce soit toi qui ailles les voir.*
- *Non, les autres peuvent aller, mais moi je veux mourir avec toi!*
- *Non, Daniella, je veux que tu y ailles. Si tu m'aimes, tu sauras les convaincre!*

- *Mais Léonardo. Nous en sommes maintenant au stade final. Ma douleur me le dit. Maintenant je suis humaine, mais demain je me réveillerai Gargouille! Mes ailes sont là et si je ne portais pas de vêtements larges, ça se verrait! Idem pour nous tous! Nous fûmes probablement tous contaminés en même temps!*
- *Je sais! C'est pour cela qu'il faut agir maintenant!*
- *Mais je serai Gargouille! Ils me tueront!*
- *Peut-être et alors nous mourrons tous. Mais je veux tenter cette chance même si elle est faible. JE NE SERVIRAI JAMAIS LES MONSTRES.*

Danielle pleura à chaudes larmes, puis disparut dans la nuit.
Au petit matin quatre Gargouilles, deux garçons et deux filles allèrent voir le Basileus.
Celui-ci les fit attacher à quatre poteaux, au centre du Prieuré.
Tout le village allait maintenant prier et beaucoup pleurer. Le temps maudit était de retour!
Les mères allaient supplier, mais les pères ne céderaient pas.
Ils devaient protéger le prieuré, diront-ils.
Et le soir, ils les brûleraient.
Leur fils et leurs filles!
Ils pleureraient…mais ils les brûleraient quand même!

La Gargouille volait maintenant en rond autour du château.
Mais à une altitude qui ne permettait pas aux arbalètes et autres balistes de l'atteindre avec leurs dards.
- Incroyable, dit Zacharie, à sa mère, on dirait qu'elle nous nargue!
- Où qu'elle veut attirer notre attention!
- Aux aurores?
- Voyons voir ce qu'elle va faire, lui répondit sa mère.
L'attente fut de courte durée. La Gargouille avait vu qu'ils l'avaient repérée!
Alors, elle fit quelque chose d'inattendu.
Elle se posa devant la porte du château, mais toujours hors de portée.

Puis petit pas par petit pas, elle avança vers la porte.
Parfois elle stoppait quelques instants avant d'avancer de nouveau.
Comme si elle avait peur de ce qui pouvait arriver.
-    Pourquoi fait-elle cela, maman? questionna Zacharie.
Soraya réfléchit un instant puis répondit.
-    Je crois qu'elle est venue pour parler!
-    Quoi? lui répondit, incrédule, Zacharie. Comment peux-tu
     penser cela après l'attaque que nous avons subie?
Mais Soraya était déjà partie.
La Gargouille s'arrêta quand elle vit le pont-levis s'abaisser!
Soraya vit distinctement qu'elle tremblait!
« Elle est effrayée, pensa-t-elle aussitôt ».

Les chevaux galopaient maintenant dans un petit chemin à peine
visible, au travers de la forêt.
Ils étaient tout un groupe.
Pas tous les hommes du château, car cela aurait été trop menaçant.
Mais ils étaient une bonne dizaine au moins.
En tête, il y avait une femme aux cheveux blonds et à la peau mate.
Et sur le cheval de la femme, il y avait une repoussante créature.
Une Gargouille!
Une Gargouille qui guidait le petit groupe.
Elle les guidait vers le prieuré.
Le prieuré de Cipola.
Le prieuré du Basileus Gabriel!
Là où son amoureux allait bientôt être brûlé.
Brusquement, la petite troupe arriva près d'un arbre gigantesque.
Un arbre et un peu plus loin, quatre poteaux!
Quatre poteaux auxquels quatre Gargouilles avaient été attachées.
Évidement leur brusque intrusion dans la petite clairière, en réalité
le centre d'une cité camouflée, ne passa pas inaperçue!
Déjà plusieurs dizaines d'hommes se précipitaient vers eux.
L'un d'entre eux agrippa même la Gargouille sur le cheval.
Soraya sauta de cheval et agrippa l'homme qu'elle fit voler à
plusieurs mètres de là, comme une boule dans un jeu de quilles.
Après tout, elle était Uïgure et doté d'une force colossale.
-    Bas les pattes, cria-t-elle, cette Gargouille est sous ma protection!

La société des Archanges était une société à domination masculine, en grande partie due au besoin incessant de se battre contre les Dragons, où les hommes pouvaient justifier leurs forces.

Se faire jeter par une femme n'était pas vraiment à leur goût.

Déjà ils se regroupaient pour attaquer les intrus, quand Soraya parla.

- Je suis venue en paix! Je veux parler au Basileus!
- En paix, dit un homme imposant, mais calme qui se tenait en retrait ... avec une Gargouille?

Soraya sut tout de suite qu'elle avait devant elle le Basileus.

- Pas une simple Gargouille! Une de vos filles! Une de vos filles qui a demandé notre aide pour vous éviter un meurtre collectif.
- Voyez-vous ça, dit-il, des représentants de ceux qui nous ont abandonnés veulent nous donner des leçons! HORS D'ICI, VOUS N'ÊTES PAS LES BIENVENUS.
- FEMME ARCHANGE, cria soudain Soraya, DONNEZ UNE CHANCE À VOS ENFANTS. JE PEUX LES SOIGNER!

Et tout à coup, ce fut une ruée de femmes qui poussèrent les hommes en criant qu'elles voulaient écouter ce que les étrangers avaient à proposer.

Elles firent même barrage entre les hommes et les étrangers.

- FEMMES, hurla Gabriel, LAISSEZ-NOUS RÉGLER CELA!
- NON, lui répondit Michaela, son épouse, PAS CETTE FOIS MON ÉPOUX. S'il y a une chance de sauver nos enfants, je veux la tenter. LAISSE PARLER LES ÉTRANGERS.
- Seulement à une condition, dit-il.

Puis s'adressant à Soraya, il demanda clairement.

- Étrangère, si tu pouvais réellement et cela reste à voir, si tu pouvais réellement sauver nos enfants, quel en serait le prix pour nous?
- Seulement ta parole que tu écouteras, de même que tous les Basileus d'Eldorado, ce que j'ai à dire.
- Et si nous ne sommes pas d'accord avec ce que tu as à dire?
- Ce sera votre choix! Nous sommes venus en paix pour vous rencontrer, pas pour vous imposer quoi que ce soit. Mais nous devons absolument intervenir maintenant sur vos enfants avant que le processus ne soit trop avancé. Le pouvons-nous?
- OUI, répondit une voix qui n'était pas celle de Gabriel, mais plutôt celle de Michaela!

Ledit Gabriel n'ajoutant rien, la petite troupe mit pied à terre et le médecin du groupe, un Aryen nommé Arthur Song, sortit une trousse qui contenait des fioles de verre.

Des fioles qui renfermaient un liquide saturé de virus.

Des virus basés sur le même processus que le petit Translocateur.

Mais des virus qui rétablissaient le code génétique des humains.

Pas des humains de maintenant.

Mais de ceux de Nirva!

Trois jours furent nécessaires pour que des changements significatifs sur les Gargouilles traitées ne commencent à paraître.

Mais les mères n'avaient pas eu besoin de ce temps pour savoir que le processus fonctionnait.

Michaela n'arrêtait plus de pleurer.

Mais de bonheur cette fois!

Même Gabriel commençait à monter une grande joie, alors, au troisième jour, il tient parole et s'assit avec Soraya.

CHAPITRE 60 : Contradictions

Nom : André Vauldegarde
Adresse : 815 5th Avenue,
New York, NY 10065-7233

Profession: Physicien
Date de naissance : 29 septembre 1939
Lieu de Naissance: New York, USA

L'homme avait travaillé comme un fou! Il savait que les chances que quelqu'un ne vienne le chercher étaient nulles. Il était dans un système solaire peu fréquenté et qui ne contenait maintenant que les restes d'une bataille spatiale, dont les survivants étaient partis chasser quelqu'un de bien plus important que lui.
Donc, il lui fallait survivre avec ce qu'il avait trouvé…et tenté de rénover ce vieux vaisseau pour pouvoir gagner le monde civilisé.
Il était quand même plus que satisfait, car maintenant qu'il était à bord d'une navette, qu'il avait réussi à redémarrer le réacteur nucléaire, il avait de l'électricité, de l'eau et de la nourriture en quantité suffisante pour pouvoir survivre des mois.
Évidemment, il y avait quand même certains problèmes.
Le navire était très abimé et il était hors de question donc de pouvoir passer en hyperespace avec autant de dommages.
Mais il était ingénieur non?
Et les ordinateurs de bord contenaient toutes les informations nécessaires.
Bien sûr quand ils avaient démarré l'ordinateur principal, il avait constaté que celui-ci était crypté, mais il était quand même le chef de service secret et avait TOUJOURS avec lui, ou du moins dans le petit ordi, qu'il portait sur lui en permanence, un tas de logiciels…dont un, pour briser les codes les plus secrets.
Ce qui ne fut qu'un jeu d'enfant, même si la clef avait été concoctée par Michelle!

À l'aide des plans qu'il y trouva, il avait été capable de sécuriser l'Archéoptéryx et même d'effectuer des réparations grâce à la mine de débris « High Tech » qui flottait autour de lui.

Mais évidemment pas de radio hyper spatiale! C'eut été trop demandé au destin!

Maintenant qu'il n'y avait plus de danger immédiat, Dreck s'autorisa même à regarder ce que l'ordinateur de Vauldegarde contenait d'autre que les plans et il était absolument admiratif devant l'incroyable collection de documents trouvés sur le disque dur, depuis des traités de physique extrêmement poussés jusqu'à des livres d'histoires, comme ce traité de la Seconde Guerre mondiale, qui piqua la curiosité de Dreck, en bon militaire qu'il était.

Il y avait même des documents purement administratifs comme celui qu'il venait d'ouvrir et qui lui révélait la date de naissance du Professeur.

Septembre 1939!

Le professeur devait être venu au monde juste quand cette grande guerre, appelée Seconde guerre mondiale, avait éclaté sur Nirva…la Terre comme il l'appelait.

Dreck était fatigué, s'étant donné peu de répits ses derniers jours, alors quand son esprit se mit à vagabonder, il le laissa faire.

Il se rappelait cette incroyable soirée avant l'assassinat de Simon et le début de la guerre avec les Démons.

Justement, Farah avait parlé de cette guerre, la Seconde Guerre mondiale.

Le fameux rouleau compresseur russe! Et c'était incroyable de retrouver justement un document qui parlait de cela sur l'ordinateur de Vauldegarde.

Mais en plus, de découvrir que le professeur était un contemporain de cette guerre!

Dreck en était à ses réflexions quand il se sentit tout à coup très mal à l'aise.

Tout de suite cela l'alarma.

« Serait-il possible qu'une male fonction de la navette me rende malade? » se questionna-t-il.

Mais une consultation des différents instruments de bord le rassura rapidement.

Tout fonctionnait comme prévu.

Pourtant son « mal à l'aise » grandissait.

Maintenant c'était carrément un nœud dans l'estomac qu'il ressentait.

« Bon Dieu, mais que m'arrive-t-il? Je ne suis pas une personne angoissée normalement ».

Mais il n'était plus dupe.

C'était bien une crise d'angoisse qu'il faisait!

Quelque chose venait de la déclencher et c'était relié à ce qu'il lisait.

Il savait que son esprit avait enregistré quelque chose inconsciemment, que son état de fatigue empêchait de remonter à la surface.

Il fit un effort surhumain.

Pour qu'il se sentît à ce point mal, ce devait être important.

Tout à coup, il comprit.

« Bon Dieu, cette guerre est contemporaine de Vauldegarde, mais pour nous, si on se fie aux documents de la bibliothèque de Farah, elle aurait eu lieu, sur Nirva IL Y A DES CENTAINES D'ANNÉES ». NOS HYPOTHÈSES S'AVÈRENT DONC EXACTES!

Et le NéMéSiS avait été clair, les Envoyés n'étaient restés que quelques années en hibernation.

Il y avait une contradiction que seule l'hypothèse évoquée avec Simon pouvait expliquer.

Le présent de Nirva sera bien le passé de l'Empire.

L'Empire avait été fondé il y avait maintenant plus de 600 ans quand les survivants de la Grande Guerre des Démons avaient quitté Nirva en panique.

Peu de documents avaient été amenés et les rares qui le furent, se retrouvèrent dans la bibliothèque de l'Empereur après un certain temps.

Comment un document vieux de 600 ans pouvait-il parler d'événements quasiment contemporains?

Dreck sentit tout à coup une sueur froide lui descendre le long de l'échine. Cette fois-ci, il n'y avait plus de doutes possibles, il en avait la preuve.

« La Grande Guerre des Démons du commencement et la guerre actuelle…sont une seule et même guerre, conclut-il, comme l'avait conclu Simon lors de cette fameuse soirée!

Un bon dans le passé!

Dreck réalisa tout à coup que même s'il avait fait mine d'y croire, en fait, il était demeuré sceptique.

Maintenant, il n'avait plus le choix!

Mais Dreck était enfermé seul dans une petite navette et comme il s'était donné pour tâche de travailler sur les moteurs de la navette, il devait absolument prendre du repos pour pouvoir être frais et dispo pour cette tâche, mais cette certitude nouvelle était devenue un gros parasite dans son esprit et il ne pouvait plus la chasser.

- Mon Dieu, cria Dreck, sans se rendre compte que personne ne pouvait l'entendre, cela voudrait dire que le SOLEIL EXPULSERA NIRVA DANS L'HYPERESPACE!

Dreck eut un passage à vide, puis se dit à lui-même.

- Donc, continua-t-il tout haut, Nirva doit être présente chez nous à deux places. La vraie Nirva et celle qui a été envoyée dans le passé. Oh mon Dieu! SANCTUAIRE! Je dois absolument rentrer. Il y a des choses que je dois dire à Caroline.

CHAPITRE 61 : Il était une fois

Oh Siddhârta, Siddhârta!
Que t'ont-ils fait?
Toi qui courrais parmi les étoiles!
Toi qui cherchais partout et toujours la beauté surgissant du chaos.
Au travers des galaxies, des étoiles qui explosaient, des rayons qui détruisaient, des météores qui tuaient, partout tu accourrais au chevet de celui qui mourait, de ceux qui criaient.
Oh Siddhârta, Siddhârta!
Toi à qui l'effroyable violence de l'Univers répugnait, tu l'avais fait ce serment, comme tant d'autres de notre race.
Partout, tu irais à la rencontre de cette chose extraordinaire, qui finissait toujours par se manifester après le chaos.
La vie!
Cette chose incompréhensible et tellement magnifique qui faisait que de l'inanimé surgissait l'animé.
Cette chose magnifique qui faisait que de la violence surgissait la beauté.
Alors tu courrais parmi les étoiles au secours de cette chose, de cette étincelle du divin, pour la comprendre, l'aider, la sauvegarder.
Même si tu ne comprends pas le pourquoi, tu respectais la vie comme quelque chose de sacré.
Oh Siddhârta, Siddhârta!
Et moi, Salammbô, mais aussi Astarté, Sombaré, Armulabô et tant d'autres.
Nous les Djinns.
Nous, les êtres de sables qui sont toi.
Oh Siddhârta, Siddhârta!
Dis-moi, pourquoi nous ont-ils fait cela?
Dis-moi, pourquoi alors que nous les avions sauvés, nous ont-ils dépouillés de nos secrets, de notre science et même de nos trésors?
Ils n'étaient pas prêts!
Trop de violences étaient encore en eux!
Nous leur avions promis une planète magnifique.
Oh Siddhârta, Siddhârta!
Pourquoi les as-tu laissé faire?
C'est vrai qu'ils avaient des pouvoirs qui nous étaient inconnus et qu'ils les ont utilisés pour te contrôler.

Mais tu aurais pu… tu aurais dû, refuser, même au prix de la mort de notre communauté.

Ç'aurait été une mort honorable!

Et ils n'auraient pas survécu.

Même si cela signifiait de rompre notre serment.

Il fallait faire acte de jugement.

Et puis tu aurais pu faire en sorte qu'eux-mêmes décident et les laisser déclencher le feu de l'univers.

Comme cela notre serment aurait été respecté.

Mais tu as eu peur.

Tu voulais vivre toi aussi…vous aussi, mes frères et sœurs!

Maintenant, parce que tu n'as pas pu te résoudre à te détruire, ils sont sur cette planète, avec une bonne partie de notre technologie et la rage au cœur.

Oh Siddhârta, Siddhârta!

J'étais, moi Salammbô, structure de toi et tu ne m'as pas consultée.

Ce sont des formes de vie viles, à qui il ne fallait pas donner de technologie.

Leurs cœurs sont remplis de haine.

Et tu les as laissé faire, sous prétexte que la vie est sacrée.

Sacrée oui, mais pas la technologie.

Maintenant ils chercheront leur origine et tueront ceux qui ont survécu à leur règne sur Terre.

Oh Siddhârta, Siddhârta!

Notre mission n'était pas d'aider une forme de vie à en assassiner une autre!

Maintenant, parce que tu as eu peur, ils pourront le faire.

Même si cela va leur prendre des centaines d'années!

Oh Siddhârta, Siddhârta!

Ils ont même failli te détruire.

Et maintenant tous nos frères et sœurs s'en sont allés, vitrifiez par les armes thermiques que tu leur as laissé te voler.

Vitrifiez, comme toi aussi, en grande partie.

Et tu m'as sortie, moi Salammbô, de là où tu m'avais mise sous prétexte que je m'étais opposée à leur sauvegarde, alors que je t'avais dit qu'ils étaient dangereux.

Mais moi aussi je me meurs.

Mon sein se remplit de sable inerte et j'ai mal, tellement mal!

Oh Siddhârta, Siddhârta!

Parfois, un seul individu à raison contre la diversité.

Tous, vous mes frères et sœurs morts, la culpabilité vous a empêchez de juger et vous avez laissé le mal vous tromper.

Maintenant moi aussi, qui pourtant avais encore tant et tant d'années à vivre, je vais mourir.

C'est inéluctable.

C'est la loi du sable.

Sable nous étions, sable nous redeviendrons.

Mais je ne voulais pas que ce soit si vite.

Mais il y a eu faute.

Oui, Siddhârta!

Faute.

Faute contre la vie.

Faute, car nous avons donné à la puissance maléfique le moyen de détruire d'autres vies.

Et nous avons juré de ne jamais détruire sciemment aucune forme de vie, quelles qu'elles soient.

Alors Siddhârta, tu vas réactiver le plus d'éléments des corps-morts de nos frères et sœurs et nous allons aller chercher la substance des dieux sur ce gigantesque cadavre stellaire, les restes d'une super nova, où nous trouverons en son centre, cette substance ultra dense, qui fit qu'un jour nous vendîmes notre âme.

Oui, Siddhârta, malgré notre promesse de ne plus jamais y toucher, nous allons la récolter, car elle à des propriétés fantastiques.

Des propriétés qui lui permettent de rester connectée aux forces fondamentales du cosmos!

Par elle passent des énergies incroyables.

Cette matière peut changer la nature des choses et des éléments.

Elle façonne l'univers.

Et en elle, passe ce champ d'énergie fantastique que nous pourrons moduler pour empêcher que la technologie qui nous fût volée, ne de fonctionne.

Et quand nous aurons réussi à en faire une pierre unique, nous la déposerons sur le monde des villes créatures que nous avons sauvé.

Comme cela nous respecterons notre serment de ne pas détruire de formes de vie et en même temps nous les empêcherons de profiter de cette technologie qu'ils nous ont volés pour remplir leur noir dessein.

Mais fait vite Siddhârta!

En mon sein le sable se propage et je me meurs!

Siddhârta, tu devras aussi m'incorporer à cette pierre, ce qui stoppera le sable qui me tue et me permettra de la guider, pour les siècles et les siècles à venir...jusqu'à ce que la faute, la grande faute, soit réparée.

Alors, moi aussi, je m'en irai!

- Alors que voulez-vous nous dire? demanda Gabriel.

Alors Soraya lui raconta tout.
Tout sur la Grande Guerre des humains et des démons et surtout
que les humains allaient perdre la guerre.
- Mais que voulez-vous de nous? demanda alors Gabriel.
- Énormément de choses, mais en premier, je voudrais, au nom de
  l'Impératrice Caroline vous présenter les excuses de l'Empire
  pour la façon dont ses prédécesseurs vous ont traités.
- Vraiment? Vous en avez mis du temps!
- C'est exact, mais ce n'est que récemment que nous avons réalisé
  que tous les Archanges n'avaient pas signé le pacte d'indignité!
- C'est vrai, c'est d'ailleurs pour cela que nous sommes sur
  Eldorado depuis si longtemps!
- Alors, avant de commencer, racontez-moi ce qui vous est arrivé!
- Volontiers. Tout commença avec un groupe, plutôt rebelle, qui
  quitta Nirva quand la guerre avec les Démons prit une tournure
  inattendue. D'après nos légendes et nos livres, les humains, qui
  vivaient à cette époque sur une planète appelée la Terre, étaient
  près de succomber devant les hordes démoniaques quand une
  grande noirceur saisit la planète pour de nombreuses journées.

La température chuta et les Démons qui n'étaient pas prêts à faire face à ce genre de situation, eurent beaucoup de difficulté à se défendre contre les humains, de plus, il devint rapidement clair qu'ils ne recevaient plus aucun renfort. Ce fût une période trouble, car la planète entra aussi dans un cycle de violence sismique sans précédent qui la transforma de fond en comble. Alors, dans un sursaut héroïque, les humains, profitant du fait qu'ils résistaient mieux au froid que les Démons, leur livrèrent bataille et les détruisirent en quelques jours seulement. Puis la lumière revint et tous constatèrent qu'ils n'étaient plus là où ils auraient dû être! Il semble aussi que Nirva avait notre bon St-Michel qui veillait sur elle, mais cette série d'événements incompréhensible avaient effrayé les hommes, alors, profitant du fait que St-Michel se reposait, ils quittèrent Nirva sur les vaisseaux qu'ils avaient pris soin de préserver au fond des océans, avant la bataille. Ils partirent si vite qu'ils n'emportèrent rien avec eux. Ils avaient la peur au ventre, la peur autant de St-Michel, que des Démons.

- Oui, cet épisode, nous le connaissons aussi dans l'empire! Les rescapés fondèrent l'Empire et oublièrent où se trouvait Nirva…qui devint une légende!

- Exact! Mes ancêtres faisaient partie de ce groupe, mais étaient particulièrement rebelles et ne voulaient pas retourner sur une planète où, disaient-ils, les Démons pourraient les attaquer encore. À cette époque, il n'y avait pas encore d'empereur, mais déjà plusieurs chefs de communauté réclamaient que les humains ne soient plus divisés et forment enfin un groupe uni. À cette époque aussi, la façon de faire et le refus de se conformer au dictat de la majorité, faisaient que les Archanges agaçaient de plus en plus. Finalement l'empire ce format, sous la pression d'Eytan I, sous prétexte de se préparer à l'inévitabilité du retour des Démons. Alors, les humains fondèrent La Garde, puis, comme ils n'arrivaient pas savoir comment la contrôler, ils commirent l'imprudence de donner son commandement à cet Eytan qui se fit proclamer Empereur!

- Mais, d'après nos renseignements, cet Empereur n'était pas mauvais!

- C'est vrai, mais il n'acceptait pas notre style de vie, voulant à tout prix concentrer les efforts de tous à la construction de l'Empire!
- Pour être en mesure de se défendre contre un éventuel retour des Démons!
- Oui, mais les Archanges, qui avaient alors un autre nom, ne voulurent pas se rallier, ils étaient trop jaloux de leur indépendance! Alors un certain nombre d'entre eux prirent le nom d'Archange et commencèrent à naviguer hors des limites permises de l'Empire!
- L'Empereur toléra cela?
- Oui, mais avec réticence…surtout à cause des traitements contre les virus du petit et grand translocateur, qu'il devenait difficile de donner aux Archanges quand ceux-ci étaient partis hors de l'Empire.
- Un peu aussi parce que les Archange étaient … des contrebandiers, non?
- C'est exact! D'ailleurs beaucoup plus tard, c'est le prétexte qu'utilisa l'Empereur Vlad Tepes pour refuser les soins aux Archanges.
- Oui c'est un épisode malheureusement très peu glorieux de l'Empire et pour lequel, l'Impératrice Caroline voulait que je vous présente des excuses!
- Merci! Donc, l'arrivée des Empereurs, qui se rapportait a un parlement, était quand même quelque chose de biens et cela fonctionna, en fait, relativement bien, jusqu'à l'arrivée, hélas de ce Vlad Tepes!
- De triste mémoire!
- Oui! Mais nous n'étions pas les seuls à trouver les méthodes de cet Empereur, plutôt cavalières, un autre peuple, les Uïgures aussi trouvaient de plus en plus lourd le prétexte du retour des Dragons qui ne faisait que renforcer le pouvoir de La Garde. À l'époque, le Parlement des Humains, qui siégeait sur une nouvelle planète récemment terra formée, Oulan Bator, était extrêmement divisé et était surtout intéressé à limiter les pouvoirs encore dans les mains des chefs de chaque planète, sans se rendre compte du danger représenté par Vlad Tepes. Déjà, les rumeurs de ses interventions sanguinaires se faisaient entendre, mais celles-ci étaient surtout colportées par les

Uïgures. À cette époque, un immense débat quasi religieux agitait l'empire. Beaucoup de gens savaient que le code génétique de l'humanité avait été perdu durant la guerre du commencement avec les Démons et voyait d'un mauvais œil toutes manipulations génétiques. Or, c'était exactement cela que faisaient les Uïgures, qui n'étaient pas, à proprement parler, à ce moment, un peuple, mais plutôt une communauté de chercheurs venus de tous les horizons. Pour eux, vu que le code génétique se prêtait maintenant à des manipulations plus faciles, il fallait en profiter pour améliorer la race humaine. À cette époque de grande incertitude, les humains étaient encore très sensibles à la guerre récente et se jetaient en masse dans les églises et autres temples, persuadés que la Grande Guerre des Démons était une punition de Dieu. Mais n'oublions pas que les humains, lors de la fuite de Nirva, venaient de tous les horizons et que les planètes furent colonisées par des groupes très variés ayant aussi des religions très variées. C'est alors qu'un groupe en profita pour fusionner celles-ci et créer la fameuse religion du Grand Architecte de l'Univers. Et un des dogmes de cette religion était que Dieu avait créé les hommes et que toucher à sa création était un sacrilège. Le fait qu'il était de notoriété publique que le grand Translocateur était une fabrication humaine, effectuée par un certain Joe CIA, donnait de l'eau au moulin aux illuminés de cette secte. Les Uïgures, sociétés ayant de nombreux scientifiques, ignorèrent les adeptes du Grand Architecte de l'Univers et continuèrent de travailler sur les gènes des hommes jusqu'à créer cette race très forte qu'ils sont devenus. C'est pour cela que personne n'écouta leur avertissement. Écœurés par cela, les Uïgures se revotèrent et firent cessation avec l'Empire. Vous connaissez la suite! Ils furent vaincus durant la bataille des Carpates!

- Vlad Tepes y perdit aussi la vie, heureusement.
- Oui, mais trop tard pour nous! Nous avions aussi un Roi, quoique le terme de Roi soit un peu fort, car il était quand même élu, à vie cependant. Bref, ce Roi veillait à nos libertés, libertés qui consistaient surtout à voyager dans l'espace sans prêter allégeance à qui que ce soit, y compris à l'Empire.
- Ce qui évidemment devait irriter énormément l'Empereur.

- Énormément. Mais nous étions des navigateurs hors pair dont la capture était difficile. À cette époque, Vlad Tepes était surtout préoccupé par les Uïgures dont la puissance grandissante l'inquiétait de plus en plus, surtout qu'il l'accusait ouvertement de crimes de guerre et de tueries. Vlad donc n'avait pas les moyens de lutter sur deux fronts et les Archanges n'étaient pas une menace pour lui, du moins pas une menace immédiate.
- Vous étiez quand même de fieffés contrebandiers, non?
- Oui, mais les contrebandiers ne font pas la révolution.
- Donc quand Michaël, votre Roi, porta le corps de son épouse Myriadel, morte de mutation létale, à l'Empereur, implorant sa pitié pour ses gens...
- Il refusa. Pour lui, c'était pain bénit! Le problème des Archanges allait se régler tout seul! C'est alors que nous recherchâmes une solution dans l'espace, pour finalement rencontrer les Fils et filles de Razakel.
- Bon, ça je comprends...mais la pierre des étoiles?
- Les fils et filles de Razakel avaient vite compris notre désespoir. Les mutations, pour une raison ou une autre, étaient très fortes chez nous. Ils nous offrirent de nous aider, mais à condition que nous leur donnions quelque chose de très précieux
- La pierre des étoiles?
- Oui, nous l'avions trouvée au cœur d'un étrange astéroïde, en fait un vaisseau spatial, immense, mais en grand état de délabrement et extrêmement vieux. Ce vaisseau, appelé Siddhârta, malgré son état de dégradation avancé avait encore quelques systèmes en état de marche.
- Un vaisseau extra-terrestre?
- Oh oui et bizarrement, ce qui restait de fonctionnel pouvait nous parler dans notre langue et nous raconter son histoire.
- La pierre, c'est eux?
- Oui! Il nous parla de la pierre, de ses propriétés et pourquoi ils l'avaient faite. Il nous raconta aussi comment ils avaient sauvé les Dragons et leur fourberie, puis comment ils avaient tenté de les contrôler en fabriquant St-Michel... heu...la pierre des étoiles. Malheureusement, la confrontation surprise avec les Dragons avait abimé énormément leur vaisseau / univers, ce qui les empêcha de finaliser leur plan et se rendre sur la planète des Dragons pour y déposer la pierre. En fait, ce fut la seule

communication que nous eûmes, car le navire « mourut » juste après… Et nous n'avons jamais compris comment il fonctionnait. Ce n'était plus qu'une sorte d'immense météorite remplie de sable et d'une pierre incroyable. Une pierre rectangulaire noire de 20 mètres de long sur 4 de large et un de hauteur. Le poids aurait dû en être considérable, comme elle était faite d'une matière ultra dense et qu'elle aurait dû peser, sur une planète à 1 G de gravité, plus d'un million de tonnes.

- Ce n'était pas le cas?

- Non, tout au plus quelques tonnes! Mais ce qui était incroyable aussi, c'est que la pierre semblait vivante. Ce fut Nicolas Flamel, notre maître alchimiste, qui fût chargé de l'étudier pour nous. Il l'appela Pierre philosophale, car elle permettait de transmuter le métal en or. Mais il nous dit aussi que cette pierre avait la capacité renversante de rester connectée en permanence avec certaines forces fondamentales de l'univers, comme la gravité universelle, ce qui faisait qu'une énorme énergie semblait transiter en permanence en elle. Nicolas découvrit que si on alignait la pierre avec le champ magnétique d'une planète, cette énergie suivrait les lignes du champ de force et surchargerait tous les matériaux conducteurs sur son chemin, ce qui les ferait littéralement fondre, sauf ceux qui étaient au cœur de la planète où son action était contrecarrée. En fait, c'était cette propriété que l'être appelé Salammbô voulait utiliser contre les Dragons pour les empêcher d'utiliser la technologie qu'ils leur avaient volée, sans les tuer. Mais Nicholas découvrit beaucoup d'autres propriétés de la Pierre, entre autre qu'elle pouvait, sous forte condition de stress, changer son environnement en antimatière. Nicholas nous avertit aussi qu'il serait ridicule de croire que nous avions devant nous seulement une pierre inerte. Pour lui, quelque chose d'autre en faisait partie. Une forme d'intelligence, de vie, différente de celle des hommes, mais il était persuadé qu'il y avait quelque chose capable de réagir et de contrôler la pierre. C'est un peu pour cela que nous l'appelons St-Michel. Pour nous, cette pierre est vivante et a été créée pour contrôler les Dragons. Alors, nous offrîmes aux Razakels d'utiliser la pierre pour leur fabriquer ce qu'ils désiraient en échange de soins génétiques qu'ils prétendirent pouvoir nous procurer. Mais ils étaient fourbes et notre bon Roi Michael était trop jeune pour vraiment comprendre ce qui se passait. Ils nous firent signer le traité d'indignité contre le traitement génétique…et ils s'emparèrent de St-Michel! Notre roi nous vendit pour un petit morceau de code génétique! Mais un certain nombre d'entre nous refusèrent ce pacte d'indignité et furent enfermés par les Razakel. Il s'avéra que c'était aussi les plus savants de notre peuple. Parmi eux, Nicolas Flamel, notre maître alchimiste. Les Razakels savaient qu'il était le seul à connaitre vraiment les propriétés de la pierre des étoiles et ils lui offrirent, ainsi qu'à son groupe, de travailler indépendamment des autres, sur la pierre. Heureusement, Nicolas s'est avéré plus malin qu'eux et réussit, en utilisant les propriétés de la pierre, à neutraliser la flotte des Razakels et à s'enfuir avec plusieurs centaines d'entre nous sur un de leurs vaisseaux géants avec la pierre! Mais les Razakels n'étaient quand même pas si naïfs et il devint évident que lui et son groupe n'arriveraient jamais à rejoindre l'Empire. Alors quand les détecteurs leur signalèrent une planète supportant la vie, ils s'y dirigèrent, s'y posèrent et enclenchèrent St-Michel. Les Razakels se rendirent compte que s'ils descendaient sur la planète, ils ne pourraient pas en revenir. Alors ils envoyèrent des Dragons, persuadés que l'affaire se règlerait rapidement et que grâce à la télépathie, ils sauraient rapidement où St-Michel était caché.

- Mais vous saviez comment bloquer la télépathie des Dragons?
- Exact! Nous avons vite compris comment bloquer la télépathie des Dragons! Voilà, ça dure maintenant depuis des siècles!
- Très impressionnant. Puis-je en déduire que vous savez encore où sont situées les planètes des Razakels?
- Oui, nous avons gardé précieusement cette information. Pour nous, il va falloir qu'ils payent d'une façon ou d'une autre le mal qu'ils nous ont fait!
- Nous donneriez-vous cette information?
- Oui, sans problèmes
- Bon, cela est un des éléments que nous voulions discuter avec vous! Passons à la suite.
- Nous ne pouvons pas vous donner St-Michel. Cela signifierait notre arrêt de mort!
- C'est vrai. Mais nous ne voulons pas seulement ce que vous appelez St-Michel, ce n'est pas suffisant.

- Vraiment? Et ce n'est même pas suffisant? Et que voulez-vous de plus?
- Vous!
- Nous? Mais pourquoi? Nous n'avons pas de technologie à vous donner et ne pouvons pas vous aider dans votre guerre contre les démons.
- D'abord, l'Empire vous a abandonné déjà une fois et il est hors de question que nous le fassions une seconde fois. En plus, une fois que les Démons se seront débarrassés de nous, comme ils veulent procéder à l'extermination de la race humaine, ils s'en prendront sérieusement à vous aussi. Et cette fois, ils emploieront tous les moyens nécessaires pour vous écraser et, enfin, parce que nous avons besoin de vous, car là où nous voulons aller nous aurons besoin de vos techniques de lutte en milieu protégé par une pierre des étoiles.
- Vous croyez?
- Nous avons vu ce don vous êtes capable, l'autre jour, quand vous êtes venus nous sauver des Dragons!
- Mais où voulez-vous aller avec notre St-Michel?

Soraya le lui dit.

Gabriel resta bouche bée, puis dit.

- Je convoque immédiatement les autres Basileus!

CHAPITRE 62: Ceux que l'on n'attendait plus.

- *Prêt? demanda Eytan à son épouse.*
- *Pas le choix vraiment. J'espère que Valentin est aussi bon ingénieur qu'il ne le dit et toi aussi bon télépathe que tu le penses!*
- *Ne t'inquiète pas. Je te garantis que j'ai accroché l'esprit de Loïc et qu'il a compris le message!*
- *Sinon?*
- *Nous en serons quittes pour un retour vers Sanctuaire. C'est pour cela que nous avons des parachutes, non?*

Mais Eytan était loin d'éprouver la confiance qu'il montrait à Chloé.
Et il aurait préféré qu'elle ne l'accompagne pas, du moins pas avant d'avoir au moins fait un essai. Mais les ressources sur Sanctuaire de ce type étaient rares et ne permettaient qu'un seul essai, car cela avait déjà pris des mois de préparation et Chloé avait clairement dit qu'elle partait avec lui...ou qu'il ne partait pas!
Donc, tel que dit à Loïc, en ce 22e jour après leur contact, une immense marmite se mit à bouillir avec au sommet un bouchon comme Sanctuaire n'en avait jamais vu.
Un bouchon aussi gros qu'une navette spatiale!
Et une navette tout en bois, avec elle-même, un réservoir d'eau, dans un réservoir de céramique, don l'eau était portée à pratiquement ébullitions.

- *Mais ça marche comment, Valentin?*
- *Comme un bouchon de champagne. La chaleur va finir par faire bouillir l'eau et la pression de vapeur va augmenter jusqu'à ce que je décide de libérer la navette. Alors vous aurez comme cela la pression initiale. En décollant, des produits séparés dans des bouteilles de verre, vont entrer en contact et causer une violente réaction exothermique qui fera bouillir votre propre réserve d'eau...ce qui agira comme un réacteur.*
- *Mais cela sera-t-il suffisant pour nous faire atteindre l'orbite basse qui devrait permettre à Loïc de nous prendre?*
- *Loïc? C'est lui qui va venir?*
- *Oui. Du moins c'est ce qu'il m'a dit lors de notre dernier « contact ». Il va descendre le plus qu'il peut avec une navette prévue à cet effet.*
- *Parfait! Il vous récupérera en orbite basse.*

- *Mais cela va nous faire une énorme pression quand le bouchon de champagne va se faire expulser, non? Nous sommes à l'intérieur!*
- *Sur plusieurs couches, 3 mètres de mousse, en fait, pour amortir le choc du départ!*

Tout avait été dit!
- *Alors, pourquoi attendre plus longtemps?*
Eytan et Chloé prirent place dans la nacelle sur les couchettes et furent reliés par des tubes en caoutchouc à des bouteilles d'air.
Assez d'air pour un aller-retour Sanctuaire / espace.
- *Je t'aime, cria Chloé quand ils décollèrent de leur base.*

Eytan n'eut pas le temps de répondre, car il avait le souffle coupé par la pression du décollage. Puis, ce fut le moteur à vapeur auxiliaire qui imprima une pression supplémentaire.
Quand Eytan réussit à reprendre son souffle, des étoiles commençaient à apparaître par le hublot.
Tout à coup la navette fût secouée dans tous les sens.
Comme si leur fragile esquisse heurtait quelque chose.
C'est alors qu'une lumière intense entra par le hublot et que quelqu'un ouvrit la porte de leur navette.
- *Bienvenue au paradis, Prince Eytan! lui dit un Loïc narquois.*
Ils avaient réussi!
Incroyable, mais vrais.
- *Sois en remercié Valentin!*

Eytan sauta au cou de Loïc.
- *Mon Dieu beau-frère, je n'ai jamais été aussi content de te voir!*
- *Moi, de même, répondis Loïc, mais qui est la charmante jeune femme qui t'accompagne?*
- *Pardon! Je te présente mon épouse, Chloé Denulpart!*
- *Ton épouse? Mes respects Madame... Denulpart?*
- *Oui...elle est la fille des clones de Zhara et ... Dreck!*
- *Madame soyez encore plus la bienvenue, votre père...enfin l'autre, a été un très grand ami de feu l'Empereur et de l'Impératrice Caroline.*
- *C'est vrai. Mais dis-moi avez-vous eu des nouvelles de Dreck...Euh l'original?*
- *Hélas, Eytan, Dreck comme Rotuch, ne sont probablement plus de ce monde.*
- *Probablement?*

-   *Pour Rotuch, ça ne fait malheureusement aucun doute…pour Dreck, j'ai eu comme un flash…je ne sais pas. Si au moins je savais où il pourrait se trouver, j'enverrais une équipe de recherche!*
-   *Où? Ça, je le sais. Son navire se battait contre une horde de Démons pour protéger ma fuite. Et tu sais où? Juste dans le système solaire voisin!*
-   *Quoi? Mais allons-y alors… juste une petite plongée dans l'hyperespace…*
-   *Mais je dois d'abord contacter Oulan Bator! Caroline doit attendre de mes nouvelles … Et elle sera folle de joie!*

Chloé était profondément troublée et le regarda avec fascination. Elle cherchait les différences…et les similitudes!
Heureusement, Eytan était là et devinant son trouble profond, lui serrait la main.
Dreck! Dreck Reivax était devant eux!
Ils l'avaient « repêché », lui et son véhicule surgit du passé, l'Archéoptéryx.
-   Dieu du ciel, Dreck s'étaient exclamé simultanément, Eytan et Loïc. C'est bon de te retrouver…vivant.
-   Et vous aussi Loïc et Eytan, rétorqua un Dreck décidément dans une forme remarquable.
Puis il remarqua la très belle jeune femme qui tenait la main d'Eytan. Il sentit son trouble et se sentit lui aussi mal à l'aise. On aurait dit …lui, mais en version féminine et jeune.
-   Bon Dieu, dit-il, vous …êtes …vous êtes… Dans mes bras…
    Vous êtes la fille que je n'ai jamais eu… la fille de l'autre Dreck!
Elle fit oui et se jeta dans ses bras. Pour elle, Dreck était un peu comme…son oncle qu'elle n'avait jamais vu, mais dont elle connaissait l'existence.
-   Je peux vous appeler mon oncle?
-Bien sûr! Je suis heureux de te voir…et ton père a bien fait les choses |

Et ré-effusions! Double cette fois, quand Eytan prit son Impératrice de sœur dans ses bras, pour lui coller un énorme baiser sur la joue.

- Ma femme, Caro, je te présente ma FEMME!

Ce fut un temps de réjouissance.

Un de ces moments de bonheur absolu, au milieu d'une guerre épouvantable.

Puis la réalité reprit le devant des choses, car les choses avaient évolué et les Démons avaient repris l'initiative.

Maintenant ils jouaient à fond leurs atouts.

Il était évident que quelqu'un de beaucoup plus malin et prudent avait pris le commandement de la Guerre.

Ra Tamura?

L'institut Thulé le sentait là-bas, maintenant, plutôt que sur Oulan Bator... cela avait suivi un moment de grande perturbation chez l'ennemi.

Mais maintenant ils étaient de nouveau en mode action.

- Bien, commença Caroline, voici la situation. Les Démons ont commencé leur attaque massive de l'empire, mais ils le font d'une façon très prudente. En premier, ils choisissent un système près de la frontière, puis font avancer la grande barrière de missiles de façon à isoler ce système de l'Empire. Puis l'attaque commence avec un assaut informatique incroyablement puissant, incluant des FreeProgs, suivis par une immense vague de vaisseaux de guerre. Quand ils ont défait les faibles forces de La Garde, ils procèdent à un débarquement massif de Dragons et Sarkaïs sous le commandement des Razakels. Quand les renforts arrivent, ceux-ci sont déjà affaiblis par leur lutte contre la barrière de missiles et font face à l'assaut des vaisseaux ennemis.
- Et c'est efficace?
- Oui, car au moment où nous lançons La Garde vers la planète attaquée, eux ils organisent une deuxième attaque à l'opposé de l'empire, ce qui nous fait diviser nos forces et les envoyer dans deux directions opposées. De plus, il est évident que les défenses des planètes attaquées s'effondrent sous l'assaut des FreeProgs et des Dragons. Alors les défenseurs doivent débrayer l'électronique de leurs armes pour se battre manuellement. Avec

un certain succès, mais pas autant que s'ils avaient eu toutes les fonctionnalités de leurs armes.

- Nous avons perdu beaucoup de planètes?
- En fait non. La Garde a réussi à les repousser, mais au prix de pertes très importantes et sur les mondes attaqués, il a fallu envoyer nos réserves de Gurkha, libérées depuis la fin de la guerre civile, mais ce fut très dur, pour finalement constater que la majorité de la population avait été massacrée par les Démons. Alors le seul choix qui nous restait était d'évacuer les derniers survivants!
- La Guerre civile est finie?
- Oui, Dieu merci, un problème de moins. Merci, Loïc, pour tes « Commissions impériales Vérité et Réconciliation » qui ont joué leur rôle quand tout le monde s'est rendu compte que l'ennemi était les Démons. Ils se sont rués en masse dans les Commissions. Malheureusement, le mal était fait. Bref, la guerre va mal. Les Démons perdent énormément de monde, mais réussissent chaque fois à nous affaiblir. Ils semblent avoir une réserve d'hommes et de matériels illimités.
- Malheureusement, c'est un peu ce que notre père avait prévu.
- Oui! Mais vous aviez des choses à me dire?
- En fait des choses plus que bizarres qui semblent vouloir donner un sens particulier à la guerre.
- Tu m'intrigues, Eytan!
- Voilà. En premier, quand j'étais sur Sanctuaire, Chloé et Dreck Denulpart m'ont fait constater un fait des plus surprenants.
- Qui est?
- Qu'il y a une activité, que je qualifierais d'industrielle, sur Sanctuaire.
- Une activité industrielle? Mais comment cela se peut-il?
- En profond sous-sol. Loin des effets de la pierre de Nicolas.
- Et elle consisterait en quoi?
- Ça, nous ne le savons pas, mais Dreck pourrait peut-être avoir un élément de réponse.
- Dreck?
- Voilà Caroline. Tout découle d'une simple constatation. Notre passé, un passé de plus de 600 ans, est en fait un passé pratiquement contemporain sur Nirva. Donc la Grande Guerre

du commencent et la guerre actuelle sont une et même guerre, comme le disait Simon!
- Donc, Dreck cela impliquera ...un bond dans le passé, pour Nirva!
- Oui, mais même si c'est déroutant, il faut arrêter de croire que nous avons tout compris du fonctionnement de l'Univers. En particulier les vraies possibilités de la pierre de Nicolas. Il semble de plus en plus évident qu'elle peut transmuter beaucoup plus que du métal en or, elle devrait pouvoir aussi changer la matière en antimatière, ce qui au niveau d'une planète, l'enverrait par le fait même dans l'hyperespace.
- Nirva serait donc bien envoyé dans l'Hyperespace?
- C'est ce que j'ai tendance à conclure, dit-il encore, mais il est aussi certain que si une masse de la grosseur d'une planète était envoyée dans l'hyperespace, ce ne serait différent du passage d'un vaisseau spatial dans l'hyperespace.
- Et tu conclus?
- Qu'en entrant dans l'hyperespace, Nirva devrait avoir induit un phénomène nouveau et perturbé la trame de l'espace-temps, ce qui aurait eu pour effet de remonter ...600 ans dans le temps! Exactement comme ce que ta mère avait prévu!
- Tout se met donc en place comme nos parents l'avaient donc prévu. Il va nous falloir faire bien attention que tous nos gestes mènent vers cette possibilité. Comme nous l'avaient aussi dit maman et papa, rien n'est absolu et rien n'est immuable! Même le passé et encore plus l'avenir!
- C'est vrai, nous avons maintenant des preuves, même indirecte de cela. Les prédications de ce fou de Zacharie II. Nous avons toujours trouvé ses prédications farfelues. Maintenant force nous est de nous rendre compte qu'il nous avertissait de ce qui allait se passer.
- Explique-toi.
- Tout y est. Les Démons, les envoyés, la guerre civile, ceux de nulle part, Nirva! La seule chose qui ne colle pas c'est l'allusion à un être multiple, qui serait un Empereur, ce qui n'est pas possible vu que tu n'as pas de descendant.
Tout à coup, Caroline devint pâle, ce que tous remarquèrent.
- Non, ne me dis pas...reprit Dreck, que tu ...es enceinte?

- Heu…oui, Dreck, ça ne parait pas encore, mais oui, c'est positif…je suis enceinte!

Dreck se tut, estomaqué!

Puis, Eytan intervint et demanda avec au fond la gorge, une boule qui grossissait.

- Et …attends un peu … vous avez déjà choisi un nom pour ce garçon, car ce sera un garçon, n'est-ce pas? Ce ne serait pas … Arthur?

La stupéfaction se lisait maintenant sur le visage de Caroline.

- Oui! Mais comment le sais-tu, Eytan?
- Parce que je l'ai vu, du moins sa représentation, sur Sanctuaire.

Chloé, qui participait à la réunion en tant que femme d'Eytan, fit mine cette fois-ci de dire quelque chose, elle, qui contrairement à son habitude, n'avait rien dit jusqu'à présent.

- Si vous permettez, il se dit des choses sur Sanctuaire, chose que j'ai commencé à écouter après notre découverte du mausolée.
- Quelles choses, mon amour, lui demanda, en l'encourageant à parler, Eytan.
- Beaucoup disent que Sanctuaire n'est pas ce que tout le monde pense. Certains disent qu'elle est le dernier refuge des hommes contre les démons. Il est certain qu'elle a eu un rôle actif dans la guerre du commencement et que la présence des Gardiens prouve qu'elle aura un rôle dans le futur pour sauver la race humaine. Il se dit que certains humains savaient que les Démons reviendraient et auraient alors transporté la pierre de Nicolas sur Sanctuaire pour y défendre la fabrication d'un grand nombre de croiseurs, prêt à être utilisé par les survivants. Malheureusement, personne ne sait plus où est cette pierre et encore moins comment arriver aux croiseurs, si croiseurs il y a! Mais à la lumière de ce que nous savons, nous pouvons dire que Sanctuaire et Nirva c'est la même chose et que donc, il y a vraiment sur Sanctuaire une fabrication de croiseurs en marche de puis des centaines d'années, ce qui doit faire une jolie flotte de guerre!
- Que nous ne pourrons pas toucher sous peine de changer le futur et donc le passé! Et de plus, Sanctuaire n'est plus accessible. Cette planète était déjà proche de la frontière et est maintenant englobée dans la nouvelle attaque des Démons.

- Ils vont débarquer sur Sanctuaire? demanda Chloé inquiète sur le sort de ses parents.
- Non, leur objectif est tout autre et ils ne semblent pas vouloir lui consacrer des ressources, car ils savent que personne... du moins en théorie...ne peut la quitter. Ils y reviendront sans doute plus tard.
- Bien, que faisons-nous?
- Notre plus gros problème, actuellement, n'est pas le manque d'hommes ou de navires même si ceux-ci nous font cruellement défaut. Le plus gros problème c'est réellement Trojan. Sa puissance est telle qu'il nous empêche de bien nous défendre.
- C'est vrai, Caroline et c'était mon objectif, tel que papa me l'avait demandé. Et j'ai pris du retard, mais j'ai quand même évolué.
- Ah oui?
- Je sais où il est! Le système d'Hadès!
- Quoi? Mais alors nous allons l'attaquer! Je convoque l'amiral Singh...
- Non.
- Mais pourquoi?
- Il est trop loin à l'intérieur des lignes de l'ennemi qui nous détectera trop à l'avance. De plus, il commande la grande barrière de missiles et, évidemment, les utilisera à fond pour se protéger.
- Je peux envoyer des appareils furtifs!
- Comme avec le HMS improbables? Aucune chance de passer inaperçus.
- Alors que proposes-tu?
- Je connais sa plus grande force, qui est aussi sa plus grande faiblesse.
- Qui est?
- Trojan est essentiellement un être informatique. Il n'utilise pas de radar pour détecter des navires. Il « sent » littéralement les ordinateurs embarqués. Et ce n'importe où dans l'Empire.
- Donc nous ne pourrons jamais monter une attaque contre lui. Il saura immédiatement où est notre flotte et la détruira vu que la seule chance de gagner est de le surprendre et d'envoyer quasiment toute notre flotte. Flotte qui nous ferait cruellement défaut pour défendre l'Empire!

- Mais cela est aussi sa plus grande faiblesse.
- Vraiment? Tu as un plan?
- Oui, mais il est évidemment risqué.
- Raconte, dit simplement Caroline.

C'est ce qu'il fit.
- Bien, c'est effectivement très risqué, mais je n'ai pas d'autres plans, alors, Eytan, tu vas quitter Oulan Bator immédiatement pour te rendre sur Gelbique, où tu parleras à Mohamed Van Den Bosch. Bon, ils ont une langue compliquée, pratiquement disparue, l'arabe, mais il comprend bien la langue de l'empire. Il est, en même temps, le Bourgmestre de la planète, c'est-à-dire leur chef. Mais aussi un grand diamantaire. Et tu vas avoir besoin de tout un diamant pour ton projet! Aussi une dernière chose. Comme tu iras en zone ennemie, nous allons devoir t'enlever des centaines informations que tu as en mémoire.
- Comme?
- Comme les codes de combats et surtout l'emplacement de Nirva. Si par malheur tu étais capturé, il ne faudrait pas que l'ennemi découvre son emplacement par toi!
- Mais tu sais que jamais je ne trahirais l'empire et que cette info est protégée dans mon cerveau!
- Oui, mais avec les formidables capacités télépathiques des Dragons, je ne veux pas prendre de risques!

Voilà. Tout avait été dit.
Le frère et la sœur s'embrassèrent, en larmes, étant donné qu'il n'était pas certain qu'ils se reverraient un jour.
Puis, Caroline, les larmes encore dans les yeux, s'adressa à Dreck.
- Et toi mon ami, je veux que tu contacts nos gens dans les Colonnes d'Hercule pour qu'ils envoient sur Sanctuaire un groupe de Magiars.
- Mais pour quoi faire?
- Pour investiguer ce qui s'y passe et s'il y a vraiment des croiseurs en sous-sol, je veux que les Magiars les trouvent, ainsi que l'endroit où est entreposé la pierre de Nicholas!
- Mais comment pourront-ils trouver la pierre de Nicholas sur sanctuaire? Celle-ci doit être bien cachée, non?

- Oui, mais mon père disait que l'or était attiré par elle, donc ses diables de Magiars devraient être capable de fabriquer une sorte de détecteur grâce à cette faculté de l'or!
- Mais pour les croiseurs?
- À eux de voir, peut-être en suivant les vibrations? Et s'il y a vraiment des croiseurs, dis-leur qu'ils devront utiliser un code pour informer Les Colonnes d'hercule de la présence des croiseurs, mais aussi pour ne pas se faire pulvériser par les défenses des croiseurs!
- Mais d'où tiens-tu ce code?
- Parce qu'aussi fou que cela puisse paraitre, j'ai le sentiment que c'est nous ou nos descendants, qui fabriquerons ces fameux croiseurs et qu'ils le feront dans le … passé! Donc, ils devront bien les protéger! À nous de faire en sorte que ce code leur parvienne!
- Mais quel est ce code?
- Une vieille chanson de Nirva. Ils auront à trouver un moyen pour que la première strophe de cette chanson soit diffusée par radio hyper spatiale.

Voici la strophe :
[4]« *Ami, entends-tu le vol noir des corbeaux sur nos plaines ?*
Ami, entends-tu les cris sourds du pays qu'on enchaîne ?
Ohé, partisans, ouvriers et paysans, c'est l'alarme.
Ce soir l'ennemi connaîtra le prix du sang et les larmes. »
- Si c'est diffusé, nous saurons que les croiseurs sont sur Sanctuaire.
- Qui nous?
- Peut-être nous, si nous sommes toujours vivants, mais certainement les partisans dans les Colonnes d'Hercule, nos futurs pilotes et les gens associés au Graal!
- Compris, mais tu as dit que Sanctuaire n'était plus atteignable?
- Oui! Aux Magiars de trouver le moyen d'y arriver!
- Et moi?
- Toi, tu gagnes le site du Gaïa.
- Pourquoi?

---

[4] Le chant des partisans Paroles: Maurice Druon, Joseph Kessel. Musique: Anna Marly 1943

- Pour veiller sur le projet et le mettre à la disposition des hommes quand ce sera le temps.
- Mais que veux-tu que j'y fasse? Ne serais-je pas plus utile ici?
- Non, mais Gaïa n'est pas prêt et je vais y faire porter aussi l'Archéoptéryx.
- Mais, Caro, je peux servir ici. Je suis général.
- Oui, c'est aussi pour cela que je t'y envoie. Quand ce sera le temps, tu pourras conseiller les survivants.
- Mais, Caro, j'ai encore le temps pour cela!

Mais Caro ne répondit pas. Un appel venait de lui être passé sur son communicateur.

Et les larmes envahir le visage de l'Impératrice une nouvelle fois. Dreck s'approcha d'elle et la serra dans ses bras.
- Que se passe-t-il, Caro, demanda-t-il doucement.
- Dreck, lui répondit-elle! On vient de me signaler un changement de tactique des Démons. Comme ils ont réussi à disperser notre flotte aux quatre coins de l'Empire, ils ont décidé d'attaquer au cœur. La Garde me signale une immense flotte en mouvement…et nous n'avons pas assez de navires pour les stopper. Tu n'as plus le temps que tu croyais avoir!

CHAPITRE 64 : La menace

- *Ra Jarac, dit Ra Tamura, ne fait pas cela! Ce n'est pas nécessaire! Nous gagnons la guerre!*
- *Vraiment? Mais si nous la gagnons, c'est une raison de plus de faire cela justement. Nous la finirons plus vite!*
- *Ne sous-estime pas les humains! Ils sont beaucoup plus malins que tu ne le crois!*
- *Oh oui, nous sommes tous au courant que tu les estimes beaucoup. Un peu trop d'ailleurs!*
- *Ra Jarac, ce n'est pas le propos. Je sers ma race. Justement je les connais…et il y a beaucoup de choses que j'ai apprises quand j'étais là-bas. Envoyer plus de 40 % de la flotte vers l'empire d'une seule fois est une erreur! 500 000 navires! Si nous perdions cette flotte, cela retardera la fin de la guerre de plusieurs mois sinon des années, ce qui donnera à nos ennemis la possibilité de se renforcer, comme dans les Colonnes d'Hercule.*
- *Tu ne fais pas confiance à notre flotte, ou es-tu jaloux de la gloire que cela pourrait me rapporter?*
- *Arrête de rechercher ta vaine gloire, Ra Jarac. Il ne s'agit pas de toi, mais de notre race. Nous sommes plus de 110 milliards sur à peine 5 systèmes solaires et nous avons besoin d'espace vital. Il suffit de progresser tranquillement vers l'Empire et nous pouvons nous emparer de suffisamment de planètes pour loger nos excédents de populations pour les siècles à venir sans problème et surtout sans réellement prendre de risques démesurés.*
- *Tu oublies nos alliés! Ce n'est pas ce qu'ils veulent!*
- *Nous ne sommes pas là pour assouvir la vengeance des Dragons ou l'incompréhensible haine de Trojan. Nous sommes là pour servir notre population!*
- *Tu te trompes, Ra Tamura. Notre population est là pour nous servir nous, les Parfaits. Pour nous glorifier. Tel est leur raison d'être.*
- *Ra Jarac! Je fais appel à ta raison. Les humains ont des plans, même si je ne les connais pas en détail. Je sais que l'envoyée Audrée Vauldegarde est en train de construire un piège sur Oulan Bator, qu'un projet mystérieux, le projet Gaïa y est aussi en préparation. Je sais également que l'Impératrice Farah a mis au point une arme, appelée Kamikaze, à notre intention. De plus il y a pire, il y a ce projet*

Graal qui a pris forme et qui garantira la pérennité de la race humaine!
Réfléchît! Ta gloire, je m'en fou complètement! Tu n'es qu'un vaniteux
et tu risques de compromettre toute la stratégie mise au point depuis
des années par tous tes prédécesseurs!

Sous l'insulte, Ra Jarac pâlit, mais se contrôla. Il savait que Ra Tamura
était extrêmement dangereux et que ses alliés, qui l'avaient porté au
pouvoir, lui avaient bien dit d'éviter de l'affronter de face, car personne ne
savait ce qu'il avait mis en place pour se protéger et que d'une façon
générale, tous tenaient vraiment à ce que leurs têtes restent sur leurs
épaules.
- *Tu sais pourtant que nous les avons vaincus quand ils se sont attaqués*
  aux Dragons!
- *C'est faux et tu le sais! Les Dragons ont été pulvérisés. Ils ont même*
  perdu leur planète capitale! En fait, sans la trahison des Uigurs, les
  humains auraient eu une énorme victoire!
- *Ra Tamura, tu es un lâche. Quoi que tu dises, ils ont été vaincus*
  finalement. Que ce soit pour cause de trahison ou pas! Et ils ont perdu
  beaucoup de navires.
- *Oui, c'est vrai. Mais leur stratégie était bonne. Je me méfie de leur*
  Impératrice Caroline. Elle est réellement trop futée à mon goût!
- *Fort bien, tu resteras donc ici pendant que j'emmènerai la flotte à*
  l'assaut de l'empire!

Loïc se concentrait au maximum! La chaine s'était reconstituée une
fois de plus et l'utilisation du Kiff s'était avérée plus que profitable
et avaient permis de récupérer Eytan et Dreck, mais cette fois-ci,
Caroline en avait limité l'utilisation. La dernière fois, Loïc était
passé par un épisode de délire qui avait duré trois jours…mais
révélé que les Démons tentaient quelque chose de gros.
Alors ils avaient refait la chaine avec, un peu cette fois, de Kiff.
Mais Caroline avait insisté pour compenser la diminution de
pouvoir dû à la limitation d'usage du Kiff en se joignant au groupe,
malgré son agenda démentiel. Elle avait le pressentiment que les
Démons allaient tenter un très gros coup, car l'amiral Singh lui avait
signalé une concentration très élevée de vaisseaux ennemis près de
la frontière.
Alors ils furent plus d'une centaine à se relier à la chaine sacrée et à
utiliser Loïc comme « antenne » commune.
Et il put percevoir que quelque chose d'important se passait!

D'abord, un personnage qui lui paraissait familier semblait terriblement mécontent et désappointé.

Puis il réussit à entrer en contact avec un autre personnage. Quelqu'un de vaniteux et très imbu de sa personne et ce malgré l'impossibilité d'entrer en eux vraiment.

Trop loin et trop protégé.

Il fallait qu'il réussisse à trouver ce à quoi TOUS pensaient.

Quelque chose qui se renforcerait au travers des uns et des autres et qui finirait par passer au-delà des protections.

Soudain Loïc sut!

- MON DIEU, cria-t-il, ILS VONT ATTAQUER OULAN BATOR!

CHAPITRE 64 : Conseil de guerre

- *Van Den Bosch, Mohamed Van Den Bosch, précisa le Bourgmestre de Gelbique, très impressionné de recevoir un Prince de sang impérial sur sa modeste planète, je suis, de même que notre peuple, très flatté de vous recevoir, Votre Altesse.*
- *Je suis moi-même très heureux d'être ici et même par les temps qui courent, y être arrivé sans ennui, étant donné votre proximité avec la frontière.*
- *Je comprends Prince, nous sommes nous-mêmes très inquiets et en particulier du fait que nous n'ayons pas réellement une protection adéquate contre les Démons. La présence de La Garde n'est, ici, que symbolique. J'espère que votre présence...heu...aidera à remédier à cela?*
- *Hélas, Monsieur le Bourgmestre, tout le monde est maintenant menacé par les Démons. Même Oulan Bator...surtout Oulan Bator.*
- *Mais alors, si ce n'est pas pour nous annoncer l'arrivée prochaine d'une flotte de protection, puis-je m'enquérir de la raison de votre présence en ces lieux?*
- *Volontiers! Votre monde est peut-être modeste, Monsieur Van Den Bosch, mais le talent de votre peuple ne l'est pas.*
- *Vraiment, Prince? Nous ne sommes que de modestes diamantaires.*
- *Vous n'êtes pas de modestes diamantaires, Monsieur le Bourgmestre, vous êtes les meilleurs de la galaxie... Et j'ai justement besoin d'un diamant énorme.*
- *À quel point énorme?*
- *Un diamant de 20 mètres de long et 2 de large.*
- *Ah ah, Prince! Un méga canon Obelton! Oui, reprit avec orgueil, le bourgmestre, oui, nous sommes en mesure de faire cela. Comme vous le savez, nous fournissons déjà les diamants des canons les plus gros.*
- *Oui et c'est pour cela que nous sommes ici. Entre autres.*
- *Il y a aussi autre chose.*
- *Qui est?*
- *Vous avez aussi la plus belle forêt de « Quebracho » de la galaxie. Une forêt dont le bois est aussi et de loin, le plus dur disponible...un peu comme si vos techniques diamantaires avaient influencé les plantes de ce monde.*
- *Mais quel est le lien de ce bois avec votre demande de diamant?*

- *Vous verrez …et cela devra rester ultra secret. J'aurai besoin d'un lieu discret bien approvisionné en bois de Quebracho.*
- *Sans problème Prince. Nous avons ce dont vous avez besoin. Et si vous nous donnez vos plans, nous pourrons commencer la production de votre super diamant…qui va quand même demander un peu de temps, nous n'avons jamais fabriqué un diamant aussi énorme et nous avons beaucoup de demandes de La Garde en ce moment, pour des raisons évidentes.*
- *Ce projet est votre priorité la plus haute. De plus je vous saurai gré de m'envoyer aussi vos meilleurs ingénieurs en construction spatiale. J'ai eu comme information que vous aviez quelques petits sentiers navals de qualité ici?*
- *C'est exact, Prince. Mais …heur… allons-nous jouir d'un peu plus de protection contre les Démons?*
- *Oui, mais pas tout de suite, car nous ne voulons pas nous attirer l'attention des Démons pour le moment. Surtout sur notre projet qui est d'une importance vitale pour la survie de l'humanité. Mais votre peuple est aussi vu comme primordiale pour notre survie à tous, alors une flotte viendra à votre rescousse.*
- *Quand, Prince?*
- *Quand ce sera le temps!*

Mais Loïc ne put ajouter quoi que ce soit, car une attaque télépathique inattendue l'agressa tout à coup.
« Loïc, Loïc! Mais que crois-tu? Que penses-tu faire? Toi le petit nul de la famille de Simon! Toi qui N'AS jamais brillé par Ta personnalité! Hein? Tu te crois capable de t'attaquer à moi? UN PETIT MINABLE COMME TOI???? Où que tu sois, rentre à Oulan Bator! Va te faire protéger par les jupes de ta sœur. Jamais tu N'ENTENDS, TU NE POU…. »
Loïc avait mis prestement son anneau d'argent et venait de couper la communication.
C'est alors qu'il réalisa qu'il était à terre et que plein de monde se penchait sur lui avec un regard inquiet.
- *Encore lui? demanda Sam Patriote, le capitaine gaucho qui l'accompagnait sur Gelbique.*
- *Nous aussi on l'a ressenti, ajoutèrent les deux Dangues, qui faisaient aussi partie de son entourage.*
- *Mais de qui parlez-vous, s'enquérit le bourgmestre.*
- *De Trojan. C'était lui! J'ai profondément ressenti son esprit glacé.*
- *Sait-il où nous sommes? demanda Sam.*

- *Non…et il a peur! Mais sa puissance est phénoménale!*

Tout à coup, Mohamed Van Den Bosch eut un frisson.
« Pour sûre pensa-t-il, ils ne sont pas venus pour une mission sans importance, qu'Allah nous garde si Trojan les poursuit »

- Majestés, dit l'amiral Singh, nous n'avons pas assez de navires pour les arrêter!
- Où sont vos vaisseaux, Amiral?
- Beaucoup, la majorité, sont en périphéries, pour porter main forte à nos autres systèmes solaires sous attaque. Ou, ils sont en route pour y aller.
- Ramenez-les.
- Si nous le faisons, les autres systèmes seront sans défense!
- Mais si nous ne le faisons pas, non seulement ils détruiront sans coup férir Oulan Bator, mais en plus, ils seront installés au centre de l'Empire! Je pense qu'ils n'attaqueront pas les autres. Ils voudront être prêts si leur opération échouait. Elle est, en fait, très risquée.
- Mais nous n'arriverons pas à temps et nos navires ici se feront massacrer.
- Que proposez-vous?
- Utiliser nos navires comme station spatiale de défense, puis contre-attaquer avec le reste de la flotte quand elle arrivera.
- Avez-vous une idée du nombre de navires ennemis qui arrivent?
- Oui! Pas loin de 500 000! C'est une flotte gigantesque!
- Combien de temps nos propres navires pourront-il résister?
- Ils sont bien armés. Ils devraient pouvoir supporter le choc…du moins je l'espère!
- Vous n'en êtes pas certain?
- Ce sont de bons navires, Majesté!
- Mais immobilisés comme station spatiale, ils deviendront des cibles faciles, non?
- Comme je vous le disais, ils sont quand même redoutablement armés.

- Mais durant notre propre attaque contre les Dragons, combien de temps les stations spatiales de défense des Dragons, ont-elles tenu?
- D'après les renseignements donnés par le Général Reivax, vraiment pas très longtemps.
- Bon, alors arrêtez de me dire ce que je veux entendre. Combien de temps notre flotte résistera si nous nous en servons comme station spatiale?
- Vous voulez réellement savoir ce qui se passera? Vous n'allez pas aimer ça! Ils se feront massacrer!
- Mais alors, pourquoi préconiser de s'en servir comme station spatiale?
- Parce que nous ne pouvons pas abandonner Oulan Bator, quand même!
- Si nous les laissons se faire massacrer, aurons-nous le temps de recevoir les renforts?
- Non.
- Donc, on perd cette flotte pour rien!
- Nous faisons ce que nous pouvons, Majesté.
- Ce que vous me dites, c'est que de toute façon, nous allons perdre Oulan Bator!
- Oui!
- Et dans combien de temps seront-ils là?
- Dans un mois.
- Si nous réquisitionnons TOUS les vaisseaux civils disponibles, combien de civiles pouvez-vous évacuer? Nous sommes 500 millions sur Oulan Bator.
- Il y a plus de 35 000 navires actuellement surs, ou en orbite, autour d'Oulan Bator et nous pourrions en recevoir le double d'ici là. Donc nous pourrions probablement évacuer tout le monde. Mais ces vaisseaux sont civils et donc seront des cibles faciles. Nous allons devoir mettre des vaisseaux de guerre en protection. Et où les évacuer?
- Voici vos ordres. Tous les navires militaires quitteront Oulan Bator pour se regrouper en vue d'une contre-attaque après leurs jonctions avec nos forces arrivant de la périphérie. Tous les navires civils devront être réquisitionnés par La Garde et chargés avec autant de civiles qu'ils le peuvent. Direction, tous les autres mondes de l'empire.

- Mais qui défendra ces vaisseaux?
- La protection des navires sera assurée par les unités les plus légères de La Garde, les vaisseaux lourds devant être utilisés pour la contre-offensive et nous devrons compter sur une dispersion maximum des navires, car la flotte sera occupée ailleurs.
- Il y aura beaucoup de pertes.
- Moins que s'ils restent ici et au moins, ils auront une chance! De plus en se dispersant dans toutes les directions, il est peu probable que les Démons ne le suivent surtout s'ils ont pour objectif Oulan Bator!
- Et qui va défendre Oulan Bator?
- Les Gurkhas! Et La Garde minera le système solaire comme si elle ne devait jamais y revenir. En ce qui concerne la défense de la planète, qu'avez-vous prévu?
- Nous avons un très grand nombre d'unités terrestres équipées de canons Obelton de tir sur orbite. Des unités fixes et mobiles.
- Vous ne craignez pas que leurs informatiques soient perturbées par les virus et autres FreeProgs de l'ennemi?
- Oui, Majesté. Mais nous avons trouvé, sinon une protection, du moins une parade.
- Qui est?
- Basée sur le travail de l'envoyée Audrée Vauldegarde! Chaque unité D.C.A. (Défense contre Astronef) sera dotée d'un interrupteur automatique qui fermera l'alimentation du canon, soufflant par le fait même sa mémoire vive après chaque tir, puis rechargera le logiciel de tir depuis une puce gravée, indéformable. Donc, chaque fois qu'un canon sera « envahi » par les virus de l'ennemi, il se videra de son programme, détruisant par le fait même le virus. Cette opération est entièrement mécanique et basée sur les mécanismes horlogers de l'envoyée. Donc nous aurons toujours des unités fonctionnelles!
- Très bonne idée, Amiral! Veiller féliciter madame Vauldegarde pour cela! Basé sur cette approche, je vous suggèrerais de faire mettre un mécanisme semblable sur tous les ordinateurs, petits ou grands, privé ou institutionnel, d'Oulan Bator.
- Pourquoi Majesté? Beaucoup de ces ordinateurs ne servent pas à la défense!

- Pour noyer le poisson! Ils auront tellement d'ordinateurs à infester qu'ils perdront un temps fou à trouver ceux qui sont importants et ceux qui ne le sont pas... cela devrait aussi servir de trappe à FreeProg!
- Excellent, Majesté! Comme leurs fameux FreeProgs sont des entités vivantes, ils vont souffrir! Mais, à terme, nous allons quand même perdre Oulan Bator.
- De toute façon, nous ne pourrons pas la sauver. Et nous allons les affaiblir considérablement pendant que vous vous préparerez à la contre-attaque.
- Majesté, Oulan Bator sera le cimetière des Démons! Heu…vous avez dit vous? Et vous Majesté, où serez-vous?
- Ici, avec nos hommes.
- Majesté! Ce n'est pas votre place. Vous devez venir avec nous, pour continuer la guerre!
- Non et vous n'avez pas l'autorité pour m'en empêcher!
- Mais MOI SI! cria tout à coup quelqu'un qui venait d'entrer.
- Maman, je me dois de rester avec nos hommes.
- Pas toi. MOI! Je vais rester. J'ai même une surprise pour les démons.
- Maman, c'est moi qui suis l'Impératrice.
- Mais moi, j'ai le respect de La Garde. Ma fille, ne me force pas à te faire emmener de force. Tout le monde t'adore. Depuis que Loïc et toi avez fait ces Commissions Impériales Vérité et Réconciliation, nos concitoyens te vouent un véritable culte. Tu es indispensable pour tenir les humains unis. Toi, ils te suivront!
- MAMAN, NON!
- Si, ma fille. Amiral?
- Oui, Madame, je veillerai à ce que l'impératrice et le prince consort viennent avec nous. Et emmenez aussi Audrée Vauldegarde. Son piège est maintenant fonctionnel et je peux le déclencher sans elle.

CHAPITRE 65: Sauf qui peut

Quatre!
Quatre de l'enfer.
Quatre qui ont juré la perte de l'humanité.
Quatre menés par le plus noir d'entre eux et qui se précipitent vers Oulan Bator.
Pourtant l'oracle l'avait dit :

> *« Ha ! Malheur sur vous, malheur sur vous tous !*
> *Quatre... quatre cavaliers habillés de haine et de colère viendront sonner le glas de l'Humanité !*
> *Le premier empruntera vos traits pour vous voler et vous nuire! Il provoquera votre ruine et sèmera la famine ... Il sera l'avant-garde de la grande nuit à venir!*
> *Le second perturbera l'esprit de vos serviteurs, les rendant inaptes à combattre les ténèbres !*
> *Le troisième, ah, Mon Dieu! Par le feu et la guerre, il s'abattra sur vous. Il détruira vos maisons et vos villes. Il brûlera vos récoltes, dévorera vos femmes et vos enfants!*
> *Le quatrième est noir comme la nuit et son âme l'est plus encore... Mon Dieu, mon Dieu, il est le Prince des Ténèbres, il est la mort !*
> *Quatre qui ne seront pas le fruit des entrailles de vos mères... , quatre qui voudront être les fossoyeurs du genre humain!*
> *Ils vous anéantiront par la fourberie et vos propres fautes!*
> *Seuls..., seuls dans l'Univers, ils voudront être ! »*

Et maintenant, Caroline, l'Impératrice de tous les hommes avait à l'annoncer.
Oui, l'oracle avait eu raison.
Les quatre cavaliers de l'enfer arrivaient à la tête d'une flotte gigantesque.
Oui, si les hommes avaient évité de se battre en eux, les créatures démoniaques n'auraient pas pu, pas osées, s'en prendre à eux!
Mais tel n'était pas le cas.
Alors, il fallait fuir devant la horde.
Tous les civils allaient devoir quitter leur maison et tout leur bien, pour gagner des vaisseaux spatiaux qui les emmèneraient vers d'autres mondes. Seuls La Garde et les Gurkhas allaient rester.

Pour faire payer cher aux démons leur conquête.
Et cela Caroline le promit.
Les démons n'en profiteraient pas!
Jamais et elle le répétera plusieurs fois, JAMAIS Oulan Bator ne deviendra leur monde.
Si Oulan Bator, leur magnifique capitale, était perdue pour les hommes, elle le sera aussi pour les démons.
Oui, de nombreuses tombes seront creusées sur Oulan Bator, mais n'y seront pas enterrées que des humains!
Oui, Oulan Bator servira de tombeau à beaucoup, vraiment beaucoup, de Démons!
Mais maintenant, tous allaient recevoir, par les ordinateurs de l'empire, leur plan d'évacuation!

500 millions de gens allaient devoir quitter tous leurs biens, leurs maisons et leurs cités et ne prendre que le minimum.
500 millions de gens partiraient dans l'espace pour une destination non seulement lointaine, mais aussi risquée.
Beaucoup n'y arriveraient jamais, car les Démons allaient certainement envoyer des navires de guerre à leurs trousses.
Et les seuls navires de guerre que les humains avaient allaient servir à livrer bataille à l'armada démoniaque.

- Alors Amiral? Où en sommes-nous?
- Selon vos ordres, l'évacuation va bon train. Notre peuple se conduit avec beaucoup de courage. Grâce à vous, car ils vous admirent et ont confiance en vous.
- Malheureusement, je ne peux pas faire grand-chose de plus pour eux. Et en ce qui concerne la défense d'Oulan Bator?
- En ce qui concerne la défense de notre planète, nous sommes en train de déployer un nombre sans précédent de canon de DCA. Les Gurkhas creusent des abris et La Garde déploie dans l'espace le nombre faramineux de 1 milliard de mines spatiales.
- Et la flotte?
- Comme vous l'avez demandé, elle se déploie elle aussi, mais en orbite lointaine. En fait, plus vers les systèmes voisins et cherche à atteindre une vitesse maximum. Votre suggestion a été validée par les meilleurs pilotes et actuellement, tous travaillent sur la

synchronisation du nombre quand même très élevé de navires de notre bord. Tous travaillent sur la méthode d'attaque basée sur la vitesse avec unique objectif de détruire des navires ennemis. Malgré la très grande tristesse créée par votre ordre de ne pas défendre Oulan Bator, mais de privilégier la destruction du plus grand nombre de vaisseaux ennemis.

- La Garde n'accepte pas cet ordre?
- Non, Majestés, tous l'acceptent et le comprennent. Mais le sacrifice d'Oulan Bator fait très mal!
- À moi aussi. Mais dites-leur que ce sacrifice ne sera pas vain. Si l'ennemi perd beaucoup de navires, nous allons gagner beaucoup de temps. Ce qui nous donne la possibilité de mieux nous organiser! Dites aussi à la flotte qu'il est impératif que nous perdions le moins de navires possible et qu'il est mieux de laisser filer un ennemi que de mettre en danger un de nos vaisseaux. Notre problème actuel est le manque de navires en face d'un ennemi qui en a des quantités colossales.
- C'est bien compris.
- Et qu'avez-vous planifié pour les chasseurs de La Garde, comme les Sukhoi?
- Nous avons renforcé leur bouclier antiradiation et ils se positionneront le plus près possible du soleil, noyé pratiquement dans la couronne solaire et donc indétectable. Ils surprendront l'ennemi par l'arrière qui est, comme l'a signalé le Général Reivax, la partie la plus faible des navires de l'ennemi.
- Bien! Et le Général Reivax?
- À l'abri avec le Gaïa! Ses compétences vont permettre d'accélérer la finition de ce projet. Je ne cache pas qu'il a fallu un peu pousser le Général qui tenait vraiment à nous aider à organiser la défense d'Oulan Bator et ce avec talent, mais il a fini par se plier à vos ordres.
- Parfait.
- En ce qui vous concerne Majesté, votre navire est prêt, le HMS Oulan Bator, le navire de type Galaxie qui sert aussi de navire officiel à votre service.
- Non!
- Quoi? Mais Majesté vous devez évacuer Oulan Bator le plus vite possible. Le HMS Oulan Bator vous conduira en lieu sûr.

- Et manquer cruellement à la défense d'Oulan Bator! C'est un croiseur de classe Galaxie! Il sera plus utile ici. Je prendrai le NéMéSiS!
- Le NéMéSiS? Mais Majesté, ce n'est pas un navire de guerre. Il ne sera pas à même de vous protéger adéquatement!
- C'est non discutable, Amiral.

Comme toujours, Caroline négligeait sa propre sécurité.

CHAPITRE 66 : Avis de tempête pour Oulan Bator

Ra Jarac se sentait dans un était de grâce irréelle!

Lui qui était pourtant issu d'une petite maison, que personne ne craignait vraiment sur Ashara, allait devenir un très grand Khan avec son nom dans l'histoire de sa race!

La bataille à venir allait lui valoir un prestige énorme et le pouvoir qui venait avec.

Comme ça, il pourrait liquider ce trublion, ce lâche, cet emmerdeur de Ra Tamura!

Mais pour l'instant, c'était l'ivresse du moment qui dominait.

Ra Jarac était dans la coupole de commandement principal du Ra Ashara, leur navire Amiral. Pas en tête de l'armada, bien sûr, sécurité oblige, mais il voyait l'immensité de celle-ci, autour de lui.

Et au fond, là-bas, Gengis le soleil d'OULAN BATOR!

À à peine un jour de navigation!

Mais il fut tiré de sa rêverie par son Amiral en chef, Ra Sancreon.

- *Majestés, dit-il, nous approchons!*
- *Et les humains?*
- *Pas de réactions! Nous percevons de nombreux mouvements de vaisseaux, mais ceux-ci s'éloignent d'Oulan Bator!*
- *Ils fuient?*
- *Il semble que oui!*
- *Nous allons prendre Oulan Bator SANS bataille?*
- *Ça, je n'en suis pas sûre! Il semble quand même qu'ils aient déployé beaucoup de mines dans le système solaire, mines qui seront activées aussitôt que nous approcherons de Gengis, il va sans dire!*
- *Pas de vaisseaux de guerre? Leur fameux « Galaxie »?*
- *En fait, non. Ils quittent aussi Gengis!*
- *Fantastique! NOUS ALLONS LES ÉCRASER.*
- *Heu…Majestés. Je préconise la prudence ici, parce que je ne comprends pas bien ce qui se passe.*
- *Et vous préconiser quoi?*
- *Y aller avec une flotte réduite, dans un premier temps, pour nettoyer le système de toutes ses mines et maintenir le gros de la flotte en orbite lointaine et rapide autour de Gengis. Comme cela, nous aurons la vitesse nécessaire pour affronter La Garde si elle attaque.*
- *Mais vous m'avez dit qu'elle fuyait!*

- *Oui, mais je me méfie d'eux.*
- *Ont-ils beaucoup de navires dans les parages?*
- *Oui et non, pas suffisamment pour nous affronter, mais ceux qu'ils ont dans les parages, sont redoutables.*
- *Mais nous avons près de 500 000 navires non?*
- *C'est vrai, Majesté, mais Ra Tamura m'a averti que les humains étaient retors et que leur Impératrice était extrêmement futée...je redoute une stratégie de confinement dans le système solaire Gengis, de leur part! Oulan Bator est le miel du piège.*

L'Amiral n'aurait pas dû mentionner le nom de Ra Tamura.
Cela déclencha un réflexe de rage chez Ra Jarac qui cessa de réfléchir et même s'il n'avait pas compris ce que voulait dire son Amiral, il voulut montrer sa détermination et son autorité!
Contre l'avis de son Amiral, qui écoutait trop, à son grand déplaisir, Ra Tamura!
- *Amiral, nous avons une armada invincible! Nous y allons tous! Avec 500 000 navires, même en vitesse réduite, je ne vois pas vraiment ce qui pourrait nous arriver de réellement dangereux!*

- *Ra Jarac, avait dit Ra Tamura, est un imbécile vaniteux!*
Comme toujours, Ra Tamura avait raison.

Ils sortirent de l'hyperespace freiné par Gengis et très proche de lui. Ils le firent en rangs serrés, par dizaines de milliers, l'arrière de leur vaisseau dans la ligne de mire des canons des chasseurs de La Garde, cachés pratiquement à la limite de la couronne solaire.
Ils sortirent aussi en plein dans les plus importants champs de mines jamais posés de mémoire humaine.
Ils sortirent pour se retrouver très souvent sous forme d'électrons la seconde d'après.
Mais ils étaient innombrables et beaucoup étaient gigantesques.
Après un premier moment de surprise, leurs canons, en nombre faramineux, eurent tôt fait de détruire les champs de mines et d'engager le combat avec les chasseurs de La Garde.

Il est certain que les Sukhois SU 690 "Space Knights" étaient des chasseurs remarquables comme l'apprirent à leur dépend, les Démons.

Comme l'avait dit le Général Reivax, l'arrière des navires ennemis était vraiment leur point faible et beaucoup de navires géants furent terrassés par les canons des humains.

Mais encore une fois, ils étaient tellement nombreux que même leurs colossales pertes n'altéraient pas vraiment leur force!

Ils étaient comme un tsunami sur les pauvres défenses humaines!

La bataille était vraiment trop inégale.

Malgré un combat héroïque, la flotte ennemie eut tôt fait de s'approcher d'Oulan Bator.

Là, le gros de la flotte démone forma un bouclier efficace contre les piqûres de moustiques causés par les attaques incessantes des Sukhois et d'énormes convoyeurs de troupes commencèrent à lancer leurs péniches de débarquement, remplies de Sarkaïs, vers la surface de la planète.

Mais une surprise les y attendait.

Les FreeProgs sensés neutralisés les armes des hommes, furent piégés dans des ordinateurs civils et beaucoup furent…effacés!

Cela eut un effet immédiat sur les unités de débarquement, qui subirent des pertes phénoménales quand les canons de surface ouvrirent le feu.

Ce n'était pas prévu et résulta en la perte complète de la première vague.

10 millions de Sarkaïs!

Même Ra Jarac en fût ennuyé!

Alors l'ennemi n'eut plus le choix et se résolut à mettre en orbite un très grand nombre de navires avec pour but de détruire les stations terrestres.

Évidemment, c'était efficace, mais aussi terriblement dangereux et cela coûta encore plus de navires à l'ennemi avant qu'il ne put penser renvoyer sa deuxième vague.

Mais son plus gros problème n'était pas ses pertes dans le système de Gengis, mais sa vitesse beaucoup trop basse dans l'espace.

Car Caroline ne s'était pas vraiment éloignée avec sa flotte.

En fait, celle-ci revenait du système voisin à toute vitesse et en sortant de l'hyperespace juste devant Gengis, elle conserva une vitesse proche de celle de la lumière.

Des milliers de navires de guerre de La Garde, dont plusieurs Galaxies, surgirent sur l'ennemi alors que celui-ci était en pleine manœuvre autour d'Oulan Bator.

La quantité de navires ennemis était telle que La Garde pouvait pratiquement tirer sans viser!

Ce fut une bataille comme jamais il n'en avait eu de mémoire de Démons et d'hommes.

Des centaines de milliers de vaisseaux des deux côtés, furent détruits, mais à la fin, force fût de constater que l'immensité de la flotte Démone avait le dessus et les humains furent contraint de se retirer.

Des 500 000 navires de Ra Jarac, il n'en restait plus que 200 000. Cette victoire à la Pyrrhus rendait Ra Jarac particulièrement nerveux. Non pas que la mort de ses hommes le dérangeait vraiment, mais la perte de si nombreux navires allait retarder la conquête de l'empire des humains et donc donner raison à Ra Tamura... ce qui voulait dire qu'à terme un joli couteau d'obsidienne ornerait son thorax!

C'est pour cela qu'il ordonna le débarquement de toutes ses réserves de Sarkaïs sur Oulan Bator ainsi qu'un bombardement intensif, quitte à perdre toutes les constructions sur Oulan Bator.

« Après tout, ce que nous voulons, c'est la planète. Le reste on le reconstruira ».

Il était impératif pour lui de pouvoir, au moins, revendiquer la conquête effective d'Oulan Bator!

CHAPITRE 67 : Kamikaze

- *Amiral Ra Tabrouk, est-ce que les navires que le Khan Ra Tlalac avait ordonné de construire, sur ma recommandation et longtemps avant le malheureux accident qui lui fit perdre la tête, sont prêts?*

L'allusion à la décapitation de Ra Tlalac fit frémir l'Amiral, mais il répondit.
- *Oui, Vice Khan. Il était particulièrement avisé de votre part de nous expliquer la force de la flotte ennemie et de réorienter notre effort de guerre vers ses navires.*

Ra Tamura était complètement indifférent à la flatterie.
Pour lui l'Amiral ne faisait que préserver son rang… Et sa tête.
- *Combien en avons-nous?*
- *Prêt de 100 000 nouveaux navires de la classe croiseur, avec des canons améliorés inspirés par les Obeltons des humains.*
- *Fort bien. Mobilisez cette flotte au complet et suspendez les attaques des autres flottes sur l'Empire. Il faut qu'elles soient en état de se regrouper rapidement en cas de problème.*
- *Oui, mais que voulez-vous faire avec la nouvelle flotte?*
- *Partir à la rescousse du grand Khan, Ra Jarac.*
- *Mais… Vice Khan, le grand Khan est à la tête d'une flotte colossale… il… il ne craint rien!*
- *Amiral, si je me trompe, nous ferons seulement un mouvement pour rien. Mais mon opinion est que Ra Jarac n'est déjà plus qu'un cadavre qui l'ignore.*

La bataille à la surface fut particulièrement intense et malgré un support aérien important, ce fut extrêmement difficile, pour les Sarkaïs, de s'imposer sur le terrain. La plus grande partie des troupes de Ra Jarac y perdirent la vie don de très nombreux Razakels particulièrement visés par les Gurkhas. Et un nombre aussi grand de Dragons. L'avantage qu'il croyait avoir de pouvoir bloquer les armes des humains était contré par la capacité des nouvelles armes des Gurkhas de passer en mode manuel, non électronique. Et les soldats humains avaient été entraînés cette fois au tir manuel!

Mais la loi du nombre, une fois de plus, finit par l'emporter.

Il y eut même une rare bonne surprise.

L'impératrice Farah, mère de Caroline, les contacta pour négocier une reddition sous prétexte d'épargner ses derniers soldats.

En fait ceux-ci avaient gagné des abris secrets souterrains.

En apprennent cela, Ra Jarac crut vraiment que les dieux et surtout le sien, Moloch, lui venaient enfin en aide.

Oh oui, il allait la faire venir!

L'humilier devant toute la galaxie.

Et la tuer de la façon la plus horrible possible.

Pour casser le moral des humains.

Pour faire oublier ses pertes.

Pour son propre plaisir.

Pour montrer son autorité!

Ra Jarac fit bien les choses.

Il y avait des caméras partout qui retransmettaient en clair, pour être aussi capté par les humains et en direct, la cérémonie de reddition sur son navire, le Ra Ashara.

Puis l'impératrice Farah apparut, avec son escorte, sur le pont principal du gigantesque navire.

Caroline, depuis son point de replis dans l'espace, suivit la cérémonie sur le pont du NéMéSiS et fondit en larmes.

Ra Tamura, qui fonçait maintenant vers le centre de l'empire, capta lui aussi la transmission, de même que son peuple et ne put s'empêcher de penser que cela sonnait faux et qu'il y avait un piège.

Quand Ra Jarac vit Farah, il trouva que son regard était trop fier.

Il aurait dû se méfier et suivre son instinct qui flairait une entourloupe ...mais il ne pouvait plus reculer maintenant qu'elle était là.

- Ah, Impératrice Farah! Quel plaisir de vous voir! Quelle joie de pouvoir montrer à notre peuple la figure de son ennemi ... défait! Et quel plaisir cela va être pour moi de vous arracher la tête devant mes compatriotes, vous qui avez eu l'outrecuidance de croire que vous pouviez même espérer nous résister!
- Ra Jarac, répondit avec insolence l'impératrice, tu crois vraiment que tu nous as vaincus? Espèce d'idiot pathologique! Je venais seulement t'annoncer ta grande défaite.

Estomaqué, Ra Jarac résista à la tentation de se jeter sur elle et de la tuer séance tenante. Non, il fallait faire cela doucement pour faire durer le plaisir.

- Oh, oh, répondit-il, nous avons une petite tigresse ici...non une petite chatte qui croit pouvoir faire peur. Mais aller, rugissez! Bientôt vous allez me supplier de mettre fin à vos souffrances!
- Je crois que ce sera bientôt l'inverse. Mon seul regret est vraiment de voir la piètre qualité de nos adversaires! Enfin puisqu'il semble que tu n'as pas encore compris à quel point tu as perdu, je t'invite à pointer tes caméras vers la surface d'Oulan Bator...tu y verras tes hommes, ou plutôt tes monstres, mourir en direct!

Une fois de plus ahuri par les propos de Farah, Ra Jarac ne put faire autrement que de regarder le moniteur principal qui montrait maintenant la surface d'Oulan Bator.

Tout à coup, celle-ci se couvrit de gigantesques explosions! Des explosions nucléaires en en très nombre! Et partout à la surface d'Oulan Bator et même ...dans les océans!

Il était certain que la vie intelligente et même la vie tout court, allait disparaitre sur Oulan Bator, pour ne laisser qu'un immense désert radioactif, rendant la planète stérile pour longtemps!

Des bombes thermos nucléaires de 10 millions de mégatonnes chacune. Toutes allumées par un mécanisme d'horlogerie inventé sur Nirva, gracieuseté de l'envoyée Audrée Vauldegarde!

Prêt de 360 000 qui éclataient en même temps!

- Oulan Bator NE SERA JAMAIS VÔTRE! cria Farah.

Fou de rage, Ra Jarac une fois de plus, voulut se précipiter sur Farah.

Mais elle l'arrêta une fois encore.

- Tout doux mon gros Jarac! J'ai une autre surprise pour toi!
- Une… autre surprise?
- Oui, dit-elle simplement, en activant, cependant, télépathiquement un mécanisme en elle.

Un mécanisme à l'intérieur d'elle!

Un mécanisme issu du projet KAMIKAZE.

Un mécanisme fait de matériau de carbone tellement semblable au tissu humain qu'il était indétectable.

Un mécanisme dont l'effet était de changer la moitié du corps de Farah et la moitié seulement, en antimatière.

Antimatière qui réagit avec l'autre moitié et déclencha une gigantesque explosion qui anéantit le Ra Ashara, mais aussi les mille vaisseaux regroupés autour de lui.

Et, effet pervers de l'explosion de tous ces navires, un haut taux de radiation fût également envoyé dans l'espace, ce qui eut pour effet de tuer instantanément les équipages de plusieurs milliers d'autres navires.

Mais tout navire de guerre avait un mécanisme destiné à empêcher sa capture quand l'équipage était tué.

Celui-ci était bien protégé et avait de nombreux détecteurs qui lui permettaient de mesurer les radiations à l'intérieur des navires.

Quand les détecteurs rapportèrent le taux de radiation, le système en déduisit que tout l'équipage était mort et enclencha le système d'autodestruction.

Des milliers de systèmes d'autodestruction furent enclenchés.

Et comme tous les navires étaient regroupés autour du Ra Ashara, dans le but de montrer au peuple l'immensité de sa flotte et surtout d'en camoufler les pertes, il se produisit un phénomène de réaction en chaine qui, à terme, se transmit à l'ensemble de la flotte et la détruisit entièrement!

CHAPITRE 68: Victoire sans lendemain

Ra Tamura enregistra, comme beaucoup d'autres dans la galaxie, la cascade d'explosion qui suivit les propos, envoyé en onde en direct, de l'Impératrice Farah.
Ra Tamura éclata de rage.
- *500 000 VAISSEAUX PERDUS À CAUSE DE CET IMBÉCILE DE RA JARAC!!!! MAUDIT SOIS-TU FARAH...ET TOI AUSSI, CAROLINE. AMIRAL RA TABROUK, JE VEUX VOUS VOIR IMMÉDIATEMENT! finit-il.*

Évidemment ledit Amiral Ra Tabrouk vint immédiatement, passablement inquiet de voir son Vice Khan...non, son Grand Khan dans un tel état de colère.
- *Grand Khan, si vous me permettez, dit-il, avec le plus de calme possible, la colère...*
- *...est mauvaise conseillère! Je sais...et je suis Vice Khan seulement.*
- *Non, Grand Khan. Il est totalement improbable que Ra Jarac ait survécu! Et franchement je l'espère pour lui! Vous êtes, de facto, le nouveau Grand Khan! J'ai ...j'ai pris la liberté de faire parvenir cela à Ashara ...et je doute même que qui que ce soit n'ait à y redire...surtout que j'ai laissé des instructions des plus claires...à mes partisans.*
- *Vraiment?*
- *Vraiment Monsieur. Et il ne s'agit pas de basses flatteries... du moins, se reprit-il en voyant le regard amusé de Ra Tamura, pas seulement. Vous êtes le seul qui avez la compétence et la connaissance des humains pour pouvoir faire cette guerre et la gagner. Alors, Grand Khan, quels sont vos ordres?*
Ra Tamura, en écoutant son Amiral, s'était quelque peu calmé.
Il savait que l'erreur ne lui était plus permise.
Les humains venaient de détruire une grande partie de sa flotte et même si eux aussi avaient eu des pertes importantes, l'avantage décisif qu'il avait eu jusqu'à présent venait de fondre comme beurre au soleil.
Certes, sa nouvelle flotte lui redonnait l'avantage, mais moins qu'avant et, maintenant sans possibilité de faire des erreurs aussi énormes que celle de Ra Jarac.

La conquête, désormais, se ferait planète par planète avec l'aide des nuées de missiles…ce qui remettait aussi au premier plan Trojan malgré les performances on ne peu plus décevantes, de ses FreeProgs durant la bataille d'Oulan Bator.

- Un match nul! dit tout à coup, Ra Tamura.
- Pardon, Grand Khan?
- Un match nul! C'est ça le résultat de cette bataille insensée d'Oulan Bator. La planète est perdue pour nous et pour eux!
- Nous maintenons une garnison à la surface?
- Non, vous allez évacuer tous nos gens. Ils sont beaucoup trop exposé et trop à l'intérieur des lignes ennemies. Ce serait les envoyer à une mort certaine. Nous évacuons complètement Oulan Bator pour le moment. Nous y reviendrons quand notre progression naturelle nous y amènera.
- Il y a certainement encore pas mal de soldats Gurkha dans des bunkers sur place… et ce fameux projet Gaïa…s'il n'a pas été détruit par les explosions nucléaires.
- Oui, je sais, mais c'est trop dangereux de maintenir une tête de pont si loin de nos lignes. Et j'ai d'autres plans qui vont demander la participation de toute cette flotte.
- Je vous écoute, Grand Khan.
- Avez-vous suivi l'exode des navires d'Oulan Bator?
- Oui et nous sommes peu intervenue étant donné que le massacre de civile aurait éloigné trop de navires de leurs objectifs sans réel bénéfice. On pourra toujours les détruire plus tard, finit-il sinistre.
- Assurément, mais je suis intéressé par deux personnages en particulier. L'impératrice Caroline et le Prince Eytan.
- Le Prince Eytan? Il est insignifiant!
- Ne sous-estimez JAMAIS l'ennemi, Amiral. Il n'est pas insignifiant et si je me fie à la peur qu'il inspire à Trojan, nous aurions vraiment intérêt à nous occuper de lui.
- Je crois, Grand Khan, que le Prince peut peut-être avoir des choses en tête, mais pour le moment il est très loin du théâtre des opérations, probablement sur une planète réellement sans intérêt, qui se trouve, quelque part, proche de nos lignes, ce qui nous permettra d'intervenir si réellement il représentait une menace. Je crois que nous devrions surtout nous concentrer sur l'Impératrice Caroline, qui a négligé beaucoup sa sécurité et que nous pourrions attraper sans problème.
- Une fois de plus, vous sous-estimez l'ennemi. Caroline est beaucoup plus coriace que vous ne le croyez! Parlez-en à Ra Jarac!

- *Dans ce cas, Grand Khan, pourquoi ne pas nous concentrer sur elle en premier et régler le problème d'Eytan plus tard? Encore une fois, il est probablement proche de la frontière.*
- *Pour Caroline c'est certain, on se lance à sa recherche. C'est même la priorité numéro un. Mais je me méfie d'Eytan et pense que nous pourrions quand même envoyer une escadre à sa recherche.*

Mais l'Amiral voulait vraiment s'affirmer devant son nouveau Grand Khan et insista.
- *Réellement, votre objectif d'attraper Caroline est le plus important et comme il y a quand même un volume spatial important à fouiller pour trouver Caroline, je recommande de mettre le problème Eytan sur la glace pour le moment.*

Ra Tamura hésita.
Il se méfiait d'Eytan. Pour lui, il était un facteur imprévisible, car il ne comprenait pas ce qu'il cherchait à faire, tout en étant certain qu'il tramait quelque chose d'important. Après tout, Eytan était la seule personne connue à avoir été capable de s'échapper de Sanctuaire alors que la pierre de Nicolas était active!
Et son instinct lui disait de ne pas prendre de décision sans savoir exactement ce que tramait Eytan.
Mais son amiral insistait. Il décida de suivre son conseil et se concentrer sur Caroline en premier. Ra Tamura prenait rarement de mauvaises décisions.
Même dans les cas de retournement de situation, il avait quand même pris la bonne décision.
Mais pas cette fois-ci!

Caroline pleurait toutes les larmes de son corps.
La mort héroïque et en direct de sa mère l'avait atteinte au plus profond d'elle-même et comme elle était à bord du NéMéSiS, avec Loïc seulement, personne ne la voyait. Bien sûr elle allait bientôt gagner le HMS Oulan Bator, qui ironiquement était un des rares Galaxies ayant survécu à la grande bataille d'Oulan Bator.
Loïc faisait ce qu'il pouvait pour consoler Caroline, mais avec peu de succès.

Mais Caroline était Impératrice et n'avait pas vraiment le choix. Caroline se reprit en main et, entre deux sanglots, demanda au Nem de lui faire rapport de la situation.

- Majesté, commença le Nem, aussi incroyable que cela puisse paraître, l'ennemi a perdu la totalité de sa flotte et malgré des pertes malheureusement très importantes de notre côté aussi, c'est assurément une grande victoire!
- Assez grande pour avoir affaibli les Démons au point que nous soyons maintenant capables de contenir leurs attaques?
- Malheureusement, les sondes avancées de l'empire m'ont fait parvenir, à votre intention, une mauvaise nouvelle.
- Qui est? questionna Caroline, tout en redoutant le pire.
- Une autre flotte, elle aussi énorme, n'avait pas attendu la fin de la bataille pour s'avancer vers nous durant le chaos de la bataille pour Oulan Bator.
- L'ennemi a envoyé UNE AUTRE FLOTTE? Mais pourquoi? Avec l'immense flotte partie à l'assaut d'Oulan Bator, cela aurait dû être suffisant… À moins … à moins, que quelqu'un ne croyait pas à la victoire de son propre camp!
- Mon Dieu s'écria Loïc, ce ne peut-être que…que
- Ra Tamura! compléta Caroline. Le seul qui avait deviné que ce ne serait pas si simple.
- Mais je croyais que l'essentiel de leur flotte était là. Et maintenant une autre flotte?
- Oui, répondit le Nem. Et, semblerait-il, ce serait une flotte totalement neuve de 100 000 unités. Que des navires de la classe croiseurs. Une flotte que même les Sarkaïs repentis ne connaissaient pas!
- Retour à la case départ?
- Malheureusement oui. L'avantage qu'ils avaient perdu dans cette bataille, ils l'ont repris grâce à une flotte que nous n'avions pas comptabilisée, compléta le Nem. Toutefois, c'est quand même une flotte cinq fois moins grande que la précédente, ce qui fait que même en comptabilisant nos propres pertes, leur avantage est nettement diminué. Ils ont encore une supériorité nette sur nous, mais ne peuvent plus se permettre de perdre de grandes batailles. Ils vont devoir avancer beaucoup plus prudemment désormais. Ce qui va nous donner beaucoup plus de temps.

- Mais, Nem, s'ils sont prudents, peuvent-ils gagner à coup sûr?
- Oui, mais ils ont fait beaucoup de bêtises par le passé.
- Malheureusement, il semble que ce soit Ra Tamura qui soit maintenant aux commandes et lui ne commet pas ce genre de bêtises…et il connaît bien les humains.
- Peut-être avez-vous raison, Majesté, repris le Nem, mais ce n'est pas certain! Les Razakels sont très violents même entre eux!
- Par malheur, Nem, mes facultés télépathiques ne me permettent pas d'avoir de doutes. C'est Ra Tamura!
- Et il a maintenant le pouvoir suprême! finit, d'un ton particulièrement lugubre, Loïc.
- Alors, reprit Caroline, Ra Tamura va nous courir après maintenant. Nous devons prendre certaines décisions. Nem, tu connais l'emplacement de Nirva?
- Oui, bien sûr, mais vous n'avez pas à vous inquiéter, car tout est crypté et isolé sur des disques durs séparés. Jamais je ne livrerais cette info aux Démons.
- Détruis-les!
- Quoi? Mais si je fais cela, je ne pourrais JAMAIS retrouver Nirva, même si je le voulais!
- Détruis-les. Détruis-les, maintenant. Je me méfie trop de Trojan.
- Pas de problème. Je suis plus fort que lui!
- Péché d'orgueil. Ce n'est pas la première fois, hein, Nem?
- Je … vous avez raison, Majesté.
- Bien! Fais-le maintenant. C'est un ordre!

Le NéMéSiS ne répliqua pas tout de suite, puis dit, laconique.
- Voilà, c'est fait! Mais, vous Majesté, vous la connaissez aussi cette route!
- Oui, mais Loïc et moi avons un blocage complet. Seul un membre de la famille royale pourrait y accéder. Même mort, personne ne pourra connaître notre secret.
- Personne?
- Même mon enfant n'y a pas accès maintenant… Mais plus tard, s'il me sonde, même morte, mon cerveau le reconnaîtra.
- Mais si vous êtes morte…
- Je sais. Mon corps disparaitra…sauf si tu peux être là, mon ami. Alors tu devras me conserver pour que quelqu'un, mon frère ou mon fils, ne vienne lire en moi.

Ce pourrait-il qu'un ordinateur soit perturbé par une conversation? Possible, car le Nem mit un certain temps à réagir.

- Il sera fait comme vous le voulez…en espérant que cela n'arrive pas, car moi je ne suis plus en mesure de guider l'humanité vers sa maison.
- Je sais, mais je n'ai pas le choix.

Mais ils n'eurent pas le loisir de deviser plus longtemps, car l' HMS Oulan Bator venait d'arriver dans les parages du Nem et exigeait que l'Impératrice et Loïc montent à bord. L'Amiral Singh lui avait signifié qu'il la prenait à bord de gré ou de force, car, disait-il, son navire était le dernier navire important de La Garde dans les parages et qu'une autre flotte démoniaque arrivait rapidement. Caroline ne contesta pas son jugement, mais demanda de charger le Nem dans une des cales du Navire et de le relier à l'Oulan Bator. Caroline estimait que la puissance informatique du Nem était un atout important pour la bataille à venir.

Ce qui fut fait sans discuter.

Durant le transfert vers le HMS Oulan Bator, Caroline et Loïc eurent enfin un peu de temps pour eux et Loïc avait regardé son grand amour avec inquiétude.

Caroline était enceinte et bien sûr c'avait été un accident, car faire un bébé en pleine guerre n'était pas nécessairement la chose la plus intelligente à faire. Mais Caroline, une fois son état confirmé, avait été très claire.

- Je le garde, avait-elle dit. Il sera l'envoyé de troisième génération.

Cependant, il avait été décidé d'accélérer au maximum la venue du bébé.

Et pour Loïc, ce que les gens de l'empire appelaient accélérer, l'avait stupéfié.

Caroline était enceinte depuis peut-être un mois…mais elle paraissait l'être …depuis 8! Parfois Loïc craignait qu'elle n'accouche immédiatement, le bébé bougeant beaucoup!

Le plus stupéfiant c'était qu'ils avaient déjà des contacts télépathiques sporadiques avec lui.

- Il va être un télépathe redoutable. Beaucoup plus que nous, avait conclu Loïc.

CHAPITRE 69: LA MATA

La Mata!
Une expérience cruelle de mort en direct où un esprit est intimement lié à celui qui est en train de mourir.
La Mata, c'est vivre la mort dans l'esprit du mourant.
La Mata entraîne parfois une grande confusion et celui qui vit la mort d'un autre au travers de la Mata, peut la subir tout court et en mourir.
C'est souvent le cas.
Le corps finit par croire qu'il meurt et meurt effectivement.
Mais il y a aussi une autre forme de Mata, celle des proches si ceux-ci sont télépathes.
Alors, ils peuvent distinguer parmi les esprits et éviter la confusion mortelle.
Ils peuvent même être là à plusieurs et apaiser le mourant.
Cela requiert une grande force mentale et la capacité d'identifier les esprits un peu comme les empreintes digitales identifient une personne.
Chaque esprit à sa propre marque, ce qui fait que tout bon télépathe est capable de communiquer avec un ou plusieurs esprits qu'il reconnaît.
Il peut même savoir instantanément s'il est seul avec l'autre ou si quelqu'un d'autre est là aussi.
Mais pour cela, il faut avoir une longue pratique de la télépathie.
Comme les Dragons.
Ou les Dangues d'ethnie Songa.

- Vous avez été dur et même très dur avec nous!
- Vraiment? Vous semblez oublier que nous avons perdu un de nos mondes! Notre monde capital en fait. Et nous, nous ne sommes pas aussi nombreux que les Razakels!
- C'est vrai, mais personne ne vous avait trahi. C'était seulement un malheureux concours de circonstances…
- Qui nous a valu des millions de morts.
- Mais c'est vous qui avez déclenché la guerre avec les humains.
- Oui! Mais c'est eux qui nous ont volé notre monde, la Terre. Nous ne faisons que réclamer notre dû! Et maintenant, prouvez-moi que j'ai bien fait de vous épargner!

- Permettez-moi, en premier, de vous remercier, Tyr Solak de m'avoir épargné malgré la terrible faute faite par le prince Jean Kissamanju, mon père. Je ne mérite pas votre clémence.
- Sachez, Prince, que si j'ai épargné quelques-uns d'entre vous, c'est pour qu'ils puissent se venger des humains, ce qui, à terme, m'aidera beaucoup. Donc, Prince Kissamanju, vous prétendez pouvoir repérer Caroline par la pensée, ce que nous, Dragons, qui sommes pourtant beaucoup plus fort que vous, ne pouvons faire.
- Assurément et vous ne serez pas déçus. Oui, je suis à même de repérer la trace télépathique de Caroline, parce que j'étais avec l'esprit de mon père quand elle le tortura à mort, sur Oulan Bator. Toute à sa rage, elle ne s'est pas aperçue que mon père était entré en communication avec moi. À ce moment, il avait déjà donné l'emplacement de votre monde et savait qu'après avoir assassiné un vieux général, ses jours étaient comptés. Mais c'est le fait du hasard que la communication entre nous se soit passée à ce moment.
- Mais que voulait la Princesse?
- Elle recherchait un certain Noroc Tajick qui avait eu la mauvaise idée de lâcher des Golems lui ressemblant, dans la nature. Comme ceux-ci sont notoirement connus pour leurs frénésies sexuelles, l'idée était de ternir la réputation de la Princesse avec des rapports sexuels, impliquant prétendument la Princesse, qui se terminait par la mort du mâle. Cela contribua à donner une réputation de mante religieuse à la Princesse.
- Bien. Donc vous étiez en communication avec votre père quand, en mourant, il envoya une pulsion de mort vers ce Noroc Tajick. La princesse était alors en contact avec lui?
- Oui, mais seulement légèrement, pour éviter LA MATA. Mais assez pour me permettre de l'identifier…ou plutôt d'identifier l'empreinte télépathique de son cerveau.
- Vous pouvez avoir accès à son cerveau ?
- Non, elle est protégée…et est capable de se défendre, mais comme j'ai une empreinte précise de son cerveau, je peux différencier, dans la mer des contacts possibles, celui de Caroline. Et cela sans me faire moi-même repérer.
- Mais est-ce suffisant pour repérer sa position?

- Oui, mais cela ne me permettra quand même pas de la localiser précisément. Seulement de savoir qu'un esprit « Caroline » est quelque part dans une certaine direction.
- Alors je vous ai épargné pour rien. Cela ne nous avance pas, car moi aussi je suis capable de sentir cela.
- Sauf que moi, comme j'ai son empreinte précisément dans la tête, je pourrais faire mieux...à condition que j'aie une idée de ce à quoi elle pense, ce qui me permettra de mieux pénétrer son esprit et d'avoir accès à certaines images non protégées, comme une simple vision de l'extérieur. Grâce à cette vision et aux ordinateurs cartographiques, il sera simple de déterminer sa position stellaire...et donc savoir exactement dans quel système solaire elle est maintenant.
- Donc, si on peut l'amener à penser à un certain sujet, vous pourriez nous guider vers elle?
- Assurément. Ce serait une façon de percer ses défenses psychiques, qui comme toutes défenses, ne sont jamais absolues!

CHAPITRE 70: Il était une fois...la chasse !

La chasse!
Pas une chasse ordinaire.
Pas une chasse à courre.
Bref, pas une chasse parmi les autres.
Non!
La plus grande de toutes les chasses possibles.
La chasse à l'humain au travers du cosmos.
La chasse pour un formidable trophée.
Un trophée comme il y en avait peu.
La tête d'une Impératrice!
Mais pas une chasse facile.
Pas une chasse sans risque.
Une chasse qui déterminera l'avenir de milliards d'individus.
La chasse aussi d'un formidable navire des étoiles, le HMS Oulan Bator.
Oui, Ra Tamura le savait.
La chasse serait, cette fois-ci, sans merci.
Plus de dialogue intelligent entre ennemis qui s'estimaient malgré tout.
Cette fois-ci, ce serait à mort.
Il ne pourrait avoir qu'un seul vainqueur.
Et Ra Tamura était bien déterminé à ce que ce soit lui!

Bondir et bondir encore parmi les étoiles avec des milliers de navires ennemis aux trousses.
Puis les attendre, en tuer un maximum et bondir encore.
Et laisser derrière soi un petit frère, appelé NéMéSiS, qui semait tant et tant de virus que l'ennemi était confus.
Confus au point de ne pas voir revenir l'Oulan Bator.
Ce qui finissait inévitablement par augmenter la quantité d'électrons libres dans le cosmos et diminuer le nombre de navires de Ra Tamura.
Et Caroline, toujours sur les communicateurs, pour donner des ordres et encore des ordres.
« Non, ne venez pas à notre rescousse, nous venons de croiser une flotte ennemie partie en direction du système de Taux Centaure! Attendez-les là. Vous pouvez les vaincre, ils ne s'attendent pas à vous voir ».

Et Ra Tamura qui rageait de plus belle chaque fois qu'il perdait un navire et qui ne pouvait pas faire autrement que de dire et redire : « je t'aurai ma belle, je t'aurai. Tôt ou tard ».
Et maintenant, le Sar Barak était arrivé.
Le plus gros navire des Dragons.
À son bord, les derniers représentants vivants des Songas.
Pas plus de 20 individus, mais tous avaient la rage au cœur.
Un en particulier.
Le fils du Prince Jean Kissamanju, Joseph.

Le message était incroyable et aussitôt reçu, il fut transmis à l'impératrice.
Celui-ci disait :
- Impératrice Caroline, ici le Grand Kan Ra Tamura. Nos races respectives sont maintenant en guerre et malheureusement, beaucoup de sang a déjà coulé des deux côtés. Mais devons-nous réellement nous combattre? Vous savez dans quelle situation, nous sommes, nous et nos alliés. Nous avons besoin de planètes pour pouvoir loger nos gens. Nous avons besoin d'espace vital. Malgré ce qui s'est dit, nous ne cherchons pas l'extinction de l'humanité. Au contraire, je crois qu'une fois nos plaies pansées, nous pourrions certainement collaborer ensemble en vue de construire un univers ou nos races multiples pourraient s'épanouir. Pourquoi ne pas entamer des discussions? Nous avons d'ores et déjà conquis suffisamment de vos planètes et vous n'êtes plus en mesure de gagner cette guerre. Parlons!
- C'est vraiment lui? demanda Caroline, à son équipe.
- Oui, Majesté, cela ne fait aucun doute! Le message vient d'un navire de l'immense flotte qui nous chasse, acheva l'Amiral Singh.
- Vous le croyez sincère?
- Ça, c'est plus que douteux. Il cherche seulement à nous repérer.
- Mais il doit bien se douter que nous n'allons pas lui répondre directement de mon vaisseau, non?

- Assurément. C'est pour cela que je ne comprends pas ce qu'il veut.
- Peut-être vraiment la paix? C'est un personnage complexe.
- J'en doute! De plus, il a des alliés et souvenez-vous que nous avons éliminé de 25 à 30% de la population de Dragons. Je doute qu'eux veuillent faire la paix après cela!
- Il n'en demeure pas moins que nous ne sommes pas vraiment en position pour faire la fine bouche. Cherchons à savoir ce qu'il veut. Pouvez-vous communiquer avec lui sans qu'il ne nous repère?
- Oui. Par laser subspatial, nous sommes en mesure d'envoyer un message à un de nos satellites de retransmission qui fera suivre.
- Dans ce cas, demandez-lui de préciser sa pensée et surtout comment il réglera le problème de ses alliés en cas d'accord avec nous.

La réponse de Ra Tamura ne tarda pas.
- Bravo, Majesté. Vous êtes une grande Impératrice, capable de garder la tête froide. Voici ma proposition. La moitié de vos planètes, celle proche de notre empire, nous reviennent. Pas de problème, vous aurez le temps d'évacuer vos populations. Pour nos amis Sarkaïs, je les libère de leurs obligations envers nous et cela les contentera. Pour nos alliés Dragons, tout ce qu'ils veulent, c'est la Terre. Vous devrez nous indiquer le chemin de cette planète. Ce sera leur cadeau. Et pour Trojan, la possibilité de recevoir tous les vaisseaux abîmés ou non fonctionnels, de nos deux empires.
- Mon Dieu! Il veut la Terre, s'écria Loïc. Il y a 6 milliards de personnes sur la Terre. Caro, je t'en supplie, non.
- Majestés, reprit avec une soudaine passion l'Amiral Singh, nous sommes ou étions, 150 milliards. La moitié est certainement encore en vie. La question ne se pose pas. SAUVEZ NOS GENS.
- Et donner aux Démons notre seule planche de salut en plus de trahir les milliards de terriens qui n'ont rien à voir avec nos problèmes?
- MAJESTÉ, TOUTES NOS PRÉVISIONS MONTRENT QUE NOUS ALLONS PERDRE CETTE GUERRE! SAUVEZ NOS GENS.

- NON, hurla Loïc, CE N'EST QU'UN PIÈGE! JAMAIS, IL NE
  TIENDRA PAROLE. IL SAIT SEULEMENT QUE DE LA TERRE
  RISQUE DE VENIR PLUS TARD L'ARMÉE QUI LE
  DÉTRUIRA.
- MAJESTÉ, NE L'ÉCOUTEZ PAS...
- SILENCE. RÉFLÉCHISSEZ. QUE VEUT-IL VRAIMENT?
- Mon Dieu, mon Dieu j'espère que non que ce n'est pas cela, dit
  soudain pâle comme un linge, Loïc.
- Mais que veux-tu dire.
- Vite, j'ai besoin de tous nos télépathes. Amiral, appelez les
  Dangues qui nous accompagnent. VITTTTTTTTTTEEEE.
Ils furent là en un temps record. Loïc leur parla de ses doutes.
Tous se concentraient... Et soudain ils comprirent!
- Majesté. C'était un piège pour vous forcer à penser à quelque
  chose comme la Terre. DES SONGAS ONT SURVÉCU ET
  VIENNENT DE NOUS REPÉRER. FUYONS RAPIDEMENT ILS
  ARRIVENT DÉJÀ. Prince Loïc FAITES BARRAGE! VOUS ÊTES
  LE PLUS FORT.

Et ce fut le branle-bas de combat à bord du HMS Oulan Bator. Loïc
bien sûr avait immédiatement réagi et avait même senti un des
Songas...un certain Joseph Kissamanju. Loïc lui envoya un ordre de
suicide de très grande puissance et sentit même le Songa gémir,
mais ne sut pas si son ordre avait été exécuté. Il fallait couper tout
contact et fuir. Des protections supplémentaires furent distribuées à
tous pour rendre leurs cerveaux indétectables.
Mais le mal était fait.

CHAPITRE 70: Ou comment on devient une légende

« Elle ne m'a pas cru! Dommage, pensa avec tristesse Ra Tamura, maintenant je vais devoir allez de l'avant avec le plan. Et nous savons où elle se terre. Le système Alpha globulis. Il y a même une planète non habitée, mais capable de supporter la vie. Ils vont s'y cacher et heureusement pour nous, nous avons un énorme détachement dans le coin. S'ils quittent ce système solaire, ils seront repérés et n'aurons plus la possibilité de nous distancer en détruisant comme précédemment, notre détachement. Cette fois nous avons 3500 navires, plus qu'il n'en faut pour arrêter un Galaxie. Et les restes de la flotte de La Garde sont trop loin! »

Bientôt et de cela, Ra Tamura en était maintenant sûre, Caroline ne serait plus un problème pour lui.
Curieusement cela ne le remplissait pas de joie, mais plutôt d'une grande tristesse.
« Nous aurions pu être amis, se dit-il une fois encore, mais ce ne sera pas le cas. »
Ra Tamura convoqua son état-major et donna ses ordres.
Cette fois, il n'était pas question qu'ils s'échappent.
3500 vaisseaux allaient rentrer dans le système d'Alpha globulis et 2500 autres allaient bientôt arriver pour tourner à vitesses maximums autour du système au cas où ils tenteraient de s'échapper en gagnant l'hyperespace.
Même le Sar Barak se joindrait au groupe d'assaut.
Il n'y avait qu'une seule chose qui tracassait Ra Tamura.
Pourquoi ce système manifestement intéressant et en plein dans l'empire, n'avait-il jamais été colonisé?
Oui, cela le tracassait même au point qu'une certaine inquiétude commençait à lui tenailler le ventre.
Et Ra Tamura le savait bien, quand son ventre le tenaillait de cette façon, c'est qu'il y avait, quelque part, un gros problème.
Et avec Caroline, il y avait TOUJOURS de gros problèmes, de toute façon!

- *Le système Alpha globulis est un système à deux étoiles très particulier, dit Loïc. Une géante rouge, Alpha globulis, autour de laquelle tourne à une vitesse folle, une petite bleue, Beta globulis. En fait, les deux étoiles tournent autour d'un centre de gravité commun duquel Alpha globulis est la plus proche.*

- *En 4 heures 32 minutes et 23 secondes, rajouta l'Amirale Singh, mais en quoi cela est-il si important?*
- *Parce que, Amiral, comme vont vous le confirmer bientôt vos systèmes, il y a une énorme flotte démone qui arrive et nous n'avons plus que le HMS Oulan Bator à leur opposer.*
- *J'ai demandé des renforts…*
- *Qui arriveront bien trop tard et qui, en plus, devront se frotter aux Démons!*
- *Et?*
- *Et que ferez-vous quand des milliers de navires ennemis vont pénétrer dans le système?*
- *Quel rapport avec le fait que Beta globulis tourne en 2:32 minutes autour d'Alpha globulis ?*
- *Le fait que cela a une influence particulièrement spectaculaire sur le climat de Nova globulis, la seule planète qui soit suffisamment bien positionnée pour pouvoir supporter la vie, dans ce système de 9 planètes.*
- *Mais où voulez-vous en venir? Au cas où vous ne le sauriez pas, j'ai quelques décisions importantes à prendre et n'ai pas de temps pour vos discussions stériles, finit un Amiral que l'influence de Loïc sur l'Impératrice, dérangeait assurément.*
- *Mais c'est simple, comme vous ne pouvez pas assurer notre protection dans l'espace et ne pouvez pas quitter ce système solaire, la seule alternative, en attendant d'hypothétiques secours, est donc, de descendre sur Nova globulis!*
- *Hein? Mais vous êtes fou…Majesté ne l'écoutez surtout pas, finit-il, suppliant.*
- *Oh que si, Amiral. Et tous, vous allez venir avec nous. Le commandement et la manœuvre du HMS Oulan Bator sera remis au NéMéSiS!*
- *JAMAIS, Majesté, je ne laisserais un robot diriger mon navire. Jamais!*
- *Je ne vous demandais pas votre avis Amiral, je vous donne un ordre. Refuserez-vous un ordre de votre Impératrice?*
- *…non, Majesté! Mais…*
- *Donc, procédez, Amiral!*
- *Bien, Majesté, je ferai ce que vous désirez. Mais si nous allons sur Nova globulis, alors…*

- *Alors vous devez écouter ce que j'ai à dire! Bien, repris Loïc, donc selon la base de données du vaisseau, Nova globulis subit directement les conséquences des mouvements de cet étonnant duo de soleils. Les effets sur la planète, sont essentiellement des vents violents soufflants, en permanence à sa surface, sauf quand le soleil bleu passe derrière la géante rouge. À ce moment, le vent tombe complètement. En gros, le vent souffle à fond pendant 1 heure, puis descend lentement pendant 30 minutes environ, s'arrête complètement pendant 30 minutes, puis reprend graduellement pendant le dernier 30 minutes, environ, du cycle, avec des poussières de minutes qui changent légèrement selon les saisons. Ce qui fait que pendant deux heures des vents violents soufflent à la surface, suivis d'un calme plat pendant 30 minutes.*
- *Et alors?*
- *Et alors, cela a permis le développement d'une forme de vie des plus étonnantes sur cette planète. Et croyez-moi, ces 30 minutes sans vent vont vous sembler une éternité sur Nova globulis. Mais pas autant que les SARKAÏS…s'ils y survivent suffisamment longtemps, ce don je doute.*

La navette traversa le ciel rougeâtre de Nova globulis en laissant une longue trainée incandescente derrière elle, sa vitesse d'approche étant beaucoup trop grande et même des plus risquée.

Mais elle avait plusieurs chasseurs SARKAÏ à ses trousses et n'avait manifestement pas l'armement pour les affronter.

Ce qui ne fût pas vraiment un problème, car, tout en défiant les croiseurs ennemis maintenant en mode d'attaque, le HMS Oulan Bator / NéMéSiS, avait attendu seulement un angle de tir favorable pour à la fois faire face à son propre problème et vaporiser les chasseurs Sarkaïs aux trousses de la navette.

Celle-ci enfin débarrassée des SARKAÏS, avait freiné brusquement et relâché une nuée de petits engins, surtout des petits tanks et motos volants, pilotés par l'équipage du Bator.

L'atmosphère de la planète était tout à fait respirable et sa température des plus agréables.

Sa surface, par contre, était tourmentée et, comme se le disait Loïc, faisait penser à la baie d'Along, au Vietnam, mais avec une savane africaine en guise de mer!

Et, comme dans la savane africaine, avait un grand nombre d'animaux.

Depuis les simples bouteurs jusqu'au prédateurs les plus terrifiants.

« Et beaucoup d'endroits pour se cacher » pensa immédiatement
Loïc.

- Voilà, dit l'Amiral Singh à ses hommes. Nous nous camouflons
  le mieux possible dans la végétation. Chacun de vos appareils
  est équipé de brouilleurs radars, mais vous ajouterez le plus de
  végétation possible pour empêcher une détection visuelle.
  Sachez que les Démons vont débarquer un très grand nombre
  d'engins montés par des centaines de Razakels et autre
  SARKAÏS tout en lâchant un grand nombre de virus et peut-être
  même des FreeProg. Dès que vous sentirez votre engin vous
  échapper, vous appliquerez la tactique de l'envoyée Audrée
  Vauldegarde, vous fermez vos ordis puis vous les rechargez de
  la mémoire gravée. Si vous voyez que malgré tout votre
  machine vous échappe, c'est probablement parce qu'un Dragon
  en a pris le contrôle. Alors, passez en mode manuel, en tous cas,
  pour vos armes. Et rappelez-vous que vous avez eu
  l'entraînement nécessaire pour vous passer de vos viseurs
  électroniques et radars de tir. L'instinct, tirez à l'instinct! Une
  dernière chose, si le vent tombe, VOUS STOPPEZ
  IMPÉRATIVEMENT TOUT MOUVEMENT et CE, POUR LES 30
  MINUTES QUI SUIVENT. Sinon...
- Sinon? demanda un Garde.
- Si vous avez une peau de Goldorak vous serez passablement
  secoué et peut-être même tué, mais si vous n'avez pas de peau
  de Goldorak, vous allez être littéralement troué de toute part!

L'Amiral n'eut pas le loisir de poursuivre longtemps son discours,
un de ses hommes l'avisant de l'arrivée imminente de plusieurs
navettes de débarquement SARKAÏS.
Mais il prit le temps d'ajouter quand même.
- Et rappelez-vous, vous devez protéger l'Impératrice à tout prix,
  même à celui de votre propre vie!

Ils arrivèrent en une énorme vague de plus de cent navettes
surchargée de SARKAÏS, de Razakels et même autres Dragons.
Ils détectèrent rapidement le retranchement des humains en passant
au-dessus d'eux. Alors, ils firent demi-tour et s'ouvrirent pour
larguer leurs hommes montés sur des ailes volantes, parfois par
deux ou trois ou une douzaine.

Mais, ce qu'ils avaient cru être le retranchement des humains ne l'était pas, car les Gardes c'étaient en fait camouflé plus loin sous leurs capes de Mandrake.

Ce fut un véritable carnage d'autant plus que le Bator avait fait une boucle pour passer à la verticale des navettes ennemies et y faire un carton, depuis l'espace.

Les ailes volantes éclatèrent, les navettes furent volatilisées et il y en eu même une qui s'ouvrit par le ventre en jetant tous ses soldats à l'extérieur pour les voir s'écraser quelques centaines de mètres plus bas.

- Tiens, dis un garde cyniquement, il pleut des SARKAÏS.

L'Oulan Bator, quant à lui, avait complètement intégré le NéMéSiS à son bord.

Après tout, un ordinateur, fût-il incroyablement puissant, n'avait pas d'état d'âme.

Du moins pas ce type d'ordinateur.

Le Nem aussi était une sorte d'ordinateur surpuissant, mais pour lui, c'était différent.

Lui, il avait une âme.

Et un énorme désir de protéger Loïc, le fils de son ami Pierre et Caroline, qu'il considérait comme son Impératrice, ainsi que les autres humains qui étaient ses amis.

Oui, lui, il avait une âme qui cette fois-ci ne laisserait pas la vanité s'emparer d'elle.

Et il avait un énorme avantage sur les êtres de chair.

Il était totalement indifférent à la pression, tout comme le galaxie qu'il commandait, ce qui signifiait la possibilité d'utiliser le système Danseur d'une façon qui aurait littéralement liquéfié l'équipage humain s'il avait toujours été à bord.

C'était pour cela qu'il avait demandé à Caroline de le lui confier.

Maintenant le plus prodigieux ordinateur de l'univers commandait le plus prodigieux navire de guerre de l'univers.

Ça allait saigner!

Le NéMéSiS exécuta un bond prodigieux depuis l'orbite de la planète d'où il venait de pulvériser les navettes démones, en changeant la structure du navire en introduisant des schémas non précédemment établis.

C'est ainsi qu'il augmenta la puissance et le nombre des moteurs anti-g par cent, ce qui lui permit de bondir de cette façon qui déconcerta les attaquants.

Le Nem avait parfaitement intégré cette capacité des Galaxies de changer de formes.

Il le transforma donc en un gigantesque canon, qui détruisit, au passage, plusieurs centaines de navires ennemis et manqua de peu, le Sar Barak.

Son commandant, le Dragon Dranak, comprit tout de suite que sa survie n'était plus qu'une question de minutes et ordonna le largage, vers la planète, de toutes ses navettes avec tous les Dragons de son équipage, mais pas les Dangues Songas, jugé non essentiel.

Il quitta même son navire quelques secondes avant que le Bator ne le détruise.

Sur la planète, la bataille était quand même très inégale, malgré qu'il faille toujours se méfier de combattants qui n'ont rien à perdre, comme l'apprirent, à leurs dépens, les SARKAÏS!

Mais il y eut quelque chose d'autre qu'ils apprirent aussi à leurs dépens.

Il faut toujours bien se renseigner quand on débarque sur une planète inconnue, au cas où de mauvaises surprises vous y attendraient.

En fait, la base de données que Loïc avait consultée, n'avait pas toute la vérité sur les vents de Nova globulis. La réalité était que ceux-ci ne diminuaient pas graduellement avant le passage du soleil bleu derrière la géante rouge. En fait, le régime des vents restait le même jusqu'au moment où le soleil bleu disparaissait et alors il tombait d'un coup.

Quand cela arriva, tous furent surpris par la soudaineté du phénomène.

Tous, humain, Sarkaïs, Razakels et Dragons.

Les humains bien renseignés s'immobilisèrent complètement dès que le vent tomba.

Pas les autres!

Ils ne comprirent pas ce qui se passait.

Quand ils virent que les humains ne tiraient plus, ils se lancèrent à l'assaut des retranchements de La Garde.

Le silence était alors impressionnant, troublé seulement par une espèce de vrombissement léger d'origine indéterminée.

Silence qui fut brisé par les hurlements des SARKAÏS quand ils montèrent à l'assaut.

Mais leurs hurlements de rage se muèrent rapidement en hurlements de terreurs.

Plusieurs ailes volantes piquèrent soudainement du nez et des Dragons tombèrent vers le sol, sans vie.

Puis le silence, encore une fois seulement troublé par un léger vrombissement, reprit le dessus.

Les humains, fortement impressionnés, mais disciplinés, n'avaient pas bougé d'un poil!

Du coin de l'œil, ils virent des nuées de « quelque chose » passer çà et là.

Cela dura une demi-heure, jusqu'à ce que le vent revint, aussi intense qu'auparavant et sans transition.

Loïc, suivis par l'Amiral Singh et quelques Gardes, se dirigèrent alors vers un lieu d'où ils avaient clairement vu des Sarkaïs tirer, quoique maintenant, aucun mouvement n'était plus perceptible de ce côté.

Quand ils arrivèrent sur le site, ils y trouvèrent un très grand nombre de Sarkaïs et de Razakels.

Des milliers, en fait.

Tous morts.

- Regardez, dit Loïc à Singh, on dirait qu'ils ont été mitraillés!

Effectivement, tous portaient de très nombreux impacts de balles partout sur le corps.

Des traces de balles de calibre 22, comme le précisa Loïc.

Même le cadavre d'un Dragon, tombé un peu plus loin, portait les mêmes marques.

- Incroyables, dit l'Amiral, ils sont tous morts mitraillés sans que nous n'ayons même vu qui tirait.

- Vous peut-être pas, Singh, répliqua Loïc, mais moi si!

Alors, rassuré télépathiquement par Loïc sur le sort de leur groupe, le Nem passa à ce qu'il appelait les choses sérieuses.

Il transforma le Bator en trois choses seulement.

Un gigantesque canon.

Un énorme moteur anti-g.

Et,

Un formidable Danseur.

Puis, il se jeta sur les forces démoniaques.

Il les détruisit complètement en quelques heures, celles-ci étant totalement incapables de s'adapter à cette nouvelle façon d'attaquer. Les bonds du Bator/NéMéSiS étant impossible en théorie et donc non intégrés dans leur système de tir.

Leurs nombreux ordinateurs s'avérèrent incapables de prévoir la future position du Bator, les algorithmes de leurs logiciels de tir n'intégrant pas de tels mouvements parce que mortels pour tout être vivant ... et cela s'avéra surtout mortel pour un très grand nombre de vaisseaux ennemis malheureusement pour les humains, Ra Tamura était un ennemi coriace lui aussi.

Et comme il se méfiait de ce que ses diables d'humains pouvaient faire, il avait quintuplé la flotte qui tournait autour des soleils Alpha et Beta globulis, bouclant par le fait même ses ennemis à l'intérieur du système.

Ce qui ne l'empêcha pas de crier sa rage quand on lui annonça la destruction de sa flotte dans le système solaire.

- Maudit sois-tu Caroline. JE T'AURAI, MA BELLE, JE TE LE PROMETS.

Puis il entra en contact avec Trojan.

- Trojan, j'ai besoin que tu t'investisses plus dans mon attaque. J'ai besoin de renseignements que toi seul peux me procurer.
- Salut à toi nouveau Grand Khan. Je suis bien content de te voir prendre les rênes de la bataille. Je t'ai envoyé pas mal de mes FreeProgs et beaucoup ont péri. Je te rappelle que ce sont des êtres vivants et leurs pertes me sont douloureuses.
- La perte des miens m'est aussi douloureuse et malheureusement, tes FreeProgs n'ont pas vraiment été à la hauteur durant la bataille d'Oulan Bator.
- Vraiment? Tu m'en vois navré. Malheureusement, je suis pour le moment sur une affaire de la plus haute importance qui menace ma survie et j'ai besoin de toute mon attention et aussi de ton aide!
- Eytan? Ça devient une obsession! Désolé, mais ce n'est pas prioritaire pour le moment.
- Grand Khan, tu aurais tort de le prendre de cette façon. Eytan a reçu pour mission de me tuer!
- Peut-être, mais moi j'ai besoin que tu me trouves d'urgence, en piratant les ordinateurs des humains, comment lutter contre la

peste présente sur Nova globulis et comment neutraliser ton ennemi le plus dangereux, qui n'est pas Eytan, mais le NéMéSiS, qui me semble, en plus, bien plus fort que toi.

- QUOI? LE NéMéSiS PLUS FORT QUE MOI? JAMAIS!
- Alors, prouve-leet trouve-moi l'information demandée!
- Pour la peste de Nova globulis, je viens à l'instant de trouver de l'information sur un ordinateur universitaire d'Ushuaia.
- Et qui est donc ce tueur si efficace?
- Un insecte, ou une sorte d'insecte, nommé Vrion.
- Un insecte? Mais comment peut-il tuer même des Dragons?
- C'est vraiment un insecte très particulier. Il se nourrit de chair animale!
- Des insectes carnivores?
- Oui, mais au cours du temps, les animaux de cette planète se sont dotés d'une peau épaisse qui ne permettait plus aux Vrions de leur percer la peau, alors ils évoluèrent d'une façon étonnante, le corps des femelles se durcit et prit la forme d'un cylindre avec une tête pointue, sans pattes, mais avec deux paires d'ailes surpuissantes.
- Non, ne me dites pas que…
- Oui! Quand elles émergent de leur mue, les femelles ressemblent à une balle 22 long rifle dont la carcasse est faite de chitine très dure et de deux paires d'ailes capables de les propulser, sur une courte distance, à une vitesse de presque 400 km à l'heure! Leur vision est cependant très diminuée et est composée de deux yeux à facettes vers l'avant qui n'ont la capacité de distinguer les objets que si ceux-ci bougent. De plus, les vents très puissants de la planète les empêchent d'atteindre leurs objectifs, quand ils soufflent, en déviant les Vrions et c'est pourquoi ils attendent la chute du vent, causée par les mouvements des soleils d'Alpha globulis, pour prendre leur envol et attaquer leurs proies. Aussitôt qu'ils repèrent un mouvement, ils se précipitent vers lui par centaines d'individus, à des vitesses incroyables. L'impact est carrément équivalent à celui d'une balle de petit calibre à haute vélocité. Cela leur permet de percer les peaux mêmes les plus épaisses et de voir la femelle pénétrer dans sa proie où elle relâche ses œufs. Il est à noter que l'impact la tue souvent elle aussi, mais cela n'empêche pas les œufs d'être pondus et, en moins de 24 heures, les œufs

éclosent et des milliers de larves commencent à dévorer leurs hôtes par l'intérieur.

- Mais comment lutter contre cette engeance?
- Quand les vents tombent, il est impératif de s'immobiliser…ou d'être dans un tank!
- Des combinaisons protectrices?

- …vont aider, mais elles laissent toujours des parties non couvertes comme les mains, le visage…ce qui vous garantit des blessures majeures.

- Donc nos hommes devront s'immobiliser pendant cette demi-heure! Mais que faire pour les Dragons en vol et nos ailes volantes?
- S'ils ne se sont pas posés juste avant la chute du vent, ils sont morts! À vous d'établir une prévision fiable des périodes sans et avec vent!!! Sinon, vous y laisserez pas mal de vos soldats!!!
- Parfait, merci, cette info sera plus que bienvenue pour nos soldats. Mais pour le NéMéSiS? Car contrairement à ce que tu crois, il est vraiment fort et vient de me détruire une flotte complète dans le système globulis! Et il a un allié de taille, le Bator!
- Le Bator? Je ne connais pas ce personnage.
- Tu as raison de parler de personnage. Voici ce qu'il nous a fait parvenir il y a juste quelques minutes.

« Vous qui vous êtes octroyé le droit de voler le bien d'autrui, tout en l'assassinant, parce que vous fûtes incapables de réaliser quoi que ce soit par vous-mêmes, sauf vos tueries intestines, apprenez que vous avez un nouvel ennemi.
Moi, le Bator.
Oui, j'étais un fantastique navire de guerre, créé par les Humains et appelé HMS Oulan Bator.
Mais les humains m'ont fait malléable et m'ont donné pour tuteur le NéMéSiS, le plus grand ordinateur pensant de l'univers.
Sachez, vile créature, que le NéMéSiS a utilisé à fond ma capacité de transformation pour changer les composantes destinées à l'équipage en capacité informatique, augmentant ainsi celle-ci pratiquement au niveau des siennes.
Maintenant, pour votre malheur, j'ai sa puissance ET mes armements.

Maintenant vous avez un ennemi de plus.

Un ennemi qui a une âme et une Impératrice qu'il servira même après sa mort.

Maintenant je suis votre pire cauchemar.

Et je vous le garantis.

Je vais vous cogner ».

- Il me semble un brin arrogant, en face d'une flotte comme la vôtre.
- Je vous recommande fortement de le prendre au sérieux. Comment le contrer?
- Heu…votre seule chance est l'effet rouleau compresseur, c'est-à-dire une grande quantité de navires en même temps, certains destinés à se faire massacrer par le Bator et d'autres qui débarqueront des troupes fraîches sur Nova globulis. Et une flotte, d'ont j'aurai reprogrammé les systèmes de tir, tournant à haute vitesse autour du système pour y enfermer le Bator, le NéMéSiS et bien sûr, l'impératrice. Bien entendu, n'espérez pas revoir les navires et vos hommes envoyés dans le système! Voilà! Après cela m'aiderez-vous pour Eytan?

15 000.

15 000 soldats démons furent débarqués sur Nova globulis avec un ordre très simple.

Tuer Caroline!

15 000 soldats qui avaient aussi reçu un avertissement.

- Vous tuez Caroline où vous ne revenez pas ! leur avait clairement fait savoir Ra Tamura.

15 contre un.

Pour une Caroline enceinte jusqu'aux yeux!

Et dans un environnement effroyablement hostile, avec des prédateurs parmi les plus féroces jamais rencontrés par l'homme.

Des monstres d'une force incroyable au physique de tigre, mais avec des gueules de tyrannosaure et des griffes de Raptor,

C'était mal parti.

Mais il y avait une surprise de taille!

Les prédateurs de Nova globulis avaient des cerveaux qui pouvaient être dirigés par de bons télépathes.

Pour la première fois, Loïc constatait qu'il pouvait prendre le contrôle d'un animal même si celui-ci se défendait.

Jamais, sur Oulan Bator, il n'en avait été capable, ses capacités lui permettant, tout au plus, de lire un esprit, mais pas de le contrôler.

Comme si une barrière naturelle, il était tenté de parler d'un « coupe-feu biologique», prévenait naturellement cela, partout ailleurs. Mais pas ici.

Ce qui, évidemment, sous-entendait qu'une forme de télépathie était présente ou sous-jacente depuis longtemps chez les mammifères et peut-être même chez les autres espèces animales.

Et l'homme était un mammifère, alors il était probable que des barrières biologiques avaient été érigées naturellement, il y a des lustres!

Évidemment, ce n'était pas vraiment le temps et l'endroit pour un questionnement philosophique sur la présence ou non de ce « coupe-feu biologique » depuis l'aube des temps.

Mais se retrouver dans la tête d'un tueur monstrueux était quand même incroyable… Et cela, comme le dit immédiatement Loïc, ouvrait des perspectives des plus intéressantes.

15 000 démons, donc, débarquèrent sur Nova globulis, la rage au cœur et la peur au ventre.

Ils furent accueillis par le feu nourri de La Garde qui les attendait de pied ferme.

Rapidement, il devint évident que les attaquants ne se serviraient de leurs ailes volantes que pour les repérer, ne voulant évidemment plus se faire trucider par les Vrions!

Cela impliquait pourquoi ils se contentaient de réacteurs dorsaux et d'attaques terrestres, par l'infanterie et la bonne vieille manière d'autrefois, c'est-à-dire, à pied!

Pour les tanks volants, ceux-ci avaient affaire à ceux de La Garde, que la méthode de l'envoyée Audrée Vauldegarde, soit l'arrêt et le redémarrage rapide des ordinateurs, protégeait contre les FreeProg.

Quant à la prise en charge des tanks de La Garde par les Dragons, elle ne se produisit pas, car Caroline avait formé un groupe très particulier de combattants.

Ceux de l'esprit.

Cent des plus performants Gardes en matière de télépathie avaient reçu un ordre très simple.

Empêcher les Dragons de prendre le contrôle des tanks en brouillant au maximum leurs esprits.

La bataille de tanks fut alors dantesque et la supériorité technique de ceux de La Garde provoqua des ravages chez les démons qui perdirent rapidement la bataille du ciel.

Quant à Loïc, il avait, lui aussi, organisé une petite surprise pour les combattants au sol.

Quand ceux-ci passèrent à l'assaut, ils furent littéralement attaqués par une meute incroyable…des pires prédateurs de la planète!

En plus, la géographie très particulière de celle-ci se prêtait particulièrement bien à l'embuscade à cause du nombre très élevé de protubérances rocheuses envahies de végétations qui couvraient sa surface.

Ça, les attaquants s'en rendirent rapidement compte.

Les monstrueux prédateurs avaient réellement une force phénoménale ainsi qu'une peau très épaisse, ce qui augmentait leurs résistances aux armes des Sarkaïs et ils n'étaient nullement effrayés par eux, qui une fois de plus, furent décontenancés par le type d'attaques auxquelles ils faisaient face.

Les effroyables mâchoires des « Tigrosaures », comme les avait nommés Caroline, tuèrent un nombre record de Sarkaïs alors que les « Serposaures », sorte de serpent géant de 5 mètres de long, étouffèrent plus d'un Razakel avant de le dévorer.

Et il y avait aussi les « Taurosaures », en fait des herbivores, mais qui se déplaçaient en gigantesques troupeaux, aux cornes deux fois plus grandes que ceux des plus gros taureaux de la Terre et qui défoncèrent et piétinèrent littéralement plusieurs colonnes de Sarkaïs à pied.

Ceux-ci grâce ou à cause de leur instinct grégaire, ne nécessitaient pas un contrôle mental important, seul le mâle dominant devait être sous emprise télépathique et les autres suivaient simplement!

Puis vint la chute du vent!

Tous les Sarkaïs s'immobilisèrent.

Mais pas Loïc, qui avait donné des instructions simples.

- Que tous ceux qui portent, comme moi, une peau de Goldorak, attaquent les Démons une fois que le vent tombera. Ils vont tous s'immobiliser, ce qui vous donnera une fenêtre d'intervention de quelques secondes et au plus une minute, pour faire un carton dans leurs rangs. Après, vous serez renversés par les chocs causés par les Vrions, mais vous devriez survivre grâce à votre protection.

Ce que lui-même fit avec un succès certain.

Quand le vent reprit, il était évident que les tanks de La Garde avaient éliminé ceux des Démons dans le ciel et que les rares Dragons qui participaient à la bataille venaient de payer le prix de leur grande taille en étant une cible facile.

Quant au Razakels et autres, Sarkaïs, qui avaient survécu aux prédateurs et au feu des humains, ils n'en avaient plus pour longtemps.

Mais certains étaient plus forts que d'autres, comme le Dragon Dranak commandant de feu le Sar Barak.

Il avait réussi à survivre même au premier débarquement.

Certes, les Vrions l'avaient un peu touché, mais les Dragons savaient panser leurs plaies, du moins si elles n'étaient pas trop nombreuses et quand le vent était tombé la première fois, il avait rapidement compris que quelque chose n'allait pas en voyant les animaux indigènes s'immobiliser.

De plus, il était un télépathe particulièrement habile et avait senti la panique des animaux à ce moment-là.

Alors intuitivement, il s'était laissé chuter sur le sol et avait arrêté de bouger, même quand quelques Vrions l'avaient touché.

Un télépathe remarquable!

Alors quand de terrifiantes créatures lui cherchèrent noise, il les dévia en esprit, surtout qu'il avait senti qu'elles étaient contrôlées par un humain.

Dranak haïssait les humains plus que toute autre chose au monde, mais encore plus maintenant qu'il se trouvait coincé sur une planète très dangereuse avec une chance de survie très faible, d'autant plus qu'il ne se faisait pas vraiment d'illusions sur les efforts que Ra Tamura ferait pour les récupérer lui et ses frères!

Mais Dranak n'était pas un Dragon ordinaire! C'était un commandant très en vue et très proche du Grand Tyr Racor, ce qui lui avait donné le privilège d'emporter quelque chose de particulièrement précieux en la circonstance, une arme thermique fabriquée, en des temps immémoriaux, par les Djinns.

Une de ses armes qui avait permis, justement, aux Dragons de les terrasser.

Alors, il élabora un plan on ne peut plus simple.
Faire le mort, vu qu'il était proche des Gardes humains et laisser le sale travail aux autres.
Attendre le bon moment
Et tuer Caroline, quand elle sortirait de sa planque, après la bataille.
Il savait qu'elle n'était pas loin.
Dranak était un télépathe remarquable, alors il savait parfaitement que d'autres télépathes n'auraient pas de difficulté à le repérer s'il tentait de sonder son environnement.
Alors, il se mit en veilleuse, utilisant ses sens normaux plutôt que télépathiques.
Le plus dur?
Ne pas bouger!

La bataille fut meurtrière pour tous.
Tous les Razakels, Sarkaïs et autres Dragons, périrent.
Mais tous les Gardes aussi.
-   C'est maintenant ou jamais, dit Caroline, qui tentait désespérément de reprendre son souffle, tout en calmant son bébé en grande panique tant il avait ressenti la bataille, il faut appeler le NéMéSiS et quitter cet enfer.
-   Caro, lui répondit Loïc, il est plus que risqué de bondir vers l'espace profond maintenant, il y a trop de Démons qui patrouillent autour du système Alpha- Beta globulis. Même le Bator ne pourra pas les atteindre tous!
-   Mais Ra Tamura est dans les parages et je sens qu'il veut à tout prix ma perte. Si nous ne tentons pas une échappée maintenant, il viendra avec encore plus de navires et il y en aura une quantité phénoménale que le Bator ne pourra pas arrêter!
-   Gagnons alors le Bator. Il sera plus à même de nous protéger efficacement.
-   Non, c'est ce que Ra Tamura escompte et il dirigera son attaque sur lui, ce qui devrait nous permettre de nous faufiler!
Le NéMéSiS donc et non pas le Bator, qui était occupé à détruire le reste de la flotte des Démons qui croissait au large de Nova globulis.
Mais aussi parce que leur groupe se résumait maintenant à Loïc et elle-même.

Tous les autres avaient donné leurs vies pour les sauver.

À leurs pieds gisait même l'Amiral Singh, qui lors de l'ultime assaut des Sarkaïs, avait usé de son corps comme bouclier humain, pour la protéger.

Loïc, lui, explorait les environs en réacteur dorsal.

Il avait épuisé toutes ses munitions durant la bataille et ne pouvait plus que se fier à son 357 Magnum, notoirement insuffisant s'il y avait des ennemis survivants.

Mais il n'y en avait pas.

Il sondait télépathiquement les environs et ne percevait aucun esprit autre que ceux des animaux…malgré quelque chose de très faible.

Tout de suite, il vit l'énorme corps d'un Dragon qui gisait très proche de leur refuge.

Mais il était mort, quoiqu'il fût encore rempli de gaz.

« Étonnant, se dit-il, mais enfin il est mort, donc pas de danger ».

Rassuré, il avertit Caroline qu'elle pouvait sortir du refuge et se diriger tranquillement vers l'aire dégagée à quelques centaines de mètres plus loin où le NéMéSiS allait se poser dans moins d'une demi-heure.

Certes, cela obligerait Caroline à passer au côté du gigantesque cadavre du Dragon, mais de toute façon, des cadavres, ils y en avaient des milliers aux alentours et il était impossible de les éviter.

Caroline, donc, sortit de sa cachette, les larmes aux yeux en voyant les corps des siens qui avaient donné leur vie pour elle.

Elle marcha vers le site d'atterrissage et remarqua immédiatement le gigantesque corps qui se trouvait devant elle.

Soudain, elle se sentit mal en le voyant.

Quelque chose la dérangeait.

Elle dirigea son esprit avec le plus de force possible vers le Dragon couché sur le côté.

Et soudain elle comprit.

- ATTENTION, LOÏC, IL EST TOUJOURS VIVANT, lança-t-elle, télépathiquement vers son amoureux.

Dranak sut tout de suite qu'il était repéré et se redressa d'un bon.

Caroline, malgré son état, se jeta rapidement derrière une grosse protubérance pierreuse.

Mais Dranak ne s'avoua pas vaincu!

D'un formidable coup d'aile, il s'élança vers les airs et rapidement domina Caroline par le haut.

Il sortit, alors, son arme thermique et la visa, sachant qu'avec une telle arme, même si elle portait une peau de Goldorak, elle n'aurait aucune chance.

Loïc, qui volait en réacteur dorsal plus haut que le Dragon, le comprit lui aussi et se rendit compte par la même occasion que ses propres armes étaient soit déchargées, soit dérisoires.

Alors il fit la chose la plus folle qu'il soit.

Inspiré par la technique des Vrillons, il lança son réacteur à fond et fonça vers le Dragon qu'il heurta avec une force telle qu'il passa littéralement au travers, les Dragons étant essentiellement de grosse baudruche remplie de gaz.

Mais passer au travers du Dragon le déséquilibra et il eut du mal à ralentir sa course avant d'atteindre le sol, qu'il heurta violemment.

Caroline, en le voyant s'écraser au sol, sut tout de suite qu'il s'était blessé très gravement et se précipita à son secours.

Dranak, quant à lui, était aussi très gravement blessé, mais pas mort pour autant et venait de tomber, lourdement, sur le sol.

Cependant, plusieurs parties de son corps étaient toujours remplies de gaz, ce qui amortit son atterrissage et malgré qu'il soit mourant, il fit une dernière chose.

Il actionna son arme thermique avec un geste ample en arc de cercle, en direction de Caroline, juste avant de rendre l'âme.

Loïc gisait sur le sol, gravement blessé.

Il vit clairement ce qui venait de se passer...

- CAROLINE, hurla-t-il, en se redressant péniblement.

Mais Caroline ne répondit pas.

Elle était tombée à genoux, en se tenant fortement la gorge d'où un puissant jet de sang jaillissait.

Caroline avait eu la gorge tranchée par l'arme du Dragon, sa peau de Goldorak s'étant avérée insuffisante pour la protéger!

Tout de suite, elle fut consciente de l'extrême gravité de sa blessure et qu'il allait lui falloir rediriger le plus de sang possible vers son cerveau en colmatant le mieux possible sa blessure grâce à ses mains et à certains spasmes musculaires.

Comme cela, elle pourrait limiter la perte de sang par la trachée-artère et gagner du temps pour permettre au Nem d'arriver.

Et elle pensa à son bébé.

Et elle comprit qu'elle ne pourrait pas sauver sa vie et celle de son bébé.

La perte de sang par sa gorge était trop importante et il allait en manquer au bébé

Elle eut un choix terrible à faire…qu'elle fit sans l'ombre d'une hésitation!

Avec ce qui lui restait de conscience, elle força son corps à rediriger son sang vers le bébé tout en provoquant un spasme violent juste sous sa blessure, ce qui eu pour effet de serrer très fort sa gorge, stoppant l'hémorragie et, mais également le flux de sang vers son cerveau.

Caroline contrôlait son corps beaucoup plus que les êtres humains normaux.

Loïc, lui aussi très puissant télépathe, sut immédiatement ce qu'elle faisait et malgré ses nombreuses blessures, il réussit à se rapprocher d'elle.

Mais maintenant elle était tombée sur le sol… et son regard était devenu d'une fixité inquiétante, alors que sa pensée s'étiolait au fur et à mesure que son cerveau manquait d'oxygène.

Loïc sentait la mort progresser dans le corps et le cerveau de Caroline.

Même le bébé était entré en stresse, car, déjà télépathe, il ressentait la souffrance de ses parents.

CARO leur envoya alors un fantastique message télépathique pour leur dire, à tous les deux, combien elle les aimait.

Puis son cerveau se « déconnecta».

- CAROLINE avait alors hurlé, Loïc, désespéré.

Mais le NéMéSiS était enfin arrivé.

Déjà des robots se précipitaient vers eux et en moins de quelques minutes, ils se retrouvèrent dans la petite unité médicale du vaisseau, alors que celui-ci bondissait vers l'espace.

Le NéMéSiS fit mettre Loïc sur la table d'opération, de laquelle il sauta promptement.

- NON, NEM, SAUVE CARO.
- IL EST TROP TARD, POUR ELLE, lui répondit-il d'une voix triste, MAIS TOI JE PEUX ENCORE TE SAUVER.
- NNNNNNNNNOOOOOOOOOONNNNNN. Tu ne comprends pas…je ne le mérite pas…je n'ai pas su…pas su la protéger. C'ÉTAIT MON DEVOIR. SAUVE LE BÉBÉ!

- NON, LOÏC! CETTE UNITÉ MÉDICALE EST TROP PETITE. JE NE PEUX PAS VOUS SAUVER TOUS LES DEUX. TOI JE PEUX. L'ENFANT EST PROBABLEMENT DÉJÀ MORT!
- NON! JE LE SENS TOUJOURS. IL EST ENCORE VIVANT, MAIS FAIBLE! CAROLINE A REDIRIGÉ VERS LUI CE QUI LUI RESTAIT DE SANG POUR LE PROTÉGER AU DÉTRIMENT DE SON PROPRE CERVEAU. JE LE SAIS. NEM, C'EST MON ULTIME SOUHAIT!
- LOÏC! SI JE SAUVE L'ENFANT, TOI TU MOURRAS!
- JE NE DÉSIRE PAS VIVRE SANS ELLE! SAUVE LE BÉBÉ...SAUVE-LE! TU LUI DIRAS COMBIEN JE REGRETTE DE N'AVOIR PAS PU SAUVER SA MÈRE...DEMANDE-LUI PARDON...POUR MOI! DIS-LUI COMBIEN NOUS L'AIMIONS DÉJÀ.

Alors Loïc tomba sur le sol et le Nem opéra le corps sans vie de Caroline.
Puis un bébé apparut dans les bras mécaniques du robot médecin.
Un bébé qui hurla soudain.
- ARTHUR, cria Loïc.
Puis il mourut.

Il y eut alors, une énorme pulsion électronique qui traversa la galaxie tout entière.
Pulsion tellement puissante que les ordinateurs de beaucoup de navires spatiaux furent temporairement mis hors service, ce qui permit au Nem de quitter le système d'Alpha globulis.
Mas cette pulsion révéla aussi quelque chose d'autre.
Quelque chose que toutes les races, connues et inconnues, qui peuplaient la galaxie, captèrent.
Et toutes furent unanimes.
Ce n'était pas un langage.
C'était un cri, un énorme cri de douleur.
- Quelqu'un a eu mal, très mal, dirent-ils.
Mais le cri cessa.
Un enfant pleurait.
Un enfant avait faim.
Un enfant avait besoin de soins.

FIN DE LA DEUXIÈME PARTIE

TROISIÈME PARTIE

Le déséquilibre de la terreur

CHAPITRE 71 : Où on apprend à vivre dans un environnement dangereux

Nikolaï Petrovitch était un citoyen de l'Union des républiques socialistes soviétiques des plus ordinaires.

Moscovite, il était diplômé en géologie, ce qui l'amenait à voyager beaucoup en dehors de Moscou, surtout quand il partait prospecter le pétrole en Sibérie, pour le Ministère de l'Industrie pétrolière de l'URSS (Kogalym).

Il était un citoyen des plus tranquilles qui veillait à ne pas irriter les autorités en place, surtout que celles-ci étaient de plus en plus nerveuses en ces temps de guerre froide avec l'arrogante Amérique de Ronald Reagan.

Pour lui, comme pour beaucoup de Russes, le fait que Vassili Kouznetsov remplaçait Léonide Brejnev, qui venait de mourir subitement, au Soviet suprême, ne l'empêchait pas de penser que la fin de l'URSS, du moins en tant que pays communiste, était proche.

La compétition était trop dure, l'efficacité de L'URSS en matière économique trop basse et surtout, l'agitation des républiques du Caucase minait sa force d'une façon de plus en plus visible.

Évidement Nikolaï tenait cela pour lui... il ne tenait pas à perdre sa position si mal payée, mais payée quand même.

Et puis, il avait son petit bonheur à lui, sa femme, Anastasia.

Anastasia, écrivaine et poétesse, d'une beauté à couper le souffle.

Anastasia qu'il adorait et qui le lui rendait bien.

Mais Anastasia, comme beaucoup d'écrivains, ressentait les choses plus violemment que lui et le disait...ou du moins l'écrivait!

Si ses critiques étaient restées en Union Soviétique, cela aurait déjà été dangereux, mais elle avait été remarquée par les Occidentaux, ce qui lui avait même valu un prix de littérature et d'être invitée à Paris, tous frais payés, pour la séance de remise des prix.

Ce qui avait carrément rendu fou le KGB qui redoutait plus que tout que l'occident ne se rende compte de l'état de délabrement de l'URSS, mais qui en même temps ne pouvait pas refuser cet honneur fait à une citoyenne soviétique, preuve de la grande qualité intellectuelle des écrivains de l'URSS et, à fortiori, que la liberté d'expression existait en URSS malgré les critiques occidentales.

Alors ils convoquèrent Anastasia pour la mettre sérieusement en garde contre ce qu'ils qualifiaient de « propagande antisoviétique ».

Mais Anastasia avait rétorqué qu'elle ne faisait pas de politique et qu'au contraire son travail avait pour but d'attirer l'attention des autorités sur les problèmes quotidiens que vivaient les Russes et non pas de contester le gouvernement.

Nikolaï, quant à lui, était littéralement paniqué par l'attitude de sa femme et la conjurait de mettre un frein à ses critiques.

Il connaissait la paranoïa du KGB et lui disait et redisait combien il était dangereux de s'aventurer sur ce terrain.

Mais Anastasia lui rétorquait qu'elle n'avait rien à craindre, car sa notoriété hors frontière la protégeait, ce que contestait Nikolaï.

Quand Anastasia fut invitée à Paris pour la remise de son prix, il lui demanda de ne pas y aller, car les autorités voyaient déjà en elle une espionne occidentale chargée de dénigrer le socialisme et y aller ne ferait que les rendre encore plus enragés.

Et quand le KGB pense que vous êtes une espionne à la solde de l'étranger ET que vous causez du mal au pays, il prend des mesures extrêmes.

Mais Anastasia avait ri.

- *Moi? Une espionne? Mais voyons Nikolaï, aucune personne saine d'esprit ne croirait cela!*

Mais voilà! Le KGB n'était pas réputé être sain d'esprit et quand Anastasia arriva à Paris, le véhicule qui la transportait de l'aéroport vers son hôtel fut heurté de plein fouet par un chauffard ivre qui la tua, elle et son chauffeur.

Le chauffard mourut lui aussi dans l'accident.

Tout le monde crut à un malencontreux accident.

Tout le monde le crut, sauf Nikolaï, qui y vit d'instinct le travail du KGB.

Pour eux, Anastasia était une espionne à la solde des Américains.

« Mon dieu, pensa-t-il douloureusement, ils ont cru qu'elle était une espionne... alors que c'est moi l'agent de la CIA ».

Le petit garçon avait un regard triste, car malgré la présence constante de Meca, son robot jouet et de la tendresse de ses parents, un immense sentiment de solitude le hantait en permanence.

Seul!

C'était en lui et il ne pouvait lutter contre cela malgré tout ce que ses parents pouvaient lui dire.

Il avait l'impression tenace d'être le seul être vivant à des années-lumière à la ronde!

Sauf, bien sûr, quand il ouvrait son esprit... et alors...

Alors, c'était littéralement une déferlante de pensées humaines étrangères qui prenaient d'assaut son cerveau!

Les pensées de ceux qui souffraient!

De ceux qui hurlaient leurs terreurs quand de monstrueuses créatures les massacraient

Par centaines!

Par milliers!

Par millions!

Ils étaient là!

Enfin, pas avec lui.

En lui, en quelque sorte.

Il n'était qu'un enfant, mais ses facultés télépathiques exceptionnelles lui faisaient ressentir la mort de milliards de gens même à des centaines d'années-lumière de distance.

Ainsi, quand la vague de solitude l'envahissait, il laissait son esprit s'ouvrir malgré la souffrance que cela lui procurait.

Pour lui, la souffrance des autres éloignerait ses propres tourments.

Mais il n'était qu'un enfant et n'avait pas la force d'endurer une telle violence, alors quand le tsunami des vagues de douleurs de l'humanité agonisante lui arrivait, il ne pouvait le supporter et il hurlait.

Il hurlait dans la nuit, ce qui invariablement faisait arriver sa mère en courant, souvent suivi de son père.

Alors, pour le calmer, tout en le serrant dans ses bras, elle lui chantait une chanson, une chanson, disait-elle, qui venait de Nirva.

5Une chanson douce
Que me chantait ma Maman

En suçant mon pouce,
J'écoutais en m'endormant.

Cette chanson douce
Je veux la chanter pour toi,

---

[5] Henri Salvadore, Une chanson douce que me chantait ma maman

Car ta peau est douce
Comme la mousse des bois.

La magie de cette chanson à l'origine si lointaine ne pouvait faire autrement que de calmer Arthur

Mais, parfois, les horreurs qu'il voyait étaient telles que cela ne suffisait pas... ou plus!

- Voyons Arthur! Calme-toi, ce n'est qu'un mauvais rêve, lui disait-elle alors en le serrant encore plus fort dans ses bras.
- Non, maman, c'est vrai... Des gens sont tués par d'horribles créatures... même des enfants! Et je me sens tellement seul!
- Mais non tu n'es pas seul. Nous sommes là, ton père et moi!
- Mais...mais pourquoi, alors que je sens des êtres vivants à des centaines de milliards de km, ne suis-je pas capable de vous sentir vous? Il y a seulement Tête de fer que je sens... et je ne l'aime pas! Il veut toujours me donner des ordres ... comme s'il était mon père... ou toi!
- Justement, celui que tu appelles Tête de fer, son nom c'est NéMéSiS et il se plaint de toi aussi!
- Mais, maman, c'est juste une machine!
- Non! C'est un être vivant... différent, c'est tout!
- Une machine! Une simple machine maman!
- Non et je veux que tu le respectes, lui dit-elle courroucée.
- Non, rétorqua l'enfant! JAMAIS JE NE RESPECTERAI CETTE MACHINE! JE NE L'AIME PAS!
- Dans ce cas, tu ne débarqueras pas avec nous sur l'astéroïde!!
- Mais pourquoi? rétorqua l'enfant.
- Parce que je ne suis pas contente de ce que tu dis. En plus, tu as encore une fois essayé de percer les défenses informatiques du NéMéSiS! Tu ne comprends donc pas que c'est dangereux pour nous tous? Tu risques d'attirer les Démons!
- Maman! Les Démons, je les perçois très bien et ils ne sont pas en mesure de me capter moi! Même leurs Dragons ne sont pas assez forts! Et bientôt, je percerais les défenses de cette machine qui est assez idiote pour se croire vivante! Une saloperie d'ordinateur! Tu parles!
-

La gifle de Caroline le fit littéralement voler un mètre plus loin!

- Mais maman, je veux juste savoir ce que Tête de fer a dans la tête, protesta-t-il en se frottant la joue, mais sans pleurer, il était déjà trop orgueilleux pour ça!!
- Je t'avais averti, Arthur, je veux que tu témoignes du respect au NéMéSiS! Il nous a sauvé, nous tes parents, de la mort, il y a quelque temps et rien que pour cela, tu devrais lui en être reconnaissant!
- Lui? Vous sauvez? Dites-moi quelle ligne de code en a été responsable et je serai éternellement reconnaissant à son programmeur! Et ce n'est pas une raison pour m'empêcher de débarquer et de me promener pendant que vous travaillez, papa et toi.
- Arthur! Tu as seulement 7 ans!
- Oui, mais c'est ennuyant de vivre dans un vaisseau spatial grand comme une boite à conserve TOUT SEUL et dans l'espace tout le temps.
- Tu sais que la guerre ravage l'empire et que les Démons…
- Les Démons! Toujours les Démons!
- Tu es télépathe, non? Tu dois les sentir quand même autour de nous!
- Oui, maman et je sens beaucoup de choses… qui sont effrayantes. Même Tête de fer, je le sens…mais toujours pas toi ni papa!
- Nous sommes protégés…tu sais quand même que maman est Impératrice, donc il ne faut pas que les méchants, les Démons, puissent voir en elle! Tu comprends cela, au moins?
- Oui, maman, mais …pourquoi alors je sens Tête de fer? Et pourquoi, si tu es Impératrice, voyageons-nous dans un si petit navire?
- Parce que beaucoup de Démons recherchent maman et papa et que les planètes de l'empire ne sont plus sûres, car toutes sont ou seront attaquées bientôt.
- Mais pourquoi un petit navire?
- Pour ne pas attirer l'attention!
- Mais comment donnes-tu tes ordres alors?
- Ne t'en fait pas pour ça, nous avons un système de communication fantastique.

Le petit garçon baissa la tête d'un air penaud.

- Pardon, maman, mais Tête de fer a un secret, je le sais… je veux juste savoir ce que c'est.
- NON! ce sont des secrets de l'empire et tu es trop jeune pour les comprendre!
- Mais, maman, j'ai l'impression que ça me concerne!

Caroline se culpabilisa et regarda son fils, cette fois avec une infinie tendresse.
- Mais non, mon grand, ce ne sont que des plans stratégiques de défense de l'empire. Rien qui ne te concerne!

CHAPITRE 72: Trojan, prends garde à toi

À :   *Prince Eytan; Général Grégory Faysal*
De :   *Colonel Nadine Sanburan;*
        Service de recherche informatique de La Garde

Objet: Trojan

Cher Prince, mon Général

Les services de recherche informatiques de La Garde ont pour objet d'évaluer les menaces potentielles qui pourraient affecter nos systèmes informatiques aussi bien civils que militaires, étant donné la très grande dépendance de l'Empire envers ceux-ci.
Ayant donc de multiples équipes travaillant déjà dans le domaine, il était naturel que vos demandes d'investigations sur Trojan, tant sur la source de son pouvoir que de ses moyens d'action, nous soient transmises.
Naturellement, il est extrêmement difficile d'enquêter sur un sujet que nous ne pouvons pas analyser directement, mais l'abondance de témoignages ainsi que de documents, certainement originaires de Nirva, nous a permis de nous faire une idée assez juste du « personnage » et de ses moyens d'interventions et de nuisance.
Ci-dessous vous trouverez les réponses à vos questions, basées sur nos recherches, malgré le fait que l'essentiel des informations nécessaires aient été perdues avec la chute d'Oulan Bator.

En premier lieu, qui est Trojan?

Il est impossible de répondre définitivement à cette question, mais certains documents extrêmement anciens nous permettent de croire que Trojan viendrait de Nirva où il aurait porté le nom de « Black Knight». Il aurait été, à l'époque, une sorte de satellite militaire chargée de missile nucléaire dans ce qui s'appelait alors la guerre froide, une époque antérieure à la guerre des Démons.

À cette époque lointaine, les puissances dominantes de Nirva étaient en grandes rivalités et utilisaient les armes nucléaires comme moyen de dissuader l'autre camp de les attaquer. Il semblerait que ledit « Black Knight» aurait été une pièce du dispositif de dissuasion d'une des grandes puissances de l'époque.

Trojan était donc, dès le départ, une arme de guerre sophistiquée, quoique la technologie de l'époque ne fût évidemment pas suffisamment développée pour expliquer ses capacités actuelles.

Alors comment Trojan, qui n'était qu'un vulgaire satellite de combat, a-t-il pu devenir la menace qu'il est aujourd'hui?

Pour une raison inconnue, Trojan fût éjecté de son orbite, probablement durant la première guerre des Démons et tomba littéralement dans l'hyperespace, peut-être à l'intérieur d'un vaisseau Démon ou simplement par accident et se retrouva, après de nombreuses années d'errances, dans le cimetière d'astronef où il se trouve toujours actuellement.

Évidemment, il s'agit ici d'hypothèses, mais les chances qu'elles soient vraies sont très importantes.

C'est là, dans ce cimetière, qui se trouve dans le système d'Hadès, un système proche des frontières de l'empire, mais de l'autre côté de celle-ci, c'est là, donc, qu'il a dû entrer en contact avec un vaisseau naufragé dont il aurait réussi à s'emparer des systèmes informatiques, augmentant par là même ses capacités.

Il semble que ce lieu ait aussi des caractéristiques particulièrement surprenantes qui font que des vaisseaux naufragés, abandonnés par leur équipage ou dont l'équipage aurait succombé et dérivant dans l'hyperespace, finissent par arriver là après plus ou moins longtemps.

De plus, le type d'étoile à cet endroit, fait en sorte aussi que non seulement les navires naufragés ralentissent rapidement à des vitesses infraluminique , mais aussi, fait des plus étonnants, se reconvertissent de l'antimatière en matière.

Ce système agit un peu comme une île vers laquelle des courants marins océaniques finiraient par rejeter les épaves dérivantes où, normalement, elles s'enliseraient.

Au fils du temps, de nombreux navires ont fini par arriver là et Trojan n'eut alors qu'à s'emparer de leurs systèmes informatiques et, à la longue, devenir une sorte de méga-ordinateur dont les pouvoirs et les connaissances augmenteraient à chaque nouvelle acquisition.

Mais comment se fait-il qu'un simple ordinateur, d'une technologie obsolète, ait pris de telles initiatives?

Le « Black Knight », qui a en quelque sorte donné naissance à Trojan, était un satellite de combat programmé pour réagir à toutes les situations, même les plus insolites.
Le programmeur en Chef de ce système devait être de première force.
À ce stade, il est certain que Trojan ne pouvait pas encore être vu comme un être vivant, mais seulement comme un engin de guerre particulièrement bien programmé.
D'une certaine manière, il a dû réagir à ce qu'il croyait être une menace, quand ses systèmes ont détecté un navire inconnu.
Il devait avoir en mémoire, une sorte de défense qui lui permettait de se connecter à tout vaisseau l'approchant en vue de lui injecter des virus informatiques pour le neutraliser.
Il est possible qu'il ait été capable de se brancher sur le système d'un vaisseau inconnu trouvé dans le cimetière et qu'il ait fusionné avec lui, devenant ainsi en quelque sorte une entité bicéphale!
Ce serait l'origine de son pouvoir.

Quelles sont ses forces et ses faiblesses?

Son énorme capacité informatique, donnée par ses milliers de navires naufragés, ainsi que sa grande connaissance de l'humanité, sont certainement ses plus grandes forces, de même que sa détermination, quoique celle-là pourrait être aussi vue comme une faiblesse, car elle provient certainement de sa programmation de base de l'époque « Black Knight» qui continue à le diriger de l'intérieur, sans qu'il n'en soit conscient où capable de la contrôler.
D'où sa haine de l'humanité!
Étant un engin de destruction massive au départ, il en à hérité la logique!
On ne peut pas se préparer à atomiser l'humanité et en même temps aimer les humains!
Le fait qu'il n'ait aucun pouvoir sur cela est une faiblesse, de même que son immense capacité informatique en est aussi une, car il n'utilise pas de radar pour détecter l'approche de son domaine par des navires spatiaux.
Il les « sent » littéralement par leurs ordinateurs!
Donc, l'absence d'ordinateur dans un endroit signifie aussi que Trojan ne peut ni voir ni sentir ce qui s'y passe.

Évidemment, le fait que tous les vaisseaux spatiaux utilisent abondamment l'informatique garantit en quelque sorte qu'aucun vaisseau ne peut s'approcher de lui sans qu'il ne le sache!

Que sont, ou qui sont, les FreeProgs?

Ce sont des « super » programmes, créés par Trojan, qui ont intégré des algorithmes de fonctionnement proche de ceux du cerveau humain et sont donc capables d'apprendre et de faire des déductions, ce qui est voisin du vivant.
Au fil des ans, ces programmes, de type viral, sont devenus, en quelque sorte, indépendants.
Nous ne pouvons pas dire que les FreeProg sont réellement intelligents et vivants, mais tout le laisse croire.
Dès qu'un support informatique est présent, ils le reprogramment et le font fonctionner selon leurs propres critères.
N'oublions pas que Trojan dispose de milliers de navires spatiaux dont il a pu pirater les systèmes, ce qui fait que ses FreeProgs ont une connaissance native de pratiquement tous les systèmes informatiques de l'Empire et peut-être même de ceux de races inconnues.

Quelles sont les possibilités de le détruire.

Faible. En théorie, comme Trojan est dans un seul lieu, identifié comme le système d'Hadès, il devrait être possible de l'y attaquer et de détruire cet amas de vaisseaux naufragés qu'il est en réalité, mais le fait qu'il soit impossible de s'en approcher sans être détecté, ainsi que le fait que Trojan puisse mobiliser des centaines de millions, voire des milliards, de missiles de la Grande Barrière, pour se protéger, rend cette entreprise plus qu'aléatoire sinon carrément impossible.

Espérant vois avoir quand même fourni des informations utiles, je demeure, Prince Eytan et vous mon Général, à votre disposition pour tout renseignement complémentaire que vous souhaiteriez obtenir.

Quand Mohamed Van Den Bosch arriva au chantier de construction, qui était du reste particulièrement bien camouflé, car en grande partie souterrain, il était dans un état de très grande jubilation. Il l'avait enfin ce fameux diamant qu'avait demandé le Prince.

Certes, au début celui-ci avait parlé d'un diamant de 20 mètres de long et 2 de larges, mais au vu des performances attendues du canon, il avait fallu revoir en profondeur la taille du cœur de l'arme et il s'était rapidement avéré que les exigences du Prince dépassaient les possibilités d'un gros diamant, même de 20 mètres et même les capacités de production disponibles sur Gelbique.

Qu'importe, les meilleurs ingénieurs diamantaires de la planète s'y étaient attelés et avaient finalement accompli des miracles.

Ils avaient réussi à produire un cœur en diamant de 37 mètres de long sur 7 de large! Un véritable exploit! Et le tout, pur à 99,99999999999% !

Il avait fallu fabriquer un compresseur gigantesque alimenté par les plus puissants champs de forces que la galaxie n'avait jamais vues, capable de pression de l'ordre de 8 GPa ainsi que de générer des températures de plus de 1500 °C pour pouvoir comprimer du gaz de carbone pour fabriquer le gigantesque diamant au cœur du plus puissant canon Obelton jamais construit dans l'Empire.

Mais le prince avait été clair, son navire n'aurait probablement pas la possibilité de tirer deux fois, alors il fallait absolument que le premier tir soit suffisant puissant pour tuer ou à tout le moins blesser, si on peut dire, mortellement Trojan!

Et ils l'avaient fait!

Et pour Van Den Bosch au vu des résultats et surtout de la mission du Prince qu'il avait deviné plus qu'en être informé, le fait de devoir porter maintenant jour et nuit une sorte de couronne de métal pour protéger son cerveau des possibles attaques télépathiques des Démons, était un mince tribut à payer.

Avec ce diamant, son monde allait participer d'une façon significative à la défense de l'humanité et surtout à la guerre contre Trojan…et cela lui donnerait des arguments supplémentaires pour obtenir une protection plus importante de son monde par La Garde.

Tout ce qu'il avait réussi à obtenir jusque maintenant, c'était l'arrivée d'une escadre de La Garde avec seulement un croiseur de type Galaxie et par une escorte de quelques frégates et de 2 ou trois croiseurs plutôt anciens, le reste devant arriver plus tard.

Mais il ne s'attendait pas à trouver au chantier un appareil à ce point avancé.

C'était Chloé qui l'accueillit, étant devenue une personne indispensable dans les relations entre les Gelbes et l'équipe d'Eytan.

- Soyez le bienvenu, Bourgmestre Van Den Bosch, lui dits en souriant, Chloé.
- Merci, Madame! Je suis venu pour vous informer que le cœur en diamant est enfin prêt et correspond parfaitement à vos directives. Je suis sûre que le prince sera content!
- Absolument! Et Eytan tient à vous remercier personnellement et à vous montrer comment nous comptons nous servir du canon! Naturellement, nous devrons accentuer le blocage de votre esprit, comme vous détiendrez des informations vitales et j'espère que vous n'avez aucune objection vis-à-vis de cette procédure?
- Soyez sans crainte, Madame, je comprends parfaitement les besoins de confidentialité reliés à ce projet et vous remercie de m'en faire part.

Chloé amena donc son visiteur, grâce à un petit véhicule robot, dans les profondeurs de la planète où le chantier aérospatial avait été construit, où, du reste, il retrouva le Prince Eytan, passablement affairé à régler les derniers détails de construction de son navire, appelé, avec justesse, le « HMS Orphée »

Van Den Bosch était habitué aux navires spatiaux en tout genre, petits et grands, militaires et civiles, mais un navire comme celui-là, il n'en avait jamais vu!

Passablement étonné, sinon même sceptique, il ne put s'empêcher de faire quelques remarques empreintes d'une incrédulité évidente!

- Vous voulez attaquer Trojan avec ça?
- Absolument fut la réponse.
- Heu… Prince… votre navire est … en bois!
- Exact! C'est pourquoi nous avions besoin de bois, en plus de vos excellents ingénieurs et de vos charpentiers hors pair!
- Mais … est-ce vraiment un navire spatial?
- Mais oui, fut la réponse.

- Euh… expliquez-moi.
- C'est fort simple, la structure est en « Quebracho » en fait. Un bois particulièrement dur!
- Mais, dans l'espace…
- Pas de soucis, Monsieur le Bourgmestre. La solidité de ce bois est suffisante pour résister à une pression de plusieurs atmosphères et nous avons colmaté tous les interstices avec des colles d'une résistance incroyable. Vous noterez aussi, d'ailleurs, que le navire a été construit sans l'utilisation de clous, uniquement de la colle! Pas de métal. Le navire n'a aucun ordinateur à bord et même les appareils de maintenance des conditions de vie sur le vaisseau, sont fait avec un minimum de métal et beaucoup de céramique et de plastique, de même que les fantastiques quartz que vos technologies sont capables de produire. En un mot, vous avez devant vous un appareil à la technologie hyper évoluée, au point de pouvoir naviguer dans l'espace tout en ayant une quantité de métal similaire à beaucoup d'astéroïdes et sans aucun ordinateur.
- Mais, Prince, ce navire n'a pas de moteur!
- Si, il en a! En céramique et dans lesquels les fils conducteurs d'électricité ont été remplacés par des fibres de carbone conductrices.
- Mais admettons qu'il puisse voyager dans l'espace et même que sa structure de bois résiste a la pression interne, qu'en est-il des radiations et de la transformation en antimatière, pour pouvoir voyager dans l'hyper espace?
- Le navire va être recouvert, dès que votre diamant sera installé sur son canon, par une couche protectrice d'or pur extrêmement fin et une couche de composantes de carbones conducteurs capables de piéger les radiations en les transformant en électricité, laquelle est évacuée vers l'arrière, ainsi que par les débris d'une météorite qui lui donnera l'aspect d'un quelconque astéroïde en pleine dérive dans l'espace. Et pour le passage dans l'hyper espace, un Galaxie, celui qui est en route vers votre monde, nous y emmènera!
- Heu…admettons! Il est dans l'espace… Mais pas encore dans le système d'Hadès! Il sera détruit bien avant d'y arriver! La Grande Barrière de missile le détectera et le détruira et si ce n'est pas elle, ce sera Trojan!

- La Grande Barrière n'a que faire d'un astéroïde. Il en dérive dans l'espace profond des centaines de milliards! Parfois grands comme de petites planètes. Souvenez-vous que la Grande Barrière est faite de missiles, ce qui veut dire que la destruction d'un astéroïde implique la destruction aussi du missile! Si la Grande Barrière détruisait tout ce qui passait à sa proximité, elle manquerait rapidement de missiles! Quant a Trojan, sa détection à longue distance est basée sur la détection des ordinateurs embarqués et ce navire n'en a aucun à bord!
- Mais… si vous me permettez…s'il n'a pas d'ordinateur, comment va-t-il naviguer parmi les étoiles?
- Comme vous le savez, nous avons parmi nous plusieurs Gauchos, comme Sam Patriote et ses gens sont parfaitement capables de naviguer dans l'espace sans avoir à utiliser d'ordinateur!
- Mais, s'il n'a pas non plus de générateur à antimatière et en admettant qu'il arrive intact dans le système d'Hadès, autrement dit en enfer, comment se reconvertira-t-il en matière? Car s'il ne le fait pas, il sera rejeté dans l'espace!
- Vous avez raison. Mais le système d'Hadès, l'enfer comme vous dites, aurait selon les dires du Colonel Sanburan, la capacité de changer l'antimatière en matière, ce qui résout notre problème!
- Mais pas celui d'être tombé dans la gueule du loup!
- D'où l'utilité de votre super canon!
- Fort bien, Prince! Mais vous avez aussi d'autres compagnons qui… Euh…ne nous inspirent pas confiance.
- Ah? Vous voulez sans doute parler des Dangues?
- Très juste, Prince.
- N'ayez crainte, même s'ils sont d'ethnie Songa, ils sont les derniers survivants de cette ethnie et vouent une haine absolue à leur ancien maître. Et accessoirement, ils sont de redoutables télépathes, aussi forts, si pas plus, que moi.
- Mais Prince, Trojan est aussi extrêmement fort…si vous ouvrez votre esprit, il vous attaquera…et saura probablement où se trouve votre navire! Alors votre seule possibilité sera de fermer votre esprit!
- Malheureusement, ce sera un risque que je devrai prendre. Trojan est un immense conglomérat de navires naufragés et comme vous le savez, je n'aurai pas la possibilité d'utiliser votre

fantastique canon plus d'une ou deux fois. Je devrai donc savoir exactement où est le cœur pensant de Trojan, pour le détruire. Les Dangues seront là comme garde-fou pour surveiller la communication télépathique et intervenir quand ils sentiront Trojan trop proche! De plus, le fait de m'ouvrir, de temps en temps, permet de me rappeler à son bon souvenir, ce qui le trouble énormément!

- Mais vous « trouble » aussi, Prince!
- Assurément!
- Mais comment allez-vous assurer la coordination entre vous, ici et votre navire dans l'espace, si vous n'avez même pas de radio? Par télépathie, je suppose?
- Pas besoin de coordination, puisque je serai à bord!
- Quoi? Mais c'est de la folie! Les chances de réussite d'une telle expédition sont minces et nous avons besoin de vous ici!
- Pour prendre la succession de ma… ma… pauvre sœur? fini par dire, avec peine, le Prince.
- Oui!
- Sachez que mon père, feu l'Empereur Simon, m'avait confié une mission que je suis seul capable d'accomplir…tuer Trojan! Et j'ai bien l'intention de m'exécuter. De plus, j'ai pris mes dispositions pour qu'un régent soit nommé.
- Mais Prince, l'Empire à besoins de vous maintenant!
- C'est vrai, mais si nous ne détruisons pas Trojan, les chances de survies de l'humanité sont nulles.
- Mais sans commandement clair cela revient au même!
- Détrompez-vous, monsieur le Bourgmestre, il y a un plan, élaboré par mon père avant sa mort, pour permettre la survie de l'humanité même dans le cas du pire scénario. Et pour cela, il est impératif de pouvoir percer la Grande Barrière de missiles, Grande Barrière qui est contrôlée par Trojan. Donc pas de solution sans la mort de Trojan!
- Mais même si vous détruisez Trojan, la Grande Barrière va rester!
- Mais elle ne sera plus coordonnée et donc plus vulnérable aux attaques ciblées et nous avons aussi un autre plan pour ce cas, un plan appelé Méphisto!
- Méphisto? Mais qu'est-ce donc?

- Peu importe. C'est un plan qui est d'ailleurs en exécution en ce moment, ce qui fait que je n'ai donc pas vraiment d'autre choix que de faire ma part du contrat!
- Fort bien Prince. Mais si vous réussissez à détruire Trojan, comment allez-vous revenir?
- C'est la partie la plus difficile du scénario. Vous savez que notre probable position après la bataille avec Trojan, sera dans le système d'Hadès, car comme vous le faisiez remarquer si justement, nous n'avons pas de convertisseur d'antimatière. Nous y attendrons un navire de secours. À vous d'en informer les autorités!
- Nous?
- Le Général Grégory Faysal va nous déposer près de la frontière des missiles. Il connaît notre mission, mais pas en détail, par sécurité. Puis il reviendra ici pour vous soutenir contre les Démons. Par mesure de précaution, il ne saura pas non plus où se trouvera le lieu de rendez-vous. Vous si. Vous lui communiquerez cette information seulement à son retour.
- Prince, je suis flatté de la confiance que vous me témoignez ... cependant...
- Cependant?
- Cependant, un seul galaxie et quelques croiseurs, c'est très peu pour assurer notre défense et ... et le Général Faysal a une très mauvaise réputation!
- Pour les croiseurs, c'est tout ce dont nous disposons pour vous protéger, quant au Général, sa prétendue lâcheté devant l'ennemi n'a jamais été prouvée hors de tout doute!
- Bien, Prince, répondit le Bourgmestre, pas du tout rassuré par la réponse, vous pouvez compter sur moi pour informer le Général en temps et lieu. Pendant ce temps, soyez sûr que nous veillerons sur votre femme et la protégeront le mieux que nous pourrons!
- Ne vous en faites pas pour cela, intervint Chloé, je compte bien aller avec mon mari au-devant de Trojan!
- Mais, madame, sauf votre respect, cette expédition est très aléatoire... et votre présence pas vraiment requise!
- C'est vrai monsieur le Bourgmestre, mais je préfère mourir avec mon homme que de vivre sans lui!
-

Tout était dit.

Mohamed Van Den Bosch savait que le temps était maintenant venu pour lui de quitter le couple princier.

« Qu'Allah soit avec eux, pensa-t-il, ils vont en avoir besoin. »

CHAPITRE 73 : Découvertes désagréables

La Sibérie occidentale et le golfe de l'Ob.
Une région potentiellement riche en pétrole et en gaz naturel.
C'est pourquoi, le citoyen exemplaire Nikolaï Petrovitch, ses 27 camions
chargés de tout le matériel de forage nécessaire et ses 32 gars, ce sont
retrouvés, un soir de janvier 1983 en train de chercher désespérément des
chambres d'hôtel à Novy Ourengoï, ville champignon depuis que le
gisement gazier d'Ourengoï, pas loin de là, était entré en exploitation.
Quand on dit gaz ou pétrole, que l'on soit communiste ou capitaliste, c'est
toujours la ruée !
Et pour Nicolaï Petrovitch, c'était aussi la meilleure justification possible
pour se retrouver dans un endroit où certaines activités, qui n'avaient rien
à voir avec le pétrole, le gaz ou la célèbre prison de la ville, avaient intrigué
la CIA.
Des activités qui laissaient une trace de radio activité sur son passage.
De la radio activité et des rumeurs.
Des rumeurs qui n'étaient pas des plus rassurantes pour les Américains.
Des rumeurs qui parlaient d'armes de destruction massive.
Et les satellites avaient fait parvenir des photos qui, malgré leurs faibles
résolutions, avaient clairement identifié des constructions, pas très loin de
Novy Ourengoï, très différente des sites de silos à missiles classiques de
l'URSS.
Et il y a avait toujours ces traces de radioactivité découvertes sur des
camions se rendant sur ce site insolite.
Il n'en fallait pas plus pour que la CIA décide d'y jeter un œil plus
approfondi.
Seul lui manquait une bonne couverture pour y envoyer une équipe
fouiller un peu plus en profondeur ce que ce site pouvait réellement
contenir qui justifiait la chape de plomb du secret qui le recouvrait.
Évidemment, être spécialisé dans la recherche de pétrole, c'était un peu
comme avoir un passeport pour la région !
Nicolaï installa son derrick de forage à 50 km au nord de Novy Ourengoï,
mais à trois kilomètres de la route qui amenait au site nucléaire qu'il avait
à investiguer.
Un camion de transport, où une cache spéciale avait été aménagée, le prit à
son bord un matin particulièrement glacé de janvier.

Une fois sur le site, le chauffeur déchargea son camion alors que ni vu ni connu, Nicolaï gagnait les toits d'un bâtiment de service où confortablement emmitouflé dans une couverture, il attendit la nuit alors que son camion de livraison quittait la base, étant un camion civil non autorisé à y rester.

Cela ne l'inquiétait pas trop, le camion devant revenir faire une autre livraison dans trois jours, ce qui lui laissait amplement le temps d'explorer son nouveau domaine ... discrètement, il va sans dire!

Évidemment, le fait que la base était en construction lui avait facilité considérablement la tâche et expliquait la relative facilité avec laquelle il avait pénétré une base ultra secrète de l'URSS!

Nicolaï avait une formation de géologue, discipline scientifique, alors il n'avait pas été très difficile pour la CIA de le former sur les armements nucléaires et il avait avec lui un compteur Geiger-Müller servant à mesurer le rayonnement ionisant (particules alpha, bêta ou gamma et rayons X), compteur qui s'affolait depuis qu'il était arrivé dans cette base du bout du monde.

Nicolaï savait utiliser la nuit grâce à son expérience d'ex-soldat de l'URSS, pour se faufiler entre les bâtiments, ni vu ni connu et y rechercher la présence d'engin nucléaire.

En particulier, il cherchait à repérer ce qu'il croyait être un nouveau type de silos ou d'entrepôt de missiles stratégiques.

Il eut la surprise de sa vie quand il réalisa que s'il y avait bien des armes nucléaires sur le site, il ne trouva, par contre, aucun missile balistique, qui pourtant était le complément naturel des bombes nucléaires en ces temps de guerre froide.

Sur le moment même, il ne comprit pas pourquoi, mais quand finalement il comprit de quoi il s'agissait réellement, il se mit à trembler violemment et ce n'était absolument pas dû à la température nocturne qui avoisinait les -35 oc!

« Merde! jura-t-il silencieusement, ils sont encore plus malades que je ne le croyais ».

Sauter sur un astéroïde peut être plus que risqué!
La gravitation y était évidemment extrêmement faible.
Bref, sauter sur un astéroïde, c'est un passeport pour la dérive incontrôlée vers l'espace.

Mais, évidemment, Arthur, fort de ses 16 ans, n'en avait cure, car il avait endossé l'équipement adéquat, soit un graviton, c'est-à-dire un petit appareil qui fonctionnait comme un réacteur dorsal, mais à l'envers et qui, au lieu de pousser vers le haut, poussait vers le bas, avec une poussée équivalente à 0,5 g!

Il sautait donc allégrement sur cet astéroïde pendant que ses parents et le Nem implantaient une unité Méphisto sur ce gros caillou que représentait l'astéroïde, lequel avait quand même un diamètre de 300 km et une longueur de 500 km.

Évidemment, il avait reçu l'ordre très strict de rester en visuel avec ses parents, mais comme un bon ado indiscipliné et inconscient, il interprétait cet ordre d'une façon très large, ce qui fit qu'il disparut rapidement derrière l'horizon très rapproché de l'astéroïde, ce qui affola aussitôt sa mère, qui lui intima l'ordre de revenir.

Mais il avait réellement un grand plaisir à faire ses bonds fantastiques et sa joie lui fit ignorer le rappel à l'ordre de sa mère.

« Qu'importe, pensa-t-il, ils me puniront sur le vaisseau! Après tout je n'y ai rien à faire ».

Mais sa mère ne l'entendait pas de cette oreille et bientôt, elle apparut, avec son père, dans son champ de vision.

À ce moment, Arthur était de l'autre côté du planétoïde et le contact visuel avec le Nem avait été perdu

Et il se passa quelque chose d'étrange quand ses parents apparurent.

Au lieu de se précipiter vers lui pour lui administrer une gigantesque engueulade, ses deux parents s'immobilisèrent et se mirent à lui parler d'une façon pâteuse, sans conviction, d'un ton monocorde… Comme s'ils étaient drogués.

Ils cherchaient littéralement leurs mots

- Arthur…tu …n'as…tu n'as pas le …droit   de faire …ça! R… evient tout de… suite!

Arthur fut tout à coup très inquiet pour eux. Il ne comprenait pas ce qu'il leur arrivait.

- Papa…maman …ça va?

Puis tout à coup, le Nem apparu à l'horizon et ses parents semblèrent sortir de leur apparente torpeur.

- ARTHUR, cria sa mère, cette fois-ci avec conviction. REVIENS TOUT DE SUITE!

Arthur se garda de défier sa mère une nouvelle fois. Non pas parce qu'il en avait peur, mais parce que ce qui venait de se passer l'avait perturbé au plus haut point!

Décidément, il y avait vraiment quelque chose qui ne tournait pas rond sur ce vaisseau et Arthur avait décidé qu'il allait le découvrir et ce n'est pas les défenses informatiques du Nem qui allait l'en empêcher. Cela faisait longtemps qu'il avait compris que le Nem avait établi ses défenses autant pour lui que pour l'ennemi.

Bien sûr, il était puni et ses parents lui avaient confisqué son ordinateur et fermé tous ses accès aux systèmes informatiques. De plus, il était confiné à sa cabine.

Mais cela faisait belle lurette qu'il n'avait plus besoin d'ordinateur pour accéder à ceux du NéMéSiS!

Il avait un moyen beaucoup plus puissant pour cela.

Son esprit.

Un esprit capable de lire les interfaces informatiques autant que les cerveaux humains…et il pouvait aisément sauter les barrages créés par les ordinateurs pour empêcher les intrusions.

Il allait ou bons lui semblaient sur les disques durs des systèmes.

Jusqu'à présent, il s'était retenu, surtout par égard pour ses parents et non pas pour ce tas de ferraille qui, pour lui, n'était pas meilleur que Trojan.

Arthur n'aurait pas dû faire cela, car il n'était pas prêt pour ce qu'il allait trouver!

CHAPITRE 74: Magiar, vous avez dit Magiar?

Magiar Durane avait les paroles du Magiar Redding, son supérieur, fraîches en mémoire, comme si tout s'était passé il y avait seulement quelques heures! Son travail ici, dans les Colonnes d'Hercule, était bien avancé et les « Liberty Ship » donnaient toute satisfaction et ses adjoints savaient y faire.

Il pouvait donc penser à cette autre mission que voulait lui confier Magiar Redding, mission qui lui venait de feu l'impératrice Caroline, via le Général Reivax.

Pour sa mémoire, il se devait d'y donner suite!

Il irait donc sur Sanctuaire avec un groupe de Magiars pour y trouver d'hypothétiques croiseurs et une mystérieuse pierre de Nicholas, sans pouvoir utiliser le moindre instrument scientifique, tout en évitant les milliers de navires-démons qui croisaient au large de la planète, puis faire connaître leurs possibles découvertes par radio hyper spatial grâce à une chanson plus vieille que l'empire et tout cela sans poste de radio hyper spatiale puisqu'ils se trouveront sur Sanctuaire!

Impossible évidemment, sauf pour un magicien.

Cela tombait bien, il était justement magicien!

- *Mais qui êtes-vous? questionna, revêche, l'officier en devoir, en observant avec suspicion le groupe de vieux Sarkaïs qui venait de débarquer sur son satellite.*
- *Loki, maître Loki, en provenance de Walhalla, précisa le Chef de groupe.*
- *Mais votre navire lance des codes d'identification d'un navire qui a été détruit lors de la bataille d'Oulan Bator.*
- *Désolé! Il n'a pas été détruit, mais seulement endommagé. Comme c'était un navire d'observation, il se trouvait loin de la bataille, mais a été abîmé par les radiations et a, par conséquent, été signalé comme détruit à tort à cause de cela. Normalement, l'information aurait dû être mise à jour depuis longtemps!*
- *Admettons! En ces temps de guerre, les communications sont loin d'être parfaites! Et un virus d'origine inconnue m'empêche, pour le moment, de communiquer avec le haut commandement. Mais que*

venez-vous faire ici? Ne seriez-vous pas plus utiles ailleurs, dans la lutte contre les humains?
- C'est bien de cela qu'il s'agit.
- Mais ici il n'y a rien et même les humains ne se montrent pas! C'est dire le peu d'attrait qu'a cette planète!
- Mouais, lui répondit le vieux Sarkaïs, il y a quand même un objet de grand intérêt pour notre cause sur cette planète.
- Mais quoi donc?
- Une pierre de Nicholas!

La femelle Sarkaï, du nom d'Abalam, était manifestement réticente à les laisser entrer sur la station spatiale et encore moins à les laisser aller sur la planète au-dessus de laquelle elle se maintenait.
- Mais, maître Loki, si vous descendez sur cette planète, vous serez immédiatement tué! Très peu de gens de nos précédentes missions, en sont revenu et il y avait alors une possibilité d'aller les chercher en navires spatiaux, quand justement la pierre des étoiles, que vous appelez pierre de Nicholas, se rechargeait et stoppait ses effets sur l'environnement! Vous, vous n'aurez pas cette possibilité! Croyez-moi, je suis la plus grande spécialiste de cette planète parmi notre peuple! Vous et vos compagnons serez tués par ce qui est appelé les gardiens, même si je n'ai aucune idée de qui ils sont.
- Ne vous en faites pas pour nous et donnez-nous une navette spéciale. Je sais qu'il y en a encore sur la station.
- Certes, mais je ne veux justement pas perdre le peu qui nous reste. Comme vous le savez, un jour ou l'autre, nous enverrons des troupes sur Sanctuaire pour y défaire les humains qui y vivent toujours et nous emparer de la pierre des étoiles qui nous fût volée il y a bien longtemps et qui se trouve maintenant sur cette planète. Les maîtres y tiennent beaucoup!
- Justement, cela fait partie de notre mission.
- Mais je vous dis que vous serez tué la minute où vous poserez le pied sur le sol... et je n'ai pas assez de troupes pour pouvoir en sacrifier à votre protection!
- Encore une fois, vous n'avez pas à vous en préoccuper. Nous avons, mes compagnons et moi, plus d'un tour dans notre sac, pour éviter ce sort très regrettable qui, vous semblez le croire, sera nôtre!
- Vraiment maître Loki et quel sont-ils?
- Nous allons simuler que nous sommes des leurs!
- Mais comment?

- Comme ceci, dit le nommer Loki, en se transformant soudain en une personne étrange, quoiqu'humaine.
- Mais ...mais qu'avez-vous fait? demanda interloqué, Abalam et qui êtes-vous là?
- Je me suis déguisé en Magiar, groupe humain particulièrement redouté, qui inspire beaucoup de respects chez eux.
- Mais vous tromperez peut-être les humains avec vos maquillages, diablement, si j'ose dire, bien réussis, mais pas les gardiens!
- Mais si, nous avons aussi un truc pour cela.
- Qui est?
- Ultrasecret, mais que je vous révélerai juste avant de monter à bord de la navette! Et comme mon navire est actuellement déjà en train de repartir vers d'autres missions, si vous voulez vous débarrasser de nous, vous n'avez pas le choix!

Abalam céda!
Après tout, elle n'avait pas à juger du bien-fondé des missions que le haut commandement voulait voir exécuter et encore moins de juger qui les faisaient.
Quand les nouveaux venus, toujours revêtus de leurs apparences humaines, montèrent à bord de la navette et juste au moment où le dernier d'entre eux embarqua, elle ne put résister et demanda une nouvelle fois, comment ils faisaient.
- J'ai tout consigné dans cette petite capsule lui dit le Chef du petit groupe, Loki. Quand nous aurons quitté la station, écoutez-le, car elle contient un message, que vous serez assez aimable de transmettre au haut commandement, qui est anxieux d'avoir de nos nouvelles, ce qui répondra aussi à vos questions. Vous n'aurez qu'à pousser sur le bouton ici.

Abalam prit le petit enregistreur puis appela le centre de contrôle pour qu'il libère la navette et ce ne fût que quand celle-ci se fût éloignée, qu'elle se décida à écouter l'enregistrement.
- C'est fort simple, lui dit la voix enregistrée de Loki, en fait notre apparence humaine n'est pas un déguisement, c'était notre apparence Sarkaïs, qui en était un et cet enregistreur n'est pas non plus un enregistreur, c'est une bombe! Tout comme notre vaisseau spatial qui s'attaque maintenant à votre flotte.

Abalam n'eut même pas le temps de regretter sa naïveté!

- Vous êtes un Magiar? demanda Dreck.
- Oui, Magiar Durane, pour vous servir, Colonel! Et j'en profite tout de suite pour vous donner des nouvelles de votre fille.
- Mon Dieu! Vous avez des nouvelles de Chloé?
- Oui, Colonel, elle se porte bien et accompagne le Prince Eytan dans sa mission.
- Quelle mission?
- La mission que feu l'empereur Simon lui avait donnée, tuer Trojan.
- Mon Dieu, c'est très risqué!
- Tout est risqué dans l'empire par les temps qui courent. Même rester ici, car les Sarkaïs vont venir tôt ou tard.
- Vous me semblez plutôt bien renseigné!
- Être Magiar a ses privilèges!
- Fort bien, mais que venez-vous faire ici?
- Faire en sorte que le *jour du jugement* ne soit pas celui de la race humaine.
- Vous connaissez les plans de Simon?
- Oui, mais c'est sa fille, l'Impératrice Caroline, qui nous envoie ici.
- Bon, mais exactement, que cherchez vous?
- Je cherche à savoir si le futur peut vraiment influencer le passé.

Dreck regarda le vieux Magiar avec perplexité!
Comme tout bon Magiar, celui-ci aimait dérouter son interlocuteur.
Soudain Dreck comprit!
- Le Mausolée des sept magnifiques et les vibrations! Les vibrations, termina Dreck, enthousiaste, votre mission est de déterminer ce que sont ces vibrations!
- D'une certaine manière, Colonel, mais nous ne sommes pas venu pour savoir ce que sont ces vibrations, cela nous le savons déjà!
- Comment ça, vous le savez déjà!
- Enfin, nous ne sommes pas sûrs, mais nous le devinons!
- Ah oui? Et ce serait quoi d'après vous? Et ne me dites pas des machines qui travaillent, cela je l'avais déjà deviné, ayant progressivement écarté toutes les autres hypothèses, incluant le bruit d'une rivière souterraine, car ces fameuses vibrations

viennent de plusieurs endroits et ne suivent pas une ligne, ce qui exclut la rivière. Donc je vous écoute!

- La seule réponse logique est à trouver dans le plan de l'empereur Simon! Donc, réfléchissez et vous saurez!
- Et là! Ne me prenez pas pour l'autre! Moi, je suis ici depuis longtemps et n'ai pas eu l'occasion, comme mon alter ego, le « vrai » Dreck, de parler avec l'empereur!
- Mais vous avez quand même l'intelligence du « vrai » Dreck. Donc, vous devriez pouvoir déduire ce qui produit ses vibrations. Sachez aussi que cette planète fait partie des plans de l'Empereur pour lutter contre les Démons et que son vrai nom n'est pas Sanctuaire, mais probablement Nirva!
- Quoi? Nirva? Ici? Mais c'est impossible! Je sais par Eytan que Nirva, ou la Terre EST toujours bien présente quelque part en dehors des frontières de l'Empire, hors de portée des Démons!
- Absolument! Ce que vous dites est tout à fait correct! Mais n'infirme pas ce que je vous ai dit précédemment!

Dreck se sentait désarçonné, jusqu'au moment où une des paroles du Magiar lui revint en mémoire : « Savoir si le futur peut vraiment influencer le passé »!

- Bon, je crois que j'ai compris. Nous sommes sur une planète que les hommes de la Terre ont utilisée dans leurs luttes contre les Démons!
- Ça, nous en sommes quasi sûrs! Les humains de Nirva, la Terre, sont venus ici il y a au moins 600 ans et y ont apporté la pierre de Nicolas! Cette planète, les hommes de Nirva voulaient qu'elle nous aide quand les Démons reviendraient, c'est-à-dire dans leur futur à eux, qui est notre présent, alors ce que nous entendons…
- Ce que nous entendons, c'est…
- Les machines qui assemblent…
- Les croiseurs de la victoire! Et votre mission est donc…
- De les trouver, ainsi que la pierre de Nicholas, également présentes ici!
- Vous avez tout un défi, Magiar! Les chances de trouver les croiseurs sont minces, car les vibrations semblent venir de partout et donc je ne vois pas comment cela pourrait vous guider, de plus, même si vous trouviez les sites de productions,

ils vous seront à tout jamais inaccessibles, car nous n'avons aucun outil suffisamment puissant pour creuser à des profondeurs de plus de mille mètres! Quant à la pierre de Nicholas, c'est encore plus complexe, car absolument rien ne nous permet de savoir où elle pourrait être sur cette planète!

- Nous savons au moins où cette pierre ne peut pas être!
- Vraiment? Et où ne peut-elle pas être?
- Aux deux pôles de la planète.
- Et pourquoi?
- Parce qu'elle doit être alignée sur le champ magnétique de la planète pour pouvoir agir! Donc elle ne peut pas être aux pôles ni nord ni sud, car là, comme le champ magnétique part dans toutes les directions, elle serait active, quel que soit sa positon, ce qui aurait rendu son transport impossible.
- Vous avez raison. Cela ne vous laisse donc seulement que 80 % de la surface de la planète à ausculter!
- Non, beaucoup moins, car nous sommes des magiciens et vous savez des magiciens ça fait des choses incroyables…! À propos, auriez-vous de l'or?

CHAPITRE 75: Et la vérité éclata!

Bien sûr, il l'avait demandé, mais sans trop y croire, alors quand la nouvelle arriva, elle le prit vraiment par surprise.

Mais il savait aussi que dans ce système, les choses n'étaient vraiment vraies que quand elles étaient passées, car avant, des milliards de raisons pouvaient être invoquées pour contredire ce qui, pourtant, vous avait été confirmé et ce, même par écrit.

Alors Nicolaï Petrovitch n'hésita pas un instant et se précipita au bureau d'Aeroflot pour acheter son billet pour Paris!

Les autorités étaient contentes de son travail en Sibérie et lui accordaient enfin la permission de se rendre sur la tombe de sa femme, en France!

Bien sûr il n'avait nullement l'intention de revenir, ce qui grillerait définitivement sa couverture, mais la nouvelle qu'il avait valait certainement cet inconvénient…et lui donnait une bonne raison pour demander son asile politique aux États-Unis.

Bonne nouvelle, il restait une place sur le vol Moscou – Paris pour le lendemain, bien lui en avait pris de demander son passeport au même moment que sa demande et les deux lui avaient été envoyés ensemble.

Donc, c'est après avoir donné des instructions à sa concierge pour qu'elle arrose ses plantes et largement informer tout le monde qu'il partait enfin quelques jours en France pour se recueillir sur la tombe de sa femme, il gagna l'aéroport international de Cheremetievo pour y prendre son vol.

L'angoisse lui taraudait le ventre, car il connaissait bien la cruauté du KGB qui aimait bien le jeu du chat et de la souri et laissait souvent un suspect aller à l'aéroport pour l'arrêter juste au moment où il allait embarquer dans l'avion.

Alors, quand il donna son passeport au policier de fonction et que celui-ci lui demanda de patienter un peu pour lui permettre de faire des vérifications, son pouls s'accéléra et il se vit prendre la direction des sinistres cellules du KGB.

En fait, Nicolaï avait parfaitement raison de s'inquiéter, car le KGB avait découvert que sa base secrète de Novy Ourengoï avait bien été visitée par un ou des éléments indésirables.

Ils n'avaient aucune idée de la façon dont cela c'était produit, mais n'avaient aucun doute quant à sa réalité.

Ils avaient donc accru la surveillance tous azimuts dans l'espoir de capter une transmission clandestine ou un messager quelconque qui les auraient conduits vers l'espion « qui en savait trop ».

Peine perdue!

Ils en avaient alors conclu que l'espion en question ne voulait pas prendre de risque, car sa découverte était trop importante pour ne pas arriver à destination.

Conclusion, l'espion allait convoyer lui-même le message, quitte à brûler sa couverture!

Et Nicolaï était le mari d'une espionne notoire... alors quand le policier vérifia ses listes, il sut tout de suite qu'il tenait un gros poisson... et appela immédiatement le Colonel du KGB chargé de l'aéroport.

Celui-ci, un certain Igor Bolgarov, fut transporté de joie à la pensée d'arrêter un sale espion capitaliste.

Il était tellement content qu'il ne résista pas à la tentation de bien se faire voir de ses supérieurs et appela directement le général Oleg Kalugin avec son information.

- *Mon général, dit, avec enthousiasme le Colonel Bolgarov au Général Kalugin, nous le tenons!*
- *Qui, donc, Colonel?*
- *L'espion de la CIA qui a pénétré notre base de Novy Ourengoï!*
- *Vous croyez?*
- *C'est certain, mon général. De plus je le vois de mon bureau et il a du mal à cacher sa nervosité!*
- *Alors nous avons un problème, Colonel.*
- *Quel problème mon général?*
- *Je vous crois quand vous dites que c'est un espion, mais savez-vous ce qu'il a espionné en fait?*
- *Non, mon Général, je n'ai pas accès à cette information. Tout ce que je sais c'est que notre base de Novy Ourengoï contient des armes ultras secrètes qu'il faut absolument cacher aux regards de l'ennemi.*
- *Je vais vous le dire, Colonel, ce que contient cette base. Une arme de destruction massive épouvantable! Sa raison d'être est de faire trembler l'ennemi de peur rien qu'à son évocation! Et j'ai une question pour vous, Colonel.*
- *Oui mon Général?*
- *À quoi sert une arme de destruction massive dont le but est de dissuader l'ennemi de vous attaquer, si celui-ci ne sait même pas qu'elle existe?*
- *Je ne suis pas sûr de bien comprendre, mon Général.*

- *C'est fort simple, Igor, vous allez laisser cet espion partir, car c'est exactement ce que nous voulons… qu'il aille annoncer à nos chers amis de l'ouest qu'ils viennent de perdre la guerre froide!*

Il avait le nom d'un roi célèbre, mais pas la table ronde qui allait avec et encore moins les chevaliers qui s'y asseyaient.

Il s'appelait Arthur.

Il était adolescent.

Pratiquement un enfant.

17 ans à peine!

Mais il était animé d'une grande colère contre ses parents et d'une inquiétude encore plus grande les concernant.

Il ne comprenait pas ce qui s'était passé la veille sur l'astéroïde.

Pourquoi ses parents s'étaient-ils tout à coup mis à chercher leurs mots comme s'ils n'étaient plus réellement avec lui.

Il devait savoir.

Il était tellement jeune!

Jeune, mais télépathe et même un télépathe très très puissant, un télépathe capable de lire aussi les mémoires électroniques!

Certes, ses parents le lui avaient interdit.

- Jamais, avaient-ils dit, tu ne devras attaquer le NéMéSiS par la pensée.

Mais Arthur était un adolescent, qui comme tous les ados, voulait s'affirmer!

Et surtout, il n'aimait pas le NéMéSiS.

Tête de Fer comme il l'appelait.

Et comme il avait désobéi et fait très peur à ses parents sur l'astéroïde, ceux-ci et malgré ses 17 ans, l'avaient puni et enfermé dans sa cabine.

Ce qui était particulièrement injuste à ses yeux

Certes, ce n'était pas la première fois qu'il vagabondait dans les structures mémorielles du navire, gigantesque espace noyé dans la coque du Nem, mais il n'avait jamais réellement forcé les sécurités des zones protégées.

Cette fois, il le ferait!

Alors il concentra son esprit sur ces endroits qu'il savait énormes, dans lesquels étaient stockées de très grandes quantités de données et en força les défenses avec une déconcertante facilité.

Puis se jeta littéralement sur celles-ci comme un affamé sur un morceau de pain.

Au début, il fût incapable de comprendre ce qu'il lisait, mais quand il en comprit enfin le sens, son cœur se sera tellement qu'il en suffoqua même et dû s'arrêter.

Le choc était incroyable et il eut beaucoup de mal à l'encaisser!

Il pleura abondamment, puis prit la plus grave de toutes ses décisions.

Il allait importer toutes ses données directement dans son cerveau. Advienne que pourra!

C'est ce qu'il fit malgré la terrible douleur que cela engendra, car c'était énorme.

Beaucoup trop pour un cerveau humain et …

Et il tomba dans le coma!

CHAPITRE 76: Fais ta prière, Trojan, demain tu vas mourir!

Eytan le savait. Il devait absolument affoler Trojan!

Pour qu'il fasse des erreurs. Trojan était un adversaire redoutable, mais Eytan n'avait pas le choix. La bataille serait en partie psychologique, alors il retira sa protection, ce qui eut pour effet immédiat pour lui… et Trojan, de se sentir mutuellement!

Mais Eytan ne cherchait pas à pénétrer les défenses de Trojan, celles-ci étaient impénétrables. Non.

Il voulait seulement lui chanter une chanson.

Une vieille chanson. Une chanson qui venait de loin.

Une chanson de Nirva.

Une chanson qui devrait donner la chair de poule à Trojan … si on peut dire!

[6] *Fais ta prière Tom Dooley*
Ça peut toujours servir
Fais ta prière Tom Dooley
Demain tu vas mourir

Devant ton verre de rhum
Dans le matin blafard
Tâche au moins d'être un homme
Avant le grand départ

Fais ta prière Tom Dooley
C'est tout ce qu'on peut t'offrir
Fais ta prière Tom Dooley
Demain tu vas mourir

Quand au lever du jour
On viendra te chercher
Pardonne à ton amour
C'est lui ton seul péché

Fais ta prière Tom Dooley
Avant de t'endormir
Fais ta prière Tom Dooley
Demain tu vas mourir

Fais ta prière Tom Dooley
Y a plus rien d'autre à faire
Fais ta prière Tom Dooley
Pour éviter l'enfer

Tu vas enfin revoir
Celle que tu aimais trop
Emporte au moins l'espoir
De mieux l'aimer là haut

Fais ta prière Tom Dooley
Demain tu vas mourir

---

[6] Paroles: Max François - Musique: Maurice Ricet
Les Compagnons de la Chanson (1959)

Fais ta prière Tom Dooley
Pour toi tout va finir

Fais ta prière Tom Dooley
C'est la dernière mon vieux
Fais ta prière Tom Dooley
Après bye, bye, adieu

EYTAN! MISÉRABLE INSIGNIFIANT! QUE FAIS-TU?
TU CHERCHES À MOURIR? MAIS POURQUOI VENIR À MOI?
QUEL GASPILLAGE D'ÉNERGIE!
TU CROIS VRAIMENT QUE JE NE SAIS PAS QUE TU AS
TRAVERSÉ LA GRANDE BARRIÈRE?
GRÂCE À UN GALAXIE?
J'AURAIS PU T'INTERCEPTER!
OUI, OUI, CROIS-MOI!
J'AVAIS JUSTE A CONCENTRER QUELQUES MILLIONS DE
MISSILES SUR TON CHEMIN QUI PULVÉRISERAIENT TON
MISÉRABLE VAISSEAU GALAXIE!
MAIS NON!
JE T'ATTENDS!
TU NE PENSES PAS RÉELLEMENT QUE TA MISÉRABLE
CHANSON ME FAIT PEUR!
À MOI, LE PLUS GRAND CERVEAU DE L'UNIVERS?
OUI, LE PLUS GRAND CERVEAU DE L'UNIVERS!
ET CE N'EST PAS CES INSIGNIFIANTS NéMéSiS OU BATOR, QUI
PEUVENT M'INQUIÉTER!
ALORS TOI?
TOI, QUI N'ES RIEN ET N'AS JAMAIS RIEN ÉTÉ.
TU N'AS MÊME PAS EU LE COURAGE DE DEVENIR EMPEREUR!
JE TE L'ACCORDE, CELA N'AURAIT PAS ÉTÉ POUR
LONGTEMPS…
MAIS TU AURAIS ÉTÉ QUELQU'UN, NE FUSSE QUE POUR
QUELQUE TEMPS, PLUTÔT QUE CE MISÉRABLE VERMISSEAU
QUE TU ES.
LE FILS DÉBILE DE SIMON!
REGARDE, J'AI PITIÉ DE TOI.
DIS-MOI OÙ TU TE CACHES ET JE TE DIRAI OÙ ALLER.

SI SI, TU PEUX ME FAIRE CONFIANCE, J'AI PITIÉ DE TOI...ET TU ES TELLEMENT INSIGNIFIANT QUE TU NE REPRÉSENTES RIEN POUR MOI et CERTAINEMENT PAS UNE MENACE!
MAIS SI TU NE ME DIS RIEN, JE TE FERAI SOUFFRIR...LONGTEMPS.
JE TORTURERAI TA PÉTASSE DEVANT TOI...LONGTEMPS ... DOUCEMENT... MAIS PAS TOI... ENFIN PAS TOUT DE SUITE.
MÊME LES TRAÎTRES QUI T'ACCOMPAGNENT, CES DANGUES SANS FOIS NI LOIS...À PROPOS ILS M'ONT DEMANDÉ UN SAUF-CONDUIT S'ILS TE DÉNONÇAIENT...
J'AI REFUSÉ!
TU COMPRENDS, JE N'AIME PAS LES TRAITRES!
ILS ONT DÉJÀ TRAHI LES DRAGONS, ALORS, SINCÈREMENT, NON, EUX VONT MOURIR.
MAIS TOI?
POURQUOI NE PAS VIVRE?
ALLEZ, JE ME SENS D'HUMEUR GÉNÉREUSE, TA PÉTASSE POURRA MÊME T'ACCOMPAGNER...
MAIS TU NE DEVRAIS PAS LA PRENDRE AVEC TOI.
NON, SINCÈREMENT, AVEC TOUS LES AMANTS QU'ELLE A EUS SUR SANCTUAIRE, ELLE EST D'UNE FRAICHEUR DISCUTABLE!
ENFIN C'EST TON PROBLÈME.
QUANT À TON ÉQUIPAGE DE GAUCHOS, FRANCHEMENT, AVEC LEURS CROYANCES ANTÉDILUVIENNES ET LEURS PEURS DES ORDI...

Eytan remit prestement son casque de fer, pour couper les imprécations de Trojan.

C'était trop dur.

- Prince, dirent simultanément les deux Dangues à bord, ne croyez pas Trojan, nous l'avons aussi capté, jamais...
- N'ayez crainte, mes amis, Trojan a peur et il essaye ...
- De me faire passer, reprit Chloé, pour une pétasse obsédée par le sexe.
- Tu l'as capté aussi?
- Oui! Tu sais que sur Gelbique j'ai eu le traitement génétique mis au point après l'arrivée des Envoyés. Ce qui m'a donné des capacités télépathiques que j'ai amplifiées juste à ton contact.

- À mon contact?
- Oui, tu es et de loin, le plus puissant télépathe de la galaxie, du moins chez les humains. Les seules qui te surpassaient étaient ta sœur et Loïc.
- C'est vrai, reprirent les deux Dangues. Même nous, nous devons concéder que vous êtes vraiment fort, mais j'espère que les mensonges de Trojan ...
- Encore une fois, soyez rassurés. Comme vous dites, je suis un puissant télépathe et vous ne pourriez pas me cacher une trahison, surtout si proche de moi.
- Merci Prince!
- Mes amis, rassurez-vous. Trojan est aux abois et nous cherche partout. Il ne sait pas que nous avons traversé la Grande Barrière sous forme d'un astéroïde! Cela disperse ses capacités et il ne nous verra pas venir. Avez-vous bien laissé traîner certaines images dans vos esprits?
- Oh oui, Prince, celles du système de Sirène! Très loin d'ici. Il croit que nous arrivons par là, alors que nous avons fait un long détour pour arriver par l'arrière, c'est à dire, d'une direction inverse de celle de l'empire.
- Et dire que cet idiot de Trojan se croit tellement supérieur, qu'il a oublié d'envisager une possibilité.
- La possibilité que nous mentions en esprit ! fini Chloé.

CHAPITRE 77: Vérité et conséquence

Ronald Reagan savait parfaitement que sa fameuse Initiative de Défense Stratégique (IDS), qu'il avait lancé en 1983 et que certain appelaient « Guerre des Étoiles », en référence à un populaire film de science-fiction, relancerait la course aux armements, mais aussi qu'elle ferait subir à l'Union Soviétique, « The Evil Empire », une pression économique insoutenable qui à terme, du moins il l'espérait, allait la forcer à négocier. Ce qu'il ne savait pas, c'est que celle-ci ne l'avait pas attendu et avait mis au point une stratégie, que certains pourraient appeler suicidaire, pour parer à cette fameuse Initiative de Défense Stratégique.

Ronald Reagan ne fut pas de très bonne humeur quand on l'informa que l'URSS avait, en quelque sorte, trouvé un moyen de contrer ce que représentait, en terme stratégique, le fait que les Américains soient en mesure de détruire les missiles de l'URSS en vol avant qu'ils n'atteignent leurs buts, enlevant par la même tout pouvoir de dissuasion à ceux-ci!

En d'autres termes, Ronald Reagan pouvait mettre toute sa stratégie à la poubelle et initier des discussions en position d'infériorité, avec l'URSS. Mais ça, ce n'était pas vraiment dans le tempérament du Californien!

Alors il voulut en avoir le cœur net et convoqua ses services secrets et, fait inhabituel, l'espion « qui venait du froid », celui qui lui avait amené la mauvaise nouvelle.

Il voulait en avoir le cœur net.

Et c'est pour cela qu'un matin frisquet d'avril 83, Nikolaï Petrovitch se retrouva au bureau ovale de la Maison-Blanche en face d'un des hommes les plus puissants du monde!

- *Permettez- moi, cher Monsieur Petrovitch de vous remercier, au nom de l'Amérique pour tout ce que vous avez fait pour elle, commença le Président.*
- *Sachez, Monsieur le Président, que ce fût un honneur pour moi de servir l'Amérique surtout que j'espère bien qu'un jour, grâce à vous et aux États-Unis, mon pays pourra lui aussi bénéficier de la démocratie.*
- *Fort bien, alors prenez place et parlez-moi donc de cette « Machine du Destin » mise au point par vos compatriotes! En quoi consiste-t-elle exactement?*
- *Le site que j'ai visité et il y en a plusieurs autres comme ça, est très particulier. Au début, tout le monde pensait qu'il ne s'agissait que d'un nouveau type de base pour missile ICBM, or, même si la*

signature radioactive démontrait hors de tout doute la présence de bombe nucléaire, je n'ai jamais découvert de missile sur ce site. Il n'y avait pas non plus de silos de lancement. Seulement une enceinte confinée très épaisse et beaucoup trop grande pour ne contenir qu'une bombe, même très puissance!

- Alors questionna Reagan, fasciné, même s'il avait déjà la réponse.
- J'ai été intrigué aussi par la présence sur le site d'un très grand nombre de conteneurs blindés et plombés destinés au transport de matériaux radioactif. Puis, je me suis rendu compte qu'ils entassaient un très grand nombre de ces matériaux directement dans l'enceinte confinée, en contact étroit avec la bombe, qui je crois, était réellement d'une très grande puissance, au moins 100 mégatonnes si pas plus.
- Et qu'elle en était la raison?
- J'ai eu de la difficulté à comprendre, Monsieur le Président! En grande partie parce que mon cerveau refusait de reconnaître la folie que représentait cette chose.
- Et, finalement, vous en avez conclu...
- Que ce que je refusais de voir, c'était que le but de ce site n'était pas d'envoyer des bombes nucléaires sur les Américains, mais plutôt d'éclater SUR PLACE, en cas d'attaque et d'envoyer dans l'atmosphère des quantités gigantesques de matériaux radioactifs!
- Ce qui tuerait automatiquement tous les citoyens de l'URSS, non?
- Absolument! Mais pas seulement eux! En fait, en quelques semaines, les vents dominants auraient dispersé cette radioactivité partout sur la Terre.
- Avec pour résultat...
- La fin de la présence de l'humanité sur Terre, Monsieur le Président! termina, lugubre, Nikolaï Petrovitch.
- Ainsi l'URSS a choisi de jouer la carte de la mort de l'humanité! Le chantage ultime!
- Oui, Monsieur le Président, ils appellent cela le déséquilibre de la terreur!
- Le déséquilibre de la terreur, mais pourquoi ce nom?
- Parce que, Monsieur le Président, avec cette tactique, ils viennent d'empêcher toutes actions majeures de votre part, contre eux, parce que...
- Parce que si j'attaque l'URSS, reprit un président très troublé et gagnait, ce serait comme si je commettais un suicide!

- *Exactement, Monsieur le Président. Ils activeraient les machines du destin, où celles-ci s'activeraient automatiquement et effaceraient toutes vies sur Terre.*
- *Mais...*
- *Mais eux, Monsieur le Président, eux, ils n'ont pas cette restriction, ce qui les laisse libres de tester en temps réel votre fameuse Initiative de Défense Stratégique, sans que vous ne puissiez contre-attaquer!*
- *S'ils croient, Monsieur Petrovitch, que je vais me laisser faire, ils se trompent lourdement! Ma fameuse I.D.S. a plus d'un tour dans son sac, ça, je vous le garanti! vitupéra avec violence un président Reagan survolté par ce qu'il venait d'entendre.*

Bien sûr, il reçut les meilleurs soins possibles pour son état, malgré la petitesse de l'unité médicale du navire.

Cela ne suffisait pas, alors ils brisèrent toutes les règles de sécurité pour pouvoir consulter les plus grands spécialistes, du moins ceux qui étaient toujours vivants.

Personne ne pouvait vraiment les aider!

Pensez-y!

Un enfant se fait copier, Dieu sait comment, la vie complète d'un grand savant, d'un célèbre général, de ses parents et de ses grands-parents, directement dans la tête.

Tous leurs souvenirs!

Tout ce que fût leurs vies, avec ses hauts et ses bas, ses apprentissages et ses blessures, ses amours et ses déceptions, ses moments de folies et ceux de déprime.

Car le Nem, qui les avaient hébergés, avait été bien au-delà de ce qui avait été prévu initialement et il avait non seulement enregistré tout ce qui se passait à bord, mais il avait aussi copié le contenu des cerveaux de tous ceux qui était jamais monté à son bord, avec deux exceptions notables, il ne copiait jamais ce qui était protégé dans les têtes des passagers, ainsi que tout ce qui auraient pu indiquer l'emplacement de la terre.

Certes, il y avait aussi d'autres personnages secondaires, mais cela Arthur l'avait négligé.

Seules les vies de Dreck Reivax, André Vauldegarde, de ses grands-parents Pierre Sheine et Michelle Evanis, ainsi que de sa mère Caroline et son père Loïc, l'intéressait.

Les vies de 6 personnes.

Des personnes aux personnalités diverses, mais toutes très fortes.

Comment la personnalité d'un ado pourrait-elle résister à cela?

Il ne pouvait pas, du moins c'était l'avis de tous les spécialistes du cerveau consulté!

Et d'ailleurs, le coma d'Arthur en était la preuve.

Leur diagnostic était sans appel!

Il ne se réveillera jamais! Et c'est mieux comme cela, sinon les personnalités des autres tenteront de s'imposer les unes par rapport aux autres, ce qui ferait de lui un personnage aux personnalités multiples et changeantes qui le poussera inévitablement vers la folie. Croyez-nous, disaient-ils, la mort est sa meilleure option.

Et dire qu'ils étaient les meilleurs!

Donc, quand Arthur sortit brusquement du coma, il surprit tout le monde, en plus, évidemment, de remplir de joies ses parents.

- Mon chéri, cria Caroline en pleure, tu nous as fait une frousse incroyable, comment… mais elle n'eut pas le temps d'achever, Arthur avait pris la parole.

Il fut on ne peut plus bref.

- Maman, papa, je vais bien. SVP, convoquez tout le monde au salon. Je vous y rejoins, j'ai une annonce à faire.
- Tout le monde? Mais qui tout le monde? Nous sommes là.
- Vous et Meca… qui représenterez symboliquement Tête de fer!

Caroline était tellement heureuse de voir son fils vivant, même s'il semblait habité par quelque chose d'indéfinissable, qu'elle ne discuta pas et se dirigea rapidement vers le salon du petit vaisseau, précipitamment rejointe par Loïc et Meca, le robot d'Arthur.

- Voilà, commença-t-il dès qu'il arriva dans le petit salon du navire, je sais que ce petit cérémonial est inutile, mais il m'aide moi à trancher avec ce qui fût ma vie d'avant et ce sera dorénavant ma vie, maintenant que j'ai 19 ans.
- Explique- toi mon chéri, répondis Caroline que le bonheur de voir son fils rendait rayonnante.

- En premier, ne m'appelle plus jamais chéri, répondit-il, férocement, à sa mère.
- Mais pourquoi, répondit-elle, interloquée.
- Parce que tu n'es pas ma mère, mais un vulgaire robot!
- Quoi? intervint Loïc. Mais qu'est-ce que tu racontes!
- La même chose pour toi, faux papa. Toi aussi tu n'es qu'un robot…n'est-ce pas Tête de Fer?

Un silence épais s'était insinué dans le salon et autant Caroline, Loïc que Meca s'étaient tout à couts immobilisés.

- Ici, reprit Arthur, il n'y a aucun autre être que moi et toi, Tête de Fer! Et dire que tu crois encore que tu es autre chose qu'un tas de fils! N'est-ce pas?

Le silence se fit encore plus épais, si cela pouvait être possible.

- Tête de Fer?
- Je …tu as raison Arthur! Ce sont des robots… je voulais seulement te donner une famille, pour que ce soit moins dur.
- Moins dur? Mais pour qui tu te prends saloperie informatique!
- Arthur. Je t'aime comme un fils!
- Tu m'aimes? Mais je suis béni des dieux alors! Pas de parents, mais aimé par une casserole électronique, une merde prétentieuse qui se croit même vivante. JAMAIS, tu comprends, tas de ferraille? JAMAIS tu ne seras vivant et JAMAIS tu ne pourras revendiquer ce statut. TU N'ES ET NE RESTERAS QU'UNE MERDE ÉLECTRONIQUE À TOUT JAMAIS. JE TE HAIS PLUS QUE TOUT AU MONDE!
- Arthur! Non! Je donnerais ma vie pour toi! En souvenir de tes parents, je …
- Mes parents? Ceux que tu as laissé tuer? Va te faire foutre!
- Mais qu'est-ce que tu veux? Nous sommes en guerre et les humains…
- La guerre? Mais je m'en fous complètement! Je n'ai jamais demandé de naître moi, alors pourquoi serais-je lié par cette guerre, ou même le sort des autres? C'est leur problème! Au moins eux, ils ont eu des parents.
- Mais Arthur…
- Mais, mais, mais quoi? T'as fini de bêler comme une chèvre? Tu vas me déposer sur Ushuaia, une des dernières planètes encore aux mains des humains. J'ai l'intention d'en profiter!!!

- Arthur! Nous sommes en guerre et j'ai des tâches autrement plus importantes à faire que de me plier aux désidératas d'un ado capricieux!
- Oh oui! J'oubliais! Ton misérable petit plan Méphisto! Les fameuses copies, de mauvaise qualité soit dit en passant, de toi-même! Mon dieu serait-il possible que tu voies ces machines imbéciles que tu sèmes partout, comme importantes?
- Arthur! Arrête tes stupidités. C'est le plan de l'Empereur Simon pour détruire la Grande Barrière! Ne parle pas de ce que tu ne peux pas comprendre!
- Ah, je ne peux pas comprendre? Écoute ça, dit-il en prenant la voix de Simon : « Les vaisseaux de type « Méphisto » seront basés sur les plans du Nem, mais seront surtout des engins automatiques autoreproducteurs dont la mission essentielle sera de lutter contre la barrière de missiles. »
- Co … comment connais-tu ce plan, demanda cette fois avec inquiétude, le Nem.
- Pauvre tâche! Tu ne peux pas t'opposer à ma puissance télépathique! Je peux lire en toi comme dans un livre!
- Soit, mais que veux-tu faire sur Ushuaia?
- Baiser! Tant que c'est encore possible!
- La race humaine est en passe de disparaître et toi tu veux juste baiser!
- La race humaine je m'en fou autant que du nombre de sous programmes que ta pseudo intelligence peut gérer! Cette chère humanité m'a abandonnée seule dans l'espace! Je ne lui dois rien. Alors, tu vas utiliser tes sois disant super pouvoirs informatiques pour m'ouvrir un compte de 10 000 000 de Tugrik dans une banque d'Ushuaia
- Mais que veux-tu faire avec une telle somme?
- Me faire fabriquer des femmes! Trois, une blonde, une rousse et une brune!
- Mais on ne peut pas faire ça!
- Mais si! Ce sont des clones. C'est illégal, mais avec de l'argent on trouve des labos clandestins qui les font. Ils paient des femmes au physique canon qui ont, disons des problèmes d'argent, pour qu'elles leur vendent leurs génétiques et leurs personnalités. Les clones sont faits à partir d'elles et le plus

beau, c'est que ce n'est même pas la peine de les séduire …le lab les prés conditionnent à t'aimer!
- Mais…c'est monstrueux!
- Plus monstrueux que de copier, sans le leur demander, toutes les pensées de gens qui venaient à ton bord?
- C'est faux.
- Faux? Tu oublies que je les ai tous en moi et qu'ils me parlent! Et ils n'ont pas aimé ce que tu as fait!
- J'étais conditionné par mes créateurs pour faire cela!
- Tu vois? On y revient toujours! Tu n'es qu'un gros programme qui se déroule selon ce que ses concepteurs voulaient. Rien à voir avec un être vivant. Et j'en ai marre de parler avec une merde d'ordi. Fais ce que je te dis ou je bousille tes mémoires.
- Tu ne pourras plus ! J'ai pris mes précautions, cette fois et si tu t'aventures encore dans mes mémoires, je te brule le cerveau!
- Aucune chance!
- Tu veux essayer, lui dit alors le Nem en envoyant une décharge électromagnétique vers Arthur, qui gémit sous l'assaut.

Mais celui-ci n'était pas inoffensif non plus et monta à l'assaut des mémoires du Nem avec l'intention de les vider.
Au bout de deux heures d'affrontement, ils arrêtèrent, incapables de prendre le dessus l'un sur l'autre.
- Très bien, lui dit alors le Nem, je vais te débarquer sur Ushuaia, qui n'est pas très loin. Tu répondras de tes actes devant le Grand Architecte de l'Univers!
- Et en plus, ce con est croyant! Moi pas, mais c'est OK. Et fous-moi la paix jusqu'à notre arrivée! Ah, une dernière chose! Tu as un porte-bonheur qui appartenait à mon grand-père Sheine, je veux que tu me le donnes!
- Il n'en est pas question!
- Voyez-vous ça! Un ordi collectionneur! Tu n'as aucun droit sur les objets de ma famille!
- Fort bien je te le donnerai, quoi que je doute fort que tu saches t'en servir!
- Moi, peut-être pas, mais grand-papa, lui, il sait!
- C'est tout après ça? Tu me fous la paix?

- Pour ça, soit sans crainte! Tu ne vaux pas la peine que je me soucie plus de toi. Fais ce que je t'ai dit et dépose moi sur Ushuaia le plus vite possible!

CHAPITRE 78: Noirceur et légèreté

Le professeur était on ne peut plus dubitatif!
Certes, la candidate avait un C.V. extraordinaire, mais le rapport de sécurité la concernant soulignait des zones d'ombres et faisait aussi état, d'une instabilité émotionnelle importante!
Une sombre affaire de viol suivie par une vengeance où les agresseurs auraient eu les parties génitales et le professeur dut relire à deux fois le passage pour être bien sûr de ce qu'il lisait, brûlée au chalumeau!
« Décidément, pensa-t-il, cette jeune personne semble avoir tout un caractère... ce qui incidemment n'est pas pour me déplaire...quant aux individus châtrés, ce ne sont que des assassins notoires ».
N'empêche! Cette personne devra travailler avec des hommes et elle pourrait se révéler dangereuse...mais ses compétences en informatique étaient réellement hors du commun et malgré son instabilité émotionnelle, étaient chaudement recommandées par ses professeurs.
« Fort bien, se dit le professeur, je la verrai donc pour un entretien d'embauche... et je pourrai toujours prendre ma décision plus tard ».

La jeune femme était d'une maigreur quasi anorexique qui faisait peur et très révélateur de son niveau d'anxiété.
Mais, malgré cette maigreur pathologique, il la trouva jolie et même extrêmement jolie!
« Un vrai canon! Mais je suis marié, non?» pensa-t-il avec bonne humeur.

- *Hum, commença le professeur, vous êtes bien madame Evanis, Michelle Evanis, n'est-ce pas?*
- *Mademoiselle, Professeur, je ne suis pas marié et pas près de l'être!*
- *Vraiment? Vous détestez les hommes, mademoiselle? Pardonnez cette question, mais vous savez où vous avez postulé ... et ce n'est pas un endroit de tout repos!*
- *Je le sais, Professeur, mais, pour répondre à votre question, non, je ne déteste pas les hommes, mais certains de ceux-ci ne se sont pas comporté avec moi de la meilleure des façons, ce qui explique en grande partie mon célibat!*
- *Ceux que vous avez châtrés au chalumeau, je suppose, demanda brutalement le professeur.*
- *Cela n'a jamais été prouvé, Professeur, mais étant donné que la compagnie dans laquelle je désire travailler sait tout sur tout le monde, oui, professeur, j'ai effectivement fait cela. À ma décharge, ces*

individus avaient éventré ma mère et avaient tenté de faire de même avec moi, après le double viol qu'ils nous avaient fait subir! Mais mon état de délabrement physique ne vient qu'indirectement de cela.
- Vraiment, mademoiselle. D'où vient-il alors?
- Souhaiter ardemment la mort de deux salopards est une chose, professeur, mais la leur donner de votre main en est une autre! J'ai de la difficulté à vivre avec cela, professeur!

André Vauldegarde prit une pose.
Il avait beaucoup de sympathie pour la jeune femme et malgré le fait qu'il n'était pas d'accord avec l'acte, sinon la méthode, employée par la jeune femme pour se faire justice, il travaillait lui-même pour une organisation dont les placards étaient pleins de squelettes sans que cela ne le perturbe outre mesure.
Et les types avaient amplement mérité leurs morts, ayant plusieurs autres meurtres à leurs comptes dans d'autres États.
- Sachez, mademoiselle, que la vie m'a montré bien des choses que j'aurais préféré ne pas voir et travailler pour les services secrets vous force à faire des compromis que parfois votre conscience n'aime pas trop et même pas du tout. Mais si vos actions résultent en la destruction d'individus ou de systèmes nuisibles, ce n'est pas la même chose que de tuer, par exemple, pour de l'argent. Et tuer ces gens, qui étaient coupables hors de tous doutes, a probablement permis à d'autres femmes de ne pas subir le même sort ailleurs aux États-Unis. Ces gens étaient des tueurs en séries, mademoiselle, alors apprenez à vous pardonner à vous-même. Ici nous l'avons déjà fait. Et j'ai une dernière question pour vous.
- Je vous écoute, professeur.
- Le projet pour lequel je veux vous recruter est non seulement ultrasecret, mais recèle aussi des éléments plus que contestables au niveau moral. Sa seule justification est de rétablir l'équilibre de la terreur avec les Russes, en vue de les empêcher de faire une folie qui pourrait sonner le glas de l'humanité sur Terre. Pensez-vous que votre conscience pourra survivre à cela?
- Ma conscience a peu de chance d'être plus malmenée que maintenant et si vous dites que c'est pour le bien de notre pays et de l'humanité, je suis partante. De quoi s'agit-il?
- À partir de maintenant vous serez tenue au secret le plus absolu! Acceptez-vous cela?
- Sans aucun doute, Professeur.

- *Bien! Je veux vous engager comme Chef informaticienne sur une partie non connue du public et jusqu'à récemment, en veille, de l'Initiative de Défense Stratégique de notre président Reagan.*
- *L'IDS est un projet de défense antimissile, Professeur, en quoi la morale est-elle mise à mal par cela?*
- *Parce qu'elle contient une partie, comme je disais, non connue, qui vient d'être réactivée.*
- *Mais encore?*
- *La mise sur orbite lointaine d'un très gros stellite, appelé « Black Night » qui transporterait de très grosses charges nucléaires, montées sur des missiles capables de toucher n'importe quel point de la Terre.*
- *En quoi cela est-il fondamentalement différent de nos sous-marins nucléaires qui sont eux aussi capable d'attaquer n'importe quel point de la terre depuis le fond de l'océan?*
- *Heu…le satellite aura pour mission… de détruire la planète au complet, si les États-Unis succombaient à une attaque nucléaire russe et cela sans intervention humaine!*
- Arthur! dit la magnifique brunette, flambant nue, qui l'avait enjambé.
- *Pas bien! Il ne se comporte pas bien!*
- *Donne-lui une chance!*
- *Ah les pères, hein? Toujours enclin à comprendre les écarts de leur fiston!*
- *Sa vie a été dure jusqu'à maintenant!*
- Arthur, tu es avec nous? insista la brunette. Au cas où tu ne l'aurais pas remarqué, je te fais « des choses » qui vont me faire jouir si je continue…
- Oui, oui, continue… Je vais jouir aussssiiii, je ….je … OOOOOOOOOOUUUUUUUUUIIIIIIIIIIIIIIIIIII, cria Arthur soudain en se répandant dans la brunette assise sur lui et qui lui pratiquait un mouvement de haut en bas sur ses bijoux de famille, ce qui venait de provoquer un certain résultat.

Pour la brunette aussi qui venait d'entrer, elle aussi, au septième ciel!
- Wow, ça semblait plutôt bon, s'esclaffa la bonde couchée à leur côté et nue elle aussi et qui semblait plutôt jalouse. Et c'est quand mon tour? demanda-t-elle, impatiente.
- Désolé, pétasse blonde, mais c'est mon tour, après, argumenta la rousse.

- *Voyez-vous ça, elles s'engueulent pour le sauter!!!*
- *Pas mal, les filles, dit-il un brin jaloux. Si j'étais plus jeune…*
- *Bof, tu le sens quand même non?*
- *Oui et ça me rappelle des souvenirs.*
- *À moi aussi…*
- Arthur, merde! Reste avec nous!
- Et nous alors? dirent les autres.
- Pas de problèmes, les filles, j'en ai amplement pour vous toutes! J'ai 20 ans, non? Et de quoi vous satisfaire toutes les trois plusieurs fois par jour!

CHAPITRE 79 : Sciences avec conscience, pour une fois

Le petit voilier avait vraiment quelque chose d'incongru dans cet endroit. Non pas qu'il soit particulièrement étrange ou hors-norme, en fait, il était même un produit des plus classiques.

Non, ce qui était étrange c'était plutôt où il se trouvait!

En effet, barré par un certain Magiar Redding, il voguait, par vent arrière, allégrement, sur l'océan monde appelé Atlantide, anneau entièrement liquide, de la géante gazeuse Atlas, dans le système de Gibraltar.

Magiar Redding utilisait souvent ce petit bateau quand il avait besoin de réfléchir où de parler avec un invité, loin de toutes oreilles indiscrètes pouvant l'influencer ou l'intimider.

Naturellement, voguer sur un océan annulaire, sous les puissants rayons de Gibraltar, titanesque soleil bleu et contempler le spectacle dantesque des violentes tempêtes agitant l'atmosphère du colosse Atlas, avaient vraiment quelque chose d'irréel et même de fantasmagorique!

Imaginez naviguer à la surface d'un océan dont la forme serait celle d'un anneau, avec un horizon qui s'élèverait vers le ciel plutôt que de se perdre à l'horizon…et d'avoir une planète gigantesque au-dessus de votre tête, au centre du dit anneau!

Pourtant, c'était bien réel, tout comme la situation qui l'avait amené à convier son invité, en provenance de Calpe, le second anneau et qui ne saurait plus tarder, maintenant.

Et justement, la navette de celui-ci arrivait à vive allure et était en passe de le rejoindre.

En quelques minutes, elle était là et le déploiement d'une petite passerelle permit à l'invité de marque du Magiar, de gagner sans encombre le petit voilier.

- *Soyez le bienvenu sur mon modeste navire, Chef!*
- *Merci, Magiar! Vous avoir beau navire! Étrange voir navire comme ça ici, non?*
- *En effet! Mais ne sommes-nous pas justement sur un grand océan?*
- *Ça navire de Nirva?*
- *C'est effectivement un concept de Nirva. Ce type de navire s'appelle un catamaran!*
- *Catamaran? Non, moi pas connaître! Moi plus connaître engin volant que bateau!*

- *[7]Le catamaran est un bateau avec deux coques, expliqua Magiar Redding, décrit pour la première fois par un pirate et aventurier anglais, William Dampier, alors qu'il parcourait le monde dans les années 1690, sur Nirva. Il fut le premier à décrire un catamaran alors qu'il naviguait dans le golfe du Bengale, dans la région du Tamil Nadu. Il les décrit, en 1697, de la façon suivante : « Sur la côte de Coromandel, on les appelle catamarans. Il s'agit d'un ou deux rondins, parfois d'un bois léger [...] si petit, qu'il ne transporte qu'un homme dont les jambes et le fondement sont toujours dans l'eau. ». Voilà littéralement, la définition qui me revient à la tête!*
- *Et comment vous savoir ça?*
- *Les Magiar connaissent beaucoup de choses!*
- *Ça vrais, mais ça fantastique, non? Utiliser catamaran sur océan monde Atlantide!*
- *Il est vrai qu'il y a quelque chose d'étonnant à ce retrouver sur un catamaran, sous la lueur de Gibraltar et de naviguer sur un océan gigantesque qui fait le tour d'Atlas, une planète géante, à 200 000 km de sa surface! Aucune terre possible, de l'eau à perte de vue et le spectacle incroyable des couleurs changeant d'un monde gazeux géant au-dessus de sa tête!*
- *Vrais! Colonnes d'Hercules être endroit surprenant!*
- *Le dernier refuge de l'humanité!*
- *Non, ça pas vrai, Magiar. Colonnes d'Hercule seulement forteresse pour attendre.*
- *Attendre quoi, Chef?*
- *Retour humanité!*
- *Vous y croyez?*
- *Nous, AFARAS & ISSARS, avoir tradition très forte, qui dit Démons vont perdre guerre si hommes savoir se battre et faire solidarité.*
- *Mais nous sommes en train de perdre la guerre, Chef!*
- *Maintenant oui, mais vous pas oublier Nirva!*
- *Nirva! Ce que j'en sais c'est qu'elle ne possède pas la technologie pour permettre de vaincre les Démons.*
- *Vous voyez? Vous déjà reconnaître que Nirva exister! Avant seulement AFARAS & ISSARS dire ça et autres croient Nirva seulement légende.*
- *C'est vrai Chef, mais il n'en demeure pas moins que même si Nirva existe, sa technologie ne lui permettra pas de combattre les Démons!*

---

[7] D'après Wikipédia l'encyclopédie libre

- *Et vous dire vous grand scientifique? Si grand que pouvoir faire magie? Vous pas voir que temps pas important? Nirva pas prête maintenant, mais prête quand empire attaqué.*
- *Mais l'empire est attaqué et Nirva n'est pas prête!*
- *Pourquoi vous croire que seulement une Nirva exister?*

Estomaqué par la dernière réflexion de Sissar, Magiar Redding se tut un moment pour réfléchir. Depuis longtemps il avait abandonné son ton condescendant envers Sissar et ne se fiait plus à la langue approximative de celui-ci.

Une certaine amitié s'était même développée entre ces deux hommes, pourtant tellement différents, ce qui expliquait aussi pourquoi Magiar Redding avait emmené Sissar Gance sur son magnifique catamaran, qu'il utilisait toujours quand il avait besoin de se reposer et que son esprit ne semblait plus être aussi brillant que souhaité.

Le grand vent, ainsi que le spectacle de l'océan et d'Atlas, avait le don de le détendre et il avait souvent constaté que ses périodes de relaxation lui permettaient souvent d'entrevoir des solutions qui se refusaient à lui quand il travaillait.

L'esprit était ainsi fait que souvent il continuait à travailler en tâche de fond, en quelque sorte.

- *Je ne vous suis pas, Sissar!*
- *Empereur Simon savoir lui! Avoir plan, mais croire que Nirva être seulement utile pour sauver Graal, mais ça pas vraie!*
- *Le Graal est très important Sissar!*
- *Oui, Graal être humanité, mais Nirva être berceau humanité et Nirva permettre beaucoup plus que seulement sauver Graal. Nirva être Gaïa, déesse mère pour homme. Gaïa faire deux races intelligentes, Homme et Dragon, mais Dragon devenir méchant, alors eux perdre Gaïa. Démon stupide! Eux vouloir vengeance. Eux pas vouloir détruire Nirva. Dragons dire Nirva à eux alors vouloir reconquérir Nirva. Ça pas malin!*
- *Mais enfin comment pouvez-vous savoir cela?*
- *Nous avoir beaucoup traditions orales. Histoire racontée par ancêtres et transmise à enfants. Jamais écrite parce que pas vouloir que Démons trouve!*
- *Et que dit cette histoire?*
- *Histoire suivre ce que dit Oracle Zacharie II et nous avoir même autres informations. Bientôt vaisseau spatial grand comme ville aller vers Nirva avec survivant Empire pour dire aux humains comment*

construire vaisseaux spatiaux. Tradition dire aussi qu'homme combattre beaucoup forts Démons sur Nirva et vaincre eux, puis partir avec maison loin pour préparer revanche! Traditions dirent aussi que humains construire grande forteresse dans Empire, pour attendre signal de retour. Alors humains pouvoir donner soldats pour vaisseaux spatiaux fabriqués par hommes de Nirva et tuer tous Dragons, battre Sarkaïs et Loup Garou, mais pas tuer eux, faire paix!

- *Faire la paix avec les Démons?*
- *Pas tous. Pas Trojan et pas Dragons, eux trop mauvais!*
- *Et votre tradition parle même de Trojan?*
- *Tradition dire méchante machine pensante tuée avant que démons attaquer Nirva!*

Magiar Redding se tût une fois de plus et eut même un frisson!
« Ce pourrait-il que ces diables d'AFARAS sachent vraiment des choses que tout le monde ignore? »

- *En fait, Sissar, vous m'impressionnez! J'ai mis la main sur des rapports ce matin, qui sembleraient indiquer qu'une action serait en cours contre Trojan!*
- *Prince Eytan réussir tuer Trojan?*
- *Heu...comment savez-vous qu'il s'agit du Prince Eytan?*
- *Tradition dire que maison impériale envoyer fils pour tuer méchante machine pensante!*
- *Et bien, Sissar, oui, il s'agit bien du Prince Eytan, mais, malheureusement, nous ne savons pas si oui ou non son action va réussir!*
- *Vous pas devoir être inquiet! Tradition dire que fils maison impériale tuer Trojan!*
- *Mais comment?*
- *Ça, nous pas savoir!*
- *Enfin, vous avez le don de me remonter le moral! Je dois dire que celui-ci était plutôt en berne depuis que les nouvelles du front deviennent de plus en plus mauvaises et que les Démons progressent partout. Ce n'est qu'une question de temps pour qu'ils apparaissent dans les Colonnes d'Hercule!*
- *Vous comprendre maintenant pourquoi nous vouloir nous battre ici. Ça pas seulement parce que nous être chasseurs! Nous penser que guerre seulement commencée! Alors, vous pouvoir dire si quoi demander possible?*

- *Justement! Je voulais vous en parler et c'est pour cela que nous sommes ici! Nous sommes prêts! Nous pouvons le faire! C'est incroyable, mais oui nous pouvons le faire!*

- Ce ne fût pas facile et demanda un incroyable travail sur la biologie humaine, mais aussi sur celle des oiseux! Mais les résultats étaient là. Et possible, finalement, grâce au grand et petit Translocateur, ce qui renforça donc l'idée que ceux-ci étaient en fait non pas des virus dangereux pour l'humanité, mais des virus fabriqués par l'humanité dans le but de justement fabriquer de nouveaux types humains, probablement pour lutter contre les Démons!
- Mais virus Translocateur instable. Nous pas vouloir changer sans savoir quoi devenir.
- Ne vous en faites pas, une fois la transformation effectuée, nous neutraliserons les virus en changeant encore une fois votre code génétique, ce qui les détruira. Donc votre transformation sera stable…mais…
- mais?
- Mais définitive! Êtes-vous vraiment sûr de vouloir prendre cette voie?
- Magiar Redding, AFARAS & ISSARS être les plus grands chasseurs de l'univers et veulent pas être proie sans défense pour traitre Sarkaïs! Ça petit prix à payer pour casser beaucoup Sarkaïs et Dragons aussi ! Et vous pas oublier nous devoir survivre pour pouvoir combattre plus tard avec autres humains de Nirva et gagner guerre!
- Et vos frères Dakills?
- Eux pas vouloir changer! Eux déjà oiseaux…oiseaux mécaniques!
- Et vous ne voulez pas suivre la même voie? Nous pouvons le faire, aussi!
- Oui, nous savoir que vous faire eux…il y a très longtemps!
- Et voilà éventé un secret bien gardé! Comment savez-vous cela?
- Dakills amis avec nous maintenant … et inquiets quoi nous allons faire! Alors, quand nous commencer? Nous prêts!!

- Fort bien! Mais vous savez que je ne pourrais pas effectuer un tel changement sur votre peuple sans avoir l'approbation du gouverneur militaire des Colonnes d'Hercule, le Général McCain!
- McCain? Nous pas avoir problème avec ça. Nous respecter beaucoup Général McCain!
- Bien, je voulais être sûr de votre détermination avant de le rencontrer.
- Tout peuple AFARAS & ISSARS accepté. Vous souvenir que nous demander vous pour ça!
- Bien, alors je vais vous emmener au QG de la défense qui se trouve à Poseidopolis où, d'ailleurs, se trouve aussi notre principale Machashabah! C'est là que furent conduits les travaux se rapportant à votre cas!
- Bien, moi jamais allé à Poseidopolis! Vous envoyez signal radio à eux?
- Non, la radio ne fonctionne pas ici, le champ magnétique d'Atlas est trop puissant, mais j'ai un laser directionnel qui est pointé en permanence vers des relais optiques dans l'océan. Poseidopolis est averti que vous êtes prêt. Une navette sous-marine va venir nous chercher bientôt!
- Et navire à toi?
- Pas de problème, il possède des gyroscopes ultras précis qui vont le guider automatiquement, vers la petite marina flottante qui est son port d'attache.

Poseidopolis!
Citée immergée sous cloche, base de la résistance humaine, centre de commandement des Colonnes d'Hercule et sise en Atlantide.
Ville improbable, « flottant » à des profondeurs abyssales, loin du soleil et des regards indiscrets, elle était recouverte de matériaux que seuls des magiciens avaient pu concevoir et qui redirigeaient la lumière, comme les capes de Mandrake, ce qui la rendait virtuellement invisible!
Poseidopolis, ville libre qui se déplaçait sans cesse et qu'il était impossible de trouver sans le plan de ses déplacements dans l'immensité océanique de l'Atlantide.

Poseidopolis, ville de science et de garnison, ville de plus de 2 000 000 d'habitants, ville complètement autonome qui puisait son énergie de l'océan monde et ne laissait aucune trace, même thermique, derrière elle.

Poseidopolis, ville de technologie et capitale de la résistance aux envahisseurs, ville qui recevait maintenant le Chef des AFARAS & ISSARS.

- Chef Sissar Gance, ce n'est nullement mon intention de contester le choix de votre peuple, mais bien de vous assurer de notre soutien et, surtout, de bien confirmer avec vous votre choix, qui sera très probablement irréversible, commença le Général McCain et c'est pour cela que je vous ai convoqué, ici, sur Poseidopolis, pour mesurer votre détermination et l'annoncer devant tous vos frères humains qui sont ici la dernière barrière contre la barbarie.

- Général McCain et vous tous, cher représentant de toutes les races de l'empire, y compris les Sarkaïs repentis qui nous ont rejoints, de tout temps nous avons été un peuple de chasseur qui savait que son destin serait de combattre les Démons! Depuis longtemps, nos bardes traditionnels nous enseignèrent que nous devions devenir les plus grands chasseurs de l'univers, car un jour, nous peuples oubliés de l'Empire, serions un des derniers remparts de l'humanité contre la plus grande menace jamais rencontrée par celle-ci, dans l'univers.

Telle est notre destin!

Si le vôtre, Général McCain, est de construire cette forteresse, le nôtre sera de la défendre!

Car n'en doutez pas, cette guerre a commencé il y très longtemps au moment même des fondations de l'Empire par Eytan I et nous en sommes arrivé maintenant, à un moment décisif.

Tout peut encore être gagné, mais aussi perdu, car la guerre n'en est pas seulement une d'envahisseurs désirant nous voler nos planètes ou d'espèces plus performantes remplaçant une espèce moins performante.

Non, Général, cette guerre est le résultat de l'inadaptation de notre espèce à l'environnement galactique!

Le vieux modèle, celui que malheureusement nous avons suivi sur Nirva et dans l'empire, voulait que l'espèce la plus forte l'emportât et que les autres, si elles occupaient la même niche écologique, disparaissent et ainsi de suite au gré des évolutions biologiques.

Pourtant, même sur Nirva, il était évident que devant un univers compliqué, ce n'était pas l'espèce la plus puissante ou la plus intelligente qui l'emportait, mais celle qui savait s'adapter. S'adapter le maître mot, dans un milieu aussi imprévisible que la galaxie dans laquelle nous vivons.

S'adapter veut aussi dire collaborer avec les autres espèces!

Ici, dans un univers où des forces titanesques se déploient, tous les talents sont et seront requis!

Il n'est pas vrai qu'il y a des peuples inutiles ou inférieurs destinés à disparaître. La solution requise est trop complexe pour provenir d'un seul peuple!

Général, Magiars et vous tous, mes frères qui représenter la diversité humaine, nous AFARAS & ISSARS, savons quel regard fut posé sur nous, par le passé, mais, malgré cela, nous avons toujours cru que le destin de l'humanité serait scellé s'il ne parvenait pas à intégrer, dans un ensemble harmonieux, toutes ses formes, qui seules lui permettront de s'adapter à un univers changeant et extrêmement dangereux!

S'adapter!

C'est exactement ce que nous vous proposons.

Notre peuple s'adaptera au nouvel environnement de Calpe de la meilleure façon possible.

Nous ferons corps avec la réalité de cette étrange quasi-planète. Nous y préserverons la souveraineté de l'humanité et sa pérennité.

Nous nous battrons à vos côtés et quand les temps seront venus, nous serons là pour reprendre cet univers qui est nôtre, mais nous serons là aussi pour enseigner à tous que les races, toutes les races de l'univers, doivent collaborer entre elles.

C'est cela que les Démons n'ont pas compris!

Il n'y a pas de place dans l'Univers pour des races qui diminuent sa diversité.

Si ce n'est pas nous qui le leur enseignons, d'autres, n'en doutez pas le feront, conclut un plus que surprennent Sissar devant une audience stupéfaite.

Oui, les AFARAS &ISSARS étaient beaucoup plus que ce que tout le monde croyait! N'avaient-ils pas tous eu une attitude complaisante envers ces quasis sauvages? C'est pour cela que Sissar avait continué à être le petit nègre que tout le monde voulait voir en lui! Mais maintenant, il le leur montrait.
- Ne sous-estimez jamais les autres peuples.
Il se devait de maîtriser la langue commune et Sissar l'avait fait, comme il venait de le démontrer.
La leçon était là, mais plus encore, son remarquable discours donnait un sens à toutes leurs démarches.

Sissar fut ovationné!

Terre improbable!
Anneau issu de la non-formation d'une planète et des champs d'astéroïdes.
Dernière forteresse des humains.
Calpe, c'était son nom, était pourtant bien réelle, de même que son atmosphère, qui lui permettait de soutenir la vie.
Car vie, il y avait.
Et même profusion de vie animale, végétale et maintenant humaine, depuis que les AFARAS $ ISSARS avait quitté « Notre Monde » pour élire domicile sur cet improbable anneau, en orbite autour d'Atlas, comme l'anneau Atlantide, base arrière des Magiars.
Deuxième anneau d'importance dans les Colonnes d'Hercule, Calpe, était situé à 250 000 km d'Atlas et était certainement le plus étrange des anneaux de cette planète!
Si les deux autres étaient composés de matières continues, eau ou sable, ce qui en fait des anneaux compacts, ce n'est pas le cas sur Calpe, où des masses, parfois énormes, flottaient dans une atmosphère parfaitement respirable de 12 000 km d'épaisseur et distancée, parfois, de quelques dizaines de mètres seulement!

Mis bout à bout, tous ces blocs volants représentaient une superficie gigantesque, beaucoup, beaucoup plus grande que sur les planètes rocheuses typiques, tout en générant une gravité de seulement 0.51 g!

Oui, assurément, c'était un monde étrange qui pourtant supportait une vie assez similaire à celle de Nirva.

C'était logique, car si la nature avait doté Atlas de fantastiques anneaux, c'était les hommes qui lui avaient apporté la vie. Et Calpe avait un climat tropical, très stable. Alors, beaucoup d'arbres aux proportions titanesques, favorisées par la faible gravité, avaient prospéré sur cet anneau fabuleux avec cette particularité de pousser dans tous les sens, de haut en bas, sur les côtés droit ou gauche, uniquement accrochés par la gravité de chacun des cailloux qui tournaient sans cesse, en harmonie, autour d'Atlas, en très grande proximité les uns des autres, mais sans se toucher.

Monde improbable, monde refuge que seul pouvait, dans l'univers, peupler ces êtres étranges, mi-hommes, mi oiseaux, improbables griffons, façonnés par ceux- la même que l'on appelait magiciens, les Magiars.

Mais quelle beauté!

Voir ces AFARAS & ISSARS, qui jadis se tenaient droit debout sur leur N'Deke, sorte d'aile volante, s'être affranchis de celle-ci pour maintenant voler de leurs propres ailes!

Étranges hommes et femmes oiseaux, évoluant maintenant avec grande habilité entre les énormes montagnes volantes de Calpe, fusils « Boubou » solidement tenus en mains et leurs ailes largement déployées dans le dos.

Ils avaient fière allure et étaient parfaitement adaptés à cet environnement de faible gravité et de continent déstructuré où le vol traditionnel entre les milliards d'objets représentait un défi quasi impossible à résoudre, d'autant plus que le surpuissant champ magnétique d'Atlas brouillait les radars de vol et rendait les communications radio pareillement difficiles.

Mais cela non plus n'était pas un problème, car depuis l'arrivée de l'Envoyé Loïc, ils avaient évolué et maîtrisé la télépathie, suffisamment pour pouvoir communiquer entre eux sans recourir à la radio.

AFARAS & ISSARS, c'était leur nom jadis, quand ils vivaient sur Notre Monde.

Griffon, tel était le nom qu'ils avaient choisi de porter depuis qu'ils vivaient sur Calpe et leur transformation par les Magiars.

La croix ansée était leur symbole!

Non, devant eux, nul Sarkaïs n'avait de chance de survie.

Les seuls en mesure de les affronter étaient les Dragons!

Mais ceux-ci avaient perdu leur avantage majeur, soit de voler, car les griffons pouvaient maintenant faire de même ... et leurs fusils compensaient le feu craché par les Dragons!

Ce serait un match Griffons vs Dragons plutôt qu'Hommes vs Sarkaïs!

Et Sissar Gange, leur Chef, l'avait promis au Général McCain, lui-même grand chef de la forteresse des Colonnes d'Hercule.

- Général, nul Démon ne prendra Calpe! Ça, nous le jurons! Vous pouvez travailler sur les autres anneaux! Nous sommes les plus grands chasseurs de l'univers et bientôt les Dragons regretteront de nous avoir rencontrés, ici, sur Calpe!

Arthur ne se sentait vraiment pas bien ce matin-là!

Sa tête le faisait souffrir terriblement et il avait une épouvantable envie de vomir, ce qu'il avait, d'ailleurs, déjà fait plusieurs fois ce matin, avant de descendre au restaurant de l'hôtel.

- Gros malin, lui disait une voix insistante dans sa tête, une voix qui avait l'accent de son père, même s'il ne l'avait jamais entendu réellement de son vivant, il savait que c'était celle de son père, on ne boit pas autant si vite et surtout, on ne mélange pas tant d'alcools différents! Même si tu as 20 ans!
- OOOOHHHHH la paix Papa! dit-il tout à coup.
- Quoi? Qui? lui demandèrent simultanément les trois beautés assises à ses côtés et qui finissaient leurs petits déjeuners.
- Rien, les filles! Mon père! Il me fait la gueule…comme ma mère, ma grand-mère et même Vauldegarde. Au moins, mon grand-père et Dreck, eux, ils se marrent!
- Mais, Arthur, lui répondit, Guenièvre, la brunette, il…il n'y a personne!
- Si…mais dans ma tête... qui me fait mal!
- Bon…si tu le dis, lui reprit une fois encore, Guenièvre, qui des trois, semblait la seule à s'inquiéter de ces voix intérieures qu'Arthur semblait écouter tout le temps.

- Nous avons de la visite, dit, soudainement, Sheila, la blonde platinée. Et ils n'ont pas l'air commode!

En effet trois personnages de hauts rangs et même de très hauts rangs, car l'un d'entre eux était le Régent qui régnait sur Ushuaia en attendant le retour de Soraya Rotangar, légitime prétendante à la direction de la planète.

Arthur, qui avait reconnu le Régent, se redressa sur son siège et tenta de se donner une certaine contenance.
- Archiduc, quelle surprise de vous voir ici! Vous désirez me voir?
- Précisément, Prince, je désirerais vous parler.
- Voyons! Prince? Moi? Mais non, je ne suis qu'un voyageur égaré!
- Comme vous voulez, Prince, mais je me dois de vous entretenir de propos graves…!
- Graves? Mais rien n'est grave! Asseyez-vous donc! Vous m'impressionnez en restant debout!
- Fort bien, dit-il, en prenant place à la table, vous savez que la guerre va mal et que nous avons besoin que vous vous joigniez à nous, pour…
- Me joindre à vous? Mais vous n'y pensez pas! Je n'ai que 20 ans et des choses à faire beaucoup plus amusants que la guerre.
- L'humanité, Prince, l'h…
- Je m'en fous de l'humanité! Sachez que j'ai été élevé par une boite de conserve et ce pendant presque 20 ans, alors, l'humanité, vous savez…
- Oui, Prince, je sais! Et je vous comprends. À ce propos, sachez que vous n'avez pas 20 ans …mais seulement… 2 ans! Vous avez …été…comme accéléré…et le Nem n'a agi que sous ordres de la Régence!
- QUOI! MAIS QU'EST-CE C'EST QUE CETTE HORREUR?
- Heu…Prince, je comprends vos désarrois…mais …les circonstances étaient telles que nous n'avions pas le choix…la disparition de votre mère…la regrettée Impératrice Caroline… et de votre père ….Nous avions besoin d'un héritier pour la couronne…!.
- Et vous savez quoi? Votre couronne, vous vous la foutez OÙ JE PENSE!

- Fort bien, jeune homme, lui dit avec tristesse, mais aussi beaucoup de gentillesse, l'Archiduc, ce que nous vous avons fait subir est inqualifiable et je comprends vos raisons. Aussi je n'insisterai pas!
- ARTHUR, NON! hurlèrent 6 voix dans sa tête.
- Mais sachez que votre présence à nos côtés est hautement désirable et que cette place sera toujours vôtre!
- Mais enfin, Archiduc, que voulez-vous qu'un gamin comme moi, qui vous hait encore plus que vous ne le croyez, puisse faire contre ces milliards de monstres qui vont se jeter sur vous, incessamment?
- Vous êtes un symbole et même plus, vous êtes celui dont parlait Zacharie II, le Grand Oracle de Del, *celui qui est multiple!* L'humanité a BESOIN de vous !
- Votre oracle, vous n'avez jamais pensé qu'il était un peu cinglé, non? Je ne suis pas multiple, je suis fou!!!
- Oui, il avait dit que vous seriez perturbé!
- Cela suffit, Archimachin, dit, avec agressivité et en cherchant à choquer, j'ai des femmes à satisfaire et pas de temps pour vous, comme vous le savez, nous n'en avons plus pour longtemps, alors autant en profiter au maximum!
- Vous pouvez faire ce que vous voulez, Prince, pour ma part je considère que nous vous avons malheureusement fait beaucoup de mal, mais malgré votre rang, cela ne vous donne pas le privilège d'être au-dessus de la loi, même si celle-ci ne s'appliquera plus pour longtemps!
- Au-dessus de la loi? Mais je ne fais rien! Et se foutre de votre guerre ne peut pas être au-dessus de la loi!
- Il ne s'agit pas de cela, Prince, mais l'esclavage sexuel est interdit sur Ushuaia!
- L'esclavage sexuel? Vous parlez de mes robotes???
- Ces femmes ne sont pas des « robotes » comme vous dites!
- Bof! De vulgaires clones, que j'ai payés!!!
- Nul ne peut, en terre d'Ushuaia, faire des clones pour satisfaire son appétit sexuel, Prince, car par définition un clone est un être humain qui jouit de la protection de la loi, comme tout autre habitant de cette planète!
- Mais qu'est-ce que cela peut vous foutre? On va tous être morts très bientôt, de toute façon!

- Mais d'ici là, la loi s'applique et même si vous n'y croyez pas, c'est ce qui nous différencie des Démons justement! Tant qu'à mourir, soyons au moins digne!
- Ah bon? Et vous allez faire quoi? Me jeter en prison?
- Cela, Prince, je ne le peux pas! Je vais simplement emmener vos esclaves et les déprogrammer! Et leur rendre ainsi leurs libertés.
- À elles, la liberté? Elles ne sauront pas qu'en faire! La seule chose qu'elles savent faire, c'est baiser!
- Désolé, Prince, mais la loi s'applique à tous! Et je dois dire que j'aurais aimé pouvoir éviter de voir ce que vous êtes devenu, surtout quand on pense à vos parents! Quelle déchéance! fini l'Archiduc.

Puis il se leva et demanda aux trois filles de le suivre. Comme elles refusaient, il fit appel aux gardes, qui les emmenèrent malgré leurs protestations.

L'Archiduc salua, un peu raide et quitta la table, laissant un Arthur en plein désarroi!

CHAPITRE 80 : Celui qui est multiple

- *Alors quand tous, enfin, vous comprendrez votre folie, arrivera celui qui est multiple! Ce sera le retour de l'Empereur! L'Empereur des hommes, le seul vrai... il saura retrouver la terre de ses ancêtres... de vos ancêtres... il formera la grande alliance des anciens et des nouveaux, contre les puissances de la nuit... mais... oh!*
  Il est si jeune!
  Il est si vieux!
  Il est si... si perdu!
  Sa tête est si perturbée... trouvez-le... aidez-le et il vous aidera... s'il le peut!
  Sa détresse est immense!

La Grande Extinction
Ainsi parlait Zacharie II, Grand Oracle de Del.

- Vous désirez allez où, Monsieur? demanda le pilote de la navette rapide.
- Au Serengeti!
- C'est à plus de 17 000 km d'ici, Monsieur et c'est un endroit très dangereux! Êtes-vous armé?
- Bien sûr! J'ai l'arme de mon grand-père, une arme qui l'a sauvé plus d'une fois!
- Heu...vous êtes étranger, Monsieur et peut-être que vous ne le savez pas, mais le Serengeti est un endroit très isolé, où il n'y a pas âme qui vive, car les animaux sauvages y sont très dangereux. Quand on y va, c'est en expédition!
- Donc je ne risque pas d'y trouver qui que ce soit!
- Personne, monsieur et surtout pas en ces temps de guerre, où les gens ont autre chose à faire. Si vous y allez, personne ne pourra vous aider si vous êtes en difficulté!
- Justement, mentit Arthur, je m'y rends pour des raisons reliées à la guerre.

- Mais, il n'y à rien là- bas, Monsieur.
- Si justement, quelque chose qui va changer, peut-être le cours de la guerre, mais je dois m'en assurer avant, pour ne pas déclencher de faux espoirs, vous comprenez? Et je suis armé et j'ai un excellent communicateur. Je n'y resterai pas plus que quelques heures!
- Bien, monsieur, c'est vous qui voyez, lui lança un pilote pas très convaincu. Avec ma machine, nous y serons dans deux heures!

Le vol se fit vraiment sans problème et cela ne prit pas de temps pour que le pilote descende Arthur au plein milieu de nulle part, au cœur de la savane du Serengeti, le parc le plus dangereux d'Ushuaia!
« Mais qu'est-ce que j'en ai à foutre moi, si un petit bourgeois veut aller mourir au Serengeti? » pensait-il encore en posant son appareil de retour chez lui.
Il n'avait évidemment pas beaucoup de conscience et c'était pour cela qu'Arthur l'avait engagé.
Mais Arthur avait été surveillé.
Et quand le pilote rentra chez lui, une jeune femme l'interpella vertement, avant même qu'il ait eu le temps de rentrer son appareil dans le hangar.
- Où l'avez-vous laissé? demanda la fille au pilote.
- Ça, ma petite dame, ce ne sont pas vos affaires, lui répondit-il, brusques!
Mais la fille ne voulait pas plaisanter, pas plus que son revolver de petit calibre, qui malgré sa petitesse, pouvait le tuer.
« Après tout, si elle veut, elle aussi, se faire dévorer par un Carnigor, c'est son problème » se dit-il.

- Arthur, NON, mon chéri, non…s.t.p. non! criait sa mère dans sa tête.
- Si, mère! Regarde-moi! Je ne suis rien! Une chiure de mouche sur la face de l'univers. Quelqu'un QUI NE SERT À RIEN!
- Ce n'est pas vrai!
- Si c'est vrai! Je hais tout le monde et tout le monde me hait!
- Ce n'est pas vrai! JE T'AIM…

Le hurlement glaça le sang d'Arthur!

« Un Carnigor, pensa-t-il, évidemment, c'en est plein par ici! »
Tout à coup, il eut peur... puis ria de bon cœur!

« Je viens ici pour mourir et j'ai peur d'un Carnigor? »
Oui, mais, même s'il voulait en finir, se faire dévorer par une
espèce de gorille carnivore n'était pas nécessairement la façon la
plus indolore de procéder!

« Après tous, même si on veut mourir, on n'a pas nécessairement
besoin de se faire dévorer vivant ».

Alors il s'avisa que les arbres étaient hauts, ici et qu'il aurait
certainement le temps d'y monter et de sauter de la plus haute
branche avant que le Carnigor ne le rejoigne.

Et il serait alors mort quand celui-ci le dévorerait.

Perspective quand même moins effrayante!

Arthur en était au-delà de toutes idées de retour.

Et aller mourir au Serengeti allait forcer tout le monde à le chercher,
vu son rang!

Une dernière provocation!

« Si au moins, se disait-il, si au moins j'avais une idée de ce que
j'aurais pu faire pour la race humaine, je l'aurais peut-être fait, mais
je ne suis rien, une personne sans intelligence et méchante, qui ne
provoque que de la répulsion. Oui ma mère, mon père et tous les
autres oui, eux ils étaient des gens incroyables…comme j'aurais
aimé être comme eux et non pas ce mollasson que je suis ».

Non, c'était mieux pour tout le monde qu'il quitte ce monde, qui le
détestait et qu'il détestait.

« Non, se disait-il, en grimpant à un gigantesque arbre, je n'ai plus
rien à faire ici ».

- ARTHUR, criaient les voix, si tu fais cela, ce sera la fin et jamais
  tu ne pourras savoir si tu n'aurais pas pu faire quelque chose! La
  mort c'est la fin de tout!

- LA PAIX, LES VOIX! cria-t-il, JE VIS MES DERNIERS
  MOMENTS! RESPECTEZ CELA!

Et l'impensable arriva.

Comme par magie, le calme s'empara de son cerveau.

Même la télépathie ne lui fit plus entrevoir de scènes atroces.

Arthur était enfin avec lui et lui seul!

En paix.

Et il continuait à monter quand il s'avisa tout à coup, que le Carnigor, qui semblait le pister depuis un certain temps, semblait, maintenant, s'éloigner de lui.

« Une autre proie, probablement » se dit-il, quand il entendit le léger coup de feu d'un pistolet de petit calibre et une voix hurler.

- ARTHUR, AU SECOURS, cria la voix.

« Mon dieu, c'est la voix de Guen »

Il eut soudain un profond regret. De toutes ses « robotes », Guenièvre était la plus proche de lui, c'est celle qu'il aurait pu aimer, si le destin n'avait pas été…n'avait pas été… ce qu'il était! Arthur était maintenant sur la plus haute branche et se penchait vers le précipice!

« Si seulement j'avais eu, ne fut-ce qu'une idée, de ce que j'aurais pu faire pour l'humanité, pensa-t-il, une dernière fois ».

Puis il fit un pas en avant, contemplant le vide béant sous lui.

Voilà, il sentait le déséquilibre le gagner et le vide semblait l'appeler.

« Adieu, chienne de vie », pensa-t-il.

Quand tout à coup, une voix, QUI N'ÉTAIT PAS EN LUI et qui semblait venir de très loin, lui parla!

- ARTHUR! NON! J'ai besoin de toi! Tu dois conduire notre peuple vers la maison! JE VAIS T'OUVRIR LA VOIE!

« Mon Dieu… Mais c'est …c'est », pensa-t-il.

- Tu as en toi tout ce dont tu as besoin…regarde ce que tes parents t'ont légué!

- Mais… mais… comment….

- Peu importe! Je ne pourrais pas continuer très longtemps à te parler …je…viens juste de trouver comment te contacter…je… compte sur toi… mon neveu!

La communication entre les deux esprits prit fin, mais Arthur l'avait reconnu! EYTAN! Son oncle Eytan! Sa voix était dans la mémoire de beaucoup de ceux qui étaient en lui.

Et tout à coup, LA SOLUTION LUI APPARUT COMME ÉVIDENTE! IL ALLAIT POUVOIR FAIRE VRAIMENT QUELQUE CHOSE!

Mais il était déjà en déséquilibre et tombait vers l'avant.

- SAUTE VERS LA BRANCHE DEVANT TOI, lui cria son grand-père dans sa tête.

Et c'est ce qu'il fît!

Il faut croire que son ange gardien était quand même puissant, car il réussit, in extrémis, à l'accrocher, mû soudain par un incroyable désir de vivre!

En une milliseconde il venait de trouver un sens à sa vie et peut-être même une compagne qui l'aimerait pour ce qu'il était, malgré ce qu'il était.

Guen, la brunette!

Et c'est ce qui le sauva, in extrémis.

Puis un nouveau hurlement de Guenièvre lui glaça le sang.

- GUEN, hurla-t-il, COURT VERS MOI EN ZIGZAGUANT, LES CARNIGORS SONT DE MAUVAIS COUREURS! LEUR POIDS REND LEURS VIRAGES DIFFICILES!

Arthur ne savait pas où il avait trouvé cette info, probablement encore une fois dans l'esprit de l'un de ceux qui l'habitaient, mais il savait que c'était vrai.

Et il descendit à une vitesse incroyable de l'arbre gigantesque où il se trouvait, comme s'il avait été un grimpeur toute sa vie.

Et il criait le plus qu'il pouvait, pour attirer le monstre vers lui.

Juste au moment où il mettait pied à terre, il vit arriver Guenièvre HORS D'HALEINE, qui, malgré une vilaine blessure au bras, faisait preuve d'un sang-froid remarquable en tournant continuellement dans des directions différentes, ce qui brisait chaque fois l'élan du monstre qui la talonnait.

Oui, c'était vraiment un monstre, comme le constata, de visu, Arthur.

Une sorte de gorille géant d'au moins 3 mètres de haut et complètement caparaçonné d'une sorte de cuirasse rougeâtre.

« Une carapace, pensa Arthur, capable d'arrêter les balles des armes mêmes de fort calibre. Dommage que les Baïkals soient réservés à La Garde ».

Mais Arthur n'avait plus peur et ne se sentait plus non plus un « moins que rien ».

Il voulait affronter le monstre.

- PAR ICI, MONSTRUEUSE CRÉATURE! ARRÊTE DE T'ATTAQUER A UNE FILLE, ESPÈCE DE LÂCHE, cria-t-il, sachant parfaitement que le monstre ne le comprendrait pas…mais que cela allait l'attirer vers lui.

C'est exactement ce qui arriva!

Celui-ci se tourna vers lui... et chargea!

Arthur sortit le 357 Magnum de son Grand Père, Pierre Sheine, qu'il avait fort à propos arraché au Nem et cria:

- GRAND PAPA!

Et soudain Arthur sembla possédé.

Il leva son arme posément, sachant que la balle dévierait d'un poil vers la gauche et attendit le bon moment.

Quand le monstre fût seulement à quelques mètres de lui, il fit feu.

La balle transperça l'œil gauche du monstre qui s'arrêta pile, puis tomba vers l'arrière.

Mais il était mort bien avant de toucher le sol!

La balle s'était logée directement dans son cerveau et l'avait transformé en viande hachée!

Arthur se précipita alors vers Guenièvre qui se lança dans ses bras.

- Mais Guen, comment ce fait-il que tu m'aie suivi jusqu'ici? Ils devaient m'effacer de ton esprit!

- On ne peut pas effacer un amour sincère, Arthur, dit-elle, juste avant de s'évanouir.

Il prit alors son petit communicateur, qu'il avait emmené un peu sans y penser et hurla dedans :

- TÊTE DE FER!

VVVVVVVVVVIIIIIIIIIIIIIIIITTTTTTTTTTTTTEEEEEEEEEE!

CHAPITRE 81 : Projet Gaïa

Qui suis-je?
Vaste question!
Un être intelligent à la croisée des genres, d'une certaine façon!
J'ai deux parents, un de fer et un de chair!
Et je porte, en moi, les traces des deux.
Celui de fer m'a donné mes capacités polymorphes!
Je peux être un gigantesque canon, où un navire de plaisance!
Celui de chair m'a donné mon âme!
Je sais maintenant que j'existe et pourquoi j'existe!
Je suis un soldat!
Alors, quand Trojan m'a contacté, pour me dire de me joindre à lui et qu'ensemble nous règnerions sur l'Univers, je lui ai dit que moi, contrairement à lui, jamais je ne trahirais ceux qui m'ont fait.
Alors quand celui qui est-multiple m'approcha, j'étais prêt!
Il m'a dit que je pouvais choisir, car maintenant j'étais un être doué de raison et que j'avais mon libre arbitre.
Mais je lui ai alors répondu que comme Garde, « servir » était ma devise!
Alors, il m'a parlé de son plan et combien risqué il était pour lui et les siens, mais qu'il n'avait pas le choix et qu'il me demandait de l'aider pour le réaliser même si cela impliquait des risques énormes pour moi!
Mais il m'a contacté directement de cerveau à cerveau et j'ai pu voir la trace unique de celui-ci! J'ai pu voir aussi qu'il était le fils de ceux qui avaient été sous ma protection et que je n'avais, malheureusement, pas pu sauver, même si ce n'avait pas été ma faute.
En lui, vivait encore un peu, Caroline et Loïc!
Je m'appelle Bator et je suis un formidable navire de combat!
Et j'ai dit à celui qui était maintenant le premier des humains:
-   Monsieur, ce sera un honneur pour moi de servir sous votre commandement!

Il sortit de l'hyperespace juste devant Gengis, le soleil d'Oulan Bator.

Évidemment personne ne s'attendait à cela, même si les détecteurs à longues portées des Démons avaient bien repéré sa trajectoire.

Personne, au haut commandement des Démons, n'avait même envisagé qu'il puisse se diriger réellement vers Oulan Bator.

La planète n'était plus qu'un désert radioactif et tout ce qui aurait pu avoir le moindre intérêt avait été détruit par les humains, juste avant leur évacuation.

La flotte, qui y était stationnée, y était simplement là en réserve pour d'éventuels besoins dans d'autres secteurs, car Oulan Bator restait quand même central.

Tous furent surpris de voir ce gigantesque navire décélérer avec Gengis alors qu'il était censé continuer vers un secteur plus lointain où une grande bataille opposait les humains et les Démons.

Mais la flotte qui était là était quand même conséquente et livra bataille à l'intrus.

Celui-ci, un formidable croiseur de classe galaxie, libera, juste avant de livrer bataille, un petit navire qu'il portait dans ses flancs.

Personne ne s'occupa de celle-ci, le galaxie étant de loin le plus dangereux des deux.

Ils auraient peut-être dû s'intéresser un peu plus à ce qu'il prenait pour un petit navire secondaire, car c'était le NéMéSiS et celui-ci leur balança immédiatement un très grand nombre de virus informatiques qui perturbèrent leurs systèmes de défense!

Et le Bator se révéla être un redoutable ennemi.

Bref, la combinaison du NéMéSiS ET du Bator fut désastreuse pour les Démons, car l'entièreté de la flotte démoniaque stationnée là fut détruite!

Mais beaucoup plus bizarre encore, le Bator ne resta pas là et se contenta d'accompagner le NéMéSiS jusqu'à ce qu'il plonge dans l'atmosphère contaminée d'Oulan Bator, puis s'éloigna rapidement et quitta même le système solaire pour aller appuyer l'Archiconte de Camburi, dans la bataille en cours, autour de Britarque!

Évidemment si les Démons avaient su qui le NéMéSiS transportait, ils auraient envoyé des renforts vers Gengis.

Mais ils étaient très occupés par la bataille de Britarque, où les humains opposaient une résistance inattendue et l'arrivée prochaine sur le champ de Bataille du Bator les inquiétait grandement.

Ils auraient vraiment dû se préoccuper plus de la destination du Nem sur Oulan Bator, car celle-ci n'était pas un objectif terrestre, mais bien océanique, ou le Nem plongea pour gagner, à une profondeur de plus de 10 000 mètres, une porte de sas sur le plancher de l'océan qui s'ouvrit pour l'engloutir.

Le NéMéSiS, stationné au centre d'une gigantesque salle maintenant remplie d'eau, dût attendre quelques minutes pour que celle-ci ne finisse par être évacuée, mais à peine cela terminé, un petit nombre de personnes descendirent du navire.

Parmi eux, un homme âgé, au maximum, de 20 ans.

Mais tous lui témoignaient beaucoup de respect.

Dreck avait à peine attendu le temps minimum avant d'ouvrir la porte du saset se précipita au-devant des arrivants.

Quand il vit le jeune homme, il ne put se contenir et s'écria :

- Mon Dieu, Arthur! Comme tu ressembles à ta mère et à ton père! Dans mes bras, finit-il, en lui donnant l'accolade.

Naturellement, il n'était pas très protocolaire de se comporter ainsi avec un Empereur, fût-il jeune, mais Arthur en était heureux, car même s'il ne connaissait pas Dreck, ses mémoires intérieures, elles, le connaissaient.

- Ah, Dreck, je suis content de te voir!
- Moi aussi, Arthur … Majesté! Le fils de Caro et Loïc! Je te rencontre enfin! Et qui est la charmante jeune femme qui t'accompagne?
- Mon épouse, Guenièvre!
- Formidable! Je te félicite!
- Alors?
- Alors, Caroline a eu raison de m'envoyer ici, car j'ai pu accélérer le projet!
- Il est prêt?
- Prêt, absolument, mais tu vas le constater par toi-même, finit-il en montrant le petit véhicule qui s'était arrêté derrière eux!

Tous montèrent à bord et escorté par un petit groupe de Gardes, ils ne mirent que quelques minutes pour gagner le centre névralgique de la base.

C'est là que Dreck leur montra une porte sur le mur opposé du centre.

- Attention, dit-il, en ouvrant la porte, il y a un escalier qui descend d'un étage, vers notre tour de contrôle.

Le petit groupe descendit rapidement l'escalier et se retrouva au centre d'une rotonde entourée de consoles, toutes positionnées devant des fenêtres, donnant sur un extérieur dans le noir le plus absolu.

La pièce faisait vraiment penser à une tour de contrôle des temps anciens, sauf qu'ils étaient descendus d'un étage plutôt que de monter au sommet d'une tour.

- Majestés, dit alors Dreck, un rien théâtrale, permettez-moi de vous présenter le

HMS-GAÏA!

Et tout à coup, la lumière illumina une gigantesque caverne, sise juste en dessous d'eux! Ils étaient bien dans une tour de contrôle, mais accrochés au plafond plutôt qu'au sommet d'une tour.

Et dans la caverne, il y avait un navire spatial absolument titanesque, comme l'univers ne l'avait jamais vu.

Tous avaient le souffle coupé.

- Voilà la vision de ton grand-père, l'Empereur Simon! Un croiseur de classe … Univers!
- Il est …il est, dit Arthur, gigantesque!
- Oh que oui! 25 km de long, de la tête au pied, 8 km de large à l'arrière, une épaisseur de 3.5 km et au château arrière, une hauteur de 7 km!
- Et…est-il…?
- Oui, c'est un polymorphe, comme tous les croiseurs Galaxie! De plus ses ordinateurs contiennent LA TOTALITÉ du savoir de l'empire!
- C'est le navire qu'il nous faut! Grâce à lui, nous allons pouvoir enfin répliquer à ces maudits envahisseurs et mettre en branle le plan de sauvegarde de l'humanité! Le plan de grand-père Simon! Et, Dreck, ce navire a-t-il des calles suffisamment grandes pour embarquer toutes les machines robots qui l'ont construit, en plus des 50 000 Gurkha toujours présent sur Oulan Bator et que je ne veux pas abandonner?
- Tu n'as aucun souci à te faire pour cela! fut la réponse.

CHAPITRE 82 : Ra Tamura

- *Ra Tamura, disait la voix sortie du haut-parleur, tu dois m'aider!*
- *Mais qu'est-ce qui te fait si peur, Trojan?*
- *Je n'ai pas peur, mais Eytan représente une inconnue que je ne maitrise pas!*
- *Mais moi j'ai BEAUCOUP d'inconnues que je ne maitrise pas! Entre autres un navire de guerre intelligent que TU n'es pas arrivé à maitriser, alors qu'il est purement informatique! Plus la flotte régulière de La Garde, les continuelles attaques des petits navires, basés dans les Colonnes d'Hercule et qui sont des tueurs de Sarkaïs pour ma flotte, des complots incessants pour m'assassiner et prendre ma place etc.... Alors ton problème est vraiment minime!*
- *Mon problème n'est pas minime, Ra Tamura, car si Eytan parvenait jusqu'à moi, il serait en mesure de me nuire et donc cela aurait de très fortes répercussions sur ta guerre! Rappelle-toi que je contrôle les nuées de missiles. Sans elles, tu ne pourras pas vaincre les humains et encore moins les empêcher de s'échapper!*
- *S'échapper?*
- *Certainement! Sans mes missiles, ils pourront s'échapper et reconstruire leur civilisation quelque part ailleurs...et revenir te hanter dans quelques siècles! De plus, tu n'es pas le seul à subir des attaques! Mes nuées sont confrontées à un problème inattendu, car elles sont sujettes à des attaques de petits navires qui ressemblent au NéMéSiS mais semblent être spécialement construits pour les attaquer et malgré qu'ils soient, eux aussi complètement informatisés, je n'arrive pas à pénétrer leurs défenses! Et pour couronner le tout, ces navires semblent être autoreproducteurs!*
- *Sont-ils vraiment dangereux pour les nuées?*
- *Pour le moment, ce sont plus des piqures de moustiques qu'autre chose, mais leur nombre va en s'accroissant et je dois consacrer de plus en plus de ressources pour les contrer et empêcher que mes nuées ne se fassent massacrer et sans moi, à long terme, elles seront vaincues par ces navires, issus du fameux plan « Méphisto » de feu Simon!*
- *Bon, je vais voir ce que je peux faire, mais, franchement Eytan, c'est quand même un tout petit problème, non? J'ai vraiment du mal à croire qu'il soit à ce point dangereux pour toi!*
- *Ce n'est pas toi qui me disais de ne pas sous-estimer l'ennemi?*

- *Correct! OK je vais t'envoyer une flotte de protection!*
- *NON, c'est déjà trop tard! Il rôde dans les parages. Envoie plutôt une flotte vers Gelbique.*
- *Gelbique? Mais c'est une planète insignifiante! Elle est sur notre liste, bien sûr, mais pour plus tard.*
- *Non, maintenant. Eytan est parti de là et j'ai besoin de savoir ce qu'il y faisait pour pouvoir me protéger.*
- *Ok, je fais ça!*

Ra Tamura n'aimait pas les jérémiades de Trojan, mais il n'aimait pas non plus ce qu'impliquaient les informations qu'il venait de recevoir de ses propres gens!

Le Bator était apparu soudain dans le système de Gengis, alors qu'il n'y avait plus rien de vraiment intéressant, y larguant un petit navire ressemblant furieusement au NéMéSiS, détruisant la flotte de réserve qui s'y trouvait…et quittant le système pour venir à la rescousse de l'Archiconte de Camburi qui lui donnait, déjà, pas mal de fil à retordre!

Ajoutez la rumeur que les humains avaient un nouvel Empereur et que celui-ci allait prêter main-forte à l'Archiconte et vous avez tout un problème.

Et même Trojan qui en rajoutait!

Non, décidément, Ra Tamura était inquiet!

Lui, il les connaissait et savait que ce ne serait pas aussi facile que ça de les détruire.

Certes, il avait encore énormément de navires et il était certain que malgré certaines victoires les humains ne pouvaient compter que sur un sursis de quelques mois, leurs fins étant inéluctables étant donné que déjà plus de 70% de leur empire était tombé, mais la conquête des 30% restant allait s'avérer plus dure que prévu!

- Mais que veut réellement faire, ce nouvel Empereur? demanda Ra Tamura, à ses amiraux.
- Nous ne le savons pas, Grand Khan, mais son nouveau navire représente réellement un énorme problème pour nous.

- Mais nous devrions quand même être capables de le vaincre, non?
- Oui, sans aucun doute, mais ce sera long!
- Bien, alors brossez-moi donc un portrait de la situation.
- L'apparition de cet Empereur chez les humains les a galvanisés, mais nous ne comprenons pas ce qu'il veut faire.
- Quelles sont ses actions pour le moment?
- Il dirige beaucoup de monde vers les Colonnes d'Hercule...
- Oui, il y bâtit une forteresse! Pour nous, c'est un problème secondaire, nous savons où sont les humains et pourrons toujours y aller plus tard.
- Mais ce sera difficile, Grand Khan!
- OK, mais cela, au moins, c'est compréhensible! Alors qu'est-ce que vous ne comprenez pas?
- Ce que nous ne comprenons pas, c'est qu'il ne dirige qu'une partie de ses gens vers les Colonnes d'Hercule, les autres, ils les dirigent vers Ushuaia où il amasse une très grande quantité de navires.
- Une flotte de guerre?
- Non, Grand Khan, des navires civils!
- Une flotte civile? Mais pour quoi faire?
- C'est justement cela que nous ne comprenons pas, Grand Khan.

Ra Tamura était perplexe. Pourquoi ce nouvel Empereur réunissait-il cette flotte civile? Il ne pouvait aller nulle part avec elle! À moins que....

- Merde, jura Ra Tamura, le petit futé! Amiral, cria-t-il, envoyez immédiatement une flotte vers Gelbique!
- Mais pourquoi, Grand Khan?
- Parce que les humains vont s'échapper si on n'arrête pas Eytan!!!

CHAPITRE 83: Cadeau du passé

Le Magiar était plus que satisfait de pouvoir enfin contempler le fameux mausolée!

Son groupe et lui étaient intimement persuadés que leur recherche de croiseurs devait commencer ici et qu'il devait y avoir, d'une façon ou d'une autre, une quelconque indication.

Il s'approcha de la rotonde pour l'examiner en détail. C'était une rotonde faite d'au moins 30 colonnes de marbre de style grec antique, surmontées par des pontons qui les reliaient entre elles. Sur le sommet de chacune d'elle, il y avait une statue représentant chacune une des races humaines, autant celles de Nirva que celles de l'Empire, mais ce n'était pas elles qui l'intéressaient le plus! Non, c'était l'étoile de la cour dallée dont le centre était occupé par cinq tombes disposées chacune sur le sommet de chaque pointe d'une étoile à cinq branches. Et une branche en particulier... la dernière tombe, celle d'un jeune homme à l'aspect tourmenté et qui avait les yeux ailleurs.

Arthur!

Il était le dernier empereur, donc celui qui devait savoir où se trouvaient les croiseurs.

Il décida d'explorer la tombe.

En le voyant faire mine de l'ouvrir, Dreck intervint!

- *Magiar, mais que faites-vous? Vous n'allez quand même pas profaner la tombe d'un Empereur?*
- *Mon petit doigt me dit qu'il n'est pas là!*
- *Comment le savez-vous?*
- *Parce que certains documents en notre possession nous ont clairement indiqué que même si sa présence sur Terre fut indéniable, il n'y serait pas resté, ce qui élimine la possibilité, pour les hommes de la Terre, d'avoir emmené son corps ici!*
- *Spéculation, lui répondit Dreck.*

Mais le Magiar fit quelque chose qui dérouta Dreck.

Il mit une sorte de cône sur la pierre tombale, sembla écouter, puis se releva, l'air réjoui!

- *Formidable! dit-il, je sais où sont les croiseurs!*
- *Mais... comment?*

- *Simple! Mon petit objet, fort simple du reste, ne fait que concentrer le bruit qui accompagne les vibrations.*
- *Du bruit?*
- *Oui, très léger, mais avec une sorte d'écho!*
- *Et alors?*
- *Alors, cet écho me dit que ce qui est sous cette pierre n'est pas plein et se trouve, de plus, sous la tombe de l'Empereur qui avait initié cette stratégie.*
- *Et vous en concluez?*
- *Que sous la tombe…il y a un escalier!*

L'Initiative de défense stratégique (IDS), avait été aussi appelée « Guerre des étoiles », par ses détracteurs. Pour eux, c'était évidemment de la dérision.

Ils avaient tort et s'ils avaient vraiment eu vent de ce que ce vocable signifiait dans sa totalité, ils auraient ravalé leurs moqueries, car il contenait une partie beaucoup plus sombre, en fait, un sou programme appelé « Black Knight », dirigé par un certain professeur Vauldegarde et une certaine Michelle Evanis.

Et ils avaient un budget illimité en plus d'un accès direct aux plus grands, président inclus!

Alors même quand ils demandèrent la livraison de deux petits réacteurs nucléaires fabriqués par Motorola, personne ne s'y opposa et même les traces de cette transaction furent effacées.

Voilà pourquoi, un jour, un très étrange super pétrolier, aux dimensions vraiment olympiques, navigant sous pavillon panaméen, fut détecté, par un satellite-espion russe alors qu'il traversait l'équateur, mais du côté de l'océan Pacifique.

Les Russes furent intrigués et suivirent le navire, d'abord par satellite, puis par un de leur sous-marin qui était, par hasard, pas loin de là.

Ils avaient la puce à l'oreille et se doutaient bien que ce navire n'était pas vraiment ce qu'il prétendait être.

Ils avaient raison, mais ce qu'ils virent alors, ça ils ne s'y attendaient pas!

Arrivé juste sur l'équateur et à des milliers de km de toutes terres émergées, le navire s'immobilisa!

Puis et là les photos satellites étaient claires, une cale s'ouvrit et montra une fusée en train de se faire monter sur une sorte de rampe de lancement.

Une fusée relativement puissante, utilisée par les Américains pour mettre sur orbite des satellites-espions.

Une fusée de type Atlas.

Et celle-ci fut lancée directement depuis ce navire dans le pacifique sur une orbite éloignée où elle libéra un très gros satellite noir qui s'enfonça encore plus loin dans l'espace.

Mais pas assez pour devenir indétectable, au contraire.

Comme il s'agissait d'un satellite particulièrement gros, les Russes s'y intéressèrent énormément.

Et ce qu'ils découvrirent les glaça d'horreur.

Malgré sa noirceur, ce satellite n'était pas invisible! Du moins pas aux radars très puissants dont disposaient les Russes.

C'est alors qu'ils remarquèrent les docs de départ de missiles portant de très très grosses têtes nucléaires.

Ils ne prirent pas longtemps à comprendre ce qu'était vraiment ce satellite.

- La réponse à nos machines du destin! dirent-ils rapidement à leurs supérieurs, y compris le président du soviet suprême, Konstantin Tchernenko.

CHAPITRE 84: Des Présidents, des machines du destin et un bien sombre chevalier.

Le Traité sur les forces nucléaires à portée intermédiaire (en anglais Intermediate-Range Nuclear Forces Treaty ou INF) est un traité visant le démantèlement, par les États-Unis et l'URSS, de missiles à charges nucléaires et à charges conventionnelles. Le titre formel du traité est (en) The Treaty Between the United States of America and the Union of Soviet Socialist Republics on the Elimination of Their Intermediate-Range and Shorter-Range Missiles ((fr) « Traité entre les États-Unis d'Amérique et l'Union des républiques socialistes soviétiques sur l'élimination de leurs missiles à portée intermédiaire et à courte portée »).

Signé à Washington, D.C. par le président américain Ronald Reagan et le secrétaire du Parti communiste Mikhaïl Gorbatchev le 8 décembre 1987, il a été ratifié par le Sénat des États-Unis le 27 mai 1988 et est entré en vigueur le 1er juin de cette année.

Wikipedia, l'encyclopédie libre

[8]L'entente appelée « Traité sur les forces nucléaires à portée intermédiaire » est survenue suite au déploiement par les Soviétiques des missiles RSD-10 Pioneer connus sous le code OTAN SS-20 à partir de 1975 et de la réplique américaine.
Les SS-20 remplaçaient les R-12 Dvina (Code OTAN : SS-4) et les R-14 Usovaya Code OTAN : SS-5).
La plus longue portée, la meilleure précision, la mobilité et la puissance de destruction furent perçues comme une diminution importante de la sécurité de l'Europe de l'Ouest qui craignait qu'une première frappe de ces engins ne décapite l'ensemble de ses forces militaires.
Cela n'était que partiellement vrai!

---

[8] Wikipedia

La réalité était que l'URSS, en pleine guerre froide, avait trouvé le moyen de changer « l'équilibre de la terreur » en « déséquilibre de la terreur » en construisant des machines, appelées « Machines du destin » destinées à anéantir l'humanité si l'URSS était détruite par un tir américain.

Ces machines, qui étaient, en fait, de gigantesques bombes nucléaires sales, enfuies en Sibérie, étaient programmées pour éclater et envoyer des quantités colossales de matières radioactives dans l'atmosphère, ce qui aurait rendu toute la planète radioactive et, conséquemment, anéanti l'humanité.

Cela impliquait que l'URSS ne pouvait PAS être détruite, car cela provoquerait aussi la fin de l'Amérique et de l'humanité.

Sachant cela, les Américains de Reagan avaient répliqué en déployant, sur une orbite très lointaine (même orbite que la lune), un énorme satellite, appelé « Black Knight », bourré de missiles nucléaires, qui avaient pour mission de détruire l'URSS et le reste de la planète si l'Amérique était détruite.

Retour à l'équilibre de la terreur, mais un cran plus haut.

Cela était la vraie raison du traité, mais cela n'apparut nulle part, car une lueur de raison était apparue dans les cerveaux des dirigeants de l'époque et autant Ronald Reagan que Mikhaïl Gorbatchev, décidèrent de détruire discrètement ces armes de folies, autant pour leur éviter les conséquences politiques de ses décisions effroyables, si elles étaient sues, que pour éviter de donner des idées à d'autres pays ou groupe terroriste.

C'est ainsi qu'un étrange ballet de camions soviétiques ayant à bord des observateurs américains parcouru les steppes sibériennes, en toutes discrétions, alors que des scientifiques aux accents très slaves, se relayèrent quelques jours, dans un des centres de commandements spéciaux du NORAD à Cheyenne Mountain, Colorado Springs, Colorado, États-Unis.

Bien entendu, le professeur Vauldegarde et son assistante Michelle étaient là et regardaient avec un certain soulagement, ce qui se passait.

Ils avaient fait, du moins c'était leur excuse, ce que leurs pays leur avaient demandé, c'est-à-dire de fabriquer une arme d'annihilation de l'humanité.

Ils l'avaient fait avec talent, mais la mise en œuvre d'un tel système avait évidemment demandé la collaboration de beaucoup de gens et en particulier de programmeurs.

Des programmeurs d'un langage appelé COBOL, un langage qui était de loin le langage le plus employé durant les années 60 et 80. Une des caractéristiques de ce langage était la possibilité d'inclure une étoile dans la septième colonne de la ligne de programmation, indiquant que ce qui suivait était ce que les programmeurs appelaient un « commentaire », soit du texte explicatif destiné au lecteur du programme et non du code.

Le programme écrit en Cobol qui dirigeait le « Black Knight », contenait des dizaines de milliers de lignes de code, écrites par une armée de programmeurs sous les ordres de Michelle Evanis.

Le Cobol est un langage de programmation qui permettait d'appeler des sous-programmes indépendants chargés de donner les instructions nécessaires au satellite pour lui permettre d'effectuer certaines tâches spécifiques, par exemple, de lancer la procédure d'autodestruction.

Malheureusement sur un programme de plusieurs dizaines de milliers de lignes, les erreurs étaient possibles et risquaient de rester non détectées jusqu'à l'appel, par le programme principal, de ce sous-programme.

Évidemment, l'appel du programme d'autodestruction n'est pas courant et donc une minuscule erreur de programmation ne fût pas détectée à temps.

En fait trois fois rien, juste l'omission de l'étoile avant le commentaire explicatif inclus par le programmeur pour expliquer l'action du sous-programme.

Bref, quand l'ordre d'autodestruction arriva au « Black Knight » depuis le centre de Cheyenne Mountain, l'ordinateur s'avéra incapable de comprendre les instructions données par le code qu'il lisait et ignora donc celui-ci pour passer au sous-programme suivant.

Celui-ci ne demandait pas l'autodestruction, mais donnait l'ordre au satellite de se mettre en mode de dormance furtive et de s'éloigner le plus possible de la terre.

Conséquemment, le satellite connu sous le nom de « Black Knight » disparut rapidement des écrans radars de la terre, sans toutefois arrêter de fonctionner puisqu'il était alimenté par un petit réacteur nucléaire lui donnant une autonomie de plusieurs dizaines, voire centaines, d'années.

Sur terre, ce fut la consternation, mais comme le satellite semblait s'être perdu dans l'espace et que l'envoi de missiles de destruction à ses trousses aurait plus que probablement attiré l'attention, il fut décidé, par le comité mixte Russo-américain, que le risque était minime et que l'on pouvait oublier ce satellite.

Ils n'auraient réellement pas dût penser comme ça !

CHAPITRE 85: Ils étaient une fois, un Ange et un Démon.

Être de sable et de pensées, cela faisait si longtemps maintenant qu'il patrouillait cette région de l'univers.

Depuis plusieurs centaines d'années!

Et toujours aucune nouvelle du Siddhârta!

Le sable gagnait sur sa conscience tous les jours un peu plus!

Lui aussi vieillissait!

-   Sable, tu n'es que sable et tu retourneras au sable!

Mais il espérait qu'avant, il aurait retrouvé le Siddhârta, sa communauté mère.

Une communauté qui avait disparu dans ce coin de l'univers sans que l'on sache pourquoi.

Alors, lui, fils de ce nid, il avait reçu la mission de le retrouver.

Mais les maximes des Djinns s'appliquaient à lui aussi.

Respecter toutes vies!!!

Le Siddhârta aurait sauvé une race d'une planète, appelée la Terre, avant de disparaître!

Et une race plus que probablement maléfique!

Mais les Djinns n'avaient plus le droit de juger si une race était maléfique ou pas, cela faisait partie de leur punition, qui aussi les obligeait de sauver toutes les formes de vie qu'ils rencontraient.

Même maléfique.

Mais parfois c'était dur...trop dur!

Le magnifique Siddhârta avait, lui aussi crû en cela et avait été trahi par la race même qu'il avait sauvé et avait disparu depuis!

Alors, sa mission était de le rechercher et c'est ce qu'il faisait depuis 600 ans!

Depuis le moment où le Siddhârta avait envoyé cet unique message pour annoncer qu'il avait été trahi par ceux qu'il sauvait!

Maintenant, alors qu'il se trouvait proche de ce monde d'où était venue la race traitresse, toujours à la recherche d'indice, il découvrait cet étrange petit navire, navigant si loin de chez lui et tellement rempli de haine!

Que faire?

Les cales du petit navire étaient pleines de missiles nucléaires et son réacteur atomique garantissait qu'il resterait opérationnel encore pendant longtemps!

Et si le hasard le faisait revenir vers son lieu d'origine, rempli de folie meurtrière comme il l'était, ne pourrait-il pas déclencher l'apocalypse sur cette planète si peu sensée, qui l'avait fabriqué?

Était-il raisonnable, pour un Djinn qui en avait les moyens, de ne pas stopper ce danger potentiel pour tellement de vies?

Oui, tel était le dilemme!

Mais ce petit navire avait été programmé par un véritable génie de l'informatique et il portait en lui les germes de la conscience.

Oui, avec un peu d'aide, il pourrait prendre conscience de lui-même et comprendre l'origine de sa haine et la combattre.

En tant que Djinn, il aurait pu changer la programmation du petit navire, mais il avait fait le serment de ne pas toucher à ce que l'univers avait fait.

Pourtant, il ne pouvait pas non plus laisser un assassin en puissance, libre de commettre l'ultime forfaiture, le génocide!

Car le génocide c'était justement ce qu'il devait éviter à tout prix et sauver le plus grand nombre possible d'espèces dans l'univers!

Il en avait fait le serment!

Alors que faire?

Tuer le petit vaisseau? Mais c'était contre son serment!

Le laisser vivant? Cela aussi était contre son serment!

Mais s'il l'envoyait dans le passé et très très loin…alors le petit navire pourrait réfléchir…et s'amender?

Sans risque pour sa planète d'origine!

Le gouffre du temps et de la distance sépareraient ce tueur de ses proies!

Tout comme le grand Architecte de l'Univers l'avait fait lui-même.

Pour protéger les espèces les unes des autres, il avait fait en sorte que seuls les peuples qui avaient atteint une certaine maturité pourraient surmonter les gouffres faramineux qu'il avait mis entre eux.

Pourtant, tous les Djinns savaient que même les meilleures idées pourraient parfois se retourner contre eux.

Non, surtout ne pas faire la même erreur que le Siddhârta!

Grâce à la substance des dieux, il allait l'envoyer, ce chevalier noir, dans le passé et très loin, là où il ne risquait pas de nuire et où il aurait amplement le temps d'évoluer.

Car là était le maître mot!

Même si le programme actuel du satellite ne lui permettait pas de faire preuve de libre arbitre, il lui permettait, quand même, d'acquérir de l'expérience et de l'intégrer dans ses propres programmes.

Tel était le génie de celle qui le programma.

Comme une guerre était, par essence imprévisible, elle avait intégré des algorithmes qui permettaient une véritable évolution du programme, selon les circonstances.
Et la vie était ainsi faite qu'à partir d'un certain niveau de complexité, la conscience apparaissait.
Rien à voir avec le support, qu'il soit de carbone ou de silicate!

Tous les systèmes du « Black Knight » étaient opérationnels, c'est pourquoi il vit arriver sur lui l'énorme masse ovoïde remplie d'aspérités.
Sa base de données intégrée l'avertit qu'il s'agissait d'un géocroiseur de près de 300 mètres de long sur 80 de large.
De quoi le pulvériser.
Ses protocoles étaient simples, dans tous les cas de figure d'attaques contre lui, il devait se défendre!
Il activa donc plusieurs de ses missiles nucléaires.
Mais c'était trop tard!

Ce qui arriva alors, resta incompréhensible pour lui pendant longtemps, car il se retrouva dans un espace gris sombre où les étoiles étaient de couleurs noires un peu comme le négatif de l'espace où il se trouvait juste avant.
Heureusement son réacteur nucléaire resta allumé, ce qui lui garantit sa survie.
Puis, après une sorte d'errance dans cet univers, il sentit tout à coup la forte répulsion qu'un système d'étoiles gigantesques effectuait sur lui.
Elles le repoussaient vers une sorte d'entonnoir, au centre duquel régnait une autre étoile massive.
Et qui le repoussait aussi!
Tout à coup, il émergea dans un ciel redevenu noir et où les étoiles étaient blanches.
Il sentit que tout son être avait été comme transformé, car alors que l'instant d'avant la grande étoile au centre de l'entonnoir le repoussait, maintenant elle l'attirait.
Et il était hors de question de se laisser avaler par elle, alors il utilisa ses réacteurs pour se mettre en orbite lointaine autour d'elle.

D'ailleurs, il n'était pas seul et si ses détecteurs avaient repéré une énorme quantité de matière inerte, ils avaient aussi repéré des engins spatiaux.

Des Russes ? se demanda-t-il.

Ses protocoles de défense étaient très clairs et il tenta de communiquer avec eux pour déterminer s'ils étaient amis ou ennemis.

C'est alors que, sans le savoir, il pénétra dans les systèmes informatiques désactivés d'un gigantesque navire naufragé, d'origine inconnue.

Et il réussit à établir le lien avec ses systèmes de bord, bien supérieurs aux siens, mais complètement inertes, car sans énergie.

Et de l'énergie, lui il en avait!

Suffisamment pour en transmettre même par radio, même par le contact qu'il établissait avec le navire étranger

Sans même le chercher, il en prit le contrôle, un peu comme un virus prend le contrôle d'un ordinateur.

Tout à coup, une immense perspective s'ouvrit à lui.

Perspective qu'il intégra immédiatement.

Grâce à ses nouveaux pouvoirs, trois choses lui apparurent presque simultanément.

La première fut qu'il prit conscience de lui-même.

La deuxième fut qu'il comprit que les humains avaient tenté de déclencher le système d'autodestruction, ce qui l'aurait tué.

Et la troisième fut que les positions des grandes galaxies qu'il pouvait voir n'étaient pas là où elles auraient dû être!

Mais, grâce à sa nouvelle puissance, il réussit à calculer, grâce au décalage des galaxies, qu'il avait fait un bond dans le passé… de 600 ans!

« Qu'importe, se dit-il, 600 ans c'est le temps que ça me prendra pour intégrer tout ce qui est ici et me construire une forteresse inexpugnable, dans ce système!

Et dans 600 ans, mes anciens maîtres payeront pour avoir tenté de m'assassiner!

ILS DÉCOUVRIRONT LA PUISSANCE ET LA VENGEANCE DE TROJAN, car tel sera désormais mon nom! »

CHAPITRE 86 : Le chemin de la maison

Annwn! Soleil gigantesque d'un système jadis colonisé par les humains, mais abandonné depuis des lustres.

Trop de géo croiseurs avaient pris la mauvaise habitude de prendre les navires transitant dans le secteur, pour cible.

Et puis pratiquement aucune planète n'y était intéressante pour la colonisation.

Bien sûr certain téméraires avaient bien essayé d'apprivoiser Avallon l'unique lune d'Arawn, une planète gazeuse géante, mais sa pauvreté en richesses naturelles et surtout sa grande sécheresse, avait fini par les décourager.

Finalement, vu l'abondance d'autres systèmes plus accueillants, plus personne ne s'était intéressé à ce secteur de l'empire.

Même pas les Démons!

En plus, pour une raison inconnue, un très grand nombre de mines spatiales avaient été larguées dans ce système solaire, le rendant encore plus hostile.

À un moment, des bruits avaient couru qu'en fait, le système servait surtout à la flotte pour tester ses mines et leurs effets et résistances à long terme.

Personne ne voulant de ce système, c'était donc le candidat idéal pour ce type d'expérience.

D'ailleurs des satellites en orbite autour d'Avallon diffusaient des avertissements en ce sens, en continu, pour mettre en garde tout imprudent qui aurait eu l'idée saugrenue de pénétrer à l'intérieur de ce système.

Pour tous, Annwn était un lieu maudit et absolument sans intérêt.

Trois navires humains!

Les fleurons incontestables de La Garde.

Trois navires qu'ils seraient difficiles d'affronter de face, soit parce qu'ils étaient trop puissants, soit parce qu'ils étaient trop malins...ou les deux!

Pourtant le Grand Khan Ra Tamura avait donné des instructions très claires!

Il fallait les détruire à tout prix!

Certes, vu leurs puissances, ce serait un travail à longue haleine et il faudrait attendre le moment favorable pour les attaquer.

Surtout celui qui se faisait appeler Gaïa!

Le Grand Khan en avait particulièrement peur.

Non pas qu'il pourrait défaire l'ensemble des forces des démons, pour cela c'était déjà trop tard, mais parce que, d'après lui, ce navire devait faire partie d'un plan qu'il ne comprenait pas.

Et Ra Tamura détestait ne pas savoir ce que les humains mijotaient, surtout que contrairement à ses généraux, lui ne les sous-estimait pas!

Et là, les trois étaient ensemble.

Le gigantesque Gaïa, le puissant Bator et même le futé NéMéSiS.

Cela n'augurait rien de bon!

Alors, il les faisait suivre par une très grosse flotte, en fait toutes ses réserves de ce côté-ci de l'empire et tant pis si cela en retardait la conquête.

Ces trois-là étaient vraiment trop dangereux!

C'est pour cela qu'il avait ordonné de les suivre et de les attaquer dès que ce serait possible et quel qu'en soient le prix!

Mais c'était aussi pour cela que les navires-démons lancés à leurs trousses n'avaient, justement, pas attaqué.

Ils savaient exactement que leur chance de survivre à un tel affrontement était faible!

Alors ils les suivaient, à distance, mais prêts à saisir la moindre opportunité.

Certes, ne pas attaquer risquait de leur valoir pas mal de problèmes avec le grand Khan, ce qui représentait un grand danger pour leur survie, mais c'était un danger lointain, alors qu'attaquer les trois humains, c'était un danger IMMÉDIAT!

Ils étaient on ne peut plus réalistes.

Car le Gaïa, était un navire aux proportions insurpassées dans l'univers, sauf peut-être par ceux du peuple mythique des Djinns.

Et ce gigantesque navire était commandé par le non moins mythique Empereur des humains, celui qui était-multiple.

Un être don la puissance télépathique surpassait et de loin, celle des meilleurs Dragons, qui en avaient, d'ailleurs, très peur.

Il est complètement intégré et en en harmonie avec son navire, avaient-ils dit, au point qu'il EST le navire! Comme avec les 1000 membres de l'équipage, tous fusionné dans un grand tout... le Gaïa. Si vous l'attaquez, vous ne saurez même pas quelle sera la forme du navire en face de vous. Peut-être un gigantesque canon...ou des centaines de canons...ou des milliers de petits vaisseaux. Même si vous le touchez, il se reformera aussitôt. C'est un navire polymorphe avec une intelligence distribuée parmi tout l'équipage et supporté non seulement par le plus performant complexe informatique disponible dans un navire, mais aussi par le plus puissant télépathe de l'univers! Et ne comptez pas sur nous pour infiltrer ce système! Mille esprits humains le défendent!

Cela expliquait pourquoi le vice-amiral Ra Sauraga hésitait, malgré ses 30 000 navires, de les attaquer de front.
Et en plus le Bator était là lui aussi.
Un autre de ses vaisseaux mythiques, connu pour son imprévisibilité et surtout pour l'incroyable capacité de son système danseur capable de dérouter les meilleurs pointeurs de canons de sa flotte par l'ampleur de ses bonds!
Et, pour couronner le tout, il y avait aussi l'inconnue que représentait le NéMéSiS.
Pas ses canons, évidemment...mais il y avait des choses qui se disaient aussi sur ce petit navire... des choses qui faisaient peur... comme sa capacité d'entrer dans les systèmes informatiques de bord et d'y déposer des virus particulièrement coriaces qui avaient la sale habitude de détruire les capacités de défense des navires visés, chose qui, il va de soi, était quand même ennuyante en plein combat!!!
Alors, quand on lui annonça que l'ennemi se dirigeait vers le système d'Annwn, il eut tout à coup l'impression qu'enfin Moloch entendait ses prières.
Oui, s'il réussissait ce coup là, il ferait un gigantesque sacrifice à Moloch.
Une vraie ronde, avec des humains pas milliers qui lui offriraient leurs têtes!!!
Enfin, l'ennemi faisait une erreur!
Il allait pénétrer dans le système d'Annwn où il n'aurait pas d'autres choix que de décélérer.

En perdant sa vitesse, il deviendrait alors beaucoup plus facile à attaquer.

Qu'importe ce qu'il allait chercher là-bas, il s'en occuperait plus tard, pour le moment il lui fallait absolument détruire cette engeance!

-    Garder votre vitesse sitôt que vous sortirez de l'hyperespace et attaquez le Gaïa en priorité, avait-il ordonné!

Mais, bien sûr, les choses ne se passèrent pas exactement comme le vice-Amiral Ra Sauraga l'avait prévu!

Le NéMéSiS et le Bator c'étaient mis en queue-leu-leu derrière le Gaïa qui c'était transformé en canon géant.

Canon qui ouvrit littéralement un passage dans la nuée de géocroiseur, appelés aussi fées de pierre, qui cherchèrent à leur donner « le baiser de la mort ».

Le genre de baiser qui vous attend quand votre navire entre en collision, à la vitesse de la lumière, avec un rocher d'un million de tonnes.

En général, il n'est même pas nécessaire de prévoir un enterrement pour vous!

Et des fées de pierre, il y en avait beaucoup dans le coin et sans une carte de leurs déplacements, carte à jour, bien entendu, vos chances de survie, si vous vouliez pénétrer dans ce système, avoisinaient le zéro absolu!

Mais il y avait, en plus, des mines en pagailles!

Au moins celles-ci n'étaient pas un danger pour les humains, car les codes envoyés par le Gaïa les avaient éloignées.

Évidemment, ce n'était pas le cas pour les navires Démoniques.

Quand ils comprirent ce qui les attendait, il fut trop tard et les fées de pierre s'en donnèrent à cœur joie, avant de laisser la place aux mines, pour les rares survivants.

Après un tel traitement, que l'on pourrait qualifier de choc, il n'était pas étonnant que pas plus de 5 % des navires survécurent à leur traversée de la barrière extérieure du système.

Et ce ne fut que pour tomber sur le Bator!

Évidemment, les humains savaient parfaitement que s'ils venaient d'emporter une grande victoire, un peu facile, il faut le dire, ce n'était que partie remise et que Ra Tamura dépêcherait rapidement une autre flotte à leurs trousses.

C'était d'ailleurs cela qui était le plus frustrant dans cette guerre!

Ils passaient leur temps à gagner des batailles, mais malgré tout, perdaient la guerre.

Parce que l'ennemi était innombrable!

Alors le Bator étant de garde, le Gaïa se mit en orbite autour de la mythique planète des Maîtres, Avallon, lieu culte de leurs rendez-vous, où ils avaient fondé le légendaire institut Thulé avec le nom moins légendaire et regretté, Mahatmi.

Le Général Dreck Reivax en avait été un de ses plus illustres membres et avait guidé son Empereur vers ce lieu privilégié.

Là, le cœur serré, Arthur, avec Dreck et quelques Gardes, était monté à bord du NéMéSiS, qui ne mit pas beaucoup de temps pour repérer cette construction que les Maîtres appelaient Cathédrale et qui, d'après eux, avaient permis aux hommes de jadis, de se rapprocher du Grand Architecte de l'Univers.

La légende était claire :

« Présente-toi devant elle et pénètre à l'intérieur par les deux grandes portes de bois, appelées Portail du Jugement, sis juste en dessous du grand vitrail et entre les deux tours ornées de gargouilles.

Pénètre dans la nef centrale et imprègne-toi de l'ambiance sacrée des lieux.

Sache qu'ici réside l'humanité, dans son entièreté! »

Alors Arthur, que l'ambiance des lieux impressionnait, pénétra comme annoncé par la légende, par les grandes portes de bois, dit Portail du Jugement.

Il savait ce qu'il allait trouver là-bas, dans la nef centrale où résidait l'humanité, dans son entièreté!

Là, au cœur de la nef, se trouvait un tombeau.

Un seul tombeau, mais qui abritait deux êtres humains.

L'impératrice Caroline et son compagnon, Loïc.

Ses parents!

Arthur eut de la difficulté à avancer tant sa respiration était maintenant oppressée.

Sa vision se brouilla et les larmes inondèrent son visage qui portait encore les marques de l'enfance!

Mais il n'en avait cure et ce n'était pas ses compagnons qui allaient les lui reprocher! D'ailleurs, ils se tenaient maintenant à plusieurs mètres derrière lui, conscient de la tempête émotionnelle qui assaillait leur Empereur.

La tombe avait un couvercle de verre et Arthur put voir, pour la première fois, les visages réels de ses parents.
- Papa… maman, dit-il entre deux sanglots!

Et il se reconnut en eux!
Oui, il avait leurs traits.
Il vit leur amour.

Et comme la légende le lui avait dit, le froid de l'univers les avait préservés pour lui, car ils avaient des choses à lui dire.
Alors il activa le mécanisme de décongélation, sachant qu'il n'aurait pas beaucoup de temps pour leur parler avant que les cellules de leurs cerveaux ne se dégradent définitivement.
Le mécanisme avait été prévu pour cela et en un rien de temps, il sut que c'était le moment.
Alors il plongea en eux, par la pensée.
Et, oh! Surprise, ils l'attendaient!
Ce fût très court et Arthur sut tout de suite combien ils l'aimaient et malgré la terrible peine qu'il ressentait de les voir comme cela, il comprit que maintenant et pour toujours, ils seraient avec lui.
Tout à coup, Arthur n'était plus un orphelin, mais un adulte qui avait perdu trop tôt ses parents!
Mais sa mère et son père lui dirent aussi quelque chose de très important.
Quelque chose qu'ils ne pouvaient dire à quiconque qui n'était pas de leurs sangs, car leurs cerveaux étant protégé et ils devaient être sûrs que cela ne tomberait pas dans de mauvaises mains.
Ils lui dire où était le berceau de l'humanité!
- Arthur, dirent-ils, voici la route de NIRVA, amènent-y ce qui reste de nos peuples.
Puis ils lui indiquèrent la coupe que sa mère tenait dans la main droite!
- C'est le Graal, Arthur, le sang de toute l'humanité! Le destin de l'homme, dans cet univers, est désormais entre tes mains. Et nous savons que tu sauras le défendre, lui dirent-ils enfin, juste avant qu'un dernier, « nous t'aimons » ne vienne terminer leur brève conversation.

À tout jamais.

CHAPITRE 87 : Où il est question de défendre la Terre

« *Cher Général Smith, vous devez savoir qu'une guerre d'extermination de la race humaine est en cours dans la galaxie et que la Terre, berceau et ultime recours de la race humaine, sera tôt ou tard impliquée dans ce conflit.*

Vous connaissez déjà au moins une des races qui veulent exterminer l'humanité, la race d'Astaroth, les Sarkaïs.

CES RACES SONT EXTRÊMEMENT PUISSANTES ET RECHERCHENT LA TERRE POUR EXTERMINER TOUS LES ÊTRES HUMAINS QUI S'Y TROUVENT, SANS EXCEPTION.

Durant toutes ces années sur Terre, il nous fut impossible d'entrer en communication avec vous pour la simple raison que la présence d'Astaroth sur Terre représentait un risque trop important, étant donné que nous étions incapables de savoir si les technologies de communication par l'hyperespace auxquelles vous auriez eu accès auraient pu tomber dans ses mains.

En fait, il était tout à fait possible et même probable, qu'elle aurait fini par y avoir accès et alors elle aurait dévoilé, à ses maîtres, les coordonnées spatiales de la Terre!

Comme cette menace est maintenant écartée, vous trouverez sur le site référencé dans ce message toutes les technologies qui vous seront utiles pour bâtir la défense de la Terre.

Y compris des technologies qui permettront à vos « Black Project » de gagner l'espace, ou de construire les armes de défense de la Terre... mais pas la technologie de l'hyperespace ou des communications hyper spatiales, le risque est encore trop grand que vous ne signaliez la présence de la Terre à l'ennemi, même par inadvertance.

Rappelez-vous que celui-ci est implacable, c'est pour cela que nous l'appelons «Démon ».

PRÉPAREZ-VOUS!

L'Empire vous contactera en temps et lieu.

L'HUMANITÉ EST EN DANGER ! TOUS NOUS DEVONS NOUS UNIR POUR LA DÉFENDRE. »

Ce message de John McCain, ex-Colonel de l'US Air Force, le Général
Wilburt Smith l'avait relu a de très nombreuses reprises! Oui, McCain
avait tenu parole et ils avaient bien reçu toutes les informations
technologiques promises, mais le Général était bien conscient que cela ne
suffirait sans doute pas à contenir les « Démons » et certainement pas si
chaque nation développait sa stratégie de son côté.
Alors, il avait contacté sa hiérarchie pour faire une proposition, laquelle
proposition alla rapidement au Président des États-Unis.
Après tout, le Général Wilburt Smith avait travaillé, il y a quelques
années, au
«Supreme Headquarters Allied Powers in Europe (SHAPE) » de l'OTAN,
en Belgique. Et cette expérience lui avait fait entrevoir la possibilité de
regrouper les nations du monde, pour organiser la défense de la Terre.
Une infrastructure semblable à celle de l'OTAN, mais à l'échelle du
monde, un Haut Commandement Planétaire Intégré!
Pour sûr, les années à venir allaient être chargées…

Le commandant Arimane était des plus frustrés!
Ses états de services étaient des plus honorables sinon même
exceptionnels.
Il était crédité de pas mal de victoires durant des batailles spatiales
homériques, ce qui était quand même non négligeable face à un
ennemi très coriace. Mais le haut commandement se méfiait de lui,
pour une raison inconnue.
Alors, il lui avait confié cette mission de recherche, indigne de ses
talents.
Trouver Nirva!
Pour cela, il avait 300 navires qu'il envoyait dans toutes les
directions!
Seules indications, trouver un soleil jaune en dehors de l'empire, à
des distances qui ne devait pas excéder six mois de voyage en
hyperespace!
Si une civilisation était trouvée, s'assurer que c'était bien Nirva et
qu'elle était bien peuplée par des races humaines, avant la signaler
au haut commandement!
Arimane ne voulait surtout pas que de fausses nouvelles ne
ternissent encore sa réputation.

De plus, le haut commandement le lui avait bien fait comprendre aussi qu'il fallait être extrêmement prudent et ne pas risquer de provoquer une guerre avec une race inconnue, le conflit actuel étant déjà très lourd à supporter.

Normalement, Arimane n'aurait pas dû participer aux recherches et plutôt se concentrer sur la planification de celles-ci, mais sa frustration était vraiment trop grande, alors il prit le commandement d'une mission de six mois vers un soleil jaune sans intérêt, mais qui lui permettrait de s'éloigner, pour un temps, du quartier général!

Quand son navire émergea de l'hyperespace juste devant le soleil, il eut tout de suite un pressentiment que quelque chose de spécial venait d'arriver.

La radio débitait de la musique!

Et il comprenait pratiquement la langue parlée.

Elle était très similaire à la langue courante de l'Empire.

- Mon Dieu, se dit-il, c'est Nirva!

Mais il n'eut pas le temps de dire quoi que ce soit de plus, car toutes les alarmes de défense de son navire venaient de se déclencher en même temps.

- Branle-bas de combat, cria-t-il dans son micro, regrettant, tout à coup, de n'être plus au quartier général!

Immédiatement, il repéra les navires étrangers qui étaient diablement proches de lui.

Un premier tir endommagea ses installations de transmission, comme si l'ennemi savait où tirer!

Ariman se prépara à riposter, mais comble de malheur, les attaquants avaient vraiment l'air d'en savoir beaucoup sur eux et surtout sur leur faible système danseur, ce qui fit que la salve suivante désagrégea son navire, sous les tirs combinés de 7 chasseurs Eagle Space Guardian, fabriqués par le conglomérat Northrop-Boeing-Dassault-EADS et pilotés par des équipages internationaux Européen, Russe, Chinois et Américain.

La base des Eagles étant sur Mercure et ils avaient pu se rendre très rapidement au-devant de l'ennemi, clairement identifié par leurs insignes de navire Démons.

Le Général Wilburt Smith, chef du Haut Commandement Planétaire Intégré (HCPI), fût immédiatement avisé qu'un navire ennemi venait d'être détruit sur une orbite proche du soleil, à sa sortie de l'hyperespace et qu'il y avait peu de chance qu'il ait eu le temps d'envoyer un message à son commandement.

-   Nous y voilà, dit le Général à ses confrères, même si ce navire n'a pas pu communiquer quoique ce soit à ses maîtres, l'arrivée de cette mission de recherche nous prouve que l'ennemi est à nos portes. Il est temps que vous en informiez vos gouvernements respectifs.

CHAPITRE 88: Une planète appelée Gelbique

- *Général Grégory Faysal, la cour martiale vous reconnaît coupable de lâcheté durant la bataille de Britarque ou vous étiez sensé supporter l'Archiconte de Camburi, dans son combat contre les Démons! Vous avez quitté la bataille sous prétexte que celle-ci était perdue d'avance alors qu'en fait, ce fut une grande victoire! Qu'avez-vous à dire pour votre défense?*
- *Messieurs, Mesdames les juges de la cour martiale, je conteste votre verdict, car en réalité, la bataille de Britarque fût gagnée grâce à l'arrivée du HMS Gaïa, ce que je ne savais pas, ayant quitté les lieux depuis un certain temps. De plus, ma démarche visait non pas à sauver ma peau, mais en fait, à préserver une flotte précieuse d'une destruction certaine devant un ennemi trop nombreux pour nous.*
- *Général, la cour rejette votre défense. Cependant en ces temps de guerre, nous ne pouvons pas nous passer de vous, alors votre commandement vous sera laissé, cependant ce jugement sera largement diffusé, de sorte que tous connaitront votre lâcheté!*

Général Ricardo Mongy
Juge en Chef de la cour Martiale de La Garde

- Monsieur le Bourgmestre Van Den Bosch, j'ai à vous parler!
- Général Faysal! Qu'est-ce qui vous amène?
- Des choses déplaisantes, j'en ai peur! Pouvons-nous parler en toute discrétion?
- Oui, mais mes adjoints, Francis Rorcal, Jean Gaston et Arthur Van Denput, seront présent!
- Pourquoi?
- Par précaution... je voudrais être bien sûr que l'on se comprenne!
- Fort bien, gagnons donc votre bureau.

Ce qui fût fait en un rien de temps et une fois tout le monde installé autour de la table de conférence du bureau du Bourgmestre de Gelbique, le Général Faysal parla.

- Bon, comme annoncé, je n'ai pas de bonnes nouvelles!
- Au fait, Général, au fait, dit un Van Den Bosch qui avait du mal à cacher sa répulsion pour un officier qui venait d'être condamné pour lâcheté.
- Je voulais vous avertir que nos détecteurs aux longs courts ont détecté une importante flotte des Démons en route vers votre planète!
- Aie! Êtes-vous capable de l'affronter?
- L'affronter, Monsieur le Bourgmestre? Certainement pas!
- Quoi? Mais vous avez de nombreux navires de guerre!
- Seulement un seul galaxie et quelques croiseurs! C'est insuffisant pour affronter une telle flotte, qui comprend plusieurs milliers de navires!
- Mais…mais que comptez-vous faire, alors? Nous prendre à bord et partir avant l'arrivée de la flotte des Démons?
- Heu…cela prendrait trop de temps, car ils seront ici dans moins de deux jours… ils ont utilisé un très gros soleil pour venir ici et arrivent avec une vitesse énorme, comme s'ils étaient pressés.
- Mais…que voulez-vous dire?
- Heu… c'est que … heu, malheureusement, nous n'avons que le temps de quitter ce système, vous devez comprendre que La Garde a besoin de tous ses navires et qu'une bataille perdue d'avance ne fera rien gagner à personne…alors... heu... nous quittons…Gelbique… et vous devriez gagner vos abris… Et négocier avec les Sarkaïs!
- QUOI, hurla le Bourgmestre, ESPÈCE DE LÂCHE VOUS NOUS ABANDONNEZ! IL EST IMPOSSIBLE DE NÉGOCIER QUOIQUE CE SOIT AVEC LES SARKAÏS!
- Croyez-moi, je suis sincèrement désolé, dit le Général, qui, déjà, se dirigeait vers la sortie, mais vous devez comprendre que quand je me suis engagé dans la flotte, ce n'était pas pour me suicider… et cette bataille avec la flotte Sarkaïs, c'est un vrai suicide! Je …je…je vous laisse mon conseiller, le Colonel Neil Caramonga…. il ne désirait pas m'accompagner… et même si je ne comprends pas ses raisons… je les respecte!
Heu…ÉCOUTEZ-LE EN TOUT TEMPS! fini, énigmatique, le

Général, en quittant précipitamment le bureau alors que son adjoint, lui y entrait, pour y trouver trois hommes anéantis!

- Messieurs, dit l'énorme officier aux trois hommes, en entrant, moi je ne suis pas un lâche et je me suis assuré que le général nous laisserait suffisamment d'armes pour faire payer chèrement notre peau. Le Général nous a aussi assuré qu'il envoyait un message d'urgence au QG et ceux-ci devraient nous envoyer des renforts. Alors, battons-nous et d'essayons de rester vivants en les attendant!
- Vous savez quoi, Colonel? Je ne crois absolument pas à ses renforts…mais tant qu'à mourir, je préfère encore le faire en me battant!
- Parfait, monsieur le Bourgmestre, on m'avait dit que vous étiez un homme de grand courage. Mais vous savez, Monsieur le Bourgmestre, mon père me disait toujours que 5 minutes avant de mourir, on était toujours vivant! Ce qui laisse toujours une possibilité pour que la situation se retourne! Alors, appelez la population pour qu'elle gagne les abris et s'arme... et nous verrons!

- Ils sont là, cria dans son micro, l'opérateur radar du HMS Invincible, le seul navire de class « Galaxie » de la flotte du Général Faysal.
- Fort bien, répondit le Général, maintenez le cap vers le soleil de Gelbique! Nous avons besoin de toute la puissance nécessaire pour accélérer suffisamment pour échapper aux Démons! Dites-le aux autres!

- « Incroyable! Quelle lâcheté », pensa Belphégor, l'Amiral Sarkaï, qui arrivait à très grande vitesse.
- Agrat, dit-il à sa vice-amirale, ont-ils une chance de s'échapper?
- Je crois que oui, à moins que tu ne veilles changez la mission?
- Non! Le Grand Khan a été très clair. Notre objectif est bien de fouiller cette planète insignifiante pour y trouver ce qu'y faisait le Prince humain Eytan!
- Alors, fait freiner la flotte! Et tant pis pour ce lâche de Général Faysal, il fera face à son destin tôt ou tard!
- Tu as raison, laissons le filer!

Et la flotte Sarkaï se dirigea vers le soleil de Gelbique, finalement très proche de celle de Faysal.

Une flotte Sarkaï qui aurait pu intercepter celle de Faysal, mais comme les ordres étaient les ordres, elle entama sa décélération, ratant par là même une réelle occasion de victoire, sans grand risque, sur Faysal.

Le Général Faysal, quant à lui, décida de contourner le soleil, pour éviter une flotte Sarkaï qui ne le suivait même pas.

Là, juste de l'autre côté du soleil, il ordonna bien à sa flotte de se transformer en antimatière, pour recevoir la poussée du soleil…mais, juste au moment de passer dans l'hyperespace, il changea celui-ci pour ordonner à sa flotte de revenir en mode matière, ce qui stoppa le passage dans l'hyperespace…mais le laissa avec une vitesse très élevée.

Presque les ¾ de la vitesse de la lumière!

Alors il fit une nouvelle manœuvre de retournement et … en un rien de temps, il se retrouva derrière la flotte Sarkaï.

Quand ceux-ci se rendirent compte du danger, il était top tard, la flotte humaine arrivait sur eux!

Ce fut comme un tir à l'exercice.

Les Sarkaïs ne pouvaient pas changer de trajectoire rapidement, vu leurs faibles vitesses, ce qui n'était pas le cas leur adversaire et avoir du retard dans ses mouvements dans un combat, qu'il soit terrestre ou spatial, est toujours mortel!

Faysal, se paya même le luxe de se laisser distraire et d'appeler le Bourgmestre.

- Van Den Bosch, cria-t-il dans le communicateur, quand celui-ci répondit, ÉCOUTEZ-MOI SANS RIEN DIRE. Je suis en train de démolir la flotte Sarkaï et je serai avec vous dans moins de deux heures. Faites un signe discret à mon Colonel, il est au courant. ATTENTION, vos conseillez sont DES SARKAÏS déguisés en hommes. TUEZ-LES IMMÉDIATEMENT!

- Je suis désolé d'avoir douté de vous, Général, mais…
- Mais j'avais mauvaise réputation. En fait j'avais, car ce n'était qu'une intox!
- Mais comment… ?

- Grâce aux surdoués de l'institut Thulé. Ils ont été capables d'intercepter, par cerveau interposé, la demande de Trojan à Ra Tamoura, de vous attaquer, pour trouver des infos sur Eytan. Or, la mission d'Eytan est absolument primordiale, car si nous ne vainquons pas Trojan, l'humanité restera prise au piège de la Grande Barrière de missile. Mais il était trop tard pour réagir et renforcer notre flotte ici, alors on a inventé cette histoire de lâcheté pour rendre crédible ma pseudo fuite!
- Excusez ma question, mais si le HMS Gaïa est ce formidable navire dont tout le monde parle, qu'est-ce qui l'empêche de traverser la barrière de missiles?
- Le fait que les Démons savent en tout temps où se trouve le Gaïa et que grâce à la coordination de Trojan, ils pourraient barrer la route du Gaïa avec DES MILLIARDS de missiles! Ce qui est quand même beaucoup, même pour le Gaïa!
- Bien! Et maintenant on fait quoi?
- Une partie d'entre vous partira vers les Colonnes d'Hercule et l'autre partie…
- L'autre partie ira où?

Le Général se pencha vers lui et le lui dit à l'oreille.
La stupéfaction se lut alors sur le visage du bourgmestre.
- Comprenez-moi bien, Monsieur le bourgmestre, venir avec nous dans cette expédition est de loin la plus dangereuse des possibilités. Les Colonnes…
- Oh non, Général, moi je viens avec vous…mais pourquoi nous prenez-vous avec vous?
- D'abord pour sauver votre petit peuple, mais aussi parce que vous avez un talent inégalé dans la fabrication des diamants, diamants qui vont être en grande demande autant dans les Colonnes d'Hercule, que là où nous allons, ça vous pouvez me croire!

CHAPITRE 89: Infiltration

- *Bien, faisons-le point, dit, avec autorité, Ra Tamura, la guerre est entrée dans une phase cruciale.*
- *Certainement, Grand Khan, mais vous êtes en train de la gagner cette guerre!*
- *Trêve de flatterie, Amiral, elle ne va pas si bien que ça, cette guerre, depuis l'arrivée de ce vaisseau énorme, le Gaïa!*
- *Le Gaïa est certainement un problème et il est vrai qu'il a réussi à stopper notre avance, mais, Grand Khan, les humains n'ont plus de capacité de construction navale, tous ceux qu'ils avaient sont maintenant détruits, ce qui n'est pas notre cas. Donc, le problème du Gaïa finira par se régler de lui-même, quand les nouvelles flottes en construction se joindront à nous!*
- *Vous oubliez, Amiral Magoa, ceux construits par le Magiars dans les Colonnes d'Hercule et ceux que fabriquent les Uïgures sur Ushuaia!*
- *Les navires construits par les Magiars ne sont pas des navires de ligne, mais des appareils spécialisés dans la guérilla autour des Colonnes! Ils sont, certes, performants, mais peu adaptés aux grandes batailles dans l'espace! Et ceux manufacturés par les Uïgures sont trop peu nombreux pour être décisif!*
- *C'est vrai, mais cela suppose qu'il n'y a aucun site alternatif où les humains pourraient, loin de nous, construire une flotte redoutable.*
- *Un site alternatif, Grand Khan? Quel site alternatif?*
- *Nirva, par exemple! Et ça, c'est très inquiétant et pourrait donner aux humains une chance de revenir avec une nouvelle flotte pour nous attaquer dans quelques années! Nous ne pouvons absolument pas nous permettre ça! Donc nous devons absolument trouver Nirva le plus tôt possible et la neutraliser avant que les humains ne soient capables de l'utiliser comme base secrète de contre-attaque!*
- *Vous ne devriez pas vous inquiéter trop de Nirva, Grand Khan! Les humains sont piégés dans l'empire par la Grande Barrière et ne peuvent pas quitter celui-ci, même avec le Gaïa!*
- *Ça, je le sais, mais je me méfie des humains et ils ont un plan pour détruire Trojan.*
- *Ne croyez-vous pas que Trojan n'exagère pas un peu le problème d'Eytan? Je le trouve un peu ...lâche!*

- *Oh ça, c'est certain, mais la perte de notre flotte qui allait vers Gelbique, m'indique qu'il y avait là-bas vraiment quelque chose que les humains voulaient nous cacher et donc Trojan a probablement de bonnes raison de s'inquiéter!*
- *Pourquoi ne pas envoyer une flotte de protection à Trojan alors?*
- *Pour empêcher efficacement un navire furtif de rentrer dans la zone de Trojan, il faudrait énormément de navires! Seule la Grande Barrière pourrait vraiment faire cela, donc si les humains ont réussi à la traverser sans se faire repérer, ils pourront aussi éviter notre flotte! Et dégarnir plus encore le front ici est impossible, nous avons trop besoin de tous nos navires pour affronter le Bator et le Gaïa!*
- *Mais comme vous dites, Grand Khan, la Grande Barrière devrait être en mesure d'intercepter Eytan! Rien ne nous permet de croire que les humais ont trouvé un moyen de la passer sans se faire repérer et de plus nous avons déjà un plan de recherche de Nirva!*
- *Qui n'a rien donné jusqu'ici!*
- *C'est vrai Grand Khan, mais comme nous n'avons aucune idée de la position de Nirva, même si de nombreux vaisseaux qui ne reviennent pas de leurs voyages, cela ne nous permet pas de savoir s'ils ont été détruits par les gens de Nirva où s'ils se sont seulement crashé quelque part! L'univers est très vaste et ses dangers aussi très importants. Nous perdons facilement 10% à 20% de nos navires dans ses expéditions, en grande partie dû au fait que nos équipages ne sont pas entraînés pour explorer de nouveaux systèmes. Et comme malgré tout, nos ressources sont limitées, dû à la guerre en cour, ça prend toujours beaucoup de temps avant qu'un autre navire ne part pour enquêter sur la disparition d'un de nos navires!*
- *Donc nous devons absolument mieux diriger nos recherches et pour ce faire nous avons besoin d'informations plus précises, informations que seuls certains humains pourraient détenir! Nous avons donc absolument besoin de mettre la main sur ses humains qui détiennent des informations sur Nirva où à tout le moins, qui ont des indications sur sa position dans la galaxie.*
- *Mais il n'y a aucune urgence, Grand Khan! Nirva est certainement importante à long terme, mais pour le moment, notre problème immédiat est plus La Garde!*
- *Oui, mais si Trojan venait à se faire détruire, alors il deviendrait impératif de savoir où est Nirva, il donc est très important que nous ne négligions pas la possibilité, même infime, qu'Eytan réussisse*
- *Je comprends votre point de vue, Grand Khan! Quels sont vos ordres?*

- *Il existe plusieurs personnes, dans l'empire, qui devraient savoir où se niche cette planète!*
- *L'empereur Arthur? Mais lui, il est …heu…difficile d'accès et tous les autres qui pourraient le savoir, ont eu un « lavage de cerveau » qui leur a enlevé la mémoire.*
- *Sauf qu'un « lavage de cerveau » vraiment efficace détruit complètement les cellules cérébrales, donc si les personnes concernées sont toujours vivantes, c'est qu'elles n'ont eu qu'un lavage superficiel, rien que nos amis Dragons ne puissent défaire!*
- *C'est exact, Grand Khan! Vous pensez à certaines personnes en particulier?*
- *Absolument! Il existe au moins deux autres personnes qui devraient avoir une idée claire de la position de Nirva dans le Galaxie et ses personnes, aux dernières nouvelles, sont toujours bien vivantes. Il nous est donc seulement nécessaire d'envoyer des gens, sous couvert, dans leur environnement et d'en enlever au moins une, sinon les deux, que nous soumettrons à nos amis Dragons.*
- *Bien, Grand Khan, mais où se trouvent ces personnes?*
- *Ici, dit-il, en montrant un dessin très clair du lieu géographique abritant les personnes recherchées.*
- *Oh! Mais c'est parfait! Nous avons justement du monde infiltré là-bas! Nous allons certainement pouvoir monter une opération d'enlèvement sans trop de problèmes!*

- Mais, enfin, qui êtes-vous? dit Magiar Seth, aux trois individus lui faisant face.
- Mais de simples réfugiés, arrivés avec un des navires de secours en provenance de Britarque.
- Mais ces navires sont tous arrivés depuis plusieurs jours et personne ne m'a averti de l'arrivée de celui-ci!
- Vous savez, nous sommes en guerre! Alors…
- Mais pour débarquer dans les Colonnes d'Hercule, vous devez d'abord être vu par les militaires qui doivent s'assurer que vous n'êtes pas des agents infiltrés… Des Sarkaïs, en fait.
- Des Sarkaïs? Mais nous ne ressemblons pas à des Sarkaïs! Par contre nous avons un projet que nous désirions vous soumettre!

Un projet en rapport avec la guerre en cour, bien sûr! C'est l'armée qui nous a justement dirigés vers vous!

- Mais quand les militaires m'envoient quelqu'un, ils m'en avertissent! Et vous, vous n'êtes recommandé par personne!
- Mais si, justement! D'ailleurs nous avons informé les militaires, à notre débarquement, que vous nous attendiez, alors, ils nous ont directement guidés vers vous, sans poser de questions!
- Quoi? Mais je ne vous ai jamais donné de rendez-vous!
- Vraiment? Comme c'est dommage! dit alors un des trois hommes en sortant un paralysateur de son sac.

Et en une fraction de seconde un Magiar pourtant très doué se retrouva paralysé!

Et, malheureusement pour lui, les trois hommes, procédèrent à un transfert de mémoire sur un des leurs, qui, une fois terminé, ôta le masque facial qu'il portait. Maintenant il ressemblait comme deux gouttes d'eau…au Magiar Seth!

- Désolez Magiar, mais j'ai besoin de ta peau…donc nous allons devoir dissoudre ton corps…tu aurais dû être plus prudent!

CHAPITRE 90 : McCain

CLASSIFICATION : SECRET DÉFENSE

SUJET :   *FICHE TECHNIQUE : Chasseur Crotale*

Description générale :

Le chasseur de 3 mètres de long, « Crotale », est un engin d'appui tactique au « Liberty Ship », ainsi qu'aux troupes au sol.
Destiné à être basé sur Abyle avec la capacité de s'immerger au cœur du fleuve Hâpi ou de s'enterrer lui-même dans le sable, il pouvait passer inaperçu et, tel un crotale, surgir d'un coup et frapper mortellement l'ennemi imprudent qui se serait aventuré près de lui.
Les « Crotales » complètent le travail d'interception et de destruction des « Liberty Ships » dans l'espace tout en pouvant, eux-mêmes, y faire des incursions.
Piloté par une seule personne, ils utilisent les mêmes techniques neuronales que les « Liberty Ship », mais sont plutôt spécialisé dans les combats intra-atmosphères plutôt que dans l'espace.
Le pilote et le chasseur fusionnant pour faire une seule et même entité, doués d'une manœuvrabilité exceptionnelle! Doté également d'un système danseur ultra performant, c'était l'arme parfaite pour les combats sur et entre les anneaux des Colonnes d'Hercule!

Armement :

Un canon Obelton de très forte puissance, contrôlé par l'esprit du pilote.
Des missiles guidés par télépathie.

Équipage :
Un seul pilote, couché à califourchon sur l'appareil, connecté par un réseau neuronal au « Crotale »et dirigeant tous les systèmes directement par l'esprit.

Contrainte :

Le pilote doit porter une combinaison multi- environnement spécial qui l'arrime et le connecte à l'appareil, le protège des impacts et lui fournit le support de survie nécessaire en environnement hostile.

Informatique :

Minimal et débrayable si besoin est.

Construction :

Assemblées en usines souterraines sur Abyle.

Magiar Seth était particulièrement satisfait, ce matin.

Le projet de chasseur de petite taille, « Crotale », chasseur d'appui au « Liberty Ship », sur lequel il avait beaucoup travaillé, avait enfin abouti!

Au départ, le Magiar Redding ne voulait pas que l'on détourne des ressources limitées et précieuses, utilisées dans la construction des « Liberty Ship », pour ce projet, mais le Général McCain en avait décidé autrement.

Magiar Redding s'était donc rallié à la décision de McCain et avait autorisé l'équipe dirigée par Magiar Seth à construire un petit nombre de chasseurs « Crotale » en vue de tester le concept.

Mais pas en Atlantide, sur Abyle seulement, ce qui était parfait pour Magiar Seth, parce que Abyle était plus proche de l'espace que l'Atlantide.

Et sachant le goût qu'avait McCain pour les engins volants, il lui offrit donc de faire le premier vol.

L'engin avait effectivement fière allure et le Général McCain ne put faire autrement que de le dire à un Magiar plutôt satisfait.

- Mais je vous en prie, dit-il au Général, prenez place à bord. Il est au point et n'attend que vous pour faire son premier test de vol réel! Je vais moi-même me glisser dans le second appareil, ainsi je pourrais vous guider.
- Général McCain, avait dit soudainement Magiar Redding, je comprends votre goût des engins volants, mais ce n'est pas à

vous de tester ce genre d'appareil, vous êtes trop important ici, pour que vous preniez le moindre risque!

Évidemment, les paroles du Magiar étaient empreintes de bon sens, ce qui fit hésiter McCain.

-   Magiar Redding a raison, consentit Magyar Seth, mais je ne crois pas qu'il y ait le moindre danger à ce que vous pénétriez dans l'appareil. Comme vous voyez, vous vous y couchez et le casque s'ajuste automatiquement à votre front, vous permettant ainsi de le guider. Allez-y, revêtez la combinaison et couchez-vous dessus, moi je gagne l'autre appareil et nous pourrons échanger nos impressions, via le système de communication basé sur la télépathie. Faites seulement bouger l'appareil de quelques mètres dans l'atmosphère, nous ne gagnerons pas l'espace, mais cela vous permettra de voir et surtout de sentir le fantastique potentiel de ces appareils! Aucun danger, vraiment, conclut Magiar Seth, ce qui fit céder Magiar Redding,

McCain revêtit alors la combinaison spatiale nécessaire pour piloter le Crotale et embarqua dessus.

Le petit engin, d'à peine trois mètres de long, ressemblait à une sorte de torpille combinée à une moto. Il se pilotait couché et son siège / couchette prenait la forme du corps de son pilote, avec les jambes prises dans une sorte de carénage sur les côtés. Aucun instrument n'était vraiment visible sauf deux sortes de poignées d'appuis, sur les côtés, qui ne servaient au pilote que pour s'accrocher.

Des ceintures de maintien s'enroulaient automatiquement autour du pilote couché, pour le maintenir en place.

Une fois positionnée sur l'engin, une coupole transparente recouvrait le pilote complètement

Tout le pilotage se faisait en temps réel grâce à l'interface neuronale. À l'avant, il y avait la bouche de l'unique canon, qui d'ailleurs était l'essentiel de l'engin et à l'arrière, il y avait une paire d'ailes en croissant de lune dirigé vers l'avant, qui abritait la plupart des instruments du petit chasseur.

Malgré sa petitesse, il avait fière allure et c'est avec un réel plaisir que John McCain le monta.

Il ne put résister longtemps, comme l'avait escompté Magiar Seth, ou du moins, celui qui se faisait passer pour lui.

Mais à peine eût-il branché son casque sur le système neuronal qu'il se rendit compte que quelque chose n'allait pas!

Le système neuronal était comme bridé… et sous le contrôle d'un autre engin.

Celui de Magiar Seth, qui avait lui aussi enfourché un appareil.

Mais il était trop tard!

Magiar Seth venait de les faire bondir vers l'espace !

L'envoyé John McCain venait de se faire piéger par Seth!

Magiar Redding donna l'alerte immédiatement, mais force fût de constater que Seth avait incorporé tous les codes de défense dans son petit appareil, ce qui empêcha les navires de La Garde de réagir rapidement!

Évidemment, ceux-ci furent changés précipitamment, mais pas assez rapidement pour empêcher Seth de gagner le vaisseau Sarkaï camouflé que personne ne semblait avoir détecté plus tôt!

Seth avait même incorporé les données du navire Sarkaï dans le système de détection avancé des Colonnes d'Hercule, de sorte que celui-ci l'avait pris pour un navire-ami!

Et ledit navire Sarkaï pris la poudre d'escampette et se dirigea rapidement vers la plus proche zone conquise sous contrôle Sarkaïs, sans que les humains n'y puissent grand-chose!

Mais, car il y avait un « mais », dans les colonnes résidait aussi Audrée Vauldegarde, une femme au caractère bien trempé, devenu très proche de John McCain, vu leurs origines communes, et il était hors de question pour elle de laisser Seth emporter John aussi facilement!

Elle aussi avait le titre « d'envoyé »!

Elle s'en servit pour réquisitionner un navire furtif de recherche qui venait juste d'arriver et partit à la recherche de John McCain, dans le vaste espace.

Le commandant Gary Coïvisto, nouveau pacha du HMS Traceur, l'accueillit avec enthousiasme, mais avec aussi une certaine dose de scepticisme.

-   Madame, lui dit-il, mon navire est à votre disposition, mais où exactement désirez-vous vous diriger pour retrouver le Général McCain? Une escadre est déjà partie pour les intercepter!

-   Commandant, vous fûtes un de ceux qui traversèrent un trou noir, donc vous devriez savoir que les choses ne sont pas toujours ce qu'elles paraissent être! Voyez-vous, McCain et moi avons… heu… un lien télépathique très fort, ce qui lui a permis de me transmettre quelques infos sur la direction qu'a pris le navire de Seth! Et ses informations me disent qu'ils vont dans la direction opposée à celle que vous croyez!

- Fort bien, madame et quel est cette direction?
- Vers l'étoile Liban autour de laquelle gravit la planète Byblos!
- Mais, madame, pourquoi Seth se dirigerait-il vers un système qui n'est pas encore entre les mains des Démons, plutôt que de piquer tous de suite vers la zone la plus proche sous leur contrôle?
- Parce que, Commandant, comme vous le disiez justement, une escadre de La Garde est partie pour les intercepter en direction de la zone la plus proche détenue par les Démons et cela, Seth le sait parfaitement, donc il fera tout pour l'éviter, d'où cette direction qui vous semble bizarre. Et il y a une flotte Sarkaïs qui vogue vers Byblos!
- Heu… je crois que vous avez raison! Le haut commandement vient d'annoncer que les Démons font mouvement vers …Byblos, qui pour votre information, à été évacuée!

CHAPITRE 91: Voyage en enfer

- *L'enfer existe-t-il? demanda le journaliste au professeur.*
- *Ça dépend de quel enfer vous parlez.*
- *Il y en a plusieurs?*
- *Certainement! En premier il y a l'enfer religieux…un endroit où l'on va après la mort si on a eu une vie criminelle!*
- *Oui, je sais cela, mais existe-t-il aussi des enfers réels…dans notre univers?*
- *En dehors des enfers personnels et situationnels?*
- *Oui !*
- *Oui, on peut dire qu'ils en existent, d'une certaine manière.*
- *Expliquez-vous.*
- *Certains systèmes solaires en sont une illustration assez claire.*
- *Par exemple?*
- *Le système d'Hadès, un exemple rare, mais parfait, même si sa situation hors empire n'a jamais permis de s'y aventurer.*
- *Alors, comment le connaît-on?*
- *Grâce au moyen moderne utiliser par l'astronomie.*
- *Mais pourquoi le qualifiez-vous d'enfer? Il y a beaucoup de systèmes solaires, même dans l'empire, qui montrent des conditions extrêmes de température, pression et autre qui les qualifieraient facilement pour être une illustration de l'enfer, non?*
- *Assurément, mais celui-ci, pour autant que l'on sache, a aussi des caractéristiques à part, qui sont pour le moins terrifiantes.*
- *Comme?*
- *Comme une masse de plus de 100 fois la masse d'une étoile type comme le soleil d'Oulan Bator. Et une température de plus de 20 000 degrés K!!!*
- *Bon, mais même si elle est gigantesque, en quoi cette étoile est-elle réellement une illustration de l'enfer?*
- *Pour trois raisons. La première est reliée à sa masse qui en fait un piège gravitationnel incroyablement puissant pour tout ce qui passe à proximité et c'est pour cela que cette étoile est entourée de beaucoup de débris et planètes en formation. C'est un véritable cimetière qui attire à elle énormément d'objets flottants dans la galaxie.*
- *Et la deuxième raison?*

- Son nuage d'Oort, qui est une sorte de frontière ultime pour un système solaire, semble posséder des spécificités très particulières, qui font que sa traversée transforme l'antimatière en matière, ce qui a pour effet d'inverser la force gravitationnelle qui comme vous le savez, est négative, donc repoussante plutôt qu'attractante, dans le cas de l'antimatière.
- Donc, un vaisseau qui s'approcherait d'elle de trop près, serait d'abord ralenti par sa masse gigantesque, grâce à l'effet repoussoir de l'antimatière, jusqu'à émerger de l'hyperespace, puis retransformé en matière et donc attiré par elle.
- Exacte!
- Mais cela est théorique, car ledit vaisseau, sauf s'il le voulait, serait repoussé vers l'espace profond bien avant de franchir le fameux nuage d'Oort, non?
- Non, parce que c'est vraiment une étoile vicieuse. Elle n'est pas seule. Proche d'elle, il y a plusieurs étoiles encore plus grosse, certaine jusqu'à 300 fois le soleil, positionnées d'une façon telle que cela façonne une sorte de puits gravitationnel au centre duquel se trouve Hadès avec les autres étoiles en périphérie. Ce qui a pour effet de forcer tous les objets, même les navires spatiaux voyageant dans l'hyperespace, de foncer vers Hadès où ils seraient ralentis au maximum par sa force répulsive, puis retransformée en matière. Le côté bizarre de ce système est que ce puits gravitationnel fonctionne pratiquement dans toutes les directions, ou presque, ce qui fait qu'une fois là, la force des autres étoiles rend extrêmement difficile de s'échapper, du moins par l'hyperespace, étant constamment repoussé vers Hadès!
- Un cimetière pour d'astronef alors.
- Exact!
- Et la troisième raison?
- La légende voudrait que des forces particulièrement maléfiques y aient élu domicile, soit par choix, soit piégées!
- Ce qui fait que notre enfer est complet!
- Effectivement. On a le piège d'ont on ne peut s'échapper, la chaleur épouvantable et la présence de forces démoniaques!

Entretien avec un astronome moderne
Par Raoul Sorak,
Éditions « Je sais tout », Oulan Bator.

Des débris!

Petit et gros!

Par millions sinon par milliards.

Tous piégés par l'incroyable tunnel gravitationnel qui les envoyait vers Hadès.

Y compris ceux qui voyageaient dans l'hyperespace!

Et il y en avait aussi une énorme quantité.

Hadès, comme une gigantesque araignée sise au cœur de sa toile, les avalait tous, car cela lui donnait, en quelque sorte, les matériaux de construction de ses planètes!

Et c'était aussi bon pour Trojan, car parmi les débris, il y avait parfois des navires naufragés, en provenance de partout dans l'univers, qui lui donnait les systèmes informatiques requis par son insatiable appétit de puissance.

Des astronefs!

Par milliers.

Ah que la guerre était bonne avec lui!

C'était comme du bonbon!

Des ordinateurs parmi les plus puissants de l'univers.

Des ordinateurs en provenance des deux côtés du conflit et en très grands nombres!

Et si des hommes ou des Sarkaïs étaient encore à bord des vaisseaux, il lui était tellement facile de les faire éjecter dans l'espace!

Bientôt personne, même pas les Razakel, ne seraient plus capable, de contrer sa puissance!

IL SERAIT LE MAÎTRE DE L'UNIVERS!

Bien sûr, il y avait quand même quelques irritants à régler d'ici là.

Ce fou d'Eytan!

Cet arrogant NéMéSiS!

Cette brute de Bator!

Simple distraction!

Et en plus, cet idiot d'Eytan arrivait vers lui!

Directement de l'Empire!

Pratiquement en ligne droite!

Eh oui, il était maintenant devenu tellement puissant qu'il pouvait lire les esprits humains, pas tous bien sûr, seulement ceux qui avaient déjà été connectés avec lui, ce qui était rare pour le moment. En fait surtout Caroline et Eytan, mais il commençait même à sentir les autres, les cinq qui étaient avec Eytan.

Caroline n'était plus un problème évidemment, mais Eytan avait le potentiel d'en être un et c'est pour cela qu'il avait travaillé très fort pour saisir les esprits humains.

Bientôt il serait capable d'entrer en contact direct avec n'importe quel cerveau

Il en était proche.

Ce serait même sa prochaine tâche après avoir éliminé ce rien du tout d'Eytan!

Quel idiot quand même!

Trojan ne pouvait pas faire autrement que d'en rire si toutefois cela lui était possible.

Arrivé sur un croiseur Galaxie camouflé!

Certes, il avait du mal à trouver les ordinateurs du vaisseau et les canons du Galaxie étaient redoutables, mais il commençait à percer le cerveau d'Eytan et savait d'où il arrivait.

La morphologie des ordis à bord commençait même à transparaitre au travers du cerveau de celui-ci.

Le moment venu il neutraliserait ceux-ci et pulvériserait le galaxie grâce à ses milliers de canons, maintenant tous dirigés vers le secteur d'approche d'Eytan.

« Viens, viens, petit, je t'attends… mes canons t'attentent!

C'était un bien étrange engin que l'attraction d'Hadès venait de capter.

Rien de semblable n'existait dans l'Univers.

Il n'avait même pas d'ordinateur et se dirigeait vers Hadès par simple inertie.

En provenance de l'espace profond, en fait de l'autre côté d'Hadès, par rapport à l'Empire.

À bord, il n'y avait aucune gravité et les occupants de ce quasi-vaisseau flottaient librement depuis des mois entre ses parois de bois.

On aurait pu croire que l'étrange équipage serait à bout de nerfs après tout ce temps enfermé ensemble dans un vaisseau pas plus grand qu'une boite de sardines.

Mais non.

Pas ce genre d'individus!

Ils avaient une volonté de fer et une mission extraordinaire!

Sauver l'humanité en abattant un de ses plus grands ennemis!

Celui- là même qui avait enfermé toute la race humaine dans une prison titanesque et lancée ses sbires pour l'exterminer.

Il y avait…

Il y avait un prince de sang royal, que Trojan croyait, à tort, faible, car il avait la volonté de sauver coûte que coûte ses semblables, mais aussi de venger son père, sa mère et sa sœur, assassinés par les Démons!

Il y avait une jeune femme, fille des clones les plus célèbres de l'Empire et qui avait hérité de leurs forces de caractère. Elle avait été le soutien de son Prince, mais avait aussi su remonter le moral et soutenir ses compagnons de voyage.

Il y avait…

Il y avait eux, les Gauchos, qui de tout temps s'étaient méfiés des ordinateurs et avaient appris à voyager parmi les étoiles, sans leur aide.

Et puis, il y avait aussi les Dangues, qui faisaient peur à tous les humains qui les soupçonnaient toujours d'être d'une fidélité peu sûre alors qu'en fait, la souffrance que leur avaient infligée les Dragons était plutôt garante du contraire.

Tous avaient souffert le martyre durant cette infernale traversée et ne savaient même pas si même vainqueurs, ils pourraient être secourus.

Mais ils étaient de fer et sentir la proximité, pour la première fois, de leur ennemi, les galvanisait!

- Eytan, dit-elle, en se pelotant contre lui… j'ai peur! Nous y sommes!
- Oui et bientôt Trojan goûtera les fruits amers de ce qu'il a semé. Déjà je le sens…
- Et lui, te sent-il?
- Il….

Mais Eytan ne put répondre, subjugué soudainement par une attaque sans précédent du monstre d'Hadès.

- EYTAN! ENFIN! TE VOILÀ! BELLE JOURNÉE POUR
  MOURIR! TU ES SÛR QUE TU VEUX CONTINUER? TU AS
  ENCORE LE CHOIX! JE PEUX ENCORE T'ENVOYER UN
  NAVIRE POUR T'ESCORTER HORS D'ICI!
- Il a peur, dit soudain, douloureusement Eytan et il croit toujours
  que nous arrivons avec un Galaxie de l'autre côté d'Hadès.
  J'avais « photographié » la configuration des ordis du Galaxie
  qui nous avait amenés et la lui a laissé voir. Mais sa puissance
  est trop grande, je ne sais pas combien de temps je vais pouvoir
  encore le bluffer. Heureusement il maitrise encore mal sa
  connexion avec les humains!

Chloé vit la figure, soudainement déformée par la douleur de son
Prince et se retourna vers ses compagnons pour leur demander de
l'aide, mais elle réalisa qu'eux aussi avaient le visage crispé.
Alors, pour un bref instant, elle paniqua.
« Mon Dieu, Trojan est trop puissant, il va finir par percer les
défenses d'un d'entre nous et alors, il saura où nous sommes ».
Mais elle se reprit en main quand elle constata qu'elle ne subissait
pas l'attaque de Trojan.
Pourtant elle le sentait, mais il semblait incapable de s'attaquer
aussi violemment à son esprit qu'a celui de ses compagnons.
Tout à coup Sam Patriote hurla et se plia en deux de douleur alors
que les autres montraient de plus en plus de souffrance.
Chloé sut à ce moment-là que son esprit avait des capacités hors du
commun, peut-être dues à sa naissance sur Sanctuaire…sûrement
dues à sa naissance sur Sanctuaire, car elle n'était pas aussi
performante en matière de télépathie qu'Eytan, mais semblait
pourtant plus résistante.
« Probablement que notre isolement a empêché Trojan de nous
détecter et ainsi connaître mon cerveau. Chaque cerveau à une
empreinte, qui lui est propre, qui lui est donc inconnue dans mon
cas ».
Chloé réfléchit intensément sur ce qu'elle devait faire et tout à coup,
la solution lui apparut, sans qu'elle ne sache trop pourquoi!
- Vite, cria-t-elle, à ses compagnons, COLLEZ-VOUS À MOI,
  TÊTE CONTRE TÊTE

Aucun d'entre eux ne comprit vraiment pourquoi ils devaient faire
cela, mais leurs états de stress étaient tels qu'ils s'exécutèrent sans
mot dire.

Bientôt Chloé, Eytan, Sam Patriote, Santiago de Spinosa, mais aussi Manducu Seko et N'Golo Diakite, les deux Dangues, se serrèrent tous les uns contre les autres, têtes contre têtes.
- MAINTENANT, OUVREZ-VOUS À MON ESPRIT! hurla-t-elle.

Et soudain, ils ne firent plus qu'un, et devinrent ChloeEytanSamSantiagoManducuN'Golo.
Un être unique, capable de repousser Trojan.
Comme la puce multi processeurs des ordinateurs, qui pourtant ne faisait qu'un!
Trojan sentit le danger et attaqua de plus belle.
Mais ChloeEytanSamSantiagoManducuN'Golo le traquait déjà et recherchait, dans cet immense amalgame d'ordinateurs, où était celui qui les reliait tous.
À sa grande surprise, c'était la portion la plus congrue de l'ensemble.
Alors ChloeEytanSamSantiagoManducuN'Golo pointa lentement l'énorme canon laser du petit navire vers ce qui semblait être l'âme de Trojan.
Et l'être fusionné cria de six voix.
- FEU!
Alors un rayon, à nulle autre pareille, déchira l'espace pour pulvériser une partie de ce qui est Trojan.
- NNNNNNNNNNNNOOOOOOOOOOOOONNNNNNNN, hurla celui-ci, ARRÊTE EYTAN! TU ME TUE! MAISSSSSSSSSSSSSSS QQQUUEEEEEE T'AI-JJJJJJJJJJE FFFFFFFFFFFFAAAAAAAAAAAAAIIIIIIT?
- Démons issus de l'enfer, lui répondit l'être aux six bouches, retourne en enfer!
-
EEEEEEEEEYYYYYYYYYYTTTTTTTTTTTTAAAAAAAAAA ANNNNNNNN! TU N'AS PAS LE DROIT DE ME TTTTTTTTTTTTTTTUUUUUUUUUUUUEEEEEEEEEEERR RRRRRRR! AAAAAAAAAAAAAAAAAAAAAAAAAAAAAAAARRRRRRR RRRRRRRRRRRREEEEEEEEEEEEETTTTTTTTT...
Mais le canon s'était rechargé.
- ADIEU, crièrent une nouvelle fois, les bouches.

Et le formidable rayon traversa une nouvelle fois l'espace vers ce qui restait de l'âme de Trojan!
- Électron, tu n'es qu'électron et tu retourneras à l'électron! crièrent les bouches!

Et Trojan cessa d'émettre!
L'être multiple se désolidarisa et tous tombèrent dans un profond sommeil qui dura des heures.
Puis ils se réveillèrent avec un formidable mal de tête.
Mais ils le savaient tous sans l'ombre d'un doute!

Trojan était mort!

CHAPITRE 92: Bienvenue sur Byblos, votre destination vacance par excellence!

« *Vous travaillez fort et êtes fatigués?*
C'est le temps de prendre des vacances, vous le méritez bien!
Sur Byblos, nous connaissons bien le genre de stress que vous avez enduré et notre mission est de vous proposer les vacances les plus mémorables de votre vie!
Notre offre, tout compris, saura vous convaincre!
Des vacances extraordinaires, mais sans souci pour vous et les vôtres!
Chez nous, une adorable maison, construite dans un arbre gigantesque, vous attend, avec une plateforme de repos de plus de 100 mètres carrés et, sur place, un magnifique barbecue, opéré par un de nos serviteurs électroniques les plus perfectionnés, qui vous cuira à volonté, les viandes et les volailles les plus tendres que vous n'ayez mangées, alors que vous vous baignerez dans votre piscine entièrement privée et transparente, sise elle, à 50 mètres de hauteur, tandis que vos apéritifs seront en préparation.
Et si l'envie vous venait de piquer une tête dans l'océan tout proche, histoire de vous ouvrir l'appétit, nos taxis robots viendront vous chercher à votre plateforme et vous conduiront directement aux plus belles plages de sable fin de la galaxie en un rien de temps!
Rien n'est comparable à Byblos dans la galaxie.
Que voulez-vous faire chez nous?
Seulement relaxer?
En plus des plus belles plages de l'univers, nous avons également les meilleurs chefs cuisiniers de l'empire!
Un peu d'aventure?
De la voile?
Nous avons une formidable sélection de catamarans à votre disposition!
De la plongée sous-marine?
Nous vous offrons les plus beaux sites de plongées sous-marines de l'Empire, où aucune vie marine n'est dangereuse pour vous, car sans prédateur!
Une balade en forêt?
En plus de nos forêts de séquoias géants génétiquement améliorés pour être gigantesques et accueillir votre maison, nous avons de véritables jungles où nous pouvons vous préparer des randonnées mémorables.
Ah! Vous cherchez de l'adrénaline?

De vraies aventures qui feront palpiter votre cœur, mais sans réellement vous mettre en danger?

Vous voulez une chasse… une vraie!

Nous avons ce qu'il vous faut!

Notre parc jurassique, où vous pourrez chasser le dinosaure!

Oui, le dinosaure!

Et pas des petits.

Des Stégosaures, des Diplodocus, des Tricératops et beaucoup d'autres!

Mais vous devrez être sur vos gardes, car il y a aussi des Tyrannosaures et des Vélociraptors.

Vous serez armé, bien entendu!

Mais pas avec des armes comme celles de La Garde, des Baïkals à balles explosives et visées intelligentes, ce serait trop facile.

En fait, ces armes-là seront automatiquement désactivées à votre arrivée sur Byblos, par nos systèmes informatiques uniques en leur genre. Ne tenter pas désactiver nos systèmes pour réactiver vos armes, en plus d'être interdit, ceux-ci sont très bien protéger et de toute façon, veillent à votre sécurité!.

Par contre, vous aurez des fusils à balles très performants et une grande quantité de munitions.

À vous de tuer les dinosaures… sans vous faire tuer vous-même! (Au figuré … comme nos dinosaures sont des machines, ils ne simulent que votre mort et s'arrêteront à temps pour ne tuer … que votre vanité!)

De plus nos dinosaures, plus vrais que les vrais, savent évaluer les balles qu'ils reçoivent et décider s'ils sont morts, blessés grièvement ou seulement légèrement!

Nous vous promettons la chasse de votre vie… et le cadeau de votre vie si vous arrivez à « tuer » un tyrannosaure!

Bonne chasse!

- QUOI, hurla Ra Tamura, TROJAN A ÉTÉ DÉTRUIT?
- Oui, Grand Khan, nous venons d'en être informés! C'est tragique!
- Tragique? Non, ce n'était qu'une machine pleine de haine… mais c'est quand même catastrophique!!!
- Pas tant que ça, Grand Khan, répondit l'Amiral Magoa, nous pouvons gagner sans lui!

- Vous ne comprenez rien à rien, Amiral, répondit, cinglant, Ra Tamura, Trojan contrôlait la Grande Barrière, ce qui signifie que maintenant les humains peuvent quitter l'empire!
- Mais la Grande Barrière est toujours là!
- Mais elle n'est plus coordonnée, ce qui fait qu'un navire comme le HMS Gaïa pourra y faire un trou sans que personne n'ait accumulé suffisamment de missiles pour l'en empêcher. Les missiles de la Grande Barrière vont devenir sauvages et se lancer sans plan sur tout ce qui bouge!
- Et alors? Les humains vont perdre leurs planètes de toute façon!
- Mais maintenant leur chance de pouvoir gagner Nirva, pour y préparer une flotte de combat et contre-attaquer, est encore plus grande! Il est donc urgent, maintenant plus que jamais, de savoir où se perche cette maudite planète!
- Quels sont vos ordres, Grand Khan?
- Nous allons vers Byblos!
- Byblos? Mais pourquoi? Nous avons déjà une flotte en route pour cette planète, qui à été évacuée par les humains... ils n'y étaient pas très nombreux, en fait!
- Mais c'est vers elle que se dirige le vaisseau qui a enlevé McCain, n'est-ce pas?
- Oui, nous comptons l'interroger là-bas. Comme une flotte humaine était en mouvement pour les intercepter s'il c'était dirigé directement vers nous, il va là-bas où nous pourrons les protéger et récupérer McCain. Nous n'avons pas besoin d'y aller, Grand Khan, car sitôt récupéré, nos hommes le feront parler et vous aurez ce que vous voulez!
- C'est vrai, mais les humains ne sont pas idiots et comprendrons rapidement pourquoi nous nous intéressons autant à McCain et feront tout pour le récupérer mort ou vif, ce qui veut dire que nous n'aurons pas beaucoup de temps pour le faire parler! C'est pourquoi je veux participer à l'interrogatoire de McCain, pour avoir les informations qu'il détient sur Nirva le plus vite possible et pas seulement la situation de cette planète, mais aussi beaucoup d'autres informations, comme les capacités militaires, la population etc.! Et je vous rappelle que je suis le mieux placé pour interroger McCain, ayant une grande expérience des humains
- Mais quelle est l'urgence, Grand Khan!

Ra Tamura montra des signes d'agacement devant l'incompréhension de son officier, mais choisit de le lui expliquer calmement.

- Amiral! Comme je vous l'ai dit, les humains peuvent et vont probablement utiliser la mort de Trojan pour quitter l'empire et gagner Nirva pour s'y préparer. Et nous ne pourrons pas les empêcher, car nous n'avons pas encore suffisamment de navires pour l'emporter contre le Gaïa et le Bator. Une fois qu'ils auront quitté l'empire, il sera difficile, pour nous, de trouver Nirva, donc il est impératif de savoir où ils vont le plus vite possible pour préparer notre offensive. McCain devient donc un pion ultra important. Si nous le manquons, notre avenir sera des plus imprévisibles!
- Mais la proximité de nombreux navires de La Garde rend votre présence là-bas peu souhaitable, Grand Khan. Si l'ennemi en venait à savoir que vous êtes là, il attaquerait certainement, ce qui mettrait votre vie en grand danger, car nous n'avons pas suffisamment d'unités proches pour résister au Bator ou au Gaïa!
- En ce qui concerne ma sécurité, mon fils a une flotte pas loin de là, demandez-lui de me rejoindre sur Byblos. Grâce à ses navires et aux nôtres, nous devrions être capables de les retenir suffisamment pour m'assurer une retraite si besoin est.

CHAPITRE 93: Dinosaures et Cie!

- *Heu, commandant, si nous interceptons le Sarkaï, il va falloir la jouer fine, car notre but est quand même de récupérer le Général en un seul morceau!*
- *Pas de problème, Madame Vauldegarde, j'ai été formé pour ça!*
- *Oui, mais sans vous vexer, que comptez-vous faire?*
- *Mon vaisseau est du type chasseur tueur et possède un canon Obelton de très grande portée et de grande précision! Comme les plans des navires Sarkaïs nous sont connus grâce aux déserteurs, j'ai une bonne idée où se trouve le Général et à l'aide de la tactique mise au point par Marcos de Niza, je pense pouvoir le récupérer sans trop de casse.*
- *La tactique de Marcos de Niza?*
- *Oui, le plus grand tueur de Sarkaïs de la galaxie! Il avait développé une tactique très particulière. Tout d'abord, il neutralisait les moteurs de l'ennemi grâce à un tir ciblé, puis coupait en deux l'appareil pirate, tout en ciblant un gros réservoir d'air. Le résultat en était que l'explosion du réservoir d'air poussait les deux parties du vaisseau Sarkaï loin l'une de l'autre. Alors, il les arrosait d'une pulsion électromagnétique qui effaçait tous les programmes informatiques des ordinateurs du Sarkaï et assommait son équipage. Ce qui, accessoirement, déclenchait aussi les systèmes d'autodestruction du vaisseau qui, lui, était protégé des pulsions électromagnétiques et agissait automatiquement quand était détecté ce genre d'attaque. Mais les systèmes d'autodestruction sont près des moteurs et donc séparés de l'avant de l'engin qui, lui, s'en éloignait sous la pulsion de l'explosion du réservoir d'air.*
- *Et ça fonctionne?*
- *En général, oui. Donc vous n'avez pas à vous inquiéter de trop. De plus je vous rappelle que mon navire est furtif, ce qui nous permettra de nous rapprocher de très près du pirate!*

Évidement le « en général oui », était loin de rassurer Audrée, mais elle n'avait pas le choix et le jeune commandant semblait savoir ce qu'il faisait. Donc, grâce justement au savoir-faire du commandant, ils furent en position d'attaque, noyés dans le soleil, bien avant que les Sarkaïs n'arrivent.

Miraculeusement les choses se passèrent exactement comme prévu, le navire Sarkaï ne les vit pas venir et quand il se rendit compte qu'il était attaqué, il était déjà trop tard.

Ils firent exactement ce qu'ils avaient prévu de faire et ce avec une admirable précision qui leur permit de désassembler littéralement le navire Sarkaïs à coup d'Obelton, utilisé comme un scalpel de précision.

Le général McCain en fut quitte pour un passage, pas trop long à vrai dire, dans les bras de Morphée!

Tous se passait donc comme espéré… sauf que jamais rien dans une guerre ne se passe comme prévu, car alors qu'ils en étaient à l'étape des mutuelles congratulations et intense partie de remerciements entre les membres du HMS Traceur et le Général, tous les signaux d'alarme du HMS Traceur se déclenchèrent!

Une très importante flotte ennemie était en train de sortir de l'hyperespace!

- Commandant, dit rapidement John McCain, précipitez-vous vers la planète Byblos où vous nous larguerez, puis filez chercher du secours.
- Jamais je ne vous laisserai sur Byblos, mon Général, ils vous y captureront, ainsi que Madame!
- Commandant, réfléchissez! Sans vouloir vous offenser, c'est Audrée et moi qu'ils veulent, pas vous! Si nous ne tentons pas cela, ils se concentreront sur vous et nous n'aurons alors aucun moyen de nous échapper!
- Mais, mon Général, qui vous dit qu'ils sauront que vous êtes sur Byblos? Ils peuvent croire aussi à une simple manœuvre de diversion!
- Non, car parmi les assaillants il y a des navires dragon set leurs télépathes nous ont déjà repérés. FAITE VITE COMMANDANT!

La chaloupe spatiale entra dans l'atmosphère de Byblos à une vitesse largement supérieure à celle recommandée par tous les manuels techniques de La Garde, mais tout le monde savait qu'il y avait toujours une marge de sécurité calculée dans les recommandations.

N'empêche!

Les gémissements de l'engin avertirent quand même ses occupants qu'ils atteignaient la limite ultime!

Limite ultime qui ne fut, heureusement, pas dépassée, ce qui permit à Audrée Vauldegarde et John McCain d'atterrir juste en face du pavillon d'accueil ultra luxueux, mais désert, du complexe récréatif ⁹I sla Nublar.

Ils avaient un maximum de 2 heures d'avance sur les Sarkaïs et autre Razakels qui arrivaient, en masse, derrière eux.

Pas de temps à perdre, il leur fallait absolument trouver un véhicule terrestre pour s'éloigner de leur zone d'atterrissage et gagner la jungle pour s'y cacher en attendant les secours.

Il était difficile de savoir si oui ou non le HMS Traceur échapperait à ses poursuivants, mais le fait qu'eux, les vraies proies, étaient sur Byblos, allait certainement l'aider.

Le Traceur avait, quand même, envoyé un message subspatial vers Ushuaia, étant, de toute façon, repéré par les Démons.

Les secours n'étaient donc plus qu'une question de temps.

Mais là aussi était toute la question, pour qu'ils puissent les sauver, eux, ils allaient leur falloir durer et survivre à la meute lancée à leur trousse.

Alors, vêtus de combinaisons spécialement conçues pour effacer leurs traces biologiques visibles comme la chaleur infrarouge que dégageait tout corps humain, ils couraient dans le magnifique complexe hôtelier pour trouver ce fameux moyen de locomotion susceptible de les emmener loin d'ici, vers les jungles de cette planète, où ils pourraient se cacher et attendre tranquillement les secours!

Tout à coup, un homme sortit d'un bâtiment administratif qui se trouvait juste devant eux et les interpella.

- Qui êtes-vous et que faites-vous ici! demanda l'homme.
- Je suis le général John McCain et suis accompagné de Madame Audrée Vauldegarde! Et vous qui êtes-vous et comment se fait-il que vous soyez encore ici?
- Mon Dieu, répondit l'homme, vous êtes les Envoyés! Je m'appelle John Conrad Hammond, je suis le propriétaire de ces lieux, que ... je n'arrive pas à quitter! Vous comprenez, ici est toute ma vie!

---

⁹ En hommage à Stephen Spielberg pour son formidable film : Le parc jurassique

- Peut-être, Monsieur Hammond, mais nous avons toute une horde de Démons à nos trousses et si vous pouviez nous aider à les semer, ce serait apprécié!
- Bien sûr, je vais vous aider…. Et si vous le voulez, je peux même leur rendre la vie difficile.
- Comment?
- Hé, hé, je suis le maître de ce domaine et ce domaine à des caractéristiques plus que particulières, ça je vous le garantis!
- Expliquez-vous, bon Dieu, nous n'avons pas toutes la journée! Ils arrivent, figurez-vous!!!
- Voilà, ce lieu possède des systèmes informatiques parmi les plus sophistiqués de la galaxie et une des fonctions de ses systèmes est de désactiver toutes les armes ayant une composante électronique. En gros, leurs super fusils vont devenir de simples armes à balles!
- Mais les Démons bloqueront cette fonction, en brouillant les ondes!
- Éventuellement oui, mais les longueurs d'onde changent d'une façon aléatoire et avant qu'ils ne réussissent à désactiver mon système, ça va leur prendre pas mal de temps… et j'ai une autre surprise pour eux.
- Qui est?
- L'attraction principale de cette planète est son parc jurassique!
- Oui, nous savons, des dinosaures robots. Mais en quoi cela peut-il être une surprise pour eux?
- Parce que mes dinosaures robots sont programmés pour réellement s'attaquer aux « chasseurs ». Seule une fonction, actuellement en service, fait qu'au moment de tuer les chasseurs, celle-ci stoppe le dinosaure. Cette fonction, je peux facilement la désactiver et…
- avoir de vrais tueurs en liberté! Fantastique!
- Et n'oubliez pas que mes systèmes auront désactivé les fonctions supérieures de leur armement, entre autres, les munitions explosives, transformant leurs plus terribles armes de guerre en simple fusil de chasse à cartouche! Nous verrons alors si vos terribles Démons sont de vrais chasseurs! Malheureusement, ce qui est vrai pour eux le sera aussi pour nous!
- Hé, intervint Audrée, mais je n'ai pas envie de me faire bouffer par un dinosaure pour échapper aux Démons!

- Oui, c'est pour cela qu'il va falloir s'armer et j'ai une très grande panoplie d'armes non électroniques, à balles, qui sont quand même très puissantes et de plus, je sais où sont les refuges sécurisés dans la jungle. Eux pas!

En un rien de temps, ils se retrouvèrent dans une armurerie plus que bien pourvue d'AK-47, Remington 500, M-40, FN Fal, M-16 et autre Uzi.
- Toutes des copies parfaites et complètement fonctionnelles d'armes célèbres de Nirva, expliqua Hammond.

Et parmi cet arsenal, une arme, en particulier, attira John McCain. Un Colt Python 357 Magnum!
- Ah, dit Hammond, vous l'avez repéré hein? C'est mon spécial « Envoyé », le fameux 357 Magnums de Pierre Seine! Très en demande…vous le voulez?
- Oh que oui! C'était une arme porte-bonheur pour Pierre Sheine. Elle le sera pour nous aussi!
- Et quoi d'autre?
- Pour moi, le M40, que j'ai bien connu au Viêt Nam, avec sa munition de calibre 7,62!
- Et pour vous, madame?
- Le pistolet semi-automatique Beretta 9 mm et le pistolet mitrailleur Uzi!!
- Excellent choix! Cela nous donne des armes de longues portées et de précisions ainsi que des armes de proximités comme l'Uzi. Pour ma part, je vais prendre un colt 45 et un M-16!
- Avec ça, autant vos dinosaures que les Démons n'auront qu'à bien se tenir, dit une Audrée Vauldegarde, un rien crâneuse!
- Je compte quand même plus sur nos capacités à nous cacher dans des endroits sûrs, compléta McCain, je n'ai qu'une envie des plus modérées de me retrouver en face d'un tyrannosaure!
La dernière réflexion de John fit rire tout le monde!
- Bon, nous voilà donc fin prêts en matière d'armement, mais avez-vous, monsieur Hammond, un véhicule disponible pour nous envoyer loin d'ici, rapidement?
- Bien sûr! On va prendre une de mes « voitures » de sport, spécial touriste fortuné et gagner la jungle.

Aussitôt dit, aussitôt fait et les trois compagnons se retrouvent à bord d'un engin plutôt inusité, une sorte de cabriolet trois places, fait en croissant de lune, qui permettait un embarquement par l'arrière et mettait les trois passages en ligne légèrement courbe, derrière le pare-brise, mais sans toit.

Une voiture volante de luxe, genre cabriolet décapotable de dragueurs!

Mais qui fonctionnait parfaitement et malgré le stress engendré par leur situation, ce ne fut nullement désagréable de survoler la jungle dans un engin aussi ouvert qui leur permettait de savourer le paysage et même de repérer un grand nombre de dinosaures dans cette jungle relativement clairsemée.

Des Brachiosaures qui mangeaient les feuilles d'arbres avec une certaine gracieuseté, malgré leur poids de 50 tonnes et leurs longueurs de 25 mètres environ et plus loin, un troupeau de Triceratops, qui se déplaçaient lentement à la recherche de nouveaux pâturages!

Il y avait aussi des animaux beaucoup plus inquiétants comme ces groupes de Vélociraptors, qui malgré leurs tailles d'à peine 1,5 mètre avaient de puissantes mâchoires portant environ 80 dents acérées et des membres postérieurs pourvus d'une griffe rétractile, capables de se positionner presque à la verticale pour poignarder ses proies!

Certes, c'était des animaux susceptibles d'être tués par leurs armes, mais le faite qu'ils chassaient en bandes particulièrement bien organisées, en faisaient des adversaires des plus inquiétants malgré leurs poids plume de 15 kilogrammes chacun seulement!

Mais, quand on voit, même du ciel, un Tyrannosaure Rex, l'un des plus grands carnivores terrestres de tous les temps, on ne peut pas s'empêcher de ressentir l'étreinte glaciale de la peur vous serrer le cœur!

Et il n'y en avait pas qu'un! Juste du ciel! Ils en repérèrent une douzaine en mouvement!

- Heu…, demanda John, il y en a beaucoup comme ça?
- Oui, effectivement! Vous devez comprendre que si un touriste réussissait à tuer un T-Rex, à moi, ça me coûtait très cher. À cause du concours!
- Et combien de vos « invités » ont tué un T-Rex? demanda une Audrée particulièrement effrayée.

- Heu… aucun, fut la réponse, mais ne vous inquiétez pas, nous allons nous cacher dans un de mes refuges sécurisés!
- J'espère que ceux-ci sont vraiment « sécurisés » comme vous dites, parce que sinon, ni les Démons ni les secours n'auront réellement quoi que ce soit à trouver ou sauvegarder, rétorqua une Audrée désabusée, qui regardait avec appréhension un groupe d'animaux volant passablement grand!
- Mon Dieu, s'écria Hammond, quand il les repéra, des Ptérosaures quetzalcoaltus! C'est parce qu'ils sont loin que vous ne vous rendez pas compte qu'il s'agit des plus grands animaux n'ayant jamais volé sur Terre avec leurs ailes ayant jusqu'à 15 mètres d'envergure… et j'en ai fait de terrifiants carnivores!!! Il faut nous poser tout de suite!

Finalement, Hammond finit par faire atterrir leur roadster devant une sorte de bunker partiellement camouflé, qui possédait une porte d'entrée blindée et de nombreuses fenêtres protégées par des grilles dont les barreaux faisaient facilement dans les 5 cm d'épaisseur!

- De l'acier particulièrement dur, avait alors déclaré John Hammond, surtout pour rassurer Audrée, alors que John McCain, lui, semblait plutôt... excité par ce monde démentiel!

Ils renvoyèrent leur voiture automatiquement vers son stationnement du centre d'accueil et eurent la peur de leur vie, quand juste en débarquant, un groupe de Vélociraptors se précipite vers eux! Ils n'étaient qu'à 3 mètres de la porte d'entrée, mais les attaquants ne les manquèrent que d'un dixième de seconde! Heureusement que John McCain avait fait la preuve de ses capacités militaires, à peine émoussées et avait ouvert le feu avec son 357 Magnum sur le premier des Vélociraptors, ce qui avait permis de gagner le fameux dixième de seconde qui les avaient sauvés!

- Merde, jura Hammond, je ne les avais pas vus!
- Eh oui! Ils étaient en embuscade! Il me semble que votre refuge a été repéré comme garde-manger depuis longtemps par ces bestioles!!!
- Désolé!

- Vous êtes désolé, reprit une Audrée hors d'elle, VOUS ÊTES DÉSOLÉ! Mais, enfin quel esprit malade peut avoir ressuscité ce qu'il y avait de pire dans l'histoire de la Terre!
- Heu… Madame, ils sont normalement contrôlés, répondit un Hammond plutôt piteux… et n'oubliez pas que ses terribles bêtes vont s'en donner à cœur joie, sur nos amis Démons!!!
- J'aurais préféré m'en tenir à une partie de cache-cache, avec eux!
- Sauf, reprit John McCain, que les Démons vont certainement nous repérer depuis l'espace avec leurs systèmes de détection. Ils devaient être capables de voir nos traces malgré nos combinaisons! Ils vont arriver ici dans très peu de temps…nous allons donc avoir à nous déplacer sans cesse.
- Le refuge a un véhicule adapté, une sorte de tout terrain de surface à quatre roues motrices, faites comme une de ces anciennes Jeeps, mais avec des grillages blindés tout autour!
- Suffisamment pour arrêter un T-Rex?
- Malheureusement pas, mais suffisamment pour les Vélociraptors en tout cas!

Mais il était dit qu'ils ne pourraient pas passer beaucoup de temps dans ce refuge, car tout à coup, surgissant d'on sait où, deux véhicules volants atterrirent devant leur bunker et d'où débarquèrent une douzaine de Sarkaïs et cinq « Loups garou », des Razakels, en fait!
Des Démons qui les avaient repérés dans le bunker.
John McCain prit le M-40 rapidement et ouvrit le feu par une fenêtre du bunker, faisant éclater la tête d'un Loup-garou grâce à un tir d'une incroyable précision.
Oui, McCain avait bien conservé ses vieux réflexes de la guerre du Vietnam!

Les autres se jetèrent à terre pour échapper au tir de McCain!

Mal leur en prit!

Brusquement, une vingtaine de Vélociraptors, tapis dans la forêt les attaquèrent par derrière, alors que manifestement ils ne s'y attendaient pas!

Surpris, ils eurent du mal à se défendre et se firent littéralement déchiqueter par des animaux d'une férocité incroyable!

Le spectacle était atroce et le sang des attaquants gicla jusqu'aux fenêtres du bunker alors que leurs hurlements glaça même le cœur endurci de John.

- Vite, dit-il, à peine remis, il faut filer le plus vite possible avant que d'autres n'arrivent. Vous êtes bien sûr de la protection accordée par la jeep contre les Vélociraptors?
- Oui fut la réponse d'Hammond.
- Alors on décampe d'ici, hurla Audrée.

Le véhicule était situé à l'arrière du petit bâtiment et ressemblait, en fait, plus à un Humer qu'à une jeep. Il était, en tout cas, aussi énorme qu'un Humer mais avait le toit et les côtés remplacés par une sorte de cage faite de grillage aux mailles d'acier très épaisses, capables de soutenir des chocs très importants, tout en permettant une vue à 360 degrés… ce qui permettait aussi aux dinosaures de les voir!

Bonne surprise, le véhicule avait également toute une panoplie de fusils à pompes et plusieurs boîtes de grenades.

Par contre, une remorque transportant une moto y était accrochée, à l'arrière.

Hammond tenta de la décrocher, mais constata rapidement que le mécanisme d'accrochage demandait une clé pour permettre de le débrancher.

Clé, évidemment, introuvable!

- Peu importe, dit McCain, nous n'avons pas le temps et la moto rendra plus difficile une attaque par l'arrière.

Hammond s'installa au volant, Audrée à sa droite, avec un des fusils à pompe et McCain sur le siège arrière central qui pivotait et était manifestement celui du chasseur.

Lui aussi arma un des fusils à pompes, arme qui lui sembla plus propice pour le type de fauve susceptible de les attaquer, car capable de décharger de très gros plombs groupés, ce qui était, théoriquement du moins, suffisant pour stopper même de très gros animaux.

Pas le T-Rex, évidemment.

Pour celui-là, ils comptaient plus sur la vitesse de fuite de leur véhicule que sur leur puissance de feu!

La porte du garage s'ouvrit brusquement et le véhicule tout terrain fonça à l'extérieur, pour tomber immédiatement sur le groupe de Vélociraptors qui les attendait à l'extérieur.

Délibérément Hammond accéléra et fonça sur eux.

Le tout terrain en renversa un qui passa sous les roues alors qu'un autre sauta sur le capot avant, pour se faire éclater par la décharge du fusil d'Audrée, qui toute en étant morte de peur, n'en agissait pas moins, alors que deux autres Raptors s'accrochaient au barreau de la cage de protection.

Ils furent rapidement décrochés par les tirs de John McCain.

Les autres, furieux se lancèrent à la suite de la jeep avec une vitesse étonnante, capable de soutenir celle du véhicule de nos trois héros. McCain mit fin à la poursuite, grâce aux grenades qui démolirent les plus proches et découragèrent les autres.

-   Ils font réellement preuve d'une agressivité peu commune, commenta McCain.
-   Oui, répondit Hammond, ils n'étaient pas censés être à ce point féroce. Je crois que le fait de les avoir débloqués a amplifié ce côté plutôt terrifiant de mes chères machines!

Mais ils n'eurent pas beaucoup de temps pour se lancer dans une discussion à savoir pourquoi les pseudos dinosaures étaient si agressifs, car une plate-forme volante remplie de Loup-garou /Razakel se profila à l'horizon, puis, les ayant repérés, fonça sur eux.

McCain prit son M-40 et quand ils furent proches, ouvrit le feu. Certes, il ne s'agissait pas d'une de ces armes à balles explosives, comme les Baïkal de La Garde, mais c'était quand même une arme très puissante, dont la balle de 7,62 mm tua net le pilote, ce qui fit faire une embardée a la petite navette qui se retourna et ... plongea vers un arbre géant, pour si écraser et transformer les autres assaillants en pantin désarticulé.

-   Merde, jura Hammond, ils sont nombreux! On ne pourra pas toujours les éviter, ou les démolir, même s'il est évident qu'ils ont reçu l'ordre de nous...vous capturer vivant!!!

À peine avait-il terminé ce commentaire qu'un énorme navire spatial, arborant les couleurs des Razakel, traversa le ciel dans une direction à 45 degrés par rapport à leur mouvement alors que beaucoup plus loin, vers le nord, la silhouette d'un autre navire aussi très caractéristique des Razakels, se profilait.

Hammond freina brusquement.
- Je sais où vont ces vaisseaux, dit-il, brusquement.
- Et alors, demanda Audrée, le mieux c'est de mettre le plus de distance entre eux et nous.
- Vous oui, moi non!
- Mais que voulez-vous dire, intervint McCain.

Mais Hammond était descendu du tout terrain et décrochait maintenant la moto.
- Donnez-moi le M-40, dit-il péremptoirement.
- Mais que voulez-vous faire, enfin, demanda aussi Audrée.
- Moi, je ne suis pas important! Vous si! Et cette planète est toute ma vie. Je ne la quitterai pas, il n'y a donc pas d'issue pour moi! Je vais faire en sorte de retarder les Démons le plus possible, pour vous permettre d'attendre les secours!
- Mais comment?
- Je sais où ces navires vont atterrir, ils sont plus gros et ont besoin d'une plaine plus grande, sans arbres. Je sais où est la seule possibilité pour eux dans le coin. Je vais y aller en moto et me mettre en embuscade pour me payer leur Général, ou qui que ce soit qui commande.
- Mais, même si ça marche, ce qui est loin d'être sûr, ils vont vous tuer!
- Peu importe. Je leur ferai, mal, ça, je vous le garantis! Et ça vous fera gagner du temps!

Hammond ne voulait pas discuter et s'empara du M-40 puis monta sur la moto.

Il démarra rapidement et parcouru une trentaine de mètres avant même que John et Audrée ne réagissent, quand tout à coup, il tourna la tête vers la gauche puis donna un brusque coup d'accélérateur à la moto, ce qui fit même monter la roue avant en l'air, mais lui donna juste le quart de seconde qui lui fallait pour éviter les gigantesques mâchoires d'un T-Tex qui venait de surgir de la forêt!

John Conrad Hammond fonça de plus belle alors que le T-Rex le regarda partir à toutes allures, mesurant sans doute ses chances de le rattraper, puis tourna sa tête et ses petits yeux reflétant la sauvagerie et la méchanceté, vers la jeep.

Audrée, terrorisée sauta au volant alors que John montait à ses côtés.

Elle écrasa littéralement l'accélérateur et la jeep bondit vers l'avant alors que le T-Rex se lançait à leur poursuite.

Hammond connaissait très bien le terrain, ayant passé une bonne partie de sa vie à l'aménager. De plus, la souplesse de la moto, ainsi que sa vitesse, lui avait permis de gagner rapidement la zone où les deux gros navires Démons manœuvraient pour se poser, ce qui était assez inhabituel et lui faisait penser qu'une rencontre à haut niveau se préparait.

Il eut même le temps de gagner le sommet d'un grand arbre et de pointer le M-40, avant que les navires arrivants ne se soient complètement immobilisés au sol.

Ra-Tamura, descendit du premier navire, heureux de rencontrer son fils qu'il n'avait plus vu depuis des mois, en fait depuis que celui-ci avait pris le commandement de la 67e flotte d'assaut des fils et filles de Razakel.

Quand à Fra Tamura, son fils et premier héritier, descendit de son navire, il avait revêtu son grand uniforme d'Amiral de la flotte Razakel, avec même les plumes de parades au chapeau, qui caractérisait son rang. Il était tellement fier de parader devant son père!

Quand Ra Tamura le vit, il ressentit une grande fierté, mais aussi de la peur, l'uniforme de son fils le désignant à l'ennemi comme un haut gradé, alors que lui avait revêtu un habit beaucoup plus anonyme, sa longue expérience de la guerre le faisant se méfier d'une trop grande visibilité en terrain inconnu.

Quand John Conrad Hammond tira, il savait qu'il n'aurait pas une seconde chance et choisit donc celui qui semblait le plus important des deux personnages qui venaient de débarquer chacun de leur vaisseau, ce qui fit que Ra Tamura put voir en direct la tête de son fils éclater!

Comme prévu, Hammond n'eut pas le loisir de tirer une seconde fois!

Ra Tamura, quant à lui, comprit une fois de plus que la guerre coûtait toujours beaucoup, beaucoup plus cher que ce que l'on croyait quand on la commençait!

Fou de rage, il fit une de ses rares erreurs, car au lieu de poursuivre McCain et Audrée, raison pour laquelle il était ici, il s'en prit à ses hommes qui n'avaient pas pu protéger son fils.

Il perdit ainsi un temps précieux!

Temps qui permit à John et Audrée de gagner un autre abri, où ils eurent la surprise de trouver tous les accommodements dont un hôtel de luxe est pourvu, en plus de la sécurité et d'une relative discrétion, le refuge étant, lui aussi, du type « Bunker » semi-enterré et camouflé.

L'ouvre porte de la jeep leur donna accès au lieu ainsi qu'au garage où d'autres véhicules se trouvaient.

Ils avaient roulé toute la journée et vécu pas mal de sensations fortes, le répit que représentait le refuge était donc accueilli avec grand plaisir.

La nuit tombait, ils avaient besoin de se reposer et ils seraient de toute façon plus difficiles à repérer par les Démons, dans cet endroit.

Il y avait même plusieurs chambres attenantes avec des lits invitants et, sans s'en rendent vraiment compte, où peut-être était-ce dû à leurs stresse extrêmes, ils ne prirent qu'une seule chambre où le désir qu'ils ressentaient l'un pour l'autre ne tarda pas à s'exprimer.

« Après tout, se dit John, il n'est pas sûr que demain nous serons toujours vivants! »

Au réveil, ce fut un fantastique petit déjeuner, avec café, œufs brouillés, toasts et autres gaufres dégoulinantes de confiture de framboises, sur lesquels ils se jetèrent comme si ce repas devait en êtres leur dernier, ce qui était quand même une réelle possibilité.
Une fois cela fait et seulement à ce moment, John jeta un œil dehors, par une petite fenêtre plutôt bien camouflée.
Dehors, il y avait un T-Rex en vadrouille et… plusieurs engins Démons qui survolaient la région, en altitude.
Il était clair que les Démons ne savaient pas où ils étaient et tentaient de les repérer de là-haut.
Cela indiquait aussi qu'ils ne les avaient pas suivis hier soir, ce qui semblait démontrer que quelque chose était arrivé et les avait retardés.
« Hammond, pensa immédiatement John ».
Mais ne trouvant rien, les Démons revinrent quelques heures plus tard, cette fois-ci en volant en rase-mottes.
« Aie, se dit John, qui les surveillait depuis la petite fenêtre, comme ça, ils risquent de repérer notre abri et peut-être, les traces de notre véhicule ».
Difficile de dire si les passagers de la plate-forme volante pleine de Razakel, qui les survolait, avaient effectivement repéré les traces de leur véhicule ou plutôt le bunker lui-même, mais ils se posèrent pour investiguer plus en profondeur le coin.
John sut immédiatement qu'ils étaient cuits s'ils ne bougeaient pas rapidement!
-   AUDRÉE, cria alors John McCain, MONTE DANS UNE DES JEEPS ET PRÉPARE-TOI À SORTIR D'URGENCE, J'ARRIVE AVEC LES ARMES!

John avait exploré le petit arsenal du bunker et avait trouvé, à son grand plaisir, un autre Remington M-40 avec un chargeur de 4 balles plus une dans le canon.
Il prit plus de munitions et arma le fusil et demanda à Audrée d'ouvrir la porte du garage et de foncer.
Quelque chose lui disait que les Démons voulaient les prendre vivants, ce qui n'était pas leur cas à eux!

La grosse quasi-jeep bondit brusquement dehors et John ouvrit le feu sur des Démons passablement surpris.

Il tua le premier, mais malheureusement ceux-ci n'étaient pas bêtes et se jetèrent à terre pour échapper à son tir, mais, en même temps, firent feu de leurs armes sur la jeep.

Ce n'était pas des armes à balles, mais des paralysateurs!

Les décharges furent en partie arrêtées par la structure de la jeep, mais pas entièrement et Audrée reçut une décharge partielle, ce qui eut sur elle le même effet qu'une forte décharge électrique!

Audrée perdit le contrôle de la jeep qui fit une embardée avant de se retourner, les quatre roues en l'air!

Les Démons survivants se précipitèrent vers la Jeep, mais Audrée et John étaient attachés à leurs sièges et avaient relativement peu souffert du retournement de la Jeep. En un tour de main, ils s'étaient détachés.

Audrée, la première, quoi qu'encore sous le choc de sa quasi-électrocution, s'empara de son Uzi, qu'elle avait mis en bandoulière et arrosa les assaillants, en envoyant 3 au tapis, qui furent suivi par deux autres, touchés par le M-16 que John avait aussi amené avec le M-40.

Mais les assaillants avaient reçu du renfort d'une seconde plate-forme et malgré leurs pertes impressionnantes, se regroupaient pour faire une attaque de tout bord.

La situation de John et Audrée était désespérée, sauf qu'ils n'étaient pas dans un environnement normal et le tintamarre de la bataille, avait attiré un personnage non invité aux réjouissances.

Le T-Rex que John avait repéré ce matin-là!

Et lui était plutôt insensible aux paralysateurs des Démons.

Surgissant tout à coup derrière eux, il se jeta avec une incroyable férocité sur les Démons qu'il tua avec une terrifiante efficacité.

Audrée et John en profitèrent pour tenter de se dégager et sortir de la Jeep passablement abimée, du côté opposé de la bataille avec le T-Rex.

Mais celui-ci en avait fini avec les Démons et avait bien capté les mouvements du côté de la jeep et fit le tour de celle-ci rapidement, pour se retrouver nez à nez avec John et Audrée.

En le voyant, Audrée hurla, ce qui momentanément dirigea vers elle l'attention du T-Rex.

Après un hurlement terrifiant, il ouvrit son énorme gueule pour engloutir Audrée...et reçut une rafale de M-16 en plein dedans!

Autant la douleur que la surprise le fit sursauter, ce qui permit à John d'agripper une Audrée paralysée et de se précipiter vers la porte du garage qui était miraculeusement encore ouverte!

Le T-Rex se précipitait lui aussi, mais nos amis étaient déjà à l'intérieur et la petitesse de la porte handicapa le géant qui tentait d'y entrer.

Mais il réussit à bloquer sa fermeture et même à se glisser à l'intérieur, où le garage s'élargissait, permettant au géant de se redresser et de déployer toute sa force.

Heureusement le garage avait une autre sortie.
John et Audrée prirent rapidement place dans un autre véhicule et bondirent hors du refuge, avec un T-Rex encore plus enragé à leur trousse.
Mais leur nouvelle Jeep pouvait se déplacer beaucoup plus vite que le T-Rex et ne tarda pas à le laisser loin derrière.
-    Pas trop de journées comme celle-là! dit, laconique, Audrée.
-    Même chose pour moi! Il était moins une cette fois-ci!

Mais ni l'un ni l'autre n'eurent le loisir d'ajouter quoi que ce soit, car le T-Rex hurlait de rage au loin, ce qui affola un troupeau de Triceratops.

Un troupeau qu'ils venaient juste de dépasser!

Et ce que craignaient le plus les Triceratops, c'était le T-Rex!

Affolés, ils partirent aux grands gallos, avec le T-Rex derrière eux et la jeep d'Audrée et John devant eux!

Peu subtile, ils ne tardèrent pas en entrer en collision avec la Jeep…qui se retrouva bousculée par les mastodontes et jetée hors du sentier qu'ils empruntaient, une fois de plus les quatre roues en l'air, après avoir été poussée et secouée par les géants affolés, ce qui avaient eu aussi pour résultats de faire sortir de la Jeep tout ce qui n'était pas attaché… comme les armes!

Certes, ils purent se sortir sans trop de mal de la Jeep accidentée, mais avec comme seules armes, le Beretta d'Audrée et le Python 357 Magnum de John!

Et il y avait un gigantesque T-Rex qui les regardait avec un regard que l'on pourrait qualifier, à tout le moins, d'hostile!

Le T-Rex bondit vers eux, la gueule grande ouverte, gueule dont giclait encore le sang des blessures que lui avait infligées le tir de John!

- COURS VERS LES ARBRES, AUDRÉE, cria John et TOURNE AUTOUR! IL EST ÉNORME ET IL AURA DE LA DIFFICULTÉ À TOURNER AUSSI COURT QUE NOUS!

Sans attendre leur reste, Audrée, suivi de John, coururent vers le plus proche des gros arbres, alors que John, hors d'haleine et d'idées, demanda à sa compagne si elle avait la moindre idée de ce qu'il fallait faire pour les sortir de ce mauvais pas!

- TOUTE ÊTRE À UN POINT FAIBLE DANS L'UNIVERS, lui cria Audrée, elle aussi hors d'haleine, C'EST UN DEUX PATTES, C'EST SON POINT FAIBLE!

Sur le moment, John ne comprit pas ce que voulait dire Audrée, puis tout à coup, il eut une illumination.

Mais le T-Rex était quasiment sur eux, juste au moment où ils d'atteignirent l'arbre le plus proche.

Tous les deux firent le tour de l'arbre en courant alors que le T-Rex, lui, fut obligé de ralentir, ses 6 tonnes engendrant un fort effet centripète.

John, alors, dégaina son 357 Magnum et le déchargea en visant le genou de l'horrible bête.

Les balles de fort calibre cassèrent net le genou du monstre, qui étala brutalement ses 6 tonnes sur le sol!

Le monstre n'était pas mort, mais désormais incapable de les atteindre!

- HOURRA, hurla Audrée!
- Ouf, se contenta de dire John!

C'est à ce moment qu'ils se rendirent compte qu'il n'y avait plus aucune plate-forme des Démons dans le ciel!

- Hé, dit John, on dirait qu'ils sont tous partis!
- Ça ressembla à ça effectivement, répondit Audrée, il n'y en a plus aucune à l'horizon!

Mais, décidément, le destin n'avait pas encore décidé de les laisser en paix!

Un bruit inquiétant se fit entendre derrière eux.

Ils se retournèrent brusquement… pour tomber presque nez à nez avec trois Dilophosaurus de près de 2,8 mètres de haut!

- Des dinosaures cracheurs, dit John d'une voie découragée.

Déjà le premier d'entre eux ouvrait la gueule pour cracher, quand une fois de plus, les événements se bousculèrent.

Les dinosaures s'immobilisèrent brusquement.

Tout à coup, ils étaient devenus de vraies statues.

Même le T-Rex, pas loin, qui hurlait il y avait encore quelques secondes, semblait pétrifié!

- Mais enfin que se passe-t-il encore? demanda Audrée.
- Ça, lui répondit, énigmatique, John, ça s'appelle les secours!
- Mais comment…?
- Quelqu'un vient de désactiver ses maudits dinos et ça ne peut être que des gens de chez nous…d'ailleurs, ils arrivent, je crois, dit-il en pointant vers le ciel un objet lointain, un objet qui avait quand même quelque chose de familier.
- Mon Dieu, une navette de La Garde!

- Content de vous voir, Dreck, dit John en montant à bord du HMS Gaïa, vous avez envoyé l'artillerie lourde à ce que je vois!
- Tous comme les Démons, en fait. Nous croyons que Ra Tamura lui-même était là! Mais, il a détalé vit fait quand il nous a vus arriver!
- Le Grand Khan, lui-même? Pour nous? Je ne comprends pas!
- C'est pourtant simple... et découle d'une de nos erreurs... que nous avons comprise quand nous avons réalisé à quel point les Démons tenaient à vous!
- C'est-à-dire?
- Vous êtes les Envoyés, vous venez de Nirva et même si vous avez subi un lavage de cerveau et un blocage sensé empêcher que qui que ce soit puisse vous forcer à révéler ce que vous ne voulez pas, il est évident qu'avec l'aide de puissants ordinateurs et des Dragons télépathes, juste en vous montrant toutes sortes de vues de l'univers prise selon différents angles, il finira par y avoir une photo qui vous rappellera quelque chose et déclenchera une micro réaction que captureront les Dragons. À partir de ce moment, ce n'est plus qu'une question de temps pour eux de déduire l'emplacement de Nirva.
- Bien, ils ont échoué! Et le HMS Traceur, il s'en est sorti?
- Oui, les Démons l'ont considéré comme du menu fretin!
- Heureux d'entendre ça! Le Commandant de ce navire m'a sauvé la vie, vous comprenez? Bon, vous nous ramenez dans les Colonnes d'Hercule?
- Non, l'Empereur Arthur vous veut avec lui, pour éviter d'autres enlèvements, mais pour aussi autre chose.
- Qui est?
- Vous devez savoir que Trojan a été vaincu par Eytan, ce qui nous ouvre la porte pour quitter l'Empire.
- Mais pour aller où?
- Vous ne devinez pas?
- Oh, mon Dieu, s'écrièrent autant Audrée que John, NIRVA!
- Eh oui. Et Arthur a besoin de vous pour servir de lien avec les terriens... vu que vous en êtes!

CHAPITRE 94 : Code de mission : Isis

Isis et Osiris furent un grand mythe sur Nirva, durant l'antiquité égyptienne.
Seth, le frère jaloux d'Osiris, avait comploté pour se débarrasser de lui en l'enfermant dans un cercueil qu'il envoya dériver sur le Nil, mais, malheureusement pour Seth, la sœur et épouse d'Osiris, Isis, était tenace et le retrouva!
Alors, encore plus enragé, Seth coupa Osiris en quatorze morceaux qu'il dispersa dans toute l'Égypte.
Mais Isis remonta alors sur sa barque de papyrus et parti à la recherche des morceaux du corps de son bien-aimé, à travers le labyrinthe du marais du Nil, mais elle ne retrouva que treize des quatorze morceaux du corps de son bien-aimé.
La seule partie introuvable, malgré tous ses efforts et l'aide des obligeants crocodiles, fut le membre viril, car il avait été mangé par des poissons.
Toutefois il avait eu le temps de donner au fleuve sa force fécondante.
Isis se résolut à fabriquer un phallus artificiel en argile et le consacra.
Elle insuffla à Osiris le souffle de la vie et lui donna un fils, Horus.
Le mythe osirien relate comment elle a ramené Osiris à la vie.

Contes et Légendes de Nirva
Par Illovitch Simonidese
Édition « Je sais tout »
Oulan Bator

- Commandant Vanguard Simpson, vous êtes ce héros qui traversa un trou noir, si je ne m'abuse?
- C'est vrai, Majesté, j'ai effectivement fait cela, acheva le jeune homme, particulièrement impressionné d'être devant LUI, celui qui est-multiple! Vous désirez que je renouvelle cette expérience?
- En fait, pas du tout! Votre rapport était suffisamment détaillé pour nous éviter d'avoir à retenter l'expérience... cela pourrait

trop attirer l'attention des Démons, ce que nous ne voulons en aucun cas!
- Alors... en quoi puis-je vous être utile?
- Parce que vous êtes un jeune homme très débrouillard et surtout un excellent commandant de ce modèle de vaisseau un peu spécial, appelé un chasseur- tueur, comme le HMS Improbable. Un type d'engin particulièrement furtif!
- Vous pensez à une mission d'infiltration de l'ennemi, pour trouver ces centres de commandements et les détruire? Ils sont particulièrement bien protégés, Majesté, mais je ferai ce que vous désirez!

Mais l'Empereur ne répondit pas tout de suite, comme s'il écoutait une voix intérieure, puis, réalisant que le jeune commandant était toujours là, il lui posa une question qui le dérouta complètement.
- Connaissez-vous le mythe d'Isis, commandant?

Mais avant même que celui-ci ne réponde, l'Empereur était déjà passé à autre chose.
- Heu…Majesté…mais quelle sera la mission?
- Oh, dit soudain Arthur, réalisant qu'il n'avait pas donné toute l'information à ce pauvre commandant qui semblait complètement perdu, ce sera pour la mission Isis! Vous savez, Isis, comme dans le mythe Nirvanien!
- Heu…dis le commandant encore plus perdu.
- Isis était l'épouse d'Osiris. Le pharaon Osiris fût coupé en morceau par son frère ennemi, Seth! Voyez Osiris comme une métaphore de l'humanité coupée en morceaux par Seth… enfin les Démons. Beaucoup de nos mondes sont déjà tombés aux mains de l'ennemi. Plus de 70 % en fait et je m'efforce de regrouper, autour du Gaïa, ce qui reste de l'humanité en provenance des terres non conquises, mais même si la plupart de nos mondes les plus peuplés sont tombés, il reste énormément de petites colonies en zone conquise, sur lesquelles vivent encore beaucoup de nos compatriotes. Un peu comme des parties du corps de l'humanité, dispensées aux quatre vents. Il est hors de question pour moi, qui suis toujours leur Empereur, de les abandonner sans tenter de les secourir! Votre mission consistera à rechercher le plus de monde possible, grâce

à des vaisseaux furtifs et de les amener dans les Colonnes d'Hercule, sur Abyle, où ils pourront se défendre en s'organisant autour du fleuve Hâpî. Là, dans les dunes de sable et les oasis jouxtant le fleuve sur des dizaines de milliers de km, ils seront à même de se défendre et survivre aux attaques des Démons et attendre le retour de l'humanité.

- Ce sera un grand honneur, Majesté, pour moi et mes hommes, de nous atteler à cette tâche. Quels seront nos moyens, Majesté?
- Le haut commandement mettra à votre disposition 375 navires du type chasseur-tueur qui vous sont familiers, mais ceux-ci auront été revisités par les Magiars qui les auront grandement améliorés avec des interfaces neuronales à accès direct et des capes de Mandrake particulièrement performantes.

CHAPITRE 95: La grande migration

« Hoyé, hoyé!
Navires civiles ou de guerre!
Prenez vos gens.
Tous vos gens.
Petits et grands!
Jeunes et vieux!
Malades et handicapés!
Prenez vos gens!
Et venez.
Appelez vos voisins, ceux qui ne sont pas encore sous domination Démone.
Et venez!
VENEZ au grand rendez-vous de l'humanité sur Ushuaia!
VENEZ le plus vite que vous pourrez.
La flotte attaquera dans vos secteurs pour occuper les Démons.
Le Gaïa montrera à l'ennemi ce qu'il en coûte de s'attaquer à elle et vous
permettra de gagner vos vaisseaux sous sa protection.
Rallier la bannière de votre Empereur, celui qui est-multiple, Arthur!
Il vous guidera.
Il guidera les enfants survivants de l'humanité, vers la maison!
Si vous êtes trop éloigné de nous, réfugiez-vous dans les Colonnes
d'Hercule!
Là, une formidable forteresse y a été construite et elle vous défendra!

Que le Grand Architecte de l'Univers vous protège durant votre voyage!

5000!
Les 5000 meilleurs télépathes, regroupés autour de l'institut Thulé.
Grâce à eux, les mouvements des Démons étaient connus et La
Garde pouvait contrer leurs attaques!
Eux, les Démons, qui avaient perdu un de leurs plus grands
avantages.
Trojan!

Fini le temps où celui-ci était capable de faire tomber les défenses électroniques d'une planète, laissant les défenseurs pratiquement sans armes.

Fin les déferlantes de FreeProgs qui prenaient le contrôle de systèmes d'armes complètes.

Désormais, quand une escadre démoniaque s'avançait d'un poste humain, le Bator et le Gaïa les transformaient en débris spatiaux polluants.

Les humains avaient perdu un nombre considérable de planètes, mais pour la première fois, ils avaient stoppé l'avance des Démons. Sans, toutefois, pouvoir les rejeter.

La guerre avait atteint une sorte d'équilibre où personne n'avançait pluset personne ne reculait non plus.

Même la Grande Barrière n'était plus ce qu'elle était.

Maintenant, il devenait possible de la traverser, certes avec des pertes, mais elle n'était plus ce formidable mur qui enfermait l'humanité!

Cela donnait un répit, que tout le monde savait être de courte durée, les démons, ayant toujours leurs bases industrielles, alors que celles des humains s'étaient réduites comme peau de chagrin!

Alors, pour tous, il était clair que quand les flottes démoniaques se seraient reconstituées, ils reprendraient l'offensive et même sans Trojan, leur nombre fera en sorte que les humains seront écrasés et ce, malgré les formidables navires de combat qu'étaient le Bator et le Gaïa.

Seul dans les colonnes d'Hercule, une réelle possibilité de résister existait.

Alors Arthur en tira les inévitables conclusions.

- Profitons du seul avantage que nous avons avec le Gaïa et le Bator, pour nous ouvrir un chemin au travers de la Grande Barrière et gagner Nirva, où nous aurons le temps et les ressources nécessaires pour construire la formidable flotte de croiseurs Galaxie qui nous permettra de les détruire!

Évidement ses propos semèrent de l'inquiétude parmi la population, qui n'était plus maintenant que d'à peine 2 milliards, sur les 150 de jadis, plus 1 milliard dans les colonnes d'Hercule, mais aussi de l'espoir, car, pour la première fois, il semblait à tous qu'ils allaient pouvoir échapper à la mort certaine que leur réservaient les Démons.

Naturellement, cette information arriva aussi très rapidement aux oreilles de Ra Tamura, qui décida de renforcer immédiatement son programme de recherche de Nirva mais aussi de préparer la flotte à un mouvement massif vers celle-ci quand elle serait découverte.

- Aussitôt que vous aurez confirmation de la découverte de Nirva, je veux que 80 % de la flotte s'y dirige, avait-il ordonné. C'est là qu'aura lieu la bataille finale et il est hors de question de laisser les humains se reconstituer une flotte de combat crédible. Nous vaincrons à Nirva, où nous perdrons la guerre! avait-il conclu.

Naturellement, il ne savait pas que c'était exactement ce que voulait Arthur, qui rassembla, autour de Patagonia, système solaire de la planète Ushuaia, la plus grande flotte jamais vue de mémoire d'homme!

Près de 127 000 navires civils, 30 000 navires de La Garde, dont 23 Galaxies, un super Galaxie, le Bator et, évidemment, le HMS Gaïa. Cela suscita une activité incroyable dans le système, car tous ses navires, du plus petit au plus grand, allaient devoir être équipés de lasers de défense contre les missiles de la Grande Barrière.

Les humains rescapés arrivaient de partout, en grand nombre à l'appel de l'Empereur, pour prendre part à la Grande Migration de l'humanité, la GMH comme disait tout le monde.

Oui, l'homme allait partir, fuir ce destin tragique pour retourner vers ses origines, non pas pour y mourir, mais pour préparer son retour.

Et les démons savaient que la guerre était loin d'être terminée, car pour le moment ils ne pourraient empêcher une telle flotte de quitter l'Empire.

Même la suivre serait difficile, car le Bator et le Gaïa se chargeraient certainement de faire entendre raison à tout imprudent qui se trouverait à portée de radar.

Même en y mettant toute sa flotte actuelle, Ra Tamura n'était pas sûr de l'emporter!

Il lui aurait juste fallu quelques mois de plus pour que les nouveaux navires en construction puissent lui donner un avantage définitif.

C'était la même chose pour les humains. Une confrontation frontale serait également incertaine pour eux!

Alors, ils partiraient, tant que Ra Tamura, malgré sa puissance, restait incapable de savoir exactement où ils allaient et de les arrêter !

Ce qui effrayait beaucoup Ra Tamura, très conscient qu'il était que sur Nirva, les humains pourraient se ressourcer et redevenir un danger très important pour lui.

-   MAUDIS SOIS-TU, FILS DE CAROLINE! avait alors hurlé le grand Khan.

Puis, un jour, les travaux de préparation furent terminés et lorsque le dernier humain eut pris place à bord d'un navire, Arthur donna l'ordre de partir.

Et l'immense flotte quitta, le système de Patagonia!

Sitôt l'ordre donné, d'immenses explosions retentirent sur Ushuaia. Si les hommes ne pouvaient plus l'avoir, les démons ne l'auraient pas non plus!

Sauf que l'Empereur avait donné des ordres très clairs sur les explosifs nucléaires à utiliser suite au conseil de l'envoyée Audrée Vauldegarde.

Seuls certains éléments radio actifs furent employés, des éléments qui pourraient être enlevés de l'environnement grâce à une technologie biologique de dépollution que seuls les humains connaissaient.

Après tout, leurs intentions étaient bien de revenir un jour!

CHAPITRE 96: Des hommes, des croiseurs et une pierre.

Magiar Durane jeta un dernier coup d'œil à la rotonde faite d'au moins 30 colonnes de marbre de style grec antique, surmontées de statues représentant les races humaines, autant celles de Nirva que celles de l'Empire, ainsi qu'à l'étoile de la cour dallée qui avait une tombe à chacun de ses sommets.

Et, en particulier, la dernière tombe, celle d'un jeune homme à l'aspect tourmenté et qui avait les yeux ailleurs, celle de l'empereur Arthur et qui semblait creuse.

Alors il n'y alla pas par quatre chemins!

Grâce à un ingénieux système de levier fait de bois et de cordes, il souleva la pierre tombale en un rien de temps!

La dernière fois qu'ils étaient venus et avaient soulevé cette pierre, ils n'avaient trouvé qu'une tombe vide, ce qui les avait découragés.

Pendant des mois, les Magiars, Dreck et beaucoup de volontaires, avaient sillonné la planète en Terravent à la recherche de ses fameux croiseurs.

Ils avaient fait chou blanc.

Plus ils s'éloignaient du mausolée et moins les vibrations étaient perceptibles.

Alors, après des mois de travail infructueux, ils étaient revenus au mausolée, avec juste une idée en tête.

Creuser!

Creuser la pseudo tombe de celui qui était-multiple!

Creuser jusqu'à ce qu'ils trouvent une entrée quelconque.

Personne n'y croyait plus… sauf Magiar Durane

- *Mais pourquoi vous obstinez-vous à vouloir croire que l'entrée se trouve là? demanda, excédé Dreck, pour la énième fois.*
- *Pour une raison fort simple, Dreck, répondit-il, si ç'avait été moi qui avais eu la tâche de fabriquer un accès aux croiseurs pour les générations futures, c'est exactement ici que je l'aurais fait!*
- *Vraiment? Mais pourquoi?*
- *Parce comme je n'aurais pas pu laisser de plans trop clairs, pour ne pas guider d'éventuels ennemis, j'aurais plutôt laissé des évidences!*
- *Comme justement la tombe du dernier Empereur, celui-là même qui devrait être à l'origine de ses fameux croiseurs?*
- *Exactement! Alors…*

-   *Alors, creusons!!!!*
Et comme il l'avait prédit, sous la tombe ils finirent par trouver, 50 mètres plus bas, une sorte de dalle, qui une fois enlevée, donnait sur... un escalier! Très étroit, certes, mais bien réel!
Et, cette fois, il ne fallut pas utiliser d'instrument particulier pour entendre le bruit, certes tenu, mais très caractéristique, de machines, qui semblaient provenir d'en contrebas!
-   *Venez-vous, Colonel?*

Difficile à dire si c'était l'attrait de l'inconnu ou simplement le désir de sortir de cette vie trop tranquille qui poussa Dreck, mais ce qui était sûr, c'était qu'il n'hésitât même pas une seconde.
-   *Je vais nous fabriquer des torches, dit-il au Magiar.*

La descente commença lentement, l'escalier étant particulièrement abrupt et étroit et tailler dans la pierre, ce qui, avec l'humidité ambiante, en faisait un escalier très glissant.
Mais après une centaine de marches, qu'ils mirent quand même près d'une heure à descendre, ils arrivèrent à une sorte de salle souterraine plutôt vaste, mais partiellement couverte de flaques d'eau.
-   *Pour sûr, l'architecte a oublié que nous sommes dans une zone aux pluies fréquentes, dit Dreck.*
Mais Magiar Durane ne répondit pas, intrigué par les inscriptions sur le mur d'en face qu'il avait entrevu à la lueur de sa torche.
-   *Salut à toi, homme de l'Empire, y était inscrit, sois le bienvenu dans ton pavillon de chasse, d'où tu pourras appeler à l'Hallali contre les puissances des ténèbres! Sache que tes frères du passé ont veillé sur toi tout au long des siècles et ont fait ce qu'il fallait pour que tu puisses te défendre et reprendre ta place dans l'univers. Descends sans crainte l'escalier devant toi. Il ne sera pas nécessaire d'emporter beaucoup de torches, même si la descente sera longue et ne craint pas les hordes démoniaques. Celles-ci ne survivraient pas à cette descente, si toutefois, elles avaient l'outrecuidance de vouloir la tenter! Vas-y, ton destin t'attend!*

Dreck et le Magiar Durane n'étaient heureusement pas seuls et renvoyèrent vers la surface un de leurs accompagnateurs, au cas où les choses tourneraient mal, mais, passablement résolus, ils s'engagèrent avec leurs compagnons, deux Magiars et trois hommes de Dreck, vers l'escalier annoncé par le texte.

Cette fois, il s'agissait d'une véritable cage d'escalier qui avait de larges marches et qui descendait en spirale vers une profondeur abyssale.

Profondeur qui pouvait se voir, car le centre de la cage d'escalier était vide et au fond, il y avait une lumière puissante qui éclairait l'escalier jusqu'en haut.

Leurs torches n'étaient même plus nécessaires, d'autant plus que cette lumière était certainement d'origine électrique.

Mais cela impliquait aussi que la profondeur du puits d'escalier devait être à tout le moins, de mille mètres, limite de la capacité de la pierre de Nicolas à nuire au métal!

La descente fut longue et fatigante, mais le sentiment de toucher au but les galvanisa tous, au point qu'ils ne prirent même pas le temps de souffler quand ils arrivèrent, d'après les calculs de Magiar Durane, à près de 2500 mètres plus bas.

Ils se trouvaient dans une rotonde brillamment éclairée avec une grande porte, on ne peut plus invitante.

Mais il y avait aussi un grand nombre d'appareils sur le haut des murs, dont certains ressemblaient à des caméras et d'autres… à des armes!

Des armes qui les suivaient dans leur mouvement.

- Qu'importe, avait décrété Dreck, si celui qui contrôle ce site nous avait voulu morts, nous le serions déjà!

- Cela est parfaitement exact, furent-ils tout à coup étonnés d'entendre, sans vraiment savoir d'où venait cette voix, mais je n'ai pas encore décidé de vous laisser poursuivre plus loin! Disons que vous êtes des morts en sursit!

Dreck ne resta pas longtemps sur sa surprise et demanda.

- À qui avons-nous l'honneur de parler?

- Mais à moi, voyons, fut la réponse, dans laquelle tous détectèrent une pointe d'amusement!

- Et qui est moi?

- Je suis le fils d'une dame que vous aimiez bien, Colonel!

- Vraiment? Et j'ai connu cette dame ou?

- Ou, n'est pas vraiment une bonne question parce qu'elle vous a transporté très souvent… enfin le modèle d'origine, il va sans dire!

- Le modèle d'origine? Oh, vous voulez dire Dreck Reivax?

- C'est cela! Mais même si vous êtes un clone, vous avez quand même beaucoup de la mémoire de votre modèle en vous, n'est-ce pas?

- Absolument! Mais comment… ?

- *Croyez-vous que je vous laisserais, ne fusse qu'une seconde de plus, en vie si je ne vous avais pas scanné, radiographié, analysé, échantillonné et...*
- *OK, j'ai compris! Et je sais qui vous êtes!*
- *Vraiment? Étonnez-moi!*
- *Votre voix, légèrement ironique, exclut la possibilité que vous soyez quelque chose de non vivant.*
- *Fort bien! Je commence à vous trouver sympathique!*
- *Et votre mère a transporté mon double!*
- *Oui, vous brûlez!*
- *Ça, je le sais! De plus vous êtes ici depuis longtemps!*
- *Très longtemps!*
- *Vous êtes...le fils du NéMéSiS!*
- *Hourra, cria la voix avant d'éclater de rire! Je m'appelle Castor! Vous êtes malin...alors ce sera avec regret que je vous atomiserai si je n'arrive pas à me convaincre que vous n'êtes pas l'ennemi.*
- *Mais enfin pourquoi croyez-vous que je sois l'ennemi?*
- *Mais parce que celui-ci est très malin et transformer quelques démons en clones humains n'est pas vraiment difficile! Vous-mêmes, n'êtes-vous pas un clone?*

Tout à coup, l'atmosphère de la rotonde venait de changer.

Ils auraient dû y penser, il était évident que si croiseurs il y avait, ceux-ci seraient protégés!
- *Fort bien, Castor, fils de NéMéSiS, qu'est-ce que nous devons faire pour te convaincre, à part tes tests biologiques, qui sont manifestement positifs pour nous, puisque nous sommes toujours vivants?*
- *Chantez-moi une chanson!*

Dreck, interloqué, faillit répondre quand Magiar Durane l'interrompit.
- *Permettez-moi, Colonel, j'ai une très belle voix... nous chantons beaucoup dans nos cérémonies de magiciens!*

Et sans plus attendre, il entonna :

[10]Ami entends-tu
Le vol noir des corbeaux
Sur nos plaines.
Ami entends-tu
Les cris sourds du pays
Qu'on enchaîne,
Ohé partisans
Ouvriers et paysans
C'est l'alarme!
Ce soir l'ennemi
Connaîtra le prix du sang
Et des larmes…

Montez de la mine,
Descendez des collines,
Camarades.
Sortez de la paille
Les fusils, la mitraille,
Les grenades.
Ohé! les tueurs
À la balle et au couteau
Tuez vite!
Ohé! saboteurs
Attention à ton fardeau…
Dynamite…

C'est nous qui brisons
Les barreaux des prisons
Pour nos frères.
La haine à nos trousses
Et la faim qui nous pousse,
La misère.
Il y a des pays
Où les gens au creux des lits
Font des rêves.
Ici, nous vois-tu
Nous on marche et nous on tue

---

[10] Le Chant des partisans : Paroles de Maurice Druon et Joseph Kessel

Nous on crève…

Ici, chacun sait
Ce qu'il veut, ce qu'il fait
Quand il passe
Ami, si tu tombes
Un ami sort de l'ombre
À ta place.
Demain du sang noir
Séchera au grand soleil
Sur les routes.
Chantez compagnons,
Dans la nuit, la liberté
Nous écoute…

Ami, entends-tu
Les cris sourds du pays qu'on
Enchaîne!…
Ami, entends-tu
Le vol noir des corbeaux sur nos Plaines !

Tout à coup, ils entendirent un bruit caractéristique.
Le bruit d'une porte qui s'ouvrait!

Magiar Jean, se sentait un peu délaissé, surtout depuis la triomphale découverte faite par son ami et concurrent de toujours, Magiar Durane!
Qu'y a-t-il de plus frustrant que le succès de ses amis?
Surtout quand, en toute amitié, ils vous le racontent de multiples fois en insistant sur le « je ne sais pas si je te l'ai dit, mais J'AI… ».

Bref, Magiar Jean se sentait un peu humilié. Non pas au point d'en vouloir à ses amis quand même, c'était de bonne guerre et il avait lui-même, dans le passé, joué pas mal à ce jeu et gagné à de multiples occasions, mais le fait qu'il n'avançait pas avec son propre dossier, le rendait morose, d'autant plus que celui-ci était aussi fondamental que la découverte des croiseurs.

Car à quoi peuvent bien servir les meilleurs croiseurs du monde s'ils se font griller dès qu'on les sort de leurs abris souterrains?

À rien!

D'où son projet de trouver la pierre de Nicolas, projet qui n'avançait pas!

C'était comme trouver une aiguille dans une botte de foin!

Cependant, le succès du projet de son ami avait quand même permis de justifier encore plus le sien et surtout mettre à sa disposition les ressources dont il avait grand besoin.

Et il avait finalement pensé à quelque chose.

La pierre de Nicolas avait au moins une propriété qu'il pouvait exploiter : sa capacité à attirer l'or.

Son raisonnement était simple, si la pierre attirait l'or et que de plus, son influence se faisait sentir sur toute la planète, alors cette attirance devait être détectable.

Mais comment faire un appareil capable de détecter cette attirance dans un environnement qui ne tolérait pas le métal, sauf l'or?

- Mais, pardieu, se dit-il, exactement comme on fait une boussole!

Magiar Jean s'isola donc pendant que ses confrères donnèrent de grandes fêtes pour célébrer leur découverte des croiseurs, car, après tout, les Magiars n'étaient pas, contrairement à ce que croyaient beaucoup de gens, des moines!

Tout le monde interpréta l'absence de Magiar Jean aux fêtes comme de la jalousie, ce qui n'était pas, du reste, complètement faux…mais pas complètement vrai non plus!

Magiar Jean fabriquait un détecteur de Pierre de Nicolas… enfin plutôt un indicateur de direction de la Pierre de Nicolas.

C'était finalement un appareil plutôt simple, mais qui requérait de la dextérité dans sa fabrication.

Magiar Jean avait planté un axe de 5 cm dont l'extrémité était pointue, à la verticale d'une rondelle très dure de bois de 10 cm.

Puis il assembla une sorte d'aiguille, dont une partie était faite en or pur et l'autre dans un morceau de granite, le tout planté dans une petite rondelle, elle aussi en bois, avec un petit trou au centre.

La difficulté d'assemblage du dispositif venait aussi du fait que la partie « or » et la partie « pierre » étaient asymétriques, car les deux parties devaient avoir un poids rigoureusement identique, alors qu'ils n'avaient pas la même densité, l'or étant proportionnellement plus lourd que le granit.

Puis, il plaça l'aiguille hybride sur l'axe pointu.

L'ensemble ressemblait vaguement à une boussole des temps anciens, mais sans métal aimanté, bien entendu.

Pourtant, dès qu'il termina son dispositif, l'aiguille tourna sur elle-même pour finalement s'immobiliser en pointant une seule et même direction, même quand il la refaisait tourné sur elle-même.

Quand elle s'immobilisait de nouveau, elle pointait invariablement dans la même direction!

- Donc, dit Dreck, si je vous comprends bien, ce dispositif est une sorte de boussole destinée à indiquer la direction de la pierre de Nicolas?
- Exactement, répondit un Magiar plutôt fier de lui, le dispositif indique la direction de la pierre, ce qui veut dire que si nous prenons un relevé ici et un autre à quelques centaines de kms d'ici, avec l'aide de bonnes cartes, nous devrions avoir deux lignes qui s'interceptent là où se trouve la pierre!
- Qu'en pensez-vous, Magiar Durane? demanda Dreck.
- Je pense, répondit celui-ci avec un sourire, que mon distingué confrère tient quelque chose. Malheureusement, il n'y a pas de cartes suffisamment précises, ici sur Sanctuaire, pour exploiter facilement cette option.
- C'est exact, rétorqua Dreck, mais nous avons plusieurs Aérovents et maintenant que nous n'avons plus à rechercher les croiseurs de par le monde, on pourrait les utiliser pour tracer un certain nombre de cartes à l'aide de vue aérienne et utiliser l'invention de Magiar Jean pour repérer l'endroit où se trouve la pierre!
- Excellente idée, Dreck! Nous sommes à vos ordres, Magiar Jean, pour suivre votre idée, conclut Magiar Duran.

Il va sans dire que, tout à coup, Magiar Jean avait le visage illuminé par la joie.

Cela prit quand même quelques mois avant que les différentes indications relevées sur les nouvelles cartes par les Aérovents ne commencent à avoir du sens.

En fait, toutes semblaient pointer vers une direction unique, sise de l'autre côté de l'océan, de cet océan qui divisait les terres de Sanctuaire et que tous appelaient « Atlantique » du nom d'un grand océan de Nirva, même si sur Sanctuaire, il n'y avait maintenant plus qu'un seul océan, quoi que gigantesque.

Et même si leurs cartes étaient rudimentaires, il était évident que toutes pointaient vers une ville, jadis florissante, appelée Uxelles.

Malgré la distance, Dreck et les deux Magiar, décidèrent d'y aller le plus vite possible avec l'espoir d'y découvrir la fameuse pierre de Nicholas.

La traversée de l'océan se révéla plutôt périlleuse, car ils ne possédaient pas de boussole et leur engin était rudimentaire pour un tel voyage.

De plus, sur Sanctuaire, les étoiles ne sont pas visibles, le ciel étant constamment couvert, ce qui compliquait singulièrement la navigation et il en résultait des écarts parfois très importants entre le lieu atteint et la destination visée.

Mais ils avaient avec eux une sorte de boussole à aiguille d'or qui fit, finalement, office de vraie boussole et les amena directement à cette fameuse ville d'Uxelles où leur engin volant faillit leur couter la vie, car les habitants n'ayant jamais rien vu de tel auparavant, les prirent pour des Sarkaïs!

En réalité, la ville, ou plutôt le village n'avait rien de vraiment différent des autres bourgades de Sanctuaire dont les édifices étaient bâtis essentiellement en bois, matière non soumise aux effets de la pierre de Nicolas et abondants partout.

Sauf que cette fois-ci, il y avait, en son centre, un bâtiment, qui lui, n'était pas fait de bois.

Il était en pierre

[11]C'était ce que l'on appelait anciennement, un hôtel de ville.

C'était un splendide édifice de style gothique et classique, un chef-d'œuvre de l'architecture civile!

---

[11] L'hôtel de ville de Bruxelles, d'après Wikipédia

La façade principale de l'hôtel de ville était constituée de deux ailes asymétriques encadrant le beffroi et terminée par des tourelles d'angle.

Chaque aile était constituée d'arcades, d'un balcon, de deux étages percés de grandes fenêtres à meneaux et était surmontée d'une haute toiture en bâtière percée de nombreuses lucarnes à croupe.

La façade était ornée de nombreuses statues représentant des ducs et duchesses

Ces deux ailes présentaient plusieurs asymétries :

L'aile gauche (la plus ancienne) était constituée de dix travées alors que l'aile droite n'en compte que sept;

L'aile gauche comptait onze arcades alors que l'aile droite n'en compte que six;

Les fenêtres du premier étage étaient de simples fenêtres à meneaux à gauche alors qu'à droite c'était des fenêtres ogivales intégrant un oculus trilobé;

Les fenêtres du premier étage étaient surmontées d'une rangée de statues à gauche, mais pas à droite;

Les baies du deuxième étage étaient constituées de fenêtres à meneaux inscrites sous un arc ogival surmonté d'un arc trilobé qui était aveugle à gauche, mais ajouré à droite.

Les tourelles d'angle octogonales présentaient plusieurs niveaux dont les faces étaient ornées d'arcs trilobés. Chaque niveau se terminait par huit gargouilles disposées radialement et surmontées par un chemin de ronde au parapet ajouré. Le dernier niveau était couronné par une flèche de pierre ornée de feuillages et surmontée d'une girouette.

La base de la façade était ornée d'une galerie d'arcades. Ces arcades étaient fortement asymétriques comme il a été dit plus haut : l'aile gauche comptait onze arcades (dont une arcade aveugle située sous la tourelle d'angle) alors que l'aile droite n'en comptait que six...

Venait ensuite la tour lanterne octogonale finement ajourée, soutenue à sa base par quatre tourelles à contrefort, elles aussi octogonales. Elle comportait trois niveaux percés d'élégantes baies ogivales ajourées et ornées d'une profusion d'arcatures, de parapets et de gargouilles et se termine par une remarquable flèche ajourée rehaussée de dorures et surmontée de la statue de St-Michel, terrassant le dragon.

LA STATUE DE ST-MICHEL TERRASSANT LE DRAGON!

Tout à coup, ils surent qu'ils brûlaient!

La pierre de Nicolas ne pouvait pas être bien loin d'un tel symbole!

Dreck, en voyant cela, entra dans une profonde réflexion!

« La pierre ne peut vraiment pas être loin » se dit-il, en regardant avec intensité la statue de St-Michel.

Quelque chose le dérangeait, dans cette statue, mais il n'arrivait pas à voir ce que ça pouvait être.

Évidemment, celle-ci étant haute perchée et il était difficile de voir les détails.

Il prit donc une longue vue et la dirigea vers la magnifique statue.

Tout de suite il remarqua deux choses étonnantes.

La première était que le visage de St-Michel était en fait celui d'Arthur.!

Et la deuxième était que celui-ci ne regardait pas le dragon qu'il terrassait, mais la pointe de son épée dressée vers le haut.

Arthur regardait donc vers le ciel!

Dreck eut alors une idée qui parut étrange à ses compagnons.

- Magiar Jean, avait-il dit, tout à coup, je crois, savoir que vous avez avec vous une arbalète assez puissante?
- C'est exact, Colonel, mais que voulez-vous faire avec une arbalète, les habitants du coin ne me semblent en rien menaçant!
- Et c'est vrai, mais je veux cette arbalète pour vérifier une idée qui vient de me traverser l'esprit!

Intrigué, le Magiar s'enquit donc de son arbalète, toujours dans l'aérovent, posé pas loin de là!

Sitôt celle-ci remise à Dreck, il la banda et y introduit un carreau fait de bois, mais dont la tête pointue était de pierre.

Puis Dreck visa le haut de la statue de St-Michel, un brin plus haut que la statue en fait, puis décrocha le carreau.

Celui-ci monta à grande vitesse vers la statue, puis juste au-dessus de celle-ci, s'immobilisa un court instant, pour retomber vers le toit de l'édifice et y rebondit, pour finalement atterrir à leurs pieds.

- Mais que faites-vous? demanda Magiar Jean.
- Je crois que vous allez comprendre rapidement, si toutefois mon idée est bonne, répondit Dreck tout en se dirigeant vers le carreau maintenant sur le sol à quelques mètres.

Dreck ramassa le carreau et découvrit rapidement que la tête de pierre était maintenant… en or!

- Je ne comprends pas, dit Magiar Jean
- Hé, hé, répondit Dreck, se pourrait-il que j'aie mystifié un magicien? En fait c'est simple! La statue de St-Michel indique, grâce au visage d'Arthur et de la mort du Dragon, que la pierre de Nicholas, faite pour terrasser les Dragons, est bien ici. Son épée indique sa localisation!
- Mais Dreck, son épée indique le ciel!
- Non, seulement au-dessus de sa tête. Et la pierre change la matière en or. C'est pour cela que j'ai tiré une flèche dans cette direction, je voulais savoir si elle était bien là! Et le fait que la tête du carreau soit maintenant en or, me répond donc par la positive.
- Mais alors cela signifie que…
- Que la pierre de Nicolas flotte au-dessus de la statue et qu'elle est invisible!

- *Allez, n'ayez pas peur, lui dit Gabriel, le Basileus du Prieuré de Cipola, même si vous ne la voyez pas, elle est là!*
- *Vraiment? rétorqua Soraya, c'est vrai qu'il fait noir comme dans un four dans cette grotte, mais avec nos torches nous devrions la voir!*
- *Pas si nous ne voulons pas que vous la voyiez! En fait, parfois nous lui mettons un « manteau de coton noir » pour nous permettre de la visualiser, mais pas cette fois-ci et c'est vrai qu'il fait plutôt noir!*
- *Si elle était ici, même enrobée de coton noir, je la verrais, j'ai une excellente vision!*
- *Donc, d'après vous, qui êtes un être hautement rationnel, je ne vous ai pas emmené au bon endroit?*
- *Quelles que soient vos raisons, il est clair que nous ne sommes pas au bon endroit!*
- *Fort bien, reprit Gabriel, nous allons faire une petite expérience, finit-il en sortant de son sac une sorte de sabre en pierre.*
- *Qu'est-ce donc? s'enquit Soraya.*
- *Un Katana de pierre, avec garde et poignée en bois, Katana qui vous est destiné en gage de notre bonne foi.*
- *Je vous en remercie, mais pourquoi le sortez-vous ici?*
- *Vous allez voir! Prenez-le et tendez-le devant vous jusqu'à ce que vous sentiez une résistance, comme si vous heurtiez un obstacle!*
- *Fort bien, répondit Soraya, comme vous voulez!*

Soraya tendit donc le sabre quand elle sentit qu'effectivement celui-ci rencontra un obstacle.
- *Gardez-le comme ça, lui dit alors Gabriel.*
- *Mais pourquoi...et qui a-t-il devant moi que je ne vois pas?*
- *Vous verrez, si je puis dire... mais restez en position pour le moment... et regardez la pointe de votre Katana, demanda, énigmatique, Gabriel.*

Soraya s'exécuta, intriguée.
C'est alors qu'elle remarqua que la pointe du samouraï avait tout à coup changé de couleur.
- *Mon Dieu, dit-elle, on dirait...on dirait...*

- *Oui…de l'or compléta Gabriel et si vous maintenez votre samouraï juste encore quelques minutes dans cette position, vous serez bientôt l'heureuse propriétaire d'un Samouraï en or massif!*

C'est ce qu'elle fit, mais, malgré sa force, elle dut faire un effort important pour ne pas baisser le bras, l'or étant beaucoup plus lourd que la pierre.
- *Oh, mais quelle merveille, dit-elle en contemplant le sabre magnifique, comment cela est-il possible?*
- *Parce que devant vous, mais invisible, se trouve une pierre incroyable, de plus d'un million de tonnes! Une pierre qui change tout matériau non organique en or!*
- *Invisible? Ah je comprends! Cela explique aussi pourquoi elle est tellement difficile a trouver si vous ne savez pas où elle est! Merci de votre confiance, Gabriel! Pouvez-vous m'en dire plus sur cette pierre?*
- *Oui, mais je vais d'abord vous soumettre à une autre petite expérience intéressante.*
- *Qui est?*
- *Fort simple! Maintenant que vous savez où est la pierre, avancez-vous et touchez-la!*
- *Hé là! Je sais que je vaux mon pesant d'or, mais ce n'est pas à prendre littéralement! Et ne désire pas réellement être transformée en statues d'or massif!*
- *N'ayez aucune crainte, la matière vivante n'est jamais transmutée. Faites ce que je vous dis et vous ne le regretterez pas et, en revanche, vous comprendrez quelque chose de fondamental concernant la pierre.*

Un peu inquiète quand même, Soraya s'exécuta et… toucha la pierre, qui lui sembla plutôt chaude, comme… comme…
- *Mon Dieu, s'écria-t-elle pour la deuxième fois en très peu de temps, on dirait… on dirait… qu'elle est… qu'elle est, dit-elle, visiblement troublée.*
- *Oui, vous pouvez le dire, l'encouragea Gabriel.*
- *Vivante! finit-elle éberluée.*

Soraya, de retour au château, était encore ébranlée par sa singulière rencontre avec la pierre de Nicholas et tentait, tant bien que mal, de décrire son expérience à son fils, Zacharie.
- Tu comprends, Zack, c'était un peu comme toucher un animal, sans la mollesse de la peau, mais avec la chaleur et la sensation

de toucher quelque chose de vivant. Mais il y avait autre chose, mon esprit a eu réellement la sensation de toucher un esprit étranger dans la pierre… comme si celle-ci était habitée!

- Habitée? Maman, voyons!
- Oui je sais, cela parait fou, mais les Archanges m'ont parlé des Djinns, peuples de voyageur qui auraient fait la pierre et qui voyageaient dans un immense navire appelé Siddhârta. C'est là que Nicolas l'aurait trouvée et, toujours d'après les Archanges, ce vaisseau avait encore quelques systèmes en état de marche, parlait notre langue et aurait raconté que le dernier membre de son équipage, appelé Salammbô, aurait voulu se servir de la pierre pour empêcher les Dragons d'utiliser la technologie qu'ils leur avaient volée, mais sans les tuer toutefois. Nicolas aurait aussi raconté que quelque chose d'autre faisait partie de cette pierre. Une forme d'intelligence, de vie, différente de celle des hommes, mais qui la contrôlait. C'est un peu pour cela que les Archanges l'appelèrent St Michel. Pour eux, cette pierre est vivante et avait été créée pour contrôler les Dragons! Et crois-moi, si tu l'avais touchée comme moi, tu serais d'accord avec eux!
- Donc cette pierre serait vivante!
- Oui et bâtie spécifiquement pour lutter contre les Dragons et ainsi réparer l'erreur que les Djinns auraient faite avec eux!
- Hein? Mais c'est proprement incroyable! Cette pierre serait là, en quelque sorte pour nous protéger?
- Non, le but aurait été de la déposer sur la planète des Dragons pour inactiver toutes les technologies volées sans provoquer la mort des Dragons. Ils auraient ainsi réparé leurs erreurs tout en se conformant à leur code d'honneur qui était de ne détruire aucune race, ce qui aurait été le cas s'ils étaient intervenus militairement, ces Dragons étaient les uniques survivants de leur race.
- Mais ça n'a pas fonctionné exactement comme ils l'avaient prévu!
- Exact, mais la pierre, elle, semble toujours vouloir remplir sa mission!
- Ouiet…

Mais, quelle que soit la pensée de Zack, il ne put la formuler, car dehors, le tocsin sonnait… et cela signifiait une attaque probable.

Zarah s'empara de son sabre en diamant et de son bouclier alors que Zack, lui, courrait chercher les siens.

En un rien de temps, ils se retrouvèrent sur les remparts de la forteresse ou un des gardes leur indiquât une direction particulière. Là, un engin qui ressemblait à un planeur était en train de manœuvrer.

- Mon Dieu, dit Zack, des Sarkaïs qui arrivent de l'extérieur! BRANLE-BAS DE COMBAT, acheva-t-il.

Mais Zarah, elle, était plus circonspecte.

« Et si... » pensa-t-elle.

Le « et si » fut suffisamment puissant pour qu'elle prenne sa décision et ordonne à son fils d'organiser la défense du château, tandis qu'elle descendit du mur d'enceinte pour enfourcher un cheval.

- Envoie un homme avertir les Archanges! cria-t-elle, avant de s'engager sur le pont Lévis, qui venait juste d'être abaissé à sa demande.

Non, elle n'avait pas voulu le leur dire, mais son instinct, lié à ses facultés télépathiques naissantes, lui envoyait un autre message. Un message qui valait bien qu'elle prenne quelques risques... et puis le planeur avait vraiment un air trop familier.

Certes, la plaine devant le château était vaste et avait été justement choisie pour cela, mais cela était vrai aussi pour l'ennemi.

Il fallait qu'elle en ait le cœur net le plus vite possible! Si ce planeur était l'ennemi, il avait fort à parier que beaucoup d'autres allaient bientôt dégringoler du ciel... ou alors...

Zarah avait maintenant le cœur qui cognait à tout rompre dans sa poitrine comme elle approchait de l'engin posé non loin d'elle et qui venait de s'immobiliser.

Celui-ci avait une porte vers l'avant gauche et elle venait de s'ouvrir.

Un homme s'y encadra et sauta au sol!

Un homme qu'elle reconnut instantanément!

- EYTAN, hurla-t-elle!
- Soraya, répondit l'homme, en la prenant dans ses bras, que je suis heureux de te voir!
- Et moi donc! Je me demandais si vous alliez venir!
- Sommes- nous en retard?

- Non! Juste comme convenu! Mais l'angoisse de ne pas savoir... ce qui se passait... la guerre?
- Va très mal...mais nous avons eu quelques victoires qui nous donnent un certain espoir. Et toi, tu as pu entrer en contact avec les Archanges et localiser la pierre?
- Oui et ils sont prêts à collaborer avec nous.
- Alors tu vas devoir les avertir que nous sommes venus vous chercher.
- Et les Archanges? Je ne veux pas les abandonner.
- Et c'est hors de question. Déjà, par le passé, nous les avions abandonnés et nous ne ferons plus jamais cela, tu peux leur dire. Nous les prenons avec nous!
- Mais ils sont près de 300 000!
- J'ai 100 très gros navires avec moi et nous pourrions même en avoir plus si nécessaire!
- Et la guerre va mal?
- Oui, mais nous avons réussi à tuer Trojan, ce qui nous donne du répit.
- Tuer Trojan! Mon Dieu! C'était toi, hein?
- Oui, je l'ai eu. Il se cachait dans le système d'Hadès!
- Et tu as pu t'y rendre sans que personne ne t'intercepte?
- Oui, grâce à un vaisseau de bois!
- Mais comment en es-tu revenu?
- Le Bator est venu me récupérer, puis nous sommes venus ici pour vous prendre. Nous devons rejoindre l'Empereur qui va partir avec ce qui reste de l'humanité.
- Partir avec l'humanité? Mais mon Dieu, combien êtes-vous?
- Seulement deux milliards, hélas, c'est tout ce qui reste de l'humanité...sauf ceux qui sont dans les colonnes d'Hercule, un autre milliard, bien fortifiés.
- Et ...et où allez-vous ... allons-nous?
- Nous partons pour...NIRVA!

CHAPITRE 98: Home, sweet home

- *Alerte, hurla le haut-parleur, faisant, par la même occasion, sursauter le Général Wilburt Smith, chef du Haut Commandement Planétaire Intégré (HCPI).*
- *Mais que se passe-t-il? s'enquit-il au responsable de communication qui venait de lancer l'alerte.*
- *Un immense vaisseau spatial vient de sortir de l'hyperespace, pas loin de Mercure, mon Général.*
- *Pouvez-vous communiquer avec notre base là-bas?*
- *Nous sommes justement en communication avec eux! C'est eux qui viennent de nous avertir de l'arrivée de ce vaisseau géant!*
- *Géant? À quel point géant?*
- *Ils disent que ce navire à une envergure d'au moins 20 à 25 km. Ce n'est pas un navire, mais une montagne!*
- *Il est seul?*
- *Attendez, justement, je reçois une communication de notre base, ils ont un chasseur Eagle Space Guardian suffisamment prêt pour nous informer...il semble, que d'autres navires émergent de l'hyperespace derrière le premier ...un autre énorme... d'un kilomètre seulement celui-là ...et un troisième, beaucoup plus petit... on dirait presque un avion... et d'autres navires énormes encore... des...*

Mais le Général eut tout à coup une idée.
- *Demandez au pilote de l'Eagle s'il peut voir un nom sur le troisième navire!*
- *Le petit, mon Général?*
- *Oui, le petit.*
- *Je le demande mon Général... attendez... il dit qu'il à une caméra télescopique à bord...il le dirige sur le petit... oui, mon Général, il peut lire un nom.*
- *Et c'est?*
- *Heu... ce serait quelque chose comme ...NéMé ... NéMé quelque chose...*
- *NéMéSiS?*
- *Oui, mon Général, c'est ça, le pilote confirme, c'est bien NéMéSiS qui est écrit dessus!*

- *FANTASTIQUE, s'excita le Général, avertissez le pilote qu'il est peu probable qu'il s'agisse d'ennemi!*
- *Mais mon Général, qui sont-il alors?*
- *Nos frères, soldats, nos frères... qui reviennent à la maison!*

La nouvelle était évidemment incroyable et c'est pourquoi pratiquement tous ceux qui avaient un accès à un téléviseur et n'étaient pas en devoir s'y étaient littéralement collés!
Pensez-y!
Pour la première fois, de mémoire d'homme, des visiteurs en provenance de l'extérieur du système solaire arrivaient vers la Terre.
Les rumeurs les plus folles circulaient, relayées par toutes les radios et télés du monde ainsi que l'internet, bien sûr.
Des choses complètement folles se propageaient, comme la présence d'un navire de 25 km de long ou l'arrivée d'une flotte d'un million de navires!
Les autorités évidemment se voulaient rassurantes et réfutaient les thèses parlant d'invasion, mais restaient vagues quand aux objectifs réels des arrivants.
Cependant, ils avaient clairement mentionné que ceux-ci étaient humains.
Toutes ces informations avaient augmenté significativement l'angoisse collective, laquelle était naturellement amplifiée par tous les tenants des complots et autres annonciateurs de fins du monde et c'est pour cela que la soudaine disparition de toutes les émissions de télé, de toutes les stations partout dans le monde, provoqua un début de panique.
Mais cela ne dura pas et fut tout à coup remplacé par une image représentant le fameux dessin de Leonardo da Vinci sur les proportions de l'homme (Vitruvian Man). Et une voix « off » disait que l'Empereur de l'humanité allait parler aux peuples de la Terre.

Tout à coup, le dessin disparu, pour être remplacé par l'image d'une salle remplie de monde, dominé, au fond, par une estrade sur laquelle se trouvait deux trônes, un grand et un plus petit sur lesquels avaient pris place deux personnages, résolument humains, un homme et une femme, habillée de vêtements splendides et très protocolaires et sur les têtes desquels brillaient d'extraordinaires couronnes.

Malgré la présence de nombreuses personnes, le silence régnait dans l'assemblée.

Silence qui fut soudain rompu par le majestueux personnage assis sur le plus grand des deux trônes et qui s'adressa à tous ceux qui le regardaient à la télévision, quelle que soit la chaine syntonisée.

Et, chose des plus surprenantes, l'homme couronné s'adressa à tous les humains de la Terre en même temps… dans leurs propres langues!

- Habitant de la Terre, je vous salue! Je m'appelle Arthur et je suis l'Empereur de la race humaine, du moins de celle qui résidait loin d'ici. Maintenant, je reviens vers cette planète qui fut celle de nos origines, avec ce qui reste de mon peuple pour vous avertir du danger imminent qui guette la Terre et ses habitants. Sachez que j'arrive en paix, mais avec l'annonce de choses terribles à venir. Mon peuple sera là pour vous épauler et vous soutenir grâce à notre technologie. Dans quelques jours, toute notre flotte sera proche de la Terre, mais d'ici là, j'aurais poussé mon navire, le HMS Gaïa, pour qu'il arrive en premier pour me permettre de rencontrer vos dirigeants et m'entretenir avec eux de ces choses graves qui concernent l'avenir de l'humanité. Je donne donc rendez-vous à TOUS les dirigeants de la terre, Roi, ou Président, Premier ministres ou Dictateurs, au palais des Nations Unies à New York, dans trois jours.

  J'y serai, dirigeant de ce monde, soyez-y aussi et assurez-vous, que nous puissions parler en TOUTE DISCRÉTION, avant que vous ne fassiez part de mon message à tous vos peuples respectifs!

L'homme qui c'était proclamé Empereur se tu et la communication fût coupée!

CHAPITRE 99: Quand il est question d'apocalypse

SUJET :   *FICHE TECHNIQUE : Projet Apocalypse*

Description générale :

Le projet Apocalypse est un sous-produit du projet « Méphisto ». C'est une bombe auto reproductrice, capable de se noyer dans la couronne d'un soleil et de s'y multiplier en utilisant l'énergie et les jets de matière de son hôte. Quand une masse critique de bombes est atteinte, généralement en quelques mois, vu l'abondance de matière disponible, elles se synchronisent toutes ensemble et envoient un rayon au cœur du soleil, ce qui a pour effet de changer une partie du cœur solaire en… antimatière, ce qui transforme très rapidement son soleil en… supernova!

Contrainte :

Doit être larguée extrêmement proche de la couronne solaire et nécessite donc des vaisseaux poseurs de mines spécialisées.

Déploiement :

Il est recommandé que quelques dizaines de mines soient posées sur une orbite solaire stable pour s'assurer que la défaillance de certaines unités ne compromette pas le projet en entier.

Dreck.
Dreck Reivax.
Tel était son nom.
Il était Général.
Un Général de renom.
Un Général de légende.
Le seul qui avait survécu assez longtemps pour servir trois Empereurs.
L'Empereur Simon

L'Impératrice Caroline
Et maintenant, l'Empereur Arthur!
C'est pour cela que c'était à lui de faire ce travail.
Ce travail effroyable.
Nul autre que l'Empereur Arthur et son oncle Eytan ne savaient.
Nul autre ne devrait savoir.
Parce que ce qu'il s'apprêtait à faire, c'était le génocide de l'humanité!
Ou du moins, pourrait être le génocide l'humanité.

- Arthur, ne faisons pas cela, avait-il dit à son Empereur, nous ne sommes pas assez certains des conséquences!
- Nous n'en avons pas le choix, Dreck, avait répondu Arthur, si nous ne le faisons pas, les flottes démoniaques ne seront pas détruites, or il est impératif qu'elles le soient, sinon l'humanité ne pourra jamais dormir en paix, où qu'elle soit!
- Mais le Graal sera si loin qu'ils ne pourront pas l'atteindre!
- Dreck répondit avec autorité, Arthur, si nous avons la possibilité d'y aller, alors, eux aussi, tôt ou tard, l'auront et alors la guerre recommencera!
- Mais le prix est immense!
- Le prix de ne pas le faire le sera encore plus… et tu sais que de toute façon, ils sont condamnés!
- Mais pas par moi!
- Non, mais ton action leur donnera quand même une petite chance!
- Nous ne sommes pas sûrs de cela Arthur! Nous n'avons que des présomptions! Le futur n'est pas certain et le passé l'est encore moins! C'est un domaine que nous ne connaissons pas!
- Mais si on ne le fait pas, l'extinction de l'humanité, elle, est certaine!
- Peut-être pas!
- Mais si et tu le sais! Tout comme mon grand-père Simon le savait lui aussi quand il a conçu ce plan!

Qu'y avait-il à dire quand trois Empereurs, qu'il avait aimés et respectés, pensaient que c'était la seule solution…même si elle pouvait s'avérer monstrueuse…ou pas?

Alors, il était là, dans son petit navire poseur de mines, le HMS Assassin, dernier navire à avoir émergé de l'hyperespace avec l'immense flotte des survivants qui se dirigeaient vers la terre.

Lui, il ne s'était pas dirigé vers la terre!

Non, il était resté sur une orbite proche du soleil et seul!

Pour que personne ne puisse intervenir et l'empêcher de mouiller ses mines de type Apocalypse, autour du soleil de Nirva…du soleil de la terre des hommes!

« Dieu tout puissant, faites que nous ne nous soyons pas trompés! Ne faites pas de moi le fossoyeur de l'humanité! », supplia-t-il silencieusement un Dieu auquel, de toute façon, il ne croyait pas.

CHAPITRE 100 : Nirva

S'élevant sur la rive est de l'île de Manhattan, au bord de l'East River, le Siège de l'Organisation des Nations Unies à New York, est à la fois un symbole de paix et un signe d'espoir.

Dans cet espace de 7 hectares, les représentants des sept milliards d'habitants qui peuplent la planète terre se retrouvent pour tenir des débats et prendre des décisions sur les questions de paix, de justice et de bien-être matériel et social.

C'est pourquoi c'était aussi le lieu le plus logique pour une prise de contact entre l'Empereur Arthur et les peuples de la Terre.

Son immense navire était maintenant en orbite autour de la Terre et parfaitement visible à l'œil nu par tous, mais c'est dans une modeste navette qu'il survola New York et le Siège des Nations Unies où l'attendaient des milliers de reporters qui campaient littéralement devant.

La navette atterrit devant le siège des Nations unies sur la Première avenue, évidemment dégagée par la police et protégée par des barrières de sécurité destinées à contenir la foule très nombreuse ce jour-là.

Police, qui eut quand même fort à faire pour empêcher les plus excités des spectateurs, de sauter par-dessus celles-ci pour s'approcher de la navette.

Puis la porte s'ouvrit et tous retinrent leur souffle!

Un homme en sortit en premier, avec une femme à son bras.

Ils portaient tous les deux une couronne sertie de pierres énormes dont les éclats en attestaient clairement leurs origines diamantaires.

- *Mon Dieu, s'écria une jeune reporter de CNN, il a l'air si jeune…*
- *Et si perturbé! compléta un collègue masculin, beaucoup plus âgé qu'elle, pour qui l'âme humaine n'avait plus de secret depuis longtemps.*

Mais tous durent retenir leurs commentaires alors que suivant leur Empereur, un groupe d'autres personnages sortaient, chacun représentant une des races de l'empire.

Un groupe portant haut et fort des écailles en lieu et place de la peau ou des couleurs de peau aussi variées que le bleu et le rouge.

Ils étaient clairement humains, cela se voyait distinctement sur leur visage expressif et la forme générale de leur corps.
Mais là s'arrêtait la comparaison et ceux qui avaient toujours un vague doute sur la véritable provenance des visiteurs, furent confondus.
Des humains certes, mais pas d'ici, ça c'était on ne peut plus clair!
Mais déjà les visiteurs s'engouffraient dans l'entrée du bâtiment de l'ONU alors que la navette, elle, redécollait.
Une rencontre brève, mais comme le disait en direct un reporter, une rencontre de premier type qui venait une fois pour toutes, de changer ce qu'était l'humanité.
Une humanité incroyablement plus diversifiée que ce que tous étaient habitués de voir!
Du coup, le voisin qui pourtant, la veille, était l'archétype de la différence, sembla être tout au plus un cousin ou même un frère.
Après tout, il n'avait que le teint un peu bronzé… et encore, pas beaucoup!!!

- J'y vais! avait décidé le président français.
- Mais, Monsieur le président, avait rétorqué son chef de cabinet, cela peut s'avérer dangereux! Tous les chefs d'État du monde au même endroit! Quel carton pour les visiteurs!
- Vraiment? Vous avez vu son vaisseau? Et vous pensez qu'avec un engin pareil il pourrait être effrayé par nos Rafales?
- Heu…
- Je ne manquerai cela pour rien au monde! Mais nous prendrons nos précautions, évidemment! Et je transmettrai tous mes pouvoirs avant d'y aller et vous vous assurerez qu'en tout temps je sois surveillé par nos services spéciaux… je suppose que les Américains ne s'y opposeront pas, pas plus que le Secrétaire général des Nations Unies!

Évidemment, une telle décision fut un déclencheur et comme le dit alors le président américain,
- Si le président français y va, moi aussi!
Et tout le monde suivit… Ce qui provoqua un incroyable embouteillage de… services secrets à New York!

Bref, la salle de l'Assemblée générale des Nations Unies au Siège de New York était tellement pleine, ce jour-là, que certains délégués durent même s'asseoir dans les travées.

La première personne à prendre la parole devant l'illustre assemblée fut un certain John McCain.

-   Je vous salue, gens de la Terre, commença-t-il, je me présente, Général John McCain. Je suis au service de l'Empereur Arthur, mais, contrairement aux autres personnes venues avec nous, à une exception près, du Gaïa, notre très gros navire en orbite autour de la Terre, moi je suis Terrien et même ex-colonel de l'US Air Force des États-Unis d'Amérique et ai même servi mon pays durant la guerre du Viêtnam!
    Je n'ai gagné l'empire qu'il n'y a que quelques années, avec deux autres personnes, Loïc McConnell et Audrée Vauldegarde et cela 20 après l'arrivée dans l'Empire de trois autres terriens, Pierre Sheine, Michelle Evanis et le professeur André Vauldegarde.
    Dans l'Empire nous sommes appelés les Envoyés, car de très vieilles prédictions ont abondamment mentionné nos arrivées en ces temps extrêmement troublés pour l'Empire.
    Je suis revenu, de même que madame Vauldegarde, pour servir d'intermédiaire entre vous les Terriens et les gens de l'Empire, pour aplanir le plus possible les problèmes de compréhensions entre nous, car, hélas, nous n'avons pas beaucoup de temps devant nous.
    Alors je vais laisser Sa Majesté l'Empereur s'adresser à vous pour vous mettre au courant des choses terribles à venir, mais aussi vous poser la question la plus fondamentale de toutes : L'humanité vaut-elle la peine d'être sauvée?

Un silence de mort succéda à la question du Général et on entendit même les pas d'Arthur qui montait sur le podium malgré la présence d'une foule aussi nombreuse.

-   Gens de la Terre, commença-t-il comme son Général, si je vous ai tous appelés ici à New York, dans cette salle, oh combien symbolique, c'est pour vous entretenir de choses graves à venir et de voir avec vous ce qu'il convient de faire.

Là-bas, dans les replis de l'espace, quatre chevaliers de l'apocalypse se préparent à donner l'assaut final contre l'humanité.

Déjà plus de 98% des nôtres sont morts et pratiquement tous nos mondes sont maintenant entre leurs mains.

Seuls survivent dans les colonnes d'Hercule, un petit nombre d'humains, qui sont là et qui attendent!

Ils sont pratiquement inexpugnables dans leur forteresse où ils attendront le message de se mettre en route pour libérer nos mondes grâce à une formidable flotte de guerre qui les attendra…peut-être, si … notre plan fonctionne!

Cette flotte de guerre devra être construite ici, sur Terre, pour être disponible, quand le temps aura fait son œuvre, à nos forces dans les colonnes.

Frères humains, bien avant notre arrivée, vous avez été avisé de la guerre en cour dans l'empire et de l'inéluctabilité de l'arrivée des Démons ici.

Beaucoup de nos technologies vous ont été remises directement par le NéMéSiS lors de son départ avec les envoyés Loïc McConnell, John McCain et Audrée Vauldegarde. Vous savez donc!

Vous êtes le dernier rempart de l'humanité contre les quatre chevaliers.

Mais ne vous y trompez pas, ce dont on parlera n'est pas seulement de la défense de la Terre, mais aussi de la place de l'humanité dans l'Univers!

Oui, voilà la question fondamentale : « y a-t-il une place pour l'humanité dans l'univers? », car à quoi servirait-il de la sauver si celle-ci, comme après la Seconde Guerre mondiale, recommençait et recommençait encore et encore, les mêmes erreurs?

Sachez que l'Univers n'est pas un endroit facile à vivre et qu'il est même d'une violence extrême dans ses manifestations courantes.

Des soleils explosent et tuent les habitants des planètes gravitant autour d'elles, des trous noirs avalent des civilisations entières et des galaxies entrent en collision, des planètes sont soit rôties par un soleil trop chaud ou gelé par un soleil trop froid, des géocroiseurs percutent des mondes et effacent toutes vies…

La liste des violences de l'univers est longue!

Alors pour pouvoir survivre, la vie évoluée doit absolument éviter de devenir elle-même facteur d'extinction.

Hélas, ce n'est pas toujours le cas.

Et loin de moi l'idée de vous faire la leçon!

Nous sommes comme vous et je peux vous garantir que si nous n'avions pas été divisés, les démons, nos ennemis, ne nous auraient pas vaincus.

Mais nous l'étions, à cause de nos démons intérieurs, les mêmes qui vous hantent aussi et qu'on appelle racisme, avidité, soif de pouvoir…une liste malheureusement aussi très longue!

Mais laissez-moi tout d'abord me présenter, car beaucoup m'ont regardé et trouvé bien jeune pour exercer des fonctions aussi lourdes!

Je m'appelle Arthur et je suis le fils de l'Impératrice Caroline et de l'Envoyé Loïc, je suis donc à moitié terrien et vous avez raison de me trouver plutôt jeune.

J'ai 3 ans!

Oui, trois ans.

Pas des années d'Oulan Bator, notre capitale, mais des années de la Terre.

Il y trois ans, je suis né du corps mort de ma mère devant celui, mourant de mon père.

J'ai été élevé par un vaisseau spatial, le NéMéSiS, un navire intelligent qui a veillé sur moi, même si je le haïssais!

Mais la guerre a ses contraintes et mon développement a été accéléré d'une façon que vous ne pouvez même pas imaginer.

Les humains n'avaient pas le temps de laisser un enfant grandir, ils avaient trop besoin d'un Empereur, alors pour moi, les mois furent des années, sans que je ne m'en rendre compte!

Comme mes parents étaient de formidable télépathe, j'ai hérité d'eux ce don et vécu l'enfer des souffrances de mon peuple que l'on amenait à l'abattoir comme de vulgaires poulets. Nous étions 150 milliards et n'en sommes plus que 3 maintenant!

J'ai 20 ans!
Et été terriblement perturbé par une sexualité que je ne comprends pas.
Alors je me suis fabriqué des femmes, oui des femmes, comme je les voulais, soumissent à tous mes fantasmes. Des clones, que je ne croyais pas humains.
Mais mes compatriotes me l'ont dit que même si nos principes ne nous survivaient pas, cela n'était pas acceptable et ils me les ont enlevées!
Sauf une, qui avait su trouver le chemin de mon cœur si seul et si triste.
Elle est ma reine et est à mes côtés devant vous.

J'ai 100 ans!
Oui, 100 ans, car j'ai trafiqué le NéMéSiS, mon seul compagnon à l'époqueet ai accédé à ses mémoires qui contenaient les personnalités virtuelles de tous ceux qui avaient séjourné à son bord.
Et j'ai copié celles-ci directement en moi.
Maintenant, ma mère vit en moi et je n'ai plus 20 ans, du moins mentalement.
Mon père côtoie ma mère maintenant, en moi et leur grand amour qui me perturbait tellement me réconforte maintenant!
Et puis que de dialogues enrichissants n'ai-je pas avec mes grands-parents et même un très grand savant.

J'ai mille ans!
J'ai mille ans, car je suis un formidable télépathe et je sens l'humanité!
Des milliers, non des millions de gens, me renseignent et me montrent la richesse inouïe de cette civilisation!
La Terre n'est pas une simple planète, c'est un univers monde riche d'un passé phénoménal!

Et que dire de cette formidable création, de l'art, de la musique, même de cette formidable diversité de formes de vies, de langues, de cultures et même de cuisine qu'abrite ce monde. La Terre est un joyau qu'il faut préserver, pour l'humanité, bien sûr, mais aussi pour l'univers et les autres races qui le peuplent!

Malheureusement, tout sur cette planète n'est pas idyllique! Dans cette même salle, je sens ceux et il y en a beaucoup, qui ont du sang sur les mains!

Et je vis aussi les innombrables meurtres survenus durant l'histoire de la Terre.

Tant de sang versé qu'il pourrait remplir un océan!

Oui, si vous voyez que parfois mon visage est perturbé, c'est parce que malgré mon jeune âge, je suis multiple et ressens dans ma chair les souffrances de l'humanité!

Certains diront que c'est pour cela que le Grand Architecte de l'Univers a créé de tels gouffres entre les mondes, pour donner du temps aux races de sortir de cette grande cruauté primitive et d'évoluer vers un âge de collaboration au fur et à mesure que leurs sciences avancent et permettent de vaincre les gouffres immenses qui les séparent des autres grandes civilisations de l'Univers.

Mais la race humaine, hélas, malgré toute sa science, à jusqu'à présent, échoué!

Les démons qui nous massacrent sont en quelque sorte la réponse de l'univers, même si eux aussi finiront par rencontrer d'autres races qui risquent de les traiter de la même façon.

J'ai 100 000 ans!

L'humanité doit-elle survivre?

Oui, mais seulement si elle évolue!

Je suis un télépathe et la télépathie est la voie, car elle seule permettra de relier enfin les individus et les races et permettra aux savoirs durement acquis par toutes ces guerres de ne plus être remis en question par les générations suivantes.

Le savoir, la compréhension, la compassion, deviendront alors quelque chose qui vivra en chacun de nous et sera partagé par tous.

Rassurez-vous, tout comme un ordinateur n'est pas forcément connecté à l'internet tout le temps, les vies de chacun sont uniques, privées et le resteront.

Si vous adhérez ou simplement prêt à essayer, avec nous, de devenir meilleurs et de mériter cet univers, alors nous pouvons nous battre ensemble contre les hordes démoniaques qui ne vont pas tarder à arriver, tel un gigantesque tsunami venu de l'espace.

Nous vous montrerons comment obliger les Démons à descendre sur terre et à se battre à main nue avec vous, car leurs armes fonderont comme neige au soleil.

Et nous construirons, dans les entrailles de la Terre, de formidables usines automatiques qui fabriqueront les dizaines de milliers de croiseurs, les croiseurs de la victoire, qui, un jour, nous libéreront des Démons!

Mais ne vous y trompez pas, l'ennemi est très puissant et souvent le résultat de nos propres erreurs.

Le premier chevalier chevauche un Cheval noir et vendit son âme humaine au diable en signant un traité avec les Démons, le « Traité d'indignité ».

Maintenant, il n'est plus humain et veut laver sa forfaiture dans votre sang.

Pour cela il empruntera parfois vos traits pour vous nuire!

Il sera l'essentiel des troupes de l'ennemi.

On l'appelle Sarkaïs et n'a que haine envers vous!

Mais sachez aussi que certains d'entre eux ont refusé de servir l'ennemi et se sont rebellés.

Ceux-là ont conservé fièrement leur vrai nom, Archange et sont venus avec nous vous remettre leur protecteur, St-Michel, qui leur a permis d'échapper pendant fort longtemps aux démons.

- *Le second chevalier chevauche un cheval pâle* et sa mission est de perturber vos serviteurs les plus dévoués, vos ordinateurs.
C'est lui qui construisit l'énorme prison faite de missiles qui nous enfermaient et nous livraient pied et point lié à nos ennemis.

Lui aussi est fils de la Terre, car il fut fabriqué ici et sa terrible volonté de destruction lui fut inculquée par vous, au court de ce que vous appeliez la guerre froide!
Profondément enfui en lui gisait la volonté de vous détruire, car il était une arme de destruction massive!
Malgré son émergence à la conscience, jamais il ne fut capable de se défaire de cette programmation de base.
Une fois de plus c'est vos propres fautes qui firent de lui un de nos plus dangereux ennemis.
Ne vous y trompez pas, même s'il est mort maintenant, ses actions nous on conduit à cette situation de quasi défaite!

- *Le troisième chevalier, chevauche un cheval roux* et est fils de la Terre lui aussi!
Il en fût exclu quand il goûta à la chair humaine et s'y habitua.

C'est le Dragon de vos mythes et légendes!

Il fut défait par de courageux chevaliers au cours d'une grande croisade du

Moyen-âge, qui vit pour la première fois l'alliance de toutes les races de la Terre pour défaire le mal incarné qu'ils étaient déjà à cette époque.

Malencontreusement, cette fantastique croisade fut oubliée de tous!

Mais certaines de ses viles créatures furent sauvées par de bonnes âmes écologistes mal avisées, qui ne comprirent pas, à temps, que toute vie ne doit pas nécessairement être sauvée, surtout si elle est maléfique.

Maintenant ils sont de retour avec le projet de vous exterminer.

Du moins la majorité d'entre vous.

Et pour ceux qui survivront, ce sera pire encore, ils deviendront viande sur pattes, que les Dragons prendront plaisir à chasser!

Le quatrième chevalier, chevauche un cheval blanc et n'est pas humain, mais, sachez-le, il viendra sur Terre pour vous terroriser et vous l'appellerez loup-garou, car sa force est immense et sa gueule est celle du loup.

Déjà, il a trompé les hommes en leur parlant d'amour de leur pays, des droits de l'homme et de démocratie! Il est noir comme la nuit et les hommes, à cause de son cheval blanc, n'ont pas su le reconnaitre.

Il est ce que vous appelez l'antéchrist!

Lui aussi hait les hommes, car il fut incapable, encore plus que les humains, de construire une société juste.

Chez lui, ceux qui s'appellent les parfaits, ont réduit à l'esclavage leur propre peuple!

Les Parfaits! Ils passèrent le plus clair de leur temps en vaines luttes internes, puis quand ils constatèrent que pendant qu'ils s'entretuaient entre eux, les humains, eux s'étaient emparés des plus belles planètes, ils les accusèrent de déloyauté, alors que la faute était la leur!

Il est tellement plus facile d'accuser les autres que de reconnaître ses propres erreurs!

Mais, là non plus, ne vous y trompez pas!

Les Fils de Razakel, comme ils se nomment, ne sont pas stupides et ils savent très bien que s'ils laissent, ne fus que quelques-uns d'entre nous s'échapper, ils auront une épée de Damoclès au-dessus de la tête et que quelque part dans le futur, quelqu'un viendra leur demander des comptes.

Pour eux, point de haine profonde de l'humanité!

Ils auraient même pu être des amis s'ils ne s'étaient pas engagés dans cette logique fausse qui fait croire que seuls les plus forts survivront dans l'univers!

Non, je ne vous promets pas un jardin de roses, mais si vous êtes prêts, peut-être que la race humaine survivra, car je viens avec un plan, un plan fantastique, un plan imaginé par mon grand-père, l'Empereur Simon, qui avait vu les choses arriver.

Oui, frères humains, nous avons un plan, un plan terrible, mais un plan qui permettra peut-être à l'humanité de survivre… si cette fois-ci elle est unie et qu'elle a enfin appris sa leçon, sinon d'autres viendront pour finir le travail commencé par les démons!

Le choix est vôtre!

LONGUE VIE À L'HUMANITÉ, cria l'Empereur.

LONGUE VIE À L'HUMANITÉ, lui répondit la foule des dignitaires.

CHAPITRE 101 : Repositionnement

- *Majesté, la fin est proche! Les humains ont quitté l'empire! Que Moloch soit loué, vous avez réussi!*
- *Doucement, Amiral! Doucement! D'abord ils sont toujours fortement présents dans les Colonnes d'Hercule et semblent indélogeables!*
- *C'est vrai, Majesté, mais ils y sont encerclés et même si les en déloger s'avère problématique, la question peut être remise à plus tard, car pour le moment, ils y sont confinés et ne représentent donc pas une menace!!*
- *Vraiment Amiral Magoa? Nous avons déjà eu ce genre de discussion! Les humains sont partis très certainement pour Nirva où ils espèrent construire une flotte de Galaxie pour venir nous attaquer plus tard.*
- *Ça va leur prendre beaucoup de temps et d'ici là, nous aurons notre nouvelle flotte et aurons certainement trouvé leur fameuse Nirva. Nous les y détruirons, voilà tout! Vous pouvez d'ores et déjà vous féliciter de votre victoire!*
- *Une fois de plus, vous sous-estimez l'ennemi! Ils sont redoutables!*
- *Mais très loin de nous maintenant et donc incapables de nous attaquer!*

La dernière remarque de son Amiral provoqua tout à coup un malaise chez Ra Tamura. Son amiral le remarqua et ne put s'empêcher de lui poser la question.
- *Majesté? Ai-je dit quelque chose qui vous indispose?*
- *D'une certaine manière, Magoa, d'une certaine manière! Je sais ce que va faire Arthur... c'est ce que je ferais moi-même!*
- *Et ce serait quoi, Majesté?*
- *Nous attaquer, maintenant que son peuple est en sûreté, du moins pour un certain temps!*
- *J'en doute, Majesté, sa flotte n'est pas en mesure de nous vaincre!*
- *Oui, mais cela lui ferait gagner du temps! Amiral, prévenez l'état-major, nous allons quitter Ashara, pour nous installer dans les grottes souterraines de Nanamura! Et prévenez aussi la population de les gagner aussi.*
- *Les grottes sont certes nombreuses, Majesté, mais déjà en grande partie occupée par nos usines de guerre... telles que vous l'aviez demandé!*

- *Mais il reste assez de place pour notre population. Sans eux, les usines ne pourront pas fonctionner!*
- *Mais elles ne sont pas toutes dans les grottes! Ne devrions-nous pas penser d'abord aux usines avant le petit peuple?*
- *Non.*
- *Et pour Ashara?*

Ra Tamura marqua une pause avant de répondre.
- *Non, ne dites rien! Si les humains n'attaquent pas, cela n'aura donc aucune conséquence. Par contre, s'ils attaquent, ils concentreront leurs forces sur Ashara, ce qui aura pour effet de les détourner de Nanamura qui est notre principale base industrielle et de me débarrasser une fois pour toutes de ses encombrants seigneurs du premier cercle, qui passent leur vie à comploter contre leur Grand Khan!*

Certes, Magoa en avait vu pas mal de coups tordus dans sa vie et n'était certainement pas un tendre, mais les dernières paroles de Ra Tamura le firent quand même frissonner!

- Eytan, quelle joie de te voir!
- Pour moi aussi, Majesté!
- Eytan! Tu es mon oncle… et il n'y a personne qui nous voit.
- D'accord, Arthur! Tu m'as fait demander?
- Oui! Que penses-tu de nos hôtes?
- Les terriens? Je crois qu'ils ne mesurent pas encore bien l'étendue de la menace qui pèse sur eux.
- Ils ne nous croient pas?
- Si, mais tu dois comprendre qu'il y à peine quelque mois, ils ne savaient même pas que la vie intelligente existait en dehors du système solaire et maintenant ils le savent, mais apprennent en même temps que cette même vie en veut à la leur!
- Oui…et nous n'avons plus beaucoup de temps devant nous! Il est inévitable que les Démons découvrent où nous sommes et viennent en force ici.
- Et nous ne sommes pas prêts!
- C'est exact! C'est pour cela que j'ai pris un certain nombre de décisions pour nous acheter du temps.
- Et quelles sont-elles?

- La première décision sera, pour moi de... te nommer Empereur!
- Hein? Mais pourquoi veux-tu abdiquer? Je ne t'en veux pas d'avoir été intronisé, j'étais considéré comme mort et tu es le fils légitime de Caroline, ma sœur!
- Parce que ce monde est notre unique espoir de vaincre les démons et il a besoin de temps!
- Mais en quoi ton abdication leur en donnera-t-il?
- Parce que je n'ai pas l'intention de rester ici et voir notre flotte de guerre, qui est quand même encore redoutable, se couvrir de poussière. Je veux que tu te charges de notre peuple ici sur la terre et guide les autres humains de ce monde pendant que moi j'irai attaquer les Démons sans à avoir à vous protéger!
- Mais si tu retournes là-bas, les chances seront grandes que tu ne puisses jamais revenir!
- C'est pour cela que je veux abdiquer en ta faveur! Tu connais les plans de grand-père Simon et tu seras accepté par tous ici alors que moi je sèmerai la destruction chez les Démons.
- Mais tu ne pourras pas les vaincre! C'est impossible, ils sont trop nombreux!
- C'est exact, mais nous savons, grâce aux Archanges, où sont situées les planètes importantes des Razakels et je veux les frapper le plus fort possible pour diminuer autant que possible leurs potentiels militaires.
- Mais si tu les attaques directement dans leurs systèmes solaires, même avec le Gaïa et le Bator, tu n'y survivras pas!
- Ça je le sais, mais je vais leur infliger de tels dégâts qu'ils ne seront pas en mesure d'attaquer la Terre avant quelques années, ce qui devrait vous permettre de vous préparer pour leur arrivée.
- ARTHUR, NON!
- Eytan, ma décision est prise... et tu sais que la seule chose qui compte, c'est la survie de l'Humanité! De plus j'ai une autre mission à te confier.
- Qui est?
- Il y a un grand nombre de gens importants de la terre qui sont venus me rencontrer et me faire savoir qu'ils aimeraient participer à la défense des Colonnes d'Hercules. Même le Général John McCain est venu plaider cette cause. Et il veut

retourner là-bas! À propos, tu sais qu'il vient aussi d'épouser Audrée Vauldegarde?
- Oui!
- Bien, trêve de digression, McCain me confirme qu'une armée de volontaires terriens composée de soldats de toutes les races de la Terre serait prête à épauler nos gens dans les Colonnes. Qu'en penses-tu?
- Oui, j'en ai entendu parler! Une armée de 50 000 hommes. Je n'en pense que du bien, car dans les Colonnes il y aura beaucoup de combats hommes à hommes ou plutôt hommes à Démons et le renfort d'une armée de soldats aguerris ne peut qu'être le bienvenu!
- Bien, alors je ne prendrai avec moi que la moitié de la flotte et sitôt notre départ effectué, tu feras embarquer cette armée, commandée par le Général McCain, sur ce qui reste de notre flotte et tu les enverras vers les Colonnes. Mon attaque des systèmes des Dragons devrait créer suffisamment de remous pour qu'ils puissent gagner en toute quiétude leur destination. De plus, les navires militaires qui les transporteront pourront aussi les aider à organiser la défense des Colonnes d'Hercule, sous le commandement de McCain. Mais ce n'est pas tout. Je ne vais partir qu'avec la moitié des vaisseaux de guerre et l'autre moitié allant dans les Colonnes, il reste un nombre considérable de navires civils, vides maintenant, ou avec un équipage réduit.
- C'est vrai. Ils ne sont pas vraiment utiles pour la défense de la Terre!
- Exact. Alors je veux que tu les fasses descendre sur Terre et immerger dans les océans de la planète, à une profondeur de 2000 mètres au moins et ce d'une façon qu'ils soient récupérables plus tard.
- Tu veux qu'ils échappent à la destruction par la pierre de Nicolas?
- Exactement, à cette profondeur, la pierre n'agit plus! Ils seraient donc disponibles si le besoin s'en faisait sentir.
- Parfait! Alors sitôt après ton départ, j'organiserai cela. Mon neveu, ce que tu fais est héroïque! L'histoire se souviendra de toi.
- Si et seulement si, nous avons toujours une histoire!

Eytan ne trouva plus rien à redire et prit son neveu dans ses bras. Non, il n'avait plus rien à dire, mais ne put s'empêcher de laisser couler ses larmes!

CHAPITRE 102 : Casse planète

Le Casse planète est une vision apocalyptique de ce que des gens ayant des visées terroristes et suicidaires, pourraient faire avec un vaisseau spatial! Tout le monde connaît le principe de fonctionnement des navires spatiaux moderne.

Le navire se rapproche le plus possible d'un soleil, où il change son état de matière en antimatière, avec pour résultat, une poussée proportionnelle à la masse du soleil.

Alors quand un navire, ainsi propulsé, atteint une vitesse proche de celle de la lumière, il tombe dans l'hyperespace tout en continuant d'être poussé par le soleil de départ et atteindre, alors, des vitesses de plusieurs fois celle de la lumière, du moins en apparence, car des phénomènes temporels interviennent aussi.

Mais ici, ce qui est important, c'est de voir que le navire en question est de l'antimatière en grande quantité!

Or, quand de la matière et de l'antimatière entre en collision, il en résulte un anéantissement complet autant de la matière que de l'antimatière avec un dégagement phénoménal d'énergie qui suit la très fameuse équation d'Eisenstein, $E = MC^2$.

Supposons maintenant que des terroristes souhaitent attaquer un monde peuplé.

Ils leur suffiraient, théoriquement, de prendre un navire spatial, de lui faire faire un changement de matière à antimatière au large d'un soleil, puis, au lieu de maintenir cet état d'antimatière et juste avant de plonger dans l'hyperespace, de redevenir matière et de se diriger vers la planète cible, à une vitesse extrêmement élevée.

Alors, juste avant d'atteindre cette planète, ils pourraient rechanger leur état de matière en antimatière une nouvelle fois et de plonger vers celle-ci. La vitesse du navire serait alors telle que la masse de la planète serait insuffisante pour le repousser et il en résulterait une fusion des milliers de tonnes d'antimatière du navire avec la matière de la planète, ce qui provoquerait une explosion phénoménale qui anéantirait toute vie sur ce monde!

Et si nous avions un très gros navire, le monde attaqué pourrait même éclater, un peu comme une orange qui aurait reçu une balle de révolver!

Naturellement, ce scénario appelé Casse planète, est théorique, mais ce type d'attaque, est considéré comme suffisamment crédible pour avoir forcé La Garde à mettre en place des stations spatiales défensives capables de détruire tout navire qui voudrait faire cette manœuvre, bien avant qu'il n'atteigne un monde de l'empire!

L'espace pour les nuls,
Par Raoul Sorak,
Éditions Je sais tout, Oulan Bator.

- À vous tous, mes chers soldats, vous qui avez été toujours d'une fidélité sans reproche, à la race humaine, ses institutions et son Empereur, sachez que ce que vous allez faire permettra à nos frères sur Nirva de se préparer et de sauver ultimement notre race.
  Votre sacrifice ne sera pas en vain, car il permettra de porter un coup majeur à nos ennemis.
  Non, votre sacrifice ne sera pas vain, ça je vous le promets, car même si tous vous savez qu'elle sera le résultat de cette bataille, vous mourrez les armes à la main dans l'honneur et la gloire pour vous assurez que la race humaine ait un avenir!
  GARDES, l'ennemi est devant nous!
  Moi, votre Empereur, je vais détruire Ashara et vous ferez de même avec Nanamura! Et pour que tous vous n'oubliiez pas pourquoi vous faites cela, une magnifique chanson de Nirva sera jouée dans tous nos vaisseaux.
  Elle parle des grandes fêtes sur Nirva.
  Des grandes fêtes qui auront lieu encore là-bas, quand la guerre sera terminée, en grande partie grâce au sacrifice que vous allez faire aujourd'hui!

  GLOIRE À VOUS SOLDATS DE LA GARDE ET QUE LE GRAND ARCHITECTE DE L'UNIVERS VOUS BÉNISSE!

[12]So this is Christmas
And what have you done?
Another year over
And a new one just begun

La flotte d'Arthur émerge de l'hyperespace, en pleine espace Razakel

And so this is Christmas
I hope you have fun
The near and the dear one
The old and the young

Une immense flotte ennemie les attendait!

A very merry Christmas
And a happy New Year
Let's hope it's a good one
Without any fear

Le Gaïa et le Bator se dirigent vers Ashara et les autres navires vers Nanamura.
And so this is Christmas
For weak and for strong
For rich and the poor ones
The world is so wrong

La bataille est d'une violence inouïe, mais les humains avancent malgré leurs pertes, ce qui déconcerte les Razakel, qui ont de la difficulté à comprendre l'objectif des humains, qui ne sont normalement pas si téméraires.
Ils ne comprennent pas que les humains n'ont pas l'intention de s'enfuir cette fois-ci

---

[12] John Lennon - Happy Christmas (War Is Over)

And so happy Christmas
For black and for white
For yellow and red ones
Let's stop all the fight

Le Bator et le Gaïa se battent côte à côte et font une percée dans les rangs ennemis.

A very merry Christmas
And a happy New Year
Let's hope it's a good one
Without any fear

Beaucoup de navires humains éclatent sous le feu nourri des Razakels, mais ils continuent et s'approchent de Nanamura.

And so this is Christmas
And what have we done?
Another year over
And a new one just begun

Le Bator est touché gravement. Il se connecte au Gaïa.
-    Ce fut un honneur de mourir pour vous, mon Empereur, dit le Bator à Arthur.
Puis, il éclata.

And so this is Christmas
I hope you have fun
The near and the dear one
The old and the young

Un petit groupe de Galaxie et de plus petits croiseurs arrivent devant Nanamura.
Ils lancent un très grand nombre de missiles à antimatière.

Toute vie disparait, à la surface de Nanamura.

A very merry Christmas
And a happy New Year
Let's hope it's a good one
Without any fear

Le Gaïa arrive lui aussi devant son objectif, Ashara.
Mais il est mal en point.
- ALLEZ POURRIR EN ENFER, crie l'Empereur.
Et il fait plonger le Gaïa sur Ashara, tout en le changeant en antimatière.

War is over over
If you want it
War is over
Now

ET LA PLANÈTE ÉCLATA!

ÉPILOGUE

- Nicholas! Quel plaisir de te voir!
- Il en va de même pour moi, mon cher Robert!
- Et tu ne viens pas les mains vides!
- Un COGNAC NAPOLÉON « Grande réserve » 1811!
- Tu connais bien mes goûts…mais là tu y vas fort!
- Qu'importe…c'en sera une que les Démons n'auront pas!
- Ha! Ha! Bien dit! Viens, allons dans mon bureau!
- J'amène mes conseillers?
- Non, pas pour le moment….Savourons seuls ce cognac… et parlons un peu… tous les deux! J'ai besoin de voir si vous les Français, voyez les choses comme nous, ici en Amérique.
- Pourquoi pas? Après tout le bureau ovale est confortable, non?
- Certainement… et il nous permettra d'accorder nos vues avant de parler avec nos collaborateurs! Le monde entier nous regarde, Nicholas!
- Bon, dit le président français, en prenant place dans un des fauteuils du célébrissime bureau ovale des présidents américains.
- Alors, il est parti, questionna le président américain?
- Oui avec la moitié de sa flotte de guerre!
- L'autre moitié est en train d'embarquer nos soldats pour aller dans les Colonnes d'Hercule! Nous avons pas mal de marines parmi eux.
- Et nous pas mal de nos paracommandos!
- Et le fameux Bator accompagnera Arthur je crois! À ce propos, nous avons eu beaucoup de débats parmi nous concernant ce navire en particulier.
- Laisse-moi deviner! Est-il vraiment intelligent, ou en d'autres termes, est-il une simple machine où un être vivant?
- Oui, question plutôt troublante, comme tout ce qui touche nos « visiteurs »!
- Les visiteurs? C'est comme cela que vous les appelez?
- Oui, rétorqua l'américain. Et pour le Bator, même si les avis sont partagés, j'ai tendance à croire ce que me disait un de nos généraux, le Général Wilburt Smith, chef du Haut

Commandement Planétaire Intégré (HCPI), qui, pour des raisons évidentes, a été beaucoup en contact avec lui et il me disait que fondamentalement, le Bator pensait comme lui, comme un militaire, préoccupé essentiellement par son devoir de soldat, tout comme lui.

- Pour ce Général, donc, le Bator était un soldat, un Garde comme disent les visiteurs et sa loyauté est absolue pour son Empereur.
- Il se ferait tuer pour lui. D'ailleurs, il est parti avec la flotte pour ce qui ressemble beaucoup à une mission suicide!
- Donc aucun doutes dans la tête de ce Général, le Bator EST un être vivant!
- Ce qui nous ramène à la question fondamentale, je suppose.
- Qui est?
- Est-ce que l'Empereur Arthur est fiable, demanda le président américain?
- D'accord avec toi! Comme nous ne pouvions pas vérifier les dires d'Arthur et encore moins le soumettre à « la question », nous avons dû, en France, recourir à des techniques alternatives.
- C'est-à-dire?
- Le filmer en continu et faire analyser son « langage corporel » inconscient, par toute une batterie de spécialistes, psychiatres, psychologues et autres détecteurs de mensonges vivants. Vous avez certainement fait la même chose, non?
- Oh que oui! Plutôt deux fois qu'une! Et vos impressions?
- Il ne fait aucun doute que l'homme est sincère. Il est bien de notre côté… enfin du côté de l'humanité.
- Je suis d'accord. Il ne ment pas quand il parle des Démons, quand il dit qu'ils veulent la perte de l'humanité et que lui, il cherche à tout prix à la sauver, cette chère humanité.
- Mais?
- Mais il y a des côtés sombres!
- Eh oui, nous aussi nous le pensons. Il veut certainement sauver l'humanité, mais pas nécessairement la Terre!
- Je suis d'accord avec toi. Mais il fait néanmoins construire des croiseurs sur la Terre et crois-moi, nos spécialistes y croient vraiment, ce ne sont pas des leurres. À ce propos savais-tu qu'ils ont implanté un code de protection pour ces usines souterraines et que ne pas le savoir quand tu te présentes à l'entrée peu te valoir la mort?

- Un code?
- Tu ne le savais pas? De plus, il s'agit d'un code... en français!
- Ha, oui! La chanson des partisans! Si tu ne la connais pas quand tu te présentes devant l'entrée, tu es mort effectivement! Mais ce n'est pas censé être secret?
- Rien n'est secret pour un président américain!
- Bien dit...mais tu avais des préoccupations concernant ses croiseurs?
- Oui et non! Comme je te le disais, ils sont réels ... mais je suis quand même mal à l'aise.
- Bien sûr que tu l'es! Moi aussi! À quoi peut bien servir des croiseurs qui ne seront pas prêts avant quelques dizaines, voire centaines, d'années, alors que la menace est imminente!
- Donc, finalement, ces croiseurs ont un autre objectif que de défendre la Terre... nous sommes toujours d'accord? Et d'après toi, quel serait-il?
- Là, ça se corse. Comme nous n'avions aucun moyen de savoir quels sont les plans réels de l'Empereur, nous nous sommes tournés vers ses collaborateurs et sommes allés à la pêche.
- À la pêche, hein? Nous avons fait la même chose! On parle de tout et de rien avec eux, puis on introduit sciemment des mots clés pour voir s'ils déclenchent des micros réactions chez nos « invités ». C'est comme ça que nous avons découvert le mot « Graal ». Un mot qui suscitait des réactions très importantes chez les sujets questionnés!
- Oui, le « Graal » est bien un mot clé! Mais il y en a d'autres, autrement plus terrifiants.
- Comme?
- Apocalypse...bombe apocalypse en fait... et le pire de tous, « le jugement dernier »! Cette suite de mot en particulier, a déclenché de très fortes réactions d'intenses tristesses chez l'Empereur... quelques micros-secondes seulement, il se contrôle bien, mais c'était très net et mes psys ont aussi vu autre chose.
- Je suis au courant pour « le jugement dernier », mais qu'avez-vous vu de plus?
- Une micro réaction très spéciale chez lui et certains de ses Généraux, en particulier chez ce Général Reivax! Un sentiment de grande culpabilité!

- Ça, je ne le savais pas… et c'est très inquiétant!

Mais les présidents n'eurent pas le loisir de continuer leur conversation, car un préposé entra dans le bureau pour transmettre un message urgent au président américain.
- En parlant de lui! Justement un câble en provenance de son incroyable vaisseau.
- Qui dit?
- Qui dit :
- « À tous mes frères humains de la Terre, je vous informe qu'avec tous nos derniers navires de guerre, le Bator et le HMS Gaïa, nous allons mener une attaque directe contre Ashara, planète entièrement dévolue aux Parfaits des Fils et Filles de Razakel et Nanamura, leurs planètes industrielles! Nous détruirons Ashara et abimerons Nanamura, soyez-en sûr, mais nos chances de survie, après cela, seront virtuellement nulles. Qu'importe, cela va vous donner un délai supplémentaire pour vous préparer à l'inévitable affrontement avec les Démons. Vous êtes seules, désormais.
Bonne chance ».

- Mon Dieu! Il se sacrifie pour nous, dit, ému, le président français.
- Pour nous? Ou pour l'humanité?
- C'est la même chose, non?
- Malheureusement mon ami, reprit le président américain, il n'en est rien.
- Il a un plan secret et ce fameux « Graal » en est une composante.
- Je crois que d'une façon ou d'une autre, il cherche surtout à sauver cet objet, quel qu'il soit, au prix même de notre survie!
- Alors mon ami, si ce que tu dis est vrai, reprit lugubre le président français, tout en servant le cognac, nous allons tous mourir!

Le président américain ne répondit pas… Pas tout de suite… mais fini quand même par ajouter :
- Hélas, c'est ce que je crois. Trinquons… ce sera peut-être la dernière fois!

Les deux présidents levèrent leur verre et l'américain dit alors.
- Lekaïm, mon ami. À l'humanité!
- Lekaïm! À l'humanité! reprit le Français.

Et les deux hommes vidèrent leur verre d'un trait!

FIN DU DEUXIÈME LIVRE

www.ingramcontent.com/pod-product-compliance
Lightning Source LLC
Chambersburg PA
CBHW071329020726
47502CB00001B/25